## 그 고양이의 참배
### 猫の刻参り

옮긴이 **김소연**

경북 안동에서 태어났다. 한국외국어대학에서 프랑스어를 전공하고, 현재 출판 기획자 겸 번역자로 활동하고 있다. 옮긴 책으로는 교고쿠 나쓰히코의 『웃는 이에몬』, 『엿보는 고헤이지』, 하타케나카 메구미의 『뇌물은 과자로 주세요』, 미야베 미유키의 『마술은 속삭인다』, 『외딴집』, 『혼조 후카가와의 기이한 이야기』, 『괴이』, 『흔들리는 바위』, 『메롱』, 『흑백』, 『안주』, 『그림자밟기』, 『미야베 미유키 에도 산책』, 『만물이야기』, 『십자가와 반지의 초상』, 『사라진 왕국의 성』, 『희망장』, 『삼귀』, 『금빛 눈의 고양이』, 『어제가 없으면 내일도 없다』, 『눈물점』, 『영혼 통행증』, 『삼가 이와 같이 아뢰옵니다』, 덴도 아라타의 『영원의 아이』, 마쓰모토 세이초의 『짐승의 길』, 『구형의 황야』 등이 있으며 독특한 색깔의 일본 문학을 꾸준히 소개, 번역할 계획이다.

NEKO NO KOKU MAIRI - MISHIMAYA HENCHO HYAKUMONOGATARI JUU NO TSUZUKI
by MIYABE Miyuki
Copyright © 2025 MIYABE Miyuki
All rights reserved.
Originally published in Japan by SHINCHOSHA Publishing Co., Ltd., Tokyo.
Korean translation rights arranged with
RACCOON AGENCY INC., Japan
through THE SAKAI AGENCY and JM CONTENTS AGENCY.

이 책의 한국어판 저작권은 RACCOON AGENCY INC.,
THE SAKAI AGENCY와 JMCA를 통한
MIYABE Miyuki와의 독점계약으로 도서출판 북스피어에 있습니다.
저작권법에 의해 한국 내에서 보호를 받는 저작물이므로 무단전재와 무단복제를 금합니다.

| | |
|---|---|
| 서序 | 007 |
| 고양이의 참배 | 011 |
| 멋쟁이 등딱지 | 167 |
| 백 자루 부엌칼 | 435 |
| 도미지로의 이야기 —목숨의 거래 | 767 |
| 편집자 후기 | 789 |

**일러두기**
＊작게 표시된 본문의 주는 옮긴이 주입니다.
＊괄호로 표시된 주는 원저자의 주입니다.

서
序

에도 간다 미시마초에 있는 주머니 가게 미시마야는 흑백의 방이라는 이름을 붙인 객실에서 별난 괴담 자리를 마련해 왔다. 여러 사람들이 한자리에 모여 서로에게 차례차례 괴담을 피로하는 예로부터의 형식과 달리, 이 별난 괴담 자리의 이야기꾼은 한 사람, 그를 맞이하는 청자도 한 사람이다.

　제일 처음의 청자는 주인 이헤에의 조카딸인 오치카였지만, 다행히 좋은 인연을 얻어 시집을 갔고 얼마 전에는 아기도 태어났다. 오치카의 자리를 물려받아 두 번째 청자가 된 것은 속 편한 차남 도미지로다. 가업을 도와 가게에서 일하면서도 실은 화공이 되고 싶다는 은밀한 꿈을 품고 있는 도미지로는, 이야기꾼에게서 들은 이야기를 깨끗이 듣고 버리기 위해 각 이야기마다 묵화를 그린다는 방법을 고안해 냈다.

하지만 어느 이야기꾼의 이야기를 계기로, 붓 한 자루로 살아가는 건 자기 같은 응석쟁이 사내에게는 무리라 여기고 꿈을 포기한다. 그러다가 단념을 또 뒤집어, 역시 그리고 싶다, 나는 그림의 길을 걷고 싶다며 본심을 직시하는 계기가 된 것 또한 다른 이야기꾼의 이야기에 눈물지었기 때문이다.

사람은 자신의 신상을 이야기하고, 추억을 이야기하고, 말로 자신이 걸어온 마음의 길을 나타낸다. 그 말은 다른 사람을 움직이고, 자칫하면 그 인생까지 바꾸어 버리는 힘을 가지고 있다. 어떨 때는 좋은 쪽으로. 어떨 때는 나쁜 쪽으로. 밝은 쪽으로 이끄는 경우도 있고, 어두운 쪽으로 데려갈 때도 있다.

다음 이야기꾼이 가져오는 것은 빛일까, 어둠일까. 미시마야의 별난 괴담 자리에, 오늘도 새로운 이야기꾼이 찾아온다.

고양이의 참배

꾸짖고 화내고 호적에서 파내겠다 해도 이해할 수 있다며 각오를 다졌는데, 미시마야의 주인인 아버지 이헤에는 침착했다.
"화공이 되고 싶단 말이지."
말투가 뾰족하지도 않고, 그리 놀란 기색도 없다.
후계자 이이치로가 미시마야로 돌아와 장사의 주도권을 잡게 되자, 여러 가지 면에서 근심 걱정이 줄어든 것이리라. 이헤에는 조금 후덕해졌다. 지금도 턱 끝을 손가락으로 집으며 고개를 갸웃거리자 뺨 언저리가 이전과는 달리 늘어진다.
"어제오늘 떠올린 생각은 아니겠지."
도미지로는 이헤에 앞에 정좌하고 방바닥에 양손을 짚은 채, 얼굴만은 똑바로 쳐들고 있었다. 아버지의 눈에 어떤 빛이 비치고 얼굴이 어떻게 일그러지더라도, 결코 눈을 피하지 않겠노라 결심하며.

"몇 번이나 다시 생각하고, 그래도 결심하게 된 일입니다."

대답하는 목소리가 떨리지는 않았지만 평소보다 조금 높았다.

"너의 그 생각을, 오타미한테 들은 적은 있다."

대답하는 이헤에의 목소리는 온화하고,

"어머니가 제 마음속을 꿰뚫어 보고 계셨다는 걸까요?"

도미지로가 놀라는 모습을 즐기는 것처럼 약간 익살스러운 울림이 있었다.

"작년 6월 초하룻날에, 오타미와 둘이서 후지 참배<sub>본래는 음력 6월 1일~21일 사이에 후지산에 올라가 산 정상에 있는 신사 후지곤겐샤富士權現社에 참배하는 것을 말하지만, 여기에서는 음력 6월 1일 전후로 에도 각지에 나뉘어 있는 후지곤겐샤에 참배하고, 후지산의 모양을 본떠 만든 후지즈카富士塚에 오르는 것을 말한다</sub>를 갔지 않느냐."

분명히, 뎃포즈에 있는 이나리 신사에 갔던 기억이 있다. 그러고 보니 그때——,

"에비스야에 있었을 때 신세를 겼던 화공 선생님과 우연히 마주쳤지요."

하나야마 도로라는 아호雅號를 쓰는, 마흔 살이 넘은 화공이다.

"오랜만에 뵌 지라 인사를 하고 잠시 서서 이야기를 나누었지요."

"그래, 그래. 그 선생님을 네가 몹시 그리워하는 것 같았다고, 오타미가 그러더구나."

어머니와 어떤 이야기를 했더라. 도미지로는 잘 기억이 나지 않는다. 사실 이때의 해후는 거기서 끝이 아니었고, 도미지로서는 그 뒤에 일어난 사건 쪽이 잊기 어려웠다.

후지 참배로부터 며칠 후, 화공과 함께 있던 필묵 도매상의 행수 우두머리가 일부러 미시마야까지 인사를 하러 왔다. 그는 선물로 하나야마 선생이 도미지로에게 그림에 재능이 있다며 눈여겨보고 있다──는 이야기를 전해 주었다. 그런 말을 듣고 도미지로의 가슴이 술렁거리지 않을 리 없다. 들썽거리며 지내다가, 하지만 결국 그림의 길로 나아가기에는 지나치게 늦었다고 스스로에게 변명을 하며 그 일은 잊기로 했던 것이다.

"별난 괴담 자리의 청자 노릇을 하면서, 네가 하나하나 그림을 그리고 있다는 사실도 오타미는 잘 알고 있더라."

그쪽도 일부러 숨기지는 않았기 때문에 들켰어도 어쩔 수 없다.

"더 좋은 화구나 도구를 사면 어떻겠느냐는 권유를 받고, 자신에게는 아까운 일이라고 말했다지."

어머니가 그런 대화까지 하나하나 마음에 담고 있었을 줄은 몰랐다.

"그때는 제 마음도 지금처럼 결심이 서지 않은지라, 그림 그리는 일은 어디까지나 소일거리, 심심풀이 장난이라 여기고 있었어요."

"흐으음" 하고 대답하는 이헤에의 복스러운 얼굴에 다이코쿠텐 大黒天 칠복신 중 하나로, 두건을 쓰고 오른손에는 작은 망치, 왼쪽 어깨에는 커다란 주머니를 짊어진 모습으로 흔히 표현된다 님 같은 웃음이 떠오른다. 도미지로는 식은

땀을 흘렸다.

"예전에 아버지가 이런 말씀을 하셨지요."

정월이었나, 가게 사람들 전체가 꽃놀이를 갔을 때였나, 어쨌든 시끌벅적한 잔치 자리에서 한잔 걸친 이헤에가 묻지도 않았는데 했던 말이다. 도미지로는 왠지 모르게 그 말을 기억하고 있었을 뿐이지만, 지금 그림의 길로 나아가고 싶다는 바람을 강하게 품게 되니 새삼 아버지의 말에 무게를 느끼게 되었다.

──어지간히 손재주가 없는 사람이 아니면, 주머니는 누구든 만들 수 있다. 재봉을 잘하는 사람이라면 다른 사람의 부탁을 받고 호사스러운 주머니를 만들 때도 있을 테고, 자신의 즐거움을 위해 공들여 세공을 할 때도 있을 것이다. 그것과는 반대로, 튼튼하고 사용하기 편하기만 하면 겉모양 따위 신경 쓰지 않는 사람에게는 통으로 꿰맨 마대로도 충분할 테지.

즉 미시마야의 장사는 처음부터 생활에 필수인 물건을 파는 것이 아니다. 세간의 옷물 부분에서 이루어지는 사치스러운 장사인 것이다.

──그렇기 때문에 더더욱, 바느질 한 땀 한 땀을 결코 대충 해서는 안 된다. 우리는 긴장을 늦추면 순식간에 '장사'에서 그냥 '소일거리'로 떨어져 버리는 물건을 취급하고 있음을 잊어서는 안 돼.

도미지로가 읊어 보인 말에 이헤에는 눈을 끔벅거린다.

"정말로 내가 그런 잘난 척하는 말을 했단 말이냐?"

"네, 담담하게."

"어지간히 취했었나 보군."

이제 와서 부끄러워해도 곤란하다.

"아버지."

부르고 나서, 도미지로는 방바닥에 새삼 손을 가지런히 모았다.

"일용품인 주머니조차 그럴진대, 제가 나아가고 싶은 그림의 길은 더욱 사치스러운 유흥의 길입니다."

많은 사람들이 취미로 그림을 그린다. 도미지로가 장사를 배우려고 고용살이를 했던 에비스야의 주인도 그랬다. 결코 잘 그리지는 못했고, 도로 선생에게 성실히 배울 마음도 없는 듯했지만, 단책短冊 시를 쓰거나 그림을 그리는 데 사용하는 종이. 세로로 길고 폭이 좁으며 금박이나 은박을 입힌 것, 밑그림이나 무늬가 있는 것, 비단을 바른 것 등이 있다이나 부채에 이따금 제철 화초를 그려 게이샤를 기쁘게 해 주는 정도는 충분히 할 수 있었고, 본인도 그걸로 만족스러워했다.

"다른 분들이 유흥으로 하는 일을 기술로 연마하여 세상을 살아가겠다는 것이 얼마나 뻔뻔스러운 일인지, 저 나름대로 엄하게 이 몸에 들려주고 있습니다. 노력이 미치지 못하고, 운을 잡지 못하고, 자신의 재능을 갈고 닦지 못하면, 남들만 한 생활도 여의치 않게 되리라 각오하고 있습니다."

그래도 붓과 함께 살아가고 싶다.

"부디 제가 도로 선생님의 제자로 들어가게 허락해 주십시오.

이렇게 부탁드립니다."

개구리처럼 납작하게 엎드리는 도미지로 앞에서, 이헤에는 또 눈을 끔벅거린다. 처음에는 정말로 당황했지만, 점점 이 자리의 분위기가 재미있어지기 시작해서 일부러 계속 눈을 끔벅거리며 생각하고 있다.

──이 애도 겨우 진지한 마음이 들기 시작했나.

장남 이이치로는 스물다섯 살, 차남 도미지로는 스물세 살. 둘 다 이제는 '애'가 아니다. 하지만 지금은 굳이 애 취급을 하고 싶은 것이다.

이이치로가 만사에 현명하며 조금 냉담한 구석이 있고, 그러면서도 남에게 호감을 사는 유리한 성격이라는 사실은 어릴 때부터 알고 있었다. 습자소 선생에게는 "어떤 거물이 될지 무섭다"는 말을 들었고, 단골손님 중 하나인 모 하타모토旗本 쇼군 가에 직속되어 있는 봉록 만 석 미만의 무사로부터 양자로 달라는 청을 받은 적도 있다. 장사를 배우러 보낸 소품 가게 히시야에서는 처음부터 그런 이야기는 하지 않기로 약속했었는데도 불구하고, 몇 번이나 역시 사위로 줄 수 없겠냐고 졸라 대어 난감했다.

당사자인 본인은 장남으로서 '미시마야를 물려받는다'는 삶에 대해 한 번도 고민하는 기색이 없다. 그것도 이헤에와 오타미가 쌓아 올린 가게를 지키는 데 그치지 않고, 더 큰 야심이 있는 듯하다.

벌써 30여 년이나 전에 부부가 만든 주머니를 멜대에 매달고

팔러 다니기 시작했을 때,

　――언젠가는 에도 시중에서 세 번째로 유명한 주머니 가게로 만들자.

　이헤에와 오타미는 그런 꿈을 이야기하곤 했다. 세 번째라는 것은, 유명한 가게로 알려진 두 곳의 주머니 가게, 이케노하타나카초에 있는 에치카와와, 혼초 2번가에 있는 마루카쿠 다음이라는 뜻이다. 첫 번째와 두 번째를 대신하겠다는 것은 지나치게 원대한 꿈이니까. 욕심을 부리지는 말자고 생각했다. 이 부부의 견실한 사람 됨됨이가 잘 드러나는 대목이다.

　성실하게 장사를 하고, 주머니 모양에 연구를 거듭하고, 꼼꼼한 바느질을 더하여, 이제 미시마야는 분명히 시중에서 세 번째 주머니 가게의 자리에 있다. 사치스러운 고전 양식이 많은 에치카와나 마루카쿠보다 미시마야의 경쾌한 상품이 좋다며 단골이 되어 주는 손님도 생겼다. 이헤에와 오타미의 꿈은 이루어졌다.

　그러나 후계자인 이이치로는 부모와는 전혀 다른 꿈을 품고 있는 듯했다. 아직 분명하게 말로 설명을 들은 적은 없지만, 이이치로는 미시마야의 장래를 앞선 유명한 가게와 비교하여 어떻고 저떻고――라는 사고방식 자체를 버린 듯하다. 전혀 다른 잣대를 가지고, 미시마야의 2대째 주인으로서 우뚝 서려 하고 있다. 다만 단순히 장사를 바꾸는 것은 아닌 듯하다는 점이, 또 짐작하기 어려운 부분이었다.

　장남의 야심은 든든하기도 하지만 위태롭게도 느껴진다. 이헤에와 오타미는 이이치로를 향해 지금까지 자신들이 걸어온 길을 돌아보고, 그 경험에서 얻은 배움을 바탕으로 이야기할 수밖에 없다. 지금까지 부부가 쌓아 온 재산을 탕진해, 가게를 위해 몸이 가루가 되도록 일해 준 고용살이 일꾼들, 직인들이나 바느질하는 이들을 길거리에 나앉게 하는 일이 있어서는 안 된다, 그것만은 안 된다는 의견을 말할 수밖에 없다.

부모란 무력한 존재로구나, 하고 문득 쓴웃음을 곱씹을 때도 있다. 하지만 이것은 대를 이을 아들이 방탕한 짓만 하고 아무리 설교를 해도 소용없다──는 한탄이 아니다. 그것과는 반대되는 사치스러운 고민이다. 생각해 보면 이이치로는 어릴 때부터 똑똑했다. 인생의 이른 시기부터 자신의 힘으로 서고, 자신의 눈으로 세상을 보고, 자신의 머리로 생각하고, 자신의 미래를 결정할 수 있는, 그만한 역량을 타고난 것이다. 부모가 잘 기른 것이 아니다. 타고난 역량이다.

이헤에와 오타미에게 이이치로는 개천에서 난 용이다. 다행스럽게 생각하는 한편으로 쓸쓸하기도 했는데 차남인 도미지로가 이를 메워 주었다. 나이는 두 살밖에 차이 나지 않지만, 어느 모로 보나 동생답게 응석을 부린다고 할까. 흥이 많은 점, 좋은 의미로 주위 사람들의 안색에 민감하고 분위기를 잘 이끌어 나가는 점, 다정함과 배려, 수고를 아끼지 않고 직접 움직이는 부지런한 점도.

이이치로는 많은 사람들에게 열렬히 사랑받지만, 한편으로 극히 드물기는 해도 맞지 않는 사람의 경우 철저하게 꺼리거나 피할 때가 있다. 도미지로는 뜨겁게 사랑받는 일은 없지만 물처럼 누구한테나 가까이 다가간다. 물처럼, 강한 냄새도 맛도 없다. 상대가 신경 쓰지 않게 하는 배려와 염려를 몸에 익히고 있다.

이헤에와 오타미가 걱정하고 있었던 것도 바로 그 점이었다. 배려가 지나친 탓에, 도미지로에게는 자신의 강한 의지나 희망이 없는 게 아닐까. 중심이 되는 기개나 야심이 자라지 않은 게 아닐까. 기회가 있을 때마다 부부는 작은 목소리로 대화를 나눠 왔다.

어릴 때부터 저게 갖고 싶다, 이렇게 하고 싶다고 자기주장을 하는 성격이 아니었다. 그 점에서도 늘 자신의 의지와 요구를 분명하게 말하는 이이치로와는 대조적이었다. 가령 새 옷이나 장난감을 줄 때도, 다른 종류를 나란히 놓고 두 사람에게 고르게 하면 도미지로는 늘 이렇게 말했다.

——형님은 어떤 게 좋아? 나는 남은 거 가지면 돼.

착하고 소극적이다. 물론 장점이기는 하다. 하지만 '스스로 선택을 하지 않는다, 결정하지 않는다'는 것은 담력이 없고 기개가 없는 삶의 방식이기도 하다.

설령 도미지로가 마음 깊은 곳에서부터 형의 오른팔이 되고 싶다, 이이치로가 목표로 하는 2대째 미시마야 주인의 보좌 역할이 되고 싶다고 한들 진정한 보좌에도 역시 어울리는 그릇이 필요한 법이다. 기개가 없으면 그릇도 되지 못한다.

——좋아하는 처자가 나타나면 도미지로에게도 자기주장이 생

길지 몰라요.

오타미가 자주 하는 말이지만, 이헤에는 이미 기대를 접었다. 사촌누이 오치카에 대한 다정함과 착실함을 보며 '안 되겠다'고 생각했기 때문이다. 즉, 아름다운 처자를 자신의 것으로 만들려는 욕심이 없다. 꼬드기기보다 먼저, 사랑의 밀당을 하기보다 먼저 친절하게 대하고 만다. 가만히 있는 목석보다 더 곤란하다. 결국 오치카는 효탄코도의 간이치에게 시집가 버리고, 도미지로는 사촌의 행복을 기뻐하면서도 마음 한구석에서는 질투로 우울해하고, 그러면서도 끙끙대는 마음을 스스로는 전혀 눈치채지 못하는 꼬락서니였다.

이 질투심은 별난 괴담 자리의 청자를 맡는 사이에 뭔가 풀릴 계기가 있었는지, 지금은 사라졌다. 사라지지 않고 응어리로 남는 것보다는 나았지만, 과연 도미지로가 이 일로 얼마나 어른이 되었는지는 상당히 의문이라고 이헤에는 생각하고 있었다.

착한 녀석이다. 귀여운 아들이자, 미워할 수 없는 동생이고, 가게에서는 본인이 자칭하는 대로 마음씨 좋은 도련님이다.

――그래서야 독도 약도 안 될 텐데.

그런 도미지로가 겨우 자신의 목소리를 내기 시작했다. 부모의 장사를 물려받지 않고 화공이 되고 싶다면서.

아까부터 기쁜 마음에 치밀어오르는 웃음을, 이헤에는 애써 꾹 참고 있다. 목소리에 희색이 섞이고 말 것 같아서 좀처럼 말을 하기도 어렵다. 목 안쪽으로 신음하고 있자니 영주에게 직소하는 촌장이 이럴까 싶은 필사적인 형상으로 방바닥에 손을 짚고 있던 도미지로가 문득 몸을 일으켰다.

"아버지, 왜 그러세요?"

도미지로가 무릎걸음으로 다가온다. 그 당황한 모습도 우스워서, 이혜에는 어떻게든 웃음이 터지지 않도록 분위기를 다잡으려고 생각을 굴리다가,

"허, 허, 허."

"예? 허파가 어떻게 되었나요?"

"허파가 아니다. 허, 허허허."

결국 웃음을 터뜨려 버렸다.

"괴담 자리의 청자 노릇은 어찌할 셈이냐?"

이번에는 도미지로가 눈을 끔벅거릴 차례였다.

"아, 아버지."

일이 이렇게 되었는데 제일 먼저 괴담 자리를 걱정하는 건가.

물론 도미지로에게 흑백의 방 청자라는 자리는 큰 의미가 있었기 때문에, 화공이 되려는 수련의 길을 선택했을 때 포기해야 하는 소중한 임무에 대해서도 고민이 깊었다.

하지만 이혜에도 걱정하다니…….

──설마 애정이 있었던 걸까?

솔직히 오치카를 위해 별난 괴담 자리를 시작한 당시라면 몰라도, 지금의 미시마야에서 괴담 자리에 열의를 품고 있는 사람은 도미지로 자신과 수호자 역할의 오카쓰 정도일 거라고 여겼는데.

"네 계획에 따라 도로 선생의 제자로 들어간다는 말은 우리 집을 나가 선생의 집에 들어가 살면서 도제로 일하며 그림을 배운다는 뜻이겠지?"

그 물음에 도미지로는 크게 고개를 끄덕였다.

"저는 수업료를 지불할 수가 없으니 선생님 댁에서 허드렛일을 하는 방법 말고는 없어요. 무엇보다 아버지, 그림뿐만이 아니라 예술의 세계에서는 진심으로 무언가를 배우는 제자가 되려면 모두 그렇게 하는지라……."

"모두? 집에서 다니며 배우면 진심이 아니라고 누가 정했단 말이냐?"

어. 당혹스러워하는 도미지로 앞에서 유유히 팔짱을 끼더니, 이헤에는 또 물었다. "애초에 어째서 너는 선생께 수업료를 지불할 수가 없다는 것이냐?"

어. 어. 어. 아버지 괜찮은 걸까. 당연한 이야기가 아닌가.

"그림 수업에 열중하게 되면 미시마야의 장사를 도울 수가 없게 돼요. 가게에 도움이 되지 못하는 저는 지금까지처럼 용돈을 받을 수도 없고 생계에 보살핌을 받을 수도 없지요."

"그렇다면 최소한 괴담 자리의 청자만이라도 맡아서 그 몫의 급료를 받으려는 생각은 없느냐?"

받아치듯이 똑바로 날아오는 이헤에의 물음에 도미지로는 집안에 있는데도 여우에 홀린 듯한 기분이 들었다.

——이 대화, 내 형편에 유리한 꿈은 아니겠지.

10월 20일의 에비스코恵比寿講에도 시대에 상가에서 장사가 잘되기를 기원하며 에비스 신에게 제사를 지내는 것. 친척과 지인들을 불러 축하연을 여는데, 음력 10월 20일 또는 11월 20일에 많이 했다를 성대하게 마치고 (재작년에는 아직 오치카가 있었지, 하고 모두 그리워하며 이야기를 나누었다), 앞으로 며칠이면 달력이 넘어가 11월이 시작된다. 에도 거리에 겨울이 찾아오는 것이다. 이헤에의 방에 있는 화로에서는 숯불이 타오르고, 삼발이에 올려놓은 남부철병南部鉄瓶 모리오카盛岡 지방에서 만들어지는 고급 쇠주전자의 주둥이에서 희미한 김이 피어오른다.

마음이 편해지는 세 평짜리 방. 이헤에의 방은 주인의 사람 됨됨이를 그대로 비추고 있다. 지금까지 줄곧 가게의 주인으로서도 아버지로서도, 어떤 때에든 엄하고 무서운 사람은 아니었다. 손아랫사람을 꾸짖을 때도 말을 골라 하고 타이르면서 부드럽게 웃는다. 작은 일에도 감사를 잊지 않고, 기쁠 때나 좋은 일이 있었을 때는 체면을 차리지 않고 기뻐한다.

그런 아버지임을 알고는 있었지만 이번만은 이야기가 다를 터라 도미지로는 각오를 다지고 있었던 것이다. 형을 도와 미시마야를 더욱 부흥시켜야 할 입장에 있는 자신이 언제 열매를 맺을지 알 수 없는, 평생 뜨지 못할 수도 있는 화업畫業의 길을 선택하려 하다니, 가게와 가족에 대한 배신이다. 아버지가 꾸짖지 않을 리 없고, 울어 버리실지 모르겠다고도 생각했다.

──그런데.

"어째서."

도미지로는 작게 중얼거리다가 자신이 먼저 울 것만 같아 당황하며 주먹을 눈가에 댔다.

"아버지니까 그런 듣기 좋은 말을 해 주시겠지요. 저는 말도 안 되게 방탕한 아들이에요. 미시마야의 장래에 오점을 남기는 반편이라고요."

그러자 이헤에는 말했다. "꼭 그렇지는 않다. 네가 화공으로 이름을 날려서 1대 만에 부자가 되는 일도 있을지 모르지."

쇠주전자의 김이 이헤에의 기세 좋은 콧김에 후욱 쓸려 갔다.

"……아니…… 너무 안이하세요."

도미지로는 더욱더 눈물이 났다.

"나는 오히려, 네가 어째서 나쁜 쪽으로만 생각하는 건지 이상하구나."

자신의 재능에 기대하는 바가 없는 걸까. 조금은 자신감이 있으니 그 길을 선택하려는 게 아닌가? 부정적인 말만 늘어놓아서 무슨 이득이 있는가? 이헤에의 말에는 망설임이 없었다.

"앞질러서 좋지 않은 말만 해 두면, 정말로 실패했을 때 큰 부끄러움을 당하지 않아도 된다고 생각하기라도 하는 거냐?"

뜨끔했다. 도미지로에게 그런 생각은 없다. 아마도. 없을 것이다. 정말 없나 자신의 가슴에 물어보니 손이 떨리기 시작했다.

"나는 주머니 장사에 대해서밖에 모르지만, 실력 하나로 무언가를 이루려 한다면 실패해서 부끄러움을 당하더라도, 돈이 없어 고생하더라도, 좀처럼 제 몫을 해내지 못해 세상 사람들 볼 낯이 없어지더라도, 당연히 감내해야 한다고 생각한다. 그 당연한 일에서 도망치려는 것이라면, 너는 화공은커녕 그 무엇도 될 수 없을 게다."

 엄한 말투는 아니다. 꾸짖지도 않는다. 평소 이헤에의 목소리다. 그래도 도미지로는 몸까지 떨리기 시작해 무릎 위에 주먹을 내려놓고 고개를 떨어뜨렸다.

 "아니, 순서가 틀렸군. 이런 이야기는 나중에 해도 되지."

 우선은 괴담 자리 문제다──하고 이헤에는 팔짱을 풀며 몸을 앞으로 내밀었다.

 "너, 집에서 나간다면 괴담 자리의 청자는 어쩔 생각이었느냐?"

 도미지로는 모기가 우는 듯한 목소리로 대답했다. "아버지의 허락을 받을 수 있다면 오카쓰한테 맡기거나…… 그게 안 된다면."

 "그만둘 수밖에 없겠구나."

 도미지로는 힘없이 머리를 숙였다.

 "너 외에는 자진해서 청자를 맡으려는 사람이 눈에 띄지 않는 게지."

 "네."

 이헤에도 오타미도 장사가 제일 중요하고,

 "형님은, 오치카가 시집갈 때 괴담 자리 따위는 그만둬 버리라고 말했을 정도니까요."

"음, 그 녀석의 생각은 나도 알고 있다."

턱 끝을 꼬집으며 이헤에는 약간 씁쓸한 얼굴을 했다. 도미지로에게는 의외의 표정이었다.

"뭐, 그쪽은 이이치로의 문제이니 네가 걱정할 일은 아니야."

이헤에는 그렇게 말하며 짧은 콧김을 내뿜었다.

"도미지로. 너는 네가 원해서 괴담 자리의 청자 자리를 물려받았을 테지."

고개를 떨어뜨린 채 도미지로는 크게 끄덕였다. "처음에는 반쯤 재미로 오치카가 청자 역할을 하는 모습을 구경하고 있었지만, 이건 그냥 재미있기만 한 일이 아니라 이야기꾼의 평생에 걸친 무게가 들어차 있는 이야기를 받아내는 일임을 깨닫고는."

무섭기도 하고 즐겁기도 하고 배울 것도 많고 보람도 있을 듯하여 꼭 자신이 물려받고 싶다고 생각했던 것이다.

"그런데 이번에는 단단히 결심하고 물려받은 자리를 포기하고…… 아니, 도중에 내던지고 화업에 전념하겠다는 거구나."

내던지다니 듣기 거북한데. 하지만 그런 셈일까. 말만 듣기 좋게 바꾼다 한들 제멋대로인 행동임은 달라지지 않는다.

이헤에는 한껏 얼굴을 찌푸리고 입을 시옷자로 구부리며 말했다.

"나도 배움이 얕아서 몰랐지만 괴담 자리에는 금기가 있다고 한다."

도미지로는 얼굴을 들고 아버지의 얼굴을 슬쩍 엿보았다. "백 개까지 이야기해서는 안 된다는 것이지요?"

백 개의 이야기를 채워 버리면 그 자리에서 무서운 일이 일어나니 아흔아홉 개에서 멈춰야 한다.

"그것도 그렇지만, 하나 더 있다."

이헤에는 입가에서 억누른 듯한 목소리를 냈다.

"한 번 시작했으면 아흔아홉 개의 이야기를 채우지 않고 멈춰서는 안 된다. 그러지 않으면 백 개까지 해 버렸을 때보다 더욱 무서운 흉사를 부르고 만다는 것이야."

어. 그런 금기는 처음 듣는다.

"오치카한테서도 오카쓰한테서도 들은 적이 없는데요……."

일그러진 표정을 유지한 채 이헤에는 홍 하고 코웃음을 치며 약간 몸을 젖혔다.

"오치카를 위해 괴담 자리를 시작하면서 이야기꾼을 모집할 때, 이런 종류의 취미에 정통한 분한테 여러 가지로 지혜를 얻었지. 그중에 이 두 번째 금기가 있었어."

그 말인즉슨 이헤에는 처음부터, 한번 괴담 자리를 시작해 버리면 어중간하게 그만둘 수는 없음을 알고 있었다는 뜻이 된다. 하지만 조금 석연치 않은 기분이 드는 도미지로였다.

──그렇게나 금기를 신경 쓰고 있었다면 오치카가 효탄코도로 시집가기로 결정되었을 때 물려받을 사람을 정해 두어야 한다고 제일 먼저 아버지가 소란을 피웠어야 하지 않을까.

2년쯤 전의 일이지만, 그런 소동은 없었다. 냉큼 그만둬 버리라고 딱 잘라 말하는 이이치로만큼 냉정하지는 않았으나, 이헤에는 오치카의 경사로 머리가 꽉 차서 괴담 자리 따위는 나중에 어떻게든 방법이 있을 거라고 가볍게 여기는 눈치였다. 도미지로는 똑똑히 기억하고 있다.

——아버지, 형편 좋게 이야기를 지어내신 거 아니에요?

그렇기 때문에 더욱 지금은 일부러 무서운 표정을 짓고 있는 게 아닐까.

도미지로는 물끄러미 아버지의 얼굴을 보았다. 쳐다보는 눈빛에 이헤에의 시옷자 입이 누그러졌다.

"뭐, 뭐냐, 그 얼굴은."

"아버지야말로."

덤비려고 노려보는 것은 아니다. 그냥 눈싸움 대결이다. 어느 쪽의 눈이 더 센지, 승부를 벌인다.

"……목이 마르구나. 뜨거운 차를 끓여 다오."

먼저 눈을 피한 쪽은 이헤에였다. 도미지로는 순순히 대답하고 부지런히 움직였다. 이곳에 구비되어 있는 차 도구는 오타미가 어디에선가 발견한 고이마리古伊万里 사가현 아리타 지방에서 생산되는 자기 중 에도 중기의 것 한 벌로, 꽤 멋있는 갖가지 보물을 그린 무늬가 들어가 있다. 한데 그것을 올려놓는 쟁반은 낡았고, 이렇다 할 장식도 조각도 모양새도 없다. 굳이 물어볼 정도는 아니지만 왠지 이상하다 여기고 있었다.

"잘 끓이는구나."

차통에서 찻잎을 퍼서 찻주전자에 넣고, 조금 식힌 끓인 물을 세 숟갈 정도 부어서 찻잎을 대강 우린 후, 망설임 없이 차찌꺼기 통에 버린다. 이렇게 끓이는 방법을 가르쳐 준 사람은 오카쓰인데,

──찻잎의 먼지를 씻어 내는 거예요.

손님께 내는 질 좋은 전차煎茶 중급 품질의 녹차라면 몰라도 미시마야 사람들이 즐겨 마시는 번차番茶 따고 남은 딱딱한 잎으로 만들어 품질이 떨어지는 엽차나 봉차棒茶 차의 어린 가지, 찻잎의 줄기 등을 섞어서 만드는 차. 전차를 제조하는 과정에서 제거된 부분으로 만드는 값싼 차이다, 호지차를 끓일 때는 이렇게 하면 떫은맛이 빠진다고 한다.

"괴담 자리의 이야기꾼에게도 너는 이렇게 차를 끓여 주겠지."

"이야기를 계속하다 보면 목이 마르니까요."

듣고 있는 도미지로도 손에 땀을 쥐고 심장이 두근거려 목이 마를 때가 많다.

"다과도, 매번 여러 가지로 취향을 고려하여 일부러 직접 사러 갈 때도 있다면서?"

"그런 이야기를 누가 아버지한테 해 준 거예요?"

"오카쓰랑 신타" 하고 대답하며 이헤에는 웃었다. "두 사람이 직접 말하지는 않았다. 야소스케나 하녀들에게 하는 이야기를, 내가 얼핏 들었을 뿐이지."

신타는 사환, 야소스케는 대행수다.

──도련님이 흑백의 방에 오시는 손님을 위해 준비하는 과자

는 언제나 엄청 맛있어요!"

──시중에서 유명한 과자만이 아니라 이제부터 유명해질 과자를 찾아내는 눈도 갖고 계시지요.

이 방의 차통에는 짙은 녹색의 큼직한 찻잎이 들어 있었다. 끓이니 야생의 향기가 나는 차를 찻잔에 가득 채워 이혜에 앞에 둔다.

"선물받은 찻잎이야."

뜨거운 듯 손가락을 세운 채 찻잔을 쥐면서 이혜에는 말했다.

"내가 주머니 행상을 하던 시절부터 알고 지내던 차 가게, 다이마쓰야라는 가게가 고덴마초 2번가에 있거든."

조정의 감옥, 통칭 덴마초의 감옥 구역이 있는 곳이다.

"옛날에 옥에 갇혀 있는 죄수들을 위로하기 위해 적어도 좋은 찻잎을 달이는 향기를 맡게 해 주자며 매일 커다란 부채로 연기를 날려보냈다가, 야단스럽다며 문책을 받고 말았지."

괜찮은 중간 도매상들이 간이 쪼그라들어 거래를 끊어 버리는 바람에 곤란에 처해 있던 주인은, 에도 근교에서 찻잎을 팔아 줄 농가를 몸소 찾아다녔다.

"그리고 이 찻잎을 발견한 거야. 하나카와도花川戸 앞에서 나는 찻잎이라 그대로 짐배에 실어 운반해 오지."

하나카와도에는 커다란 선착장이 있고, 에도 시중의 수로를 이용하는 교통의 요지 중 하나다. 그리 시골은 아닌데도 이렇게나 자연 그대로의 정취가 풍부한 찻잎이 자라다니.

"말이 난 김에 이야기하자면, 감옥 구역의 관리에게 호되게 야단을 맞고 나서 다이마쓰야가 가게 문을 닫고 근신하고 있을 때, 나는 꼬치경단을 산더미처럼 사서 격려차 가져다주러 갔지."

다이마쓰야는 눈물을 흘리며 기뻐하고, 답례라며 이혜에가 지금도 사용하고 있는 찻쟁반을 주었다고 한다.

"소박하기가 지나쳐서 변변치 않은 물건이라고 생각하겠지? 하지만 어딜, 대략 30년쯤 사용하면 좀처럼 볼 수 없는 명품이 될 거라는구나."

앞으로 10년쯤 남았나, 하고 즐거운 듯이 중얼거리며 뜨거운 차를 홀짝이는 아버지의 모습에 도미지로의 술렁거리던 마음도 가라앉기 시작했다.

"……지금까지 들은 적이 없는 이야기네요."

"이야기한 적이 없으니까. 지금도 이야기할 생각은 없었다. 불쑥 입에서 나와 버린 거야."

이혜에가 도미지로의 얼굴을 뚫어져라 보며 말했다.

"너는 좋은 청자로구나."

관두세요. 또 가슴이 답답해진다. 하지만 이혜에는 온화한 목소리로 말을 이었다.

"장사도 그림 공부도, 길은 하나가 아니야. 노력하기 나름이지. 세상 사람들이 흔히 하는 방식에 얽매여 흉내만 내어서야 재미없다고 생각하지 않니?"

독자적인 길을 가야지.

"너는 괴담 자리를 계속하고 가게 일도 가능한 한 돕는 거다. 우리 가게에서는 너의 일에 어울리는 급료를 주마. 그걸로 도로 선생께 수업료를 지불하고 그림 도구를 사고 마음껏 공부하면 돼."

지금까지보다도 훨씬 바빠질 것이다. 그림 수업에 힘쓰려면 글자 그대로 잠잘 시간을 아껴 그릴 수밖에 없게 되리라.

"미시마야에서는 이 조건으로만 화공이 되는 것을 허락하겠다. 이걸 받아들이지 못하겠으면 의절이라고 했다고, 도로 선생께 상의해 보렴. 애초에 에비스야의 나리께 그림을 가르치러 다녔던 선생이 아니냐. 안 된다고는 하지 않을 게다."

여기에서 이헤에는 다시 한번 입을 시옷자로 구부렸다.

"만일 선생이 그런 안이한 각오의 제자는 받을 수 없다고 하면, 미시마야는 선생님 덕분에 별난 괴담 자리가 끊겨 가게와 일가가 모두 망하게 생겼습니다, 원망의 말씀 올립니다, 하고 내가 인사를 드리러 가마."

으아악. 그건 제발 참아 주세요!


그림 선생 하나야마 도로는 간다가와 강에 걸려 있는 스이도바시 다리 앞, 미토<sub>水戸 도쿠가와 쇼군의 가문인 오와리尾張 기이紀伊, 미토水戸 세 집안 중 하나</sub> 님의 광대한 저택이 바라다보이는 동네에 집을 빌려 살고 있었다. 아담한 이층집인데, 손질이 잘 된 산울타리와 대울타리에 둘러싸여 멋있게 낡은 기와지붕을 이고 있다.

음력 11월 초하룻날, 도미지로는 이발소에서 머리를 가다듬은 다음 하오리羽織 일본 전통 복식에서 긴 옷 위에 걸쳐 입는, 옷깃을 접은 짧은 옷. 격식을 갖춘 옷차림이다를 입고 도로 선생을 찾아갔다. 앞서 사정을 적은 편지를 보내 두었다. 선생은 기쁜 얼굴로 도미지로를 맞아들이며 그의 결심을 치하하고 미시마야 이헤에의 제안에 대해서도 흔쾌히 승낙해 주었다.

마치 이쪽의 사정에 맞춘 것처럼 일이 너무나도 부드럽게 진행되자 도미지로는 거북한 기분과 함께 일말의 의심도 들었다.

——어차피 도락을 즐기는 도련님의 손장난이라 여기고, 만만하게 본 것은 아닐까.

그러나 오랜만에 허물없이 이야기를 나누는 동안 도미지로는 점차 떠올리게 되었다. 하나야마 도로의 성실한 인품과, 고생을 많이 하며 산 사람다운 다정함을. 도로가 사사한 화공은 고케닌御家人 에도 시대에 쇼군에 직속되어 있던 하급 무사. 하타모토 밑에 있었다이었지만, 본인은 작은 상가에서 태어나 화공이 되고 싶다는 꿈 하나만을 품고 집을 나왔던 것이다.

"설령 미시마야의 허락이 없었다고 해도, 나는 이제 와서 도미지로 씨를 이곳에 살게 하면서 입문료 대신 하인처럼 부릴 수는 없습니다."

화공은 짙은 적갈색 명주 통소매옷에, 같은 천으로 지은 노바카마野袴 옷자락에 벨벳으로 넓게 테두리를 댄 무사들의 여행용 바지 같은 것을 맞추어 입고 단정하게 앉아 있다. 웃거나 고개를 끄덕이면 귓머리에 흩어진 백발이 반짝 빛난다.

"그러면 선생님은 어떻게 하실 생각이신지……."

머뭇머뭇 묻는 도미지로에게,

"나중에 출세하면 갚는 형태로, 맡은 돈은 장부에 적어 두겠습니다. 도미지로 씨가 훌륭한 화공이 되시면 이자를 쳐서 갚으십시오."

꽤나 느긋한 방식이다.

"제가 어엿한 화공이 될 수 있을지 없을지도 모르는데요."

"그렇게 심약해서 어쩌시려고요. 될 수 있을지 없을지가 아니라, 되는 겁니다."

도로 선생은 도미지로가 왜 그림의 길을 목표로 삼았는지, 꼭 그리고 싶은 소재는 있는지 물었다.

"조금 있으면 통학하는 제자들이 올 테지만, 당장은 고참 제자한테 맡겨 둘 수 있으니 시간은 충분합니다. 도미지로 씨가 생각하는 바를 찬찬히 들려 주십시오."

제자로 들어가기를 바라는 몸으로서는 성실하게 대답해야 하는 질문이다. 물론 도미지로의 마음에 거짓은 없고 진지하게 대답할 수 있지만, 약간 망설여지는 부분도 있다. 왜냐하면 도미지로의 이 결심은 괴담 자리에서 들은 몇 가지 이야기가 뒷받침해 주고 있기 때문이다. 모조리 말해 버릴 수는 없다.

도미지로는 잠시 눈을 내리깔고 말을 골랐다. 그러고 나서 얼굴을 들고 말했다.

"지금 제가 그리고 싶은 것은, 제 마음속에만 있습니다."

이 말에 하나야마 도로는 가만히 눈을 깜박였다. 눈꼬리는 가늘고, 신선의 긴 눈썹 끝처럼 처져 있다.

"호오, 마음속에만" 하고 온화한 말투로 되풀이한다.

"예. 아무도 본 적이 없는 것은 아니지만, 그림의 소재가 되는 장면으로서는 제 마음속에만 있습니다."

이 말에, 이번에는 선생이 잠시 생각에 잠겼다.

"예를 들어 연극의 명장면을 한 장으로 그려낸 그림과 같은 걸까요?"

다만 그것은 이야기꾼의 이야기에 의해 만들어진, 도미지로의 마음속에만 있는 장면이다.

"비슷한데요"라고 대답은 했지만 도미지로 스스로도 요령 없는 대답이라 답답하다.

"그렇군요. 꽤 재미있네요."

도로 선생은 가슴 앞에서 통소매옷을 입은 팔을 느긋하게 움직여 팔짱을 꼈다. "내가 기억하고 있는 바로는, 도미지로 씨가 특별히 연극을 좋아하는 사람은 아니었던 것 같은데……."

도미지로는 서둘러 고개를 끄덕였다. "예. 연극 쪽에 계시는 분과는 다리 반대편 기슭에 있는 정도이니."

말하다 보니 생각이 났다.

"에비스야에 있었을 때, 선생님과 배우 그림에 대해서 이야기를 나눈 적이 있었지요."

"맞아요. 아마 내가 도미지로 씨한테 배우 그림을 좋아하는지 물었었지요."

대략 요맘때였을까──도미지로가 떠올릴 것까지도 없이 선생은 이렇게 말을 이었다.

"딱 4년 전 오늘의 일이었습니다. 에도 3대 극단 첫선 공연 날이라, 배우나 배우 그림이 화제에 올랐지요."

에도 3대 극단 첫선 공연은 아사쿠사 사루와카초에서 1, 2위를 다투는 세 개의 연극 극단, 나카무라 극단, 이치무라 극단, 모리타 극단이 새롭게 편성한 배우의 면면을 피로하는 화려한 공연으로, 매년 음력 11월 초하룻날에 시작된다. 그래서 이날은 일명 '연극 정월'이라고도 불린다. 새벽 일찍 큰북이 울려퍼지고, 연극을 좋아하는 에도인들이 종일 축제 소동을 벌이는 하루다.

하지만 도미지로의 기억은 정확하지 않다.

"제가 그때 뭐라고 대답을 했던가요?"

"특별히 어느 화공이 어느 배우를 그린 그림을 좋아한다거나, 싫어하지는 않는다고요."

──다만 같은 배우를 그려도 화공에 따라 전혀 다른 그림이 되는 것이 재미있습니다.

"그 말을 듣고 나는 더욱더 도미지로 씨가 마음에 들었습니다."

아니, 아니, 지금 이렇게 들으니 전문가의 면전에 대고 스무 살도 안 된 애송이가 잘 알지도 못하면서 아는 척 지껄였다고밖에 생각되지 않는다.

"너무 건방진 소리를······."

식은땀을 흘리며 부끄러워하는 도미지로지만 도로 선생은 부드럽게 웃었다.

"말만 보면 분명 건방질지도 모르지요. 허나 이 말을 했을 때의 표정이나 말투, 반짝이는 눈은 마치 처음으로 마술을 목격한 어린아이 같았어요."

허세도 과시도 조금도 없이, 솔직하게 즐거운 듯이,

──아아, 이 사람은 진심으로 그림을 좋아하는구나.

"내 가슴 깊은 곳에도 꽃이 활짝 피는 것 같았습니다. 그 후로 어떻게든 도미지로 씨가 그림을 더 배웠으면 좋겠다, 그럴 수는 없을까 하고 바라게 되었지요."

다만 상대는 한창 이름을 날리는 중인 미시마야의 아들이다. 섣불리 권할 수는 없다.

"당시에 도미지로 씨는 손님의 신분으로 에비스야에 있었으니, 내가 쓸데없는 말을 하면 에비스야 주인의 체면을 망치게 될 수도 있었으니까요."

도로 선생의 배려에, 새삼스럽기는 하지만 도미지로는 머리를 숙였다.

"이렇게 그림을 좋아해서 견디지 못하는 분이라면 취미로 계속 그리는 것만으로도 많은 기쁨을 얻을 수 있겠지. 그런 생각도 있었기 때문에 쓸데없는 참견은 삼가기로 했습니다."

하지만 내심으로는 도미지로의 재능을 아깝게 여기고 있었던 터라 이번에 일이 이렇게 되어 매우 기쁘다, 자신이 가르칠 수 있는 내용은 전부 가르쳐 드리고 싶다고 말했다.

"다만 한 가지, 도미지로 씨가 조금 잘못 생각하고 있는 듯하여 말씀드리고 싶은 것이 있습니다."

소재가 배우든 미인이든, 풍아한 풍경이나 명소, 유적이든 아름다운 화조花鳥든, 화공이 그리는 것은 자신의 마음에 떠오른 풍경뿐이다.

"한 배우를 그려도 화공의 수만큼 다른 배우 그림이 완성되는 것은 각각의 화공이 다른 눈으로 배우의 모습을 보고 있기 때문이지요. 그 점에서 도미지로 씨가 특별히 드문 뜻을 품고 있는 건 아니에요."

그림을 그리는 사람은 누구나 자신에게 유일한 것을 그리려고 한다.

"그리는 것이 자신의 유일한 것인지, 그렇게 믿고 있을 뿐인 평범한 것인지 구분하는 잣대를 얻기 위해서 우선은 틀을 배워야 합니다."

'틀'이란 정해진 형식이고 지금까지 수많은 화공의 눈과 손으로 그려져 온 소재의 집적이다.

"에비스야에서 내가 도미지로 씨에게 기초로 가르친 것은 선을 그리는 여러 가지 방법, 그때의 붓놀림, 가까이 있는 사물을 소재로 한 밑그림……."

"그다음에는 에비스야 주인의 취미로, 유명한 시구를 소재로

한 담채화를 몇 개 그렸던 기억이 납니다."

"그 정도였으려나요. 어쨌거나 2년 정도의 짧은 시간이었으니. 이제부터는 다를 겁니다."

기쁨과 분발이 비슷한 정도의 두려움과 꺼림칙함으로 뒤섞인 도미지로의 표정에 비해, 하나야마 도로 쪽이 훨씬 더 즐거워 보였다.

"우선은 붓놀림을 처음부터 다시 해 주셔야 합니다. 밑그림에 더해, 앞으로는 묘사도 많이 해 보지요. 뛰어난 화공의 작품에서 배울 점은 많이 있습니다. 지금부터는 그림을 볼 때 그냥 표면을 쓰다듬기만 해서는 안 됩니다. 해당 그림에 달라붙어 영양분을 빨아들일 정도의 작정을 하고 보십시오."

아울러 당분간은 마음대로 그리는 그림을 금지하겠다고 했다.

"언젠가 도미지로 씨가 마음속에 있는 것을 자유자재로 그릴 수 있게 되려면, 지금은 자유자재를 버리고 철저하게 틀에 맞춰야 합니다."

선생의 말씀은 잘 알겠다. 그러나 도미지로는 순간 마음이 흔들리고 그것이 눈의 움직임으로 나타나고 말았다.

——괴담 자리에서 이야기를 듣고 버리기 위해 그리는 그림도 안 되려나.

선생은 도미지로의 동요를 재빨리 읽어낸 듯하다. 또 눈꼬리를 내리며 묻는다.

"뭔가 그러면 안 되는 사정이 있는지요?"

"아아, 그게……."

"소문으로 듣자 하니 시중에서 유명한 미시마야의 별난 괴담 자리에서 도미지로 씨는 청자를 맡고 계신다고 하더군요."

그렇게 유명해졌습니까?

"혹시 그 일을 할 때 그림을 그릴 필요가 생기는 경우가 있습니까? 예를 들면 이야기를 알기 쉽게 하기 위해서 그림을 그린다거나."

실제로 그럴 때도 있었다. 계보를 그린 적도 있다. 거짓이 아니니 "예!" 하고 도미지로는 소리 높여 대답했다.

그러자 선생은 쿡쿡 웃음을 터뜨렸다.

"당신은 거짓말을 못하는 성품이라, 거짓을 말하려고 하면 특히 목소리가 커지지요."

어. 그렇게 쉽게 꿰뚫어 보시나?

"아까 이리저리 헤매던 눈동자로 짐작하건대 삽화나 계보 외에도 다른 무언가를 그리시는 모양이군요."

선생은 검지를 도미지로 쪽으로 향하고 잠자리를 잡을 때처럼 빙글빙글 돌렸다.

"솔직하게 말해 주세요."

도미지로는 힘이 빠지고 말았다. 아무래도 이 선생에게는 당해 낼 수가 없다. 하는 수 없이 별난 괴담 자리에서 듣고 버리기 위해 그려 온 『기이한 이야기책』에 대해 털어놓았다. 물론 이야기 개개의 내용에 대해서는 여전히 단단히 덮어 두었다. 한 번은 그림을 포기하고, 그러다 곧 완전히 포기할 수 없음을 깨닫기까지의 경위를 설명했다.

"지금의 제 힘으로는 이야기꾼의 이야기를 완전히 그려 낼 수가 없어요. 힘과 기술이 더 필요합니다. 다시 말해 그림의 길에서 살아가고 싶다는 바람을, 저도 겨우 깨달았다는 뜻이지요."

하나야마 도로는 장난스러운 몸짓을 멈추고 진지한 얼굴로 듣더니 고개를 끄덕였다.

"그렇군요. 이제야 이해가 되었습니다."

6월의 뎃포즈 이나리에서 우연히 재회했을 때만 해도 도미지로가 그림의 길로 돌아오리라고는 생각되지 않았다는 것이다.

"어느 모로 보나 미시마야의 효심 깊은 아드님으로밖에 보이지 않았으니까요. 한데 1년 반이 지난 지금, 당신은 결심을 하고 나를 찾아왔지요."

필경 어떠한 계기가 사그라들던 도미지로의 그림에 대한 열정에 다시금 불을 붙였으리라. 무슨 일이 일어났던 걸까 궁금해하는 한편으로 걱정도 했다고 한다.

"선생님의 안력眼力에는 황공할 따름입니다."

"그 정도는 아니에요. 누구든 계기가 없으면 삶의 방식을 바꿀 생각은 하지 않는 법이지요."

소탈한 말은 하얀 반지半紙 일본의 전통 종이 중 하나. 본래는 가로폭 1척 6촌(약 48센티미터) 이상의 큰 종이를 세로 방향으로 절반 잘라 사용한 것에서 나온 이름이지만, 훗날에는 따로 세로 24~26센티미터, 가로 32.5~35센티미터 크기로 제작한 종이를 일반적으로 일컫는 이름이 되었다에 먹으로 선을 긋는 것처럼 명쾌하다.

도미지로는 말했다. "괴담 자리에서 들은 이야기를 통해 제 마음에 생겨나는 풍경은 어이없을 정도로 폭이 넓습니다."

장소도 계절도 제각각, 등장하는 사람들의 생활상이나, 하늘과 산천초목의 모습까지도 전부 다르다. 그것을 그림으로 그리기 위해 도미지로 나름대로 궁리를 해 오기는 했지만, 이제 궁리만으로는 따라잡을 수 없다는 사실을 알았다.

"그리면 그릴수록 완전히 그려 낼 수 없는 것만 눈에 들어와서 답답해 견디지 못할 지경이 되었습니다."

하나야마 도로는 도미지로의 얼굴을 보며 미소를 지었다.

"나도 마찬가지예요. 그리면 그릴수록 그릴 수 없는 것이 보이지요."

"선생님만큼 수련을 쌓으셔도요?"

"이 길에 보름달은 없습니다."

초하룻달에서부터 시작해 야윈 무 조각 같은 초승달을 어찌저찌 반달까지 키웠다. 그러나 거기에서 더욱 어둠을 줄이고 달빛을 늘려 가려면 지금까지보다 더 노력을 쌓아야만 한다.

"한 번은 보였다고, 그려 냈다고 생각한 것도 게으름에 빠지면 금세 흐려져 보이지 않게 되어 버립니다. 지금까지 그릴 수 있었던 것을 일단 놓지 않으면 새로운 것을 그릴 수 없을 때도 있어요."

그만큼 세상은 넓고 아름다움은 심오하고 사람의 마음을 떨리게 하는 것은 셀 수 없이 많다.

"때문에 더더욱 잣대가 되는 '틀'이 중요합니다."

틀을 익힘으로써 비로소 도미지로의 눈은 틀에 들어가지 않는 것을 알아볼 수 있게 된다. 손으로 움켜쥐고 본을 뜰 수 있게 되는 셈이다.

"오늘, 내 제자로 들어오고 나서는, 도미지로 씨, 별난 괴담 자리에서 듣고 버릴 때도 마음대로 그림을 그려서는 안 됩니다."

거기에 족쇄를 채웁시다.

"뭔가 한 종류의 사물만 그리도록 하지요. 어떤 이야기든, 사전에 정한 한 가지 사물만 그리는 겁니다."

금방은 이해가 되지 않았지만 생각하다 보니 이해가 되어 방금 전까지와는 전혀 다른 식은땀이 솟았다.

"그건 즉, 꽃이라든가 새라든가."

"도구나 옷, 미시마야의 별난 괴담 자리이니 주머니로 해도 좋겠네요."

어어어어어. 무리다, 못 해.

"저희 괴담 자리에는 정말이지 백귀야행처럼 온갖 기이한 이야기를 가진 이야기꾼이 오시기 때문에."

한 종류의 사물만으로 표현하라니, 쇼군이 계시는 성의 꼭대기까지 도움닫기 뜀틀뛰기로 날아오르라는 명령이나 다름없다.

"못 하겠어요? 그럼 제자로 들어오는 것도 취소입니다."

"아니, 그런 잔인한."

식은땀을 줄줄 흘리는 도미지로에게는 조금도 아랑곳하지 않고 하나야마 도로는 말했다.

"어떤 족쇄로 할지, 나도 지금 여기에서는 결정할 수 없으니 나중에 제자를 미시마야에 보내서 알려 드리지요."

기대되네요, 기대돼, 하고 상냥하게 처진 눈꼬리를 한 채 중얼거리는 선생이었다.

며칠 후 이른 아침, 도로 선생이 보낸 심부름꾼이 와서 한 통의 편지를 전해 주었다. 도미지로는 오카쓰와 오요시, 오사토 세 하녀와 함께 부엌의 마루방에서 아침을 먹는 중이었는데, 몹시 허둥거리며 손을 씻고 옷매무새도 대충 가다듬고 나서 공손하게 편지를 받아 들었다.

"미안해. 당장 편지를 읽고 싶으니 설거지는 쌓아 둬. 내가 나중에 다 치울 테니까."

스이도바시에 사는 도로 선생의 집에 다니며 그림을 배우기로 결정된 그날부터, 도미지로는 하녀들과 경쟁하듯 일찍 일어나 부엌일부터 가게와 주변의 청소, 설거지 등을 솔선하여 하게 되었다. 미시마야에서 일하며 급료를 받는다고 해도 장사를 하고 있는 낮 동안에는 집을 비우게 되고 마니, 도미지로가 힘을 낼 수 있는 시간은 아침과 밤뿐이다. 밥도 지금까지는 가족과 밥상을 나란히 하고 먹던 것을, 다들 식사를 마친 후에 하녀들 사이에 섞여 먹기로 했다.

사정을 잘 알고 있는 오카쓰는 그렇다 쳐도 아직 신참인 오요시와 오사토는 틀림없이 당황했으리라. 다만 이헤에와 오타미가 언질을 해 두었는지, 오카쓰의 설명이 있었던 모양인지, 이삼일 만에 놀람을 삼키고는 도미지로가 부지런히 일하는 모습을 무턱대고 싫어하지 않고, (그래도 동료 취급은 해 주지 않지만) 일일이 황공해하지도 않으며 무슨 일이든 시키는 데 거리낌이 없어졌다.

지금도 선생의 편지를 들고 흑백의 방으로 달려가는 도미지로의 등을 지켜보던 두 사람이 얼굴을 마주 본다. 오카쓰가 입술 앞에 검지를 세우며 작게 말했다.

"저 편지에 대해서는 도련님이 뭔가 말씀하시지 않는 한 비밀로 해 둬."

오요시와 오사토는 나란히 고개를 끄덕였다. 자식이 많은 집의 어머니와 막내딸 정도로 나이 차이가 나는 두 사람이지만 호흡이 잘 맞는다.

"그럼 말씀대로 설거지는 도련님께 맡기고 저희는 청소를 할게요."

안쪽에서 하녀들이 일하기 시작하자 바깥쪽에서는 이이치로가 가게 사람들에게 분부하고 일일이 대답을 확인하며 가게 앞을 정돈하는 대화 소리가 들려왔다. 팔 물건을 예쁘게 진열할 뿐만 아니라 어쩌다가 물건이 떨어지거나, 누군가가 단차에 걸려 넘어지거나, 가구나 세간에 몸을 부딪치거나 할 위험이 없는지를 매일 아침 이렇게 점검하는 것이다.

도미지로가 가게 앞에서 넘어져 정강이에 꽤 큰 상처를 입은 일이 계기가 되어 이런 습관이 생겼다. 당시 도미지로는 가엾을 정도로 풀이 죽어 부끄러워했고, 이이치로는 화를 내며 어이없어 했다. 하지만 분노가 가라앉자마자 "두 번 다시 같은 일이 일어나지 않도록"이라며 매일 점검을 시작했다.

오카쓰가 대강의 볼일을 마치고 부엌으로 돌아와 보니 마침 도미지로가 설거지를 마치고 부엌 정리도 끝낸 참이었다. 거기에 오카쓰보다도 한 발 먼저 사환 신타가 와 있었다.

"아, 오카쓰 씨."

이쪽을 돌아보는 신타의 눈이 빛나고 있다.

"방금 전에 도안 씨한테서 소식이 왔어요. 오늘 괴담 자리의 손님이 오신다고 합니다."

도미지로는 우왕좌왕하는 듯하고 안색이 밝지 않다.

"뭔가 짠 것 같네. 선생님한테 방금 편지가 왔는데 뒤를 쫓듯 새로운 이야기꾼이 오다니."

목소리에도 당황한 기색이 나타나 있다.

"……생각할 시간이 더 필요한데."

"아니요, 이편이 결단하기 좋으니 잘되었어요."

오카쓰는 한 점의 그늘도 없는 웃음을 띠며 대답했다.

"도로 선생님께는, 오늘은 괴담 자리 때문에 휴가를 받겠다고 신타를 시켜 알려 드리도록 하지요. 신타, 손님이 오시는 시각은 늘 그렇듯이 오후 두 시 정도로 생각하고 있으면 될까?"

"예, 그렇게 말씀하셨어요. 오랜만이라 더 기대가 되네요."

신타는 들떠 있는데, 도미지로는 고개를 떨어뜨리며 귓불을 잡아당기고 있다. 안색이 더욱 흐려졌다.

"참, 도련님."

신타가 동그란 눈을 도미지로에게 향하며 말했다.

"앞으로도 괴담 자리의 손님에게 낼 과자는 도련님이 골라 주십사 하고, 나리께서 말씀하셨어요."

"지금까지 하던 대로 하면 되나?"

도미지로는 놀란 얼굴이었지만 신타는 고개가 떨어져 나갈 듯한 기세로 크게 끄덕였다.

"과자에 드는 돈은 나리께서 도련님의 장부에 적어 두고 언젠가 한꺼번에 받겠다고 하셨습니다."

이번에는 "우헤에" 하는 목소리를 내며 도미지로는 얼어붙고 말았다.

"나리께 들었어요. 도련님은 화공이 되실 거라고 하더군요. 저는 너무너무 자랑스럽고 기뻐서 견딜 수가 없습니다."

신타는 당장이라도 둥실둥실 떠올라 버릴 것만 같다. 한편 도미지로는 반대쪽 귀를 잡아당기기 시작했다.

"……자랑거리는 못 될 거야."

웃음을 참은 오카쓰는 태연한 표정을 꾸미며 도미지로에게 말했다.

"그렇게 심약해서 어쩌시려고요. 출세해야지요, 도련님."

신타는 꾸벅 절을 하고는 말했다.

"심부름도, 지금까지 하던 대로 제가 어디든 다녀올게요. 무엇이든 시켜 주세요!"

"응응. 고마워."

우선 신타에게 일을 부탁하고 오카쓰와 둘이 남자 도미지로는 길게 한숨을 쉬었다.

너무 웃으면 불쌍하다. 오카쓰는 상냥하게 물었다. "도로 선생님께서는 어떤 족쇄를 분부하셨나요?"

순식간에 도미지로의 입 양쪽 끝이 내려갔다. 오카쓰가 모르는 미시마야 형제의 어린 시절에, 형에게 꾸지람을 듣거나 말다툼에서 지거나 하면 분명 도미지로가 띠었을 표정이다.

"──간판."

"예?"

"간판 말이야. 우리 가게 앞에도 있잖아? 시중에는 밤하늘 별만큼 많겠지."

하나야마 도로는 앞으로 도미지로가 괴담 자리의 이야기를 듣고 버리기 위해 그리는 것은 반드시 간판 그림이어야 한다는 과제를 냈다고 한다.

과연. 오카쓰는 마음속으로 무릎을 탁 쳤다.

"지금까지보다 더, 이야기의 핵심을 확실하게 파악한 후에 졸이고 또 졸여서 한 장의 간판 그림으로 완성해 내야겠군요. 이건 청자로서의 도련님을 단련하는 방편으로도 이어지는 훌륭한 족쇄예요."

망설임이 없는 오카쓰의 매끄러운 말 앞에서 도미지로의 신음이 입안에 고인다. 우우우우우.

"이전에 여관의 등롱간판을 그리신 적이 있지요. 저는 『기이한 이야기책』에 넣을 때 얼핏 보았을 뿐이지만 사랑스럽고 밝고 마음을 끄는 간판이었어요. 앞으로도 그때의 요령으로——."

오카쓰의 말을 방해하듯이 도미지로의 신음이 탁해진다. 구우우우우.

"계속 그런 목소리를 내고 있으면 입 끝에서 거품이 나와서 게가 되고 말걸요."

엄하게 말하며, 오카쓰는 소매를 묶는 어깨띠를 고쳐 맸다.

"자, 시작하지요. 흑백의 방도 새로운 이야기꾼을 애타게 기다리고 있을 거예요."

이야기하고 버리고, 듣고 버린다. 넓은 에도 전체에 단 하나, 미시마야의 별난 괴담 자리만이 해낼 수 있는 역할인 것이다.


흑백의 방에 있는 도코노마를 장식하는 족자에 새하얀 반지半紙를 붙인다. 구석에 붙여 놓은 책상 위에는 서찰함. 그 안에는 도미지로가 애용하는 벼루와 먹물통, 중태中太 크기의 붓과 어린아이의 눈썹으로 만든 듯한 세필細筆이 한 자루씩.

오카쓰는 꽃장수를 불러 잠시 상의한 후에 애기동백 몇 가지를 샀다. 가지 끝에 홑겹의 하얀 꽃이 피어 있는 것과, 맺히기 시작한 꽃봉오리에서 선명한 붉은색이나 복숭앗빛의 꽃잎이 엿보이는 것. 그것을 둥근 청자 화기花器에 꽂아 검게 옻칠한 대 위에 두었다. 도코노마의 풍경이 화려해지고 애기동백의 흰색과 반지의 흰색이 서로를 돋보이게 한다.

이야기꾼을 맞이하기 위해 도미지로는 조시치지미銚子縮 에도 시대에 조시銚子에서 많이 생산되어 전국적으로 유명해진 직물. 어부의 아내나 딸이 고기를 잡으러 가는 어부의 안전과 풍어를 기원하며 가내수공업으로 만들었던 것이 그 시초라고 하며, 천이 튼튼하고 감촉이 좋아 널리 애용되었다로 지은 기모노에 이헤에에게 물려받은 검은 하오리, 하얀 버선은 새로 지은 것을 신었다. 화공을 지망하는 사람 나름으로, 마음을 하얗게 비우고 괴담 자리의 청자로서 자리에 앉기 위해.

준비가 다 되자 오카쓰는 평소처럼 옆에 있는 작은 방으로 들어갔다. 괴담 자리의 수호자로서 이야기가 끝날 때까지 오카쓰가 있어야 할 자리다.

신타는 매우 바빴는데, 스이도바시에 있는 도로 선생의 집에서 도미지로가 고른 '오늘의 다과'를 사러 오카와 강 맞은편, 도미오카 하치만구富岡八幡宮 도쿄 고토구 도미오카에 있는 신사. 하치만구는 하치만다이진八幡大神을 모신 신사를 말하는데, 하치만다이진은 오진 천황應神天皇을 비롯하여 히메가미比売神, 진구 황후神功皇后의 신위를 가리킨다. 궁시弓矢의 수호신으로 무사들이 숭앙했다의 문전마을까지 심부름을 갔다. 목적은 튀김만주인데, 갓 튀겼을 때 입안 가득 밀어넣으면 속에 든 팥소까지 뜨겁다. 매일 한기를 더해 가는 11월 초에 어울리고, 바삭한 만주피의 색깔이 눈으로 보기에도 맛있다.

—— 식기 전이 맛있지.

도미지로의 마음이 닿았는지, 달콤한 냄새가 나는 꾸러미를 안고 달려 돌아온 신타의 뒤꿈치를 밟듯이 흑백의 방에 손님이 도착했다.

"어머나, 이건 튀김만주로군요."

도미지로가 낸 다과를 보자마자 손님은 소리쳤다.

"그립네요. 우리 외할아버지가 몹시 좋아하셨다면서 기일이 되면 외할머니가 사 오시지요. 우리 손녀들도 떡고물을 얻어먹곤 했어요."

나이는 사십대 후반일까, 쉰이 되었을까. 자그마하게 틀어올려 묶은 머리는 희끗희끗하다기보다는 전체가 회색이다. 이마에는 몇 줄의 가로주름이 눈에 띄지만 안색은 생기 있고 피부에도 탄력이 있다.

기모노는 붉은 기가 섞인 어두운 황갈색의 에도즈마<sub>江戸褄 여성의 기모노에서 앞길과 섶의 앞뒤에 사선으로 문양을 염색한 것. 에도 오오쿠의 여성이 착용해서 이런 이름이 붙었다고 한다</sub>인데, 옷자락을 장식한 무늬는 애기동백의 가지와 봉오리였다. 계절 꽃이니 우연히 겹쳤겠지만, 오카쓰가 도코노마에 꽂은 것과는 달리 에도즈마의 봉오리에서는 하얀 꽃잎이 엿보인다. 앉아 버리면 보이지 않지만 아마 완전히 핀 꽃은 하나도 없고 이제부터 피려고 하는, 핀 상태가 미묘하게 다른 봉오리만을 몇 개 배치한 세련된 무늬일 것 같았다.

평소에는 아무도 지내지 않기 때문에 흑백의 방은 싸늘하다. 도미지로 옆에는 쇠주전자를 올려놓은 화로, 손님의 오른쪽에는 손을 쬐는 작은 화로. 툇마루 쪽에서 틈새 바람이 숨어드는 곳에도 어린아이가 걸터앉을 수 있을 만한 크기의 화로가 놓여 있다.

도미지로가 끓인 호지차의 향을 칭찬하고 요즘의 날씨를 화제로 삼으면서 손님은 튀김만주를 맛있게 먹었다. 낙천적이고 스스럼이 없다. 좋은 집안에서 자라, 다른 사람의 시중을 받는 데 익숙한 모양이다. 도미지로와 마찬가지로 단것을 몹시 좋아하는지도 모른다.

튀김만주 두 개를 먹고 호지차 한 잔을 다 마시고 나자, 손님은 가볍게 앉은 자세를 고치며 새삼 도미지로를 향했다.

"오자마자 잘 먹고, 뻔뻔스러운 아줌마라고 생각하시겠지요. 용서하세요."

"아니요, 그렇지는……."

뻔뻔스럽다고는 생각하지 않았지만 참 잘 먹는다고 감탄하긴 했다.

"이건 제 친정에서 배운 거예요. 어딘가 남의 집에 가서 나온 다과에 손을 대면, 아무리 거북한 상황이더라도 볼일이 끝나거나 주인이 돌아가라고 할 때까지 일어나서는 안 된다고요."

아하. 미시마야에는 없는 가르침이다.

"이 댁의 괴담 자리에서 이야기해야겠다는 생각은 2년쯤 전부터 하고 있었어요. 소개꾼인 도안 씨한테도 진작 부탁은 해 두었지만 막상 오늘이 되니 집을 나올 때부터 약간 주눅이 들어서요."

그래도 이야기해 버리고 싶다. 이야기하고 싶기 때문에 오늘까지 순번이 돌아오기를 기다리고 있었던 것이다. 주저주저하는 자신에게 족쇄를 채우기 위해, 미시마야에서 안채로 안내되고 찬물이든 더운물이든 대접을 받으면 곧장 입에 넣어 버리자는 생각을 하고 있었다고 했다.

뭘까. 도미지로는 또 여우에 홀린 기분이다.

이 품위 있는 중년의 손님──상석에 딱 어울리게 앉은 이야기꾼은 뭔가 지나치게 잘 만들어져 있다. 우연히 대접한 튀김만주에 추억이 있다며 그리워하고, 하필이면 도코노마의 꽃과 같은 애기동백 무늬의 기모노를 입었는데, 나아가서는 '자신에게 족쇄를 채운다'는 표현까지 입에 담다니.

──아니면 이건 흑백의 방의 조치인가?

도미지로, 정신 단단히 차려라. 밥상이라면 얼마든지 차려 줄 테니.

"고맙습니다."

자세를 바로 한 도미지로가 이야기꾼을 향해 손가락을 짚고 엎드리며 머리를 숙였다.

"저는 미시마야의 둘째 아들로 도미지로라고 합니다. 이 별난 괴담 자리의 청자를 맡고 있습니다."

자기소개를 하자 마음이 차분해지기 시작했다. 튀김만주의 달콤한 향기가 기분 좋다.

"이곳에서 이야기꾼인 손님께 내는 과자는 늘 제가 고릅니다. 마음에 들어해 주시고, 게다가 손님께 추억이 깊은 과자였다니 바라지도 않았던 기쁨입니다."

부디 마음을 열고 이야기해 주십시오. 이야기하고 버리고, 듣고 버리겠다고 약속드립니다. 자기소개는 할 필요가 없고, 이야기 속에 나오는 장소나 사람의 이름 역시 덮어 두셔도 됩니다. 가명이 필요한 경우에는 마음대로 붙여 주십시오. 뭣하면 저도 같이 생각해 드리겠습니다──.

도미지로가 정해진 말을 늘어놓자 이야기꾼도 조용히 고개를 끄덕여 답한다.

"지금부터 이야기해 드릴 것은 제 외할머니의 사연이에요."

이야기꾼 어머니의 친정은 시중에서 직업소개꾼을 하고 있었다. 외조부모 부부가 2대째이고 이야기꾼의 어머니가 데릴사위를 들여 가게를 물려받은 것이 3대째였는데, 화재로 가게가 불탄 뒤로 생업에서는 손을 떼었다.

"그러니 이제 와서 제가 옛날 이야기를 한들 누구에게도 폐가 되지 않아요. 가명은 쓰지 않아도 된답니다."

"손님의 가족을 신경 쓸 필요는 없을까요?"

도미지로의 물음에 이야기꾼은 가볍게 오른쪽 눈을 깜박였다. 그때 처음으로 깨달았다. 이분은 왼쪽 눈과 눈꺼풀의 움직임이 조금 둔해 보인다. 아니, 얼굴 왼쪽 절반의 움직임이 딱딱하다고 해야 할까.

"저도 이제 은퇴했고 과부의 몸이니까요……."

중얼거리며 우선 얼굴의 오른쪽 절반으로 밝게 웃는다. 왼쪽 절반은 반 호흡 늦게 어색하게 웃는다.

"남편이 살아 있었다면 이런 동화 같은 이야기를 다른 곳에 퍼뜨리지 마라, 꼴사납다고 나무랐을 테지요. 저 가게의 큰마님은 말도 안 되는 허풍쟁이라는 소문이 나면, 우리 장사에도 지장이 생긴다면서요."

말해 버리고 나서, 이야기꾼은 한창때의 소녀처럼 날름 혀를 내밀었다.

"으음, 그러니까 허풍쟁이처럼 들릴 이야기로군요."

도미지로는 기뻐지기 시작했다. 한여름의 매미처럼 손을 맞비비고 싶을 정도였다.

"괴담 자리에서 저는 다이다라봇치<sub>동일본 쪽에서 흔히 보이는 거인 전설에 등장하는 거인의 이름. 다이다 법사大太法師라고도 한다. 엄청난 괴력을 가지고 있어서 후지산을 하룻밤 사이에 만들었다는 전설이 있다</sub>가 아니면 들어 올려 볼 수도 없을 것 같은 엄청난 소라고둥<sub>소라고둥을 가리키는 일본어 '호라ほら'에는 '허풍'이라는 뜻도 있다</sub> 같은 이야기를 몇 가지나 들었답니다."

이야기꾼은 당혹스러운 듯이 눈을 깜박였다. 또 왼쪽 눈꺼풀의 움직임이 약간 느리다.

"다이다라봇치?"

"산에 사는, 산보다도 커다란 거인 요괴입니다."

그러자 이야기꾼은 턱을 살짝 당기며 눈을 휘둥그렇게 떴다. 다이다라봇치——하고, 새로 알게 된 단어를 혀끝으로 굴리듯이 되풀이한다. 흰색과 밝은 녹갈색을 맞춘 비단 옷깃이, 잔주름은 있지만 검버섯은 많지 않은 하얀 뺨과 조화를 이루고 있다.

도미지로는 문득 작은 동박새를 떠올렸다. 이분은 내민 손바닥에 불쑥 올라오는 붙임성 좋은 동박새 같다.

"괴담 자리의 청자를 하실 정도이니 요괴나 귀신도 잘 아시겠네요. 그렇다면 도미지로 씨는 '묘시猫時'도 아시나요?"

어? 고양이 시. 처음 듣는다.

"시간의 이름이로군요."

"네. 보통은 십이지로 말하지만 그중에 고양이가 들어가는 경우가 있어요."

하루를 12로 나누고 오후 11시부터 1각(약 두 시간)마다 자축인묘진사오미신유술해子丑寅卯辰巳午未申酉戌亥로 시간을 나타낸다. 참고로 숫자로는 이것을 4에서 9까지의 여섯 글자로 세어 한밤중의 자정각子正刻이 밤 아홉, 거기에서부터 반각(약 한 시간)마다 아홉 반, 여덟, 여덟 반으로 나아가다가 한낮, 즉 정오가 낮 아홉이 된다. 이것이 도미지로가 알고 있는 시간 세는 법이다.

"십이지 중 하나를 대신해서 고양이가 들어가는 걸까요?"

도미지로의 물음에 이야기꾼은 고개를 젓고는, "아니요. 그런 건 아니에요. 다만 어떤 곳에 고양이가 지키고 있는 시종時鐘이 있거든요. 그게 울리기 시작하면 묘시가 시작되지요."

다른 십이지의 경우와 마찬가지로, 그 후로 1각 동안은 묘시가 된다고 한다.

"고양이는 밤에 사냥을 하는 짐승이기 때문에 묘시도 한밤중이에요. 달도 별도 사라져 보이지 않게 되어 버리는, 캄캄한 밤."

캄캄한 밤. 그 말을 입에 올릴 때, 이야기꾼의 눈동자도 어둠이 되었다.

고양이가 지키고 있는 시종이라. 도미지로는 가슴이 뛰었다. 몇 번이나 청자로서 이야기를 들었지만, 이야기의 입구가 보이기 시작하는 첫 단계가 가장 두근거린다.

"아아, 꽤 어렵네요" 하고 말하며 이야기꾼이 작게 쓴웃음을 지었다. 눈동자의 어둠이 흩어지고 밝은 눈빛으로 돌아왔다.

"막상 하려니 어디에서부터 어떻게 이야기하면 좋을지."

"그럼 제 쪽에서 한 가지 여쭤보지요."

도미지로도 웃는 얼굴로 입을 열었다.

"외할머님의 이야기라고 하셨는데, 그걸 저희 괴담 자리에서 이야기해야겠다고 생각하신 이유가 있으실까요?"

대단한 이유는 아니라고 이야기꾼은 곧 대답했다. "2년 전에, 저는 외할머니가 돌아가신 나이가 되었어요."

외할머니를 그리워하는 마음 때문인지 그 눈빛이 더욱 부드러워진다.

"언제 외할머니가 마중을 나와도 이상하지 않을 나이가 되니

이 세상에 있는 동안 누군가에게 제대로 들려주고 싶다는 바람이 생기더군요. 그래서 이름 높은 미시마야의 별난 괴담 자리를 떠올렸어요."

"고맙습니다."

도미지로는 새삼 절을 했다. 얼굴을 들어 보니 이야기꾼은 검지를 자신의 왼쪽 눈 밑에 대고 있었다.

"도미지로 씨, 눈치채셨나요? 저는 얼굴의 왼쪽 절반이——특히 눈 주위가 조금 마비되어서요. 오른쪽 절반처럼 재빠르게 움직이지 않아요."

역시 자신의 기분 탓이 아니었다. "예에" 하고 고개를 끄덕이며 도미지로는 다음 말을 재촉했다. 이야기꾼은 손을 무릎 위에 내려놓으며,

"열일곱 무렵 한창 더운 여름에 열병에 걸렸거든요. 어머니와 외할머니의 증언에 따르면 칠 일 밤낮으로 앓았다고 해요."

팔 일째 아침에 열이 내렸지만 몸 전체가 마비되어 움직이지 않았다. 땀띠가 퍼져 여기저기가 부풀어 오르고 마디마디가 굳어 버려 혼자서는 몸을 뒤척이지도 못했다.

"끈기 있는 보살핌을 받아 땀띠를 치료하며 하루에 조금씩, 어제는 오른쪽 발끝, 오늘은 왼쪽 무릎——하는 식으로 풀어 나가다 보니 한 달쯤 지나서야 겨우 움직일 수 있게 되었어요."

고목처럼 바싹 야위었기 때문에 영양가 있는 음식을 먹으며 정양을 계속했지만, 혈색이 돌아오고 뺨이 통통해져도 얼굴 왼쪽

절반의 마비만은 사라지지 않았다.

"이 나이가 될 때까지 그대로예요."

"……열병은 무섭군요."

"그 무렵 외조부모님이 은퇴하시고 제 부모님이 3대째로 꾸려나가던 본가의 직업소개소는 장사가 잘되고 있었는데, 어머니가 묘한 걱정을 하시더군요."

──경쟁 가게의 질투로 오후미가 저주를 받은 건지도 몰라.

"그렇게 의심하며 기도사를 부르거나 굿을 하면서 돈을 쓰는 바람에 외할아버님께 꽤 야단을 맞았어요."

거기까지 말하고 나서 깨달은 모양이다.

"어머나, 저도 참, 아직 제 이름도 제대로 말씀드리지 않았군요. 오후미ふみ라고 합니다. 외할머니도 같은 글자를 쓰는데, 이쪽은 오분ふ文이라고 읽어요."

외할머니와 손녀는 이름자가 같을 뿐만 아니라 사이도 좋았다.

"제 위로는 연년생인 오라비가 두 명, 나이 차이가 조금 나는 누이동생과 남동생이 하나씩 있어요. 아버지도 어머니도 그쪽을 신경쓰느라 한가운데에 낀 저는 방치되었다고 할까, 자연히 외할머니와 친해졌고 외할머니가 키우다시피 했지요."

"이름에 각각 문文 자가 있으니 서신이 오가듯 마음이 통했겠네요."

도미지로가 농담을 하고, 둘이서 웃었다.

"그렇다 해도 한창 나이에 큰 병으로 앓아 누웠으니 힘드셨겠어요."

오후미는 소녀로 돌아간 것처럼 사랑스럽게 고개를 끄덕이며 말했다. "⋯⋯때마침 혼담이 들어와 있었어요. 꽤 좋은 인연이었지요. 저도 아는 사람이고 싫지 않게 생각하던 상대였어요."

춤을 가르치는 선생님 밑에서 함께 배우던, 쌀 도매상의 셋째 아들이었다고 한다.

"그쪽도 처음에는 제 회복을 기뻐해 주었지만."

왼쪽 절반이 마비된 오후미의 얼굴을 본 순간 손바닥을 뒤집었다.

"지금은 세월이 흘러서 웬만큼 좋아진 것이고, 당시에는 더⋯⋯ 왼쪽만 아교를 발라 굳어버린 것 같은 모습이었으니 쌀쌀맞게 대해도 어쩔 수 없었지요. 제가 상대의 입장이었다면 양심의 가책을 느끼면서도 역시 똑같이 거절했을 거예요."

싫지 않게 생각하던 상대와의 혼담이 깨지고 얼굴의 마비는 조금도 나아지지 않아서,

"당시의 저는 하루 종일, 낮 동안에도 어둠 속에 웅크리고 있는 기분이었어요."

앞으로 목숨만 살아 있다 한들 무슨 소용이 있을까. 극락왕생을 이루어 내세에서 행복을 찾는 편이 낫지 않을까? 그래, 차라리 죽어 버리자. 그게 좋겠다.

"몇 달이 지나도 기운을 차리지 못하고 죽자는 생각에만 빠져 있었으니, 가족도 고용살이 일꾼들도 집 안에 죽은 사람이 어슬

렁거리는 기분이 들어서 곤란하다고 여기지 않았을까요."

그야말로 시간이 약이다 하고, 본인이 마음을 추스르기를 기다려 보자. 그런 배려로 주위 사람들은 오후미를 질타하지 않았다. 함부로 위로하는 것도, 가엾게 여기는 것도, 어리광을 받아 주는 것도 삼갔다.

"다만 제가 분별없는 짓을 저지르지 않도록 주의깊게 지켜보고는 있었겠지요."

겨울 초의 어느 날 아침, 마당에 생긴 서릿발을 바라보고 있던 오후미는,

──좋아, 오늘이 그날이야. 이게 다 녹기 전에 죽자.

묘하게 단호한 결심이 서서 우선은 침실을 정리하고 청소를 했다. 시체가 보기 흉하지 않도록 측간에 다녀오고 머리를 다듬고 속바지를 갈아입고 고소데도 좋은 것으로 갈아입었다.

"침실로 돌아가 문을 전부 닫고, 먹을 갈아 짧게 남기는 글을 적은 후 품에 쑤셔넣고, 드디어 목을 매기 위해 평소 좋아하던 허리띠를 상인방에 걸려는데, 당지를 찢을 것 같은 기세로 외할머니가 방으로 뛰어 들어왔어요."

오분 할머니는 결정적인 때를 보아 꾸짖어 주려고 내내 오후미의 상태를 살피고 있었던 것이다.

"분하지만, 외할머니의 의도대로 여차하는 순간에 방해를 받으니, 썩어 있던 무언가가 떨어져 나간 듯 정신이 들더군요."

눈물이 왈칵 넘쳐흘러 어린애처럼 거리낌없이 엉엉 울었다.

"지치고 배가 고파졌을 때, 외할머니가 만주와 차를 가져다주었어요. 그게 어찌나 맛있던지——."

눈동자에서 밝은 빛을 내뿜으며 오후미가 웃는다.

"지금 떠올려도 입안에 침이 고일 것만 같아요."

단것 이야기인데도 도미지로는 목구멍 속에서 짠맛이 치밀어 올랐다. 동박새처럼 눈이 또렷한 오후미 씨가 절망 속에서 죽음을 바라다가 아슬아슬하게 만류당한 뒤에 울다 지쳐 입에 넣은 만주.

오후미는 도미지로가 대접한 튀김만주 접시에 힐끗 시선을 떨어뜨리며 말했다.

"그때의 만주는 하얀 찐만주였어요. 꼭대기에 네모 모양의 화인이 찍혀 있었지요. 왠지 그게 똑똑히 기억나요."

——'만주를 먹는 여자'라는 미인도.

언젠가 도로 선생의 허락을 얻을 수 있다면 그려 보고 싶다. 물론 그 화인도 제대로 그릴 것이다. 눈꼬리에 붉은색을 칠해 울어서 부은 느낌을 표현할 수 있으면 좋을 텐데.

"가까스로 정신을 차렸을 때 외할머니가 이야기해 주었어요."

네가 슬픔과 괴로움에 시달리고 있을 동안에는 이런 말을 들려주어 봤자 지어낸 이야기로 받아들였을 테니, 바늘 끝으로 찌른 정도의 효험도 없었겠지. 아니면 입에서 나오는 대로 아무렇게나 얘기하지 말라며 도리어 네가 성을 내 버릴지도 모른다는 걱정을 하고 있었단다——.

"하지만 큰 산을 하나 넘은 지금의 너라면 귀를 기울여 주겠지. 그러니 이야기해 주마, 하고."

믿고 믿지 않고는 네게 맡기겠다. 하지만 이건 정말로 있었던 일이야.

"먼 옛날, 외할머니가 막 열아홉 살이 된 정월 초의 일이었다고 해요."

오분 할머니가 이 집에 시집을 와서 두 번째로 맞이하는 정월이었다.

"외할머니는 첫 아이를 잃은 참이었어요."

무사히 태어났다면 칠삭둥이일 무렵에 유산되어 버린 아기는 어머니까지 길동무로 데려갈 뻔했다.

"열병에 걸렸을 때의 저와 마찬가지로, 외할머니는 열흘 이상이나 생사를 헤맸다고 해요."

그동안 오분 할머니는 정신이 들면 아픔으로 괴로워하고 잠들면 악몽에 시달리며 산지옥 안을 기어다니는 것 같았다고 한다.

"빨리 죽어서 편해지고 싶다. 아니, 나는 이미 죽어서 지옥에 떨어진 걸까. 그래서 이렇게 괴로운 걸까. 그렇게 생각하면 타는 듯한 눈물이 흘러 나왔대요. 목은 말라서 칼칼하고 목소리도 나오지 않고. 숨만 쉬어도 가슴이 찢어질 것 같고 몸 여기저기에서 계속 피가 흘러나오는 느낌이 들고."

오후미는 단조롭게 말하지만 듣고 있던 도미지로는 몸이 오싹오싹 움츠러드는 기분이 들었다. 아아, 못 견디겠다. 그런 일을 당한다면 자신은 반나절도 버티지 못할 텐데. 목숨이 다해 끊어지기 전에 제정신이 아니게 되리라.

"가끔 한 번씩 숨 쉬기가 편해지면 즐거웠던 어린 시절이나 처녀 적의 일이 생각났대요. 아아, 그립다, 돌아가고 싶다——."

어른이 된다는 것은 조금도 좋은 일이 아니다. 계속 어린아이였으면, 처녀 시절 그대로였다면 좋았을 텐데.

"적어도 이 집의 며느리는 되고 싶지 않았다고요."

여기에서 한 번 말을 끊더니, 오후미는 도미지로의 얼굴을 바라보았다.

"외할머니는 이 전에도 후에도 오직 이때만, 저에게만 털어놓았어요. 제게도 웬만하면 가르쳐 줄 생각은 없었다면서 이야기를 시작하기 전에 사과하시더군요."

왜냐하면 어떻게 해도 가족의 험담이 되기 때문이다.

"외할아버지의 부모님, 그러니까 우리 집의 가업을 일으킨 1대째 부부는 외할머니한테는 시부모예요. 외할머니의 이야기는 그런 사람들의 좋지 못한 부분을 말하지 않고서는 성립하지 않는 내용이었어요."

아직 홀몸이고 남자인 도미지로도 짐작이 간다.

"그렇군요, 이해가 갑니다."

격려하듯이 한 마디 거들자 거기에 용기를 얻은 듯 오후미는 한 번 숨을 쉬고 나서 말을 이었다. "외할머니가 첫 아이를 잃은 건 그냥 운이 나빴기 때문이 아니에요."

물론 본인의 잘못도 아니다.

"원래 방탕한 아들이었던 외할아버지는 아내를 얻고도 늘상 집을 빠져나가서는 술을 마시거나 돈을 쓰거나……."

도박만은 손대지 않은 정도가 유일한 다행이었다나.

"1대 부부는 그런 아들을 나무라지도 않고 오히려 외할머니가 못나서 그렇다며 탓했다고 해요."

세간에 간혹 있는 슬픈 이야기다. 차가운 남편과 며느리를 구박하는 시부모.

"외할머니는 외롭고, 몸도 마음도 둘 곳이 없었어요. 이름만 며느리였지, 실은 매일 하녀처럼 일만 했지요. 때로는 식사도 모자라서 배 속의 아기를 키울 수가 없을 지경이었고요. 남편이나 시부모를 원망할 이유가 충분하지요."

그러나 오분 할머니가 이야기하는 원망의 말은 오후미에게는 외할아버지네 가족 세 명의 험담이다. 타당한 이유가 있어도 듣기 힘들어서 가능하면 알고 싶지 않다고 꺼려도 무리는 아니다.

"하지만 저는 듣고 싶었어요."

빈틈없고 지혜로운 외할머니가 그토록 괴로운 젊은 시절을 보냈다니. 지금의 자신과 마찬가지로 죽음의 수렁을 들여다보고 절망의 어둠 밑바닥으로 걷어차여 떨어지는 일도 있었을까.

"어느새 저는 눈물을 흘리고 있었어요. 눈물을 뚝뚝 흘리면서 외할머니의 손을 잡고 부탁했어요. 어떤 이야기를 듣더라도 괜찮으니까 남김없이 모든 걸 털어놓아 달라고요."

오분 할머니는 오후미의 부탁을 받아들였다.
그리고 지금부터 나올 이야기에는 인정사정이 없다.

*

아픈 등을 참으며 몸을 뒤척이자 새로운 피 한 줄기가 허벅지 뒤로 흘러 떨어진다.

오분은 낮게 신음했다. 손도 발도 차갑고 손끝에는 감각이 없다. 이대로 썩어서 손발이 없어져 버리면 어떡하지.

——그러면 손도 발도 없고 핏기 없는 유령이 되어 이 집에 천벌을 내려 줄 수 있을까.

그럴 수 있다면 조금쯤 통쾌한 기분이 들지도 모르겠다. 힘없이 웃었더니 구역질이 났다.

시간을 돌릴 수 있다면 돌리고 싶다. 어린 시절로 돌아가고 싶다. 거기까지 거슬러 올라가기가 무리라면 최소한 이 집으로 시집오기 전까지.

——그래, 고양이들과 함께 살던 야나가와무라 마을의 집으로 돌아갈 수 있다면.

눈을 감고 그렇게 기도했다.

오분은 무코지마에서 채소 중개상을 하는 부모님 밑에서 태어났다. 위로 오라비와 언니가 있었는데, 막내딸인 오분은 모두에게 귀여움을 받으며 자랐다.

큰 가게는 아니었다. 아버지와 오라비가 부지런히 다녀 거래를 성사시키면서 꾸려 가는 장사였기 때문에 결코 유복하지는 않았다. 그래도 가족은 사이가 좋았고 큰 수해나 화재를 당하는 일도 없었다. 오분은 행복한 어린 시절을 보냈다.

첫 번째 혼담은 열여섯 살 때 들어왔다. 앞서 언니의 혼담을 주선한 오지랖 넓은 동료 상인이 가져온 이야기였다.

언니는 열여덟 살에 시중의 큰 채소 가게에 시집을 가서 곧 아기를 낳았다. 동글동글하고 건강한 사내아이였다. 시댁에서는 어엿한 후계자를 낳은 작은 마님으로서 언니를 소중히 대했다. 부부 사이도 좋았다. 부모가 기쁜 것은 당연한 일이지만 중매 역할을 했던 동료 상인까지 몹시 기뻐하여,

──내가 중매운이 있네.

하며 신이 났다. 그래서 다음에는 오분에게 좋은 인연을 찾아주겠노라며 몹시 열심이었다.

먼저 가정을 꾸린 오라비까지 합치면 부모에게는 이미 두 명의 손자가 있었다. 그래도 막내딸의 귀여움은 또 각별한지, 특히 아버지가 오분에게 혼담은 아직 이르다, 당분간은 시집을 보내지 않겠다며 완고하게 거절했다. 하지만 중매운인지 뭔지를 두고 콧대가 높아져 신이 나 있는 동료 상인은 기죽지 않고 계속해서 혼담을 들고왔다.

아직 어렸던 오분 본인도 여기에는 질려 버렸다. 언니는 이웃에서도 소문난 미인이었지만 오분은 특별히 눈에 띄는 점도 없

고, 굳이 말하자면 못생긴 얼굴이다. 본인도 아는 사실이고 거기에 열등감을 갖고 있지도 않았다. 그런데,

——못생겼다고 해서 신경 쓸 필요 없어. 내가 좋은 곳과 인연을 맺어 줄 테니까.

하고 큰 소리로 떠들어 대면 이쪽도 기분이 좋을 리가 없다. 그러다가 실은 이 동료 상인이 언니의 시댁에서 사례금을 받았을 뿐만 아니라 틈만 나면 자신의 공을 내세워 돈을 뜯어내고 있다는 사실이 드러나게 되었다. 오분은 더더욱 진저리가 났다.

부모님과 오라비 부부와 상의해, 오분은 아버지가 젊었을 때부터 친하게 지내던 야나가와무라 마을 지주의 집에서 잠시 예의범절을 배운다는 명목으로 몸을 의탁하여 숨어 있기로 했다. 계절은 가을의 중반으로, 가족과 하룻밤 중추명월을 구경하고 나서 오분은 은밀하게 본가를 떠났다.

야나가와무라 마을은 논과 매화나무밖에 없는 시골이다. 혼조에서 한참 동안 북쪽으로 올라가야 나온다. 오분이 몸을 의탁한 곳은 지주의 본가가 아니라 지주의 선대 부부가 살고 있는 별저였다. 봉곳한 억새지붕과 넓은 마당에 풀어 기르는 닭들. 별저 바로 옆을 흐르는 관개용 수로에서 덜컹덜컹 돌고 있는 물레방아. 주위를 둘러보면 추수가 끝난 논과 추수를 기다리는 황금색 논이 바둑판 무늬로 섞여 있다. 논두렁길을 따라 흔들흔들 줄지어 있는 참억새는 어딘가를 향해 한결같이 나아가려고 하는 행자(行者)들 같다. 모든 풍경이 에도 시중에서 자란 오분에게는 신기하고, 때

로는 선명하게, 때로는 쓸쓸하게 비쳤다.

은퇴한 부부는 모두 여든 살에 가까웠다. 둘 다 등이 굽고 체구가 작다. 서로 몸을 기대고 화롯가나 툇마루에 앉아 있는 모습은 한 쌍의 작은 지장보살 같았다. 귀가 어둡고 눈도 흐려졌지만 두 사람은 늘 속삭이듯 즐겁게 대화를 나누었고 조용한 웃음이 끊이지 않았다. 오분은 노부부에게 방해가 되지 않도록 조심했다. 자신이 무언가를 하는 것 자체가 쓸데없는 폐가 될 뿐임을 금방 알았기 때문이다.

뭐든지 잘 아는 고참 하녀가 함께 살면서 은퇴한 부부의 시중을 들었다. 본가에서 왔다 갔다 하며 바지런히 시중 드는 하인도 역시나 오래된 사람이었다. 그래서 오분은 손님 대우를 받아 집안일 같은 것을 할 필요는 없었지만 딱 하나, 조금 특이한 '할 일'이 있었다.

매일 어디서 오는지도 모르게 모여드는 많은 고양이들을 보살피는 일이다.

"그 일에 대해서는 야나가와무라 마을로 가는 이야기가 나왔을 때 아버지한테서 미리 들었다고 해요."

──오분, 너는 아마 고양이는 싫어하지 않았지?

흑백의 방에서 이야기하는 오후미는 완전히 편안해졌는지 어깨에서 힘이 빠져 있다. 마음이 편해진 도미지로도 이야기에 귀를 기울인다.

"외할머니는 고양이를 싫어하기는커녕 오히려 좋아하는 편이었다고 하고."

――고양이 정도는 얼마든지 보살필게요.

"성가신 억지 중매쟁이한테서 도망칠 수 있고 귀여운 고양이와 살 수 있다니, 기꺼이 가겠다며 야나가와무라 마을로 갔는데요."

거기에서 오후미는 참지 못한 듯 웃음을 터뜨리며 밝게 말했다.

"막상 가 보니 생각하고 있던 것 이상이었대요."

별저의 건물은 단층으로 기역자 모양을 하고 있었다. 볕이 잘 드는 남쪽에 긴 툇마루가 있고, 산울타리나 판자담 등의 구분도 없이 마당이 펼쳐져 그대로 바깥과 오가는 오솔길로 통해 있다.

건물 북쪽, 동쪽, 서쪽에는 방풍림이 심어져 있었다. 에도에서 자란 오분은 하녀 오히데에게 하나하나 배웠다. 이것이 느릅나무, 이쪽은 모밀잣밤나무, 저건 느티나무. 너도 소나무는 알겠지. 이 흑투성이 고목은 홍매화라서 꽃이 피면 예쁘단다. 우물은 북쪽 숲속에 있어. 수도 우물이 아니라 땅을 파서 만든 우물이니까 떨어지면 큰일 나. 물을 길을 생각은 하지도 말렴――.

그런 건물 안, 밖, 주위, 억새지붕 위, 툇마루 아래, 마당 여기저기, 방풍림 안, 봉당, 부엌의 대들보 위, 선반 안쪽, 찬장 위, 물병 뚜껑 위, 골방 이불 자루의 그늘. 오히데가 '떨어지면 큰일'이라고 주의를 준 우물의 둥근 돌을 쌓아 올린 테두리는 물론이고 도르래를 매달아 둔 장치 위까지.

모든 장소에 고양이가 있었다.

몇 마리가 있는지 다 셀 수도 없다. 고양이 떼였다. 색깔도 무늬도 몸의 크기도 눈 색깔도 꼬리 길이도 제각각이다. 오분을 보고 팽 하니 도망치는 녀석도 있고, 모르는 척 계속 낮잠을 자는 녀석도 있다. 야옹 하고 울며 다가오는 녀석도 있고, 쉬익 하며 이빨을 드러내고 위협하는 녀석도 있다.

처음 며칠은 그저 오히데가 시키는 대로 고양이들에게 먹이를 주는 일만으로도 힘에 부쳤다.

매일 아침 본가의 하인 이조가 통에 작은 물고기를 가득 가져다주면, 손질한 뒤 남은 찬밥에 가다랑어포나 남은 된장국 건더기를 섞어 고양이 밥으로 준다.

고양이들의 먹이를 두는 장소는 몇 군데가 정해져 있어 그릇도 그만큼 준비하고 깨끗한 물도 그릇에 퍼서 여기저기에 나누어 두어야 한다.

며칠이 지나 밥 주는 일에 익숙해지자 고양이들이 발톱을 간 흔적인 나무 부스러기나 실 쪼가리, 사방에 달라붙어 있는 빠진 털을 청소하거나, 녀석들이 측간으로 삼은 듯한 마당 구석과 숲속, 덤불 안쪽(몇 군데나 있었다)을 깨끗이 치우거나 (내버려 두면 벌레가 꼬이고 사람 코에 별로 유쾌하지 않은 냄새가 나고 만다), 누군가가 멋대로 가지고 나가 장난감으로 삼았을 도구(효자손, 실패, 숯집게, 냄비받침, 달걀껍질)를 주워 모으거나, 찢어진 장지와 당지를 수선하는 등(금세 또 찢어지지만)──해야 할 일이 많이 있다는 사실을 알게 되었다.

처음에는 일일이 오히데에게 배우지 않으면 무엇을 해도 자신이 없었던 오분이지만, 본래 눈치는 빠른 편이고 집안일이라면 어머니한테 잘 배웠던 터라 곧 고양이투성이 생활에 익숙해져 부지런히 보살피게 되었다.

은퇴한 부부는 별저에 오분이라는 신참이 새로 들어온 사실조차 모르는 게 아닐까——싶을 정도로 조용했지만, 오분이 고양이들 사이에 섞여 이 일 저 일 하기 시작하자 그 모습을 기쁜 듯이 바라보게 되었다. 둘이서 무언가 소곤소곤 대화를 나누면서.

열흘쯤 지나자 고양이 떼 중에서 몇 마리, 오분을 잘 따라 주는 아이가 생겼다. 고양이를 좋아하는 사람에게는 기쁜 일이다.

"이 애들, 이름은 있나요?"

물어보았지만 오히데는 오분만큼 고양이에게 애정이 없는지,

"글쎄, 나는 구분을 못 하고, 나리도 마님도 특별히 이름을 부르시는 것 같지는 않아."

"그럼 제가 이름을 붙여도 될까요?"

"괜찮지 않을까? 하지만 이 녀석들은 전부 들고양이야. 너무 마음을 놓았다간 할퀴거나 할 테니 위험해."

"조심할게요."

매일 아침 오분이 잠에서 깨어 덧문을 열면 제일 먼저 얼굴을 보여 주는 삼색 고양이가 있다. 몸은 자그마하고, 꼬리가 길고, 양쪽 귀가 예쁜 갈색인 이 아이가 갈색 귀를 줄여서 '갈귀'다. 오

히데와 둘이 부엌에서 밥을 짓기 시작하면 다가오는 금색 눈의 검은 고양이가 '금깜', 다친 적이 있는지 왼쪽 뒷다리를 질질 끌며 금깜을 따라오는 날씬한 하얀 고양이는 '흰동이'. 그냥 '하양'이라는 더 큰 고양이 한 마리가 늘 닭장 옆에서 자고 있다.

이상하게도 이곳에 모이는 고양이들은 닭이나 병아리, 달걀에도 전혀 손을 대지 않는다. 닭들도 고양이를 무서워하는 기색이 없다. 서로의 모습이 보이지 않는 듯, 모르는 척하며 같은 장소에 있는 것이다.

그러면서도 고양이들은 벌저 주위를 사냥터로 삼아 제대로 사냥을 한다. 작은 새, 쥐, 지네와 커다란 거미, 두더지에 뱀에 도마뱀. 벌레는 종류를 일일이 기억할 수 없을 정도다.

처음에는 오분도 쥐나 새의 시체를 발견하고 '아아, 고양이들이 사냥했구나' 하고 생각할 뿐이었지만, 갈귀, 금깜, 흰동이와 교류하면서부터 가끔 그들이 사냥한 사냥감을 가져와 보여 주면 칭찬을 해 주게 되었다.

요전에 금깜이 밧줄처럼 커다란 지네를 물어다 주었을 때는 우연히 옆에 있던 오히데가 비명을 지르며 도망쳐 버렸다. 오분은 웃으며 금깜의 머리를 쓰다듬어 주었다.

"독이 있으니까 먹으면 안 돼. 작은 아이들도 먹지 않도록 내가 치울까? 아니면 금깜이가 버려 줄래?"

그러자 금깜은 지네의 시체를 어딘가로 가져갔다. 오분은 그날 저녁, 특별히 금깜을 위해 생선을 한 마리 손질해 상으로 주었다.

지네가 기어다니다가 어르신이나 마님이 물리면 큰일 난다. 금깜은 든든한 경비다.

몇 마리 친한 고양이가 생기자 무리의 다른 고양이들도 오분을 받아들여 주었다. 물론 모두가 잘 따른 건 아니다. 오분 쪽에서도 모든 고양이의 얼굴이나 모습을 기억하지는 못한다. 애초에 이곳의 고양이들은 별저를 근거지로 삼고 있지만 갈퀴처럼 계속 붙어 사는 아이들 말고도, 먹이를 얻기 위해서만 잠시 들르거나 가끔 얼굴을 보일 뿐인 아이도 있다. 오는 고양이는 막지 않고 먹이와 잘 곳을 주지만 떠나는 고양이도 쫓거나 가두지 않는 것이 별저의 방식이다.

"오분, 고양이를 이 애, 이 애, 하고 부르다니 꼭 고양이들의 엄마 같네."

오히데가 어이없는 얼굴로 웃어도 오분은 기뻤다. 고양이의 엄마. 좋잖아.

——애초에 나는 혼담 같은 건 어떤 상대든 내키지 않는걸.

아직 시집가고 싶지 않다. 아니, 평생 그런 생각은 들지 않을지도 모른다.

언니는 행복하게 사는 모양이고, 새언니도 남편과 아이를 두어 만족해하는 듯하다. 하지만 언니와 새언니가 좋은 집에 시집을 갈 수 있었던 건 어디까지나 운이었다. 오분은 어떻게 될지 알 수 없다. 어쩌면 돼먹지 못한 남편이나 요괴 같은 시어머니를 만날지도 모른다. 아무리 착해 보여도 사람의 본성을 외모만으로 알 수는 없는 노릇이다.

그에 비하면 고양이들은 얼마나 앞뒤가 같은지. 모두 정직하다. 나는 이대로 고양이들과 함께 살면서 할머니가 되어 가고 싶어──.

이때 오분이 마음에 품은 막연한 불안은 유감스럽게도 훗날 어느 정도는 현실이 되고 만다. 노는 데만 정신이 팔린 남편과 심술궂은 시부모를 만나 불행의 밑바닥에서 멈추지 않는 출혈에 두려워하고 아픔에 신음하고 고독의 눈물을 흘리면서 즐거웠던 시절을 그리워하는 처지가 된다.

아직 그런 앞날을 알 리도 없는 오분은 야나가와무라 마을의 별저에서 하루하루를 보내며, 갖가지 색으로 물드는 가을에서 나뭇잎이 시드는 늦가을을 거쳐 겨울을 맞이했다.

계절이 바뀌자 오히데와 둘이서 부지런히 햇볕에 말려 충분히 부풀려 둔 솜이불이며 솜옷은 에도보다 더 추운 야나가와무라 마을에서의 생활에 큰 도움이 되었다.

"그렇다고 해도, 오늘 아침은 정말 춥네."

아침밥 뒷정리를 마치고 부엌문을 살짝 열어 하늘을 올려다보며 오분은 말했다. 주위에는 아무도 없으니 혼잣말이었다.

한데 대답하는 목소리가 들렸다.

"그러게. 이 구름을 보니 반각도 지나지 않아서 눈이 내리겠어."

춥네의 '네' 입 모양을 한 채 오분은 그 자리에 얼어붙었다.

방금 그거, 누구 목소리지?

오히데는 어르신들과 화롯가에 있다. 이조는 방금 와서 장작을 주우러 나갔다. 돌아오면 장작을 팰 테니 뒷마당의 장작 패는 곳 주위에서 고양이들을 치워 달라는 부탁을 받은 참이었다. 이조 씨는 고양이를 싫어하지. 고양이가 무섭대. 짐승인데 오분은 용케 아무렇지도 않네, 하면서. 웃겨 죽겠어.

"오분 너는 정월까지 이 집에 있을 거야?"

아까와 똑같은 목소리가 다시 물었다. 입을 벌린 채, 그러나 이번에는 목소리가 나는 곳이 어딘지 짐작이 가서, 오분은 얼른 부엌문에서 몸을 내밀고 비를 막는 처마를 올려다보았다.

가장자리가 너덜너덜해지고 이끼가 낀 판자 처마 위에 작은 고양이가 오도카니 앉아 있다.

동그란 눈동자는 푸른 기를 띠고 있고 몸은 짙은 회색, 귀의 테두리와 코끝은 복숭아꽃 색이고 배의 털은 새하얗다. 오른쪽 다리 한가운데쯤에 고리를 두 개 끼운 것 같은 검은 무늬가 둥글게 나 있다.

오히데가 무늬를 보고 "꼭 섬으로 유배를 갔다가 돌아온 사람의 문신 같네"라고 한 말이 계기가 되어 '섬동이'라고 불리는 아이다.

아기 고양이는 아니지만 몸이 작고 가냘퍼서 '동이'를 붙여 이름을 지으니 잘 어울린다고 생각했다. 똑똑한 아이여서 오분이 "섬동아" 하고 부르면 금세 알아듣고 친근하게 다가오곤 한다.

벌리고 있던 입을 어떻게든 다물고 숨을 한 번 쉰 후 오분은 섬동이에게 물었다.

"……지금, 말을 했어?"

섬동이는 두 겹의 고리가 들어간 앞발을 움직여 둥근 발바닥으로 얼굴을 닦고 동그란 눈을 오분에게 향하더니,

"놀라게 해서 미안해"라고 말했다.

아니, 귀에는 섬동이의 고양이다운 울음소리가 들렸을 뿐이다. 말은 직접 마음으로 전해져 왔다.

"우리는 모두 사람의 말을 꽤 알아. 하지만 하얀 할아범의 명령으로 모르는 척, 말 못 하는 척을 하고 있었어."

하얀 할아범이란 늘 닭장 옆에서 뒹굴거리며 쉬고 있는 커다란 하얀 고양이를 말하는 것이리라. 언뜻 보기에도 나이가 많은 듯한데 이곳에 모이는 고양이들 중에서도 장로 같은 존재가 아닐까 하고 오분도 생각한 적이 있었다.

"사람은 우리가 말을 한다는 걸 알면 기분 나빠하고 좋게 생각해주지 않는다면서."

작은 목소리로 야옹야옹 말하는 섬동이를 보고 있자니 너무 귀여워서 오분은 가슴이 찡해졌다.

"그런데 지금은 왜 나한테 말을 걸어 준 거야?"

오분이 목소리를 낮추어 상냥하게 묻자 섬동이가 고개를 갸웃거리며 말했다.

"어젯밤에 어르신과 마님이 언제까지나 오분을 이곳에 붙들어

둘 수는 없다고 이야기했어. 그래서 우리도 오분이 이곳을 떠나 어딘가로 가 버리는 걸까 하고 걱정이 되어서."

오분은 눈물이 날 정도로 감격했다.

"모두 걱정해 주었구나. 고마워."

섬동이가 오분의 얼굴을 물끄러미 바라본다. 두꺼운 구름에 해가 가려져 있어서 고양이의 눈동자도 가늘어지지 않았다. 그 눈동자를 마주 보던 오분은 마치 어린아이의 눈을 들여다보고 있는 듯한 기분을 느꼈다.

"갈귀도 금깜이도 흰동이도――우리, 오분 네가 붙여 준 이름이 자기 거라는 걸 알고 있거든――걱정하고 있어. 아, 이곳에서 살고 있지는 않지만 엉덩이에 작게 털 빠진 자리가 있는 줄무늬 고양이 알지?"

"알지. 나는 줄깜이라고 부르고 있어. 그 털 빠진 자리는 화상 자국이지? 아기 때 화로에 떨어졌다고, 오히데 씨가 가르쳐 주었어."

그 말을 듣자 섬동이는 약간 눈을 가늘게 떴다. 웃은 것 같다.

"민둥깜이 아니라서 다행이다. 줄깜이는 너한테 반했으니까."

반했다는 말도 쓰는 건가. 간질간질하다.

"걱정하지 마. 나는 아무 데도 안 가. 여기서 어르신이랑 마님이랑 오히데 씨랑 너희들이랑 같이 살 거야."

섬동이의 귀가 뾰족하게 섰다. "정말?"

"응. 정말로 정말이야."

힘차게 고개를 끄덕이고 오분은 자신의 집 이야기, 별저에 몸을 의탁하게 된 사정에 대해서 대강 이야기했다.

"나, 실은 여기 숨어 있는 거야."

만일 옆에서 지켜보는 사람이 있었다면 틀림없이 이상한 광경이라고 생각하겠지만, 오분으로서는 사이좋은 친구나 귀여운 여동생에게 말하는 것 같은 기분이었고 무엇 하나 부자연스러운 점은 없었다.

"어르신이랑 마님께서 오히려 나를 붙들어 주셨으면 좋겠어. 물론 열심히 일할 거야. 다시는 집으로 돌아가지 못해도 상관없고."

오분의 말에 섬동이는 목을 골골 울리기 시작했다. 손을 뻗자 차가운 코끝을 들이밀어 온다.

"너는 우리를 많이 신경 써 주고 있지. 우리도 기쁘고, 어르신도 마님도 좋은 아이가 와 주어서 다행이래."

속삭이는 듯한 대화로 어르신 부부는 오분을 칭찬해 주고 있는 모양이다.

"하지만 정말로 좋은 아이니까 더더욱, 너희 집에서도 언제까지나 널 다른 곳에 놔두고 싶지 않을 거라고 했어."

오분은 코웃음을 쳤다. "나는 다른 곳에만 있어도 괜찮아. 장사는 오라버니가 있으면 괜찮을 거고."

문득 본가의 일보다 더 중요한 질문이 생각났다.

"너희들을 보살피는 일은 내가 이곳에 올 때부터 약속되어 있었던 거야. 어르신이랑 마님이 너희들 고양이를 정말 좋아하시는 거겠지만 뭔가 각별한 이유가 있어서일까?"

어르신 부부가 깊이 사랑하기 때문에 많은 고양이들이 이곳에 모여드는 걸까. 아니면 여기는 본래 (그것도 또 어떤 이유가 있어서) 고양이들이 모이는 곳일까.

섬동이는 하얀 수염을 움찔움찔 움직일 뿐, 당장은 대답을 하지 않았다. 목을 골골 울리는 소리도 작아져 간다. 아무래도 생각에 잠겨 있는 모양이다.

이윽고 생각을 곱씹듯 천천히 말했다.

"……너는, 활터에서 과녁 한가운데를 쏘는 것처럼, 좋은 질문을 하는구나."

"어머나, 섬동이 넌 활터라는 걸 알아?"

눈을 깜박이고 나서, 섬동이는 눈동자를 초승달처럼 가늘게 떴다. "알아. 료고쿠 가로街路의 '도비마쓰'라는 활터에 몇 년 살았던 적도 있는걸."

"흐음……."

"나, 네가 생각하는 만큼 어리지는 않다고."

제가 미처 알아뵙지 못했습니다. 저도 모르게 활짝 웃고 마는 오분의 얼굴을 가느다란 눈을 한 채 내려다보며 섬동이는 말을 이었다. "방금 그 물음에는, 내 생각만으로 대답할 수 없어. 하양 할아범한테 상의해 봐야 해."

그렇게 말하며 긴 꼬리를 높이 치켜들더니 자리에서 일어섰다.

"그럼 또 봐."

섬동이는 야옹~ 하고 울고는 순식간에 모습을 감추고 말았다.

그 후로 별다른 일 없이 시간이 지났다. 섬동이를 포함해서 고양이들은 어디까지나 고양이답게 먹이를 조르고, 사방에 털을 흩뿌리고, 야옹야옹 울고, 양지에 모여 쓰러져 자고 있을 뿐, 오분에게 말을 걸어오는 아이는 없었다.

──이건 얌전히 기다리고 있으라는 뜻이구나.

노인의 생활에 한기는 큰 적이다. 어르신 부부가 조금이라도 올겨울을 나기 쉽도록, 오히데와 이조를 도와 여러 가지를 배우면서 오분은 부지런히 일했다.

그러던 어느 날, 야나가와무라 마을에 몇 번째인가로 눈이 내리고, 빨래터에 세워져 있는 빨래통이 얼음에 둘러싸이고, 부엌 부뚜막의 불을 꺼뜨려 버리면 굴뚝 가장자리에도 작은 고드름이 생기는, 추운 밤중의 일이었다. 오히데와 나란히 잠자리에 누워 꾸벅꾸벅 졸던 오분은 귀에 익지 않은 종소리를 들었다.

시종時鐘은 아니다. 야나가와무라 마을에서는 센소지浅草寺 도쿄 다이토구台東区 아사쿠사浅草에 있는 절의 종이 울리는 것을 받아, 닛쇼지日照寺라는 작은 염불사念佛寺 염불종念仏宗의 절. 염불종은 아미타불의 구원을 믿고 정토에서 왕생하는 것을 기원하는 불교 종파 중 하나다가 마을 사람들을 위해 시종을 쳐 준다. 센소지의 종소리도 멀리에서 들려오고, 조금 늦게 닛쇼지의 종소리가 이어지는데, 후자는 약간 새된 소리에 한 번 한 번치는 간격이 좁게 들려 (오히데는 '성급한 종'이라고 한다) 금방 구분할 수 있다.

이 밤중의 종소리는 어느 쪽도 아니었다.

——예쁜 소리네.

시종이나 작은 종이 아니라 풍경 같은 음색이다. 한아름이나 되는 풍경을, 여름밤의 기분 좋은 서늘한 바람에 울리면 이런 소리가 날지도 모른다. 아니, 한아름이나 되는 풍경은 본 적도 들은 적도 없지만.

치링, 따릉, 딸랑딸랑.

베개에 머리를 댄 채 귀를 기울이고 있자니 특이한 음색 사이에 희미하게 고양이 울음소리가 들렸다. 마치 종소리에 추임새를 넣는 것 같다.

"야옹, 야옹, 냥냥."

뭘까, 저건. 고양이의 목소리로 경이라도 올리고 있나.

잠이 완전히 깬 오분은 솜이불을 몸에 두르며 살며시 이부자리 위에서 일어났다.

"야옹."

그때 바로 옆에서 소리가 났다. 오분은 앉은 채 펄쩍 뛰어오를 정도로 놀랐다. 눈에 힘을 주고 자세히 보니 베개 옆에 하양이 앉아 있는 게 아닌가.

오히데와 둘이서 쓰고 있는 이 침실은 감사하게도 다다미가 깔려 있고 넓이가 세 평이다. 덧문을 완전히 닫아 버리면 캄캄하지만, 밤중에 급한 용무로 불렸을 때 (어르신 부부의 침실에는 그 용도의 초인종이 있다) 허둥대지 않아도 되도록 다다미 북동쪽 모서리에 상야등常夜燈을 하나 켜 둔다. 혹시 거기에서 불이 나면 안 되니까 큼직하고 깊은 접시에 물을 채워 한가운데에 세워둔 와등瓦甑이다.

엷은 노란색 불빛을 받아 하양의 눈이 은색으로 은은하게 빛나고 있었다.

오분은 후우 하고 호흡을 가다듬은 다음 목소리를 내지 않은 채 입의 움직임만으로 하양에게 말을 걸었다.

(안녕.)

하양은 눈을 깜박깜박 깜박였다.

(나한테 무슨 용건이라도 있어?)

또 깜박깜박. 그러고 나서 쉰 노인의 목소리가 오분의 마음에 들려왔다.

"저 종소리가 들린 모양이지."

와아. 이게 하양의 목소리구나. 아니, 하양 할아범인가.

(너는 하양 할아범이지?)

하양 할아범은 수염을 편다. 웃은 것 같다.

"저 종소리가 들렸다면, 너는 역시 고양이신의 무녀가 될 수 있는 체질이라는 뜻이다."

고양이신의 무녀? 그건 뭘까. 신이라니, 설마 신神은 아니겠지. 무녀, 무녀라니, 혹시 내가 무녀라는 이름의 고양이가 될 수 있다는 뜻일까?

(나도 고양이가 되어서 너희들과 사는 거야? 그것도 나쁘지 않지만, 밥을 챙겨 줄 수 없게 되어 버리는데.)

하양 할아범은 커다란 몸을 부르르 떨더니 그 자리에서 기지개를 켰다. 우선은 몸의 앞쪽 절반과 앞다리를 주욱 뻗고 다음으로 뒤쪽 절반과 뒷다리를 뻗는다.

"그럼 갈까."

이불 끝자락을 돌아 멋대로 침실을 나가려고 한다.

(자, 잠깐만.)

오분은 몹시 당황해서 솜이불의 발치에 펼쳐 두었던 솜을 넣은 한텐半纏 마고자 비슷한 짧은 웃도리. 보통 작업복으로 입는다을 걸쳤다. 오히데는 깊이 잠들어 있어서 꿈쩍도 하지 않는다.

당지문을 열고 좁은 복도로 나간다. 하양 할아범은 바로 발치에 있어서 풍성한 꼬리가 오분의 발목을 스쳤다.

조용히 당지문을 닫자 상야등의 빛이 차단되고 복도는 어둠에 가라앉는다――고 생각했는데, 왠지 주위가 밝다. 하양 할아범의 두 눈이 작은 한 쌍의 감정籠灯 불단의 등불처럼 비춰 주고 있었다.

"나를 따라오너라."

발바닥이 얼 것처럼 차가워서 오분은 발끝으로 서서 걸었다.

"불편하군."

"그러게. 우리한테는 모피도 폭신한 발바닥도 없으니까."

작은 목소리로 대꾸하는데 말끝이 떨렸다. 무서워서가 아니라,

좌우간 추웠다.

"부엌문으로 바깥을 보기만 하면 된다. 잠깐만 참아."

"뭘 보는데?"

"그건 보면 안다."

별저 부엌으로 들어가자 봉당으로 내려가기 위해 오분은 닳아 빠진 나막신을 꿰어신었다. 하얀 할아범은 먼저 뒷문 앞까지 가 있다가 빗장을 가볍게 두드렸다.

"열어 다오."

"추운데 괜찮아?"

오분은 빗장을 풀고는 부엌 뒤쪽의 미닫이문을 큰맘 먹고 열었다. 일순 눈을 감고 말 정도의 한기가 밀려왔다.

별저의 뒷마당에는 눈이 살짝 쌓여 있었다. 밤하늘은 맑고 구름도 끊겼다.

어라, 오늘 밤은 보름이었나. 별저의 등 뒤를 지키는 방풍림이 묵화처럼 검게 떠올라 보인다.

"자, 보렴."

오분의 발치에서 하얀 할아범이 밤하늘을 올려다보며 말했다. 오분은 눈을 들었다.

그러다가 놀라서 숨을 삼켰다.

동그란 달님──이 아니다.

고양이의 앞발이다. 커다란 고양이의 앞발. 손가락의 위치에 말랑한 발바닥 부분이 둥글게 늘어서 있었다.

밤하늘에 떠서 빛나고 있다.

"저 종소리가 나고 나서 딱 1각 동안, 묘시猫時가 된다." 하양 할아범이 말했다. "그리고 묘시 동안에는 밤하늘에 저 표시가 떠오르지."

오분은 입을 딱 벌렸다. 혀도 얼어붙어 버릴 만큼 추운데 배 밑바닥 쪽에서 유쾌한 웃음이 치밀어 오르고, 그것이 새하얀 호흡이 된다.

"무녀에게는 저것——고양이달이 보인다."

하양 할아범이 목을 울린다. 어디에 있나 했더니 나막신을 신은 오분의 두 다리 사이에 앉아 따뜻하게 해 주고 있었다.

"고양이달이구나. 그럼 아까부터 몇 번 말하던데, 무녀라는 건 뭐야?"

"신사에 있지 않니."

무녀巫女 말인가! '고양이신'이라는 것도 귀로 들은 그대로 해석하면 될까.

"고양이신은 너희들의 신이지?"

"그래."

겨우 이야기가 통했다며, 하양 할아범은 오분의 발에 올라앉은 채 솜씨 좋게 귀를 긁는다.

"우리의 신이니 우리한테만 보이지. 하지만 드물게 사람 중에도 고양이신이 보이는 자가 있어."

수는 극히 적지만——이라고 한다.

"나는 그 얼마 안 되는 사람 중 하나인 거구나."

오분은 소리 내어 자기 자신에게 들려준다. 꿈속 같은 광경이기는 하지만, 나는 분명히 깨어 있다. 잠에 취한 것이 아니다. 정말로 일어나고 있는 일이다.

"고양이의 무녀에게는 묘시猫時를 알리는 종소리가 들리고, 밤하늘에 떠 있는 고양이 발이 보이고, 그리고 고양이와 이야기할 수 있는 거구나."

"섬동이와 이야기를 한 모양이더군."

"놀라 자빠질 뻔했지만 즐거웠어."

오분은 무릎을 굽혀 하양 할아범의 등을 가볍게 쓰다듬었다. "앞으로는 모두와 이렇게 이야기할 수 있겠네."

하양 할아범은 자못 사려 깊은 느낌으로 입가를 씨익 구부렸다. "우리랑 너무 이야기를 많이 하면 주위 사람들이 수상하게 여길 게다."

그럴까? 오분은 잘 모르겠다.

"어르신도 마님도 무녀는 아니라는 거야? 나보다 훨씬 전부터 여기서 너희들과 사이좋게 살고 있는데."

"어르신도 안주인도, 그냥 고양이를 좋아하는 거지 우리랑 함께 살고 있는 건 아니다. 아니, 옛날에는 그랬겠지만 지금은 아니지."

하양 할아범은 오분의 발 위에서 천천히 내려갔다.

"춥지? 너에게 고양이달이 보이는 건 확인했으니 얼른 안으로 돌아가자."

 화로에 불을 지펴 다오——하고 말하더니 목을 움츠리며 재채기를 한 번 했다. 할아버님답게 쉰 소리가 나는 재채기였다.

"밤이 깊어 가는 가운데 외할머니는 하양 할아범에게 고양이신에 대해서——사람과 고양이의 깊은 관계에 대해서 배웠다고 해요."

 흑백의 방의 반지를 등지고 오후미는 말했다. 도미지로는 마음속에 떡을 찧는 토끼 모양이 아니라 고양이 발바닥의 말랑한 부분이 떠올라 있는 보름달을 그려 보면서 귀를 기울였다.

"우선 고양이신이라는 건 원래는 평범한 고양이고, 전혀 특별한 것은 아니에요. 고양이가 아주 오래 살거나, 큰 부상이나 병을 극복하거나, 심한 재난을 피해 내거나, 어떤 경험을 얻어 덕을 쌓으면 고양이신으로 뽑혀 다른 고양이들의 섬김을 받게 되는 거래요."

 고양이신은 이 세상과 저세상 사이에 있는 고양이신의 궁에 자리를 잡는다. 궁에는 고양이신을 모시는 선발된 고양이들만이 있고 현세의 고양이는 가까이 갈 수 없다.

"다만 묘시猫時가 되면 그동안만은 속세에 있는 고양이들도 고양이신의 궁에 들어가는 게 허락돼요."

 흐음. 도미지로는 물었다. "어떤 용건으로 찾아뵙는 것일까요?"

"그야 참배를 하는 거지요. 사람이 신사에 참배를 갈 때랑 똑같아요. 소원을 빌고, 소원이 이루어지면 감사를 드리잖아요."

몹시 재미있는 그림이 머리에 떠올라 도미지로는 실실 웃고 말았다. 귀를 나란히 하고 새해 참배. 꼬리를 포개고 하쓰우마 참배<sub>2월 첫 번째 오일午日에 장사를 번성하게 해 준다는 이나리신에게 하는 참배</sub>. 야옹야옹, 하악하악. 가끔은 서로 할퀴며 싸우기도 하고.

"우후후, 귀엽네요오."

오후미는 뺨을 누그러뜨리는 기색도 없이 입을 굳게 다물고 있다. 도미지로는 거북해져서 서둘러 차를 새로 끓이기 시작했다.

"확실히 고양이는 귀여운 생물이기는 하지만, 한편으로는 마성의 존재, 요괴라고 두려움을 사는 일도 있어요."

문득 눈을 내리깔며 오후미가 말을 잇는다.

"고양이신이라는 것도, 평범한 고양이가 평범하지 않은 고양이로 변화했을 때, 우리 사람들이 금방 떠올리는 것은 신이 아니라 요괴 고양이 쪽이겠지요."

아아, 그런가. 듣고 보니 그렇다.

"실제로 고양이와의 오랜 관계 속에서 사람은 고양이신의 모습을 엿보거나 그 힘을 접한 경험 때문에 고양이를 마물이라고 두려워하고 요괴 고양이를 무서워하게 된 거라고, 하양 할아범은 이야기했다고 해요."

고양이신이 근원이고 '요괴 고양이'는 사람이 고양이신을 해석한 설이라는 것이다.

새로 끓인 차를 따른 찻잔을 오후미 앞에 놓으며 도미지로는 말했다. "제가 알고 있는 요괴 고양이 이야기는 어느 영주님의 애묘가 원통하게 죽은 주군의 피를 핥고 요괴가 되어 그 원수를 갚는다는 내용이니까요……."

적에게는 무서운 요괴 고양이지만 원한을 풀어 주는 주군 쪽에게는 든든한 아군이다. 싸워 주는 수호신이다.

"요괴 고양이는 고양이신, 고양이신은 요괴 고양이."

이 둘은 서로 겹치고 바뀐다고 오후미는 말했다.

"요괴 고양이가 아무리 무서운 모습을 하고 있어도 산속에서만 살면 조금도 무섭지 않아요. 요괴 고양이가 요괴가 되는 건 거기에 사람들이 함께 살 때뿐."

마찬가지로 고양이신 또한 사람과 관계가 있는 고양이들 중에서만 선택된다고 한다.

"태어나서부터 야생에서 살아가며 한 번도 사람에게 먹이를 받은 적이 없는 고양이는 100년을 살더라도 그냥 짐승일 뿐이에요."

고양이신이 되는 고양이는 사람의 생활 속에 섞여 사람의 기를 뒤집어쓴다.

"그리고 어떤 사람이——예를 들어 도미지로 씨, 당신이라고 하지요. 당신이 고마라는 고양이를 귀여워하고 친하게 곁에 두며 살고 있다고 쳐요."

"예, 예."

"하지만 고마는 나이를 먹어 고양이신으로 뽑혔어요. 그러면 당신 곁에서 모습을 감추고 고양이신의 궁으로 들어가 버려요."

"저는 굉장히 외로워지겠네요."

"하지만 고마와 교대하듯이, 당신 주위에는 많은 고양이들이 모여들게 돼요. 원래 고양이를 좋아하는 당신은 자연히 그 고양이들을 돌봐 주게 되지요. 고양이들도 당신을 잘 따르고요."

오후미의 말투가 열기를 띠기 시작했다.

"그리고 당신은 알 리도 없지만, 그 고양이들은 고양이신이 된 고양이의 주인인 당신을 다른 마성의 존재나 요괴들, 재앙으로부터 지키는 거예요."

고양이신이 다음 고양이신으로 대가 바뀔 때까지 그 수호가 계속 이어진다. 그래서 고양이신의 주인은 장수하고 부귀를 얻으며 평온하게 살 수 있다.

그렇구나. 도미지로는 숨을 삼키다시피 하며 크게 고개를 끄덕였다.

"야나가와무라 마을의 어르신과 안주인이로군요!"

"네, 맞아요."

하양 할아범의 말,

──어르신도 안주인도, 그냥 고양이를 좋아하는 거지 우리랑 함께 살고 있는 건 아니다.

그것도 모두 이해가 된다.

"고양이신을 모시는 고양이를 귀신 신神에 아이 자子라고 쓰고 미코神子라고 부른다고 해요."

미코들은 고양이신의 궁에서 일하기도 하고, 고양이신의 주인 곁에 모여서 지키는 일도 한다.

"한편 사람의 몸이지만 묘시猫時를 알 수 있는 사람이 무녀예요. 미코는 수컷도 있고 암컷도 있지만 무녀는 여자뿐이지요."

——요괴인 우리 고양이들의 지혜와 고통, 그리고 피의 더러움을 띤 사람 여자의 지혜와 고통에는 서로 통하는 바가 있기 때문이지.

지혜와 고통. 그 둘의 조합에 도미지로는 철렁했다. 지혜와 무지나, 기쁨과 고통이 아니다. 왜 지혜와 고통이 나란히 놓이는 것일까.

도미지로의 찜찜함을 오후미는 신경 쓰는 기색도 없다.

"고양이신의 주인 곁에는 미코가 모이고, 무녀도 이끌려 오는 거예요. 야나가와무라 마을의 별저에 고양이들이 모여 있었던 것도, 무녀인 외할머니가 그곳에 몸을 의탁하게 된 것도, 이 이치에 따른 결과일 뿐이었어요."

이튿날 아침, 오분은 화롯가에 앉은 채 졸고 있다가 오히데가 깨워서 일어났다.

"대체 어떻게 된 거니, 칠칠치 못하게."

오분은 머릿속에 안개가 끼어, 하양 할아범이 밤새 해 준 긴 이야기도 꿈속의 일처럼 여겨졌다. 다만 마지막에 하양 할아범이

한 말(그때는 두 앞발을 오분의 허벅지 위에 딛고 눈동자를 들여다보다시피 하며 말했다)만은 한 조각의 황금처럼 그 안개 속에서 빛나고 있었다.

──고양이신의 대가 바뀔 때가 다가오고 있어. 어르신도 안주인도 세상을 떠나게 될 게다.

이곳에 있는 미코 고양이들도 그것을 지켜보고 나서 뿔뿔이 흩어지게 된다. 고양이신의 힘에 의해 본래의 수명보다 오래 살고 있는 미코도 있으니, 별저를 떠나기 전에 숨이 끊어지고 마는 고양이도 나올 테지.

──오분, 무녀의 정$_{情}$으로, 그런 시체를 보면 합장을 해 다오.

"사람 무녀는."

저도 모르게 소리 내어 말하는 바람에 오히데가 깜짝 놀랐다.

"뭐, 뭐라고?"

"아, 죄송해요."

하양 할아범은 이렇게 말했다. 사람 여자의 몸이면서 묘시$_{猫時}$를 아는 무녀는 사람과 고양이의 오랜 관계를 축복하고 거기에 진실이 있음을 입증하는 표식 같은 것이다, 라고.

마음속에서 들은 하양 할아범의 쉰 목소리를 떠올리다 보니, 오분의 눈에서 눈물이 넘쳤다. 오히데가 더욱 걱정스럽다는 듯이 바싹 다가온다. 오분은 그 손을 꼭 잡고 웃었다.

"새벽에 또렷한 꿈을 꾸었어요. 예지몽인가 봐요. 무서운 꿈은 아니었으니 다행이에요."

그해 말에 어르신이 돌아가셨다. 장례를 치르느라 오히데와 이조가 정신없이 뛰어다니고 본가에서도 사람이 와서 오분이 돕느라 눈코 뜰 새 없이 바빴다. 그러는 사이에 안주인도 어르신이 돌아가신 자리에서 잠들 듯 숨이 끊어진 모습으로 발견되었다.

본가의 묘소에 새 무덤이 두 개 생기고 나무 향이 남아 있는 솔도파卒都婆가 나란히 늘어섰다.

정초에 상을 치르고 나자 주인 부부를 잃은 별저 사람들은 사공 없는 배에 탄 처지가 되었다.

오히데도 이조도 텅 빈 상태가 되어 입을 꾹 다문 채 나른한 듯 별저 안팎을 청소하거나 정리한다. 만사 귀찮아하며 오분이 잔소리를 하지 않으면 식사도 하지 않고 제대로 누워 자지도 않는다.

그래도 며칠 새 두 사람은 눈치챘다.

"요즘 고양이들이 없네."

"고양이들의 수가 부족하지 않아?"

오분은 이미 눈치채고 있었다. 그렇달까, 하양 할아범의 가르침을 받았기 때문에 각오하고 있었다.

늘 친하게 지내던 흰동이와 갈귀는 사라지기 전에 오분의 얼굴을 보러 와 주었다. 금깜과 줄깜은 멀리서 꼬리를 한 번 흔들고 나서 떠났다. 하양 할아범은 내내 닭장 옆에 드러누워 있다가 어느 날 아침에 갑자기 사라졌다. 늘 있던 곳에는 하얀 털이 한 타래 떨어져 있었다. 오분은 하양 할아범이 안개처럼 사라지며 유품으로 털을 남겨 준 것이라고 생각했다.

섬동이는 오분이 이것저것 일을 하고 있으면 시야 구석에 들어오듯이 나타났다. 하양 할아범이 말했던 대로 별저 뒷마당에서, 덤불 속에서, 방풍림의 뿌리 틈에서, 숨이 끊어진 고양이의 시체를 하나, 둘, 셋 발견하고 묻어 주는 동안에도 섬동이는 가까이에서 지켜봐 주었다.

"이렇게 죽어 가다니."

오히데는 오분을 도와주면서 눈물을 숨기지 않고 훌쩍훌쩍 울었다.

"다들 어르신과 마님의 뒤를 따라가는 것 같아. 충성스러운 고양이들이네."

오히데의 등을 쓰다듬어 위로하는 동안 오분은 주위를 둘러보며 섬동이를 찾았다. 섬동이는 이때도 조금 떨어진 나무 그늘이나 덤불 속에 있으면서,

──고마워.

장례를 치러 준 데 대해 감사 인사를 하듯이 동그란 눈을 깜박이며 긴 꼬리를 돌돌 말았다.

닷새쯤 지나자 셀 수 없을 정도로 많던 고양이들이 별저와 그 주위에서 사라져 버렸다. 그날 저녁, 셋이서 화로를 둘러싸고 밥을 먹을 때 이조와 오히데가 본가로 돌아가겠다는 말을 꺼냈다.

"오분 너도 집으로 돌아가렴. 본가 쪽에서 너희 집으로 편지를 보내 두었으니 내일이라도 사람이 데리러 오겠지."

"새해 초니까. 그렇게 마무리된 거라고 생각해 주렴."

정말로 집으로 돌아갈 수밖에 없는 걸까. 다른 길이 불쑥 열리지는 않을까——예를 들어 오분도 본가에서 고용살이를 시켜 주지 않을까 기대하고 있었지만 세상이란 그렇게까지 만만하지는 않았다.

쌓인 추억 이야기에, 그날 밤은 이조와 오히데가 좀처럼 화롯가를 떠나지 않아서 오분은 먼저 자기로 했다.

침실에 누워 솜이불을 끌어올리자 곧 상야등의 불빛을 가로질러 작은 그림자가 다가왔다.

섬동이다. 오분의 베개 바로 옆으로 다가와 둥글게 몸을 말고 얼굴만 이쪽으로 향했다.

오분은 이불에서 손을 내밀어 섬동이의 턱 밑을 쓰다듬었다. 골골골. 섬동이가 눈을 가늘게 뜬다.

"혹시 작별 인사를 하러 와 준 거야?"

말을 입에 담으니 목소리가 떨린다. 오분은 울상을 짓고 있었다.

"냐앙." 섬동이는 귀를 접고 오분에게 얼굴을 가까이 했다. 수염이 간지럽다.

"네가 잠들 때까지 있을게."

따뜻하고 부드럽다.

"섬동이는 전 고양이신의 미코였지?"

"맞아. 하양 할아범한테 들었구나."

"응. 고양이신의 대가 바뀌면 미코는 어떻게 돼?"

"새 고양이신을 모셔."

"궁으로 가는 거야?"

"모르겠어. 불리면 가고, 그렇지 않으면 새 고양이신의 주인을 지키는 게 내 역할이야."

이 말을 듣고 일순 오분은 억울하고 부러워서 견딜 수가 없게 되었다. 새 고양이신의 주인 놈, 어째서 내게서 섬동이를 빼앗아 가 버리는 거야!

"내가 섬동이랑 있고 싶다, 섬동이를 키우고 싶다고 바라도 이루어질 수 없어?"

섬동이는 오분의 콧등을 핥았다.

"평범한 고양이라면 마음대로 너랑 살 수 있어. 하지만 나는 이제 미코니까 무리야."

그건 너무하다. 심술궂다.

"섬동이는 어째서 나랑 만나기 전에 미코 같은 게 돼 버린 거야."

미안해──하고 섬동이는 울었다.

"전에 얘기했지. 나, 도비마쓰라는 활터에서 살았던 적이 있다고. 그 무렵에 자매처럼 사이좋게 지내던 삼색 고양이가 고양이신으로 선택되었어. 3대 전의 고양이신."

그때 나도 미코가 된 거야.

"고양이신을 따라가고 싶었으니까."

처음 이야기를 했을 때, 섬동이는 오분이 생각하는 것만큼 어리지는 않다고 했었다. 3대 전부터 미코였다니, 이 아이도 고양이신의 힘으로 오래 살고 있었던 거다. 이번에 대가 바뀌면서 죽지 않아서 다행이다.

눈물로 얼굴을 적시고 콧물을 훌쩍이면서 오분은 섬동이의 머리를 쓰다듬었다.

"이게 마지막이 되다니 섭섭하다. 어떻게든 다시 만날 수는 없을까?"

섬동이는 울리던 목을 멈추었다.

"네가 목숨을 걸고 어떻게 해서라도 만나고 싶다고 생각했을 때만이라면."

"그렇게 엄격해?"

"나는 미코인걸."

마음에 들려온 섬동이의 강한 음성에 오분은 훌쩍이던 콧물을 멈추었다. 침상 위에서 일어나 손등으로 얼굴을 닦았다.

"알았어. 약속할게."

섬동이는 오분의 무릎으로 뛰어올랐다. 그리고 앞발을 오분의 오른쪽 팔꿈치에 올렸다.

잠옷 밑에서 오른쪽 팔꿈치의 피부가 따끔하더니 간지러워진다. 따뜻하다. 그곳에 피가 몰려드는 것 같은 느낌이다.

오분은 눈을 크게 떴다. 와등의 불빛에 희미하게 보인다. 섬동이의 오른쪽 앞발에 있는 두 개의 고리가 하나가 되어 간다.

"이거, 줄게." 섬동이는 눈을 가늘게 떴다.

오분이 오른쪽 소매를 걷어 보니 팔꿈치 바로 밑에 옅은 먹으로 둥글게 그린 듯한 고리가 남아 있었다.

"──결국, 외할머니는 부모님이 있는 집으로 돌아왔어요."
이야기를 계속하면서 오후미는 자신의 오른쪽 팔꿈치 부근을 슬쩍 건드렸다.
"야나가와무라 마을을 떠나 며칠이 지나자 섬동이에게서 받은 고리는 완전히 보이지 않게 되어 버렸다지만."
눈에 보이지 않는다고 해서 사라진 것은 아니다. 거기에 있는 고리를 오분은 언제나 느끼고 있었다.
"섬동이라는 고양이신의 미코와, 외할머니를 이어 주는 표식이지요."
본가에서 하는 채소 중개상은 견실하게 번성했고, 부모님과 오라비 일가의 생활에도 조금 여유가 생겼다. 한편, 오분의 고민거리였던 '중매운'의 동료 상인은 자기 집안을 소홀히 하고 남의 집안에 신경 쓰는 사이에 아내가 병으로 앓아누워 버리거나 딸이 시댁에서 쫓겨나 돌아오는 등 불운이 계속되다가 완전히 소식이 끊겼다.
"자기 딸이 쫓겨나 돌아와 버렸으니 중매운이고 자시고도 없지요."
오후미는 말하며 코웃음을 쳤다. 당시의 오분도 분명 이런 표정으로 웃었으리라.

"그로부터 반년쯤 후에 외할머니에게 외할아버지와의 혼담을 가져와서 중매를 선 사람은 완전히 다른 분이었어요. 어머니 쪽 지인인데 큰 요릿집을 경영하고 있었다나요."

사람을 고용할 기회가 많았기 때문에 많은 직업소개꾼과도 교류가 깊었다. 오후미의 외할아버지네 집은 그중에서도 위세가 좋았다. 게다가,

"후계자이자 외아들이었던 외할아버지는 빠지는 데가 없는 괜찮은 남자였다고 해요."

오후미의 눈빛이 문득 여기저기를 헤매다가 먼 곳을 보았다.

"제가 기억하고 있는 바로도 외할아버지는 키가 크고 얼굴 생김새가 단정했어요."

도미지로는 부드럽게 물었다. "손녀인 당신에게는 좋은 할아버지였겠지요."

"엄청나게 너그러웠어요."

오후미는 다시 도미지로의 얼굴로 시선을 돌리며 씁쓸하게 웃었다.

"저희 손자들에게는 도무지 정신을 못 차리는 외할아버지여서……. 다만 가업이 직업소개꾼이다 보니 저희의 행동거지, 예의범절에는 엄한 데도 있었어요. 사람을 주선하는 일을 생업으로 삼은 집안의 자식이 칠칠치 못해서는 부끄럽다면서."

지극히 건실한 교육이다.

"네, 건실한 어르신이었어요. 그러니 외할머니도 순순히 혼담

을 받아들이고 외할아버지한테 시집을 왔겠지요."

 야나가와무라 마을에서 보낸 고양이들과의 즐거웠던 생활은 끝났다. 그것은 인생 속의 귀중한 일 막. 행복으로 가득 차 있었기 때문에 더더욱 길게 이어지지는 못한다.

 사람은 인생을 계속 살아가는 수밖에 없다.

 "집안끼리만 모여서 조촐하게 식을 올리던 밤에 외할아버지가 외할머니에게 이런 말을 하셨대요."

 ──오분은 무엇을 해도 꼭 고양이처럼 우아하고, 쿵쾅쿵쾅 소리를 내거나 하지 않네. 나는 그게 마음에 들었어.

 "그 말을 듣고 외할머니는 깊이 느꼈어요. 나는 고양이의 무녀다. 그리고 고양이신의 미코인 섬동이의 친구다. 앞으로 남편이 되려는 이 사람은 어렴풋이 알고 있다. 게다가 그걸 좋아해 주고 있다고요."

 이 사람과 혼인해서 다행이다.

 "하지만 석 달도 지나지 않아서 외할아버지는 바람을 피우기 시작했어요. 상대 여자와 놀아나느라 전혀 집에 돌아오지 않았어요."

 남편은 옆에 있어 주지 않고 시어머니에게는 구박을 받고 시아버지에게는 하녀 취급을 당하는 동안 고용살이 일꾼들조차 멀찍이서 구경하며 아무도 도와주지 않는다.

 어디서부터 잘못되었던 걸까? 괴로운 나날이었다. 매일 며느리가 할 일에 쫓기다가 밤에는 녹초가 되어 침상에 눕는가 싶으면,

제대로 쉬지도 못했는데 날이 밝기 전부터 두들겨 깨워 댄다.

"고통스러운 삶을 강요당하면서도 외할머니는 배 속에 아기를 가졌어요."

오분은 기뻤다. 아기의 얼굴을 보면 남편도 마음을 고쳐먹지 않을까 생각한 것이다.

"실제로 세간에는 비슷한 예가 많이 있으니까요." 오후미는 말을 이었다. "이렇게 말하는 제 남편도 그런 사람이었어요. 아내를 가졌는데도 어엿한 사내가 되지 못하고, 여전히 만사에 어머니를 의지하는 아들로 남아 있었지요."

부부가 되고 3년째, 겨우 아기를 안아 보고는 정신이 든 것처럼 '어른'이 되었다고 한다.

도미지로는 목덜미를 긁적였다. "저도 분명 똑같이 다 큰 아이가 될 것 같습니다."

"안 돼요. 정신 단단히 차리셔야지요." 오후미는 엄하게 말했다. "혼인한 아내가, 얼간이 남편을 얻은 건 일생일대의 실수였다고 한탄하게 만들면, 그 죄로 내세에서는 강아지 귀를 물어뜯는 벼룩으로 환생하고 만다고요."

흑백의 방에서 이야기꾼에게 이렇게까지 혼나다니. 벼룩으로 환생하는 것만큼은 사양하고 싶다.

"제 외할아버지도 외할머니에게 한 짓을 생각하면 우선 이로 환생해서 눌려 죽고, 다음에는 지네로 환생해서 밟혀 죽고, 세 번째는 뱀으로 환생해서 수달에게 먹혀 죽어도 아직 부족할 정도에

요."

 이야기하는 오후미의 눈 깊은 곳에 싸늘한 분노의 불꽃이 타오르고 있다.

*

 달을 채우지 못하고 죽어 버린 아기는 오분의 고통과 슬픔을 늘렸을 뿐이다.
 그렇게 느끼고 마는 자신의 마음이 억울하고 세상에 나와보지도 못한 아기에게 미안하다. 여자아이였다고, 산파는 말했다. 대를 이을 사내아이를 잃은 것이 아니라서 그나마 다행이었다고. 이 얼마나 잔인한 말인가.
 몸이 타는 것처럼 뜨거운데 오한이 등을 타고 올라온다. 차가운 땀이 뿜어져 나와 온몸을 적신다. 피가 갑자기 흘러나오고 그때마다 머리가 핑글 돌았다.
 이대로 죽는 건가. 그래도 좋다. 힘든 삶에 미련은 없다. 얼른 저세상으로 가 버리고 싶다.
 이제 누구를 만나고 싶다는 생각도 들지 않는다.
 남편의 방탕함과 시어머니의 구박을 견디다 못해 중매쟁이에게 상의하거나, 그 입을 통해 친정의 부모님에게도 조언을 청한 적이 있다. 누구 하나 오분의 필사적인 호소에 귀를 기울여 주지 않았다.

"며느리는 원래 참고 또 참는 거야."

"이제 어린 소녀가 아니니 불평만 하지 말고 반듯하게 굴렴."

아버지와 어머니의 입장에서 보면, 제대로 된 시가에 시집보낸 딸에게는 그런 훈계를 늘어놓을 수밖에 없었을 것이다. 가엾다, 당장 돌아오라거나, 괘씸한 사위를 꾸짖어 주겠다고 하거나, 오분을 감싸듯이 행동하면 대단한 팔불출 부모로 보일지도 모르니까. 세간에서는 당연한 일이다.

그렇다면 오라비와 새언니는 힘이 되어 줄까. 하지만 지금의 오분에게는 사이좋게 아이를 키우고 늘 웃는 얼굴을 나누곤 했던 오라비 부부가 이 세상의 존재가 아닌 것처럼 여겨진다. 그냥 환상이 아닐까. 먼 곳에 보이는 무지개 같은, 좀처럼 없는 행운을 받은 여자만이 그런 행복을 얻을 수 있다.

——나는 행운을 받지 못했어.

후회의 눈물이 오분의 뺨을 적신다.

알고 있었는데. 제대로 된 분별이 있었는데. 야나가와무라 마을에 살 때는 생각하지 않았던가. 시집 따위는 평생 가지 않아도 좋다고.

——나는 이대로 고양이들과 함께 살면서 할머니가 되고 싶어.

별저가 사라져도 맥없이 포기하고 집으로 돌아올 필요는 없었다. 어떻게든, 무슨 수를 써서라도 고양이들과의 생활에 매달리려고 했으면 좋았을걸. 뭔가 방법이 있었을 텐데.

어째서 '사람'이라는 믿을 수 없는 자들 가운데로 돌아와 버린 걸까.

귀여운 고양이들을 다시 만나고 싶다. 하양 할아범, 갈귀, 금깜, 흰둥이, 줄깜, 그리고 사랑스러운 섬둥이.

한 번이라도 좋다. 아이들을 만나 이 손으로 온기를 느끼고, 그때의 이별을 후회하고 있다고, 너희들 옆에 있고 싶었다고 털어놓고 나서가 아니면, 죽어도 눈을 감을 수 없다.

──나는 고양이의 무녀야. 이 마음이 부디 고양이신께 닿았으면.

오분은 기도하고 바랐다. 기도와 바람에 힘을 다 써서 숨이 끊어져 버려도 좋다. 죽기 직전 한순간에 그리운 고양이들을 느낄 수 있다면.

눈을 감고도 눈물을 흘리면서 한마음으로 기도하고 있자니, 이윽고 오른쪽 팔꿈치 부근이 서서히 따뜻해지기 시작했다.

느릿느릿 오른쪽 팔을 들어 올려 본다. 땀을 흡수하여 맨살에 달라붙은 얇은 잠옷 소매를, 팔을 움직여 떨리는 왼손 손가락으로 걷어 본다. 겨우 소매를 걷는 동작에도 숨이 차고 눈이 어질어질했다.

그러나 눈에 비친 것은 환상이 아니었다. 분명히 있었다. 만져 보니 거기만 더운물처럼 따뜻하다.

오른쪽 팔꿈치 바로 밑에, 섬둥이에게 받은 엷은 먹으로 그린 듯한 고리가 떠올라 있다.

나는 고양이의 무녀다. 갑자기 오분의 가슴에 용기와 희망이 생겼다.

 나는 묘시猫時를 알 수 있다. 묘시에는 고양이신에게 참배를 갈 수 있다. 미코인 섬동이는 지금의 고양이신을 옆에서 모시고 있거나, 고양이신의 주인 곁에서 수호의 임무를 하고 있을 것이다.

 분명히 다시 만날 수 있다.

 그러니까 살아야 한다. 오분은 몸을 일으켜 베개맡에 놓여 있던 물주전자의 물을 입에 머금었다. 이대로 죽을 수는 없지.

 ──묘시 참배를 하는 거야!

 마음을 정하니 몸이 따라온다. 그로부터 이삼일 사이에, 오분은 시어머니와 산파를 놀라게 할 정도의 기세로 회복했다. 심술궂은 시어머니는,

 "우리 관심을 끌려고 아픈 척하고 있었던 거냐?"

 라고 아무렇지도 않게 말했고, 여기에는 만사에 모르는 척하는 시아버지도 미간에 주름을 지었다.

 오분은 다시 일어나 움직이기 시작했다. 이제 아기를 잃고 죽어 가던 젊은 새댁이 아니다. 더 강하고 비정한 존재로 변한 것이다.

 그리고 밤이 되면 귀를 기울였다. 묘시猫時를 알리는, 이상한 풍경 소리 같은 울림을 잡아내기 위해서.


 따링, 따리이이이잉.

 죽을 뻔한 출산으로부터 아흐레 후의 깊은 밤이었다. 서향의

두 평 반짜리 방, 젊은 부부의 침실로는 도무지 어울리지 않는 살풍경한 곳에서 혼자 자리에 누워 있던 오분은 그 소리를 들었다.

예전에 야나가와무라 마을에서 처음 들었을 때와는 조금 다른 음색으로 여겨졌다. 짐작건대 고양이신의 대가 바뀌면 묘시를 알리는 음색도 바뀌는지 모른다. 고양이 울음소리가 모두 똑같이 들려도 각각 특징이 있는 것처럼.

베개에 머리를 댄 채, 오분은 눈을 뜨고 얼굴 가득 웃음을 띠었다. 그리고 재빨리 일어나서 옷 매무새를 가다듬었다. 바깥은 추울 테고, 어디를 얼마나 걷게 될지 알 수 없고, 고양이신을 뵙는 데 보기 흉한 모습이면 실례가 된다.

솜옷 앞을 여미고 끈을 단단히 맨다. 흐트러진 머리를 단정히 하고 나서 짙은 보라색 두건을 썼다. 본가의 어머니가 아기가 생기면 머리카락이 빠질 수 있으니, 그럴 때 쓰라며 시집올 때 들려 보내 준 두건이었다.

침상 위에 무릎으로 서서 문득 주위를 둘러본다. 여닫이가 나쁜 덧문 틈새로 달빛이 비쳐들고 있다. 자기 전에 덧문을 닫았을 때는 구름 틈새에서 얼굴을 내민 달을 본 기억이 있었는데——

"야옹."

달콤함을 머금은 부드러운 울음소리. 어디지? 어디에서 울고 있지?

이 집 근처에서도 가끔 들고양이를 보기는 했다. 다만 개와 고양이는 물론이고 작은 새조차 싫어하는 시아버지와 시어머니가 고용살이 일꾼들에게 엄하게 분부해 쫓아내 버리기 때문에, 시집 오고 나서 오분은 고양이를 접할 기회가 없었다.

그러고 싶다고 생각할 마음의 여유도 없었다.

"오분 씨, 이쪽, 이쪽."

야옹야옹, 냐앙. 고양이의 울음소리. 부엌 쪽에서 들려온다. 오분에게는 제대로 말도 전해져 온다. 아아, 알 수 있다. 가슴이 뜨거워지고 눈물이 넘칠 것만 같다.

"네, 바로 갈게요."

속삭이는 듯한 작은 목소리로 대답하며 오분은 두 평 반짜리 방을 뒤로했다. 이제 이곳으로는 못 돌아올지도 모르지만 미련은 없다.

싸늘한 복도를 걸어 부엌으로 향한다. 모퉁이 벽에 달려 있는 촛대에, 많이 타서 납작해진 백 돈짜리 초가 한 대 켜져 있고, 그 불이 던지는 빛의 고리 끝에 고양이 귀의 그림자가 얼핏 보였다.

발바닥이 차갑다. 부엌으로 들어가 봉당으로 내려갈 때, 오분은 늘 여기에서 신곤 하는 나막신이 아니라 아무나 쓸 수 있게 출입구 옆에 매달아 두는 짚신을 골랐다. 고맙게도 낡은 버선이 함께 매달려 있었다.

부엌 뒤쪽의 미닫이문 틈으로 밝은 달빛이 새어들고 있다. 오분은 그 속에서 쪼그려 앉아 재빨리 버선과 짚신을 신었다. 곱은 손가락에 숨을 호호 불며 짚신 끈을 매고 있자니 바로 옆에서 "냥" 하는 목소리가 나고 꼬리로 가볍게 등을 쓰다듬는 감촉이 느겨졌다.

"다 됐다. 오래 기다렸지?"

오분은 일어서서 소리가 나지 않도록 주의깊게 부엌문의 빗장을 풀었다. 숨을 죽이고 천천히 미닫이문을 열자,

——눈부셔!

밝은 달빛. 그 빛은 오분의 뺨을 쓰다듬고 온몸을 감쌌다.

중천에 걸려 있는 것은 늘 보던 달이 아니었다. 야나가와무라 마을에서 하양 할아범에게 이끌려 딱 한 번 본 적이 있는, 고양이 앞발 모양의 보름달이다. 또렷하게 떠오른, 유쾌한 고양이 발바닥 모양.

초봄이라고는 해도 깊은 밤의 한기는 아직 혹독하다. 오분이 기뻐서 저도 모르게 "아아, 다행이다" 하고 소리치자 새하얀 숨이 어둠 속으로 터져나왔다.

"자, 가자."

오분의 다리 사이를 빠져나가, 한 마리의 고등어 무늬 고양이가 모습을 나타냈다. "이쪽, 이쪽" 하고 부르던 그 목소리다.

"묘시 참배를 갈 거지? 무녀 씨, 내가 안내할게."

오분은 몸을 굽혀 고등어 고양이의 머리를 쓰다듬었다. 그르르르…… 하고 목을 울리는 이 아이는, 몸집은 성묘지만 얼굴에는 아직 아기 고양이의 달콤한 느낌이 남아 있다. 사람으로 치면 열대여섯 살쯤일까.

"마중을 와 주어서 고마워. 네 이름은 뭐야?"

"나는 잠자리라고 불러."

등 한가운데에 날개를 펼친 잠자리와 꼭 닮은 무늬가 있거든.

잠자리는 오분의 정강이 사이를 빙글빙글 빠져나가며 장난을 쳤다.

"춥지 않게 껴입고, 발도 따듯하게 하고 왔구나. 잘했어, 잘했어. 하지만 곧 참배길로 들어갈 거니까 맨발에 잠옷 차림이어도 괜찮을 정도인데."

자, 가자. 잠자리가 앞장서서 걷기 시작한다. 날씬한 몸을 꿈틀거리고 긴 뒷다리로 얼어붙은 땅바닥을 차며, 가볍게.

오분은 하얀 입김을 뿜으면서 뒤를 따랐다. 시댁인 직업소개소 왼쪽에는 향과 갖가지 초를 취급하는 잡화점이 있다. 한밤중이라 물론 바깥문을 꼭 닫아 두었는데, 그래도 앞을 지나가니 희미하게 백단 향이 났다.

순간 잠자리가 재채기를 했다.

"우리는 이런 냄새를 싫어해."

예쁜 고등어 줄무늬에 끝만 새하얀 꼬리를 흔들며,

"끙차!"

기합 소리와 함께 잠자리는 오분의 오른쪽 어깨에 올라탔다.

"이대로 쭈욱 곧장 걸어가면 돼. 나무문도 신경 쓰지 않아도 돼. 아무도 캐묻지 않을 테니까."

과연, 곧 다다른 동네 나무문에서는 문지기 노인이 이쪽을 돌아보지도 않았다. 뿐만 아니라 오분은 나무문을 지날 필요도 없었다. 정신이 들어 보니 가볍게 나무문을 뛰어넘고 있었다.

──그런가, 나는 고양이랑 똑같아진 거야.

집의 차양을, 상가의 간판 가장자리를, 절의 지붕 꼭대기를 따라 걸어도 지상에 있는 사람들이 눈치채지 못하는 고양이들의 걸음. 지금 오분은 그 힘을 빌리고 있다.

그래도 밤공기의 차가움은 몸에 스몄다. 코끝이 차갑고, 잠자리처럼 재채기가 날 것 같──

다고 생각한 다음 순간, 간질거림이 사라지고 파릇파릇한 어린잎의 냄새가 느껴졌다. 따스한 냄새.

봄날 밤 속을 걷고 있다.

잠자리를 어깨에 태운 오분은 시댁 근처와는 전혀 다른 장소로 옮겨 와 있었다. 눈에 익은 거리가 사라졌다. 처마를 나란히 한 상가들의 가게 앞을 장식하는 간판들이나 초롱불의 불빛도 사라졌다.

이곳은 드넓은 초원──아니, 완만한 오르막이다. 부드러운 풀에 덮인, 완만한 언덕의 오솔길이다.

눈으로 본 것만으로는 믿을 수 없어서, 오분은 쪼그려 앉아 발치의 땅바닥이며 풀에 손을 뻗어 만져 보았다. 잠자리는 오분의 어깨에서 뛰어내려 길게 기지개를 켠다. 우선 앞다리, 다음으로 뒷다리.

손끝으로 집어 본 풀잎에는 맑은 밤이슬이 맺혀 있었다. 짚신으로 밟는 오솔길에는 바둑돌보다 더 작고 새하얀 둥근 돌이 가득 깔려 있다.

"이 언덕 꼭대기가, 고양이신의 궁이야."

잠자리의 발걸음이 가볍다. 오분도 계속 걷다 보니 몸이 따뜻해져서 두건을 벗고, 이어서 솜옷도 벗어 버렸다.

돌아보니 등 뒤의 높은 곳에 고양이달이 걸려 있다. 봄날 밤답게 달무리가 끼어 흐릿한 달이지만 옥처럼 빛나고 있다.

언덕을 오르는 길은 한없이 완만하여 숨도 차지 않고 지치지도 않는다. 덕분에 걸음은 착실하게 나아가고 있고, 이윽고 앞쪽에 울창한 숲이 보이기 시작했다.

밤바람에 숲 전체가 흔들흔들, 술렁술렁 떨린다. 무슨 나무인지, 키는 별로 크지 않다. 자세히 쳐다보다가 정체를 깨닫고, 오분은 저도 모르게 웃고 말았다.

그러자 잠자리도 불쑥 이쪽을 돌아보며 "강아지풀이야!" 하고 즐거운 듯 말했다.

"고양이신의 궁은 커다란 강아지풀 숲으로 보호받고 있어."

"너희들은 그만큼 강아지풀을 좋아하는구나."

생각도 해 보지 않았지만, 고양이에게는 그냥 장난감이 아니라 소중한 의미가 있는지도 모른다.

그렇다고 해도 거대하다. 줄기는 모두 한아름이나 되는 굵기고, 무거운 듯이 머리를 늘어뜨린 이삭 부분은 하나하나가 집 한 채보다도 더 크다.

언덕을 올라감에 따라 강아지풀의 수도 늘고 숲도 짙어져 간다. 하얗고 둥근 돌로 된 오솔길은 그 발치를 수놓듯이 이어져 있다.

오르막이 약간 가팔라졌다. 오분이 걸음을 멈추고 잠시 쉬자 잠자리가 다가와 꼬리를 내밀었다.

"자, 나를 붙잡아도 돼."

"아니야, 괜찮아."

이마에 땀이 배었다. 강아지풀 숲 안에는 봄날 밤의 기운이 가득 차 있다.

후우, 하고 호흡을 가다듬고 등을 펴자 그 온기를 담은 밤의 먼 곳에서 희미한 목소리가 들려왔다. 고양이의 목소리일까──.

오분은 저도 모르게 몸을 굳혔다. 그 목소리가, 분명히 고양이 울음소리 같기는 하지만 평범한 울림이 아니었기 때문이다.

화내고 있다. 고함치고 있다. 소리치고 있다. 아니면 한탄하고 슬퍼하는 것일까. 갈라지고 거칠어지고, 때로 뒤집어지며 길게 끈다.

동네에서 고양이끼리 싸우는 소리나 발정기가 온 고양이의 울음소리를 들을 때가 있다. 결코 유쾌한 소리는 아니지만 지금 이 멀리에서 전해져 오는 울음소리는 그런 종류의 소리와도 전혀 달랐다.

어쩌면 이렇게 기분 나쁠까! 오분은 저도 모르게 두 팔로 몸을 끌어안았다. 고양이가 이런 목소리를 내며 울부짖는 것은 어떤 때일까. 오분의 경험 속에서는 찾을 수 없었다.

――사람의 비명처럼도 들리는걸.

분명히 고양이 울음소리인데, 그 밑바닥에 사람의 말이 숨어 있는 것처럼 들린다. 그래서 기분 나쁘다. 오싹하다.

피부에 돋은 소름을 문지르면서 걸음을 멈춘 채 움직이지 못하고 있자, 잠자리가 뒷발로 서서 오분의 무릎에 앞발을 걸쳤다.

"무녀 씨, 정신 똑바로 차려."

말랑한 발바닥의 감촉. 따뜻하고 사랑스럽다.

"저건 고양이신이 외고 계시는 축문이야. 전혀 무서운 게 아니야. 아주 거룩한 거지."

"이 울음소리가…… 축문이야?"

믿기 어려웠지만, 잠자리의 동그란 눈을 들여다보니 거기에 거짓이 있는 것 같지는 않았다. 움츠러들려는 마음을 격려하며, 오분은 가파른 오르막으로 나아갔다.

또 몸이 따뜻해지고 약간 숨이 차기 시작했다. 축문이라는 고양이신의 목소리도 조금씩 조금씩 크게 들려오기 시작했다. 그만큼 궁에 가까워지는 것이다.

거대한 강아지풀 숲 사이에 무언가 막을 두른 것 같은 모습이 얼핏얼핏 보이기 시작했다. 모기장은 아니다. 천도 아닌데 아주 얇은…… 가죽을 둥글게 부풀려 땅바닥에 엎어 놓은 듯한 모습.

모양은 무엇과 비슷할까. 걸으면서, 둘러보면서 생각했다. 쪼그라들어 가는 종이풍선이 숲속에 떨어져 있다. 한두 개가 아니다. 저기에도, 여기에도. 쓰레기통만 한 작은 것에서부터 장작 창고만 한 큰 것까지, 여러 가지다.

게다가 색깔도 제각각이었다. 갈색 줄무늬, 흰색에 검정색과 갈색 테두리, 검은 줄무늬의 호랑이 무늬, 고등어색 줄무늬. 그렇다, 전부 고양이의 색깔과 똑같다.

──꼭 고양이 풍선 같아.

가까이 다가가니 고양이 풍선의 안쪽에서도 몇 마리나 되는 고양이들의 울음소리가 들려왔다. 이쪽은 음색이 제각각이긴 하지만 평범한 고양이의 목소리다.

고양이신의 축문이 높아지면 고양이들은 조용해진다. 축문이 끊기면 고양이들은 부드럽고 다정하게 울기 시작한다. 다시 고양이신의 축문이 들려오면 고양이들의 울음소리는 점점 줄어들고 축문이 가장 커질 때는 모두 침묵을 지킨다.

그러한 광경에 숨을 삼키며 눈을 깜박이는 것도 잊고 둘러보면서, 오분은 잠자리의 재촉을 받아 언덕을 계속 올라갔다. 그리고 마침내 꼭대기의 평평한 곳에 다다랐다. 신고 있는 짚신 너머 발바닥에 또렷하게 감촉이 느껴졌다. 하얗고 둥근 돌을 깐 길에서 풀밭 같은 곳으로 나온 것이다.

오분은 천천히 시선을 들었다.

언덕 꼭대기의 풀밭에 작은 산 같은, 한층 더 커다란 고양이 풍선이 자리잡고 있다. 그 안쪽에는 불이 밝게 켜져 있고, 전체가 황금색으로 빛나고 있다.

이렇게 가까이 오니 고양이신의 축문이 생생한 고양이의 울음소리로 또렷하게 들리기 시작했다. 으르렁거리는 듯한 낮은 목소리 뒤에는 괴로운 숨소리나 하아하아 하고 헐떡이는 소리도 들린다.

"……잠자리야."

오분의 떨리는 목소리에 잠자리가 발치로 다가왔다.

"저 목소리, 내 귀에는 고양이신이 아픔에 괴로워하는 것처럼 들려. 정말 축문이 맞아?"

무언가를 축복하고 좋은 일을 비는 목소리라고는 도저히 생각되지 않는다.

그러자 잠자리는 동그란 눈으로 오분의 얼굴을 뚫어져라 바라보았다.

"그렇구나. 너는 이 궁에 처음 와 봐서 고양이신에 대해서 잘 모르겠네."

"응."

"그렇다면 잠시 조용히 상황을 보고 있어 줘. 차차 알게 될 거야."

당혹스러운 와중에도 오분은 고개를 끄덕일 수밖에 없다. 한 사람의 무녀와 한 마리의 미코가 얼굴을 마주 보고 있는 밤공기의 틈을, 고양이신의 가느다란 울음소리가 빠져나간다. 그때,

"오분."

등 뒤에서 귀에 익은 달콤한 목소리가 이름을 불렀다.

오분은 금방 목소리의 주인을 알 수 있었다. 설령 오분이 잊고

있었다고 해도 오른쪽 팔꿈치의 고리는 기억하고 있다. 이름을 불린 순간 고리가 서서히 뜨거워지기 시작했다.

심장이 두근두근 뛴다. 오분은 가슴을 손으로 누르며 천천히 돌아보았다.

거기에는 분명히 섬동이가 있었다.

몸의 크기는 달라지지 않았다. 여전히 가냘프고 날씬하다. 회색 털은 숱이 조금 적어지고 귀 가장자리 솜털이 하얘진 것 같다.

"섬동아."

오분이 양손을 뻗자 섬동이도 달려들었다. 얼굴을 가까이 하니 수염 때문에 간지럽다. 푸른 기를 띠고 있던 섬동이의 눈동자는 지금도 그대로다. 이 밤중에도 초저녁의 샛별을 품은 저녁 하늘처럼 아름답다.

"결국 왔구나."

섬동이는 눈을 가늘게 뜨며 오분의 콧등을 할짝 핥았다.

"다시 만날 수 있게 된 건 기쁘지만, 어째서 온 거야? 지금은 행복하지 않은 거야? 사람의 세상에서 목숨을 걸고 나와 만나고 싶다고 생각할 만큼 힘든 일을 당했어?"

어디에서부터 이야기하면 좋을까. 오분은 가슴이 메어 한심하게 울음을 터뜨려 버리지 않으려고 필사적으로 숨을 가다듬었다.

그리운 섬동이의 귀 냄새에, 시집을 가고 나서 지금까지의 괴로운 나날 속에서 더러워진, 비늘이 서로 겹쳐지듯이 조금씩 조금씩 마음을 무장시키고 있던 나쁜 감정의 파편이 한 장, 또 한

장 떨어져 간다.

문득 보니 이곳에 오는 동안 맞닥뜨렸던 수많은 고양이 풍선에서 색깔도 무늬도 제각각인 고양이들이 나타나 이쪽으로 올라온다. 모두 섬동이와 똑같은 미코들일 것이다.

미코의 원에 둘러싸인 오분은 그 자리에 앉아 섬동이를 무릎에 올려놓고 야나가와무라 마을에서 헤어진 이후 오늘에 이르기까지 겪었던 일을 털어놓았다. 가능한 한 또박또박, 목소리에 힘을 주어 이야기하려고 했지만, 달을 채우지 못한 아기를 잃은 대목에서는 참지 못하고 손으로 얼굴을 덮으며 울음을 터뜨리고 말았다.

섬동이는 오분의 손가락 사이를 적시는 눈물을 꼼꼼히 핥아 내고 위로하듯이 부드럽게 목을 울렸다. 주위를 둘러싼 미코들은 조용히 그 모습을 지켜보고 있다.

이야기를 마치자 오분의 귀에 또 고양이신의 신음이나 으르렁거리는 목소리가 들려왔다. 자신의 일에 정신이 팔려 있는 동안에는 이 불온한 울음소리도 전혀 신경 쓰이지 않았다.

"오분, 그래서…… 앞으로 어떻게 하고 싶어?"

섬동이가 차가운 코끝을 오분의 뺨에 가까이 하며 부드럽게 물었다.

"어떻게 하다니, 내가 뭔가 할 수 있는 거야?"

"당연히 할 수 있지. 이렇게 묘시 참배를 하러 왔는걸."

그 말에 납득했다. 축시丑時 참배여자가 질투의 대상을 저주하여 죽이기 위해

축시(오전 2시경)에 신사에 참배하는 것가 원한을 가진 사람이 행하는 저주의 의식인 것처럼, 묘시 참배 역시 어떠한 기도인 것이다.

"모든 건 오분의 마음에 달려 있어. 우리한테 사정을 털어놓아서 마음이 풀렸다면 그것도 좋아. 언덕을 내려가서 집으로 돌아가도록 해. 나는 고양이신 곁을 떠날 수는 없지만 잠자리가 다시 바래다 줄 거야."

그럼 불만과 불평을 늘어놓고 원망의 말을 토해 내도 기분이 풀리지 않는 경우에는 무엇을 할 수 있을까.

"고양이신의 힘에 매달리면 너를 괴롭히는 사람을 혼내 줄 수 있어."

내뱉듯 말하는 섬동이의 목소리에 지금까지의 달콤함은 없다.

오분은 몸을 떨었다. 혼내 준다는 말은 매일의 생활 속에서 쓸 기회가 없기 때문이다.

하지만 지금은 지극히 당연하고 올바르며 바람직한 일이라는 생각이 든다. 오분에게는 다른 무엇보다 가치 있는 일이다.

오분은 작은 목소리로 속삭였다. "남편은 나를 아내라고 생각하지 않아. 자신과 같은 사람이라고도 생각하지 않아."

장식품처럼 여겼다. 그것도 잡동사니다.

"혼례를 올리고 나서 두세 달 정도는 남편도 나한테 호감이 있는 척했지. 효도한다는 기분으로 그랬을지도 몰라. 아니면 아내가 생겨서 신기했던 걸까."

질리는 건 금방이었다. 이제는 오분이 갑자기 사라져도 신경 쓰지 않으리라. 눈앞에서 미끄러져 넘어지는 바람에 머리를 부딪혀 죽는다 해도 "끝까지 성가신 여자로군"이라고 투덜거리며 홀몸이 된 처지를 기뻐할 것이다.

"시어머니는 시어머니대로 나 같은 건 아기랑 같이 죽어 버렸으면 좋았을 거라고 생각하고 있어."

오분의 곡해가 아니다. 피를 흘리고 신음하며 누워 있을 때 돌보러 와 준 하녀를 붙들고 침실 바로 바깥에서 들으란 듯이 이야기하는 말을 들었다.

——아기 하나도 제대로 낳지 못하다니 며느리를 잘못 들여도 단단히 잘못 들였어.

몸이 튼튼하다고 하고 뼈가 굵고 엉덩이도 커서 순산이 기대된다기에 받아 준 건데. 그렇지 않았다면 누가 저런 못생긴 여자를 좋다고 며느리로 들일까.

——아기와 함께 저세상으로 가 주었다면 이런 수고도 필요없었을 텐데.

한 마디 한 마디를 오분은 기억하고 있다. 마음에 새겨진 말이다.

"가엾게도."

섬동이가 오분의 눈꼬리를 핥는다. 이것은 슬픔의 눈물이 아니다. 분노의 증거다.

"그렇다면 놈들을 혼내 줄까?"

섬동이의 말에 오분은 눈을 깜박였다. 주위를 둘러싼 고양이

미코들의 눈빛이 오분 한 사람에게 집중되어 있다.
 고양이신의 고함 소리가 스윽 멀어지고, 오분은 정신을 잃었다.

 "다음에 눈을 떴을 때, 외할머니는 시댁의 자기 방으로 돌아와 있었어요."
 흑백의 방 상석에서 오후미는 이야기했다.
 "커다란 강아지풀 숲의 풍경. 발바닥으로 밟았던 하얗고 둥근 돌이나 풀밭의 감촉. 신기한 고양이 풍선들. 무릎에 올려놓았던 섬동이의 무게와 발바닥의 부드러움. 자신을 에워싼 많은 고양이 미코들의 눈동자가 마치 커다란 반딧불이 떼처럼 그윽하게 빛나고 있었던 것."
 그런 기억들은 선명했지만,
 "혼내 줄까——라는 말 다음에 무엇을 했는지, 어떻게 고양이신께 소원을 빌었는지 전혀 알 수 없었어요. 떠올리려고 해도 소용없었지요."
 다만 헤어질 때였던가. 섬동이가 또 오분의 콧등을 할짝 핥으며,
 ——오분, 네 소원은 꼭 내가 이뤄 줄게. 슬퍼하지 마.
 "속삭여 준 것은 기억하고 있었다고 해요."
 슬퍼하지 마. 알 수 없는 말이다. 섬동이는 미코로서, 오분의 간절한 소원을 고양이신께 전할 것이다——.

"내가 이뤄 줄게"라는 건 그런 뜻이리라. 그런데 정작 오분이 왜, 무엇을 슬퍼한단 말인가?

"의아한 부분은 있었지만 그리운 섬동이를 떠올리며 외할머니는 다시 잠들었어요."

하룻밤이 지나자 줄곧 간병해 주던 하녀도 깜짝 놀랄 만큼 멀쩡히 건강해져 있었다.

"물론 단 하룻밤 만에 모든 상처가 나을 리는 없고, 잃은 피를 되찾을 수 있는 것도 아니었지만요."

다만 오분은 감싸인 것이다. 눈에 보이지 않는 수호의 힘에.

"오분이라는 젊은 며느리 위에 다른 생물의 가죽을 한 장 뒤집어썼다――고나 할까요."

그 가죽은 탄력 있고 튼튼하며 쉽게 상처가 나지 않는다.

이야기하면서 오후미는 미소를 지었다. "반지르르한 털결의 고양이 가죽 말이에요."

도미지로도 마주 미소를 지으면서 마음속에 떠올렸다. 야윈 얼굴의 젊은 며느리가 고양이의 모피를 뒤집어쓰고 있는 모습을. 덕분에 고양이처럼 민첩해지고 그 눈동자는 가느다란 초승달로 변해 요괴처럼 그윽하게 빛난다.

"건강해진 외할머니에게, 남편도 시부모도 위로나 치하의 말을 해 주지는 않았어요. 오히려 그렇게 안색이 좋은데 어째서 지금까지 쿨쿨 자고 있었느냐며 꾸짖었다고 해요."

――정말이지 도움이 안 되는 며느리야.

"주인 부부와 작은 나리의 눈치만 살피는 고용살이 일꾼들도 쌀쌀맞아서, 외할머니는 또 지금까지 하던 대로 며느리가 할 일에 쫓기기만 하는 나날을 보내게 되었는데요."

오후미는 낭창낭창한 손놀림으로 찻잔을 들어 올려 완전히 식어 버린 호지차로 목을 축이고 나서, 눈을 가늘게 뜨며 말을 이었다.

"이야기를 듣다 보니 문득 제 신세가 떠올랐어요."

오후미도 목숨이 왔다 갔다 하는 병을 극복한 경험이 있다. 그리고 병이 남긴 얼굴 마비 때문에 좋은 인연을 놓쳤던 일이, 외할머니 오분의 신상 이야기를 끌어내는 계기가 되었다.

"제 경우에도 병은 괴로웠고, 완전히 회복하지 못해서 답답했어요. 내 몸인데 생각대로 되지 않아 견딜 수가 없었지요. 아침이 오고 새로운 하루가 시작되어도 제 눈앞에만은 캄캄한 밤이 고여 있는 것 같아서 슬프기만 했어요."

다만 오후미에게는 자기 일처럼 돌보아 주고 격려해 주는 가족이 있었다.

"그에 비하면 외할머니는 얼마나 심한 일을 당하셨는지."

오후미는 그 마음을 곱씹으며,

"새삼, 죽을 뻔하다가 자리에서 일어났을 때 외할머니가 느꼈을 외로움과 원통함을 깊이 헤아리게 되었어요. 그래서——."

오후미의 눈동자 속에 날카로운 가시가 빛난다.

"여기서부터 제가 할 이야기에는 '꼴 좋게 됐다'는 못된 울림이 섞이게 될 텐데, 이해해 주세요."

오분의 남편이 말을 할 수 없게 되었다.
처음으로 알아차린 사람은 가게의 대행수였다. 남편에 대해서는 아기 때부터 알고 있는 고참 중의 고참 일꾼이다. 남편이 오분을 아내로 맞이하고 나서는 다음 대 주인에게 직업 소개 업무의 요지를 가르치기 위해 자주 곁에 붙어 있곤 했다.
당사자인 남편은 여자와 놀아나는 일이 더 중요해서, 졸졸 따라다니는 대행수를 뿌리치고 밤마다 신나게 유곽을 찾아가곤 했지만, 아기가 죽고 오분이 죽을 뻔한 뒤로는 기특한 척하며 얌전히 집에 틀어박혀 있었다. 그러다가 오분이 자리를 떨치고 일어나니 또 신이 나서 나가려고 대행수에게 군자금을 조르려 한 모양이다.
그런데 목소리가 잘 나오지 않는다. 읍, 읍, 하고 목에 목소리가 걸릴 뿐.
"작은 나리, 왜 그러십니까."
그렇게 물으니 남편도 곤혹스러움이 더해져 손짓발짓을 섞어가며 필사적으로 말을 하려고 애쓰지만 어떻게 해도 소용이 없다.
"읍, 우우욱, 우욱."
"마비독이 든 음식이라도 드셨습니까? 아니면 목구멍을 뭔가 막고 있는 건 아닌지요? 작은 나리, 잠시 누워서 입을 벌리고 제게 보여 주십시오."

오분의 남편은 아이처럼 순순히 불안한 얼굴로 대행수를 향해 "아~아" 하고 입을 벌려 보였다.

대행수는 들여다보고는 졸도할 뻔했다. "크, 크, 큰일이다아!"

오분은 그때 우물가에서 빨래를 하고 있었다. 대야에 산더미처럼 쌓인 속옷, 속치마, 동정에 바로 어제까지 자신이 입고 있던 잠옷과 많은 무명천. 피가 묻은 무명천은 빨아도 깨끗해지지 않으니 태워 버리자고 하녀는 말해 주었는데,

"며느리가 더럽혔으니 며느리가 빠는 것이 도리지. 응석을 받아 주면 안 된다."

시어머니가 그렇게 말하며 한아름의 빨랫감을 오분에게 떠넘긴 것이다.

"큰일 났다, 작은 나리가 큰일 났어!"

대행수가 복도를 달려간다. 당황한 나머지 입에서 거품을 뿜을 것만 같다.

"나리, 마님! 작은 나리의, 작은 나리의 혀가, 없어져 버렸습니다아아."

순식간에 가게는 큰 혼란에 빠졌다. 오분은 모든 소동에 등을 돌리고 빨래를 시작했다. 참아도 참아도 웃음이 치밀어 오른다. 딱 한 번, 빨래를 팡팡 두드리는 소리를 틈타 소리 내어 웃어 주었다.

──시시한 험담이나 남이 싫어하는 말만 입에 올리는 사람은

고양이의 참배 • 127

고양이가 혀를 훔쳐가 버리지.

아하하! 첨벙첨벙첨벙.

그 후로 사흘 동안, 평판이 좋은 (즉 약값도 눈알이 튀어나올 만큼 비싼) 동네 의원이나, 몸의 안 좋은 기운을 정화해 주는 (이 또한 기도비가 천정부지인) 기도사 등, 생각나는 모든 방법을 찾아 시어머니는 난리법석을 떨었다. 그러나 아무도 귀여운 아들의 사라진 혀를 되찾아 주지 않는다. 왜 혀가 사라져 버렸는지, 원인을 알 수조차 없었다.

혀가 없으면 말을 제대로 할 수 없을 뿐만 아니라 음식을 씹거나 삼키기도 어려워진다. 즉 오분의 남편은 혼자서만 군량 보급이 차단된 것이나 마찬가지다. 반쯤 광란에 빠진 시어머니의 분부로, 오분은 하루에 몇 번이나 미음이며 갈탕을 만들었다. 그리고 시어머니가 그것을 후후 불어 식히면서 수저로 남편에게 먹여 주는 모습을 곁눈질하며, 또 속으로 크게 웃었다.

그나저나 소중한 후계자가 불가사의하고 무서운 일을 당했는데도, 시어머니는 겨우 사흘 만에 야단법석을 그만두어 버렸다. 왜냐. 시어머니의 몸에도 이변이 일어나기 시작해 아들 걱정만 하고 있을 수가 없게 되어 버렸기 때문이다.

시어머니의 경우, 우선 머리카락이 빠졌다. 아들의 혀가 사라지고 나서 나흘째 되던 날 아침, 베개에서 머리를 들어 보니 머리가 반들반들하게 벗겨져 있었던 것이다.

괴조가 울부짖는 소리 같은 시어머니의 비명이 들려왔을 때 오분은 부엌에서 밥을 짓고 있었다. 대나무 대롱을 후우, 후우 부는 척하며 실컷 웃었다. 너무 웃어서 부뚜막의 장작이 활활 타오르는 바람에 그날 아침밥이 살짝 타 버렸을 정도다.

덕분에 이번에는 오분이 웃는 모습을 일찌감치 주위에 들켰다. 그러나 아무도 오분을 나무라지 않았다. 우선 시아버지가 아무 말도 하지 않았기 때문이다.

시아버지는 분명히 오분을 무서워하고 있었다. 지금껏 일어난 괴이한 일을 오분 탓이라 의심했으며 오분을 야단치면 더 심한 일이 일어나리라 믿었다. 근거는 양심의 가책이었으나. 나는 보고도 못 본 척을 해 왔을 뿐이지만 (실은 그렇지도 않다) 아내와 아들은 며느리를 괴롭혀 왔으니까.

시아버지의 태도로 인하여 다른 고용살이 일꾼이나 하녀들도 오분을 멀리서 둘러싸고 입을 다물었다. 대행수나 우두머리 하녀는 자신들이 작은 마님보다 윗길이라 여기며 그런 기색을 숨기려고도 하지 않았는데, 맨 먼저 입을 굳게 다물고 오분과 눈도 마주치지 않았다.

모두가 오분을 두려워했다. 정체를 알 수 없는 생물의 가죽을 한 장 뒤집어쓴 것처럼 소리도 없이 낭창낭창하게 돌아다니고, 눈을 빛내는 모습을.

대머리가 된 오분의 시어머니는 엉엉 울면서 동네 의원이나 여자의 머리를 묶어 주는 머리 손질꾼에게 상의하느라 정신이 없었는데 반나절도 지나지 않아 말도 할 수 없게 되었다.

아들과는 달리 혀는 무사히 입안에 있었지만 말을 할 수가 없게 되었다. 무슨 말을 하려고 해도 '갸앙' 하는 쉰 목소리밖에 나오지 않는다. 마치 꼬리 끝이 둘로 갈라져 네코마타猫又 고양이가 오래 살면 된다는 일종의 요괴. 꼬리가 두 개로 갈라지고 둔갑을 잘한다고 한다가 될 것처럼 오래 산 늙은 고양이의 울음소리를 닮아 갔다.

오분은 시어머니의 눈물과 침을 닦아 주면서,

"뭐라고 말씀하시고 싶으세요, 어머님? 좀 더 제대로 말씀해 주시지 않으면 저는 도움이 안 되는 며느리라 아무래도 알아들을 수가 없어서 곤란한데요."

상냥하게 되묻고, 그래도 '갸앙' '갸아~' 갸아'라고밖에 울지 못하는 시어머니 앞에서 어깨를 축 늘어뜨리며 말해 주었다.

"이래서야 발정 난 고양이 같네요."

이틀쯤 지나자 나란히 안방에 틀어박혀 마주 안고 신음하던 남편과 시어머니의 귀에 털이 돋기 시작했다. 귓구멍 속뿐만 아니라 귀 가장자리에도 돋았다. 남편은 연한 갈색, 시어머니는 검은색 솜털이었다.

두 사람은 배가 고파 신음하고 아기처럼 기어서 돌아다니게 되었다. 시어머니에게는 미음이나 갈탕을 보여 주어도 그릇을 엎어 버릴 뿐이라, 우두머리 하녀가 작은 생선을 구워 접시에 담아 주었더니 양손으로 붙잡고 게걸스럽게 먹었다. 남편도 옆에서 머리를 쑤셔넣으며 부드러운 몸통을 통째로 삼킨다.

우두머리 하녀는 제철 생선을 대야째 사들여 비늘과 내장을 떼어 내고 손질해 구우려고 했지만, 시어머니가 냄새를 맡고 부엌까지 들어와 날생선을 머리부터 물어뜯고 꼬리도 지느러미도 아작아작 씹어 부숴 버리는 바람에 그 자리에 주저앉고 말았다.

──요괴 고양이다.

마님과 작은 나리는 요괴 고양이에 씌었다. 이렇게 날생선을 계속 먹다가는 사람다운 부분은 남김없이 사라지고 완전히 고양이가 되어 버릴 것이다.

때로는 시어머니보다도 고자세로 오분 앞에 버티고 서던 우두머리 하녀가 양손으로 얼굴을 덮으며 울었다.

오분은 이 집에 시집와서 처음으로 속이 후련한 기분이 들었다.

며칠 만에 남편도 대머리가 되고 머리카락이 빠진 곳을 솜털이 덮기 시작했다. 귀가 뾰족해지고 손등에도 솜털이 돋고 손톱의 모양도 변해갔다.

두 사람은──점점 두 마리가 되어 가는 두 사람은 자주 울었다. 탁한 목소리의, 별로 귀엽지 않은 고양이의 목소리로 배가 고프다고. 몸이 가렵다고. 밖에 나가고 싶다고.

고용살이 일꾼들은 아무도 가까이 가고 싶어 하지 않았기 때문에 (저것의 시중을 드는 것은 죽어도 싫다며 도망친 하녀도 있었다) 시아버지는 마지못해 오분을 불러서 부탁한다며 머리를 숙였다.

"아버님, 이런 일로 저한테 머리를 숙이지 말아 주세요. 제 시어머니와 남편인걸요. 제가 돌보는 게 당연하지요."

오분이 얌전히 말하는데도 왠지 시아버지는 안색이 나빠져서 고개를 떨구고 있었다. 왜일까, 정말로.

"아버님도 몸조심하세요."

오분은 위로했을 뿐인데 왜일까, 저렇게 식은땀을 흘리는 것은. 이상해 죽겠다.

오분은 시어머니와 남편에게 생선을 먹이고 오물을 치우고 등을 쓰다듬어 주었다. 두 사람이 지쳐 누워서 목을 울리고 있을 때는 귀 뒤도 긁어 주었다.

"기분 좋으세요? 다행이네요."

오분이 미소를 짓자 남편은 왠지 굵은 눈물을 흘렸다. 시어머니는 눈을 감고 신음 소리를 냈다. 왜일까, 정말로.

그로부터 또 열흘 정도 지나자 두 사람은 갑자기 생선을 먹지 않게 되었다. 어중간하게 변한 고양이 모습은 그대로이고 나아지지 않았다. 다만 먹이를 먹고 싶어 하지 않게 되었다.

시험 삼아 흰 쌀밥에 가다랑어포를 섞거나 된장국을 뿌려서 주어 보았다. 소위 말하는 '고양이밥'이다. 시어머니도 남편도, 양쪽 다 손대지 않았다. 그렇다면, 하고 미음과 갈탕을 다시 주어 보아도 입을 대지 않는다.

혹시 굶어서 죽으려는 걸까.

이런 모습이 되어 계속 살아가기는 싫다. 너무나도 비참하다고 마음을 먹고.

──놈들을 혼내 줄까?

섬동이의 사랑스러운 눈동자. 진심이 담긴 약속.

봐, 이게 바로 혼내 주는 거야.

──하지만 이렇게까지 바랐던가?

오분은 가만히 기모노 소매를 걷어 보았다. 섬동이가 준 연한 먹색의 고리는 남편의 혀가 사라진 그날부터 조금씩 조금씩 색을 바꾸기 시작해 지금은 핏빛이 되어 있었다.

내 팔꿈치 바로 아래를 한 바퀴 도는, 피의 유대. 피의 고리는 닫혀 있다.

이제 끝낼 때인 걸까.

하지만 오분은 끝낼 방법을 몰랐다.


"오, 오분 씨."

어느 날 아침, 남편과 시어머니를 가두어 둔 방 밖에서 떨리는 목소리가 오분을 불렀다. 근자에 새로 고용한 하녀구나. 오분이 작은 마님이라는 걸 가르쳐 주지 않아서, 냄새 나고 축축하고 낮에도 밤에도 묘한 으르렁거리는 소리가 들려오는 안방에만 틀어박혀 있는 가엾은 동료 하녀라고만 생각하고 있을 것이다.

"왜? 무슨 일이야?"

대답한 자신의 목소리가 몹시 탁하게 들렸다.

"오분 씨를 찾는 손님이 있어요."

뭐? 어디서 온 누구일까.

"나이가 좀 있고, 몇 년 전에 오분 씨와 함께 일한 적이 있다고 하는데요……."

뭐라고? 그렇다면 한 사람이 머리에 떠오른다. 오분은 서둘러 옷 매무새를 가다듬고 중년 여자가 기다리고 있다는 뒷문으로 나갔다.

"아아, 오분."

다른 누구일 리도 없다. 거기에 있던 사람은 오히데였다.

야나가와무라 마을의 즐거웠던 나날이 끝나고 불행한 세월을 보내는 동안 오분은 얼굴 생김새도 몸매도 나쁜 쪽으로 변했지만, 오히데는 달랐다. 별저에서 함께 일하던 시절보다 더 젊어지고, 머리카락이나 피부도 좋아져 있었다. 매무새도 우아했다. 수수한 색깔이기는 하지만 질 좋은 명주 옷을 입고 있다. 비녀의 산호 구슬이 예쁘다.

"오분, 야위었네."

부엌 귀틀에 나란히 걸터앉자 오히데는 오분의 손을 잡고 어깨를 쓰다듬어주며 그렇게 중얼거렸다.

지금은 밥도 짓지 않고 있어서 두 사람 외에 아무도 없는 부엌은 조용하다. 안방 쪽에서 남편과 시어머니가 소란을 피우는 목소리가 띄엄띄엄 들려온다. 처음보다는 훨씬 약해서 한두 번 소리가 들리나 싶다가도 이내 잠잠해졌지만 무섭고 이상하다는 점에서는 변함이 없다.

그러나 왠지 오히데가 신경 쓰는 기색은 없다. 오분도 귀찮아져서 뭔가 변명을 하고 체면을 차리자거나, 지금까지의 괴로운 일을 호소하고 싶다는 기분이 들지 않았다.

이미 마음이 완전히 닳아 버렸다. 오랜만에 바깥에서 찾아온 손님을 만나고 보니 알 수 있었다.

그런데도 눈에 눈물이 고였다. 눈물은 변덕스러운 빗방울처럼 오분의 앞치마 위에 투둑투둑 떨어졌다. 덕지덕지 기운, 얼룩투성이 앞치마.

오분의 손을 꼭 잡고 눈물이 만든 새로운 얼룩을 바라보며, 오히데는 말했다.

"사정은 다 알고 있어. 흰둥이가 가르쳐 줬거든."

오분, 이제 이런 짓은 그만둬야 해——.

"갈귀도 너를 말려 달라고 부탁하더라. 다들 걱정하고 있어. 잊지 않았겠지? 야나가와무라 마을에서 네가 귀여워했던 고양이들 말이야."

오히데의 말에, 오분의 머릿속에 무겁게 쌓여 있던 어둑어둑한 구름이 흔들리고 틈새에서 햇빛이 비쳐 들었다.

흰둥이, 갈귀. 그리운 고양이들.

그 아이들을 떠올리니 가느다란 빛줄기가 하나 또 하나 늘어간다. 구름은 점점 떨어져 나가 작아지고 끝에서부터 사라져 간다.

오분에게 간신히 '제정신'이라는 푸른 하늘이 돌아왔다. 분별이 돌아왔다.

그러자 오히데의 말이 아무래도 이상하다는 사실도 알 수 있었다. 너를 말려 달라고 부탁했다?

"오히데 씨, 그 애들이랑 얘기한 거예요?"

오히데도 어느샌가 고양이의 무녀가 된 걸까?

몸까지 앞으로 기울인 오분의 물음에 오히데는 전혀 당황하는 기색이 없다.

"그 두 마리뿐만 아니라 금깜이도 줄깜이도 와 주었어. 나이 많은 하양은 몸이 꽤 약해져 버려서 돌아다닐 수가 없거든. 지금은 갈귀가 먹이를 옮겨다 주곤 하는 것 같더라."

나이 많은 하양——하양 할아범이다.

오분은 놀라서 눈을 휘둥그렇게 떴다. 그 눈동자를 보며 오히데가 말했다.

"다들 야나가와무라 마을에서 네 신세를 졌던 고양이들이야."

그리고 섬동이의 동료였다.

"네가 가장 귀여워하고, 마음을 허락했던 섬동이."

이 팔의, 핏빛 고리. 오분은 자신의 오른팔을 내려다보았다. 고리는 분명히 있다. 기분 탓인지 핏빛이 짙어진 것 같다.

오히데는 말을 이었다. "섬동이는 지금 고양이신이 되었어."

그러니까 섬동이가 주인이라고 인정한 사람에게는 섬동이를 모시는 미코들의 수호가 따라붙는다.

"너한테는 그 아이들의 수호가 붙어 있었어. 그런데 너는 눈치채지 못했을 뿐만 아니라 그 애들의 수호를 받아들이지 않고 점점 캄캄한 쪽으로 벗어나 버렸어."

그래서 어쩔 수 없이 미코들은 오히데에게 부탁하기로 했다고 한다.

"다행히, 나도 너와의 인연 덕분에 그 애들한테 신용이 있었나 봐."

물론 깜짝 놀랐지, 처음에는. 오히데가 쓴웃음을 짓는다.

"갑자기 고양이가 말을 걸었으니까 말이야. 하지만 대화를 나누다 보니 야나가와무라 마을의 별저에서 지냈을 때가 생각나서 마음이 따뜻해졌어."

조금도 괴이하게 느껴지지 않고 고양이 미코들의 이야기에 귀를 기울일 수 있게 되었다. 그리고 오분이 하양 할아범이나 섬동이에게 들은 것처럼, 오히데도 고양이들과 이 세상의 사람——특히 여자들과의 깊은 관계에 대해서 듣고 이해했다.

"네 몸에 일어난 일에 대해서도 전부 들었어. 들으면 들을수록 걱정이 되어 견딜 수가 없어서."

이렇게 만나러 온 거야, 라고 했다.

"다만 미코들은 말이지. 가능하다면 네가 자연스럽게 눈을 뜨고, 스스로 사람의 마음을 되찾아 이 무서운 사태를 끝내 주기를 바라고 있었어. 그래서 당장이라도 옷자락을 걷어붙이고 달려가려는 나를 모두가 말리더라."

이틀만 더, 하루만 더, 반나절만 더 기다려 보세요.

"네가 스스로 잘못을 깨달을 수 있다면 잔혹한 진실을 몰라도 되니까, 모를 수 있다면 모르는 편이 좋으니까, 기다려 주라면서 말이야."

그러다가 더 이상 못 본 척할 수 없게 되자 고양이들이 부탁했다.

──오분을 꾸짖어 주세요. 설득해 주세요.

오히데는 고양이들과 약속하고 참을성 있게 사태를 지켜봤다. 하지만 결국 내버려 둘 수는 없다고 판단했기 때문에 이렇게 찾아왔다.

"이대로 가면 네 시어머니와 남편은 죽고 말아."

그것도 어중간한 요괴의 모습으로. 사람으로서는 제대로 장례조차 치러지지 못한다.

"오분. 다시 한번 묘시 참배를 가자. 이번에는 나도 같이 갈게."

둘이서 고양이신의 궁을 참배하고 오분의 소원을 취소하자.

오분은 오히데에게 손을 맡긴 채였다. 부지런한 사람답게 거칠어진 오히데의 손과 손바닥. 오분의 손은 거칠어진 것이 아니라 더러워져 있다.

부정해졌다. 날마다 사람이 아닌 존재로 몰아넣으면서, 이제 죽음을 바라며 쇠약해질 뿐인 남편과 시어머니를 가까이하고 있으니까.

바로 옆에서 나 자신이 바랐던 '혼내 주기'를 보고 있으니까.

머리가 어질어질하다. 오히데가 해 준 이야기의 절반도 알아들을 수가 없다.

그런데——섬동이가 고양이신이 되었다고?

"섬동이는 미코예요. 고양이신이 아니라. 고양이신은 다른 고양이예요. 내가 모르는 고양이."

정신이 들어 보니 입을 삐죽거리며 대꾸하고 있었다.

오히데는 천천히 고개를 저으며 말했다.

"널 위해서 고양이신이 된 거야. 네 소원을 이뤄 주기 위해서."

오분의 귓속에 섬동이의 목소리가 되살아났다.

——오분, 네 소원은 꼭 내가 이뤄 줄게.

아아. 분명히 말했었지.

"그렇다면 내 주위에도 섬동이의 미코들이——갈귀나 금깜이가 모습을 보였을 텐데요. 어째서 나는 그 애들도 만나지 못하는 거예요?"

오분이 울음 섞인 목소리로 묻자 오히데가 강한 어조로 대꾸했다. "아까 말했잖아. 섬동이의 미코들은 너를 수호하려고 노력해 왔어. 그런데 네 마음은 분노와 저주로 가득해서 주위에 있는 선하고 다정한 존재들을 알아보지 못했을 뿐만 아니라 들을 수 있는 귀도 막혀 버렸어."

그러니 미코들의 존재를 알아챌 리가 없다. 오분도 기이한 존재가——요괴가 되어 가고 있는 것이다.

꼭 오분의 소원을 이뤄 주겠다고 약속해 준 섬동이는 그 외에도 뭔가 말하지 않았던가.

——슬퍼하지 마.

그건 오분도 요괴가 되어 버릴 것을 내다보고 한 말이었을까. 위로와 변명? 사과의 말이었을까.

오분은 울음을 터뜨렸다. 양손을 오히데에게 맡긴 채 얼굴도 가리지 않고 어린아이처럼 운다.

"자, 잔혹하다는 것도, 그런 뜻이로군요?"

흐느껴 울면서 오히데에게 물었다.

"아까, 미코들이 모를 수 있으면 모르는 편이 좋다고 말했다면서요. 섬동이도 나한테, 슬퍼하지 말라고——."

그러자 오히데는 문득 얼굴을 일그러뜨렸다. 가슴이 아프고 괴로워 견딜 수 없다는 듯이.

"섬동이가 너한테 그런 충고를 했었니?"

고개를 끄덕이면서 오분은 더욱 울었다. 문득 보니 오히데의 눈에도 눈물이 고여 있었다.

"얼마나 괴로울까."

야나가와무라 마을에서는 그렇게 행복했는데.

"이게 다 우리가 어리석고 약하기 때문이겠지. 어리석고 약한 우리를 괴롭히는 더 어리석은 자들이 있기 때문일 거야."

사람은 하찮은 생물이다. 그렇게 내뱉는 오히데의 표정도 슬퍼 보였다.

"하지만 아무리 발버둥쳐 봐도 우리는 사람이니까 사람답게 행동해야 해. 오분, 묘시 참배를 하자."

다음 묘시는 오늘 밤 축삼시표三時 오전 3시에서 3시 반 사이다.

벌써 며칠이나 몸을 씻지도 않았던 오분은 이대로 고양이신의 궁에 가기가 꺼려져서 허둥지둥 목욕을 하고 오히데에게 머리를 다시 묶어 달라고 했다.

지금의 시댁에서 오분은 누구보다도 두려움의 대상이고 가장 높은 사람이 되었다. 손님으로 찾아온 오히데를 늦은 밤까지 붙들어 두든, 식사를 내 오게 하고 옷 시중을 들게 하든, 고용살이 일꾼도 하녀들도 아무도 나무라지 않고 거역하지 않는다. 황송해하며 일일이 인사를 하던 오히데는 이윽고 어이없다는 듯이 말했다.

"오분, 너, 이렇게 널 멀리하는 사람들 옆에서 지금까지 지내 온 거야. 스스로도 이상하다고 생각하지 않았니?"

안방의 시어머니와 남편은 오분이 묘시 참배를 하기로 결심하자 또 심하게 소란을 피웠다. 무언가를 눈치챈 모양이다.

남편이 "갸아아, 갸아아" 하고 호소하자 시어머니도 "냐아아앙, 냐아아앙" 하고 호소했다.

말도 안 되지만 당지나 마루방에 손톱을 세워 고양이처럼 긁으려고 한다. 꽤 자랐다 해도 두 사람의 손톱은 완전히 고양이의 발톱이 되지는 않았기 때문에, 깨지거나 빠지는 등 심한 꼴인 데다 안방은 피투성이가 되었다.

오분은 오히데의 도움을 받아 시어머니와 남편을 보살폈다. 오히데는 두 귀와 양손의 손등, 정강이에까지 솜털이 빼곡하게 돋고 엉덩이 뼈가 피부째 길게 튀어나와 점점 꼬리 모양이 되어 가고 있는 남편의 모습을 보고도, 이의 대부분이 빠지고 위쪽 좌우의 송곳니만 길게 자라 이상하게 변한 시어머니를 보고도 전혀 동요하지 않았다.

"이제 조금만 참으면 돼요."

두 사람에게 상냥하게 말을 걸고, 먹을 것을 주고, 오물을 치웠다. 시어머니도 남편도, 오분은 그저 두려워할 뿐인데 오히데는 눈으로 좇으며 무언가 기대를 걸듯이 일하는 움직임을 지켜보곤 했다.

오히데가 곁에 있으면 시어머니도 남편도 소란을 피우지 않고 얌전해졌다. 또 손톱이 빠지면 안 되니,

"나갈 때까지 나는 여기에서 기다릴게."

"그럼 저도 여기에 있을게요."

둘이서 시어머니와 남편을 가둔 굵은 창살의 건너편에 앉았다. 오히데가 "잠깐 실례할게" 하고 양해를 구하고 드러눕자 창살 맞은편에서 시어머니가 똑같은 자세를 했다. 남편은 그 옆에서 무릎을 끌어안고 있다.

무표정한 얼굴로 남편과 똑같이 무릎을 끌어안고 있던 오분은 꾸벅꾸벅 졸기 시작했다.

그때 맑은 종소리가 들렸다.

묘시를 알리는 그리운 음색.

오분은 눈을 떴다. 오히데도 일어났다. 어느새 밤이 깊어지고

불은 전부 꺼져 있었다. 그런데도 서로의 얼굴이 보인다.

"저 소리, 가까워지네."

종소리가 빛을 머금고 있어서 울릴 때마다 오분과 오히데 주위를 비춰 주는 것 같다.

복도에서 안방으로 통하는 판자문이 덜컹덜컹 울렸다. 이전에는 당지문이 있던 자리인데, 시어머니와 남편이 울고 소란 피우는 소리를 조금이라도 막고 싶다며 시아버지가 시켜서 바꾼 판자문이다.

오분은 일어서서 판자문을 살며시 열었다. 거의 동시에 정강이를 슬쩍 스치며 부드러운 무언가가 이쪽으로 들어왔다.

"어, 갈귀다."

오히데가 소리쳤다. 오분은 돌아보고 저도 모르게 가슴에 손을 댔다.

갈귀는 지금도 몸집이 작았다. 꼬리가 길고, 양쪽 귀가 예쁜 갈색인 삼색 고양이.

지금은 그 몸이 희미하게 황금색 빛을 띠고 있다. 안내 역할의 빛이다.

"오분 씨, 오히데 씨."

갈귀는 소리도 없이 바닥을 박차더니 오분의 어깨에 뛰어올라 앉았다. 거의 무게가 느껴지지 않는다.

"갑시다. 오히데 씨, 오분 씨와 손을 잡으세요."

두 여자는 심부름을 하러 가는 어린 자매처럼 손을 단단히 마주 잡고 묘시의 밤 밑바닥으로 발을 내디뎠다.

"저기, 밖에 나갈 준비를 안 했는데."

"금방 참배길로 들어갈 테니까 춥지 않을 거예요."

"많이 걸으려나?"

"고양이의 다리를 빌릴 거니까 높은 곳도 아무렇지 않게 올라갈 수 있고, 힘들지 않아요."

두 여자의 대화를 듣고 갈귀가 웃는다. 그 눈동자는 초승달처럼 가늘게 뾰족해지고 눈을 깜박이면 동그랗게 커진다.

"묘시 참배는 사람 여자와 고양이 사이의 은밀한 약정 아래 이루어지는 것."

오분의 어깨 위에서 갈귀가 속삭인다.

"사람 여자도 고양이들도, 사랑받으면서 두려움의 대상이 되지. 사람 여자는 피의 더러움이 꺼림칙하게 여겨지고, 고양이들은 요사스러운 존재라고 꺼림칙하게 여겨져. 죄도 잘못도 여자와 고양이들한테는 없는데."

그렇기 때문에 여자도 고양이도 원망한다. 저주한다.

"묘시 참배는 슬픈 것. 고양이신은 가엾은 것."

갈귀의 속삭임에 귀를 기울이는 사이에 오분과 오히데의 발은 허공을 밟고 있었다. 밤하늘의 구름 위를 걷고 있다.

눈을 들어 보니 커다란 강아지풀 숲이 보이기 시작했다.

조용하다.

하얗고 둥근 돌이 깔려 있는 오솔길을 걸어 강아지풀 숲을 빠져나가는 동안 오분은 깨달았다.

고양이신의 울음소리——축문이 들려오지 않는다.

전방의 숲속에는 고양이 풍선의 윤곽이 몇 개 떠오르기 시작했다. 처음 왔을 때는 이 부근에 접어들면 벌써 비명 같은 고함 소리가 귀를 찔렀는데 지금은 고요하다.

오분의 마음은 안도와 불안으로 뒤틀렸다.

귀여운 섬동이는 고양이신이 되어도 무서운 목소리를——사람의 비명처럼 들리는 울음소리를 계속 지르고 있지는 않구나 하고 생각하면 안심이 된다. 하지만 '전혀 무서운 게 아닌, 아주 거룩한 것'일 터인 축문을 섬동이가 외고 있지 않다면 뭔가 이유가 있을 테다.

혹시 윌 수 없는 걸까. 그것도 나의 사악한 소원 때문이라면 어떡하지.

점점 고양이 풍선의 수가 늘기 시작했다. 오분의 뒤꿈치를 밟을 듯이 바로 등 뒤에 붙어 있는 오히데가 가끔 발걸음을 흐트러뜨리며 뚫어져라 그 풍경을 둘러보고 있다.

그러다가 작은 목소리로 말했다.

"이거, 고양이 아기를 감싸고 있는 막이네."

머릿속이 다른 걱정으로 가득했기 때문에 오분은 작은 목소리를 미처 듣지 못하고, 결국 오히데가 소매를 잡아당겨서야 돌아보았다.

"네? 뭐라고 했어요, 오히데 씨?"

"오분 너는 고양이의 출산을 본 적이 없니? 고양이의 아기는 이런 막에 감싸여서 태어나. 그걸 엄마가 깨끗하게 먹어 주지."

오히데가 오분에게 설명하며 수많은 고양이 풍선을 향해 둥글게 손을 흔들어 보인다.

아기를 감싸고 있는 막? 그럼 고양이 풍선 안에서 나오는 고양이들은 자신이 태어났을 때의 모습을 이곳에서 일일이 되풀이하고 있다는 말일까.

놀람을 곱씹고 있자니 눈에 익은 예쁜 고등어 무늬의 고양이 한 마리가 바로 옆의 고양이 풍선 아래쪽을 슬쩍 빠져나와 모습을 드러냈다. 날씬한 몸통, 꼬리 끝이 새하얗다.

"너, 잠자리지?"

오분이 부르자 고양이는 가볍게 몸을 기대어 왔다.

"아무것도 모르는 무녀 오분 씨, 또 왔네. 두 번째 고양이 참배에서 무엇을 빌 생각이야?"

오분은 깜짝 놀란 얼굴의 오히데에게 말했다.

"이 애는 내가 처음 묘시 참배를 하러 왔을 때 안내 역할을 해 주었어요."

잠자리 쪽은 오히데에게도 애교를 잔뜩 부리며 정강이에 얼굴을 문지르고 있었지만, 오늘 밤의 안내 역할인 갈귀의 모습을 발견하자 당황하며 펄쩍 뛰어 물러났다.

"앗, 갈귀 님이 계셨네. 이거 미안합니다. 방해했네요."

"괜찮아." 갈귀는 점잖게 대꾸하더니 물었다. "잠자리야, 고양이신의 상태에 이상한 점은 없어?"

"없습니다."

얌전히 머리를 낮추고 꼬리를 뒷다리에 감으며 잠자리는 말했다.

"계속 주무시고 계십니다."

"그래……?"

갈귀는 중얼거리며 커다란 눈을 깜박거렸다. 새까맣게 열려 있던 동공이 초승달 모양이 되고 날카로운 빛이 깃든다.

"서두르자. 꾸물거리고 있다간 작별 인사를 할 수 없게 되어 버릴 거야."

갈귀는 걷기 시작했지만 오분은 갑자기 심장을 찔린 기분이 들었다.

"작별이라니 무슨 뜻이야?"

갈귀의 발걸음이 점점 빨라진다. 따라잡기 위해서는 오분도 오히데도 달려야 한다. 두 사람과 한 마리 고양이가 지나가자 주위에 흩어져 있는 고양이 풍선이 차례차례 열리고 많은 고양이들이 모습을 나타내기 시작했다.

숨을 헐떡이며 갈귀를 쫓아가던 오분은 문득 깨달았다. 고양이신의 궁인 이 언덕에는 고요함을 흐트러뜨리는 멋없는 바람은 불지 않는다. 그런데 내 귀에는 아까부터 바람 소리가 들려온다.

휴우우, 휴우우우우.

입을 오므리고 부는, 희미한 휘파람. 아니, 그것보다도 더 약하다. 병으로 잠들어 있는 아기의 호흡 같은, 당장이라도 끊어져 버릴 것 같은 불안함.

그때 바람 소리가 갑자기 높아지고 한 번, 두 번 높이 울려 퍼졌다.

"끼에에에에! 꺄아아아아아!"

오분과 오히데는 저도 모르게 걸음을 멈췄다. 오히데의 얼굴에는 식은땀이 배고,

"이게 뭐야? 기분 나빠……."

양손으로 귀를 막으려고 한다. 아아, 오분도 처음 들었을 때는 비슷한 반응을 보였다.

"그런 말을 하면 안 돼요. 이건 고양이신의 축문이니까."

오분의 말에 오히데는 눈을 부릅떴다.

"무슨 말이야, 오분."

그러자 발치의 갈귀가 두 여자를 올려다보며 고개를 끄덕였다.

"분명히 이건 고양이신의 축문이에요."

섬동이의 축문이다.

"지금의 고양이신은 이미 목숨이 다해 가고 계세요. 그래서 힘찬 축문을 올리지 못하고, 이런 미풍 같은 목소리를 낼 수 있을 뿐. 그 외에는 힘없이 누워서 자고 있을 때가 대부분이에요."

갈귀의 정중한 척하는 말투 속에는 날카로운 비난이 섞여 있다. 오분의 착각이 아니다. 그 말이 오분의 피부를 찌르고 마음에도 확실하게 꽂혔다.

"……섬동이는 죽어 가고 있는 거야?"

생각하고 싶지 않다. 생각해 본 적도 없다.

"부탁이야, 빨리 만나게 해 줘."

오분의 떨리는 듯한 탄원을 다 듣기도 전에 갈귀는 달리기 시작했다. 오분과 오히데가 그 뒤를 쫓아간다.

고양이신의 궁은 한층 더 커다란 고양이 풍선이다. 올려다보아야 하는 그 둥근 윤곽 안쪽에는 붉은 기를 띤 금색 빛이 엷게 켜져 있었다. 이 붉은 기는 손바닥을 햇빛에 비추어 보았을 때 보이는 색깔이다.

도착하자 오분은 몹시 숨이 찼다. 가슴이 아파 고양이신의 커다란 고양이 풍선 밑에 힘없이 무릎을 꿇었다.

순간 축문이 멈추었다. 주위는 일단 조용해지고, 오분의 귀에는 자신의 시끄러운 숨소리만 들렸다.

오히데가 따라와, 똑같이 헉헉거리며 괴로운 듯한 숨을 내쉰다.

"……아아, 보고 싶었어."

두 여자의 귀에 궁 안쪽에서 속삭이는 듯한 달콤한 목소리가 들렸다.

"오히데 씨도 데려와 주었구나. 갈귀야, 고마워."

오분은 얼굴을 들었다. 섬동이다. 섬동이가 말을 걸어 주고 있다.

"하지만 여기에 들어오면 안 돼."

내 모습을 보면 안 돼.

"보지 말았으면 좋겠어. 부탁이야."

괴로운 듯 헐떡이던 섬동이가 다시 약한 바람 소리 같은 목소리를 흘리기 시작했다.

울고 있다. 고양이 소리도 고함 소리도 아닌, 우는 목소리다. 사실은 울면 안 된다는 것을 알고 있지만 견디지 못해 울고 있다.

자신도 비슷한 경험을 한 적이 있기 때문에 오분은 알 수 있었다.

"이제 곧 작별이니까, 여기서 보내 줍시다."

갈귀가 오분에게 바싹 기대어 말했다. 눈동자의 초승달이 사라졌다. 새까만 초하룻달로 바뀌었다.

"이 고양이신의 목숨이 다하면 오분 씨의 소원을 이루어 주고 있는 힘도 다해요. 즉, 오분 씨의 소원은 끝나지요."

그것을 지켜보고——아니, 귀로 확인하면, 발길을 돌려 사람의 세상으로 돌아가라. 이 묘시 참배는 끝이다.

"내 시시한 소원 같은 건, 지금 당장 끝내 줘."

오분은 몸을 떨면서 말했다.

"소원을 끝내서 조금이라도 섬동이의 목숨을 연장할 수 있다면 그렇게 해 줘. 부족하다면 내 목숨을 바칠게. 섬동이를 위해서."

헛소리처럼 늘어놓고 나서, 오분은 엎드려 절했다.

"미안해. 용서해 줘. 남편과 시어머니를 혼내 달라고 비는 게 아니었어. 내가 잘못했어."

섬동아, 섬동아, 이제 그만해.

"내 소원을 이뤄 주기 위해서 고양이신이 되고 목숨을 깎아 냈구나. 고마워. 하지만 내가 잘못 생각했어. 널 그렇게 만들 정도라면 나 같은 건 죽어도 좋았는데."

밤이슬을 머금은 풀밭을 핥듯이 납작 엎드려 눈물을 떨어뜨리며 오분은 호소했다. 등에 오히데의 따뜻한 손바닥이 느껴졌다.

"이제 아무도 원망하지 않을게요. 혼내 주고 싶다고도 생각하지 않아요. 섬동이가 살아 있었으면 좋겠어요. 제발 부탁이에요."

그런데 이 소원은 누구에게 빌면 될까. 섬동이는 고양이신이다. 그 섬동이를 위한 소원은 누가 이루어 주는 걸까.

고양이신의 궁에서 새어 나오는 가느다란 목소리가 더욱 슬픈 듯이 떨리며 갈라지는 것 같았다.

──섬동이가 죽겠어.

초조함이 오분을 묶고 있던 무언가를 풀었다. 엎드린 자세를 한 채 마치 고양이처럼 재빠르게 움직여, 갈귀도 오히데도 말리기 전에 오분은 궁인 고양이 풍선 아래를 통과해 안으로 굴러 들어갔다.

퍼뜩 얼굴을 들자 털이나 가죽, 살이 타는 역한 냄새가 코를 찔렀다.

눈앞에 작은 산만큼 커다래진 섬동이가 누워 있다.

커다란 궁에 어울리게 고양이신은 몸도 커지는 모양이다. 오분은 바로 알아보았다. 얼굴은 섬동이 그대로다. 그 애의 얼굴 생김새라면 고양이 백 마리 사이에 섞여 있어도 알아볼 수 있다.

  그러나——,

  섬동이의 가냘픈 몸은 뒤틀리고 새까맣게 그을어 있었다. 아니, 더 정확히 말하자면 검은 고리 모양의 탄 자국으로 빼곡하게 덮여 있었다.

  오분의 오른쪽 팔꿈치 아래에 있는 고리가 얼얼하게 아프기 시작했다. 덕분에 오분은 깨달았다.

  내가 바란 '혼내 주기'가 이루어질 때마다. 남편이, 시어머니가 한 번 고통을 받을 때마다.

  섬동이의 오른쪽 앞다리에 있던 고리가, 오분에게 하나 주고 난 나머지 고리가 분열하고 부뚜막 속의 장작처럼 불타올라 섬동이의 피부를 태워 간 것이다.

  한 번 혼내 줄 때마다 새로운 하나의 열 고리. 남편이 비명을 지를 때마다, 시어머니가 울 때마다, 또 하나의 뜨거운 고리.

  마침내 섬동이는 몸 전체가 불타고 말았다.

  ——오분.

  섬동이의 눈이 움직이고 오분을 알아보았다. 그 눈동자에 눈물의 막이 씌워져 있다. 말이 마음에 직접 울려 온다.

  ——이제 억울하지는 않아?

  오분은 소리쳤다. 뭐라고 소리치고 있는지, 스스로도 알 수 없다. 그저 소리치고 소리치며 섬동이를 껴안았다.

  "그만해, 그만해! 이 애를 원래대로 돌려줘! 이러려던 게 아니었어. 제발, 섬동이를 죽게 하지 마. 내가 바보였어, 날 죽여 줘!"

굳게 껴안았을 섬동이의 오른쪽 앞발. 갑자기 느낌이 없어졌다.

깜부기숯처럼 부서져 끝에서부터 사라져 간다.

"싫어, 싫어어!"

울부짖으면서 오분은 섬동이를 껴안으려고 했다. 하지만 팔이 닿을 때마다 손끝이 닿는 데서부터 섬동이의 몸은 부서져 사라져 간다.

──안녕, 안녕, 오분.

섬동이의 냄새가 나는 재에 뒤범벅되면서 오분은 미친 듯이 울부짖고 이윽고 목소리도 나오지 않게 되어 그 자리에 엎어졌다.

섬동이가 완전히 사라져 버리자 고양이신의 옥좌가 드러났다. 하얀 명주 이불로 동서남북의 가장자리에 각각 다른 색의 술이 달려 있다.

그중 하나, 연두색 술 옆에 바싹 야위고 털이 빠진 하얀 고양이가 누워 있었다.

"오분."

부르는 소리에 오분은 머리를 들었다.

이쪽을 보고 있는 그 얼굴은. 그 귀는.

"……하얀 할아범."

완전히 늙어 버려서 움직일 수 없게 되었다고 들었다. 확실히 하얀 할아범의 움직임은 둔하고 머리를 들어 올리고 다리를 움직이는 동작만으로도 여기저기가 아픈 것처럼 보였다.

"나도, 배웅하러 왔다."

하양 할아범은 뒷다리를 질질 끌며 다가왔다. 오분도 기다시피 하여 하양 할아범 옆으로 갔다.

"더 이상 섬동이는 괴로워하지 않아. 울지 않아도 된다."

그 말을 들으니 오히려 왈칵 눈물이 넘쳤다. 목소리를 내기는커녕 숨도 쉴 수 없게 될 정도로, 오분은 울었다.

바로 옆에 오히데가 무릎을 꿇고 있었다. 오분의 어깨를 안아주고 있다.

둘러보니 갈귀를 선두로 셀 수 없을 정도로 많은 고양이들이 고양이신의 궁 아래를 들어 올리고 줄지어 있었다.

"다음 고양이신을 위해, 궁을 청소하겠습니다."

갈귀가 온화한 목소리로 말했다.

"그때까지 잠시만이라면, 여기에 있어도 됩니다."

오분이 숨을 헐떡이며 물었다.

"다, 다음, 고양이, 신은, 어디."

물음이 끝나기도 전에 갈귀는 대답했다. "그건 당신들하고는 상관없는 일입니다."

예의 바르고 상냥하지만 쌀쌀한 울림.

"오히데 씨, 오랜만이군."

하양 할아범이 말하며 머리를 들어 올렸다. 오히데가 그 턱 아래를 쓰다듬어 준다.

"나는 이제 미코의 역할에서 해방되어, 평범한 할아버지 고양이로 죽을 수 있어. 수명은 앞으로 한 달 정도일까. 미안하지만 당신 곁에서 지낼 수 있을까."

오히데는 두말없이 승낙하고 하양 할아범을 안아 올렸다.

"너, 가벼워졌네."

오히데가 목멘 목소리로 말했다.

"오분, 돌아가자."

하양 할아범은 오히데의 품에 안겨 오분을 불렀다.

"일어서서 오른쪽 팔꿈치를 보렴. 섬동이에게 받은 건 사라졌어."

분명히 고리는 사라지고 없었다. 울어도 울어도 마르지 않는 눈물이 또 넘쳤다.

"섬동이는 너와 나눈 약속을 지켰을 뿐이다. 그것도 이제 끝났어."

하양 할아범의 느릿느릿한 목소리. 커다란 강아지풀 숲이 살랑거리는, 부드러운 소리.

묘시 참배도 이제 끝날 때다.


"외할머니가 시댁으로 돌아오니 집안 전체에 큰 소란이 일어나 있었대요."

오후미의 눈꼬리에 엷은 빛이 보인다. 도미지로도 섬동이의 죽음에 눈물이 치밀어올라 조용히 코를 훌쩍였다.

"외할머니의 남편과 시어머니가, 요괴 고양이가 되어 가던 모습은 아직 그대로였지만 제정신을 되찾았거든요."

남편의 혀는 사라진 채라 말을 할 수 없었지만 적어도 눈에는 사람의 분별이 돌아와 있었다.

"둘이서 오분은 어딨냐, 어디에 있냐, 오분을 불러다 달라고 난리를 쳐서——."

묘시 참배에서 돌아온 오분은 아직도 울어서 부은 눈을 한 채 멍하니 남편과 시어머니 앞에 섰다.

두 사람은 우스울 만큼 필사적으로 오분에게 사과하기 시작했다고 한다.

"남편은 말을 잘할 수 없으니 열심히 으르렁거릴수록 무참하고 웃겨서, 외할머니는 조금도 마음이 움직이지 않았대요."

오분의 가슴에는 바다보다도 깊은 후회가 있었다.

——이런 시시한 남편과 시어머니 때문에 나는 섬동이를 죽게 하고 말았어.

내가 남편과 시어머니를 저주했기 때문에.

"그렇게 생각하면 무슨 말을 할 마음도 들지 않아서, 말없이 자신의 살풍경한 침실로 돌아가 오히데 씨와 베개를 나란히 놓고 자 버렸대요."

물론 하양 할아범도 함께.

"다만 외할머니는 남편과 시어머니를 버리지 않았고 며느리로서 할 일을 했어요. 매일 두 사람을 보살피며 밥을 짓고 빨래를 하고 청소를 하러 뛰어다니고."

오분은 하녀의 일손이 모자라다는 핑계로 오히데를 눌러앉게 했다. 가사를 꾸려 나가는 데 있어서는 오분보다 훨씬 능숙한 오히데의 힘으로, 공기가 고이고 먼지가 쌓이고 땀과 피와 고름과 짐승 냄새로 가득 차 있던 집안이 날이 갈수록 물로 씻은 듯이 깨끗해져 갔다.

"하양 할아범은 하루의 대부분을 잠으로 보내며 먹이도 가다랑어포를 조금 먹는 정도였지만."

두 달 가까이 살아 있어 주었다.

"그 죽음은 평온해서 아침에 외할머니가 일어나 보니 이불 발치에서 하양 할아범이 차가워져 있었다고 해요."

오분과 오히데는 또 마주 안고 울었다. 슬프지만 괴롭지는 않은, 조용한 눈물이었다.

"낡은 고리짝에 하양 할아범의 유해를 담은 후에 뒷마당에 피어 있던 하얀 소국을 장식하고 뚜껑을 덮은 순간."

오분의 마음 깊은 곳에 오랫동안 자리 잡고, 꼬일 대로 꼬여서 새까만 매듭처럼 되어 있던 응어리가 문득 풀렸다.

"풀리는가 싶더니 사라져 버렸어요."

오분은 자신의 안쪽에 남아 있던 마지막 원한과 분노를 하양 할아범이 함께 저세상으로 가져가 주었음을 깨달았다.

"하양 할아범을 위해 지내는 장사는 오히데 씨에게 부탁하고 남편과 시어머니가 자고 있는 방으로 가 보니."

그 무렵에는 남편도 시어머니도 얼마쯤 마르고 야윈 흔적은 있지만 거의 회복해 있었다.

"이불을 정리하고 있던 남편이 오분의 얼굴을 보고 갑자기 눈물을 뚝뚝 흘렸대요."

——아아, 이제야 원래의 당신 얼굴로 돌아와 주었군.

"작은 나리도 혀가 돋아 있었군요."

"네. 이전 같은, 마음도 없으면서 매끄럽게 잘 돌아가는 바람둥이의 혀가 아니라 어엿한 가장의 분별을 얻은…… 혀가 돋아 있었어요."

그날을 경계로 오분의 남편과 시어머니는 마치 다른 사람처럼 변했다. 남편은 성실하게 가업인 직업소개꾼 일에 힘쓰고 틈만 나면 오분을 위로하는 다정한 남편이 되었다. 시어머니는 쓸데없는 말이나 잔소리를 하지 않고, 장래에 안주인이 될 오분에게 필요한 지식을 연장자로서 차근차근 가르쳐 주었다.

1년쯤 지나 오분은 아기를 갖고 달이 차서 건강한 여자아이를 낳았다. 오히데가 이번에는 유모가 되었다.

"외할머니가 이혼을 택하지 않고 며느리로 남아 준 덕분에 지금의 제가 있는 거지요."

오후미가 도미지로의 눈을 보며 미소 짓는다. 도미지로도 마주 보며 미소로 답했다. 오분과 오후미는 얼굴 생김새나 몸집이 닮았을까. 외할머니와 손녀가 은밀히 대화하는 모습을 도미지로는 조용히 상상했다.

"미시마야 씨, 제 서툴고 지루한 이야기 때문에 첫 부분을 잊어버리셨을지도 모르겠지만……."

오분이 괴롭고 슬프고 불가사의한 신상 이야기를 들려준 이유는, 병으로 좋은 인연을 잡지 못하고 비탄에 빠진 나머지 목까지 매려 했던 오후미를 위로하기 위해서였다. 도미지로는 똑똑히 기억하고 있다.

"하지만 이 이야기는 동화 같은, 괴담 같은 허풍으로 들렸기 때문에, 당시 저는 당장 어떤 감상을 말해야 할지 몰라서 당혹스러웠어요."

남을 원망하지 마라, 미워하지 말라는 교훈으로 순순히 받아들일 수 있었던 건 아니었다.

"외할머니는 섬동이에 대해서 이야기할 때 어제 일처럼 눈물을 글썽였어요. 외할머니의 마음에는 지금도 그때의 슬픔이 상흔이 되어 남아 있다는 걸 저도 깨달았지요."

그리고 문득 생각했다.

이렇게 괴롭고 슬픈 일을 당한 외할머니도 살아 있다. 살아서 손녀인 내 손을 잡아 주고 있다.

바깥에서 보기에는 보름달처럼 빠지는 데가 없는 행복을 얻은 듯 보이는 사람도, 마음속 밑바닥에는 어떤 상처를 안고 있을지 알 수 없다. 가볍게 입 밖에 내지 않고, 얼굴에도 드러내지 않고. 담담하게 살아가고, 재미있는 일이 있으면 웃고, 계절의 꽃과 달을 즐기고, 삶을 즐기는 듯 보이는 사람의 마음에도 어떤 상흔이 있을지 알 수 없다.

어쩌면 사람은 누구나 상처투성이인지도 모른다.

"그러니 나도 지금 이때만의 상심으로 나머지 인생을 내던져 버리면 안 된다. 그렇게 생각했어요."

그런 짓을 하면 아깝다.

"제 인생에도 앞으로 섬동이처럼 사랑스러운 존재가 기다리고 있을지도 모르는데 말이에요."

오후미의 깨달음은 이심전심으로 외할머니에게 전해졌다.

"외할머니가 주름진 얼굴에 꽃이 활짝 핀 것 같은 웃음을 지어 주시더군요."

그 후 둘이서 한바탕 고양이신이나 묘시 참배에 대해서 이야기를 나누었다고 한다.

"고양이신이란 즉 요괴 고양이를 말해요. 둘은 동전의 양면 같지만 어느 쪽이 선이고 어느 쪽이 악인지 간단히 나누기는 힘들죠."

그때의 일을 떠올리는 듯 아련한 눈을 하고 오후미가 말했다.

"사람들은 고양이를 사랑하고 소중히 여기면서도 요괴가 될 수 있는 마물이라며 꺼리지요."

미모를 사랑하고 어머니의 위대함을 칭송하면서도, 달거리를 하는 부정한 존재라며 경원시하는 여자들과 통한다.

"그래서 고양이는 여인의 수호신이 될 수 있는 거예요. 자신의 목숨을 깎아 내는, 갸륵하고 슬픈 수호신이."

오후미는 눈을 깜박이고는 도미지로에게 얼굴을 향했다.

"함께 돌아왔을 때 하양 할아범은 이미 상당히 약해져 있어서 많은 이야기는 나눌 수 없었다고 하지만."

한 번 오분에게 이런 말을 해 주었다고 한다.

——고양이신이란 울부짖는 존재. 업을 떠맡고, 떠맡은 업의 수만큼 울부짖는 존재.

"외할머니가 처음으로 묘시 참배를 하러 찾아갔을 때의 고양이신도 비명 같은 소리를 지르며 외치고 있었어요. 오분의 소원을 이뤄 주기 위해 아픔으로 괴로워하고, 목숨이 다해 가던 섬동이만이 아니라……."

고양이신이란 모두가 그런 신이고, 괴이한 존재다.

"울면서, 소리 지르면서, 고통이 끊이지 않는 세계를 살아 나가고 다음 생명을 낳아 키워 가는 여인들처럼."

눈앞에서 이야기하는 오후미 또한 그런 여인 중 한 명이다.

도미지로는 그 사실에 압도되어 잠시 숨을 죽인 채 오후미의 얼굴을 바라보았다. 주름 하나하나에까지 여인으로서 지금까지 살면서 다해 온 역할의 무게가 새겨져 있다.

이 얼굴을 향해 어떤 말을 던지면 좋을까.

"저, 저도…… 고양이는 좋아하지만."

정신이 들어 보니 그런 멍청한 말을 꺼내고 있었다.

오후미가 눈을 깜박인다. 도미지로의 이마에 늘 그렇듯이 식은땀이 배어 나온다.

"사, 삼색 고양이는 다 암컷이라고 하지만, 가끔은 수컷도 있지 않습니까. 고양이신도 가끔은 수컷 고양이가 있어서 남자들의 절실한 소원을 이뤄 주시는 일이 있어도 좋지 않을까 하고."

생각하는데요——라고 끝까지 말하기도 전에 오후미가 밝은 눈으로 웃음을 터뜨렸다.

"정말, 그 말씀이 옳아요."

깔깔 웃는 목소리가 얼마나 좋은지.

"저도 도미지로 씨도 고양이를 좋아하는 사람으로서, 이 세상에서 악업을 쌓으면 자신이 귀여워하던 고양이가 괴로워진다——는 교훈을 몸에 새겨 두는 정도가 딱 좋을 것 같네요."

아, 그러고 보니, 하고 가볍게 무릎을 치며 오후미는 누그러진 말투로 말을 이었다.

"잠자리가 고양이는 백단 냄새를 싫어한다고 했었기 때문에, 외할머니는 집 안에서 절대로 백단 향을 피우지 않았어요. 저는 백단만 제외하는 게 아니라 전체적으로 향이 부드러운 걸 골라서 피우도록 하고 있지요."

"아하."

"도미지로 씨도 앞으로 만일 고양이를 키우게 되신다면, 그 아이한테 일일이 물어보세요. 너, 이 냄새는 싫지 않니, 하고요. 좋아하는 여자의 기분을 살피듯이 자주 묻는 게 좋을 거예요."

도미지로는 또 땀을 삐질삐질 흘리며 "예, 명심해 두겠습니다" 하고 목을 움츠렸다.

그나저나 곤란해졌다.

튀김만주는 맛있었고, 오후미 씨는 참으로 아름다운 중년 부인이라고 말하고 싶어지는 이야기꾼이었다. 떠난 후에도 한동안은 흑백의 방에 따뜻한 기척이 남아 있었다.

실로 고상한 괴담 자리였지만 곤란해지고 말았다.

——이 이야기를 대체 어떤 간판 그림으로 완성하면 좋담?

도로 선생님의 분부다. 초장부터 지키지 못한다면 아무리 다정한 선생님이더라도 자신을 내치지 않을까. 도미지로 씨, 정말 할 마음이 있는 겁니까?

괴담 자리의 수호자인 오카쓰는, 이야기꾼에게는 비밀로 옆에 있는 작은 방에 대기하므로 이야기를 거의 듣는다. 하지만 도미지로는 지금껏 듣고 버리기 위한 그림의 도안이 떠오르지 않아도 오카쓰와 상의하지 않았다.

수호자 역할을 맡을 때의 오카쓰는 평범한 사람이 아니기 때문이다. 미시마야의 하녀가 아니라 괴담 자리에 마$_魔$가 오지 못하도록 막는 액막이다. 거기에 있기는 하지만 사람이 아니니 없는 것이나 마찬가지다. 상담 상대는 되지 못한다.

그러나 이번에는 금기를 깨고,

"있잖아, 오카쓰, 어떻게 하면 좋을 것——."

같아? 라고 묻기도 전에 오카쓰가 커다란 모란꽃처럼 생긋 웃으며,

"모르겠습니다"라고 말했다.

젠장, 젠장, 젠장. 물은 내가 바보였다. 예, 맞습니다, 바보입니다.

간판이니, 도안뿐만 아니라 구성도 생각해야 한다. 어떤 모양의 간판으로 하고 거기에 어떤 그림을 그려 배치할지.

둥근 간판에 고양이 발바닥 무늬.

오분이 올려다보았던 고양이 발바닥 보름달.

백 명이면 백 명이 다 떠올릴 법한 안이다. 예, 맞습니다, 저는 범인凡人이고 바보입니다.

고양이의 귀가 돋은 보름달. 만화도 아니고. 초승달 모양의 고양이 눈동자와, 강아지풀을 조합한 그림을 고양이 풍선 모양의 간판 안에 넣는다. 둥근 간판이지만 보름달과는 달라요. 이거요? 아기 고양이가 태어날 때 이런 막에 둘러싸여 있는 거랍니다.

그게 뭐야. 이야기를 모르는 사람한테는 통하지 않아.

잠깐, 도미지로는 문득 새삼스러운 사실을 떠올렸다. 선생님은 간판을 그리라고 명령했다. 간판이란 무엇인가? 팔 물건을 보여 주는 표식이다. 이 가게에서는 이러저러한 물건을 취급하고 있습니다, 우리 가게는 ○○ 가게입니다, 하고 길 가는 사람들에게 보여 주기 위한 것이다.

그렇다면 자신의 임무는, 별난 괴담 자리에서 듣고 버릴 이야기의 핵심, 이야기의 '팔 것'이 되는 부분을 잡아내어 한 장의 그림으로 표현하는 것이다.

묘시 참배 이야기의 핵심이란.

섬동이와 이별하는 슬픔일까.

그 정도의 슬픔을 낳는 토대가 된, 오분과 야나가와무라 마을 고양이들의 소중한 유대일까.

사람이 누군가를 원망하면 애묘가 저주해 준다. 대신 사람도 애묘도 소중한 것을 잃게 된다는 엄한 교훈일까.

신과 요괴는 표리일체라는 의외의 발견일까.

여인의 업과 그것을 떠맡아 주는 고양이신 이야기는 의외로 우화에 불과할 뿐일지도 모른다. 사람은 고양이뿐만 아니라 다른 생물과의 사이에서도 이런 강한 유대를 맺을 때가 있다.

왜냐하면 모두 같은 '생명'이니까. 생명과 생명은 서로 이어지는 법이다.

섬동이가 오분에게 준 고리. 오분과 섬동이를 잇고 있던 인연의 고리.

도미지로는 눈을 크게 떴다.


그로부터 며칠 후, 도미지로는 화첩을 들고 스이도바시 다리 앞에 있는 도로 선생의 집을 찾아갔다.

그날은 통학하는 제자들이 와 있어 선생은 바쁜 듯했다.

"오오, 미안합니다. 어디, 그렸습니까?"

조금도 잘난 척하지 않는 선생의 눈이 빛나고 있다.

도미지로는 화첩을 펼쳤다.

선생은 종이에 시선을 떨어뜨렸다.
"──이것은."
도미지로의 도안이다. 고양이 풍선을 본뜬 완만한 굴곡이 있는 원 안쪽에, 두 줄의 가느다란 종이끈을 배치하여 그렸다. 고리가 되어, 아주 약간 어긋나게 겹쳐 있다.

괴담 자리에서 들은 이야기를 바깥에 흘릴 수는 없다. 도미지로에게 허락된 범위는 오직 이 간판 그림을 보여 주는 것뿐이다.

잠시 후, "그렇군요" 하고 선생은 말했다. "이 고리가 강한지, 아니면 의외로 약한지, 강한 정도가 느껴지는 그림이었으면 좋았을 텐데."

그거야말로 파는 물건처럼 보이니까.

"하지만 뭐, 처음이니까. 좋다고 칩시다."

멋쟁이 등딱지

11월 15일은 아이의 성장을 축하하는 시치고산七五三 남자아이는 3세 와 5세, 여자아이는 3세와 7세에 해당하는 해의 11월 15일에 조상신이나 씨족신에게 참배하는 행사이다. 하기야 이헤에와 오타미가 어렸을 때는 반드시 15일이라고 정해져 있지는 않았고 길일을 골라서 할 때가 많았다고 한다.

세 살이 된 아이가 머리를 기르기 시작하는 '가미오키髮置'. 다섯 살이 된 사내아이가 처음으로 하카마를 입는 '하카마기袴着'. 일곱 살이 된 여자아이가 아이용 띠가 달린 기모노 입기를 멈추고 성인 여자와 같은 폭의 띠를 매게 되는 '오비토키帶解き'를 합쳐서 시치고산이다.

부모가 아이의 건강한 성장과 행복을 바라는 마음은 나이가 몇 살이 되어도 변함이 없다. 다만 이 시치고산 시기는 많은 상인들의 가족이 모여 잘 차려입고 조상신을 참배하러 가기 때문에, 미시마야처럼 몸을 꾸미는 물건을 파는 가게는 당연히 대목이다.

우선 평소부터 대행수나 행수들이 부지런히 찾아가는 단골손님의 경우에는 아이들의 나이를 장부에 꼼꼼하게 적어 둔다. 그해에 시치고산을 축하하는 아이들을 챙기기 위해서다. 그리고 해당 손님 댁에는 11월이 닥치기 한참 전인 신년 초부터 "몸단장을 하실 때는 모쪼록 미시마야를 찾아 주십시오" 하고 인사해 두는 것이다.

축하 행사를 위해 미시마야에서는 갖가지 대접을 세심하게 준비한다. 예를 들어 가미오키 때 아이의 머리에 씌우는 면 모자에 그 집의 문장이나 가게 이름을 수놓는다. 하카마기 때는 아이를 축하하는 가족이나 친척들이 기념으로 똑같은 깃이나 띠 장식, 네쓰케돈주머니나 담배 쌈지 등을 허리에 찰 때 허리띠에 지르는 끈 끝에 매달아 허리띠에서 미끄러지지 않도록 하는 작은 세공품를 몸에 달기를 권한다. 물론 미시마야의 작업장에서 직인들이 하나하나 직접 만드는 것이다.

여자아이의 화려한 축하 행사인 오비토키 때 가장 큰 이문을 남기는 장사라면 아무래도 포목점을 떠올리겠지만, 덧깃이나 오비아게여자 기모노에서 띠의 매듭이 내려가지 않도록 하기 위해 매듭에 대어 동여매는 천 등은 미시마야의 영역이다. 이때는 조상신의 사당에 참배를 가는 일곱 살 여자아이의 머리 위로 하얀 오모리두건을 씌우는 풍습도 있는데, 머리에 쓰는 물건이라면 역시 주머니 가게가 나설 수밖에 없다. 오모리두건이란 바람에 펄럭이지 않도록 좌우 끝에 납으로 된 추를 단 두건을 말한다. 오비토키 때 사용되는 두건은 색깔이 흰색으로 정해져 있기 때문에 기념으로 가문의 문장이나 여자아이의 이름을 수놓는다거나, 이 두건만을 위해 짠 질 좋은 천을 사용한다거나, 사치를 부리려면 방법은 얼마든지 있다. 참배가 끝난 후에는 두건을 미시마야에서 맡아 두었다가 언젠가 이 여자아이가 시집을 갈 때 다시 뜯어서 쓰노카쿠시<sup>결혼식 때 신부가 머리에 쓰는 흰 천</sup>나 면 모자로 만드는 식으로 공을 들여 대접하기도 한다.

단골손님뿐만 아니라 가게를 찾아와서 물건을 사 주는 손님에게도 매년 시치고산 물품이랄까, 미시마야만의 간판 상품을 준비해 둔다. 그 준비도 반년쯤 전부터 시작하여 날림 작업이 되지 않도록 지혜를 짜내고 있다. 사정이 이렇다 보니 미시마야에서 시치고산을 비롯한 연중행사 물품을 궁리하는 담당자가 되면 늘 반년쯤 앞선 삶을 살아야 한다.

어쨌거나 올해의 시치고산도 무사히 끝났다. 장부를 마감해 보니 매상도 좋아, 16일 아침에는 모두의 밥상에 구운 생선이 한 마리씩 따라 나왔다.

더욱 시끌벅적해진 식사가 끝나고 설거지를 거들려고 부엌으로 향하던 차에, 오타미가 도미지로를 불러세웠다.

"있잖니, 오늘이 스이도바시의 스승님한테 가는 날이었나?"

도로 선생의 집에는 1년 내내 매일이라도 다니고 싶다는 게 도미지로의 본심이다. 하지만 미시마야에서 재워 주고 입혀 주고 먹여 주고 선생에게 지불하는 수업료까지 내 주는 터라, 미시마야의 장사도 집안의 잡일도 몸이 두 개 있는 사람처럼 솔선하여 거들고 해내지 않으면 불편해서 견딜 수가 없다.

그래서 시치고산이 지날 때까지 그림 연습보다 가게 일 돕기에 전념하던 도미지로는, 오늘이야말로 설거지를 마치면 하루, 이틀, 사흘, 나흘, 실로 닷새 만에 스이도바시로 향할 참이었다.

하지만.

매일 바쁘고, 아침 식사가 끝나면 곧장 작업장으로 가서 지금부터 시작될 하루를 준비하는 오타미가 일부러 여기에서 걸음을 멈추고 도미지로를 불러 "오늘이 가는 날이니?"라고 묻는다는 말은.

"어머니, 뭔가 용무가 있으세요?"

가는 김에 어디어디에서 ○○를 사다 다오, 라는 용무라면 좋겠는데. 그랬으면 좋겠네.

도미지로의 마음속 목소리를 아는지 모르는지 오타미는 태연한 얼굴로 말을 이었다.

"실은 말이지, 너도 알고 있지? 별갑 가게인 긴마키. 석 달쯤 전에 큰나리가 돌아가셨다고 하는데."

파는 물건에 별갑을 쓰고 싶은 경우——가령 두건 끈의 고리나, 도장집의 술에 다는 구슬이나, 네쓰케 끝에 다는 장식 등——미시마야의 직인은 가공할 수 없기 때문에 전문으로 하는 곳에 부탁한다. 그곳이 긴마키다. 이혜에, 오타미와는 도미지로가 태어나기 전부터 알고 지내던 사이인 모양이다.

긴마키야가 아니라 '긴마키'가 가게 이름이다. 가게는 오카와

강 맞은편, 후카가와의 이마가와초라는 곳에 있고 별갑 도매와 세공, 가공을 업으로 삼고 있는데 손님에게 직접 물건을 팔지는 않기 때문에 아는 사람이 아니면 그곳이 값비싼 별갑 세공을 취급하는 곳인 줄 모른다. 도미지로는 찾아간 적이 없지만 몇 번인가 심부름으로 오간 신타는,

──센다이보리 해자에 면해 있고 가게 뒤쪽에 작은 다리가 있어서 해자에 띄운 강배를 언제든 탈 수 있도록 되어 있어요.

라고 눈을 빛내며 이야기한 적이 있다. 짐을 실을 뿐만 아니라 사람이 타기도 하는 배다. 도미지로도 그런 배는 편리하기도 하고 풍류가 있어서 부럽다고 생각했다.

어쨌거나 도미지로의 '너도 알고 있지'는 그 정도다.

"큰나리의 일은 안되셨지만, 그 긴마키가 왜요?"

"흑백의 방에서 들려주고 싶은 이야기가 있대."

아하. "어디어디에서 ○○를 사다 다오"와는 정반대의 하명이다. 뭐, 별난 괴담 자리의 이야기꾼이라면 대환영이지만 요즘의 도미지로는 "언제든지!"라고 시원스레 말할 수가 없게 되었다.

"그건, 가까운 시일 내라는 뜻이겠지요?"

오타미는 인정사정이 없다. "오늘은 안 되겠니?"

"오늘이요?"

"왜냐하면 긴마키 씨는 거의 에도에 안 계시거든. 나가사키나 오사카를 왔다 갔다 하고 있으니까."

별갑의 재료는 남쪽 바다에 사는 대모라는 커다란 거북의 등딱

지다. 이 부근에서는 잡히지 않기 때문에 전부 바다 건너에서 들여온다. 그래서 별갑을 거래하는 도매상의 시작은 나가사키이고, 국내에 퍼지고 나서 세공물로는 나가사키 별갑, 오사카 별갑, 에도 별갑이라는 세 종류로 나뉘었다. 다만 재료가 바다 건너에서 온다는 사실은 변함이 없기 때문에 (한때 사치 금지령을 피하기 위해 국내의 자라가 사용된 시대가 있고 '별갑'이라는 호칭도 거기에서 시작된 듯하지만) 긴마키가 에도에 거의 없다는 말도 특별히 이상하게 들리진 않는다.

"본가는 오사카 미나토에 있다고 했던가요."

어렴풋한 기억으로 말해 보니 오타미가 크게 고개를 끄덕인다.

"원래 오사카 분은 아니라서 지금도 꽤 고생이 많다고 투덜대던데."

상인의 도시 오사카에서의 경쟁은 혹독한 모양이다.

"초대해도 될까?"

도미지로는 내심으로 한숨을 쉬며 대답했다.

"꼭 오늘이어야 한다면 그렇게 할게요."

오타미는 약간 턱을 당기며 도미지로의 안색을 살피는 듯한 눈빛이 되었다.

"오늘은 스승님 댁에서 중요한 걸 배울 예정이었니?"

중요한 일이라면 모든 게 중요하다.

"아니에요. 어머니, 도로 선생님을 '스승님'이라고 부르지 말아 주세요. 너무 어색하네요."

오타미는 "어머나" 하고 말했다. "그럼 도로 선생님한테, 너는 지금 어떤 걸 배우고 있니?"

대답하려다가, 도미지로는 약간 말문이 막혔다.

나흘 동안이나 장사에 전념하기 전까지 연일 똑같은 그림만 그리고 있었기 때문이다.

선생이 그린 그림본의 소나무 그림을 베끼고 있다.

──틀을 배웁시다.

선생의 그림본은 병풍 그림이나 장지 그림에 등장하는 소나무를 연상시키는, 그야말로 '틀'이다. 그것을 연달아 세 번 베껴 그렸을 때 마침 비가 내리자,

──이 그림본의 소나무 그림에 비가 내리고 있는 것처럼 그려 주세요.

라고 선생이 주문했다.

도미지로는 자신의 생각대로 빗발을 그렸다. 그러자 선생은 소나무 가지에 내리는 비의 그림본을 그려 주며 말했다.

──이번에는 이쪽을 베끼세요.

다 베끼고 나서 두 장을 나란히 놓고 비교해 보았다. 한껏 생각을 짜내 비가 내리는 모습을 그린 자신의 그림보다 선생의 그림본 쪽 소나무가 진짜 비를 맞는 모습으로 그려져 있어서 도미지로는 감탄했다.

이야말로 '배운다'는 것이다.

하지만 곧 선생의 가르침은 다시 처음으로 돌아가, 첫 번째 그

림본을 그대로 베끼라고 명령했다. 닷새 정도 이 과정을 계속하여 도미지로의 눈도 손도 마음도 꽤 지치기 시작한 차에, 시치고산이 다가왔기 때문에 장사에 전념하려고 휴가를 받은 것이다. 도합 나흘이나 붓과 종이를 떠난지라, 오늘 만약 똑같은 그림본을 베끼라는 명령을 받더라도 초심으로 진지하게 맞붙을 수 있을 듯한 기분이 들었다.

한데 이런 소소한 내용을 오타미에게 이야기한다고 해서 이해 받을 수 있을까. 따지고 보면 '선생님이 그린 한 장의 그림본을 계속 베끼고 있다'는 이야기일 뿐이다.

아니, 인정하자. 오타미는 이해해 줄지도 모르고, 모르더라도 "어머, 그렇구나" 하고 받아넘길지도 모른다. 그런데도 머뭇대고 마는 이유는 무엇일까. 도미지로의 허세. 여전히 더부살이 차남인 채로 화공이 되기 위한 수업도 원조받고 있으니 조금 더 화려한 내용을 배우고 있노라 말하고 싶은 허세와 쓸데없는 고집이리라.

"──틀을 배우고 있어요."

이런 말도 역시 허세이긴 마찬가지인데, 입 밖에 내자마자 후회했다.

"그래. 도로 선생님의 말씀은 당장 뜻을 알 수 없어도 나중에 알게 되는 경우가 있으니까. 일일이, 이건 무엇을 위해서 배우는 겁니까, 하고 똑똑한 체하면서 묻지 말고 가르침에 따르렴."

우와. 어머니, 엄청 좋은 충고를 해 주시네요. 도미지로는 순순히 깜짝 놀랐다.

 문득 그 말을 가슴에 새긴 채로 당장 스이도바시에 가고 싶다는 생각이 들었다. 긴마키를 흑백의 방에 초대하는 일은 내일 해 주시면 안 될까요? 그렇게 말하려고 한 도미지로의 코끝을 후려치듯이 오타미는 말을 이었다.

 "그럼 신타를 보내서 긴마키에는 답신을 해 두마. 오카쓰한테도 말해서 흑백의 방을 준비해 다오."

 그럼이라는 건 뭔가요, 그럼이라는 건. 어머니, 이쪽의 사정은 묻지 않으셨어요.

 "어~이, 신타."

 오타미가 가고 나자 도미지로는 큰 소리로 사환을 불렀다. 네에 하고 기운찬 대답 소리가 나고 본인이 얼굴을 내민다.

 "어머니가 후카가와의 긴마키에 심부름을 다녀오라고 하실 것 같은데."

 "예, 들었습니다."

 나한테 상의하기 전에 결정해 둔 거였어?!

 "긴마키보다 먼저, 스이도바시의 도로 선생님께 내 서찰을 전해 다오. 오늘도 연습을 쉬어 버려서 보내는 사죄의 서찰이니까 정중하게 인사하고."

 "예, 알겠습니다!"

 갑자기 이야기꾼을 맞이하게 되어 꽃가게에 왔다 갔다 하기에는 시간이 없다며 오카쓰는 가위를 들고 미시마야의 작은 마당으로 내려갔다. 잠시 후, 도미지로가 흑백의 방에서 붓과 먹을 준비하고 있는 참에 돌아오더니 둥근 진녹색 잎에 노란 꽃이 활기차게 피어 있는 화초를, 검게 옻칠한 커다랗고 평평한 화기花器에 꽂기 시작했다.

"……그 잎은, 머위 같네."

"비슷하지요." 오카쓰는 미소를 지으며 말했다. "그래서 털머위라는 이름이 붙은 걸까요."

털머위인가. 늦가을에서 초겨울에 꽃을 피우는, 마당을 채색하는 풀 중 하나다. 매일같이 보았을 텐데 이렇게 꽃꽂이가 되니 달라 보인다.

도미지로는 문득 생각했다. 마당에 있는 털머위와 도코노마의 화기에 꽂혀 있는 털머위를 구분하여 그리려면 어떻게 해야 할까. 무엇을 바꾸어야 보는 사람이 금방 차이를 알 수 있을까.

그 차이에 구애되는 것이 묘사. 그 차이에 구애되지 않는——그리는 쪽에게도 보는 쪽에게도 구애됨을 잊게 만들어 버리는 것이 '틀'인가?

"손님에게 낼 과자 수배는 끝났나요?"

오카쓰의 물음에 제정신으로 돌아왔다.

"생각하는 건 있어. 지금 내가 사러 다녀올게."

누군가에게 부탁해도 되지만 가슴 깊은 곳에 켜진 생각의 싹을 잠시 동안이라도 좋으니 소중하게 둘러보고 싶다. 그러려면 잠시 밖으로 나가는 편이 좋다.

오후 두 시의 시종時鐘 소리를 듣고 나서 얼마 후, 이야기꾼은 신타와 함께 찾아왔다. 심부름을 하러 간 신타는 미시마야로 돌아오는 길에는 그 강배를 탔다고, 뺨을 붉히며 좋아했다.

"내가 붙잡아 버렸으니까 돌아갈 때는 빠른 편이 좋겠다고 생각한 건데 혹시 나리께 혼나면 내가 사과드릴게."

두 사람은 벌써 사이가 좋아진 모양이다. 밝게 이야기하는 이야기꾼의 나이는 열서너 살일까. 비슷한 나이의 신타와 똑같이 사환의 머리 모양에, 기장이 짧은 줄무늬 기모노, 쪽으로 물들인 앞치마 차림이다.

미시마야에서는 사환이나 안채에서 일하는 하녀의 앞치마에는 가게 이름을 넣지 않는다. 긴마키도 같은 규칙인지, 이야기꾼 사환의 앞치마도 갓 지은 듯한 선명한 남색이긴 하지만 가게 이름이나 표식은 들어가 있지 않다.

여기까지 생각하다가 도미지로는 깨달았다. 뭐야, 나도 참 경솔하구나. 이 사환은 평범한 강배의 뱃사공이고 이야기꾼은 그 배를 타고 긴마키에서 온 다른 사람이겠지. 그편이 훨씬 앞뒤가 맞는다. 설마 앞치마 차림의 사환이 별난 괴담 자리의 이야기꾼이 될 리는——.

그때 신타의 밝은 목소리가 귀에 들어왔다.

"도련님, 이쪽은 사환 쓰메키치 씨인데 여덟 살 때 고용살이를 시작하고 나서 지금껏 긴마키의 소중한 가보를 돌보는 일을 맡고 있대요."

쓰메키치라는 이름도 특이하지만 '긴마키의 가보'와 '돌보는 일'이라는 말도 수수께끼 같다. 돌볼 필요가 있는 가보라니 살아 있는 걸까?

"흥미로운 이야기이긴 한데 이야기꾼은 어디에 계시니?"

"접니다."

쓰메키치는 명랑하다. 도미지로는 저도 모르게 캐묻는 말투가 되었다.

"이렇게 말하기는 미안하지만 너는 가게에서 가장 말단에 있는 사환이잖니. 긴마키 씨의 가보 이야기를 네가 해 버려도 되는 거야? 나중에 혼나거나 하지는 않을까?"

쓰메키치와 신타는 얼굴을 마주 보더니 서로 고개를 끄덕였다.

"도련님, 의아하게 생각하시는 건 당연한 일이지만, 쓰메키치 씨는 절대로 주제넘은 행동을 하고 있는 게 아니에요. 부디 이야기를 들어 주셨으면 좋겠습니다."

어른들에 비하면 아직 한참 작은 손을 방바닥에 가지런히 모으고 깊이 머리를 숙이며 신타가 말했다. 쓰메키치도 허둥지둥 따라 고개를 숙인다.

"저는 긴마키에 심부름을 다니다가 쓰메키치 씨와 안면이 생겼어요. 각자 가게의 용무로 다른 곳에서 우연히 만나는 일도 있었고요."

그야말로 가게에서 가장 말단인 사환끼리라 천천히 이야기를 나눌 시간은 없었지만, 아무래도 마음이 맞는지 점점 친해진 모양이다.

"긴마키의 가보에 대해서는 긴마키의 나리한테 확실하게 허락을 받았어요. 아니, 이것에 대해서 이야기할 수 있는 사람은 쓰메키치 씨뿐이에요."

어째서 쓰메키치뿐인지도 이야기에 포함되는 듯하다. 그제야 도미지로도 짐작이 갔다.

"알았다. 이러쿵저러쿵하지 않으마. 찬물을 끼얹어서 미안하구나. 두 사람 다 얼굴을 들렴."

두 사환은 안심한 듯이 또 마주 보며 고개를 끄덕인다.

"그럼 신타, 과자 준비를 부탁한다."

"예, 알겠습니다!"

오늘의 과자는 도미지로가 직접 찾아가서 사 왔다. 그때는 설마 사환 아이가 이야기꾼이 되리라고는 짐작조차 못했지만 이제 보니 어린아이가 특히 좋아할 만한 과자라서 잘 됐다 싶은 기분도 든다.

신타가 과자를 가져오기를 기다리는 동안, 도미지로는 화로에 건 쇠주전자의 더운물로 호지차를 끓였다. 쓰메키치는 그 모습을 지켜보며 거북한 듯이 꼼지락거리고 있다.

상대의 내심을 헤아리던 도미지로는 미소를 참을 수가 없었다. 자신이 고용살이하는 곳에서는 하루 종일 일에 쫓기고 있을 사환이, 남의 가게에서 손님으로 대접받으며 다과를 얻어먹으려 하고 있으니 몸 둘 바를 모르는 게 당연하다.

"별난 괴담 자리의 이야기꾼이 가능한 편하게 이야기해 줬으면 하기 때문에 이쪽에서 내는 다과는 중요한 대접이야. 나도 이것 저것 궁리하는 게 즐겁고."

도미지로가 다정하게 말을 건넸지만 쓰메키치는 여전히 몸을 움츠린 채 아래를 보고 있다. 호지차를 채운 찻잔을 내밀어 주자,

"실례합니다. 감사히 받겠습니다."

더더욱 몸을 움츠리고 말았다. 키는 신타보다 조금 크지만, 외꺼풀에 눈이 가느다랗고 코도 입도 자그마해서 왠지 모르게 인형 같은 느낌이 드는 아이다.

도미지로는 별난 괴담 자리의 규칙에 대해서도 꾸밈없이 설명해 주었다. 이름이나 장소에 대해서는 가명을 써도 상관없다는 것. 모르는 것은 모른다고 말해도 되지만 거짓말은 환영할 수 없다는 것. 이곳에서 한 이야기는 일절 바깥에 내보내지 않는다는 것. 별난 괴담 자리의 가장 중요한 점은 '이야기하고 버리고, 듣고 버린다'는 것이다——.

설명을 한바탕 다 듣고 나자 쓰메키치는 조금 긴장이 풀린 듯 도미지로의 얼굴을 보며 말했다.

"저한테 언젠가 이 이야기를 해 드리라고 분부하신 큰나리도 별난 괴담 자리의 규칙에 대해서는 잘 알고 계셨어요."

호오.

"큰나리는, 석 달쯤 전에 돌아가신 어르신 말이니?"

"네. 그때는 미시마야에서도 정성 어린 조문을 해 주셨지요. 감사 말씀 올립니다."

신세 지던 거래처의 상이니 오타미가 허술하게 처리했을 리 없다. 쓰메키치도 꽤 정중하다. 긴마키도 고용살이 일꾼의 예절에 대해서는 엄격하게 교육하는 듯하다.

"그럼 앞으로 나도 큰나리라고 부르도록 하마. 큰나리는 우리 미시마야의 별난 괴담 자리의 평판을 아시고 신용해 주셨던 게로구나."

쓰메키치의 눈동자가 빛났다. 힘차게 고개를 끄덕인다.

"다른 괴담 자리에서는 이 이야기를 듣고 웃거나 믿어 주지 않을지도 모른다고, 그러면 내가 저세상에 갈 수 없다고 말씀하셨어요."

큰나리의 믿음이 상당했던 모양이다. 동시에 앞으로 나올 이야기에는 그만한 무게가 있으리라 짐작된다.

"큰나리도 먼 옛날, 긴마키에서 고용살이를 시작하고 나서 몇 년 동안은 가보를 돌보는 일을 맡으셨대요."

그렇다면 긴마키의 큰나리는 고용살이 일꾼에서 출세한 데릴사위인가.

"가보를 지금의 저희는 그냥 '오코라 님'이라고 부르고 있지만, 큰나리는 '산페이타 님'이라고 친근하게 이름으로 부르셨다고 해요."

흠. 그런 이름이 있다면 사람이거나, 적어도 생물이겠군.

"오코라 님을 돌볼 수 있는 사람은 어깨 징금을 풀지 않은 사내아이뿐이고, 게다가 그 아이의 키가 4척 5촌(약 135센티)을 넘으면 담당자를 바꾸는 규칙이 있어요."

매우 흥미로운 규칙이다.

"그건 어째서?"

"오코라 님——산페이타 님의 키가 딱 4척 5촌이었기 때문에, 그걸 넘어 버리면 친하게 옆에 있을 수가 없거든요."

도미지로가 흑백의 방 안을 둘러보며, 아아, 도코노마에 걸려 있는 반지半紙를 붙인 족자의 위쪽 가로대 부근까지가 4척 5촌이려나…… 하고 생각하던 그때,

드르륵!

갑자기 툇마루 쪽으로 이어지는 유키미 장지雪見障子 장지 바깥 풍경을 방 안에서 구경하기 위해, 일부분을 위아래로 밀어 여닫을 수 있게 만든 장지. 설경을 감상하는 풍속에서 비롯되었다 한 장이 열리고 그 틈으로 중년 남자의 얼굴이 나타났다. 미간에 험악한 주름을 짓고 눈을 치켜뜬 화난 얼굴이다. 한마디로 대충 표현하자면 '도깨비 같은 얼굴'이라고 할까.

흑백의 방에서 어떤 이야기를 듣더라도, 도미지로는 놀라서 펄쩍 뛰어오른 적은 없다. 없을 것이다. 없는 것 같다. 한 번 정도는 있었을지도 모르지만, 지금처럼 요란스럽게 펄쩍 뛰어오르거나 하지는 않았다.

"여기에는 없어!"

도깨비처럼 화난 얼굴의 남자는 어깨 너머로 도미지로와 쓰메

키치가 아닌 누군가를 향해 한 번 소리치고는 휙 사라졌다. 난폭하게 유키미 장지를 닫고 갔기 때문에 쾅 닫혔던 장지가 튕겨서 다시 비슷하게 열려 버렸다.

눈 깜짝할 사이에 일어난 일이지만 이 얼마나 무례한 짓인가.

도미지로가 바위처럼 굳어 있는데 그 앞에서 쓰메키치는 "히엑!" 하고 소리를 지르며 기겁했다. 처음부터 방석은 황공하다며 비껴 앉아 있었으므로 다리가 저리기 시작했으리라. 거품을 뿜으며 도망치려고 해도 좀처럼 움직일 수 없어서 몸을 버둥거린다.

흑백의 방은 오카쓰가 손질을 빼먹지 않는 깔끔한 정원에 면해 있다. 이 정원은 건물 동쪽에 있고, 이헤에와 오타미의 거실이나 또 하나의 객실에서도 잘 보인다. 각 계절마다 화조풍월花鳥風月을 비추는 풍경이 되는 정원이기 때문에, 매일 보살피는 일은 오카쓰에게 맡기면서도 철마다 정원사를 부르고 있다.

옆으로 튀어나온 가게 부분이 가로막고 있는 형태라서 집의 앞쪽에서는 정원으로 들어갈 수도 없고 내다볼 수도 없다. 뒤뜰과는 이어져 있지만 이곳과의 사이는 사립문으로 구분되어 있고, 친한 행상이나 상인, 고용살이 일꾼들은 부엌문과 뒷문으로 출입한다(도미지로도 그렇다). 집안사람과 정원사와 오카쓰가 아니면, 외부인이 함부로 발을 들여놓을 수 없다.

그런데 저 도깨비처럼 화난 얼굴의 남자는 어디 사는 누구고, 어디에서 왔을까?

"당신, 이보시오, 이게 무슨 짓입니까? 그만하십시오!"

뒤뜰 쪽에서 큰 목소리와 발소리가 어지럽게 다가온다. 우리 행수들이다. 곧 행수들의 목소리에 저항하는 새로운 고함 소리가 귀에 날아들어 왔다. "그쪽이 숨기니까 그렇잖아요! 빨리 시즈카를 내놓으세요. 시집도 안 간 처녀를 유괴하다니, 말도 안 되는 일이에요. 알아요?!"

흥분해서 목소리가 갈라져 있지만 여자 목소리다. 젊은 여자는 아니다. 중년이거나 그보다 더 나이가 많거나.

"몇 번이나 말씀드리지만 아가씨는 미시마야에 오시지 않았습니다."

헉헉거리고 숨을 헐떡이면서 항변하고 있는 사람은 우리 가게의 대행수 야소스케다. 오늘 아침에도 허리가 아프다고 했었는데, 가엾게도.

"쓰메키치, 여기에 있으렴. 무서워할 필요는 없으니까."

그런 말을 남기고 도미지로는 일어섰다. 쓰메키치는 흑백의 방 출입구의 당지문 쪽까지 기다시피 가서는 몸을 움츠리고 있다.

도미지로는 툇마루 쪽으로 나가 정원을 둘러보았다. 사립문을 사이에 두고 화난 얼굴의 무례한 남자가 이쪽에 있고, 저쪽에는 야소스케와 몇 명의 행수들, 그리고 고함 소리의 주인일, 나이는 마흔 전후일까, 시마다쿠즈시<sup>일본 여성의 대표적인 전통 머리 모양. 시마다마게島田髷를 간략하게 한 형태로, 틀어올린 머리카락의 남은 부분을 비녀 등으로 감아 올린 것이다. '쿠즈시'는 '흐트러뜨림'이라는 뜻으로</sup> 묶은 머리카락이 흐트러진 채 얼굴을 눈물로 일그러뜨리며 격분하고 있는 여자가 한 명.

"마님, 앉으십시오. 진정하세요."

정원에 면해 있는 두 방 안쪽의 툇마루, 이헤에의 거실 쪽에서 오타미가 나타났다. 이 시간이면 평소에는 작업장 쪽에 있을 오타미가 앞치마도 어깨띠도 벗고 손가락에는 골무도 없이 옷차림을 단정히 하고 있다. 그럼 오타미가 이 소란스러운 사람들을 얼마 전부터 응대하고 있었던 것일까.

"이이치로는 미시마야의 후계자입니다. 물론 아직 미숙하고, 그건 부모인 저희도 잘 알고 있어서, 상인으로서 어엿한 남자로서 부끄럽지 않은 행동거지를 할 수 있도록 매일 가르치고 있는 중입니다."

그렇기 때문에 말씀드리는데——하며 오타미는 목소리에 힘을 실었다.

"이이치로는 좋은 인연을 얻어 시집가려는 따님에게 미련을 버리지 못해 꾀어내어 유괴하는, 어리석고 비열한 짓을 할 사내가 아닙니다. 만에 하나, 그가 마물에 씌어 그런 짓을 저질렀다면 주인인 이헤에와 안주인인 제가 앞장서서 주살하고 엄하게 징계할 것입니다. 이이치로에게 가담해서 가엾은 따님을 숨겨 주는 짓은 결코 하지 않아요."

오타미의 말에 대꾸하듯 중년 부인이 본격적으로 소리 내어 울기 시작했다.

"따님의 행방을 알 수 없어 근심하시는 마음은 이해합니다. 하지만 시즈카 씨는 이 집에 안 계세요. 아무래도 납득할 수 없다면 방마다 들어가 찾아보셔도 되지만, 소중한 시즈카 씨를 찾기 위해서 써야 할 시간과 수고를 아깝게 낭비하게 될 겁니다. 어찌하시겠습니까?"

시마다쿠즈시 머리를 한 중년 부인은 계속 울기만 할 뿐이다. 도깨비처럼 화난 얼굴의 남자도 표정이 많이 바뀌었다. 딱딱하던 어깨가 내려가고 등이 구부러져 있다.

"……실례가 많았습니다."

분노를 가라앉힌 화난 얼굴의 남자가 아래를 향한 채 낮게 말했다. 차분하게 자세히 보니, 옷자락 주위에 흑백의 바둑판무늬를 배치한 화려한 기나가시着流し 하카마나 하오리를 입지 않은 남성의 평상복 복장 차림에, 값비싸 보이는 셋타雪駄 대나무 껍질로 만든 일본식 샌들 바닥에 소가죽을 붙인 신발를 꿰어 신고 있다.

사립문 맞은편에는 낯선 겨자색 시키세仕着せ 주인이 부리는 사람에게 철따라 해 입히는 옷를 입은 가게 점원인 듯한 남자들이 몇 명 모여들었다. 그자들에게 둘러싸이는 모양새가 되어, 야소스케는 얼굴도 보이지 않는다. 그래도 상황이 수습되어 가는 분위기임을 도미지로도 느낄 수 있었다.

"저희도 소중한 딸이 유괴되어 마음의 평정을 잃고 제대로 생각을 할 수 없었습니다."

분노를 가라앉힌 화난 얼굴의 남자가 느릿느릿 눈을 들어 거북한 듯이 오타미 쪽을 돌아본다. 당사자인 오타미는 등을 곧게 펴고 주먹을 쥔 채 싸늘한 표정으로 서 있다.

"미시마야 가게 앞을 소란스럽게 만들어 버린 일은 나중에 다시 사과드리러 찾아뵙겠습니다. 지금은 우리 가게 사람들도 바로 물러가게 할 터이니 용서하십시오."

사과하고는 있지만 왠지 모르게 아직도 거만한 말투가 불쾌하게 여겨진다. 도미지로는 숨을 삼키며 한마디 해 주려고 했지만,

"너는 잠자코 있거라."

매가 날아 내려오는 듯한 오타미의 일갈에 도미지로는 벌린 입을 천천히 다물었다.

겨자색 시키세를 입은 남자들이 왁자지껄하게 물러간다. 분노를 가라앉힌 바둑판 남자는 중년 부인을 껴안다시피 하며 뒤뜰 쪽으로 모습을 감추었다.

끝까지 지켜보고 나서 도미지로는 오타미에게 말을 걸었다.

"……어머니."

오타미는 아까 그 자세 그대로 갑자기 고개를 숙였다. 주먹을 다시 굳게 움켜쥔다.

"정말이지, 화나 죽겠어."

도미지로에게 한 대답이 아니라 혼잣말이다. 그렇게 내뱉더니 옷자락을 탁 털었다.

"도미지로, 흑백의 방 손님께 정중하게 사과드려 다오."

"아, 네."

"부엌에서 신타가 과자를 준비하고 있는데 아까 그놈들이 쳐들어왔어. 쟁반이 뒤집혀서 못쓰게 되어 버렸다. 대신할 다과를 사

러 보냈으니 조금만 기다려 다오."

지울 수 없는 분노와 부아에, 오타미의 눈꼬리가 경련하고 있다. 도미지로는 더 이상 아무 말도 할 수 없게 되었다.

오타미가 떠나자 도미지로는 한 번 숨을 쉬고는 흑백의 방으로 돌아갔다. 쓰메키치도 이야기꾼의 자리로 돌아왔지만 엉덩이 밑에 깔아야 할 방석을 꼭 끌어안고 있다.

"흉한 모습을 보여서 겁먹게 해 버렸구나. 이제 끝났어."

도미지로가 맞은편에 앉자 쓰메키치도 겨우 안심했는지 방석을 옆에 두고 천천히 앉았다.

"도련님도 걱정되시겠지요. 저어, 제 이야기는 다음에."

남을 배려해 주는 착한 아이다.

"아니, 이대로 얘기해 다오. 그편이 내 마음도 편하니까."

도미지로의 마음도 물론 망설임으로 흔들렸다. 하지만 오타미는 의연하게, 흑백의 방 손님께 사과해 달라고 말했다. 망가져 버린 과자를 대신할 다과를 곧 수배해 주었다. 다시 말해서 도미지로야, 아까 그 변사에 마음을 빼앗겨 우왕좌왕하지 말고 해야 할 일을 하거라, 라는 명령이나 마찬가지다.

미시마야 안주인의 명을 거역할 수는 없다. 도미지로는 아랫배에 힘을 주고 등을 폈다.

"슬슬 다과도 오지 않으려나."

하고 느긋한 말을 해 보이는 참에 신타가 돌아왔다. 커다란 과자 그릇을 받쳐 들었는데,

"도련님……."

 면목 없다는 듯 말하는 신타를, 도미지로는 웃으며 가로막았다. "어머니한테 들었어. 너도 고생했다."

 과자 그릇 안에는 오타미가 마련해 주었을 하얀 만주가 들어 있었다. 꼭대기 부분에 붉은 장식을 곁들인, 법회 등에도 내는 고급 만주다.

"이건 틀림없이 고운 팥소겠지."

 도미지로는 쓰메키치와 신타를 위해 만주를 나눠 주었다.

"자, 사양할 필요 없다. 실컷 먹으렴. 생각지 못한 소란을 만나 둘 다 깜짝 놀랐으니 배가 고프겠지."

 그 말이 웃겼는지 두 사환의 표정이 풀어졌다. 도미지로는 신타에게도 호지차를 끓여 주고 자기가 먼저 만주에 손을 뻗었다.

"음, 이것도 맛있네. 내가 사 두었던 과자는 쓰카사초의 작은 경단 가게에서 파는 '쓰루카메'라는 떡과자였거든──."

 갈분으로 만든 아기 손바닥만 한 평평한 떡인데 안에는 아무것도 들어 있지 않다. 다만 '쓰루鶴' 쪽은 표면에 황금색 꿀로 학 그림이 그려져 있고, '카메龜' 쪽에는 검은 꿀로 거북 모양이 그려져 있어서 콩가루를 찍어 먹는다.

"이 학과 거북은 과자 만드는 사람이 하나씩 손으로 그리는데, 열 개가 있으면 열 개가 제각각 조금씩 모양이 다른 점이 재미있지."

 별갑 가게인 긴마키에서 오는 이야기꾼에게 어울릴 거라고 생각했고 쓰메키치 같은 어린아이라면 특히 좋아했을 텐데. 보여 주지 못해서 유감이었다.

"저도, 꾸러미를 풀어 접시에 담고 있을 때 뒤집혀 버려서 제대로 보지 못했어요."

신타도 안타까운 듯하다. 도미지로는 두 사환에게 약속했다.

"언젠가 날을 다시 잡아서 너희에게 '쓰루카메'를 대접하마. 오늘 소동에 휘말리게 한 사과로 말이야."

"와아, 고맙습니다."

쓰메키치가 활짝 웃으며 신타에게 고개를 끄덕인다. 만주를 마지막 한 입 먹고 있던 신타도 허둥지둥 대답했다.

"기, 기대하고 있겠습니다. 그럼 도련님, 슬슬 별난 괴담 자리를 시작하실 거지요? 저는 물러가겠습니다."

말투는 어른스럽지만 입가에 팥소가 묻어 있다.

"그래, 이야기가 끝나면 부르마."

과자 그릇 속에 만주는 이제 세 개. 뜨거운 물은 충분히 남아 있다. 쓰메키치에게는 이야기 도중에 또 간식을 내주어야지.

도미지로는 마음속으로 두 사환의 올바른 행동에 감탄하고 있었다.

아까의 일이 어떤 다툼이었는지 아직은 확실하지 않다. 다만 형 이이치로의 이름이 똑똑히 들렸고, '시집도 안 간 처녀'라느니 꾀어낸다 운운하는 말에서 추측해 보면 얼마 전에 오카쓰가 비밀이라며 귓속말로 가르쳐 준, 이루어지지 못한 이이치로 형님의 사랑과 관련이 있을 듯하다.

어쨌거나 미시마야의 내밀한 일이다. 신타의 입장에서 보자면 '우리' 일이고, 쓰메키치의 입장에서 보자면 단골 거래처의 작은 나리에 관한 일이다. 흥미도 관심도 당연히 일어날 테고, 궁금증을 얼굴에 드러내거나 입 밖에 내어 작은 참새처럼 시끄럽게 지저귀며 도미지로에게 무언가 물어도 이상하지는 않을 텐데, 두 사람 다 입을 다물고 있다. 도미지로가 '오늘 소동'이라는 한 마디로 정리하니 그게 끝이었다.

신타가 야무진 가게 점원으로 자라고 있다는 증거다. 그리고 좋은 동료가 있다. 미시마야의 한 사람으로서, 도미지로는 자랑스러웠다.

그 마음을 가슴에 품고 새삼 쓰메키치를 마주 보니, 별갑 가게 긴마키의 (강배의 뱃사공도 맡고 있는) 사환은 자세를 바로 하려다가 그만 작게 트림을 했다.

"우헤, 이거 터무니없는 무례를."

당황하며 입을 누른다.

도미지로도 따라서 달콤한 트림을 해 버리고 "당황해서 너무 많이 먹었네" 하며 웃었다.

지금부터는 완전히 청자가 된다. 형님에 대해서도, 아까의 소동도, 걱정은 쓰메키치의 이야기를 다 듣고 나서 하자.

"자, 먼저 무례한 질문을 좀 하마. '쓰메키치'라는 네 이름은 부모님이 지어 주신 거니? 아니면 긴마키에서 고용살이를 시작하고 나서 받은 이름이니?"

쓰메키치가 긴장한 얼굴로 대답했다.

"제 이름의 유래도, 지금부터 들려 드릴 이야기의 내용과 관련이 있습니다."

*

앞서 언급했다시피 이 이야기를 쓰메키치에게 맡긴 긴마키의 큰나리는 고용살이 일꾼으로 시작해 주인이 된 인물이었다. 부모에게서 받은 이름은 지극히 흔한 고키치라고 한다.

"아홉 살 때 고용살이를 시작했는데 처음에는 갓 태어난 긴마키의 아기들을 돌보는 일을 했다고 합니다."

이 아기들은 쌍둥이 형제였다. 무가나 상가에서는 '쌍둥이가 내홍의 원인이 된다', '집안의 재산을 갈라먹는다'며 불길하다고 싫어하는 경우가 있고, 한쪽을 양자로 보내 버리기도 한다. 그러나 긴마키에서는 완전히 반대여서,

"한 번에 자식을 둘이나 얻었으니 감사하구나, 감사해."

하며 온 가족이 기뻐했다. 당시 주인은 서른 살, 안주인은 스물다섯 살로, 부부가 된 지 7년째. 쌍둥이 위로도 네 살이 된 장남과 두 살인 장녀가 있었다.

"매일 아이들을 돌보는 일만으로도 눈이 팽팽 돌아갈 만큼 바빠서."

부족한 일손을 늘리기 위해 고키치와 또 한 사람, '미기와'라는 열두 살 여자아이를 고용했다.

"젊은 부부가 경영하는 가게인데, 유복했구나."

도미지로의 말에 쓰메키치가 고개를 끄덕인다.

"원래 나리의 본가인 니혼바시 도키와초의 잡화점에서 갈라져 나온 가게였다고 합니다."

본가인 잡화점에서는 주머니며 장신구, 화장품, 빗, 비녀, 화잠까지 폭넓게 팔고 있었지만, 분점인 긴마키에서는 별갑과 그 세공물만을 취급하기로 했다. 장사가 잘되어서 젊은 주인 부부는 차례차례 아이가 생겨도 먹고사는 데 지장이 없었고, 고용살이 일꾼, 공예 직인, 집안일을 하는 하녀나 사환들을 합쳐서 십여 명도 충분히 건사할 수 있었다.

"고키치는 좋은 가게를 만났네."

"예. 하지만 자란 환경은 불운했어요."

고키치의 아버지는 품삯을 받고 일하는 목수였는데, 고키치를 필두로 세 사내아이를 낳았다. 가난해도 나름대로 사이좋게 살던 다섯 가족이었지만, 셋째 아들이 겨우 젖을 떼었을 무렵 아내가 돌림병으로 쓰러져 목숨을 잃었다.

"당시 일가가 살던 공동주택이 있는 오카와 끄트머리 일대에서는 심한 설사를 일으키는 병이 유행했습니다."

아내에 이어 둘째 아들도 이 병으로 목숨을 잃었다. 어린 고키치와 갓난아기인 셋째 아들을 안은 아버지는 이웃 사람들의 도움을 받으며 어떻게든 생계를 꾸려갔지만, 1년 남짓 후에 동네에서 일어난 화재로 죽고 말았다.

"아버지는 고키치를 먼저 바람이 불어오는 쪽으로 도망보내고, 셋째 아들을 업은 채 짐을 들고 도망치려다가 연기에 휩말린 모양이에요."

과거에 일어난 무섭고 슬픈 대목을 이야기하는 쓰메키치는 도망치는 듯한 빠른 말투가 되었다.

"허둥대던 끝에 길을 잘못 들었거나, 불과 연기를 피해 도망치려고 한 걸까요. 시체는 해자의 물 속에서 나왔다고 하는데······."

죽어서도 아버지는 셋째 아들을 단단히 업고 있었다고 한다.

"혼자만 살아남은 고키치는 월번月番 나누시名主에도 시대에 마을을 다스렸던 관리인 나누시를 한 달 단위로 맡게 한 것의 저택이나, 그 지역 오캇피키에도 시대에 범인을 체포하는 관리의 길잡이로서 범인의 탐색·포박을 하는 사람나 관리인들의 집을 전전하면서 어찌어찌 자랐습니다."

불행한 형태로 가족을 잃은 고키치였지만 그 운명에 토라져 버리는 일은 없었다. 성실하고 부지런한 사람이었고 습자소에 가서 열심히 읽고 쓰기도 배웠다. 덕분에 긴마키라는 유복한 신흥 가게에 고용살이를 주선받을 수 있었다.

"긴마키에서는 사환의 입장이기는 하지만, 그때까지보다도 나은 생활을 할 수 있었습니다. 긴마키의 나리와 마님은 나이도 아직 젊고 자신들의 아이도 어리고 하니 고키치의 불행을 가엾게 여겨 주었지요."

──혼자만 살아남은 너는 운이 강한 아이다. 앞으로는 고키치小吉가 아니라 다이키치大吉라는 이름을 쓰렴.

"해서 고용살이를 시작한 지 한 달 남짓 만에 다이키치로 이름을 바꾸게 되었습니다."

여기까지 말했을 때 쓰메키치가 뺨을 부풀리며 후우 하고 숨을 내쉬었다.

"어릴 때 이름이라고는 하지만 큰나리를 함부로 부르는 건 꽤 송구스러운 데가 있네요."

"그렇게 어렵다면 '씨'를 붙여도 돼."

"아니요, 그러면 이 이야기가 진짜 같지 않은 기분이 드는걸요."

딱 잘라 말하는 쓰메키치는 늠름한 표정을 하고 있다. '미시마야에서 이야기하라'는 큰나리의 분부를 소홀히 하지 않겠다며 분발하고 있다. 책임을 다하려 하고 있다. 도미지로는 또 감탄했다.

"알겠다. 그럼 나도 쓸데없는 참견은 하지 않으마."

쓰메키치는 꾸벅 머리를 숙이고, 잠시 생각하더니 말을 이었다. "고키치, 즉 다이키치가 긴마키에 익숙해져 가는 한편으로, 함께 고용살이를 시작한 소녀 미기와는 꽤나 어려웠던 모양인데……."

다이키치와는 달리 미기와는 긴마키 이전에도 하녀 고용살이를 했었다. 아홉 살 되던 해 겨울부터 가지바시고몬 근처에 있던 기름·숯을 파는 도매상에 들어가 살며 일하고 있었는데,

"원래 이 가게는 미기와의 어머니가 찌르레기로 일하러 와 있던 곳이었습니다."

찌르레기란 겨울철 농한기에 조슈上州 현재의 군마현을 가리키는 옛 지명, 야슈野州 현재의 도치키현을 가리키는 옛 지명, 에치고越後 현재의 니가타현 대부분을 가리키는 옛 지명나 고슈甲州 현재의 야마나시현을 가리키는 옛 지명 등지에서 에도로 돈을 벌러 오는 사람들을 말한다. 겨울의 논밭에는 할 일이 없지만 에도 같은 큰 도시에는 추위에 얼어붙고 해가 짧은 겨울철이기 때문에 더욱 일손이 필요한 일이 많다. 추우면 추울수록 대목이 되는 기름·숯 도매상은 그 좋은 예다.

"계속 어머니 혼자 돈을 벌러 나오다가, 미기와가 아홉 살이 된 그해 겨울에는 고향 가와카즈군河和郡의 아라무라 마을에서 함께 나온 것이지요."

지명이 들려서 도미지로는 저도 모르게 눈썹을 치켜올리고 말았다. 그러자 쓰메키치는 곧 말했다.

"알고 있습니다. 가와카즈군이라는 곳은 이제 없어요. 아라무라 마을의 이름도 지금은 쓰이지 않는다고 합니다."

눈치가 빠르고 머리가 잘 돌아가는 이야기꾼이다.

"그렇게 모녀가 하녀 일을 하고 있었는데, 해가 바뀌어 시중에 매화 향기가 떠돌 무렵이 되었을 때 어머니가 고뿔로 앓아눕고 말았습니다."

고작해야 고뿔이라고 생각할지 모르지만 만병의 근원은 두렵다. 해를 넘겨 고용살이를 하며 쌓인 피로도 나타났는지, 어머니는 좀처럼 열이 내리지 않고 끈질긴 기침에 괴로워하며 열흘쯤 앓은 끝에 촛불이 훅 꺼지듯이 죽고 말았다.

"돈을 벌러 나온 찌르레기들은 뿔뿔이 흩어져서 돈을 벌러 오는 게 아니라 고을별, 또는 마을별로 반드시 중재 역할을 하는 사람이 있습니다. 이 사람은 동료 찌르레기들과 고향의 가족들 사이에서 소식을 전해 주거나, 번 돈을 모아 맡아 주거나, 고향에서 큰 변사 같은 게 일어났을 경우에는 재빨리 소식을 받아 에도의 동료들에게 전해 주는 역할을 맡고 있다고 합니다."

그래서 미기와의 어머니가 급사했다는 소식도 이 사람이 손을 써 주어 곧 아라무라 마을에 전해졌다.

"다만 미기와 어머니는 마을에 이미 가족이 없었습니다."

사실 에도 시중에서 계속 일할 곳을 찾을 수 있다면 이대로 아라무라 마을로는 돌아가지 않아도 되겠다는 이야기를 나누면서, 모녀는 에도로 나왔다고 한다.

"기름·숯을 파는 도매상뿐만 아니라 니혼바시 일대에는 가와카즈군에서 건너오는 찌르레기를 고용하는 상가가 많이 있었기 때문에 그쪽의 상황도 다소는 알고 있었습니다. 가와카즈군은 쌀은 물론이거니와 물도 좋고 통치는 너그러워서 무리한 연공$^{年貢}$도 걷지 않아 살기 좋은 곳이었던 모양입니다."

그러나 중재 역할을 통해 아라무라 마을에서 돌아온 회신에는, 미기와 어머니의 장례를 그쪽에서 치러 주었으면 좋겠다고 적혀 있었다. 미기와의 처신에 대해서도 신세 지고 있는 가게의 지휘에 맡기겠다면서.

"이토록 차가운 대접에는 사실 깊은 사정이 있는데요……."

연유를 전혀 모르면서도 이 차가운 회신에 불쾌함을 느낀 기름·숯 도매상의 안주인은, 미기와를 가게에 들어와 살며 일하는 고용살이 일꾼으로 받아 주었다.

──너희 모녀는 마을에서 따돌림이라도 당하고 있었던 모양이구나.

안주인이 물어도 미기와는 묵묵히 있었다. 열 살짜리 여자아이의 언어로는 다 이야기할 수 없는 사정이 있었기 때문이지만, 세상 물정을 잘 아는 안주인에게는 침묵만으로도 충분했다.

──괜찮으니 우리 가게에서 지내렴. 네 어머니를 위해서 무덤을 만들어 주는 것까지는 어렵지만, 절에 부탁해서 위패는 만들어 주마.

여기에서 일단 이야기를 끊고, 쓰메키치는 도미지로의 얼굴을 보았다. "이 기름·숯 도매상 안주인은 앞으로도 나오는 분입니다. 이름이 있는 편이 좋겠지요?"

"가명을 붙일까? 그렇다면…… 알기 쉽게 오스미는 어떨까? 화로의 숯이 아니라 壽美라는 한자를 쓴다면 상가의 안주인다워지겠지숯=炭을 일본어로 읽으면 '스미'가 된다."

쓰메키치의 얼굴이 밝아졌다. "예, 그렇게 하겠습니다."

결국 미기와는 혼자 에도에 남았다.

그 후로 2년 동안 오스미에게 가르침을 받으며 기름·숯 도매상에서 지냈는데, 어린 나이지만 하녀로서 제 몫을 해낼 만큼 일이 몸에 익었을 무렵, 이곳에 드나들던 직업소개꾼이 후카가와의 긴마키라는 별갑 가게에서 아이를 돌볼 하녀를 찾고 있다는 소식을 가져왔다.

오스미는 미기와에게는 둘도 없는 일자리라며 곧장 일을 성사시켰다.

"큰나리는 긴마키에서 처음 미기와의 얼굴을 마주했을 때, 옛날이야기에 나오는 설녀雪女인가 생각했다고 하셨습니다."

비칠 듯 하얀 피부에 분위기가 싸늘하고, 있는지 없는지 알 수 없을 정도로 조용한 소녀였기 때문이다.

"가와카즈군은 눈이 많이 오는 북쪽 지방인가? 그래서 피부가 흰 것이라면 확실히 미기와는 설녀로구나."

밝게 말하긴 했지만 열두 살 남짓한 여자아이가 설녀처럼 조용하고 싸늘하게 온기도 없는 그림자처럼 앉아 있는 모습을 상상하니 도미지로는 마음이 아팠다. 살아 있는 소녀를 그림의 소재로 삼았는데 정작 유령화가 완성된다면 무섭다기보다 슬플 것이다.

다이키치와 함께 바쁘게 아이 돌보는 일을 시작하고도, 미기와의 설녀 같은 분위기는 좀처럼 바뀌지 않았다. 입이 험한 고용살이 일꾼들 중에는 미기와를 정말로 유령 취급하며 놀리는 사람도 있었다고 한다.

"어느 날 다이키치가 화를 내며 끈질기게 시비를 거는 연상의 고용살이 일꾼에게 덤벼들었다가 혹투성이가 되었다는 유쾌한 일이 있고 나서."

미기와는 겨우 조금씩 마음을 열어 주었다나.

"다이키치 씨가 얻어맞은 보람이 있었구나."

도미지로는 기뻐서 '다이키치, 잘했다'며 말을 걸고 싶어졌다. 벌써 다이키치가 좋아지기 시작했다.

"남자는 주먹질을 당하면서 어른이 되는 건가 봐요."

쓰메키치는 매우 진지하게 말했다. 자신도 그런 기억이 있을까.

그렇게 손이 가는 부분도 있었던 미기와지만 이상하게도 긴마키의 아이들은 처음부터 미기와를 잘 따랐다. 착 달라붙어 있었다.

"쌍둥이 형제는 깨어 있을 때는 내내 젖을 달라고 울었기 때문에 마님만으로는 도저히 감당이 안 되어서 젖이 나오는 유모를 집으로 부르곤 했다는데."

미기와는 유모보다도 쌍둥이를 더 잘 재웠다. 역시 안주인을 이길 수는 없었지만, 반년쯤 후에 쌍둥이가 젖을 떼고 미음을 먹을 정도까지 자라자 안주인이 없어도 미기와가 있으면 쌍둥이는 기분이 좋아 보였다.

"쌍둥이 위의 장남과 장녀도 매일 바쁘게 일하는 미기와의 뒤를 쫓아다닐 정도로 사이가 좋아졌지요."

덕분에 다이키치는 처음 예상보다도 아이 돌보기의 부담이 가벼워져 가게 점원으로서의 기초를 배울 수 있게 되었다.

"두 사람 다 긴마키의 고용살이 일꾼으로서 발판이 다져졌구나."

도미지로의 말에 쓰메키치는 크게 고개를 끄덕였다.

"미기와는 야무진 사람이라 아이들뿐만 아니라 마님한테도 귀여움을 받았다고 합니다."

긴마키의 젊은 주인 부부는 자식 복이 많아서 쌍둥이 아래로도 연년생으로 여자아이가 태어났다.

"오유키라는 이름으로 뺨이 통통하고 귀여운 아이였다나요."

오유키가 배밀이를 할 때쯤이 되어 더욱 눈을 뗄 수 없었을 무렵.

"섣달까지 열흘쯤 남은, 그러니까 계절은 딱 요맘때인데, 어떤 일이 일어났습니다."

쓰메키치가 목울대를 꿀꺽 울렸다.

"입을 좀 축이겠니?"

"아뇨, 괜찮습니다. 그보다 작은 나리――가 아니라 도련님이라고 부르라고 하셨지요."

신타에게 들었으리라.

"말솜씨가 부족해서 죄송합니다. 먼저 말씀드렸어야 했는데."

당시의 긴마키는 지금의 긴마키 가게와는 다른 장소에 있었다.

"둘 다 오카와 강 맞은편이기는 하지만 다른 동네였지요."

또 목구멍이 꿀꺽.

그 움찔거리는 눈꼬리만 봐도 읽어낼 수 있었다. 긴마키에 무슨 일인가가 일어나는 바람에 지금 있는 곳으로 가게와 집을 옮겼다. 아니, 옮기지 않을 수 없었다.

"동네 이름은 자세히 말하지 않아도 돼."

그렇게 말하며 도미지로도 배 밑바닥에 힘을 주었다. 풍요로운 행복으로 가득 차 있던 긴마키에 어떤 뜻밖의 변이 덮쳐든 걸까.

에도 거리에 초겨울 찬 바람이 분다. 몹시 기운 좋게 휘잉휘잉 소리를 내는 것은 겨울바람도 배가 고파 간식이 먹고 싶기 때문일까.

판자담을 따라 있는 가게 옆 골목길에서 낙엽과 쓰레기를 대비로 쓸어모으며 다이키치는 크게 재채기를 했다. 지금 계절에는 골목길에 보기 싫은 쓰레기가 금방 쌓인다. 늘 주의하며 깨끗이 청소해야 한다.

다음 정월을 맞이하면 다이키치가 긴마키에 살기 시작한 지 4년째, 열두 살이 된다. 앞치마뿐만 아니라 고용살이 일꾼의 한텐을 받을 수 있다. 그것을 기대하며 매일 아침마다 여럿이 뒤섞여 자는 고용살이 일꾼 방의 벽에 붙어 있는 달력을 바라보곤 했다.

긴마키의 한텐은 흔한 남색이지만 소매 모양이 독특하다. 통소매와 겐로쿠元禄 소매 길이를 짧게 하고 소맷자락의 둥그스름한 형태를 크게 만든 소매의 중간쯤 되는 넓이인데, 팔꿈치 부분이 완만한 호를 그리고 있다. 별갑의 재료인 남쪽 바다의 대모라는 커다란 거북의 앞발을 본뜬 모양이다. 그래서 한눈에 긴마키의 한텐임을 알 수 있다.

젊은 주인은 쾌활한 얼굴로 가게 사람들에게 자주 말하곤 한다.

"우리 재산이 지금의 두 배쯤으로 커지면 한텐 색깔도 남색이 아니라 대모 등딱지 색과 비슷한 갈색으로 하자. 풍취 있고 사치스러워서 좋지 않느냐."

풍류인들에게 사랑받는 갈색으로 물들인 천은 쪽 염색보다 값이 비싸다. 가게 점원이나 직인들의 한텐으로 만들기에는 아깝지만, 그런 부분에도 공을 들이고 싶어 하는 성향이랄까 기질을, 니혼바시 잡화점의 차남 도련님으로 풍족하게 자란 긴마키 젊은 주인은 가지고 있었다. 물론 장사가 잘되고 있기 때문에 입에 담을 수 있는 말이기도 하다.

손위의 노련한 상인들이라면 그런 부분을 흐흠 하며 흘려듣고, 아무래도 불쾌할 때만은 약간 주의를 주지만 그 외에는 또 웃으며 들리지 않는 척을 해 준다. 적당히 안배할 줄 안다고 할까. 하지만 세간은 노련한 상인만으로 이루어져 있지 않다.

요즘 긴마키는 두 달쯤 되는 동안에 연달아 세 번이나 우에노 가로에 있는 '잔게쓰'라는 빗 가게와 장사 때문에 다투는 일이 있었다. 만사에 느긋한 주인은 그렇다 쳐도, 아직 어린 다섯 아이를 기르는 어머니이기도 한 안주인은 잠자리가 편치 않다며 가슴앓이를 했다.

빗 가게는 비녀나 화잠도 팔지만 긴마키와는 거래가 없었다. 긴마키는 별갑이나 세공물을 가게 앞에 늘어놓고 직접 파는 가게가 아니기 때문에, 애초에 장사의 경쟁자도 아니다. 그런데 본가인 잡화점에서 소개를 받아 팔 물건을 짊어지고 찾아간 단골손님의 집에서, 왠지 세 번이나 연달아 잔게쓰의 주인과 마주치게 되었다.

본가의 연줄로 찾아가는 긴마키의 입장에서 먼저 주인이 직접 찾아뵙고 인사하는 일은 당연한 수순이다. 하지만 훨씬 이전부터 출입이 허락되었다는 잔게쓰에서 주인이 직접 화장품 상자를 짊어지고 찾아온 이유는 달랐다. 잔게쓰가 그 정도의 재산밖에 없는 가게이기 때문이다. 출입을 허락받아 드나들지만 각별한 사랑을 받지는 않는 여러 빗 가게 중 하나에 지나지 않았다.

단골 가게는 세 곳 모두 보기 좋게 몸을 꾸밀 필요가 있는 요릿집이나 대석貸席 가게의 안주인으로 좋은 물건을 보는 눈이 있었다. 본가에서 얻은 지혜도 있고 질 좋은 물건을 갖추고 있던 긴마키는 금세 안주인들의 마음에 들었다. 한편 잔게쓰에 대한 취급은 달라지지 않았다. 달라질 정도의 이유가 없었기 때문이다.

좋은 집안에서 자란 긴마키의 주인은 결코 그 자리에서 잔게쓰의 주인을 얕잡아보거나 하지 않았다. 정중하게 인사를 나누고 신참으로서 오히려 조심스럽게 행동했다.

한데 잔게쓰의 주인은 그렇게 받아들이지 않았다. 긴마키의 주인이 하나부터 열까지 마음에 들지 않았다. 나이는 크게 차이가 나지 않는다. 잔게쓰의 주인 쪽이 두 살 위일 뿐이다. 그러나 잔게쓰 쪽은 부모가 병사하여 대가 바뀐 지 얼마 되지 않은 데다 선대의 빚을 짊어지고 출발한 터라 고생하는 중이었다. 안주인과의 사이에서도 아기가 생기지 않아 친척으로부터 양자를 들였지만 어째서인지 아이가 잘 따르지 않아서 곤란해하고 있었다.

잔게쓰의 주인은 마음고생이 쌓여 지친 상태였다. 그런 의미에서 긴마키와의 만남은 우선 운이 나빴다. 좀 더 나중에 만났다면 무뚝뚝한 인사를 나누고 스쳐 지나가는 정도로 끝났을 것이다. 오히려 마음을 터놓을 수 있었을지도 모른다.

또 잔게쓰의 주인은 부모 밑에서 작은 나리 신분으로 지내던 무렵부터 남의 말 하기 좋아하는 주위 사람들로부터 표정이 음울하다느니, 말이 어눌하다느니, 장사에 소질이 너무 없다느니 하는 험담을 들으며 좌절하곤 했다. 병약했던 어머니의 청으로 일찍 아내를 얻었지만 손자의 얼굴을 보여 주지도 못하고 어머니를 여의고 말아 슬퍼했더니, 아내가 시부모에게 불효해서 미안하다며 토라져 버려 부부 사이는 냉담해질 뿐이었다.

즉 운이 좋은 긴마키의 주인과는 하나부터 열까지 반대였다. 불행한 만남이 있은 후, 잔게쓰의 주인은 긴마키의 평판을——풍족한 살림살이나, 주인 부부가 얻은 다섯 아이들의 사랑스러움이나, 대모의 앞뜬을 본뜬 특이한 소매의 한텐 이야기 등, 큰 것부터 작은 것까지 들으면 들을수록 질투가 나서 견딜 수가 없었다.

그래서 고민했다.

쇠냄비 밑바닥이 타서 뚫려 버리듯이, 마음이 타서 구멍이 뚫렸다. 아무도 진실은 알 수 없다. 하지만 그렇게라도 생각하지 않으면 잔게쓰의 주인이 저지른 무도한 짓은 도저히 이해할 수 없었다.

비질 청소를 마친 다이키치는 대비를 어깨에 짊어지고 뒷문 쪽으로 걷기 시작했다. 청소는 싫어하지 않지만 빗자루를 쓰면 늘 코가 간질간질하다. 손가락으로 코를 집으면서 걸어가 판자담의 모퉁이를 돌자,

"아, 다이키치."

이쪽을 향해 오는 긴마키 주인 부부의 장남, 후쿠이치로의 모습이 보였다. 마침 근처 습자소에서 돌아올 시간이었다. 허리에 비끄러맨 복습장을 흔들거리고 있다. 바로 뒤에는 집안일을 하는 하녀 우두머리 오이쿠가 붙어 있고, 이쪽은 무언가 꾸러미를 들고 있다. 습자소의 숙제일까.

"잇푸쿠 씨, 다녀오셨어요? 오이쿠 씨도, 어서 오세요."

다이키치는 어깨에서 대비를 내리며 꾸벅 인사했다. 오이쿠는 주인어른의 본가에서 온 고참 하녀로 주인어른의 기저귀를 간 적도 있다고 한다. 사실 긴마키에서는 이 사람이 제일 높은 게 아닐까 하고 수군거리는 사람들도 있다.

"다녀왔어. 다이키치, 왜 혼자서 이상한 얼굴을 하고 있었어?"

후쿠이치로는 주인어른을 그대로 줄인 얼굴 생김새로 성격이 밝고 말이 많은 점도 꼭 닮았다.

"흙먼지 때문에 재채기가 날 것 같아서요."

"그럼 엣취 해도 돼."

"잇푸쿠 씨의 얼굴을 보니 재채기가 어디론가 날아가 버렸어요."

후쿠이치로는 기쁜 듯이 웃으며 잔걸음으로 뒷문을 향해 달려갔다. 문은 사립문으로 되어 있고 바깥쪽에 작은 자물쇠가 달려 있다. 도둑을 막기 위해서가 아니다. 뭔가 먹고 있을 때를 빼면 온 집 안을 뛰어다니는 쌍둥이들이 실수로 밖에 나가지 않도록 하기 위함이다.

다이키치는 서둘러 달려가 자물쇠를 풀고 사립문을 당겨 열었다. 후쿠이치로가 마당으로 뛰어 들어간다. 유유히 걸어온 오이쿠는 사립문을 밀고 있는 다이키치 옆에서 잠시 걸음을 멈추더니,

"간식이야. 너한테도 주마."

하며 꾸러미를 들어 올려 보였다. 달콤한 냄새가 나서 다이키치도 내용물을 알 수 있었다. 기쿠카와초의 기도반木戶番 에도 시대에 마을의 출입구에 설치한 오두막에서 지금 시기에만 파는 밤만주다.

"사치후쿠 남매들은 용의 방에 있겠네."

"예, 낮잠에서 깰 무렵이겠지요."

긴마키의 다섯 아이 이름은 위에서부터 후쿠이치로福一郎, 사치에幸惠, 쌍둥이 후쿠지로福二郎와 후쿠사부로福三郎, 막내 오유키お幸로, 모두 좋은 뜻을 가지고 있다. 가게 내에서는 남자아이들을 '잇푸쿠一福, 후타후쿠二福, 산푸쿠三福'라고 부르는데, 안주인이 그렇게 부르기 시작하자 모두 따라 하게 되었다. 다섯 아이를 합쳐서 '사

치후쿠_후福_ 남매들'이라고 처음 부른 사람은 오이쿠였다. 양쪽 다 별명으로서 귀엽고 좋은 뜻이 더해지는 느낌이 든다.

올해 후쿠이치로는 아침부터 낮 두 시까지 습자소에 다니게 되었지만, 나머지 네 명의 사치후쿠 남매들은 집에서 미기와의 보살핌을 받으며 지내고 있다. 위의 세 아이는 놀고 밥을 먹고 자고, 막내 오유키는 놀고 젖이나 미음을 먹고 자고, 일어나면 또 모두 함께 논다. 유복한 상가에서 태어난 행복한 아이들의 생활이다.

미기와는 완전히 일이 손에 익어서 대부분의 돌봄을 혼자서 감당하지만, 가끔——남자아이들이 큰 송충이나 잠자리를 잡으며 놀고 싶어하거나, 집 안으로 지네나 나방이 들어왔거나, 누군가가 고뿔에 걸려 미기와가 옆에 붙어 있어야 하면 다이키치도 불려 가서 돕는다. 사치후쿠 남매들의 입장에서 볼 때 제일 좋아하는 사람은 안주인이고, 미기와는 안주인의 제일가는 부하이니 안주인 다음으로 좋아하고, 다이키치는 제일가는 부하의 부하이니 절반 정도로 좋아한다는 느낌이다.

그래도 뭐, 사치후쿠 남매들은 다이키치도 잘 따라 주고 있다. 낯을 가리지 않고 짜증도 내지 않는 착한 아이들이다.

사치후쿠 남매 중 네 명의 동생들은 매일 오후가 되면 난간에 멋진 용이 투각_透刻_되어 있는 방에서 낮잠을 잔다. 보모 역할인 미기와는 곁에 붙어 쌍둥이와 오유키를 재우고 나서 바느질이나 자잘한 수선 등, 그 자리에서 할 수 있는 수공 일을 한다. 가끔 손이 빌 때는 습자와 주판도 게을리하지 않는다. 습자는 먹물도 반지도 쓰지 않고, 오이쿠가 써 준 글씨본 위를 손가락으로 덧그리며 글씨를 배운다. 주판은 대행수가 쓰던 주판을 물려받아 용의 방의 골방에 넣어 두었다.

용의 방은 마당에 면해 있는 툇마루가 딸린 방으로 남향이라 이 계절에도 볕이 잘 든다. 낮잠을 자기에는 안성맞춤이다. 오늘 같은 날씨에는 달고 맛있는 밤만주를 실컷 먹으며 다이키치도 낮잠을 자고 싶을 정도다.

밤과 만주의 단맛을 생각하니 침이 나올 것만 같다. 코가 아니라 이번에는 입을 누르면서 다이키치는 사립문을 빠져나가려고 했다.

그때 뒤에서 세게 떠밀려 새끼제비처럼 허공을 날았다.

정말로 날았다. 어쨌거나 열한 살 사환이고, 또래의 다른 사환과 비교해도 다이키치는 몸집이 작고 말랐다. 주인어른이 직접 개명해 주셨지만 체격으로 보면 원래 쓰던 고키치小吉라는 이름이 더 맞는다며 우스갯소리 하는 사람도 있었을 정도다.

허공을 날아 머리부터 땅에 처박으며 호되게 이마를 부딪히는 바람에 눈에서 불이 났다. 배도 부딪친 탓에 숨이 막혀 당장은 일어날 수가 없었다.

그래도 느꼈다. 누군가가 등 뒤를 달려 지나간다. 발소리와 기척. 탁탁탁.

다음 순간에는 귀에 익은 오이쿠의 목소리, 심상치 않은 목소리가 들렸다.

"이보세요, 당신, 무슨 일이에요——."

분노를 머금은 '이보세요'로 시작되어, 그 목소리는 끝이 올라가 고함이 되었다. '에요'라는 물음은 비명으로 바뀌어 울려 퍼졌다.

"그만해요, 그만해! 누가 좀 와 줘요!"

다이키치는 필사적으로 땅바닥을 긁으며 사립문에 매달려 일어섰다. 눈에서 난 불은 꺼졌지만 아직도 배에 탄 사람처럼 몸을 가눌 수 없고 보이는 것이 전부 흔들린다. 그 탓인지 마당에서 일어나고 있는 일이 악몽처럼 느껴졌다.

기모노의 양쪽 옷자락 끝을 띠에 질러넣은 차림새의 남자가 불을 피울 때 쓰는 대나무 대롱 정도 길이의 막대기를 쥐고 휘두르며 혼자서 난투극을 연기하고 있다.

아니, 혼자가 아니다. 그자는 막대기로 미기와를 때리고 있다. 미기와는 한 손으로 그자의 팔에 매달리고, 다른 손으로 그자의 띠를 붙든 채 온몸으로 매달려 있다. 막대기로 등을 얻어맞고 머리를 얻어맞고 얼굴이며 목을 찔려도 손을 떼지 않는다.

"그만해, 그만해!"

오이쿠는 발치에 웅크려 양팔로 남자의 오른쪽 다리를 끌어안고 있다. 그 얼굴에 피가 튄다. 미기와의 피다.

남자가 한층 더 험악하게 고함을 지르며 미기와를 막대기로 후려치고 나서 걷어찼다. 미기와는 날아가 땅바닥에 굴렀다. 오이쿠가 남자에게 매달린 채로 "잇푸쿠 씨, 도망치세요!" 하며 고함을 지른다.

"닥쳐, 이 계집년아."

남자가 오이쿠에게 욕을 하더니 이번에는 가슴이며 배를 걷어찬다. 그러다가 막대기를 왼손으로 옮기고 오른손을 품에 집어넣어 아기 팔꿈치 정도 길이의 송곳을 뽑아 들었다. 11월 오후의 엷은 햇빛 아래에서도 송곳의 날카로운 끝이 빛났다.

남자는 송곳을 오이쿠의 등에 휘둘렀다. 고통스러운 비명이 일고 피가 뿜어져 나온다. 한 번, 두 번, 세 번. 그때마다 피가 튄다.

오이쿠는 마당에 힘없이 쓰러졌다. 그 몸을 거추장스럽다는 듯이 타넘은 남자가 소리를 지르며 툇마루로 돌진했다. 용의 방으로 뛰어들 작정이다.

다이키치는 악몽 속을 달리고 있다. 다리가 조금도 움직이지 않는다. 디딤돌 위에 떨어진 잇푸쿠의 복습장이 보인다. 오이쿠가 소중하게 들고 있던 밤만주 꾸러미는 툇마루 저쪽에 내던져져 있다.

"이, 이놈."

다이키치의 목에서 비슬비슬한 목소리가 나왔다. 욕설이 아니라 우는소리다.

잇푸쿠가 앞으로 나서서 동생들을 등으로 감싸고 있다. 신을 벗을 새도 없었는지 그대로 신은 채다. 안색은 새하얗고 두 눈은 공포로 크게 뜨여 있다. 사치에가 막내 오유키를 끌어안으며 쌍둥이 동생들과 몸을 바싹 붙인 채 웅크린다.

그때, 용의 방의 장지문이 열리고 긴마키의 남자들이 뛰어 들어왔다. 선두에 선 대행수 바로 뒤에 주인어른이 있다.

"우효효효효!"

툇마루의 남자가 괴성을 질렀다. 오른손에 오이쿠를 찌른 송곳, 왼손에 미기와를 후려팬 막대기를 쥐고, 등을 웅크린 채 허리를 굽힌 모습이 마치 이야기책에 나오는 추한 원숭이신* 같다. 그자가 웃고 있다. 기뻐하고 있다.

"나리, 위험해요!"

다이키치가 목소리를 쥐어짜냈을 때, 남자가 손에 든 송곳을 남자들을 향해 던졌다. 던지기 직전 팔에 알통이 생겼다. 그 정도로 혼신의 힘을 담아서.

대행수가 순간적으로 주인어른을 옆으로 떠밀치며 날아온 송곳을 목덜미로 받아 냈다. 뭔가 우스울 정도로 쉽게 푸슉 하며 피가 뿜어져 나오고, 대행수는 눈을 까뒤집으며 옆으로 쓰러지고 말았다.

남자들이 저마다 대행수의 이름을 부르며 쓰러진 몸을 안아 일으켰다. 사람들의 얼굴에서 핏기가 가신다. 주인어른은 엄청난 기세로 몸을 일으키더니 사치후쿠 남매들을 양팔로 모조리 끌어안고 등으로 감쌌다.

원숭이신 같은 남자는 막대기를 고쳐 들고 남자들을 위협하다가 옆으로 뛰어올랐다. 사치후쿠 남매들이 있는 곳으로 돌아 들어가려는 시도였다. 다이키치는 숨을 삼키고는 그 추하게 웅크린 등을 향해 달려들었다.

──나는 자라다. 달려들어서 매달리고, 절대로 떨어지지 않을 거야!

"뭐야, 이 꼬마는."

원숭이신 같은 남자가 등에 업힌 다이키치를 향해 욕을 했다. 오른손을 뒤로 돌려 다이키치의 상투를 덥석 움켜쥐고는 힘껏 잡아당긴다. 머리 가죽째 상투가 뜯겨 나가 버릴 것 같았지만, 그래도 다이키치는 원숭이신 남자의 등에서 떨어지지 않았다. 이대로 죽어도 좋다. 나는 자라다!

"좋아, 다이키치!"

"그대로 놓지 마라!"

남자들이 우르르 모여들어 원숭이신 남자를 짓누르기 시작했다. 원숭이신 남자는 왼손의 막대기를 휘둘러 내던지고는 또 품에 손을 넣어 재빨리 두 번째 송곳을 꺼냈다. 눈에도 들어오지 않는 빠른 손놀림으로 송곳을 내밀더니 엉망진창으로 찔러 댄다. 남자들도 견디지 못하고 움츠러들었다. 그 틈에 원숭이신 남자는 송곳을 오른손으로 바꿔 들고는 등에 다이키치를 업은 채 주인어른에게 달려들었다.

젠장, 젠장, 젠장. 어쩌면 좋지?

그때 등 뒤에서 목소리가 들렸다.

"다들, 버텨라."

용의 방 어딘가 높은 곳에서 대량의 물이 흘러들어 왔다. 갑자기 방 안에 강이 생긴 듯했다.

맑은 물이다. 차갑고 강한 흐름에 하얀 파도를 품고 있다. 콸콸 흘러들어 용의 방에 있는 사람들을 흠뻑 적시고 무릎 아래에서 소용돌이를 만들었다. 흐르는 물의 압력에 떠밀려 다이키치는 원숭이신 남자의 등에서 미끄러져 떨어지고 말았다.

첨벙. 물이다. 이대로라면 사치후쿠 남매들이, 쓰러져 있는 대행수가 익사하고 만다. 거품을 뿜은 나머지 헉헉거리는 목소리를 내면서, 다이키치는 주인어른과 사치후쿠 남매 옆으로 기어갔다. 틀림없이 강의 얕은 여울을 기어가는 느낌이었다.

원숭이신 남자가 맑은 물에 휘말려 용의 방에서 툇마루로, 마당으로 떠밀려 간다. 다이키치의 코앞을 네 발로 엎드린 남자의 뒤꿈치가 가로질러 갔다.

"이건, 대체——."

주인어른의 목소리. 그 눈이 경악으로 휘둥그레져 있다. 주인어른의 시선이 향하는 쪽을 올려다보고 다이키치도 입을 딱 벌렸다.

난간 장식의 나무 조각 용이, 살아 있었다.

비취처럼 빛나는 비늘. 은실 같은 갈기. 긴 이빨은 백은색이다. 눈꼬리가 길게 올라간 커다란 눈은 눈동자가 칠흑 같고 가장자리가 붉다. 번들번들 타오르고 있다.

용은 입을 크게 벌리고 있었다. 맑은 물의 출처는 여기였다. 지금 이빨이 오르내리고 용이 입을 다물자 맑은 물도 그쳤다.

　내뿜는 물을 멈춘 순간 생생했던 용은 나무 조각 용으로 돌아갔다. 난간 장식으로 돌아갔다.

　요술 같았다.

　다이키치는 손으로 입가를 눌러 목구멍 안쪽에서 넘쳐 나오려는 혼란을 삼키다가 깨달았다. 몸이 젖지 않았다. 손도 얼굴도, 머리카락도 그대로다.

　둘러보니 주인어른도 사치후쿠 남매들도, 쓰러진 채 물에 빠질 것 같았던 대행수도 다른 남자들도, 머리카락도 몸도 옷도 젖은 흔적이 없었다.

　이 또한 요술이거나 꿈일까.

　마당까지 떠밀려간 원숭이신 남자는 헐떡이면서 물을 토하고 있었다. 떠내려가기만 한 게 아니라, 깊은 물 속에 가라앉아 있었던 것 같았다.

　모두가 망연자실하여 움직이지 못하고 있는 가운데 천천히 걷는 가느다란 그림자가 하나.

　미기와다.

　심한 꼴이었다. 머리에서 피를 흘리고, 뺨은 붓고, 코피를 흘리고 있다. 오른쪽 눈은 거의 뭉개져 있고 목덜미에도 막대기로 얻어맞은 흔적이 몇 줄기나 남아 있다. 호되게 걷어차인 탓인지 몸을 똑바로 펴지 못하고 기역자로 구부린 채 한 발짝, 또 한 발짝 걸음을 옮겨 원숭이신 남자에게 다가간다.

미기와는 원숭이신 남자를 똑바로 바라보며 눈도 깜박이지 않았다. 입술을 움직여 작게 뭐라고 중얼거리고 있다. 알아들을 수가 없다.

왼손으로는 무언가를 움켜쥐고 있다. 가느다란 끈으로 목에 걸려 있는 듯한데, 부적일까. 옷 밑에 있어서 지금까지 알아챌 기회가 없었다.

미기와가 오른손을 어깨높이로 들며, 아직도 우웩우웩 하며 물을 토하고 있는 원숭이신 남자를 향해 손바닥을 쳐들었다.

대체 무엇을 할 작정일까. 미기와는 어떻게 되어 버린 걸까. 바라보는 다이키치의 눈에,

——어?

그런 일이 있을 리가 없는데.

원숭이신 남자를 향해 쳐든 미기와의 손바닥. 그 손가락 사이에 물갈퀴 같은 게 보였다.

그뿐만이 아니다. 미기와의 피부가 싱싱한 오이 같은 담녹색으로 보인다. 물기를 띠며 빛나고 있다.

"……씨름을 하자."

미기와의 입술이 움직인다. 미기와의 목소리다. 이런 목소리였나.

"응? 씨름을 하자. 나와 너, 어느 쪽이 강한지 승부를 내자."

원숭이신 남자에게 말을 걸고 있다. 어째서 즐거워 보이는 걸까?

──미기와의 목소리가 아니야.

남자의 목소리다. 젊은 남자. 게다가 긴마키의 남자들 중 누군가의 목소리도 아니다.

원숭이신 남자가 그제야 얼굴을 들었다. 엎드린 채 움직이지 못한다. 다리가 풀린 것이다.

"씨름을 하자."

미기와는 다시 한번 말했다. 그 얼굴 가득, 웃음이 퍼져 간다. 한없이 밝고 악의 없는 웃음이다.

"산페이타 님은 씨름을 좋아하시거든!"

소리 높여 그렇게 말했다. 미기와의 목소리로 돌아와 있었다. 말꼬리가 사라지기도 전에 원숭이신 남자가 누군가의 커다란 손에 움켜잡힌 듯이 일어났다. 이내 씨름을 하는 자세가 되는가 싶더니, 순식간에 높이 들어올려져 한 번, 두 번, 세 번 휘둘러진 끝에 마당의 사립문 옆까지 날아갔다.

쿵! 하는 소리보다 한 박자 늦게 뼈가 부러지는 둔한 소리가 들려왔다.

원숭이신 남자는 숨이 끊어졌다.

사치후쿠 남매들이 울기 시작했다.

다이키치는 이제 눈이 잘 보이지 않았다. 상투는 정말로 뜯겨 나가기 직전이고, 머리 여기저기에서 솟은 피가 얼굴을 타고 흐르는 탓이다.

슬슬 한계가 되어 힘이 빠져 버렸는지, 미기와는 오른손을 내리고 그 김에 왼손도 축 늘어뜨렸다. 다만 손가락은 굳게 움켜쥔 채로, 목에 걸고 있던 끈이 뚝 끊어져 손가락 사이에서 삐져나와 있었다.

"산페이타 님, 고맙습니다."

미기와가 중얼거린다. 그러더니 정신을 잃고 막대기처럼 쓰러졌다. 얼굴에는 기쁜 듯한 미소를 띤 채로.

대체 무슨 참사인가.

도미지로는 등이 오싹해졌다. 들으면서 저도 모르게 두 손을 품에 쑤셔 넣었다. 이야기하는 쓰메키치는 이마에 살짝 땀이 배어 있다. 식은땀이 틀림없다.

"……결국 대행수님과 오이쿠 씨는 목숨을 잃었다고 합니다."

어떻게든 무사했던 사치후쿠 남매들도 이후로 꽤 오랫동안 무서웠던 기억으로 괴로워했다고 한다. 긴마키가 가게와 집을 옮겼던 것도 무리는 아니다.

"원숭이신 남자…… 이건 말할 필요도 없이 잔게쓰의 주인이었는데요."

시체를 살펴보니 폐에 절반쯤 물이 차 있고 목뼈가 부러져 있었다.

"물에 빠진 데다 엄청난 힘으로 내던져져서 목이 부러진 건가."

당사자인 본인이 죽어 버렸으니 잔게쓰의 주인이 왜 그런 짓을 저질렀는지, 그 흉중에 어떤 마음이 엉겨 있었는지, 남겨진 자들이 추측할 수밖에 없었다.

"다만, 그 무렵 본인이 종종 흘렸던 불평이나 친한 사람에게 상의했던 내용을 합쳐 보면, 긴마키 일가에 대한 까닭 모를 원한이 있었다더군요."

사람이 몇 명이나 죽었으니 시정 관리도 조사를 실시했다. 그 막대기의 출처도, 잔게쓰의 주인이 대행수와 오이쿠를 찌른 송곳도 평소부터 잡화 세공이나 수선에 사용하는 잔게쓰의 독자적인 도구임을 알 수 있었다.

그래도 이 일로 잔게쓰가 공공연하게 드러난──공식적인 처벌을 받는 일은 없었다.

"의외로군."

"긴마키 나리의 본가에서 가능한 한 원만하게 수습되도록 손써 주셨다고 합니다. 물론 돈도 꽤······."

"건넸겠구나."

사건의 '무마'라는 방식이다.

"긴마키로서도 마치부교町奉行 에도 시대에 시중의 행정, 사법, 소방, 경찰 등의 직무를 맡아보던 곳에 너무 강하게 소송했다가, 원래 잔게쓰와의 사이에 장사로 다툼이 있었지 않느냐, 이것은 싸움에 해당하니 양쪽 다 처벌받아야 하지 않느냐는 사태가 되어 버리면 매우 곤란한지라."

일방적으로 당하기만 했으니 참으로 부조리하지만 어쩔 수 없다.

"그럼 잔게쓰의 주인이 갑자기 미쳤다거나, 그런 내용으로 수습된 걸까?"

"예, 도리모노通りモノ를 맞닥뜨렸다고."

도리모노란 글자 그대로 근처를 지나다가 우연히 마주친 사람에게 씌는 나쁜 존재, 요괴를 말한다.

도미지로는 쓴웃음을 짓고 말았다. "그런 요괴보다도 미기와가 부린 요술이 훨씬 더 괴이한데. 꼭 옛날이야기 같고."

그렇기 때문에 긴마키의 큰나리도,

——다른 괴담 자리에서는 이 이야기를 듣고 웃거나, 믿어 주지 않을지도 모른다.

고 걱정하며 미시마야의 별난 괴담 자리를 믿어 주었으리라.

쓰메키치는 더욱 얌전한 얼굴을 하고 양손을 무릎 위에서 모은 채 고개를 끄덕였다.

"그 옛날이야기가, 긴마키의 가보 이야기."

"산페이타 님의 이야기로구나."

——씨름을 좋아하시거든!

예, 하고 대답하는 쓰메키치의 눈동자에 빛이 깃든다. 도미지로는 청자로서 이곳에 앉아 이야기꾼의 눈동자에 빛이 깃드는 모습을 몇 번인가 보아 왔다. 그것은 긍지와 신뢰와 경애의 빛이다.

"미기와 씨의 가족 이야기이기도 하고 고향인 가와카즈군 아라무라 마을에 일어난 이야기이기도 합니다."

※

 미기와의 부상은 무거웠다. 마당에서 정신을 잃고 쓰러진 뒤로 줄곧 깨어나지 않았다. 호흡도 얕아서 언제 저세상으로 가 버려도 이상하지 않은 상태가 며칠이나 계속되었다.

 대행수와 오이쿠라는 기둥을 한꺼번에 잃어버리고, 긴마키 일가도 아직은 안정되지 않았다. 다만 사치후쿠 남매들은 당분간 안주인의 친정에서 살게 되었기 때문에 다이키치에게는 그만큼 여유가 생겼다. 일을 하는 틈틈이 미기와의 얼굴을 보러 가 격려하거나, 멍들고 부은 곳을 문질러 주거나, 대답은 없어도 말을 걸거나 하며 시간을 보냈다.

 미기와의 왼손은 여전히 움켜쥔 채였다. 기절했는데도 손가락의 관절이 하얘질 정도로 굳게 쥐고 있다. 손톱이 손바닥에 파고들지 않았을까 걱정이 되어 다이키치는 몇 번인가 손가락을 펼치려고 해 보았지만 잘 되지 않았다.

 시간이 지남에 따라 생각지 못한 파도를 때려맞고 뒤집힐 뻔했던 긴마키도 어떻게든 가라앉지 않고 나아갈 수 있게 되었다. 그래도 사람들의 기분은 가라앉은 채 아침부터 밤까지 그늘에 있는 모양새였다.

 물론 장사 쪽도 좋지는 않았다. 긴마키가 취급하는 별갑은 본래 사치품의 재료다. 어떤 의미로는 복을 기원하는 물건이고 불길한 일이 따라다니면 누구라도 싫어하니, 지금까지 친하게 거래해 온 곳에서도 은근히 멀리하게 되었다.

"지금은 힘들지만 여기서 우리가 포기해 버리면 목숨을 잃은 두 사람을 볼 낯이 없지 않겠나. 다들 마음을 하나로 합해서 헤쳐 나가자꾸나."

주인어른의 말에 매달리는 마음으로 모두 열심히 일하고 있다. 빨리 이 그늘에서 빠져나간다면 사치후쿠 남매들도 돌아오고 다시 밝은 내일이 찾아오겠지——하며.

다이키치도, 잠든 채 서서히 야위어 가는 미기와의 베개맡에 앉을 때마다 가능한 한 기운찬 목소리를 내어, 오늘은 엄청 춥다거나, 아침 된장국이 맛있었다거나, 여러 가지 이야기를 해 주고 있었다. 그런다고 미기와의 상태가 달라지지는 않지만 다이키치는 포기하지 않았다.

이렇게 잔게쓰의 주인이 일으킨 참사로부터 보름쯤 지났을 무렵의 일이다. 긴마키에 한 노인이 찾아왔다. 뒷문으로 들어왔으니 처음부터 가게의 손님은 아니었다. 몸에 걸치고 있는 솜옷도 모모히키<sub>일본 전통 복식의 하의로, 속옷으로도 입었다. 허리에서 발꿈치까지 약간 붙게 입는 바지로, 허리는 끈으로 묶게 되어 있다</sub>도 낡아 빠졌고 볼품없어, 노인이라는 정보 외에는 생업도 정체도 알기 어려웠다. 그러나 매우 저자세다. 추위 때문인지 눈에는 눈물이 고여 있고, 매부리코의 콧등은 새빨갛다. 양손은 손가락이 시작되는 곳까지 가늘게 찢은 무명으로 둘둘 감고 있는데, 왼손의 약지와 새끼손가락이 없다. 다쳤기 때문인지 병 때문인지, 어쨌거나 먼 옛날 일인 듯 사라진 손가락의 밑동은 매끈매끈해져 있었다.

"저는 조슈 가와카즈군 아라무라 마을 출신으로, 이곳에서 고용살이를 하고 있는 미기와의 먼 친척에 해당하는 사람입니다. 이름은 로쿠로베에라고 합니다."

그는 끊임없이 머리를 굽신거리면서 목구멍에 얽혀 갈라지는 듯한 목소리로 말했다.

"아라무라 마을 사람들은 사정이 있어 미기와의 가족과는 교류를 끊었기 때문에, 그 애의 어미가 이곳에 돈을 벌러 나와 있다가 죽었을 때도 혼자 남은 미기와까지 내팽개쳤지요."

다만 정말로 이유가 있어서 그랬던 것이니 부디 용서해 주셨으면 한다——.

"근래 이 댁에서 소동이 있어 미기와가 다쳤다느니 뭐라느니, 돈을 벌러 나와 있는 사람들 사이에 소문이 나서, 저 같은 노인의 어두운 귀에도 겨우 소식이 들려왔습니다. 미기와가 만일 앓아누워 움직이지 못하게 되었다면 또 이 댁에 폐를 더하게 될 테고, 혼자서 불안해하고 있다면 조금은 위로해 주고 싶다는 생각도 듭니다. 부디 미기와를 만나게 해 주십시오. 부탁입니다."

긴마키 사람들은 깜짝 놀랐다. 애당초 이렇게 정중히 애원해 오는 노인을 쫓아낼 만큼 박정한 주인어른이 아니다. 그들은 곧 노인을 안채로 들여보내 주었다.

"다이키치, 미기와를 문병하러 오셨다. 안내해 드리렴."

로쿠로베에는 눈도 흐린지 발걸음이 불안정했다. 대체 몇 살쯤 되었을까. 여든이 넘었을까. 다이키치가 노인의 손을 잡고 등을 밀다시피 하며 미기와의 침실까지 안내한 다음,
 "미기와 씨, 고향 사람이 문병하러 와 주었어."
 하고 말을 건 순간, 벌써 보름이나 똑같은 자세로 누운 채 죽은 사람처럼 꼼짝도 하지 않았던 미기와의 손이——소동 이후로 굳게 움켜쥐고 있던 왼손의 손가락이 느슨해지고 그 안에서 조약돌 같은 것이 굴러나왔다.
 "미, 미기와."
 로쿠로베에가 떨리는 목소리로 부르자 이번에는 미기와의 눈꺼풀이 떨리고 눈이 반쯤 떠졌다. 눈동자도 움직이고 있다.
 게다가 입술을 움직여 뭔가 말하려고 했다. 목소리는 나오지 않았지만 분명히 로쿠로베에의 부름에 답하려고 했다. 노인이 누구인지 똑똑히 알고 있는 것 같았다.
 아아, 다행이다. 다이키치는 안심이 되어 눈물이 났다.
 미기와는 반쯤 뜬 눈 안쪽으로 눈동자를 움직이고, 왼손의 손가락도 희미하게 움직이고 있다. 그것을 알아보았는지 로쿠로베에는 무명으로 둘둘 감은 손을 뻗어 미기와의 왼손에서 굴러나온 조약돌 같은 것을 주워 들었다.
 그리고 쉰 목소리로 물었다.
 "이게, 산페이타 님이냐."
 미기와는 눈을 깜박였다. 콧방울이 떨린다.
 "잘 가지고 있었구나. 잘했다, 미기와."

조약돌 같은 것은 끈으로 비끄러매어져 있다. 부적이나 미아방지패처럼 목에 걸고 있었던 모양이다. 지금은 목에 거는 끈 부분이 끊어져 버렸다.

로쿠로베에는 손가락을 잃지 않은 오른손 쪽도 움직임이 둔해졌는지, 조약돌 같은 것을 떨어뜨리고 말았다. 분명히 소중한 물건임을 알았기 때문에 다이키치는 서둘러 주워서 건네주려다가,

——우에!

그 감촉에 깜짝 놀라 저도 모르게 손가락을 떼고 말았다.

조약돌 같은 것은 미끈거렸다. 생물 같았다. 숨을 쉬는 듯이, 다이키치의 손가락 사이에서 가볍게 부풀었다가 곧 쪼그라든 것처럼 느껴졌다.

——이게 뭐야.

솔직한 혐오감과, 내가 '기분 나쁘다'고 느끼면 미기와와 로쿠로베에에게 실례되는 일일 거라는 배려가 뒤섞여 다이키치는 얼어붙고 말았다.

그러나 로쿠로베에의 얼굴을 보니 웃고 있었다. 아니, 이 할아버지의 얼굴도 미기와와 비슷비슷하게 야위어 광대뼈가 불거져 있고 눈이 움푹 패어 있어서 표정을 알기가 어렵다. 하지만 아마 웃음일 것 같은 부드러운 표정이 되어 있었다.

누워 있는 미기와도 베개 위에서 아주 약간 머리를 움직이며 "후, 후" 하고 숨소리를 냈다. 이 역시 웃는 것처럼 들렸다.

로쿠로베에는 기쁜 듯이 말했다.

"게다가 산페이타 님이 숨을 쉬셨구나."

"저, 저기……."

저도 모르게 눈치를 살피던 다이키치는 오싹한 기분을 느꼈다. 그리고 무서웠다.

미기와가 움켜쥐고 있던 물건은 겉으로 보기에는 완전히 조약돌이었다. 하지만 그렇게 잘라 말하지 못하고 '조약돌 같은 것'이라고 계속 말했던 이유는, 표면의 느낌과 색깔이 아무래도 조약돌답지 않았기 때문이다.

새알처럼 드문드문 무늬가 있다. 얕게 금이 간 곳도 보인다. 거북의 등딱지와 비슷한 것 같기도 하다. 정체를 알 수가 없다. 더구나 미끈거리며 움직이고 숨을 쉬었다.

"저는, 저기, 주인님을 부르러 다녀오겠습니다."

도망치듯이 일어서려고 하자 로쿠로베에는 얼굴을 가까이 하더니,

"사환 아이야, 나이가 몇 살이냐?"

하고 물으며 다이키치의 대답을 잘 들을 수 있도록 자신의 오른쪽 귀에 손을 대었다.

"열한 살입니다."

다이키치의 대답을 듣더니 이번에야말로 로쿠로베에는 분명히 얼굴에 희색을 띠며 또 물었다. "키는 얼마 정도 되느냐? 4척 5촌은 아직 안 되냐?"

재 본 적은 없지만 다이키치는 몸집이 작다. 4척 5촌이 되려면

멀었다.

"안 될 것 같은데요……."

왜 키를 묻는 걸까? 다이키치는 엉거주춤하니 도망치려는 자세다. 하지만 얼마쯤 호기심도 든다.

"그래? 하지만 너는 건강한 사내아이로구나."

그렇게 말하며 로쿠로베에는 가볍게 눈을 감았다. 다이키치에게는 아무 소리도 들리지 않지만 무언가──누군가의 말에 귀를 기울이고 있는 모습이다.

미기와도 "로, 로" 하고 목소리를 낸다. 로쿠로베에를 부르는 것이리라. 하지만 할아버지는 대답하지 않는다. 그대로 꼼짝도 않고 있다.

다이키치는 뭐가 뭔지 알 수 없어서 가슴이 두근거리고 숨이 막히기 시작했다.

그때 로쿠로베에가 눈을 떴다. 이쪽을 본다.

"미안하구나, 얘야. 이름을 가르쳐 주겠느냐."

"다, 다이키치."

"그럼 다이키치 씨."

로쿠로베에는 늙고 야위고 뼈가 불거진 몸을 어색하게 움직여 마룻바닥에 이마가 닿을 정도로 깊이 절을 했다.

"결코 무서운 일은 없을 테니, 미기와를 위해서 다시 한번 그…… 조약돌, 산페이타 님을 주워 들어 오른손에 쥐고 왼손을 미기와의 이마에 대어 주시지 않겠소?"

멋쟁이 등딱지 • 229

로쿠로베에의 목소리는 퍼석퍼석하고 알아듣기 어렵지만 말투는 부드럽고 정중했다.

"우, 우."

미기와가 머리를 움직이고 있다. 무언가 호소하고 있다.

"괜찮다, 미기와." 로쿠로베에가 말했다. "이건 내가 한 생각이 아니야. 지금 마음에 전해져 온 산페이타 님의 분부다."

그러자 미기와는 얌전해졌다. 입매가 가볍게 시옷자가 되었지만 눈은 감아 버렸다.

"다이키치 씨, 미안하지만 해 주지 않겠소?"

싫다고 말해도 통할 것 같지 않다. 다이키치는 느릿느릿 몸을 움직여, 뱀의 알이라도 쥐는 듯한 손놀림으로 조약돌 같은 것을 주워서 손바닥에 감쌌다. 그리고 왼손을 미기와의 이마에 대었다. 싸늘하고 싱그러움을 잃고 종이처럼 된 이마의 감촉에, 미기와는 실로 죽음 직전에 있다고 생각했다.

하지만——.

움켜쥔 오른손에서부터 다이키치의 몸을 통해 미기와 안으로 무언가 따뜻한 기운이 흘러간다.

똑똑히 느낄 수 있었다. 아직 몇 번 경험하지 못했지만 목욕탕에서 등에 누가 더운물을 끼얹어 주었을 때처럼 따뜻한 무언가가 자신의 몸을 통해 흘러가는 느낌이었다.

그 따뜻한 무언가는 왼손의 손가락으로 흘러나가 미기와의 이마로 빨려들어 간다.

아까 만졌을 때는 종이 같았던 이마가 곧 온기를 띠기 시작했다. 감촉이 종이에서 피부로 바뀌어 갔다.

미기와의 눈꺼풀이 움직인다. 로쿠로베에가 품에서 너덜너덜한 수건을 끄집어내어 미기와의 눈을 닦아 주었다. 그러자 눈이 제대로 떠지게 되었다. 계속 자고 있었기 때문에 눈곱이 달라붙어 뜰 수 없었던 모양이다.

"미, 미기와 씨."

다이키치는 몸을 움찔하다가 그 바람에 오른손이 느슨해져 조약돌 같은 것이 손가락 안에서 움직이고 말았다. 그러자 따뜻한 기운의 흐름도 끊겼다.

"로, 로."

미기와는 속삭이는 듯한 목소리를 내며 로쿠로베에 쪽으로 손을 뻗었다. 로쿠로베에는 미기와의 해골 같은 몸을 안아 일으켜 침상 위에 앉을 수 있도록 받쳐 주었다.

"……로쿠 할아버지."

미기와의 눈이 젖고 눈물 한 줄기가 바싹 야윈 뺨 위를 미끄러져 간다.

"산페이타 님은 아직 힘이 남아 있었어요. 그런데 제가…… 아깝게."

"너와 이 가게 사람들에게 도움이 되어서 산페이타 님은 만족하고 계신다."

두 사람의 대화를 알아들을 수 없었던 다이키치는 입을 딱 벌리고 있을 뿐이었다. 그때 주인어른과 안주인이 함께 들어왔다. 둘 다 안색이 약간 창백하다.

"미기와, 깨어났구나, 다행이야."

안주인은 그렇게 말하며 무언가 치밀어 오르는지 입가를 손가락으로 눌렀다. 혼란스럽고 영문을 알 수 없고 적잖은 두려움이 남아 있는 와중에도 미기와를 위해서는 '다행이다'라고 말할 수 있다는 점이 안주인다웠다.

"아아, 이거, 이거."

로쿠로베에가 당황한 기색으로 자세를 바로 하고는 긴마키의 주인 부부를 향해 머리를 숙였다.

"죄송한 일뿐이로군요. 제 쪽에서 경위를 자세히 말씀드리고 미기와를 위해서 해명을 해 주고 싶은데 시간을 내어주실 수 있으실지요."

로쿠로베에의 말에 겹치듯이 다이키치는 저도 모르게 "아!" 하고 소리를 질렀다. 물론 로쿠로베에를 가로막으려고 한 것은 아니다. 아직도 오른손 안에 있던 조약돌 같은 것, 아라무라 마을의 두 사람이 '산페이타 님'이라고 부르는 것이 갑자기 온기를 잃고 탁 소리를 냈기 때문이다.

다이키치는 손바닥을 펴 보았다. 마치 숯이 부서지듯 맥없이, 산페이타 님은 둘로 쪼개져 있었다. 그리고 다이키치의 손바닥에서 굴러떨어졌다.

미기와가 손을 뻗어 주워 들려고 했다. 그러나 누워만 있고 먹지도 마시지도 않던 몸으로는 무리였다. 금세 침상 위로 쓰러지더니 울기 시작했다.

"저, 저, 때문에…… 산페이타 님의 힘을, 다 써 버렸어요."

로쿠로베에는 미기와의 등에 손을 얹고는 부드럽게 문질러 주었다.

"산페이타 님은 이제 안 계신다. 남겨진 부적에 담겨 있던 힘도 언젠가는 다하게 되어 있었어. 너는 이제부터, 마지막의 마지막에 구해 주신 목숨을 소중히 여기면 되는 게야."

긴마키의 주인 부부와 다이키치는 여전히 소외되어 있다. 다이키치는 소중한 산페이타 님을 자신이 부숴 버린 듯한 기분이 들어서 괴로워졌다.

"저희가 산페이타 님이라고 부르는 이 부적은 미기와가 여덟 살 때이니 대략 6년 전, 아라무라 마을을 큰 재난에서 지켜 주신 저희의 터주님이 남긴 터주님 몸의 일부입니다."

역시 조약돌이 아니라 살아 있는 것이었나.

아직도 계속 울고 있는 미기와를 안주인이 거들어 눕혀 주었다. 주인어른이 품에서 회지懷紙를 꺼내어 부적을 주워서 감싼다.

"저희는 미기와가 그런 중요한 것을 쥐고 있는 줄 몰랐습니다. 다만 보름쯤 전에 몹시 이상한 일이 있었고 저희는 모두 미기와가 펼친 이상한 재주 덕분에 목숨을 구했습니다."

난간의 장식 조각 용이 미기와의 인도에 따라 움직여 대량의 물을 토해 내서 미쳐 날뛰는 잔게쓰의 주인을 떠내려보냈다.

"정신을 차리자 용은 원래의 조각으로 돌아가고 저희는 아무도 물에 젖어 있지 않았지요. 소매 끝조차 젖지 않았어요."

그래서 모두 몽환夢幻일 거라고 생각했다. 물론 큰 소리로 이야기를 나누지도 않고 바깥에 흘리는 일도 삼가 왔다.

"그렇군요, 그것은 분명 몽환에 가깝기는 하지만." 로쿠로베에는 말했다. "이 세상의 사람에게도 물건에도 작용할 수 있는, 산페이타 님의 힘입니다."

움켜쥔 부적에서 그 힘을 얻어 미기와가 용의 환상을 조종했다는 이야기였다.

"산페이타 님은 물에 사는 터주님이기 때문에 물과 인연이 있는 것은 무엇이든 생각대로 조종할 수 있었습니다."

로쿠로베에의 눈에 눈물이 고인다.

"참으로 감사한, 저희의 터주님이었어요. 마지막으로 미기와에게 수명을 주시고 이번에야말로…… 사라져 버리셨습니다."

긴마키의 주인은 회지에 싼 부적——산페이타 님 몸의 일부에 공손하게 배례하고, 안주인을 향해 온화한 목소리로 말했다.

"로쿠로베에 씨, 아라무라 마을의 사람들과 산페이타 님에 대해서 저희에게 이야기해 주시겠습니까."

이곳에서 함께 불가사의한 힘을 목격한 것도 일종의 인연이다.

"저 같은 노인의 서툰 이야기라도 괜찮으시다면 얼마든지."

고개를 끄덕이는 로쿠로베에의 야윈 옆얼굴을 올려다보며, 그 이야기의 한 마디 한 구절도 놓치지 않으려고 다이키치는 숨을 죽였다.

    가와카즈군郡은 조슈의 서쪽 한 모퉁이, 완만한 산들로 둘러싸인 고지高地다. 산 위에서 내려다보면 열엿샛날 밤의 달 모양으로 보이는 좁은 분지다. 산들의 은총인 샘물이 풍부하게 모이는 탓에 먼 옛날에는 호수와 습지였던 모양이다. 그러다가 전국 시대 무렵 이 부근을 영지로 삼고 있던 향사鄕士 일족이 일손을 모아 산에 굴을 뚫고 공사에서 나온 암석과 흙으로 습지대를 메워 농지로 개량해 나갔다.

    하루아침에 되는 개량이 아니다. 도쿠가와 가에 의해 천하가 통일되고 이 땅을 다스리는 영주 가문이 새로 정해진 뒤에도 노력이 이어져, 2대 쇼군 히데타다의 치세가 시작될 즈음에야 겨우 새 논이 개간되었다. 흘린 땀이 보답을 받았다.

    이후로 가와카즈군은 조슈에서 손꼽히는 안정적인 쌀 산지가 되고 큰 재해나 정변에 휘말리는 일도 없이 온화한 세월을 쌓아 왔다. 그러나 겐로쿠元禄 히가시야마 일왕 때의 연호. 1688년~1704년가 되기 직전에 이 작은 분지에서 무서운 참사가 일어났다. 그 중심지가 아라무라 마을이었다.

    스스로 '송장당'이라고 칭하는 도적 무리가 마을을 습격하고 약탈한 것이다.

    에도라는 큰 도시에 너무 가깝지도 멀지도 않은 외연에 위치하기 때문에 조슈, 야슈 부근에는 원래 도적이나 노름꾼, 깡패 들이 많이 모였다. 농촌 지방에서 튕겨 나온 자들과 도시에서 먹고살기 어려워 나쁜 길로 굴러떨어진 자들이 교차한다. 에도와 그 주변 사이를 오감으로써 어느 쪽 관리의 눈도 피하기 쉽다. 산을 넘을 때 짐승들이 다니는 길을 통하면 관문을 거치지 않아도 된다——는 등의 몇 가지 이유를 생각할 수 있다.

송장당이라는 이름의 도적 일당도 처음에는 교군꾼(못된 가마꾼)이나, 역참마을에서 여행자의 지갑을 슬쩍하는 도둑 들이 노름판과 술집을 전전하다가 어울려 동료가 되었다는 정도의 결속이 약한 집단이었는데, 두목이 된 남자의 수완 때문에 숙달된 도적 일당이 되어 갔다. 게다가 떠돌이 예인藝人 극단에서 천리안을 자처하며 점쟁이 흉내를 내던 귀안 법사鬼眼法師라 불리는 사내가 가세하여 판을 바꿔놓았다.

귀안 법사는 당시 이십대 초로, 법사를 자칭하는 만큼 떠돌이 승려 같은 옷차림을 하고 있었으나, 얼굴은 가부키 배우처럼 미남에 목소리도 좋고 말투도 다정하여 특히 여자 손님들에게 인기가 많았다고 한다.

거북 등딱지나 향목을 태워서 갈라짐이나 그을린 자국의 상태를 보고 길흉을 읽어내는 방법으로 특히 혼담의 성패를 점치는 특기가 있었다.

그러다가 결과가 '부否'인 경우 손님의 희망에 따라 기도를 해주어 혼담을 성취시킨다는 대담한 재주——어차피 사술詐術이 뻔하지만——도 부리게 되었다.

혼담이 이루어졌을 때는 거액의 기도비를 받고 이루어지지 않았을 때는 한 푼도 필요없습니다, 라는 깔끔함이 무기다. 막 점친 혼담의 결과가 확실해질 때까지 시간은 충분하다. 말만 하고 떠돌이 예인 극단과 함께 다른 장소로 이동해 버리면 그만이니까.

혼담 점괘가 인기를 얻자 기분이 좋아진 귀안 법사는 아기의 성별을 판별하는 점도 치기 시작했다. 이 또한 남녀를 판별한 후, 성별을 바꾸고 싶은 경우에는 기도를 해 주고 큰돈을 받는다. 아기는 열 달 열흘이 지나지 않으면 태어나지 않으니, 마찬가지로 결과가 나오기 전에 재빨리 엉덩이에 돛을 달고 도망치는 상투적인 수단이었다.

혼담이든 아기의 성별이든 점이나 기도에 매달리는 쪽은 필사적이다. 그런 절실함을 이용해 돈을 뜯어내는 사람은 어딘가에서 반드시 호된 보복을 당하는 법이다.

귀안 법사도 마찬가지여서 아기의 성별을 점쳐 닥치는 대로 돈을 벌기 시작한 지 1년 반쯤 지났을 무렵, 닛코 가도의 어느 역참에서 화난 손님 무리에게 둘러싸여 두들겨 맞고 멍석말이를 당해 강에 던져질 뻔한 적이 있었다. 이때 지나가던 할아버지 행상인이 그를 구해 주었다.

할아버지 행상인은 사기꾼인 귀안 법사를 위해 돈을 물어주며 화난 손님들을 달래고, 그 후 죽어 가는 귀안 법사를 여관으로 싣고 가 회복할 때까지 돌봐 주었다고 하니 훌륭한 사람이었다. 할아버지가 파는 물건이 타박상, 골절, 화상이며 칼에 베인 상처에도 잘 듣는 고약이었다는 점도, 이야기가 지나치게 완벽하다.

그러나 할아버지 행상인은 귀안 법사를 그냥 도와준 게 아니었다. 발굴한 것이다. 행상인의 정체는 조슈에서 보수房州 현재의 지바 현 남부를 가리키는 옛 지명,에도 시중까지 두루 돌아다니는 도적 일당의 뛰어난 정찰 담당으로, 그런 악당에게 귀안 법사는 발굴대상이었다. 단정한 얼굴, 하나부터 열까지 엉터리 거짓말이라고 해도 청산유수 같은 언변과 잘 울리는 목소리, 슬슬 손을 씻고 은퇴를 생각하고 있던 할아버지 행상인은 그에게 홀딱 반했다.

──이 녀석은 가르치면 일류가 되겠다.

이런 기대를 받게 된 귀안 법사는 사기꾼 점쟁이에서, 외모와 능력을 한껏 활용해 순진한 사냥감들 사이로 파고든 다음 도둑들을 안내하는 정찰 담당으로 직업을 바꾸었다.

살인이나 폭력으로 타인의 목숨을 빼앗는 자와 속임수나 사기로 타인을 먹잇감으로 삼는 자는, 뿌리 부분은 비슷비슷한 악이라 해도 겉모습은 전혀 다르다. 타인을 먹잇감으로 삼는 악당은 우선 사냥감인 타인에게 호감을 사지 않으면 목덜미를 물어뜯을 수 없기 때문에 한결같이 사람이 좋고 외모가 뛰어나며 친절하거나 익살스럽기 마련이다.

귀안 법사는 이 점에서 실로 타고난 인재였다.

숙련된 선배의 가르침을 받아, 귀안 법사는 순식간에 우수한 정찰 담당이 되었다. 뿐만 아니라 도적 일당 사이에서도 인기가 있었다. 특히 일당의 두목에게는 아들처럼 귀여움을 받고 소중히 여겨지며 신뢰를 얻었다.

　귀안 법사가 정찰 담당으로 가세하고 나서 일당이 완전히 궤멸할 때까지 6년 하고도 석 달 동안, 나중에 조사된 내역만 해도 16건의 도둑질과 강도질이 이루어졌다. 처음에는 소규모 도둑질로 아무도 다치지 않거나 또는 누구에게도 들키지 않은 범행이었지만 점차 상대가 커지고 수법도 거칠어져 갔다. 여덟 번째 건에서 처음으로 살인이 일어났고, 열 번째 건부터는 매번 당연하다는 듯이 몇 명의 사망자를 냈다. 여자를 납치해 데리고 다니다가 질리면 죽이거나 팔아넘기는 악귀 같은 짓이 시작되는 시점도, 첫 번째 살인이 있고 나서의 일이다. 분기점이었던 여덟 번째 사건 때 무슨 일이 있었는지 알아보니, 노쇠하여 죽은 두목으로부터 귀안 법사가 조직을 물려받았다.

　친절해 보일 뿐만 아니라 호감을 사는 외모의 사기꾼은 기세가 붙으면 단순히 난폭하기만 한 도적보다도 더 무서운 괴물이 된다——는, 몸이 얼어붙을 듯한 교훈을 얻을 수 있는 대목이다.

　"기분 좋은 이야기는 아니니까 여기는 짧게 줄이기로 할까요?"
　청자로서 (그럭저럭이기는 하지만) 익숙해져 가고 있는 도미지로는 아직 기분이 나빠지지 않았지만, 쓰메키치는 눈 주위가 하얘지고 관자놀이 부근이 식은땀으로 젖어 있었다.
　불쌍해져서, 도미지로는 거들어 주기로 했다.

"그럼 내 쪽에서 몇 가지 물어도 되겠니? 우선 그 송장당이라는 건 꽤나 불길한 이름인데 유래가 있는 걸까?"

흑백의 방 안에 도미지로의 목소리가 울리자 분위기가 바뀌었다. 야무져 보이는 쓰메키치의 뺨이 부드럽게 느슨해졌다.

"귀안 법사를 귀여워하던 두목이 붙여 준 이름이라고 했어요."

송장은 글자 그대로 사람의 유해를 말한다. 즉, 우리 일당은 송장의 모임이라고 칭한 것이다.

"이미 죽은 사람이니 두 번 다시 죽지 않는다고요."

"불사신이라는 뜻이구나."

야생원숭이 같은 도적의 두목이 하는 말치고는 재치가 있다. 도미지로는 코끝으로 흥 하고 숨을 내쉬었다.

"그 두목이 자기가 마음먹은 대로 되지 않고 죽어 버리는 바람에 귀안 법사가 뒤를 물려받고——."

"다음 두목의 자리에 앉았으니 그냥 '귀안'이 아니라 '귀안 두목'으로 불렸다고 합니다. 아직 서른 정도의 나이였을 텐데 말이지요."

젊은 나이에 두목이 되어 더욱 신이 났을까.

"……그래서 겐로쿠 시대가 시작되기 직전, 도둑질뿐만 아니라 살인이나 유괴까지 저지르게 된 송장당이 귀안을 두목으로 앉히고 아라무라 마을을 습격했다고?"

"가을 추수가 막 끝났을 무렵이었다는군요."

"쌀을 노렸군."

"예. 번의 간평쌀 수확 전에 막부 또는 영주가 관리를 파견하여 풍흉을 검사하고 연공을 정하는 것 관리가 와서 연공을 가져가 버리기 전에, 마을 창고에 쌓여 있는 쌀을 모조리 가져가려는 계획 같았어요. 전 두목이 있었을 때는 농가의 작물을 노리는 산적 같은 짓은 한 번도 한 적이 없었다고 하니 귀안의 지시였겠지요."

떠돌이 예인의 극단에 있으면서 전국을 돌아다닌 경험이 있는 악당이다. 농촌에도 보물은 있다. 팔아넘길 연줄만 있으면 쌀이나 작물은 돈이 된다. 에도와 달리 산간의 마을은 관리도 금방 달려올 수 없기 때문에 얼마든지 마음대로 할 수 있다——는 생각을 해내도 이상하지는 않다.

도미지로는 목소리를 낮추어 물었다.

"일당이 아라무라 마을을 덮쳤을 때 상당히 무도한 짓을 했겠지."

대답하기 전에 쓰메키치는 손가락으로 관자놀이 부근을 닦았다. 속눈썹이 떨리고 있다.

"칼이나 활, 총까지 들고 대략 열네다섯 명이 한밤중에 말을 달려 덮쳐 왔는데, 처음에는 불화살을 쏘다가."

억새지붕이나 판자문에 꽂힌 불화살에서 불이 번지고, 놀란 마을 사람들이 밖으로 나왔을 때 총과 화살을 퍼붓는다.

"촌장을 붙잡아 겁에 질린 마을 사람들을 시켜서 쌀이나 작물을 실어내게 하고."

일당 중 몇 명이 집집마다 돌며 돈이 될 만한 물건을 찾고 여자들을 끌어내어 밧줄로 줄줄이 엮는다.

"듣기만 해도 구역질이 나는 짓이로군."

도미지로는 얼굴을 찌푸렸다.

"하지만 악귀 같은 짓을 저지르는 일당 사이에 몹시 이상한 분위기가 있었다고 합니다."

쓰메키치가 목소리를 가다듬고 말을 잇는다.

"일당 중 네다섯 명이 병에 걸렸는지, 제정신을 잃었는지, 어쨌거나 망자 같은 행동을 하고 있었는데."

눈이 공허하고 발걸음이 비틀거린다. 몸 전체가 부들부들 떨리고 하얀 거품을 뿜거나 침을 흘리거나 개중에는 제대로 걷지 못해 네 발로 엎드린 자도 있었다.

"놈들이 타고 온 말도 어디에선가 훔친 터라 일당을 잘 따르는 편은 아니었지만, 그냥 따르지 않는 정도가 아니라 상태가 이상한 자들을 두려워하며 계속해서 울고 발길질을 했대요."

가장 이상한 일은, 습격을 하고 한창 사냥감을 찾다가 일당 중 한 명이 마을의 용수통을 때려 부쉈을 때 일어났다.

"망자 같은 네다섯 명이 일제히 비명을 지르며 도망치기 시작했습니다."

용수통에서 흘러나온 대량의 물을 싫어하는 기색이었다.

"끄아아악 하고 고함을 치거나 다리가 풀린 것처럼 쓰러지더니……."

그때 마을 사람들은 처음으로 눈치챘다. 두목인 귀안도 물을

싫어한다. 망자 같은 네다섯 명만큼 눈에 띄게 이상한 기색은 없었지만,

"물보라를 본 순간 귀안이 도깨비의 습격이라도 받은 양 비명을 지르고 도망치며 거품을 뿜기 시작했대요."

쓰메키치는 또 식은땀을 흘렸지만, 도미지로는 등을 타고 올라오는 차가운 전율에 숨을 죽였다.

그 증상들, 특히 물을 무서워하여 소란을 피운다면 틀림없다.

"귀안을 포함한 도적들은 공수병에 걸려 있었던 게로구나?"

공수병이란 주로 개가 걸리는 무서운 병으로, 사람도 이 병에 걸린 개에게 물려 상처를 입으면 감염된다. 초반에는 입이 굳어져 음식을 삼키기 어려워진다. 그리고 공수병恐水病이라는 이름대로 물을 무서워하고 싫어하며 멀리하게 된다. 한 모금도 마실 수 없으니 갈증으로 점점 몸이 약해져 간다.

침을 흘리고 거품을 뿜고 기어다니고 몹시 굶주려 흉포해지고 제정신을 잃어 간다. 개가 사냥감을 물어뜯듯이, 공수병에 걸린 사람 또한 닥치는 대로 주위에 있는 생물을 물어뜯으려 한다. 그리고 오래 버텨 봐야 열흘 정도면 죽고 만다.

고칠 방법은 없다. 약도 없다. 어떻게 할 수도 없으니 보통은 주위 사람들을 해치지 않도록, 가엾지만 가두거나 묶어 두는 수밖에 방법이 없었다.

"그날 밤의 귀안 일행은 그냥 흉포한 도적 이상으로 위험한, 공수병에 걸린 자가 포함되어 있는 일당이었던 건가?"

도미지로의 말에 쓰메키치가 고개를 끄덕인다. 이야기하면서 무서워졌는지 고개를 숙이며 코를 훌쩍였다.

"공수병은 여름에 많다고 하지만 들개가 어슬렁거리는 지방에서는 1년 내내 조심해야 하지."

사람의 눈에 띄기 쉬운 가도변이나 잘 다져진 산길을 피해, 깊은 숲으로 들어가 짐승이 다니는 길을 더듬어 가는 일이 많을 도적 일당이라면 더더욱 그렇다.

"아라무라 마을의 사람들도 도적들이 공수병을 앓고 있다는 사실을 눈치채고 나서는 더욱 아비규환이 되었습니다."

살인을 아무렇지도 않게 생각하는 짐승 같은 도적과, 공수병으로 이성을 잃고 자신이 도적인 줄도 모르게 된 놈들. 양쪽 다 똑같은 공포의 원천이지만 아무리 재물을 내밀고 목숨을 구걸해도 이야기가 통하지 않는다는 점에서는 후자가 더 무섭다.

"앞뒤를 잊고 필사적으로 도망쳐 다니는 마을 사람들을 총탄과 화살과 끌 사람도 수단도 없는 채로 퍼져 가는 불길이 쫓아왔습니다."

열엿샛날 밤의 달 모양을 본뜬 듯한 분지의 깊은 가을밤. 현세의 모든 것이 조용히 잠들어 있는 가운데, 이곳에만 땅 밑에서 지옥이 떠오른 듯 무참하기 짝이 없는 광경이 펼쳐졌다——.

쓰메키치가 작은 목소리로 말했다. "도적들이 공수병에 걸린 동료를 데리고 다닌 것은 다른 의미로 제정신이라고는 생각되지 않아요."

무지 때문이든 악당 나름의 동료에 대한 정이든 위험하기 그지없는 일이다.

"나는 책에서 읽은 지식밖에 없지만." 도미지로는 말했다. "공수병은 걸려도 당장 증상이 나타나는 건 아닌 모양이야. 귀안의 도적단은 십여 명이나 되었고 병의 진행에 각자 차이가 있어도 이상하지 않지."

습격의 날 밤에는 증상이 눈에 띄지 않았거나 또는 증상이 나타나지 않았을 뿐이고, 전원이 공수병에 걸렸을 가능성도 있다. 실제로 귀안 본인도 흐르는 물을 가까이에서 볼 때까지는 이상한 기색이 없었으니.

도적 일당은 전원이 무서운 습격자임과 동시에 무서운 병의 전파자이기도 했다.

"결국 새벽까지 아라무라 마을의 칠 할 정도 되는 마을 사람들이 쓰러졌고……."

귀안 일당은 쌀과 작물을 훔치고 여자들도 유괴해서 도망쳤다. 다만 아라무라 마을의 불탄 자리에는 놈들의 손에 당한 마을 사람들의 시체에 섞여 도적의 시체도 있었다.

"마을 사람들의 필사적인 반격에 당한 것은 아니었어요. 공수병으로 이성을 잃은 상태에서 화재에 휩싸이거나 무너지는 건물에 깔리거나 했겠지요."

그 시체의 수를 빼면 도망친 귀안의 일당──얄궂게도 진짜 송장당이 되어 버린 불길한 도적단은 여덟 명밖에 남지 않았음을 알 수 있었다.

"귀안도 살아남았겠지."

"시체는 없었다고 합니다."

물을 무서워하는 증상이 분명하게 나타나기는 했지만 목숨은 건진 상태로 살아남은 일당을 이끌고 아침놀 저편으로 도망쳤다.

"조용한 가을밤 일어난 습격과 화재였으니 근처 마을에서 심상치 않은 소리와 연기 냄새, 불길을 눈치채고."

날이 밝자 곧 여기저기에서 남자들이 모여들었다. 아라무라 마을의 참상을 목격하고, 처음에는 아직 숨이 붙어 있는 부상자들을 도와주려고 했다. 그러나,

"일당의 공수병 이야기가 귀에 들어가니 분위기가 달라지고 말았습니다."

공수병이 들개에게 물림으로써 옮는다는 사실은 산속 마을 사람들도 알지만 자세한 지식은 부족하다. 애초에 '어떻게 하면 옮지 않는가' 하는 지혜는 없는 이들에게 옮는 돌림병은 곧 더러움과 마찬가지다. 더러움에는 가까이 가지 않는 게 상책이다. 그것이 도적 일당의 시체든, 놈들의 습격을 받아 심한 상처를 입고 죽어 가는 아라무라 마을의 사람들이든.

그 필사적인 이치를 머리로는 이해한다. 그래도 도미지로는 소름이 끼쳤다.

"그럼 아라무라 마을의 다친 사람들은……."

"거의 치료를 받지도 못한 채 방치되었다고 합니다."

그날 오후 늦게나 되어서야 가와카즈군의 농촌을 다스리는 나누시와, 나누시가 사는 마을에 둔소屯所를 두고 있는 야마부교山奉行 산림에 관한 여러 일들을 관리, 감독하는 관청 수하의 관리들이 달려왔다.

"야마부교님의 명령으로 나누시의 지휘하에 모여든 근처 마을 남자들 손에 아라무라 마을은 묻혀 버렸습니다."

쓰메키치의 표현이 이상하다. "아라무라 마을 사람들의 시체가 묻혔다는 거지?"

쓰메키치의 표정이 시든다. 입매가 시옷자가 된다. "아니요. 큰 나리는 말씀하셨어요. 아라무라 마을째로, 완전히 묻혀 버렸다고."

불탄 아라무라 마을의 집이며 오두막이며 창고며 용수통이며 우물이며, 생활의 흔적 전체가 시체와 함께 가와카즈군의 땅 밑에 묻혀 버렸다고 한다.

도미지로는 기가 막혀서 당장은 목소리가 나오지 않았다.

"……원래 습지라서."

토양이 부드럽다. 그것이 이런 때에 '편리'하게 작용했을까.

얼어붙은 듯 앉아 있는 도미지로의 얼굴을 훔쳐보며 쓰메키치가 울상이 되었다.

"죄송합니다. 불길한 이야기지요."

떨리는 목소리가 귀를 때려 도미지로는 정신이 번쩍 들었다.

"아니, 괜찮다. 별난 괴담 자리에서는 어떤 불길한 이야기도 듣고 버릴 테니 네가 머리를 숙일 필요는 없어. 오히려 내가 더 미안하구나. 대놓고 싫은 얼굴을 해 버려서."

청자로서 수양이 부족해!

"그래서 아라무라 마을이 없어져 버린 건가?"

이 물음에는 쓰메키치가 고개를 가로저었다.

"아니요. 이것도 나누시 님의 지휘였는데 3리쯤 동쪽으로 장소를 옮겨서 새로 마을을 열고 다시 아라무라 마을이라는 이름을 붙였다고 합니다."

참사가 있었던 마을의 이름을 물려받고, 목숨을 잃은 옛 마을 사람들의 제사도 물려받는다. 옛 아라무라 마을에서 모시던 지장보살님도, 지장당째로 새 아라무라 마을에 재건했다고 한다.

"그 얘기를 들으니까 마음이 조금 편해지는구나."

너무나도 무서워서 실수로 열어 버린 지옥 가마솥의 뚜껑을 봉인하듯이 파묻어 버렸지만, 결코 그것을 끝으로 얼굴을 돌리지는 않았다. 가와카즈군 사람들은 비운의 아라무라 마을을 제대로 추모했다.

"그리고 도망친 귀안 일당 말인데요."

그렇다, 그쪽이 중요하다!

"어쨌든 공수병을 짊어지고 있는 셈이라 몸이 가벼울 때처럼 쉽게 도망칠 수 있을 리도 없어서……."

아라무라 마을 습격으로부터 겨우 닷새 후에 이웃 번과의 경계에 있는 역참마을에서, 끌려간 아라무라 마을 여자들이 도망친 탓에 나머지 일당 여덟 명 전원이 붙잡혔다.

"그 무렵에는 귀안도 공수병 증상이 완전히 드러나 있었다고 합니다."

붙잡혔어도 이미 문초를 견딜 수 있는 용태가 아니어서 금세 죽고 말았다고 한다.

"부하들도, 도적단으로서 결속하여 두목을 지키네 마네 할 때가 아니었겠지."

납치된 여자들 중 일부는 공수병에 감염돼 있었다. 감염되었든 아니든 가까스로 목숨을 부지하고 있음에는 변함이 없었지만.

"무사했던 여자들도 꽤 오랫동안 야마부교님의 둔소에 붙잡혀 있었고, 간신히 풀려나서도 고향에는 돌아가지 못했습니다."

옛 아라무라 마을을 아는 사람은 가와카즈군에서 사라졌다.

"귀안 일당의 잔당도 똑같이 둔소의 옥에 갇혀 있는 동안 공수병으로 죽거나 병을 피한 자는 참수에 처해졌어요."

놈들도 이 세상에서 사라졌다.

"귀안과 부하 일당의 시체는 공수병의 더러움을 없애기 위해서 불에 태워졌습니다."

남은 재와 뼈는 옛 아라무라 마을이 통째로 묻힌 곳으로 옮겨 똑같이 파묻었다.

"두 번 다시 논으로 경작해서는 안 되는 곳이라는 표식으로 흙을 높이 쌓아 두었다고 하는데."

누가 이름을 붙이지도 않았건만 '귀안의 무덤'이라고 불리게 된 이 이정표는 '비가 내리면 시끄럽게 소리를 지른다'거나, '어디든

굴을 파는 두더지가 이곳만은 결코 가까이 오지 않는다'거나, '지렁이도 없고 나비가 춤추는 일도 없다'며 사람들이 두려워하고 기피하는 장소가 되었다.

쳐다보기 괴로울 정도의 참사가 일어나고, 올바른 재판도 희생된 사람의 구제도 이루어지지 못했지만 어쨌거나 악의 원천은 끊겼다.

"새로운 아라무라 마을도 좋은 쌀이 나는 풍요로운 마을이 되었습니다."

욕심 많고 흉포한 도적단에 공수병이 더해짐으로써 터무니없는 악이 출현하고 말았다. 하지만 악은 사라졌다. 끝난 일이다. 괴로운 기억도 점점 엷어져 간다.

"미기와의 가족과 먼 친척인 로쿠로베에 씨가 살았던 곳도 새로운 아라무라 마을 쪽이었습니다."

그렇다. 이 이야기는 찌르레기 소녀와 할아버지의 신상에 관한 내용에서 시작되었다.

도미지로는 쓴웃음을 지었다. "너무 무서운 일이 있어서 그걸 잊을 뻔했네."

쓰메키치도 지친 듯한 눈을 하고 후우 숨을 내쉬었다. "제가 큰나리한테 이 이야기를 들었을 때는 이틀에 나누어서 들었는데요."

첫째 날 밤에는 잠을 잘 수가 없어서 이틀째에 부은 눈으로 큰나리 앞에 나갔더니 사과를 듣고 말았다나.

"큰나리는 다정한 분이었구나."

만주와 호지차를 입안 가득 집어넣고 기운을 차리는 쓰메키치를 바라보며 도미지로도 기력을 가다듬었다.

한 마을이 믿기 어려운 재앙을 당해 통째로 위험 속에 내던져진다는 이야기라면 전에도 들은 적이 있다. 하지만 어린아이의 목소리로 들으니 전과 달리 두려움이 각별하다.

만주가 효과가 있었는지 회복한 쓰메키치가 단정하게 앉아서 이야기를 이어 갔다.

"아무리 무서운 일이라도 오랜 세월이 흐르면 그곳에서 사는 사람들 사이에서도 무서운 색깔은 옅어지게 되지요."

그래서 미기와도 그 형제들도 옛 아라무라 마을을 둘러싼 공포스러운 옛날이야기에 고통받는 일 없이 가와카즈군의 풍부한 물과 푸른 하늘과 부드러운 능선을 그리는 산들에 둘러싸여 가난하기는 했지만 구김살 없이 자랐다.

생각지도 못한 바람이 불어와 이미 잊힌 과거의 '무서움'을 흔들어 깨우고, 새로운 아라무라 마을의 생활이 다시 크게 위협받는 때가 오리라고는 꿈에도 생각하지 못한 채.

\*

"오라버니, 로쿠로베에 할아버지한테 갔다 왔어?"

얼굴 앞에 성가시게 흘러내리는 앞머리를 걷으며 미기와는 야이치에게 말을 걸었다.

아라무라 마을의 논밭은 가와카즈군의 지주로서는 두 번째로 큰 도노 가(家)의 땅이다. 미기와네 가족이 살고 있는 소작인 공동주택의 입구에는 도노 가의 문장(紋章)인 '석 장짜리 단풍잎'의 화인(火印)을 찍은 나무판이 걸려 있다.

여름도 끝이 가까워지고 있었다. 어제는 밤부터 갑자기 폭풍이 불어 지나가 공기가 부쩍 차가워지고, 엄청난 바람에 공동주택의 지붕 판자가 날아갈 뻔했다. 다행히 1각(약 두 시간) 정도 만에 지나간 폭풍이었기 때문에 지붕은 무사했지만, 지붕 판자보다 훨씬 가볍고 누름돌이 누르고 있지도 않은 석 장짜리 단풍잎 나무판은 보기 좋게 날아가 두 조각으로 쪼개지고 말았다.

도노 가에 발견되면 지주님에 대한 무례로 간주하여 큰일이 날지도 모른다. 다행히 가와카즈군의 나누시 님도 지주님들도 아라무라 마을 같은 곳에서는 살지 않으니 오늘 안에 수리해서 다시 걸어 두면 괜찮으리라.

그래서 아라무라 마을에서는 가장 몸이 가볍고 손재주가 좋은 야이치가 수선을 맡았다. 다만 야이치가 아무리 재주가 좋아도 깨끗한 단풍잎 화인을 만들려면 도구가 필요하다.

화인을 직업으로 삼았던 적도 있는 로쿠로베에라면 지금도 웬만한 도구를 가지고 있을 테니, 빌려오너라. 아니면 쪼개진 나무판을 들고 로쿠로베에를 찾아가, 수리부터 화인까지 작업해 달라고 해라.

그것이 이 공동주택의 소작인 우두머리이기도 한 아버지의 분부였다.

미기와네 가족은 여섯 명이다. 아버지인 하이치, 어머니 무로, 장남 야이치가 열한 살, 장녀 미기와가 여덟 살, 여동생 미즈호가 다섯 살이고 남동생 후이치가 세 살이다. 로쿠로베에는 친가 쪽의 종조부에 해당한다. 아라무라 마을에 있는 미기와네 친척은 이 종조부뿐이지만 왠지 아버지와는 마음이 맞지 않는지 왕래가 없다. 로쿠로베에는 소작인 공동주택도 싫어하여 혼자서 호숫가의 판잣집에 살고 있다.

하지만 미기와와 아이들은 일일이 '종조부님'이라고 부르기는 귀찮으니 '로쿠로베에 할아버지', '로쿠 할아버지'라고 부르며 따르고 있었다. 젊은 시절에는 역참마을에서 일한 경험이 있고, 목수 일, 땜장이 일을 할 줄 알고, 우마牛馬를 훈련시킬 줄 아는 데다 출산까지 보살핀 경험이 있고, 직접 만든 활로 오리를 쏘아 잡아 맛있는 전골을 만들어 주거나 훈제를 해서 몰래 나누어주거나 하는 로쿠 할아버지를 좋아하지 마라, 동경하지 말라고 해 봐야 무리다.

미즈호와 후이치는 아직 어려서 마음대로 로쿠 할아버지를 찾아갈 수 없다. 야이치와 미기와는 아버지의 눈을 피할 수만 있으면 언제든 만날 수 있다. 오늘은 아버지가 먼저 말을 꺼냈으니 아버지 눈을 피하는 수고조차 필요가 없었다.

그런데도 오라버니는 어째서 꾸물거리고 있을까. 미기와가 장작을 주우러 갈 때는 공동주택의 지붕에 올라가 있었다. 장작을 다 주워서 돌아와 보니 이번에는 곡물창고 위에 올라가 있다.

"어디 망가졌어?"

밑에서 곡물창고의 지붕을 올려다보며 미기와는 큰 소리로 물었다.

야이치는 지붕 위에 엉거주춤하게 서서 마을 동쪽에 있는 숲 쪽을 바라보고 있다. 눈부신 햇빛을 막기 위해 눈 위에 손바닥으로 차양을 만들며.

"응? 오라버니!"

한층 더 큰 소리를 지르자 야이치는 펄쩍 뛰어올랐다. 놀란 모양이다.

"뭐야, 미기와였어?"

"뭐야라니. 로쿠 할아버지 오두막에 갔다 오지 않았어?"

"지금 갈 거야."

야이치는 곡물창고 지붕 위를 폴짝폴짝 건너 끝까지 오더니, 기대어 세워져 있던 막대에 매달려 슬슬 내려왔다. 오라비에게는 사다리 따위 필요 없다. 기가 막힐 정도로 몸이 가볍고 높은 곳을 무서워하지 않기 때문이다.

"왜 그래?"

내려온 오라비는 빈손이었다. 무언가를 줍거나 고친 것 같지는 않다. 미기와는 신경이 쓰였다. 지붕 위에 올라가서 무엇을 보고 있었던 걸까.

"혹시 연기라도 나고 있어?"

그렇다면 큰일이다. 당장 아버지에게 알려야 한다.

"아니, 그게 아니라."

야이치는 손뼉을 짝짝 치더니 목에 두른 지저분한 수건으로 그 김에 한다는 듯 얼굴을 닦았다.

그러다가 미기와의 등에 있는 장작을 보았다.

"뭐야, 혼자서 숲에 다녀왔어? 내가 정리해 둘게."

그렇게 말하며 지게에서 장작을 집어 들려고 한다. 그 몸짓에도 왠지 허둥거리는 듯한 느낌이 있어서 미기와는 더더욱 마음에 걸렸다.

──곰이나 들개라도 발견했나?

야이치는 눈도 귀도, 감도 좋다. 농사꾼이 아니라 사냥꾼의 눈과 귀와 감을 갖고 있다. 할아버지도 아버지도 아니고 로쿠 할아버지에게 물려받은 힘이다.

여름이 끝나 가는 지금 시기에 곰이나 들개가 마을에 가까이 오는 일은 거의 없지만, 절대로 없다는 보장은 없다. 폭풍이 지나간 후이니 산에서 산사태가 일어났다거나, 강 상류 어딘가가 쓰러진 나무로 막혀서 당장이라도 홍수가 일어날 조짐이 보인다거나, 뭔가 불온한 변화가 있으면 짐승들은 사람보다 먼저 알아채고 평소와는 다르게 움직이니까.

"자, 가자."

오라비가 잡아당기는 지게를 따라 소작인 공동주택 쪽으로 되돌아가면서, 미기와는 막연한 불안에 사로잡혀 주위를 둘러보았다. 여름 하늘과 구름, 잡목림과 덤불, 얼굴 주위를 날아다니는 작은 날벌레 떼. 성가셔서 머리를 좌우로 붕붕 흔들자 눈썹 위에서 가지런히 자른 앞머리가 땀이 밴 이마에 달라붙어 더욱 성가셔졌다.

앞머리를 이렇게 자르게 된 건 누구 탓도 아니다. 자신의 잘못이다. 오늘 아침, 화덕 앞에서 잡곡밥을 짓는 냄비의 불을 조절하다가 일순——정말로 숨 한 번 쉴까 말까 하는 정도만 깜박 졸았을 뿐이다. 그러자 머리가 덜컥 떨어지고, 긴 앞머리가 화덕 앞에 늘어뜨려져 불이 확 옮겨붙으며 타올랐다.

당장 두들겨 꺼서 다행히 화상은 입지 않았지만 심장이 입으로 튀어나오는 게 아닐까 싶을 만큼 놀랐다. 그리고 놀람이 가라앉기도 전에, 공동주택 전체에 울려 퍼질 정도로 큰 목소리로 아버지한테 야단을 맞았다. 머리카락이 타면 불쾌한 냄새가 나서 화덕의 신께 실례이기 때문이다.

밤의 폭풍이 무서웠는지, 어젯밤에는 후이치가 계속 칭얼거려서 다들 푹 자지 못했다. 미기와도 평소에는 아침부터 조는 칠칠치 못한 여자아이가 아닌데, 오늘 아침에는 일어났을 때부터 몸이 나른해서 견딜 수가 없었던 것이다.

아아, 빨리 누워서 자고 싶다. 오늘은 배고픔보다도 그쪽이 절실한데. 크게 하품을 하자 아까의 막연한 불안도 함께 사라져 버렸다.

하지만 잠시 후, 이번에는 더 확실한 형태가 있는 불안이 미기와의 귀에 들어왔다.

"──아카네무라는, 서쪽 변경의 마을이지. 여기에서는 산 두 개 너머인가?"

로쿠 할아버지가 거의 백발로 변한 긴 눈썹을 찌푸리며 말했다. 이마에 새겨진 깊은 세 줄의 주름도 움직인다.

"옛날에는 작은 은산銀山이 있었던 마을 아닌가? 이미 바닥까지 다 파내 버려서 은보다 독수毒水가 더 많이 나오게 되어 폐산閉山되었다고 들었네만."

로쿠 할아버지의 말에,

"역시 로쿠로베에 씨는 아는 게 많군요."

눈을 빛내며 고개를 끄덕이는 사람은 벌레를 쫓기 위해 쪽 염색을 한 여행복 차림의 약 파는 행상인이다. 아라무라 마을에는 석 달에 한 번 정도 모습을 나타낸다. 이름은 기요타케라고 하고 나이는 스물다섯, 이름 높은 도야마富山 일본 중부 지방의 동해에 면해 있는 현. 16세기부터 약재상이 시작되었으며, 17세기에는 환약이나 가루약을 제조하는 전문 가게가 생겼다고 한다의 약장수는 아니고, 성하마을에 있는 '백약당百藥堂'이라는 생약 가게의 행수다.

백약당은 자신들의 가게에서 약을 조제하고 가게에서 팔기도 하지만 행상에 더 힘을 쏟는 듯, 기요타케 외에도 네 명의 행수들이 1년의 대부분을 행상으로 보낸다고 한다. 조슈뿐만 아니라 시모쓰케나 무사시, 에도의 중심부까지 찾아가 약을 팔고, 그 김에 각지에서 새로운 생약의 재료가 될 듯한 모종이나 씨를 구해 오거나, 그 땅의 특산물을 먹어 보거나, 영험하다고 이름난 신사나 절, 풍광이 아름답기로 소문난 곳을 찾아가 보거나 하며 평판기를 쓴다. 백약당의 생약은 그런 평판기가 인쇄되어 있는 약봉지에 들어 있다.

기요타케라는 예인藝人 같은 이름은 백약당에서 행상을 담당하는 행수들의 통칭 중 하나라나. 지금의 기요타케는 3대째. 아라무라 마을 사람들은 촌장의 심장병에 잘 듣는 약을 가져다주는 이 젊은이를 '기요 씨'라고 부르며 친하게 지낸다.

기요타케는 익살스러운 젊은이라 미기와나 마을 아이들에게도 인기가 많지만, 그건 다분히 '기요 씨의 이야기는 백 개 중 한 개만 사실이다', '구십구 개 거짓말의 기요 씨'라는 말을 들을 정도로 재미있는 허풍을 떨기 때문이다.

작년 이맘때 아라무라 마을에 모습을 나타냈을 때는, 에도에 갔다가 쇼군 님을 알현하기 위해 나가사키의 데지마에서 운반되어 온 '코끼리'라는 커다란 짐승을 보았다! 하며 야단법석을 떨었다. 손짓발짓으로 그 짐승의 모습이나 긴 코를 이용해 물을 마시는 모습 등을 열심히 설명했는데, 모두 마른침을 삼키며 열심히 듣는 모습에 기분이 좋았는지, 그 긴 코에 붙들려 등에 올라타고 시바우라 해안 주위를 어슬렁어슬렁 구경하고 다녔다──는 데까지 지껄여 모두 흥이 식었다.

쇼군께 보여 드리기 위해 데려온 이국의 짐승을 기요타케 같은 평범한 행상인이 탈 수 있을 리가 없다. 분수를 몰라도 정도가 있지. 아라무라 마을의 아이들은 겨울철에는 찌르레기로서 에도 시중에 돈을 벌러 나가는 부모들의 손에 자랐기 때문에 의외로 세상 물정에 밝다.

"이야기를 너무 부풀렸어요, 기요 씨."

야이치가 진지한 얼굴로 말했다. 마을 아이들이 일제히 고개를 끄덕이자,

"그래? 너무 신이 났나."

기요타케도 풀이 죽어서 머리를 긁적이며 쓴웃음을 지었다.

"코끼리라는 짐승에 대해서는 요미우리読売り 에도 시대에 신문과 같은 역할을 했던 읽을거리. 당시의 중요한 사건을 와판瓦版으로 한 장씩 인쇄한 것을 길에서 소리 높여 읽으면서 팔러 다녔다로 알았어. 그림도 들어 있었는데, 연잎을 엄청나게 크게 만든 것 같은 귀와 뱀 같은 긴 코가 있고 숯막 정도의 커다란 짐승이라……."

뭐, 기요타케가 지어낸 이야기는 아이들을 기쁘게 해주려는 의도일 뿐 해는 없다. 당사자도 악의가 있는 사람은 아니다. 약장수로서도 열심히 공부하고 믿을 수 있다.

지어낸 이야기를 하고 싶어 하는 이 약장수를 로쿠 할아버지에게 데려간 사람은 야이치다.

"근방의 일이라면 로쿠 할아버지가 제일 잘 알아요. 할아버지한테 재미있는 이야기를 듣고 아라무라 마을 평판기를 써 주세

요."

 그렇게 말하며 소개해 주었더니 박식한 사람을 몹시 좋아하는 기요타케는 단번에 로쿠 할아버지의 제자처럼 되어 버렸다. 기요타케가 로쿠 할아버지에게 듣고 아라무라 마을에 대해 쓴 평판기 중에서 백약당의 약봉지가 된 내용은 '오색 늪'이라는 옛날이야기다. 아라무라 마을 변두리에 있는 작은 늪에 이 지방의 터주님이 살고 있고, 터주님의 기분이나 몸 상태에 따라 늪의 물 색깔이 오색으로 변한다──는 조촐한 일화다. 그 약봉지는 지금도 버젓이 사용되고 있다고 한다.

 늘 사람들을 웃겨주는 기요타케지만 오늘은 조금 분위기가 달랐다. 제일 먼저 촌장의 집을 찾아가 앞으로 석 달 치의 심장약 거래를 마치고는 뒤를 따라오는 아이들에게,

 "오늘은 로쿠로베에 씨한테 볼일이 있어. 이야기는 다음에 해 주마."

 라는 말을 남기고 서둘러 호숫가의 오두막으로 가 버렸다고 한다. 야이치와 미기와도 그 말을 듣고 로쿠 할아버지의 집으로 향했다.

 노인과 젊은 약장수는 로쿠 할아버지가 돌을 쌓아 만든 화덕 옆에서 오래된 나무상자에 마주 앉아 열심히 대화하는 중이었다. 미기와는 두 사람의 모습을 보고 큰 소리로 부르려 했지만 야이치가 말렸다.

 "중요한 얘기를 하고 계시는 모양이야. 조용히 가자."

두 사람은 멀찍이 돌아 덤불이나 갈대 수풀에 숨으며 로쿠 할아버지의 판잣집 뒤쪽에서 접근해 갔다. 로쿠 할아버지는 이가 꽤 빠진 터라 말소리가 웅얼거리듯 들리지만, 기요타케는 목소리도 좋고 발음도 분명해서 알아듣기 쉬웠다.

"──폐산되었다고 해도 공을 들여 갱도를 막은 건 아니니 사람이 들어가려고 하면 들어갈 수 있지요. 다만 은은 더 이상 나오지 않고, 졸졸 흐르는 물이 독수라는 사정을 알고 있는 마을 사람들은 아무도 가까이 가지 않았는데,"

반년쯤 전부터 그 근방에 사람이 출몰하기 시작했다고 한다.

"처음에는 한두 명이라 관문을 피해 산을 넘으려는 자들이구나 했습니다."

마을 사람들도 깊이 염두에 두지 않았다. 하지만 시간이 지나도 갱도 출입구 부근에 사람 그림자가 어른거리는 일은 사라지지 않았다. 은광석이 바닥난 후로 아카네무라 마을 사람들은 나무 베는 일이나 숯 굽기, 사냥 등을 생업으로 삼고 있으니, 생활의 토대인 산에 낯선 사람들이 어슬렁거리면 기분이 나쁘다. 방치해 두면 번의 향촌령鄕村令을 어기게 되어 마을 사람들 쪽이 벌을 받을 위험도 있었다.

"그래서 마을의 남자들이 모여 상황을 보러 갔다고 하는데."

그때는 은산의 갱도 출입구 부근에 인기척이 없었다. 모닥불의 흔적이나 발자국처럼 사람이 있었던 듯한 흔적도 눈에 띄지 않았다.

"한데 만약을 위해 갱도 조금 안쪽까지 들어가보니."

가장 넓은 갱도가 두 갈래로 나뉘어 있는 곳까지 갔을 때, 오른쪽 갈림길 앞쪽에서 사람 목소리가 들려왔다.

"뭔가 주문이나 경이라도 외는 듯한 목소리였다고 합니다."

무엇을 외고 있는지, 말까지는 알아들을 수 없었지만 밝은 느낌은 아니었다고 한다.

"으스스해져서 되돌아가기로 하고."

나뭇가지나 작은 바위 등을 모아 쌓아 올린 후에 밧줄을 둘러 갱도의 출입구를 막아 두었다.

"그러고는 은산을 내려가──쭈욱 걸어 내려가다가 한참 떨어진 곳에서 남자들 중 한 사람이 돌아보았더니."

갱도 출입구 부근에 사람이 서 있었다. 잡목림 틈으로, 분명히 남자들 쪽을 똑바로 내려다보았다.

"그 수상한 놈이 말이지요."

여기에서 기요타케는 약간 머뭇거렸다.

"이건 절대로 지어낸 이야기가 아니니 믿어 주셨으면 합니다……."

로쿠 할아버지는 우물우물 말했다. "나는 처음부터 믿었네."

아아, 다행이다. 기요타케는 후우 숨을 내쉬고는 말했다.

"해골 무늬가 그려진 두건을 쓰고 있었다고 합니다."

놀라서 눈을 깜박이는 사이에 그림자는 사라지고 말았다.

"혹시 두건이 아니라 마대였을지도 모르지만 어쨌든 뒤집어 쓴 뭔가에 해골인지 바싹 야윈 망자의 얼굴인지 그림이 그려져 있었으니……."

멀리서 보기에는 해골의 얼굴을 한 사람 모습의 요괴나, 죽은 지 한참 지난 사람의 시체가 산속에 불쑥 서 있는 모습처럼 보일 수밖에 없다.

"아카네무라 마을의 은산에서는 낙반落盤으로 광부가 죽는 참혹한 일이 일어난 적이 없고, 요괴가 나온다거나 유령이 나온다거나 할 이유도 일절 없었다고 합니다."

그럼 대체 어떻게 된 일일까. 모두 겁을 먹고 말아서 그 후로 아무도 은산이 있던 곳에 가까이 가려 하지 않았다.

"사람 그림자는 그 후로도 가끔 산속에서 어슬렁거리곤 했던 모양이지만, 아카네무라 마을에 가까이 오는 일은 없어서."

요괴라면 상관하지 않는 게 상책이고 산의 정령이라면 산에서 마을로 내려올 리 없다고 생각했다.

"그대로 몇 달이 지났는데 바로 지난달에 변경 맞은편——이라고 해도 산길을 5리쯤 오르내린 곳에 있는 와타세무라 마을이라는 곳이 산적의 습격을 받아 전멸했다는 슬픈 소문이 흘러들어 왔습니다."

변경 맞은편이니 물론 이웃 번의 일이다. 하지만 아카네무라 마을처럼 영지 내 끄트머리에 있고 성하마을에 가는 길보다 변경을 넘는 편이 빠른 곳에서는, 영지의 경계선보다도 이변이 일어난 촌락이 얼마나 가까운 거리에 있는가가 더 중요하다. 화재든 역병이든 가까운 곳에서부터 퍼져 간다. 산적도 마찬가지다.

자신이 하는 말이 목구멍에 걸렸는지 기요타케는 가볍게 기침을 했다. 로쿠 할아버지는 화덕에 걸려 있는 질주전자를 들어 올려 통 모양으로 짧게 자른 청죽에 끓였다 식힌 물을 따르고는 약장수에게 건네주었다.

기요타케는 식은 물을 맛있게 마셨다. 그 사이에 로쿠 할아버지는 낮은 목소리로 말했다.

"이 근방에는 아직 아무 소문도 들어오지 않았네."

물로 입술을 축이며 기요타케가 고개를 끄덕인다.

"성하마을에서도 들은 적은 없습니다. 우리 영지 내의 일이 아니기 때문이겠지요."

아카네무라 마을에서는 그렇게는 안 된다. 촌장의 지시로 산적에 대한 대비를 강화하는 한편, 다이칸쇼代官所 영주가 연공 징수와 지방 행정을 맡게 하던 관리인 다이칸代官이 사무를 보는 관청에 매달려 적당한 조치를 해주십사 간청했다.

"저는 마침 그때 아카네무라 마을에 있었기 때문에 약상자를 내려놓고 앉아 있자니 엉덩이가 들썩들썩하고 진정이 되지 않아 견딜 수가 없었어요. 겁쟁이라 부끄럽네요."

"조금도 부끄러운 일이 아니야."

이미 두 사람의 대화를 충분히 들을 수 있는 거리까지 숨어들었던 미기와는 대화의 의미를 전부 이해하지 못했지만, 함께 숨어 있던 야이치의 긴장한 표정에 오싹하니 무서워졌다.

로쿠 할아버지는 기요타케에게 물었다. "똑똑한 자네는 당장 아카네무라 마을을 떠났겠지. 들은 소문은 거기까지인가?"

그리고 대답을 듣기도 전에 말을 이었다.

"혹시 와타세무라 마을을 덮쳤다는 산적 일당이 아까 은산 이야기에 나온 묘한 두건인지 마대인지를 쓰고 있었다, 그런 건 아니겠지."

기요타케가 죽통을 떨어뜨렸다. 죽통은 로쿠 할아버지의 발치까지 데굴데굴 굴러갔다.

"어, 어, 어떻게 아셨어요?"

"자네가 나라도 똑같이 짐작했을 걸세."

기요타케는 눈을 피하며 손바닥으로 얼굴을 벅벅 문질렀다.

"확실한 사실은 아닙니다. 어쨌거나 와타세무라 마을은 모두 죽임을 당해서 아무도 그때의 일을 들려줄 수 없으니까요."

그러니 이것은 불길에 감싸인 와타세무라 마을을 향해 말을 달려갔던 관문 관리의 증언이다. 관리 두 사람은 날이 밝기 전의 어둠을 뚫고 물 흐르는 소리가 나는 개울 맞은편에 한 무리의 이상한 풍채를 가진 자들이 달려 지나가는 광경을 목격했다.

──얼굴이 해골이었다.

──망자처럼 팔다리가 희고, 너덜너덜한 가타비라帷子 명주실이나 삼베로 지은 홑옷를 껴입고, 산도山刀를 메고, 활과 화살통을 등에 지고, 창이며 단창을 들고 말을 달려갔다.

달도 별빛도 없는 밤의 밑바닥을 말발굽 소리만 드높이 울리며, 이 세상 사람이라 생각되지 않는 무리가 바람을 가르고 달려갔다. 게다가 무리의 맨 뒤에 있는 자는 '송장'이라고 크게 쓴 깃발을 나부끼고 있었다고 한다.

"송장이라."

확인하듯이 로쿠 할아버지가 말했다. 기요타케는 고개를 끄덕이고는 약간 턱을 당겼다.

"뭔가 의미가 있는 걸까요?"

로쿠 할아버지는 입매를 시옷자로 휘고 나서 말했다. "가와카즈군, 우리 아라무라 마을로서는 각별하게 불길한 의미가 있는 글자일세."

그때 미기와 옆에서 숨을 죽이고 있던 야이치가 갑자기 일어서더니 그늘에서 나갔다. 기요타케는 깜짝 놀라 눈을 부릅떴지만 로쿠 할아버지는 이쪽으로 등을 향한 채,

"이제야 얼굴을 내밀었니" 하고 말했다. "미기와도 같이 있겠지. 이리로 오너라. 무슨 일이냐."

미기와도 몸을 일으켜 흙먼지로 더러워진 얼굴을 손으로 닦고, 그 손을 옷자락에 닦고, 슬슬 로쿠 할아버지에게 다가갔다.

야이치는 미기와는 물론이고 기요타케가 거기에 있다는 사실조차 잊은 것처럼 삼킬 듯이 로쿠 할아버지만을 바라보고 있다. 그러다가 작게 억누른 목소리로 물었다.

"할아버지, 할아버지가 지금 말한 불길한 의미라는 건 '송장당'을 말하는 거예요?"

미기와는 로쿠 할아버지 옆에 쪼그리고 앉아 옆얼굴을 올려다보고 있었다. 할아버지의 얼굴은 비바람에 깎인 바윗덩어리처럼도, 나이 많은 올빼미처럼도 보인다. 그러나 방금 야이치가 던진 이해하기 어려운 물음에, 할아버지의 표정이 잔물결처럼 흔들린 듯 보였다.

"야이치 너는, 누구한테 그 이야기를 들었니."

로쿠 할아버지가 무뚝뚝하게 되묻자 야이치는 약간 갈팡질팡했다.

"기이치로냐."

촌장을 이름으로 막 부를 수 있는 사람은 로쿠 할아버지뿐이다. 야이치는 고개를 숙인 채 재빨리 고개를 가로저었다.

"그럼 엔조 스님이냐."

가와카즈군의 마을 사람이라면 모두 존경하는 산사山寺의 스님이다. 장례가 있을 때만이 아니라, 아이들에게 읽고 쓰기를 가르치기 위해 수행승 같은 차림으로 직접 마을들을 순회하는 착한 분이다. 이미 환갑이 지나 고희가 가까운 나이이신데도.

야이치는 고개를 숙인 채 다시 고개를 저었다. "스님 아니에요."

로쿠 할아버지와 야이치의 대화를 의아한 얼굴로 바라보던 기요타케가 중재하듯이 끼어들었다.

"잘 모르겠지만 로쿠로베에 씨가 그렇게 무서운 얼굴을 하는 건 드문 일이고, 야이치가 꼭 나쁜 짓이라도 한 사람처럼 고개를 숙이는 건 더욱 드문 일이네요. 대체——그 '송장당'인가요? 그게 뭡니까? 함부로 입 밖에 내면 안 되는 건가요?"

일부러 얼렁뚱땅 넘기는 듯한 말투로 물었지만 로쿠 할아버지는 뚱한 얼굴로 대답하지 않고, 야이치는 여전히 고개를 숙인 채 얼어붙어 있다. 미기와는 무서워지기 시작했다.

"미, 미기와가 겁을 먹고 울 것 같은 얼굴을 하고 있어요. 그렇지?"

기요타케는 도움을 청하듯이 미기와를 들먹였다. 당사자인 미기와도 그 말에 막혀 있던 뭔가가 떨어져 나간 것처럼 눈물이 왈칵 넘쳤다.

로쿠 할아버지가 굵은 한숨을 토했다. 그와 동시에 야이치가 그야말로 화살을 쏘는 듯한 기세로 날카롭게 말을 뱉었다.

"옛날에 이 땅에서 일어난 일이에요. 불길하니까 입에 담으면 안 돼요."

그러더니 로쿠 할아버지의 얼굴을 보며 단숨에 토해 내듯이 말했다.

"나한테 송장당에 대해 가르쳐 준 건 '가이신도開新堂'의 규베에씨예요. 작년 여름에 나누시 님의 집에 책을 가져다드리러 왔다가, 우리 촌장님 앞으로 온 서찰을 부탁받았다며 돌아가는 길에 들러 주었어요."

가이신도는 성하마을에 있는 책방이다. 책을 사고팔기도 하고, 빌려주기도 한다. 아라무라 마을 같은 곳에는 용무가 없다. 손님은 다이칸이나 나누시 님이고, 반년에 한 번 꼴로 다니며 주문받은 책을 건네고 다 읽은 책을 걷어 간다.

마을 소작인 우두머리의 자식인 야이치와는 본래 소매가 스칠 인연도 없는 규베에는, 다 큰 어른인 데다 성하마을에서는 멀리까지 걸어서 들을 넘고 산을 넘어 책 상자를 짊어지고 장사를 하는 주제에 몹시 길을 잘 잃는 사람이었다. 야이치는 재작년 봄, 죽순을 캐러 산에 들어갔을 때 규베에를 처음 만났다. 대나무 덤불 속에서 점점 발 디디기가 위험한 경사면 쪽으로 걸어가던 규베에를 야이치가 큰 소리로 불러 세워 목숨을 구해주었.

그 후로 이쪽에 볼일이 있으면 규베에는 야이치에게 들러 작은 선물을 주곤 했다. 마른 과자 꾸러미나, 인기 많은 배우의 그림이나, 나무로 조각한 작은 강아지며 토끼 등.

야이치의 이야기를 들으며 미기와는 어 하고 생각했다. 그러고 보니 가끔 오라비가 그런 물건을 주었는데. 하나밖에 없으니까 다른 아이들한테는 비밀로 해 두라면서.

"작년 여름에 만났을 때는 촌장님 집에서 도조신道祖神 도로의 악령을 막고 여행하는 사람을 수호해 준다고 하는 신이 있는 데까지 함께 슬슬 걸어갔어요. 나도 마침 간나 들판에 풀을 베러 가던 참이라."

간나 들판은 아라무라 마을 사람들이 앞으로 개척하려고 애쓰는 땅이다. 묻혀 있는 단단한 바위나 오래된 나무뿌리가 만만치 않아서 좀처럼 생각대로 되지 않긴 하지만.

"그래서 여러 가지 이야기를 했는데, 규베에 씨가 그랬어요. 바로 얼마 전에 성하마을에서, 들개가 하필이면 유곽을 어슬렁거리다가 거품을 뿜으며 마구 물려고 하는 바람에, 결국 부교소에도 시대에 행정, 사법, 소방, 경찰 등의 직무를 맡아보던 부교가 사무를 보던 관청의 관리들까지 나서는 포박 대소동이 있었다고."

들개라고 해도 체구가 작고 어디에선가 키우던 개인 모양이지만 그 시점에서는 어떤 들개보다도 위험한 존재가 되어 있었다.

──물을 뿌리는 시늉만 해도 미친 듯이 도망치려고 하니 공수병이 틀림없다. 빨리 퇴치해 버리지 않으면, 사람이 물렸다간 큰일이다.

결국 부교소 내에서도 단궁의 명수라는 말을 듣는 포박 관리의 화살에 가엾은 개는 목숨을 잃었다.

──공수병에 걸려 이상해지는 바람에 주인에게 버림받고 만 거군요.

야이치의 말에 규베에는 고개를 끄덕이며 대답했다.

──하지만 가엾게 여길 여유는 없어. 공수병은 무서운 역병이니까. 뭐, 너를 향해서 이런 말을 하는 건 부처님한테 설법을 하는 거나 마찬가지겠지만.

산개나 들개를 마주치는 일이 많은 산속 마을에서 사는 야이치이니, 공수병에 대해 잘 알 거라는 뜻이라고 생각했다. 그러나 규베에는 이렇게 말을 이었다.

──이 땅에서 일어난 송장당의 화는 산적과 공수병이라는, 하나만 있어도 무서운 것이 둘이나 합쳐져 한꺼번에 덮친 거야. 마

을 사람들이 당해 내지 못했어도 어쩔 수 없지. 그렇다 해도 가엾은 일이야. 나는 이 마을에 들를 때마다 서쪽 나무문 옆에 있는 지장보살님께 공손히 인사를 드리고 있어.

"나는 전혀 몰랐어요. '송장당'이라는 말도, 그때 처음 들었어요."

야이치가 정직하게 말하자 규베에는 몹시 놀라더니 거북한 얼굴이 되었다. 그래도 야이치가 송장당의 화에 대해 알고 싶어 하자,

──나한테 들었다고 말하지 않고 네 가슴속에만 넣어 둘 수 있다면 가르쳐 주마. 모처럼 덮어둔 일을 쓸데없는 참견으로 말하는 꼴이 되어 버려서 아라무라 마을의 어른들한테는 정말 면목이 없구나.

"그래서 말해 주더냐?"

로쿠 할아버지가 느릿느릿 몸을 앞으로 기울이면서 묻는다. 무엇을 하는가 했더니 아까 기요타케에게 한 것처럼 야이치에게도 죽통에 식힌 물을 따라 주려는 모양이다.

"네. 다 들었어요."

죽통을 손에 든 야이치에게, 기요타케가 걸터앉아 있는 나무 상자의 절반을 양보해 주었다. 두 사람은 나란히 앉았다.

"미기와 너는 이쪽에 앉으렴."

로쿠 할아버지는 미기와를 자기 옆에 앉히고 배 속에서부터 온몸이 떨릴 듯한 큰 기침을 한 번 했다.

"기요타케와 미기와에게도 '송장당'에 대해서 가르쳐주마. 너희들의 아버지나 어머니는 모르는 이야기다. 알고 있는 건 기이치로 정도의 연배보다 위인 사람들뿐이지."

촌장이 철이 들었을 무렵에는 옛 아라무라 마을을 덮친 재앙으로부터 한참이나 세월이 지나 있었다. 이제 무서운 과거의 전승을 끝맺어도 좋으리라.

"이후로 우리보다 뒤 세대에게는 들려주지 않도록 해 왔단다. 애초에 다이칸쇼의 귀에 들어갈까 봐 큰 소리로는 이야기할 수 없었던 일이다, 이제 잊어 버려도 좋겠지, 하고."

그래서 지금도 남겨져 있는 흔적은 규베에도 말했다는, 마을 서쪽 나무문 옆에 있는 지장당뿐이다. 지장당에는 유래를 알려주는 연기서緣起書 같은 게 걸려 있지 않다. 자연스레 아이들은 물론이고 미기와의 아버지 어머니도 그 지장보살님은 이 땅의 서낭신이라거나 호수의 신이라 여기고 있다.

"하지만……."

여름 끝 무렵의 햇빛 아래에서 로쿠 할아버지의 눈가가 어둡게 그늘져 있다.

"정말 그래도 되었던 건지 자신이 없어지기 시작하는구나."

그리고 로쿠 할아버지는 이야기해 주었다. 송장당과 귀안 법사, 공수병으로 미친 귀안의 송장당과 옛 아라무라 마을의 마지막 모습을.

기요타케는 얼굴에서 핏기가 가시고 말았다.

"……그러고 보니 옛날의 아라무라 마을은 여기보다 좀 더 서쪽에 있었다는 이야기는 들은 적이 있어요. 이쪽이 물빠짐이 좋아서 옮겨 온 거라고."

목소리도 떨리고 있다. 야이치 쪽이 훨씬 침착해 보였다.

"가이신도의 규베에 씨는, 다이칸쇼에서는 송장당에 대해 기록한 문서 같은 건 처음부터 남기지 않았을 거라고 했어요."

"어째서?" 하고 기요타케가 묻는다.

"자신들이 옛날의 아라무라 마을 사람들을 모조리 죽인 증거가 되지 않는가."

아직 숨이 붙어 있는 사람까지 공수병과 함께 생매장해 버렸으니까.

"하지만 100년이나 전에도 사람의 입에는 자물쇠를 채울 수 없었어요. 규베에 씨가 송장당에 대해 알게 된 이유도 당시 사람들이 가와카즈군에서 저지른 악행을 전하는 소문이나, 그것에 대해 적은 일기나, 여행기나, 요미우리 따위가 줄곧 남겨져 왔기 때문이래요."

누군가가 보고, 듣고, 전하고, 적었던 흔적이 세월을 건너서 그걸 읽은 사람의 기억으로 돌아오고 말았다.

"그런 문서를 통해 송장당에 대해서 아는 사람이 규베에 씨 같은 착한 사람뿐이라면 좋겠지만."

로쿠 할아버지는 어금니를 악물다시피 하며 신음했다.

"와타세무라 마을을 덮쳤다는 산적 일당이 먼 옛날에 있었던 귀안의 송장당이 저지른 악행을 알고 놈들을 흉내 내는 거라면……."

 벌써 100년 가까운 세월이 흐른 지금, 도대체 어디 사는 누가 옛 아라무라 마을을 불태워 없앤 흉악한 산적들을 흉내 낸다는 걸까.

 악은 때로 사람을 홀릴 때가 있다.

 "귀안 법사는 산적 일당에 가담하기 전에는 점쟁이 흉내를 내며 상당히 인기가 높았다고 하네."

 천리안이라고, 사람의 마음을 읽고 미래를 꿰뚫어 보는 귀신의 눈을 가졌다고, 그를 우러러보는 사람들은 믿어 의심치 않았다.

 "넓은 세상에는 그런 놈들에게 마음을 빼앗기는 사람도 있으니까요."

 기요타케가 말하며, 품에서 손수건을 꺼내 이마와 얼굴과 팔의 땀과 흙먼지를 닦으며 말했다.

 "뭐, 제가 듣고 온 소문만으로 거기까지 걱정하는 건 너무 빠르려나요? 아카네무라 마을은 걱정이지만 어쨌거나 산 두 개만큼은 떨어져 있고."

 자기 자신에게 들려주려는 듯한 말투였다. 지나친 생각이다, 쓸데없는 걱정이라고.

 "아니. 아카네무라 마을이 산적 일당에 대비하고 있다면 우리도 대비해야 해."

 의중을 파악하기 힘든 낮은 목소리로 로쿠 할아버지는 말했다.

"기요타케 씨, 소문을 가져다주어서 고맙네. 이게 웃을 일로 끝나면 좋겠지만 끝나지 않을 때는 목숨이 위험할 수 있어. 자네도 모쪼록 조심하게."

깨끗하게 닦은 기요타케의 얼굴에 식은땀이 흐른다. "앞으로도 뭔가 그럴듯한 소문을 들으면 로쿠로베에 씨한테 알려 드릴까요?"

"부탁하네."

로쿠 할아버지가 허리를 굽히고 머리를 숙이자 야이치도 따라 했다. 당혹스러운 기색으로 서 있던 미기와의 불안한 눈빛이 기요타케의 눈빛과 마주쳤다.

"미기와, 무서운 이야기를 들려주어서 미안하구나."

미기와의 머리를 슥슥 쓰다듬으며 기요타케는 짐짓 명랑한 목소리로 말했다.

"그런데 어째서 또 이렇게 앞머리를 잘라 버린 거니? 아하, 아하, 아하하하하!"

약장수는 억지웃음을 웃으며 허둥지둥 떠나갔다.

"기이치로한테는 오늘 밤에라도 내가 이야기하마. 그때까지는 야이치도 미기와도, 여기에서 들은 이야기는 가슴에 담아 두렴. 할 수 있지?"

남매는 종조부에게 그러기로 약속했다.

"집에는, 기요 씨도 로쿠 할아버지도 만나지 못해서 붕어 낚시를 하고 왔다고 할게요."

"물에 가까이 갈 때는 조심해야 해."

"네."

야이치는 마른 갈대를 뽑아 거기에 품에서 꺼낸 삼실을 묶고는,

"미기와, 날벌레를 잡자."

붙잡은 날벌레를 먹이로 삼아 붕어 낚시를 시작했다. 미기와는 야이치 옆에 바싹 붙어 잠시 그 모습을 구경했지만 붕어는 좀처럼 먹이를 먹지 않았다.

"어쩔 수 없지, 장소를 바꿀까?"

남매가 나란히 호숫가를 걸어간다. 로쿠 할아버지의 판잣집이 보이지 않게 될 정도로 멀리까지는 가지 않았다.

판잣집 주위에는 마른 갈대가 더 많았는데, 조금 떨어진 곳에서는 싱싱한 초록색 잎과 줄기가 여름 하늘을 향해 뻗어 있다. 갈대의 밑동에는 진흙이 고여 있어서 실수로 밟아서는 안 된다.

"오라버니, 예쁜 새가 있어."

연갈색 날개를 퍼덕이며 갈대숲 사이를 빙글 돌아 날아간다. 처음 보는 새다.

"물에 들어가지 마."

"응, 알아."

물가를 따라 마른 흙과 젖은 진흙의 경계 부분을 더듬어 간다. 가끔 쪼그리고 앉아 갈대 줄기 틈새를 들여다본다.

첨벙! 하고 소리가 나서 미기와는 시선을 들었다. 뛰었다가 떨

어지는 물방울이 눈에 들어왔다. 갈대숲 너머로, 물색이 한층 더 짙어지는 곳이다.

쳐다본 곳에 눈알 두 개가 나란히 있었다. 갈대숲이 만드는 그림자 속에서 빛나는 눈알.

미기와는 입을 딱 벌렸다. 순간 수면에 자신의 얼굴이 비친 건가 하고 생각했다.

얼굴이 동그랗다. 눈이 또렷하다. 무엇보다, 이마에 달라붙는 꼴사납게 짧은 앞머리. 저기에 보이는 얼굴도 그런 앞머리를 갖고 있다.

——응. 앞머리가 아닌가?

미기와가 생각을 고쳤을 때 얼굴은 소리도 없이 물속으로 사라졌다. 두 개의 눈알이 똑바로 미기와를 바라본 채 물 아래로 가라앉아 갔다.

이날을 경계로 로쿠로베에는 종종 촌장을 만나 대화를 나누었다.

"이건 마을 어른들이 어떻게든 해야 하는 일이니까 너희들은 잠자코 있어 다오. 다른 사람들에게 알려야 할 때가 오면 기이치로랑 내가 다시 말해 줄 테니까."

로쿠 할아버지의 부탁을 받았기 때문에 야이치와 미기와는 입을 다문 채, 지금까지처럼 생활하려고 조심했다.

엔조 스님이 읽고 쓰기를 가르치러 찾아와 줄 때 이외에는, 아이들도 각각 할 수 있는 범위에서 어른들의 일을 돕는 생활이 평소 아라무라 마을의 모습이다. 영리하고 몸이 가벼운 야이치는 거의 어른만큼 제 몫을 해내는 일손으로서 사람들에게 의지가 되고 있었다.

소작인 공동주택의 '석 장짜리 단풍잎' 간판은 로쿠 할아버지에게서 도구를 빌렸더니 금세 다시 만들 수 있어서, 원래대로 걸어두었다. 새것인 나뭇결, 코를 가까이 하면 불에 그을린 냄새를 느낄 수 있는 신선한 화인.

미기와는 여동생과 남동생을 포함해 소작인 공동주택의 어린 아이들을 보살피고, 그 사이에 틈틈이 물을 긷거나 빨래를 하느라 역시 바쁘다. '송장당'의 일화는 확실히 무서웠지만 어쨌거나 옛날 일이다. 그때 야이치가 지은 긴장한 표정이 조금 마음에 걸리기는 했지만 여러 가지로 바빠서, 깊이 마음에 두지 않고 지내기가 어렵지 않았다.

호숫가에서의 대화로부터 닷새 후의 아침, 어머니가 미기와에게 마을 서쪽 끝에 있는 빈 오두막 청소를 시켰다.

"너 혼자서 하는 건 아니야. 사에 씨가 도와줄 거야."

어머니는 눈으로만 웃으며 미기와의 귀에 속삭이듯 말했다.

"아직 비밀이니까 우리끼리만 알아야 해. 사에 씨한테 남편이 생길 거래."

사에는 미기와네 아버지 전에 소작인 우두머리를 맡았던 주스케라는 마을 사람의 외동딸로, 나이는 스물여덟이다. 도시에서라면 '혼기가 지난 여자' 정도의 말을 듣고 끝나겠지만, 산촌에서는 그 나이에 남편이 없는 여자는 여자로 취급되지 않는다. 그냥 일손으로서 머릿수에 넣어 주면 그나마 나은 편이고, 심한 경우에는 성가신 사람으로 취급된다.

사에의 부모님은 돌아가셨기 때문에 유일한 친척인 숙모 부부와 함께 살고 있는데, 이미 어엿한 어른이 되어 아내도 맞이한 숙모 부부의 아들들, 사에의 입장에서 보자면 사촌들에게 신경을 쓰면서 기죽어 살고 있다.

그 모습을 줄곧 가엾게 여기던 어머니 무로는 뭔가 사에를 도와줄 수 있는 일이 있으면 언제든 나서서 손을 빌려주었다.

——왜냐하면 남일 같지가 않단 말이야. 너희들도 아버지와 내가 덜컥 죽어 버리면 사에 씨와 같은 입장이 될 테니까.

딱 10년 전, 사에가 열여덟 살 때 나란히 열병에 걸린 주스케 부부는 며칠이나 괴로워하며 앓아누운 끝에, 손도 쓰지 못하고 죽었다. 여름이 한창이라 찌는 듯한 더위가 계속될 무렵이었다. 열병의 원인은 해충 때문으로 짐작되었다. 전염될 수도 있었으므로 사람들은 급히 마을 서쪽 끝, 그 나무문 옆의 지장보살님 모습이 보이는 곳에 오두막을 짓고 병자를 옮겼다. 호숫가나 용수로의 물이 고이기 쉬운 곳에서는 마른풀을 태워 연기를 흘려보내서 해충을 쫓았다.

그 연기와 엇갈려 주스케 부부를 기리는 향이 피어오르고, 사에는 눈물을 삼키며 부모의 장례를 치렀다. 사에에게는 좋은 인연이 들어와 있었지만, 같은 가와카즈군의 나누시의 친척에 해당하는 젊은이와 있었던 혼담은 향에 불이 붙는 것보다도 빨리 꺼지고 말았다.

막 앓아눕기 시작해 아직 머리가 또렷했을 때, 주스케는 촌장을 베갯맡으로 불러서 다음 소작인 우두머리는 미기와네 아버지 하이치로 해 달라고 부탁했다. 그 무렵에는 무로와 가정을 꾸린 지 아직 몇 년밖에 되지 않은 하이치였으나, 여러모로 주스케의 손발이 되어 일을 도맡다시피 했고 촌장도 사정을 잘 알고 있었기 때문에 이야기는 매끄럽게 성사되었다.

주스케는 사에에 대해서도 촌장에게 부탁했는데, 그때는 눈에 눈물을 글썽이고 있었다고 한다. 촌장은 쾌히 승낙하며 정양에나 힘쓰라고 말해 주었다.

하지만 막상 주스케 부부가 허무하게 세상을 떠나고 사에의 좋은 인연도 사라져 버리자, 공연히 상대가 나누시의 친척이었던 점이 나쁘게 작용하여,

——나누시 님의 체면에 상처를 낸 처자.

——불길한 역병신.

이라는 소문이 나게 되었다. 사에는 기댈 곳이 없어지고 말았다.

당황한 촌장은 연줄을 더듬고 또 더듬어 어떻게든 사에가 고용살이할 곳을 찾았다. 가와카즈군에서 큰 강을 넘은 곳에 있는 역참마을의 여관으로, 들어가 살면서 부엌 하녀 일을 하는 자리다. 사에는 몸뚱어리 하나로 고용살이를 시작해 한 번도 아라무라 마

을에 돌아오지 않은 채 그곳에서 몇 년을 살다가, 재작년 초봄 나누시의 집에서 경사가 생기자 겨우 허락을 받은 모양새가 되어 마을로 돌아왔다. 여관 안주인은 붙든 모양이고 옆에서 보자면 활기찬 역참마을에서 계속 사는 편이 낫지 않나 싶겠지만, 사에의 입장에서 보면 그렇지는 않다. 이 기회를 놓쳐 버리면 아마 평생 부모의 무덤이 있는 아라무라 마을에 발을 들여놓을 수 없게 될 테니까.

결국 사에는 숙모 부부의 집에 몸을 의탁하고, 매일 밥을 얻어먹으며 몸이 가루가 되도록 일하는 생쥐 같은 생활을 시작했다. 하이치와 무로는 여러모로 사에를 배려하여, 오히려 이쪽 일가가 친척인 양 친하게 지냈다. 그래서 미기와도 사에의 사람 됨됨이와 부지런한 성미를 잘 알고 있다.

한 번 좋은 인연을 놓친 이후로 지금껏 사에에게는 혼담은 물론이고 남자의 그림자도 다가오지 않았다. 옆에서 보기에는 이상했다. 사에는 상당한 미인이었기 때문이다. 부엌 하녀라고는 해도 역참마을에 나가 살면서 도시 물을 먹어서인지 조금은 세련돼 보이기도 한다. 그런데도 설레는 이야기가 전혀 없는 까닭은 본인이 스스로 갑옷을 두르고 있어서다.

──눈앞의 즐거움에 휩쓸려 말을 걸어오는 남자에게 마음을 허락하면 더 나쁜 일이 일어나고 말아요.

사에가 대충 이런 말을 했었다고, 미기와는 어머니에게 얼핏 들은 적이 있다. 알 듯하면서도 얼른 이해가 되지 않는다고 생각했는데.

 어쨌거나 그런 사에게 남편이 생기다니, 이번에야말로 혼담이 성사된다는 뜻이려나.

 "어디 사는 어떤 사람이에요?"

 미기와가 묻자 무로는 자신의 일처럼 기쁜 듯이 대답했다. "고키치 씨라고 아사히무라 마을 태생인데 성하마을에서 목수 수업을 하다가 이쪽으로 돌아오는 거래."

 아사히무라 마을도 가와카즈군의 큰 마을이다.

 "아사히무라 마을에는 목수가 충분하니까 어디에서 살까 했대. 그래서 우리 촌장이 꼭 와 달라고 부탁했지. 그랬더니 좋은 아내를 소개해 준다면 가겠습니다, 라고."

 그게 뭐야. 수상쩍은 냄새가 나는데.

 "나이가 마흔에 가깝다고 하니까 어린 처자는 어울리지 않지. 사에 씨가 딱 안성맞춤이야."

 "마흔 가까이 혼자였다니 이상한 놈 아니에요?"

 저도 모르게 감정적이 되고 만 미기와의 물음을 무로는 웃으며 밀어냈다.

 "건방진 소리 마라. 고키치 씨는 성하마을에서 신사 전문 목수 일도 배우느라 아내를 맞을 여유가 없었던 거야."

 아라무라 마을에 오면 마을 전체의 건물을 순서대로 다시 지어 줄 게다. 서쪽 나무문의 지장보살님께도, 저런 차양 판자 조각만이 아니라 제대로 된 사당을 지어 드릴 수 있다. 무로는 들떠서 이런저런 말을 늘어놓았다.

"그보다 사에 씨를 소중하게 여겨 줄 사람이 아니면, 나는 싫어요."

"네가 싫어도 이건 좀처럼 없는 좋은 인연이야. 사에 씨도 겨우 행복해질 수 있어."

고키치가 아라무라 마을에 오면 우선 서쪽의 빈 오두막——다름 아닌 주스케 부부가 열병으로 최후를 맞은 그 오두막에서 살게 된다고 한다. 사에와의 부부 생활이 자리를 잡으면 더 훌륭한 집을 지을 거라나.

어머니는 앞날의 밝은 일만 늘어놓는데, 과연 잘 될까? 로쿠 할아버지의 훈육 때문인지, 여덟 살 아이답지 않게 사리에 밝은 미기와는 불만과 의심을 가슴에 듬뿍 담고 서쪽 오두막으로 향했다.

사에는 한 발 먼저 와서 오두막 바깥에 쪼그리고 앉아 모깃불을 피우고 있었다.

"아아, 미이짱."

사에는 미기와를 늘 이렇게 부른다.

"나오게 해서 미안해."

사에는 몸이 가늘고 날씬하며 목덜미의 선이 아름답다. 강한 여름 햇볕에 그을려도 피부는 잘 타지 않고, 머리카락도 곱슬곱슬하게 상하지 않는다. 지금은 머리 뒤에서 동그랗게 묶어 올렸지만 풀어 보면 분명히 풍성한 흑발일 테다.

약 냄새 나는 모깃불 연기가 흐른다.

"지금 시기에 벌레에 쏘이는 건 무서우니까."

사에가 눈을 가늘게 뜨며 말했다. 분명 자신의 부모를 떠올리고 있을 것이다. 미기와는 가슴이 따끔하니 아팠다.

"자, 이거."

사에는 미기와에게 식물 염료로 염색한 수건과 같은 천으로 만든 각반을 내밀었다.

"얼굴이랑 정강이만 보호해도 꽤 다르니까, 꼭 하고 있어."

"네에. 어디부터 치울까?"

둘이서 오두막 주위의 잡초를 뽑고 비질을 했다. 생각만큼 힘들지는 않았다. 그 후 오두막 안에 들어가 10년 전에 놓아둔 상태 그대로 있는 자잘한 도구나 침구를 일단 밖으로 실어내고 마룻바닥이나 봉당을 쓸고 닦아 깨끗이 했다.

"지붕은 우리 오라버니를 불러 와서 비가 새지 않는지 봐 달라고 하지요."

얼핏 보기에는 판자 지붕 틈새에서 민들레나 광대나물 같은 풀이 삐져나와 있을 뿐이고 깨지거나 느슨해진 구석은 없다. 지붕을 누르기 위한 둥근 돌도 제대로 올려져 있다.

"비교적 깨끗하네요."

"여기는 우리 부모님의 마지막 집이고 지장보살님의 눈에 들어오는 장소이기도 하니까 너무 보기 싫어지면 안 된다고, 로쿠로베에 씨가 신경 써 주신 덕분이야."

"로쿠 할아버지가?"

"응. 이곳에 돌아오자마자 촌장님한테 들었어. 미이짱, 다정한 할아버지가 있어서 좋겠네."

"로쿠 할아버지는 종조부님이에요."

자랑스러운 종조부님이에요, 응.

아라무라 마을은 논밭도 그렇고 마을 사람들의 생활도 그렇고, 어지간한 가뭄이라도 들지 않는 한 물이 없어서 곤란한 적이 없다. 풍부한 샘물이 모여 있는 호수가 가장 큰 수원水源이지만 원래가 습지였던 곳이라 깊이 파지 않아도 우물을 만들 수 있다. 다만 지반이 무르기 때문에 우물도 무너지기 쉬운 부분은 난점이다.

마을 서쪽 끝, 나무문을 사이에 두고 지장보살님의 얼굴을 볼 수 있는 이곳에도 갑작스러운 공사로 오두막이 지어지기 전부터 작은 우물이 있었다. 마을 사람들도 사용하긴 하지만 우선은 이쪽을 통해 마을로 들어오는 여행자나 행상인, 순찰을 도는 관리와 그들이 타고 오는 말을 위한 물터다. 그래서 주스케 부부의 간병과, 안타깝지만 임종 때 입술을 축여 줄 물을 뜨기 위해 사용된 후에도 때때로 손질이 이루어지고 있었다(아까 사에가 한 이야기를 생각하면 이것도 로쿠로베에가 손을 쓴 것이리라).

우물 가장자리에는 둥근 돌과 흙부대가 빙 둘러 쌓아 올려져 있고, 가느다란 나뭇가지를 짜서 만든 두 장의 뚜껑이 얹혀 있다. 옆에는 간소한 도르래 장치가 세워져 있어, 밧줄 끝에 묶여 있는 통을 이용해 물을 길어 올릴 수 있다. 덕분에 미기와도 사에도 청소할 물 때문에 고생하지는 않았다.

우물 입구의 한쪽 구석에는 짧은 도랑이 달려 있고, 거기로 물을 흘려보내면 통을 타고 흐른 물은 우물 옆에 마련되어 있는 가늘고 긴 물받이 안에 고인다. 폭은 1척, 길이는 3척 정도 되는 물받이라서 이것을 가득 채우기는 힘들다. 여행자나 관리가 말에게 물을 주거나 손발을 씻을 때 사용하려 해도, 어느 정도 인원수가 되지 않으면 오히려 수고만 들 뿐이다. 미기와도 사에도 쓸 일이 없었지만,

"모처럼 청소하러 왔으니 이 물받이도 깨끗이 해 두자."

하고 사에가 말했다. 우선 물받이 바닥에 쌓인 흙과 먼지를 닦아 내자.

"내가 물을 길어서 흘려보낼 테니까 미이짱, 네가 씻어 줘."

미기와는 오래 사용해서 낡은 밧줄을 짧게 잘라 묶은 수세미를 이용해 물받이 안쪽을 박박 씻었다. 고인 물은 금세 흙탕물이 된다. 둘이서 긁어내고 다시 깨끗한 우물물을 채운다. 오두막 청소보다도 중노동이다.

"오랫동안 쓰지 않았던 걸까?"

"다들 귀찮은 거예요. 더 편리하게 만들 수 없을지 로쿠 할아버지랑 오라버니한테 생각해 달라고 할게요."

"미이짱은 로쿠로베에 씨랑 야이치를 좋아하는구나."

놀리듯이 가벼운 말투로 사에는 말했다. 왠지 밝다.

미기와는 약간 시선을 들어 사에의 표정을 훔쳐보았다. 예쁘고

다정한 얼굴이지만 그림자가 옅고 희로애락도 흐릿한 이 사람을,

──시집도 못 간 여자 귀신.

이라며 웃음거리로 삼고 있는 마을 사람이 있음을, 미기와는 알고 있다. 남자뿐만 아니라 여자 중에도 있다. 그자들에게 보여 주고 싶다. 지금 사에의 얼굴은 안쪽에서부터 희미하게 빛나고 있다. 그리고 통을 들어 올리는 그 어깨와 팔의 움직임은 얼마나 우아한지. 소매를 걷어 올리고 있어서 어깻죽지까지 잘 보인다. 건강하게 볕에 그을린 팔의 바깥쪽과, 갓 찧은 떡처럼 하얀 팔의 안쪽. 약동하는 근육과 매끄러운 관절의 움직임.

통에 가득 찬 물이 튀어 물방울이 날아갔다. 여름 해를 받아 반짝반짝 빛난다. 사에의 웃는 얼굴과 여름의 물보라. 정말 아름답다.

넋을 잃고 바라보던 순간, 미기와는 눈치챘다. 이곳에 누군가 한 사람이 더 있다. 아니, 한 쌍의 눈알이 더 있다. 사에의 눈이 한 쌍, 미기와의 눈이 한 쌍. 나머지 한 쌍은,

──누구지?

어디에 있을까. 사에의 뒤. 미기와의 옆. 우물에 상반신을 기울이고 있는 사에. 물받이 옆에 쪼그리고 있는 미기와.

밧줄과 통이 오르락내리락하고 있는 것은 우물 앞쪽이다. 건너편은 나뭇가지 뚜껑으로 막혀 있다. 빗물이 직접 우물에 들어가지 않게 막고 작은 동물들이 떨어지지 않도록. 나무껍질이 붙어 있는 가지를 그대로 엮었을 뿐인 조잡한 뚜껑이지만 충분히 역할

은 다하고 있다. 이쪽의 절반도, 뚜껑을 치워 버리지 않고 비껴 놓았을 뿐이다. 만에 하나라도 사에와 미기와가 안으로 떨어지거나 하지 않도록.

그래서 우물 안은 가장자리의 바로 안쪽까지 어둠이 가득 차 있다.

세 번째 눈알은 그 어둠 속에서 이쪽을 엿보고 있었다. 이쪽의 가장자리에 손을 걸치고 매달려 눈 위만 내놓고 있다.

매달려 있다.

미기와는 지극히 당연한 일처럼 그렇게 생각했다. 누가 우물 가장자리에 매달릴까? 당연히 어린아이다. 재미있어하며 위험한 짓을 하는.

그렇다, 어린아이다. 매달려서 엿보고 있는 그 머리 높이. 눈의 느낌. 이마의 느낌. 짧은 앞머리.

——요전에 로쿠 할아버지 오두막에 갔다가 돌아오는 길에 호수 기슭의 갈대가 나 있는 곳에서 본 것과 똑같다.

퍼뜩 생각이 미친 순간, 사에가 짧고 날카로운 비명을 질렀다. 그와 동시에 우물 가장자리에 매달려 있던 것이 손을 확 떼고 어둠 속으로 떨어져 갔다.

떨어질 때 탁하고 낮은 목소리로 이렇게 말했다.

"매시롭구먼."


"——이건 가와카즈군 근방의 독특한 말인데" 하고 쓰메키치가 말을 잇는다. "매시롭다는 여자로서 매력이 있다는 의미라고 합니다."

그 말을 듣고 도미지로는 생각했다. 구먼이라는 것은 어미일 테니, '매시롭구먼'은,

"괜찮은 여자구나, 정도의 말이려나?"

쓰메키치는 눈을 크게 뜨며, "바로 그렇습니다. 과연 작은 나리, 이해가 빠르시네요."

"입에 발린 말은 됐어. 그리고 나는 작은 나리가 아니라 도련님이라고."

"예, 예."

이야기의 흥이 나기 시작해 쓰메키치의 혀가 매끄럽게 돌아간다.

"놀란 미기와 씨와 사에 씨는 모든 걸 내던지고 소작인 공동주택으로 도망쳐 버렸는데요——."

도중에 야이치와 만스케라는 마을의 젊은이를 마주쳤다. 두 사람은 요전의 태풍으로 무너진 논두렁길을 고치러 가는 중이었다.

미기와와 사에는 서둘러 사정을 쏟아냈다. 서로 앞다투어 말하다 보니 사에도 우물 가장자리에 매달려 있는 무언가를 보고 비명을 질렀음을 알았다.

"어린아이만 한 크기였어. 머리랑 팔다리가 있고."

"그런 바보 같은 일이 있을 리가."

만스케는 웃을 뿐이었지만 야이치는 진지한 얼굴이 되어,

"만 씨, 살펴보러 가요" 하고 말했다.

"곰이나 원숭이가 우물에 빠져서 나올 수 없게 된 건지도 몰라요. 아무것도 모르고 물을 긷던 사람이 습격이라도 당하면 큰일이잖아요."

언제나 의지할 수 있는 오라비지만, 미기와는 그 한 쌍의 눈이 곰도 원숭이도 아님을 알고 있었다. 다만 지금은 그런 말다툼을 시작하기보다 되돌아가서 확인해 달라고 하는 게 먼저다.

넷이서 돌아가 보니 서쪽 우물 옆에 사람 그림자는 없었다. 미기와와 사에가 도망쳤을 때 그대로, 우물의 뚜껑은 절반이 비껴놓여 있고 물받이 바닥에는 탁한 물이 남아 있다.

하지만 사에가 깜짝 놀라 내던졌을 통은 밧줄이 제대로 감아올려져 물기가 빠지도록 우물 뚜껑 위에 엎어져 있었다.

미기와는 금세 그 사실을 눈치챘고 사에도 눈치챘다. 거기에서 두 사람 다 발이 움츠러들고 말았다.

"어디, 어디."

만스케는 성큼성큼 우물로 다가가 통을 들어 보기도 하고 뚜껑을 들어 올려 보기도 한다. 아무렇게나 몸을 내밀어 우물 안을 들여다보아서, 미기와는 목덜미가 오싹했다.

"아무것도 없어. 사에 아줌마, 남자 기근이라 몸이 달아오른 거 아니야?"

남자 기근이라고?

만스케는 열일곱 살. 힘이 세고 부지런해서 또래 남자들 가운데서도 의지가 되고 있다. 야이치와 논두렁길을 고치러 간 것도 두 녀석이라면 괜찮을 거라고 어른들이 인정했기 때문이다.

그러나 미기와는 만스케가 몹시 싫었다. 왜냐하면 입이 험하니까. 이놈의 어머니가 우선 마을에서 가장 입이 험한 데다가 욕설을 많이 늘어놓는 할멈이고, 본인도 영향을 받아 두 번째로 입이 험하고 욕설을 많이 늘어놓는 젊은이가 되려 하고 있다.

"사에 씨한테 심한 말 하지 마!"

미기와가 재빨리 대꾸했다. 그러자 만스케의 입 끝이 실룩거렸다.

"너야말로 건방진 소리 하지 마, 기저귀나 빠는 게."

미기와는 어릴 때부터 동생들과 마을 아기들의 기저귀를 빨아 왔다. 조금도 부끄러운 일이 아니다. 또 대꾸하려고 하자 사에가 달래듯이 미기와의 어깨에 손을 올리며 말했다.

"싸움은 그만둬. 아무것도 없다면 내 착각이었나 봐. 만스케 씨한테도 야이치한테도 수고를 끼쳐서 미안해."

야이치는 우물을 등지고 우뚝 선 채 사에의 얼굴을 바라보고 있다. 미기와의 오라비는 유감스럽게도 말주변이 없다.

"마을 남자들이 상대해 주지 않아서 외로운 건 알겠는데."

턱 끝을 치켜들고 업신여기는 듯한 눈빛으로 사에를 노려보며 만스케가 심한 말을 늘어놓는다.

"나나 야이치 정도의 애송이라면 속일 수 있으리라 생각했나.

아줌마. 그렇게 혼자 자는 게 괴로우면 다시 역참마을로 돌아가서 밥이라도 퍼 주면 되잖아."

밥 퍼 주는 여자. 싸구려 여관에서 묵는 손님에게 밥을 가져다 준다는 구실로 푼돈에 몸을 파는 여자를 말한다. 이전에도 만스케의 어머니가 사에를 가리켜 이 말을 썼는데 (그때는 밥 퍼 주는 여자 출신이라고 했다) 어차피 나쁜 말이 뻔하지만 뜻을 알 수 없었다. 나중에 로쿠 할아버지한테 물어 배웠기 때문에 미기와는 이제 제대로 알고 있다.

어깨에 놓인 손 너머로 퍼뜩 움츠리는 사에가 느껴졌다. 미기와는 머리에 피가 오르고 또 그 피가 끓어올랐다. 눈 속이 뜨거워지고 눈물이 났다.

사에 씨에게 그런 식으로 말하지 마! 이제 곧 만스케 따위는 발치에도 못 미칠 만큼 훌륭한 남편이 올 거라고!

당장이라도 소리치려고 했을 때, 만스케가 들어 올려 비껴 둔 뚜껑을 스치다시피 하며 우물 속에서 손이 불쑥 나왔다. 성인 남자와 비슷한 크기의, 뼈가 불거진 손가락이 굵고 손바닥도 두툼할 듯한 손이다.

그 손도 손목도 거기에 이어져 있는 팔도 이끼 같은 녹색을 띠고 있다. 게다가 우물가에 기대고 있던 만스케의 오른쪽 팔꿈치 위를 덥석 움켜쥔 손가락과 손가락 사이에는 어엿한 물갈퀴가 달려 있었다.

"어?"

만스케도 팔꿈치 위를 붙잡힌 사실을 깨달은 모양이다. 문득 시선을 내려 붙잡힌 곳을 보았다. 순간, 눈도 입도 크게 벌린 채 우물 속으로 머리부터 끌려들어가고 말았다.

 멋진 솜씨였다. 빨랫대에 걸려 있는 무명천이나 기저귀 끝을 붙잡고 잡아당겨 걷을 때처럼 손쉽게, 한 젊은이를 붙잡고 끌어당겨 떨어뜨린 것이다.

 첨벙. 우물 밑바닥에서 물이 튀는 소리가 났다.

 물갈퀴가 있는 녹색 손바닥은 우물 가장자리로 돌아왔다. 우선 오른손, 이어서 왼손. 양 손바닥이 모이자 영차──하고 손가락에 힘이 들어가더니 손바닥의 주인이 나타났다.

 몸이 날랬다. 그러면서도 힘찬 도약이었다. 우물 속의 어둠에서 한 번 펄쩍 뛰어올라, 다음 순간에는 우물 가장자리에──둥근 돌과 흙부대로 다져진 곳에 착지했다. 지금은 다소곳하게 쪼그려 앉아 있다.

 그것의 키는 야이치와 비슷한 정도. 하지만 몸집은 전혀 다르다. 목에도 팔에도 허벅지에도 종아리에도 살이 가득 붙어 있다. 보기에도 강하고 빠를 듯한 느낌이 들었다.

 머리는 둥글다. 이 또한 바로 옆에 우두커니 선 채 멍하니 있는 야이치와 비슷한 크기지만, 머리카락은 나 있지 않다. 미기와가 두 번이나 '짧은 앞머리다'라고 생각한 것은 그것의 머리 주위에, 머리털이 나는 언저리를 지키듯이 나 있는 가늘고 긴 지느러미 같은 것이었다. 색깔은 그것의 얼굴이나 몸보다는 엷은 녹색이고, 시들어 가는 수세미외처럼 노란 기를 띠고 있다.

둥근 머리 꼭대기에는 접시가 있었다. 거기에 깨끗한 우물물이 가득 차 있다. 고개를 살짝 기울여 미기와 일행을 보느라 접시가 기울어도 물은 넘치지 않는다. 어떤 구조인 걸까.

그것의 발가락에도 물갈퀴가 붙어 있는데, 지금은 납작하게 펼쳐져 우물 가장자리를 움켜쥐고 있다. 물갈퀴를 적시고 있는 우물물이 흘러 떨어져 우물 가장자리에 하나, 둘, 줄을 그린다.

미기와가 거기까지 알아보는 동안 아무도 목소리를 내지 않았다.

"매시로워."

물새의 부리를 옆으로 넓힌 듯한, 혹은 사람의 입술을 부리로 바꿔놓은 듯한 훌륭한 부리 겸 입술을 움직여, 그것이 말했다. 전체적으로 앞을 향해 튀어나온 눈을 끔벅끔벅 깜박인다. 그때마다 눈알이 촉촉하게 젖으면서 눈구멍 속을 헤엄치는 통에 어디를 보고 있는 건지 알기가 어렵다. 하지만 이 말은 사에를 향한 거라고, 미기와는 생각했다. 왜냐하면 미인이라고 칭찬하는 말일 테니까.

"가, 가, 가."

얼어붙어 우두커니 선 채 야이치가 목소리를 냈다. "가, 가, 갓."

"응, 갓파" 하고 그것이 대답했다.

미기와도 야이치도, 물가에는 그렇게 불리는 요괴가 살고 있다

──는 옛날이야기라면 들었다. 한자로는 '하동河童'이라고 쓰는 모양이다.

가와카즈군은 물이 풍부한 지방이기 때문에 물에 사는 요사스러운 존재의 전승이 많다. 장작 창고만 한 크기의 괴어怪魚, 여행자를 홀려 물에 끌어들이는 물뱀, 멀리 바다에서 거슬러 올라와 호수에 둥지를 만드는 커다란 해파리, 가뭄 때만 모습을 나타내고 마을 사람들이 금비녀와 은빗을 담아 바치면 비를 청하는 노래를 불러 준다는 아름다운 인어. 비가 그쳤을 때 무지개를 내뿜는 커다란 장어. 여러 가지 일화가 전해지는 가운데, 갓파는 그리 눈에 띄는 요괴가 아니었다. 별명은 가와아카고川赤子라고도 한다. 어린아이만 한 체격에 머리에 접시가 있고, 등에 등딱지를 지고 있고, 몸이 녹색. 손발에 물갈퀴가 달려 있다. 내버려두면 나쁜 짓은 하지 않지만 괴롭히면 보복한다. 그 정도밖에 모른다.

지금 우물 가장자리에 쪼그려 앉아 자신을 '갓파'라고 하는 그것이 몸의 방향을 살짝 바꾸자 정말로 등에 진 두꺼운 등딱지가 보였다.

"내, 혼꾸녕 냈다. 띠쓰는 저 아해는 혼꾸녕이지."

엄청나게 탁한 목소리다. 탁한 목소리에, 목구멍 안쪽에서 무언가가 부글부글 울리는 듯한 소리도 동시에 나서 알아듣기가 어렵다. 게다가 이거, 사투리인가?

"미, 미이, 미이."

이번에는 사에였다. 미이미이 하고 중얼거리며 미기와의 어깨를 눌러 자기처럼 고개를 숙이라고 재촉했다. 아니, 절을 하려는 걸까.

"미이, 짱, 이, 인사."

길가에 손을 짚고 사에가 머리를 숙인다. 몸이 덜덜 떨리고 있다.

"수, 수신님, 화, 화, 화화화황공, 하옵니다."

사에 씨, 울 것 같다. 미기와도 머리에서 핏기가 가시고 어질어질하기 시작했다.

"가, 가, 갓파, 수신, 님."

어색하게 말하면서 야이치도 그 자리에서 엎드리려고 한다. 그러자 그것이 손을 내밀어 어깨를 만지며 말했다.

"됐다, 됐어."

엎드리지 마, 그만둬, 라고 말린 것 같다. 미기와와 사에를 향해서도 고개를 저어 보인다.

"내는, 터주다. 수신이 아니야. 모셔지면, 페로워."

야이치가 엎드리려다 말고 그 자리에 주저앉았다. 갓파에 터주지만 수신은 아니라는 그것이 야이치에게 얼굴을 가까이 하며 말했다.

"너, 씨름 좋아하니."

묻고 있는 듯하다. 씨름은 좋아하니?

"씨, 씨름?" 야이치가 되묻는다.

"응, 응."

"아버지한테는 이긴 적 없어요."

"네 아비, 씨름 잘하니."

"로쿠 할아버지가 더 셌다고 하던데."

뭔가 대화가 이루어지고 있다.

미기와는 가까스로 숨을 골랐다. 미기와에게 매달리던 사에도 숨을 몰아쉬다가 간신히 정신을 다잡았는지,

"터, 터주님." 약한 목소리로 불렀다.

갓파이자 터주인 듯한 그것은 작은 새처럼 고개를 휙 돌려 사에를 보았다. 깜박임이 격렬해진다. 기뻐하는 걸까.

"이, 이름을, 여쭈어도, 되겠습니까."

사에는 역참의 제대로 된 여관에서 일했었기 때문에 이럴 때 쓰는 말씨를 잘 알고 있다. 어쩐지 든든하다. 미기와는 사에에게 몸을 바싹 붙였다.

"내, 산페이타."

그것은 선뜻 이름을 말해 주었다.

"가와카즈의, 갓파 대장. 내 아버지도, 할아버님도, 대장이었지."

그렇게 말하며 여름이 끝나 가는 푸른 하늘을 올려다보듯이 가볍게 얼굴을 쳐들었다.

"천지가, 시작되었을 무렵부터, 우리 갓파는 이 부근의 대장. 터주다."

그러다가 다시 사에 쪽으로 얼굴을 향하고 야이치에게 시선을

옮긴다.

"늬들, 아라무라의 주이들이지."

아라무라 마을 사람이냐고 물은 것이리라. 우선 야이치가 고개를 끄덕이고 사에와 미기와가 뒤따라, 셋이서 망가진 종이 호랑이 인형처럼 고개를 붕붕 끄덕였다. 그러자 산페이타──남자의 이름이라면 한자는 '三平太'이리라──도 고개를 붕붕 위아래로 흔들기 시작해, 우선 야이치가 웃음을 터뜨리고 이어서 미기와도 웃음을 터뜨렸다. 남매의 웃음소리가 밝게 울리고, 마지막에 사에가 간신히 우후후 하고 웃자 산페이타도 흔들던 고개를 멈추고 웃었다.

눈이 가늘어지고 부리 양쪽 끝에 주름이 진다. 그리고 탁한 목소리로 이렇게 말했다.

"근래, 숭상한 기운이 있는데, 늬들, 거니챘니."

숭상이라는 말은 수상쩍다, 기이하다는 뜻이다. 가와카즈군에서도 오래된 표현으로, 로쿠 할아버지가 가끔 입에 담을 때가 있다.

"수상한 기척이 나는데…… 알고 있느냐고, 물으시는 건가요?"

똑바로 산페이타를 향하며 야이치가 물었다. 산페이타가 둥근 머리를 끄덕인다. 그래도 접시 위의 물은 쏟아지지 않는다.

"늬, 씨름 선하는 아비, 맞날 수 있니."

씨름을 잘하는 너희 아버지를 만날 수 있느냐고 물은 모양이다. 야이치는 즉시 대답했다.

"우리 아버지보다 로쿠 할아버지가 더 나아요."

아아, 역시 오라비는 얘기가 잘 통한다. 당장 로쿠 할아버지를 불러 올까? 우리가 갈까? 어라, 사에 씨, 뭔가 말하고 싶은 거예요?

"만스케 씨는…… 괜찮을까."

아. 그러고 보니 우물 안으로 사라졌었다.

대화가 들렸는지 산페이타는 이쪽을 보고 눈을 깜박였다. 그러는가 싶더니 자리에서 꼼짝도 하지 않고 그저 오른팔만 쑥 뻗어 우물 속으로 집어넣었다. 그 팔이 다시 쑥 돌아오니 물갈퀴가 달린 손가락이 이마에 커다란 혹이 달린 만스케를 들고 있었다.

야이치와 미기와의 아버지 하이치는 젊은 나이에 소작인 우두머리가 되었기 때문에 연장자에게 얕잡아보이지 않고 동년배 동료의 질투를 부추기지 않으려고 만사에 조심스럽다. 좋게 말하면 신중한 사람이다.

가와카즈군의 터주(그것도 3대째!)라는 갓파 산페이타에 관해 남매와 사에가 아무리 설명해도 진지하게 받아들여 주지 않는다. 미기와 입장에서 보자면 이마 한가운데에 멋진 혹이 생긴 만스케의 모습이 무엇보다 큰 증거지만, 당사자인 본인이 기절하기 전후의 일을 깨끗이 잊어버린 데다.

"사에가 떠밀쳐서 우물 가장자리에 머리를 부딪쳤어. 정말 무서운 요괴 할망구야."

하고 있지도 않은 일을 주장할 뿐이라 오히려 거짓말 같아지고 말았다.

"그야, 네가 또 시시한 소리를 해서 사에한테 시비를 걸었기 때문이겠지."

하이치는 그렇게 말하며 만스케를 쫓아내고 남매를 향해서도 잔소리를 했다.

"저런 쓰레기 자식이 심술을 부려서 너희가 사에를 감싸려 하는 마음은 이해하지만 헛소리 같은 이야기를 지어내지는 마라."

그리고 약간 목소리를 낮추더니 사에에게 말했다. "새 가정을 꾸리는 데 필요한 게 있으면 말해 다오."

미기와는 생각했다. 우리 아버지는 제대로 된 남자다. 사에 씨 편이고 만스케가 시시한 놈임을 꿰뚫어 보고 있다. 하지만 제대로 된 사람이기 때문에 더더욱, 갑자기 갓파를 받아들일 수는 없는 걸까.

"역시 아버지는 무리겠어. 로쿠 할아버지도 끌어들인다면, 촌장님 쪽이 들어줄지도 몰라. 내가 틈을 봐서 부탁해 볼게."

야이치도 포기가 빠르고 시원시원했다.

갓파 산페이타와는 서쪽 우물가에서 일단 헤어질 때 약속했다. 야이치가 호숫가에 있는 로쿠 할아버지의 판잣집 옆에 서서,

"산페이타 님, 씨름 잘하는 사람을 데려왔으니 나와 주십시오!"

하고 큰 소리로 부르면 다시 모습을 보여 줄 것이다. 산페이타와 로쿠 할아버지를 소개하는 자리에 촌장도 있어 준다면 수고를

훨씬 덜 수 있다.

산페이타가 탁한 목소리로 말한 '씨름 선하는'은 씨름에 강한 사람을 가리키는 뜻일 거라고 짐작은 하고 있었지만,

"여관에서 일할 때 들은 적이 있는데 이 근방의 노인들 사이에서는 승부에 강한 사람이나, 예술이나 학문을 잘 아는 사람을 '선하다'고 부르는 풍습이 있어. 옛날 말이고 지금은 없어져 버렸겠지만."

사에가 해석해 주어서 그렇구나 하고 납득했다. 산페이타는 가와카즈군의 터주이니 오래된 말을 입에 담아도 이상하지는 않다. 미기와도 알아듣기 어려웠던 강한 사투리도 차분하게 생각해 보면 이 부근의 노인이 쓰는 말과 비슷하다.

사에도 남매도 낮 동안에는 각각 할 일이 있고, 로쿠 할아버지도 오두막을 비우고 어딘가 나가 있을 때가 많다. 셋이서 상의해 해 질 녘이 되면 제각기 마을을 빠져나와 호숫가의 판잣집에서 만나기로 했다.

미기와는 이럴 때면 꼭 고집을 부리는 동생들 때문에 애를 먹으면서 청소를 하고 물을 긷고 빨랫감을 정리하고 잡곡을 돌절구로 찧고 저녁 국에 넣을 경단을 만들고 어제 캐 둔 산나물과 버섯을 선별하여 씻고 떫은맛을 뺐다. 음식을 만드는 동안,

──산페이타 님은 무엇을 먹을까.

문득 궁금해졌다. 등딱지를 지고 있고 손발에 물갈퀴가 있는 모습은 거북에 가까우니, 역시 거북이 먹는 것과 같을까? 수초,

이끼, 벌레에 작은 물고기. 산페이타 님의 몸 크기는 오라비와 비슷한 정도였으니 작은 물고기로는 부족할까. 커다란 잉어나 붕어, 장어나 미꾸라지. 계곡에 있는 게나 새우. 설마 쥐나 두더지는 먹지 않겠지. 뱀은 어떨까? 터주인 산페이타 님이 큰 뱀과 싸우면 어느 쪽이 이길까.

궁금증이 꼬리를 무는 와중에, 공동주택 바깥이 왠지 모르게 소란스러워 얼굴을 슬쩍 내밀어 보니 마을 남자들 몇이 논 쪽에서 돌아온다. 그 가운데 상인풍의 낯선 남자가 있었다. 짚신과 각반으로 길채비를 갖추고 있다.

"무슨 일일까."

공동주택에 함께 사는 할아버지 할머니와 지켜보고 있자니, 남자들은 상인풍의 남자와 함께 가래나 괭이를 짊어진 채 우르르 마을에서 나갔다. 동쪽 산길 쪽으로 향한 것 같다.

그때 야이치가 논에서 달려 돌아왔다.

"다들 어디 가는 거야? 오라버니도 갈 거야?"

미기와의 부름에 야이치가 걸음을 멈추더니 말했다.

"저 상인은 가이신도 사람이야. 나흘이나 전에 규베에 씨가 나누시 님 댁에 오기로 약속이 되어 있었는데 아직 얼굴을 보이지 않고 있대."

가이신도는 성 아래에 있는 책방으로 규베에는 그곳의 행수다.

"급한 용무가 있어서 나누시 님이 심부름꾼을 보내 규베에 씨를 불렀고, 그 답신을 받아서 기일을 정한 건데 이상하다고 말이야."

 어딘가에서 다치기라도 했을지 모른다고 걱정한 나누시의 하인이 찾으러 나갔다가 발견했다. 가와카즈군의 북동쪽, 가도로 통하는 산길의 잡목림 속 커다란 나무뿌리가 얽혀 있는 우묵한 곳 밑바닥에, 규베에가 늘 짊어지고 다니는 나무 상자가 피와 흙에 범벅이 되어 내던져져 있었다. 안에 들어 있던 책도 흩어진 채 엄청나게 많은 피로 얼룩진 상태였다. 피는 이미 말라서 썩은 내를 풍기고 있었다고 한다.

 "정작 규베에 씨는 보이지 않아서, 가이신도의 다른 행수가 이 근처 마을의 남자들을 데리고 찾아볼 거래."

 야이치가 덧붙였다.

 "나는 촌장님을 뵙고 올게. 규베에 씨의 일도, 일전에 기요타케 씨가 말한 산적 일당과 연관이 있는 것 같아. 산페이타 님이 했던 말과도 맞아떨어지는 기분이 들고."

 ──근래, 숭상한 기운이 있는데.

 요즘 수상한 기척이 있다.

 짧은 말을 남기고 야이치는 촌장의 집 쪽으로 달려갔다.

 공동주택에 함께 사는 할아버지 할머니에게는 뜻이 통하지 않는 잠꼬대 같은 말이다. 어리둥절해하는 할아버지 할머니에게 미기와는,

 "번경 맞은편의 와타세무라 마을이라는 곳이 산적 일당의 습격을 받았대요. 그래서 우리 마을도 조심해야 한다고요."

그 말을 도중에 가로막고, 할아버지가 이 없는 입을 오물거리며 말했다.

"산페이타 님이라는 건 산페이타 연못의 터주님인 산페이타 말이냐?"

미기와는 한 번에 알아듣지 못하고 몇 번이나 되물었다. 할머니의 도움도 받으며 간신히 이해할 수 있었던 사실은, 옛 아라무라 마을에는 호수로부터 이어지는 작은 못이 있었는데, 연못의 터주 이름을 따서 산페이타 연못이라고 불렀으나, 100년쯤 전 아라무라 마을이 송장당의 습격을 받아 전멸하고 습지에 묻혀 버렸을 때 산페이타 연못도 함께 묻혔기 때문에 터주는 어디론가 떠나 버렸다──는 내용이었다.

미기와는 깜짝 놀랐다. "할아버지도 할머니도 송장당 이야기나 옛 아라무라 마을이 묻혀 버린 걸 알고 있네요."

어째서 평소에는 이야기하지 않느냐고 물으니, "무셉우(무서우)니까." "조용히 있으면 잠든 아이도 깨지 않지"라는 대답이 돌아왔다.

로쿠 할아버지의 판잣집이 있는 호수는 '대호大湖'라고 쓰고 '오이케'라고 읽는다. 그럭저럭 큰 호수지만 주위에는 다른 호수가 없어서 일부러 '대大'를 붙이는 이유가 뭘까 하고 이상하게 생각한 적도 있었다.

그 수수께끼가 풀렸다. '오이케'는 산페이타 연못에 비해 '크기' 때문이다.

"할아버지 할머니는 산페이타 연못의 터주님이 어떤 모습을 하고 있는지 아세요?"

두 사람은 입을 모아 "갓파잖니" 하고 대답했다.

"하지만 아무도 본 사람은 없어. 터주님은 사람 앞에는 나타나지 않으시니까."

"어째서요?"

"사람의 기를 쐬면 힘이 약해져 버리거든."

"터주님은 우리 사람들의 더러움에 닿으면 닿은 만큼 수명이 줄어 버려."

미기와의 가슴에는 그 말이 차갑게 스며들었다. 날카로운 부엌칼을 쓰다가 손가락 끝을 베어 버렸을 때와 같은, 불쾌한 한기를 느꼈다.

가이신도의 행수(이름은 마쓰조라고 한다고 한다)와 마을 남자들에 의한 수색은 여름의 긴 해가 지고 나서도 계속되었다. 소작인 공동주택의 나무문 있는 데서 바라보아도, 저 멀리 산길을 오르는 남자들의 손에 들린 빛나는 횃불이 얼핏얼핏 보였다.

규베에는 여전히 발견되지 않았지만 그래도 촌장은 로쿠 할아버지의 판잣집으로 와 주었다. 그 험악한 얼굴과 이마에 새겨진 깊은 주름을 보며 미기와는 생각했다. 이런 사태이기 때문에 촌장님도 오빠가 말하는 '산페이타 님'의 이야기를 흘려들을 수 없었으리라고. 수상한 기척은 이미 기적의 단계를 넘어 기분 나쁜 사건이 되어 있었다.

"미쓰노무라 마을도 사다무라 마을도 사람을 보내 규베에 씨를 함께 찾고 있다고 한다."

저것 보렴, 하며 촌장은 호수 맞은편 기슭에 떠 있는 반딧불이처럼 작은 불빛을 가리켰다. 해는 완전히 져서 산자락을 채색하고 있던 희미한 자주색 빛도 사라졌다. 오늘 밤은 음력 초하루라, 옅은 파란색 밤하늘에 흩어져 있는 빛은 별빛뿐이다.

"터주님은 저런 불빛이 있는 걸 싫어하지는 않을까. 경계하시려나."

"오늘 아침에는 우물 속에서 나왔다고 하니 상관없겠지."

말을 나누는 촌장과 로쿠 할아버지는 허수아비처럼 야위고 키가 큰 그림자와, 땅딸막하고 포동포동한 그림자의 조합이었다.

두 개의 그림자 앞에 선 야이치가 신을 벗고 물결이 밀려오는 곳을 향해 찰방찰방 나아가며 손나팔을 만들더니 길게 목소리를 돋우어 소리쳤다.

"산, 페이타, 니임~. 씨름, 잘하는, 사람을, 데려왔으니~, 나와, 주십시오~."

호수의 수면에 잔물결이 인다. 멀리 있는 불빛이 가볍게 흔들린다. 야이치는 다시 한번 내쉬었다 들이쉬더니 다시 목청을 높였다.

"주십시오~."

말꼬리가 떨리면서 여름 밤공기 속으로 빨려 들어간다.

첨벙.

어딘가 가까운 곳에서 물소리가 난다. 처음부터 서로 몸을 가까이 하고 서 있던 미기와와 사에는 서로를 꼭 껴안았다.

산페이타는 나타나지 않았다.

"……야이치, 올라오너라."

세 번째로 부르려고 한 야이치를 제지하며 로쿠 할아버지가 말했다. 야이치는 이쪽에 등을 돌린 채 손을 입가에서 내리고 고개를 숙였다.

살랑살랑살랑.

호수 수면이 술렁거린다.

"이보게, 로쿠로베에." 촌장이 낮은 목소리를 냈다. "저쪽의, 서쪽 숲속에 횃불 행렬이 있지. 하나, 둘, 셋…… 다섯인가. 아니, 지금 셋이 되었네."

촌장이 가리키는 쪽으로 미기와도 시선을 던졌다. 맞은편 기슭의 반딧불이 같은 (아마 장소로 보아 미쓰노무라 마을의 남자들일 듯한) 불빛의 행렬보다도, 호수 서쪽에 떠오른 횃불의 행렬이 훨씬 더 크다. 불빛도 강하다. 즉, 그만큼 거리가 가깝다.

"저런 곳에, 어느 마을의 사람들이 있는 걸까? 규베에 씨를 찾는 행렬치고는 엉뚱한 장소가 아닌가."

로쿠 할아버지가 천천히 대답한다. "기이치로 자네가 모르는데 내가 알겠나."

그때, 또 첨벙 하고 물소리가 났다.

그리고 탁한 목소리가 들려왔다.

"송장 녀석들이다."

미기와는 자신의 눈을 믿을 수가 없었다. 야이치에게서 조금 떨어진 물가에, 야이치의 키만 한 크기의 등딱지가 앉아 있다. 아니, 정확하게는 거기에 산페이타가 쪼그려 앉아 있고, 이쪽에서는 등딱지와 그 위로 오도카니 튀어나와 있는 머리밖에 보이지 않았다.

——언제 나온 거지?

첨벙 하는 물소리밖에 나지 않았는데.

촌장은 당장이라도 눈알이 튀어나올 것만 같다. 로쿠 할아버지는 무언가 싫은 일이라도 당한 듯 불쾌한 얼굴에 입가가 시옷자로 구부러져 있다.

두 사람 다 말없이 그 자리에 무릎을 꿇고 정좌했다. 미기와와 사에도 따라 했다. 물가에 우두커니 서 있는 야이치만이 그대로다.

"당신이, 터주이신 산페이타 님이십니까."

로쿠 할아버지가 진지하게 묻자 산페이타는 약간 고개를 비틀어 로쿠 할아버지와 촌장 쪽을 보았다. 강한 광원은 어디에도 없는데 둥근 눈이 밝게 빛난다. 머리 접시에는 맑은 물이 가득 차 있고, 접시 가장자리를 두르고 있는 앞머리 같은 연녹색 지느러미도, 넓은 부리도, 물에서 막 올라온 양 촉촉하게 젖어 있었다.

"내 아버지도, 할아버님도, 천지가, 시작되었을 무렵부터, 이 부근의 대장. 터주다."

탁한 목소리지만 산페이타의 말은 또렷하여 알아듣기 쉽다. 둥근 눈이 움직여 미기와와 사에를 보더니,

"어두워도, 매시롭다."

어두운 곳에서 보아도 사에는 여자로서 매력이 있다고 칭찬한다. 쿡 하고 웃던 사에가 산페이타를 향해 말했다.

"나와 주셔서 고맙습니다. 산페이타 님은, 물이 있는 곳이라면 어디든 가실 수 있나요?"

미기와는 감탄했다. 사에 씨는 배짱이 좋고 영리하다. 나는 어떻게 말을 걸면 좋을지, 아무것도 머리에 떠오르지 않는데.

"가와카즈군의 수맥은, 구석에서 구석까지 내 손바닥 안이니까."

산페이타가 펼쳐 보이는 오른손 손바닥은 물갈퀴 때문에 몸에 비해서는 커 보인다. 손가락은 굵고 손바닥은 두툼하다.

"하지만, 전에 송장 놈들이 쳐들어왔을 무렵에는, 내는 터주가 된 지 얼마 안 되어, 아버지만큼의 지혜도 힘도 없었지. 송장 놈들이 선수를 쳐서, 불을 질러 버리는 바람에, 내는 어떻게 할 수도 없었다."

탁한 목소리에 희미한 떨림이 섞였다.

"결국, 아라무라 마을을 잃고, 산페이타 연못까지 메워지게 되었다. 내는, 허수아비 터주다."

그래서, 나는 기다리고 있었다——.

"언젠가 원수를 갚을 때를. 송장당 놈들을 쓸어 버리고, 내 등

딱지에서, 허수아비를 벗어던질 때를."
 산페이타가 입을 다물자 호숫가의 다섯 사람을 침묵이 감쌌다. 판잣집 문 앞에 기대어져 있는 갈대발이 축축한 밤바람에 덜걱덜걱 소리를 낸다.
 "터주님이 말씀하시는 '송장 놈들'이란, 100년이나 전에 귀안법사라는 이름의 악당이 이끌었던 '송장당'을 말씀하시는 것이지요?"
 로쿠 할아버지가 묻는 목소리에 겨우 정신을 차린 듯 야이치가 움직여, 물가의 산페이타 옆에 무릎을 꿇었다.
 "하지만 그놈들은 먼 옛날에 퇴치되었잖아요. 지금도 살아 있고 다시 가와카즈군의 마을을 습격하려고 하다니 이상하지 않아요?"
 호숫물에 무릎을 담그고 산페이타 쪽으로 몸을 내밀며, 야이치는 묻는다. 산페이타는 또 고개를 틀어 다시 그쪽을 보고는,
 "환생한 것이다" 하고 대답했다.
 "우리 터주는, 늬들보다 훨씬 오래 살고, 많은 삶의 모습을 보아 왔지만."
 가와카즈군에서 태어나고 자라고, 일하고 가족을 이루고, 죽어서 뼈를 묻어 가는 자들. 드나드는 많은 여행자들. 이 영지 내의 장長인 영주나 다이칸, 그 밑에서 일하는 관리들.
 "그래도, 늬 사람의 삶의 모습은 비슷비슷하지. 비슷한 착한 일과, 비슷한 나쁜 일을 되풀이한다."

100년 전에 있던 귀안 법사의 송장당은 확실히 죽었다. 설령 관리의 손에 붙잡히지 않았어도 공수병으로 죽었으리라.

하지만 사람은 비슷한 일을 되풀이한다. 지금 또 비뚤어진 뜻을 가진 악당들이 나타나 옛날에 이 영지 내에서 날뛰며 가와카즈군의 사람들을 떨게 만들고, 마지막에는 아라무라 마을을 통째로 멸망시켜 버린 선배들을 모범 삼아 우러러보며 흉내를 내고 있다——.

"악당에게는 악당의 모범이 있는 건가." 로쿠 할아버지가 중얼거린다.

촌장은 낮게 신음하며 야이치에게 말했다. "요전에 백약당의 기요타케가 가져온 소문 이야기를, 로쿠 할아버지가 가르쳐 주었다. 그렇게 자세한 이야기는 처음 들었지만, 실은 그보다 한 달쯤 전의 촌장 회합에서도 산적 소문은 나왔었어."

그때 화제에 오른 위험한 사건은 모두 변경 맞은편에서 일어난 것뿐이었기 때문에,

"나도 물론 조심해야겠다고는 생각했지만 당장 가와카즈군도 위험할 거라고까지는……."

더 긴장해야 했다. 촌장의 후회가 전해져 온다.

"하지만 뒤숭숭한 일뿐이었네."

산간의 작은 마을이 산적의 습격을 받아 창고 안의 물건을 몽땅 빼앗겼다. 근처 마을들에서는 여자나 아이가 사라졌다. 숲에 살고 있던 짐승의 수가 갑자기 줄고, 대신 덤불 속에서 가죽이 벗

겨진 사체만을 발견하게 되었다. 한밤중 산자락에 밝게 도깨비불이 줄을 짓는다. 조용한 숲 안쪽에서 갑자기 말발굽 소리나 말 울음소리가 울려 쳐다보니, 머리에 마대를 뒤집어쓰고 넝마를 입고 등에 큰 칼을 짊어진, 싸움에 지고 달아나는 듯한 무사의 귀신이 야윈 백마에 올라탄 채 물끄러미 이쪽을 노려보고 있었다——.

"아, 그 무사." 야이치가 눈을 부릅뜨더니 서둘러 말했다. "기요 씨가 왔던 그날, 제가 동쪽 숲 끝자락에서 본 것도 그런 옷차림을 한 귀신이었어요!"

그놈도 머리에 새까만 자루를 뒤집어쓰고 있었지만 그것이 마대였는지 어떤지는 알 수 없다. 등에 무언가 짊어지고 있었지만 칼이었는지 활이었는지도 보지 못했다. 말은 밤색 털이었고 먼눈으로 보기는 했지만 야위어 보이지는 않았다.

"그런 곳에 그런 게 불쑥 나올 리는 없으니까, 나는 햇볕을 너무 쬐어서 꿈이라도 꾼 건가 했어요."

여기에서 힐끗 곁눈질로 미기와를 보더니,

"너무 이상한 말을 해서 미기와를 겁먹게 하고 싶지 않았고. 그래서 당장은 입 밖에 내지 않았는데."

가이신도의 규베에 씨가 옛날의 무서운 사건에 관해 가르쳐주었기 때문에 마음속으로는,

——으스스하네. 옛날이야기의 송장당 녀석 같잖아.

그렇게 생각하고 있던 차에 기요타케와 로쿠 할아버지의 대화가 귀에 들어왔으니, 야이치는 동요한 것이다. 미기와도 그제야

당시에 느꼈을 오라비의 마음을 알았다.

"도깨비불이라면, 저 서쪽 숲속의."

로쿠 할아버지가 가리키는 것은 아까 다섯 개에서 세 개로 줄어든 횃불의 불빛이다. 지금은 단 하나만 남았다.

"저기에, 지금의 송장당이라고 칭하는 놈들이 있는 거라면 내버려둘 수는 없네. 기이치로, 이야기는 나중에 하고 마을 사람들을──."

로쿠 할아버지의 목소리에는 절박한 초조함과 분노와 공포가 뒤섞인 울림이 있었다. 미기와는 호숫가의 엷은 어둠 속에서 눈을 크게 떴다. 로쿠 할아버지도 무서워하는 게 있구나.

──내버려둘 수는 없다. 하지만 무섭다.

"아니. 지금은 기다려라."

산페이타가 단호하게 딱 잘라 말한다. 그냥 탁한 목소리가 아니라 목구멍에서 나오는 소리라서 떨리는 것처럼 들린다. 혹시 본래 우리와는 목소리를 내는 방법이 다른지도 모른다.

"기다려라──는 말씀이십니까."

로쿠 할아버지도 촌장도 얼어붙어 있다. 산페이타가 두 사람 쪽을 보지 않고 호수의 얕은 물 속에 물갈퀴가 달린 손을 집어넣더니 참방, 참방 하고 물을 저어 몸에 끼얹는다.

"오늘 밤 저기에 있는 건, 놈들의──아이들이다." 말하고 나서 산페이타는 허둥지둥 머리를 흔들었다. "아이 같은, 약한 것."

"부하인가요?" 야이치가 묻는다. "아니면 똘마니라든가?"

산페이타의 눈이 때굴때굴 빛났다. "똘마니."

중얼거리다가, 지금은 이제 없다, 하고 말한다.

"햇불만 남기고 가 버렸다."

로쿠 할아버지와 촌장이 얼굴을 마주 본다.

"어째서 그런 짓을."

단단해 보이는 가죽으로 덮인 목덜미에서 어깨, 배에 물을 다 끼얹고 나자 산페이타는 일어섰다. 그래도 키는 별로 달라지지 않는다. 뒷다리는 개구리처럼 무릎이 깊게 구부러져 있다.

산페이타는 로쿠 할아버지, 촌장, 야이치와 미기와와 사에의 얼굴을 순서대로 둘러보았다.

"하나는, 너희들을 위협하기 위해서."

송장당은 여기에 있다, 하고. 옛날의 참사를 아는 자는 두려워하며 벌벌 떨어라. 귀안의 송장당은 되살아나, 가와카즈군으로 돌아왔다!

"동쪽 숲에 놈들 중 한 명이 나타난 것도, 마을 사람의 눈에 띄어 겁을 주기 위해서다."

"분명히 번경 맞은편에서도 똑같은 짓을 했었으니."

촌장은 분한 듯이 내뱉었다. 표정과는 반대로 목이 움츠러들어 있다.

"이제 드디어 번경을 넘어온 것입니까."

그러고 보니 아카네무라 마을은 어떻게 되었을까.

"마치 연극 같은 방식이지요." 로쿠 할아버지가 말했다. "옛날의 송장당 두목이었던 귀안 법사가 좋아할 법한 일입니다. 산적 일당에게 가담하기 전에는 떠돌이 연극 극단에서 점쟁이 흉내를 내던 놈이니까요."

길거리 예인藝人 같은 자였다. 그것도 겉보기만 요란한 천리안이라고 떠벌리며.

"지금의 송장당이라는 놈들은 귀안 법사에 대해서도 잘 알고 있을 테지요."

산페이타는 눈도 깜박이지 않고 둥근 눈으로 로쿠 할아버지를 바라보다가 이렇게 말했다.

"썩 것이다."

어?

"늬들 사람은, 잘 썩다. 좋은 것에도, 나쁜 것에도."

지금 송장당이라는 이름으로 거들먹거리는 악당들은 옛날의 송장당에 썩어 있다.

"지금의 송장당은 공수병 대신, 옛 송장당의 망령이라는 병에 걸려 있는 건가."

먼 옛날, 설령 기록은 봉인되었어도 사람들의 기억에서는 완전히 사라질 수 없을 정도의 참사를 일으킨 악당들. 그것은 지금 세상에서 마을이나 도시를 습격해 물건을 빼앗고 사람을 다치게 하고, 밤의 어둠을 틈타 도망치는 산적 일당의 입장에서 보자면,

──썩어 버릴 정도로, 흉내 내 보고 싶어질 정도의 동경.

"아니, 기이치로, 진정하게. 산적의 얕은 지혜로, 송장당 흉내

를 내면 우리 가와카즈군의 농민들을 쉽게 위협할 수 있을 거라고 생각하고 있는 걸세. 그냥 눈속임이야. 그런 수법에 넘어가면 안 되네."

로쿠 할아버지가 촌장을 꾸짖으며 주먹을 움켜쥔다. 산페이타의 둥근 눈은 움직이지 않는다.

"늬들, 사람을 찾고 있지. 다른 곳에서 오는 상인이냐."

"네. 가이신도의 규베에라는 사람이에요."

야이치가 일의 전말을 털어놓자 산페이타는 그 자리에서 머리를 꾸벅 숙였다.

"미안하다."

왜 사과하지?

"그 규베에라는 상인은, 나흘 밤이나 전에, 동쪽 가도에서 조금 벗어난 곳에서, 송장 놈들에게 붙잡혀 버렸다."

산페이타는 소리를 들었지만 규베에는 곧 송장당 일당의 말에 태워지고 말았는지, 말발굽 소리만 들릴 뿐이고 게다가 점점 멀어져 가서,

"변경을 넘었는지도 모르겠다."

"딱 습격받은 부근인가? 짐은 발견되었어요. 피투성이였대요."

산페이타는 둥근 눈으로 야이치를 바라보았다. "내도, 비명 소리를 들었다."

"산페이타 님, 근처에 있었군요?"

"아니. 내는 오이케 연못 맞은편 기슭의 깊은 곳에 있었다. 자

고 있었지."

멀리 떨어져 있었는데 어떻게 규베에의 비명이 들렸을까.

"내는 이 가와카즈군의 터주고, 본래는 가와카즈군을 흐르는 물의 화신이다. 가와카즈군의 물이 흘러가고, 흘러오는 곳이라면, 아무리 떨어져 있어도, 내 귀에는 소리가 들린다. 기척을 알 수 있다."

반대로 물이 흐르지 않으면 속수무책이다. 산페이타는 지상에 모습을 나타내기도 어렵다. 귀도 눈도 훨씬 약해지고 만다.

"송장당 놈들은, 규베라는 상인을, 오이케 호수에서도 산줄기에서도 떨어진, 아마 가와카즈군 바깥까지 데려갔을 거다."

산페이타로서는 행방을 알기가 어려워져 버렸다.

"하지만 책은 버려져 있었어요. 돈만 빼앗을 거라면 송장당 놈들은 왜 규베에 씨를 끌고 간 거지요?"

야이치의 목소리가 떨리고 있다. 눈이 어둡다. 몹시 불길한 대답을 예상하고 묻는 것처럼.

"상인은, 돈이 있는 곳을 알고 있다."

산페이타는 선뜻 대답하고, "그렇지?" 하며 로쿠 할아버지의 얼굴을 들여다보았다.

미기와는 처음 보았다. 로쿠 할아버지가 갑자기 창백해지는 모습을.

"가이신도는 가와카즈군의 나누시 님이나 다이칸 님을 단골로 삼고 있다."

가와카즈군만이 아니다. 성하마을의 큰 상가나 무사 저택.

"그런 곳을 규베에 씨한테서 알아내 습격하려는 거로군요."

산적도 매일 먹거나 마신다. 일용품이나 무기를 사는 데도 돈이 필요하다.

"놈들이 내 귀에 닿는 곳까지 다가와서, 꿈틀거리기 시작하고 나서."

산페이타는 송장당의 목소리와 움직임을 들어 왔다.

"지금의 송장당이 몇 명 있는지, 그건 내도 확실하게는 알 수 없었지만."

적어도 열 명 이상은 된다.

"서쪽 숲의 횃불을 켜기 위해 남아 있던 것은, 똘마니고."

본대는 지금쯤 어딘가로 돈을 벌러 나갔다.

밤의 어둠은 산적의 연막이다.

"성하마을까지 쳐들어가서 가이신도를 습격해도 이상하지는 않으려나."

촌장은 낮게 신음하며 머리를 끌어안았다.

로쿠 할아버지는 아무 말도 하지 않고, 야이치도 침묵하고 있다. 미기와는 계속 입을 다물고 있는 사에가 걱정되어 살짝 몸을 틀고 살펴보았다. 사에는 넋이 나간 듯이 서쪽 숲에 딱 하나 남은 횃불을 바라보고 있다가——.

그 눈동자가 움직였다. 그때 사에는 미기와를 떼어 내며 날카로운 목소리로 말했다.

"저걸 보세요. 미쓰노무라 마을 사람들의 불빛일까요? 서쪽 숲으로 다가가고 있어요!"

미기와도 그쪽으로 시선을 던졌다. 사에가 말한 대로 다섯 개쯤 되는 횃불이 호수 맞은편 기슭에 보이는데, 서쪽 숲속에 딱 하나 오도카니 켜져 있는 불빛을 향해 줄을 지어 나아간다.

"송장당의 똘마니는 없다." 산페이타가 말했다. "소리가 나지 않아. 목소리도 나지 않는다. 떠난 후다."

"하지만 무언가 남겨져 있을지도 몰라요."

제정신으로 돌아온 듯 촌장이 몸을 움직였다.

"남자들을 더 모아서 서쪽 숲으로 가야 해. 우리도 우선 마을로 돌아가자."

그 목소리를 되받아치듯이 야이치가 말했다.

"나는 산페이타 님이랑 있을래요. 아직 묻고 싶은 게 많이 있잖아요!"

그러자 당사자인 산페이타가 고개를 저었다.

"오늘 밤은 여기까지다."

"하지만!"

미기와의 귓속에 소작인 공동주택의 할아버지 할머니의 이야기가 번득였다.

"오라버니, 터주님 말대로 해."

"너는 가만히 있어."

"산페이타 님한테는 우리 사람의 기가 좋지 않아. 사람의 기는 터주님한테는 더러움이나 마찬가지래."

야이치가 튕긴 듯이 이쪽을 돌아본다. 사에도, 로쿠 할아버지도 촌장도 깜짝 놀라고 있다. "너, 무슨 말을——."

입을 삐죽거리는 야이치를, 물갈퀴가 달린 손을 들어 올려 가로막고 산페이타는 미기와 쪽으로 한 발짝 내디뎌 왔다.

"훌륭하다."

그렇게 말하며 부리 끝에 주름을 짓는다. 웃고 있는 것이다.

"아는 것이 많은 여자아이다."

"할아버지 할머니가 가르쳐줬어요."

사에가 다가와 미기와를 껴안았다. 산페이타는 고개를 끄덕이고는 조용히 뒷걸음질 쳐서 물가에 섰다.

"내는 오이케 연못의 물로 돌아가겠다."

물속으로 잠수하는 것일까. 아니면 물 자체가 되는 것일까.

"야이치, 또 내를 불러라."

"아, 네."

"언젠가, 내와 씨름을 하자. 송장당을 쫓아내면, 씨름을 하자. 그때는, 내가 가와카즈군의 씨름 선하는 자가 될 거다."

참방. 물소리가 나고 산페이타의 모습은 사라졌다. 수면에는 엷은 파문이 남아 있을 뿐이었다.

"——그날 밤 서쪽 숲에서는 엄청난 것이 발견되었습니다."

흑백의 방에서 쓰메키치가 이야기한다. 예전에 로쿠로베에가 긴마키의 부부와 젊은 날의 큰나리, 다이키치를 향해 해 준 이야기를. 이곳에서 귀를 기울이는 도미지로에게는 이중으로 먼 옛날 이야기지만 송장당의 무서움을 생각하면 그것이 다행이 되고, 산페이타의 터주답지 않은 친근함을 생각하면 그것이 유감이 된다.

"혹시 규베에 씨의 시체였나."

쓰메키치는 긴장한 표정으로 목을 꿀꺽 울리더니 말했다. "멀리서 세었던 대로 횃불은 분명히 다섯 개였습니다. 미쓰노무라 마을 남자들이 발견했을 때는 네 개가 꺼져 있고 나머지 하나도 다 타기 직전이었는데."

주위에는 피 냄새와 속이 거북해질 만큼 썩은 내가 떠돌고 있었다. 냄새의 원천은,

"거적으로 둘둘 말린 시체가 세 개."

모두 여자였다.

"뒤이은 소문으로 알게 된 사실인데 번경 맞은편 마을에서 행방이 묘연해진 여자들이었다고……."

지저분한 작업복을 입었고 온몸이 상처투성이였다. 세 사람 다 머리에 마대가 뒤집어씌워져 있었다. 마대에는,

"까맣고 굵은 글씨로 '송장' '당' '귀'라고 적혀 있었답니다."

이렇게 잔학한 짓을 저지르는 새로운 송장당은 어떤 나쁜 놈들의 모임일까.

"혼란 속에 있던 미기와 씨네는 좀처럼 알 방법이 없었지만."

나중에 알게 된 사실을 정리해 보면 이런 사정이 됩니다——하

고 쓰메키치는 말을 이었다.

"옛날의 송장당이 한 짓은 아까도 말씀드렸지만 아는 사람만 아는 가와카즈군의 어둠이고, 가장 큰 당사자였던 아라무라 마을에서는 후세에 전해지지 않도록 했을 정도였습니다."

무섭기 때문이다.

"이건 영지 내에서 가장 번화한 성하마을에서조차 비슷했지만, 번경 맞은편에서는 전혀 달랐습니다."

이웃 번의 영지 내에서 산줄기를 사이에 두고 가와카즈군과 나란히 있는 곳은 노지마군이라고 한다. 와타세무라 마을도 이 군내에 있었다.

가와카즈군과 노지마군은 옛 아라무라 마을 시대에도 미기와 네 시대에도, 산의 능선을 경계로 정하기는 했지만 그곳을 엄하게 감시하지는 않았다. 산줄기의 가파른 경사면과 단단한 지질로는 논밭으로 개척할 수 있는 가능성도, 삼나무나 편백을 심어 얻을 이익도 없었기 때문에 느긋하다면 느긋하고 엉성하다면 엉성했다.

"옛 아라무라 마을 시대에도, 미기와 씨네 시대에도, 송장당이 멋대로 날뛰고 다닐 수 있었던 까닭은 느긋함 덕분이었습니다."

일당에게 있어 두 군郡을 나누는 산줄기의 샛길, 짐승이 다니는 길, 동굴이나 바위밭은 매우 이용하기 좋았다.

"그렇다면 예전 송장당 때 습격을 받은 곳은 가와카즈군만이 아니고, 이쪽에 전해지지 않았을 뿐 노지마군도 상당히 심한 일을 당했겠구나."

도미지로의 말에 쓰메키치는 크게 고개를 끄덕였다.

"이웃 번에서는 송장당으로부터 당한 피해와 공포스러웠던 상황을 기록으로 남기고, 노지마군뿐만 아니라 영지 내에 널리 알렸습니다."

두 번 다시 똑같은 일이 일어나서는 안 된다는 가르침을 위해.

"공수병에 걸린 송장당을 아라무라 마을 사람들과 함께 생매장해 버린 이쪽과 달리 이웃 번에는 숨겨야 할 것이 없었겠지."

"바로 그렇습니다. 하지만 얄궂게도 이웃 번의 기록과 전승이 100년쯤 지나 나중에 태어난 나쁜 놈의 눈에 띄었을 때, 뭐라고 할까요……."

말을 망설이는 쓰메키치에게 도미지로는 말했다. "훌륭할 정도로 악의 모범이 되었지."

쓰메키치의 눈이 환해졌다. "모범" 하고 되풀이한다.

"훌륭한 모범을 동경하고, 목표로 삼아 정진하고, 언젠가는 뛰어넘겠노라 결심하는 건 예술이나 무언가를 배우는 사람이라면 누구나 가슴에 품는 마음이야."

화공을 지망하는 도미지로도 품고 있다.

"그런 마음이 악인을 동경하는 나쁜 놈들에게서도 생겨나지. 무섭지만 충분히 있을 법한 일이라고 나는 생각한다."

송장당이라는 눈부신 악의 꽃을 동경하며 그 '업적'을 물려받으려는 후대의 악당.

"알겠군, 그래서 이번 신新송장당은 변경 맞은편에서 나타난 거였어."

원천이 그쪽에 있었다.

"보잘것없는 산적 일당이 옛 송장당에 감화된 게 시작인가?"

쓰메키치는 멍하니 도미지로의 얼굴을 보고 있다.

"틀렸니?"

"아뇨, 으음, 그럴 거예요. 큰나리가 로쿠로베에 씨한테 들은 이야기에 따르면——."

송장당의 전신은 노지마군이나 그 주변에서 태어난 가난한 젊은이들의 모임으로,

"처음에는 서너 명, 그저 우마牛馬를 노리는 도둑이었다고 합니다. 발각되어 쫓기면 꽁지가 빠져라 도망칠 정도로 심약한 놈들이었는데."

어느 날 갑자기 깨어난 듯이 산간 마을이나 역참을 습격하기 시작하더니 사람을 두려워하지 않고 잔혹한 짓도 스스럼없이 저지르게 되었다.

"두목은 역시 귀안 법사라는 이름을 썼니? 아니면 그건 주제넘은 일이라며 다른 별명을 갖고 있었으려나?"

"오니코베鬼首 법사라는 이름을 썼대요."

귀신의 머리, '오니코베'다.

"눈이 아니라 머리를 통째로? 뭐, 멋을 부리려는 건지, 자신을 낮춘 건지 알 수가 없군."

도미지로는 쓴웃음을 지었지만 쓰메키치가 또 어이없다는 듯이 눈을 동그랗게 뜬다.

"작은 나리——가 아니라 도련님은 조금도 무서워하지 않으시네요."

그 말투에서 희미하기는 하지만 감탄이 아니라 비난의 울림이 느껴졌다. 이번에는 도미지로가 목을 움츠릴 차례였다.

"물론 공연히 무서워하면 청자 노릇은 할 수 없지만, 불손한 태도면 더 안 되지. 실례했습니다."

도미지로가 앉은 자세를 고치며 머리를 한 번 숙이자 쓰메키치는 몹시 당황한 듯이 말했다.

"오, 오, 오니코베 법사는."

"그놈도 수상쩍은 점을 치거나 천리안을 내세웠니?"

"아니요. 하지만 매우 아름다운 얼굴 생김새를 하고 있었다고 합니다. 목소리도 좋고 똑똑하고 말을 술술 잘하고."

붙임성 좋은 매력이 있었다나.

"당사자에게는 그런 특징이 전부 재앙이 되어 친부모의 손에 팔아넘겨지고 성하마을의 수상쩍은 찻집에 팔려가서 어쩌고……이건 확인하기 어려운 소문이지만요."

배우 같은 멋진 남자. 게다가 젊고 생기가 넘친다. 오니코베 법사라는 이름을 쓰며 수하라기보다는 동료와 모여, 무도한 짓을 한 번 하면 악의 계단을 한 계단 올라가고 무도한 짓을 두 번 하면 악의 꽃이 핀다.

──당사자에게는 최고로 기분 좋은 삶이었겠지.

비슷한 일은 (규모의 크고 작음을 불문하고) 언제 어디에서 일어나도 이상하지 않다.

선배들이 이루어 온 업적을 배우고 동경하고 더욱 숙달시키고 나아갈 노력을 쌓음으로써 세상을 좋게 만들어 온 사람들이 있다. 그러나 이 같은 이치는 나쁜 일에도 들어맞는다. 왜냐하면 양쪽 다 마음의 힘이 일으키는 것이기 때문이다.

도미지로는 물었다. "오니코베 법사는 옛날의 귀안 법사를 흉내 내어 공수병에 걸릴 정도로 바보는 아니었니?"

"원한다고 걸릴 수 있는 병은 아니니까요."

진지하게 말하며 쓰메키치는 약간 목소리를 낮추었다. "그래도 공수병에 걸린 사람을 흉내 낼 수는 있겠지요. 개처럼 짖고 이를 드러내며 물어뜯고 사람의 말이 통하지 않는 척을 할 수는 있을 겁니다."

척을 하다 보면 정말로 광기에 사로잡힌 사람처럼 되어 버리기도 하리라.

송장당은 공수병에 걸려 버려서 어쩔 수 없이 이성을 잃었다. 신송장당은 공수병이 없이도 스스로 이성을 버렸다.

"······신송장당은 이성이 느껴지지 않을 정도로 잔혹한 짓을 한 건가?"

"예. 이웃 번의 노지마군을 어지럽히며, 번경을 넘어 가와카즈군으로 밀고 들어올 시기를 재고 있었습니다."

목표는 아라무라 마을이다.

"예전에 귀안 법사가 수하를 몇 명이나 잃고 나중에 자신도 붙잡히는 처지가 되었던 실패의 원인."

일당에게는 마지막으로 통하는 승부 겨루기가 시작되는 마을.

"그 옛날 밑에 두지 못했던 아라무라 마을을 이번에야말로 송두리째 멸망시키겠다."

귀안 법사가 완수하지 못한 악행을 오니코베 법사가 해낸다. 100년 전에 정해진 승부를 지우고, 가와카즈군에 새로운 어둠의 역사를 새긴다.

이번에야말로 아라무라 마을의 피와 비명을 비료로 삼아 악의 꽃을 피운다.

"아카네무라 마을 근처에서 여봐란듯이 수상쩍은 모습을 보이거나, 서쪽 숲에 여자들의 시체를 버린 건 신송장당의 봉화 같은 거였구나."

우리는 여기에 있다. 지금부터 너희가 있는 곳으로 갈 거다.

너희를 기다리고 있는 운명은 이 여자들의 시체에 물어보아라.

쓰메키치는 스스로를 격려하듯이 어깨를 흔들어 보이고 나서 말을 이었다. "서쪽 숲의 일이 있고 나서, 이레 후의 일입니다."

아라무라 마을의 촌장에게 아카네무라 마을이 신송장당의 습격을 받았다는 소식이 날아들었다.

흉보를 가져온 사람은 아카네무라 마을 촌장의 손자였다. 나이는 열두 살, 아직 앳된 얼굴을 하고 있었지만 산을 잘 타고 늪을 건너거나 나무를 타는 솜씨도 훌륭하다. 그 재주가 그를 구했다.

아라무라 마을 촌장은 손자를 자신의 집으로 맞아들이고 부엌에서 밥과 탕을 주며 이야기를 들었다. 로쿠로베에와 야이치도 그곳으로 달려갔다.

"일당은 역시 은산의 갱도 안쪽에 자리 잡고 살고 있었는지."

약장수 기요타케가 이야기했던 대로, 변경 너머의 와타세무라 마을의 참사를 듣고 아카네무라 마을에서는 산적의 습격에 대비를 시작했다. 마을 주위에 함정을 파거나, 소리가 나는 물건을 단 밧줄을 치거나, 남자들이 교대로 불침번을 서거나, 마을에는 무기다운 무기는 없으니 여차할 때는 농기구로 싸울 수 있도록 준비를 해 두거나, 여자와 아이들을 도망치게 할 방법과 장소를 정해 두거나.

"하지만 놈들은 마치 요괴처럼 갑자기 나타났어요. 할아버지가, 낡은 갱도의 출구에서 마을 근처로 통하는 샛길이 있는데 그곳을 통한 게 틀림없다고 했어요."

아카네무라 마을 사람들을 더욱 놀라게 한 점은 신송장당 일당이 마치 연극에 나오는 배우처럼 차려입고 있었다는 사실이다.

"화려한 기모노와 비옷을 껴입고, 얼굴에 분을 바른 놈도 있었어요. 모두 큰 칼이나 창을 휘두르고 있었어요. 그놈들, 돈이 많아요."

그 말을 듣고 로쿠로베에와 아라무라 마을의 촌장은 최악의 예상이 들어맞았음을 깨달았다.

"가이신도의 규베에 씨가 팔 물건인 책 상자와 핏자국을 남기고 모습을 감춘 상태다."

신송장당 일당이 많은 단골 거래처를 갖고 있는 규베에로부터 돈이 있을 법한 가게나 집을 알아내기 위해 끌고 간 것은 아닐까. 규베에는 알고 있는 내용을 대부분 쥐어짜인 후 지금쯤은 무참한 시체가 되어 어딘가에 버려진 것이 아닐까.

"놈들이 옷을 잘 차려입고 훌륭한 무기를 과시한 건, 최근에 수입이 짭짤한 곳을 습격했기 때문이 분명하다. 설마 나누시 님 댁은 아니겠지만……."

"아무리 그래도 나누시 님 정도 되면 귀에 들어왔을 걸세. 하지만 반대로 성하마을의 어딘가라면 오히려 우리는 알 수 없어."

그 '어딘가'를 습격해 강도질을 하고 돈을 마련해 채비를 갖춘 다음 아카네무라 마을에 모습을 나타냈다. 지금까지의 날수면 충분히 가능하다.

"아카네무라 마을 사람들은 어떻게 되었느냐?"

"절반 정도는 간신히 도망쳤지만 남자들은 거의 당했어요."

손자는 눈물을 뚝뚝 흘렸다.

"할아버지도 끌려가 버렸어요. 분명 길 안내를 시키려는 거예요."

산 두 개를 넘어, 아라무라 마을로.

"잘 알려주었다. 치료를 받고 푹 쉬렴. 네 목숨은 우리가 지키마. 할아버지도 반드시 되찾아 주마."

손자가 나가자 촌장네 부엌의 물독 뚜껑을 밀면서 산페이타가 불쑥 얼굴을 내밀었다.
 "아카네무라 마을의 은산 안쪽에는 물이 담뿍(듬뿍) 고여 있지만, 독수毒水다. 옛날에는 살아 있던 수맥도, 마을 사람들이 새 갱도를 팔 때마다 끊겨 버려서, 모두 죽어 버렸어."
 그렇게 말하며 부리 끝에 깊은 주름을 짓는다. 떨떠름한 얼굴이다.
 "독수와 죽은 수맥 때문에, 내도 그 갱도 안쪽의 일은 알 수 없다. 못 보고 지나쳐서, 미안하구나."
 산페이타는 가와카즈군의 물을 통해 무엇이든 느끼고 알 수 있다. 또 물이 있는 곳이라면 어디로든 이동할 수 있다. 물독이라도 산페이타의 몸이 들어갈 정도의 크기라면 괜찮다. 어떤 구조인 건지는 그 자리에서 보고 있어도 알 수 없지만, 일단 물이 되어 흐르거나 스며들어서 물이 있는 곳으로 빨려들어간다는 느낌이었다.
 구조야 어떻든 야이치는 이미 익숙해졌다. 로쿠 할아버지와 촌장은 아직도 깜짝 놀란 얼굴이다.
 "아아, 산페이타 님, 계셨습니까."
 "지금, 들었다. 아카네무라 마을의 광산 갱도에는, 내 힘은 미치지 않아. 선수를 빼앗겼다."
 물독 안에서 손을 내밀어 머리 접시를 쓱 쓰다듬는 산페이타는 분하게 여기고 있다.

"놈들이 있는 곳을 알아도, 광산의 독수가 적이 될 줄은……."

낙담하는 로쿠 할아버지에게 야이치는 말했다. "아카네무라 마을의 원수는 우리가 여기에서 갚아요. 어차피 그쪽에서 쳐들어올 테고, 갱도 같은 비좁은 곳보다 넓은 곳이 우리도 더 싸우기 쉽고."

실제로 지난 이레 동안 산페이타와 야이치 등은 여러 가지로 상의하며 작전을 세워 왔다. 대비도 시작했다.

"싸우기 쉽다고?"

이번에는 로쿠 할아버지가 떨떠름한 얼굴이 된다. "또 그런 말을 하다니 산적과 싸우는 데에 누가 어린아이의 힘에 의지하겠니. 너한테는 어머니나 미기와를 지킨다는——."

"나는 산페이타 님이랑 같이 싸울 거예요. 그렇지요? 산페이타 님은 허락해 주셨지요?"

야이치가 얼굴을 향하자 갓파 터주님은 물독 가장자리에 손을 걸치고 철벅거리며 바깥으로 나왔다.

무슨 생각을 하는지 야이치는 흠뻑 젖은 터주님 옆에 서서 말했다. "로쿠 할아버지, 산페이타 님이랑 씨름을 하지 않을래요?"

로쿠 할아버지는 당황하고 있다. "아니, 지금은 그럴 때가."

산페이타가 굵은 팔을 뻗어 물갈퀴가 달린 손을 로쿠 할아버지에게 내밀었다. 로쿠 할아버지는 비틀거리며 산페이타를 막듯이 양손을 몸 앞으로 들어올렸다.

산페이타의 깊은 이끼색 손가락은 로쿠 할아버지의 여기저기

기운 작업복 소매를 스치더니 보이지 않게 되었다. 허공으로 사라진 것 같았다.

"이, 이건."

로쿠 할아버지는 놀라서 산페이타를 위로하듯이 손을 내밀었다. 그 손끝은 산페이타의 어깨를 미끌 하고 스쳤을 뿐 무엇에도 닿지 못한다.

야이치는 말했다. "지금의 산페이타 님은 진짜 산페이타 님이 아니에요."

터주의 힘의 원천인 산페이타 연못이 메워지고 사라져 버렸기 때문에.

"나는 약해져 버렸다." 산페이타는 말했다.

"너희들과 섞여 있으면 있을수록, 더 약해지지."

지금의 산페이타는 오랫동안 사람들 사이에 섞여 그 기에 저항할 수가 없다. 서쪽 우물에서 처음 모습을 나타냈을 때는 만스케의 뒷덜미를 붙잡아 쳐들 수 있었지만, 이제 무리다. 좋아하는 씨름도 당치 않은 일이다.

"하지만 송장당을 해치워 원수를 갚고 산페이타 연못을 원래대로 돌려놓을 수 있다면."

산페이타는 완전한 힘과 몸을 되찾을 수 있다. 이제 사람의 기에는 끄떡도 하지 않게 된다.

"그러니까 난 함께 싸울래요. 송장당을 해치우고 산페이타 님이랑 씨름을 할 거예요!"

많은 사람의 기에 섞이는 것과 '불'이 큰 적인 산페이타가 마음껏 날뛰게 하자.

 그 목적을 최우선으로 계획을 세운다면, 분하지만 야이치가 원하는 만큼 '함께 싸우기'는 어렵다. 사람이 많아지면 산페이타가 약해지기 때문이다. 그러므로 산페이타와 아라무라 마을 사람들이 각자 역할 분담을 하고 여차할 때도 계획을 확실하게 지켜 내야 한다. 그러지 못하면 산페이타의 힘도 완전히 살릴 수 없고 마을 사람들은 개죽음을 당할 뿐이다.

 촌장은 이 중요한 싸움을 준비하기 위해 로쿠 할아버지 외에는 아무래도 꼭 필요한 몇 명의 남자들에게만 사정을 털어놓았다. 그중에 야이치와 미기와의 아버지 하이치가 들어 있었다는 점이 남매에게는 자랑스러운 일이었다.

 터무니없는 터주님의 등장 이야기에 처음에는 그저 당황하고 당혹스러워할 뿐이었던 하이치와 남자들도 이야기 도중에 촌장집 부엌의 물독 뚜껑을 들어 올리고 산페이타가 모습을 나타내자 모두 눈을 부릅떴다. 엷은 웃음을 띠고 있던 사람도, 험악한 의심으로 코끝에 주름을 짓고 있던 사람도, 단번에 표정이 달라지고 입이 딱 벌어졌다.

 "이렇게 기겁을 하다니."

 산페이타는 눈을 데굴데굴 굴리며 부리를 가볍게 내밀었다.

 "너무 흔쾌(유쾌)해서 늬들의 똥꼬구슬<sub>항문에 있다고 생각되었던 구슬. 갓</sub>

파가 이것을 뽑아가면 물에 빠져 죽거나 얼간이가 된다고 한다을 뽑아 주고 싶어지는군."

　산페이타의 탁한 목소리를 듣자 하이치와 남자들은 이번에는 일제히 난리를 피우며 앞다투어 도망쳐 나가기 시작했다. 산페이타가 뒷문 옆에 있으니 하이치와 남자들은 반대쪽으로 도망쳐, 봉당에서 마루방으로 올라가려고 한다. 하지만 마루방 구석에는 물을 가득 담은 커다란 대야가 놓여 있었다. 물론 촌장이 사전에 놓아 두었다.

　산페이타는 대야로 옮겨 가 그 물에서 스르륵 빠져나오더니, 앞다투어 마루방으로 뛰어올라온 하이치와 남자들 앞에 버티고 섰다. 뒷다리의 무릎이 구부러져 있고 등딱지 때문에 등이 구부정해서 키는 야이치와 비슷한 정도밖에 되지 않는다. 그러나 체구는 튼튼하고 둥글며, 물과 이끼와 민물고기의 진흙 냄새를 두르고 있다. 약간 튀어나온 듯한 커다란 눈알이 마치 물고기의 눈알과 똑같아서, 똑바로 앞을 향하고 있어도 어디를 보고 있는지 알 수 없다는 점이 무섭다.

　말이 난 김에 말하자면 갓파라는 요괴가 사람의 '똥꼬구슬을 뽑는다'는 것은 '생간을 뽑는다' 또는 '사람의 정기를 빨아들인다'는 정도의 뜻이겠지만, 어느 쪽이든 가와카즈군의 전설은 아니다. 타지에서 들어온 옛날이야기다. 하지만 인상이 강렬하고 '똥꼬' '구슬' '뽑는다'는 말의 나열만으로도, 갓파에 대해 아무것도 모른다 한들 결코 좋은 뜻이 아님을 직감적으로 알아챌 만한 표현이다. 덧붙여 하이치에게는 나중에 야이치가 물어보니 '갓파가 강에서 헤엄치고 있는 사람의 똥꼬구슬을 뽑는다'는 옛날이야기를 들어서 알고 있었다고 한다.

어쨌거나 도망치지 못하고 다리가 풀린 하이치와 남자들은 그로부터 반각(약 한 시간)쯤 지나자 차분하게 산페이타와 마주하고 촌장이 세운 계획에 대해서 이야기를 나눌 수 있게 되었다.

남녀노소를 불문하고 사전에 산페이타를 만나게 할 수 있는 인원수는 이것이 한계다. 이 이상은 산페이타가 약해져서 생기는 해가 더 크다.

그러니 지금부터는 촌장을 필두로 여기 모인 남자들이 마을 사람들을 설득해야 한다. 여자와 아이들은 도망치게 하고, 수확물을 비롯한 마을의 재산은 숨긴다. 남자들은 꼼꼼하게 준비를 갖추고 때가 오면 사력을 다해 싸워 산페이타가 실컷 힘을 발휘할 수 있도록 영리하게 움직인다. 그래야 신송장당 놈들을 이쪽이 만든 덫 속으로 끌어들일 수 있다.

아카네무라 마을을 습격한 후, 신송장당은 일단 가와카즈군에서 떠난 모양이다. 물을 통해 산페이타가 파악한 바에 따르면 놈들의 움직임은 사라졌다. 나누시의 집에서 온 심부름꾼의 이야기를 들어 보아도, 늦게나마 아라무라 마을 사람들에게 주의를 주러 온 다이칸쇼 관리(말을 탄 무사 한 명과 그 종자 한 명)의 잘난 척하는 설교를 들어 보아도 (산적에게 연공미$_{年貢米}$를 도난당하는 일이 있으면 너희들의 죄가 된다) 마찬가지였다. 신송장당은 종적을 감췄다. 아울러 아카네무라 마을에 나타난 일당은 열 명 전후로, 지저분한 굶주린 늑대 같은 집단이 아니라 아카네무라 마을 촌장의 손자가 알려준 대로 잘 차려입고 새 무기와 방어구를 갖추고 있었으며 말도 건강했던 듯하다——는 사실을 알게 되었다.

지금의 일당이 만족하고 있고 거기에 아카네무라 마을에서 빼앗은 수확도 더해졌다면, 다음 습격까지는 시간을 좀 둘 것이다. 기쁜 소식이다. 아라무라 마을은 그 귀중한 시간을 한껏 유효하게 살려야 한다.

산페이타의 계획은 분명했다.

"옛날의 아라무라 마을이 파묻힌 곳으로, 신송장당 놈들을 이끌어 가는 거다."

옛 아라무라 마을은 현재 아라무라 마을의 서쪽. 거기에는 한때 산페이타 연못도 있었다.

"놈들이 공격해 온다면, 내는 오이케의 물을 조종하면서, 산페이타 연못으로 돌아가겠다. 놈들이 내 손 안에 들어오면, 그 후에는 더 이상 늬들에게 폐를 끼치는 일도 없을 거야."

아라무라 마을의 북서쪽, 북쪽, 북동쪽은 산페이타가 말하는 '오이케', 호수에 면해 있다. 이 호수는 가로로 길다. 마을 쪽은 수위가 낮지만 맞은편 기슭에는 날카롭게 튀어나온 바위가 많고 수심도 깊다.

지금껏 신송장당은 대개 말을 이용했으니 배로 호수를 가로질러 오는 일은 없을 듯하다.

"귀안 법사의 송장당이 하지 않은 일은 오니코베 법사의 송장당도 하지 않는다. 나는 거기에, 앞으로 내가 먹을 밥을 전부 걸 수도 있어."

로쿠 할아버지의 말에 산페이타도 고개를 끄덕이며 말했다.

"놈들이 배로 온다면, 내는 훨씬 더 편해진다. 하지만 배는 쓰지 않을 거다. 지혜가 있고 없고가 아니라, 썩어 있으니까."

그렇다면 마을의 동쪽에서 남서부에 걸친 지점을 단단히 방비하여 신송장당이 그쪽으로 접근하지 못하도록 하면 된다. 말을 타고 다니기 힘든 경사면이나 깊은 숲은 처음부터 제외해도 무방하리라. 길다운 길은 한정되어 있다. 거기에 둑을 쌓거나, 쓰러진 나무를 겹쳐 놓거나, 함정을 파는 등 방법은 많다.

일당의 접근을 재빨리 알아챌 수 있도록 마을 주위의 요소에 간소한 망루를 세우거나 높은 나무 위에 발판을 만들어, 적어도 밤 동안에는 교대로 감시를 해야 한다. 그 인원을 확보하면서 낮에는 방비를 다지는 작업에 힘쓴다. 논도 내버려둘 수는 없다. 언제 있을지 알 수 없는 습격에 긴장이 계속되고 익숙하지 않은 작업에 몸은 지쳐 마을 사람들의 마음이 답답해지기 시작했을 무렵, 바깥에서 구원의 신이 찾아왔다.

그날은 촌장이 하이치와 사람들에게 계획을 털어놓은 지 여드레째, 들일을 마친 해 질 녘이었다. 미기와와 사에가 소작인 공동주택의 우물가에서 진흙투성이가 된 손발을 씻고 있자니 인기척이 다가왔다.

 쪽 염색을 한 쓰쓰소데筒袖 통소매로 되어 있는 옷를 입고, 무언가 커다란 상자를 짊어지고, 손등싸개와 각반에 짚신을 신고, 머리에는 콩알만 한 크기의 작은 원 무늬를 염색한 수건을 뒤집어쓴, 새까만 그림자가 물었다.

 "소작인 공동주택의 사에 씨가 당신이오?"

 새까만 그림자가 말하자 입가에 새하얀 이가 엿보였다. 그러자 이목구비와 단단한 체격도 보이기 시작했다.

 "우와" 하고 미기와는 소리쳤다. "원숭이가 때때를 입고 있어."

 사에는 천천히 허리를 펴고 몸을 틀어 목소리의 주인을 바라보고 있다. 그 눈이 점점 커져 간다.

 "너무 기다리게 해서 미안하오. 나는 고키치요."

 이 말을 듣고도 미기와에게는 여전히 목소리의 주인이 원숭이로밖에 보이지 않았다. 그렇다 해도, 이 얼마나 볕에 그을린 원숭이란 말인가!

 "고, 고, 고, 키치 씨."

 사에는 뒤집어진 듯한 목소리를 내며 허둥지둥 양손으로 머리를 다듬고 얼굴을 씻었다. 이 마을 여자는 아무도 머리를 틀어올려 묶지 않는다. 둥글게 경단 모양으로 묶거나, 질끈 묶어 천 조각으로 싼다. 오늘의 사에는 경단 모양으로 묶었고, 예쁜 이마에 머리카락 몇 가닥이 늘어져 있었다. 우물물을 머금은 머리카락에서 물방울이 떨어져 반짝 빛났다.

──고키치 씨라고?

미기와의 머릿속에서 작게 불꽃이 튀었다. 성하마을에서 온다는, 사에 씨의 남편이 될 남자의 이름이다!

"어, 어떻게." 너무 놀랐는지 사에는 안색이 창백하다. "서찰이 도착하지 않았나요? 제가 부탁해 두었는데요. 이제부터 아라무라 마을은 위험해질 거고 성하마을에서 이쪽으로 오는 길도 불안해서."

아라무라 마을은 산적 일당의 표적이 되었다. 앞으로 어떻게 될지 알 수 없다. 이 인연은 없었던 일로 해 주었으면 좋겠다, 사에는 그렇게 양해를 구해 두었다고 한다.

상황이 상황이니만큼 이해는 가지만, 그래도 아까운데. 고키치 씨는 실력 좋은 목수라고 하지 않았던가. 머릿속으로 바쁘게 생각하면서도, 미기와는 아무래도 눈앞에 서 있는 자그마하고 볕에 그을린 이 남자가 원숭이로 보여 견딜 수가 없다.

"송장당이라고 자처하는 악당들에 대해서라면 성하마을에서도 악평이 퍼져 있소."

놀랍게도 성하마을 외곽에 있는 커다란 술 창고가 습격을 받은 지 얼마 되지 않았다고 한다. 이야기를 듣다 보니 책방 가이신도의 규베에가 가와카즈군에서 모습을 감추고 나서 조금 뒤의 일인 듯했다.

"역시 성하마을의 부자도 습격을 받았군요!"

큰 소리를 지르고는 미기와도 겨우 눈이 밝아졌다. 원숭이와 꼭 닮아 보이지만 고키치 씨는 분명 남자 사람이다. 치열이 가지런하고 목소리도 좋다.

"상대가 말을 탄 산적 일당이니 어디에 있어도 위험한 건 마찬가지고, 나도 내 몸을 지키는 정도는 할 수 있소. 그보다 당신이 걱정이 되어서, 원래는 더 일찍 달려오고 싶었소."

고키치가 볕에 그을린 손으로 사에의 손을 잡았다. 이 혼담이 어떤 절차로 진행되었는지 미기와는 자세히 모른다. 하지만 사에와 고키치는 이미 마음이 통한 듯한 느낌이 들었다.

슬쩍 이 자리를 떠나자. 미기와가 뒷걸음질을 쳐 우물 가장자리에 닿았을 때, 이질적인 감촉이 느껴졌다.

물갈퀴가 달린 산페이타의 오른손이다. 또 우물 가장자리에 매달려 얼굴을 완전히 내놓고 있다.

"어머나!"

깜짝 놀란 목소리에 사에와 고키치가 이쪽을 보았다. 사에의 눈이 반짝 빛나더니 입에서 웃음이 새어 나온다.

"산페이타 님, 또 그런 곳에서 나오시고."

한편 고키치는 의아한 표정으로 사에의 얼굴을 힐끗 쳐다봤다. 그리고 우물 쪽을 본다. 미기와의 얼굴도 본다.

"우물에 뭔가 있소?"

고키치가 물은 덕에 미기와는 알았다. 그렇구나, 이 남자는 타지 사람이라 터주님의 모습이 보이지 않는 거야!

"사에 씨, 빨리 우리 아빠랑 엄마한테 가세요."

미기와는 씩 웃으며 두 사람을 재촉했다.

"인사를 하고, 오늘 밤부터 고키치 씨가 이곳에서 살 수 있도록 해 주어야지요. 밥그릇이나 젓가락이나 이불이나, 우리 집에는 여분이 있을 테니까 엄마한테 물어봐요."

사에는 해 질 녘의 옅은 빛 속에서도 알 수 있을 정도로 얼굴을 붉히며 고키치를 재촉했다. 둘이서 소작인 공동주택 쪽으로 걸어간다. 미기와는 고키치의 뒷모습을 보고서야 짊어지고 있는 짐이 목수의 도구 상자임을 깨달았다. 마을 전체의 집을 다시 지어 줄 거라고, 어머니는 멋대로 의지하며 기대하고 있겠지.

──그 전에 이 마을이 살아남아야 한다.

마음에 싸늘한 결의를 품고 미기와는 산페이타를 보았다. 왠지 산페이타는 눈을 반쯤 감고 부리를 약간 내밀고 있다.

"매시로운 사에 씨한테는, 남편이 될 남자가 정해져 있었어요."

미기와가 슬쩍 장난스럽게 말해 보자 산페이타의 눈이 동그랗게 돌아왔다.

"네 아비를 불러 와라."

"뭔가 급한 일인가요?"

"늬들이 걱정하고 있던, 상인의 시체를 찾았다."

가이신도의 규베에 씨다──.

"할아버지의 오두막이 있는 데까지, 끌어다 두었다."

미기와는 급히 하이치와 야이치를 불러 왔다. 셋이서 로쿠 할아버지의 오두막으로 달려가 보니 로쿠 할아버지는 얕은 물가에 눕혀져 있는 시체의 머리 부근에서 향을 피우고 있었다.

"가엾지만 지금으로서는 엔조 스님을 부르기도, 이 사람을 성하마을의 가이신도까지 신고 가기도 어려워."

시체가 몹시 상해 있다는 이유로, 야이치와 미기와는 보지 못하게 했다.

"내게 맡겨 주겠느냐."

물가에 쪼그려 앉아 발끝을 물에 적시며 산페이타가 말했다.

"내 손으로 물로 되돌려, 내 힘이 되게 하고, 이 상인도 원수를 갚게 해 주고 싶다."

하이치가 로쿠로베에의 얼굴을 보았다. 로쿠 할아버지가 조용히 말했다. "터주님께 생각이 있으시다면 죽은 사람도 싫다 하지는 않겠지요."

미기와네 가족은 산페이타가 규베에의 시체를 끌고 호수 깊은 곳으로 잠수해 가는 모습을, 겨자씨 같은 향 불빛 옆에 서서 손을 모으고 지켜보았다.


숙련된 목수 고키치가 가세함으로써 아라무라 마을의 계획에도 몇 가지 변화가 생겼다.

"변화라기보다 더 좋은 궁리라고 하는 편이 나을까요."

이야기가 길어지고 있지만 쓰메키치에게 지친 기색은 없다. 드디어 신송장당과의 일전을 앞두고 도미지로의 마음도 조급해진다.

"다만 고키치 씨에게는 산페이타 님의 모습이 보이지 않았기 때문에, 유일하게 그 점에서는 아무래도 이야기가 매끄럽게 진행되지 않았습니다."

고키치는 산적과 싸우고 마을의 방비를 다질 수단으로 몇 가지나 좋은 방법을 생각해 내고, 그것을 실현하기 위해 마을 남자들에게 지시를 내리며 능숙하게 움직여 주었다.

"다만 왜 마을 서쪽으로 적을 끌어들여야 하는지, 중요하지만 산페이타 님의 모습을 볼 수 없으니 납득하기도 어려웠겠지요."

서쪽으로 유인하여 그곳에서 싸운다면 모를까, 유인한 다음 뒷일은 터주님께 맡긴다는 작전은, 가장 중요한 터주를 볼 수 없는 고키치에게는 아무래도 이해할 수 없는 계획으로 비쳤으리라.

가와카즈군의 터주님인 갓파가 우리 대장이고 군사軍師이기도 합니다. 보세요, 바로 저기에 계시지요. 아니, 고키치 씨의 눈에는 보이지 않을지도 모르지만 우리한테는 보여요. 이 계획은 산페이타 님의 힘이 없으면 성립하지 않지요. 우리만으로는 흉악한 산적을 상대로 싸울 수 없어요──.

"그래서 아무래도 이야기가 잘 통하지 않았어요. 뭐, 고키치 씨는 영리한 분이라, 아라무라 마을 사람들은 신송장당을 두려워한 나머지 옛날이야기에 나오는 터주에게 매달리고 있다고 해석한 모양이지만요."

아니, 아니, 이제 막 혼인한 '매시로운' 사에의 말을──아마 열성적인 설득을 믿었으리라. 도미지로는 내심 (실실 웃으며) 생각했다.

"이야기가 잘 통하지 않는 가운데에서도 싸움 준비는 착착 진행되어 갔습니다."

그리고 마침내 때가 왔다.

오니코베 법사의 신송장당이 곧 아라무라 마을로 쳐들어온다. 그 소식을 가져온 사람은 백약당의 기요타케였다.

생약 가게의 장사에 열심인 이 행수는, 이번에는 그냥 아라무라 마을에 오지 않았다. 도중에 짚신이 벗겨져 맨발이 되고 등에 지고 있던 짐도 잃으면서 구사일생으로 다다른 것이다. 이른 아침의 일이기는 했지만 급보를 들은 로쿠 할아버지와 하이치도 촌장의 집 뒷마당에 모이고, 무로의 눈을 피해 야이치와 미기와도 뒤쫓아 달려갔다.

"이거, 가져왔어요."

남매가 무명천이며 상처약을 꺼내어 기요타케의 발을 치료해 주어도 아무도 혼내지 않았다.

"고, 고맙다, 고마워."

기요타케는 울 것 같은 목소리로 말했다.

청신한 아침 해 아래, 가을의 기적을 띤 산들바람이 기분 좋은데도 기요타케는 머리에서부터 찬물을 뒤집어쓴 사람처럼 땀에 흠뻑 젖어 부들부들 떨고 있었다. 빨리 말하려고 초조해하지만 지칠 대로 지쳐서 혀가 꼬여 버린다.

"아아, 살아서 다행이다. 부, 부부부부, 부디 들어 주십시오."

기요타케는 아라무라 마을까지 오는 길에 두 번, 말을 탄 수상한 남자들을 발견했다. 처음에 발견한 남자들은 두 명으로, 특별히 서두르는 기색 없이 길이나 지형을 확인하며 말을 달리는 모습으로 보였다.

다음에 만난 광경은 나무 상자를 쌓아 올리고 짐수레를 끄는 말 주위를 둘러싼 채 나아가는 세 남자였다. 호수 동쪽 언덕의 중턱에서 천천히 북쪽을 향해 나아가는 중이었다고 한다.

"두 번째는 멀리서 보았지만, 첫 번째는 아주 가까워서 놈들의 이야기 소리까지 들을 수 있었습니다. 정말이지 살아 있다는 기분이 들지 않았어요."

어떻게든 거리가 벌어지고 나서, 몸을 가볍게 하기 위해 짐을 버리고 남자들에게 들키지 않도록 몸을 낮추고 덤불에 숨어, 걷기 쉬운 길은 피해 가며 숲을 헤치고 들어갔다. 때로는 개울에 무릎까지 잠겨 (그래서 짚신을 잃어버렸다) 죽을 둥 살 둥 아라무라 마을을 향해 왔다는 것이었다.

"그자들, 앞으로 두 밤만 더 있으면 준비가 될 거라고 했습니다."

——드디어 끝이구만.

——가난뱅이 농민들의 목을 따는 거야 덤불을 베기보다 간단하지. 두목의 소원이 이루어지겠어. 성대하게 불을 지펴서 축하해야겠군.

기요타케의 말을 듣던 촌장과 로쿠 할아버지의 안색이 돌처럼 변했다.

"앞으로 두 밤인가." 하이치가 신음한다.

"예에. 제가 그 대화를 들은 게 어제 한밤중의 일이었습니다."

그렇다면 오늘 밤, 내일 밤이면 두 밤이다. 모레 밤에는 습격이 시작되리라고 봐도 좋다.

"한데 기요 씨. 당신, 어째서 그런 한밤중에 나돌아다니고 있었던 건가."

로쿠 할아버지의 물음에 기요타케는 눈을 내리깔았다.

"성하마을에서도 오니코베 법사의 신송장당에 대해서는 여러 가지로 소문이 나 있어서요……."

"그럼 더더욱, 어째서 일부러 여기까지? 자네, 목숨이 아깝지 않은 겐가."

땀인지 눈물인지 둘 다인지, 흠뻑 젖은 얼굴을 들고 기요타케는 말했다. "제, 제제제제, 제 모, 목숨도 아깝지만, 여러분도 걱정이 되어서."

세상에. 아라무라 마을의 미기와 사람들은 입을 딱 벌리며 침묵했다. 기요타케는 혼자서 고꾸라질 듯한 기세로 말을 쏟아냈다.

"신송장당 노, 놈들은, 머잖아 아라무라 마을을 습격해서, 100년 전 귀안의 송장당의 원한을 갚을 생각이에요. 어림짐작이 아니라 놈들의 습격에서 살아남은 사람들 몇 명이 직접 들었고, 관리에게도 말했다고 합니다."

기요타케도 단골 거래처를 돌다가 직접 들은 이야기가 있다.

 나흘쯤 전, 성하마을에서 노지마군을 향해 급한 용무로 밤길을 걷고 있던 어느 여행자가 한밤중의 고갯길에서 야영을 하는 신송장당 일당과 맞닥뜨리고 말았다. 멀리서 모닥불의 불꽃이 보이고 말 울음소리도 들려왔기 때문에 노숙을 하나 보다 하며 별로 깊이 주의하지도 않고 가까이 다가갔다. 그만큼 신송장당 놈들 쪽도 주위를 경계하는 기색이 없고 당당했다는 뜻이다.

 "하지만 놈들의 얼굴을 알아볼 수 있을 정도로 가까이 다가갔을 때, 모닥불을 둘러싸고 앉아 있던 남자들 중 한 명이 마대를 꺼내 머리에 쓱 뒤집어썼어요. 그 마대에 해골 그림이 그려져 있었기 때문에 여행자도 금세 놈들의 정체를 알았다는 겁니다."

 신송장당 놈들은 말을 풀어 놓고 자신들도 편하게 쉬며, 무기를 내려놓은 채 모닥불에 생선을 굽고 술을 마시고 있었다. 장비 손질도 하고 있었는지, 마대를 뒤집어쓴 놈도 거기에 그려져 있는 해골 눈 부분에 뚫린 구멍의 상태를 확인하고 있는 것 같았다.

 "여행자는 저와 달리 영리했던 거겠지요. 당장 도망치거나 하지 않았어요. 그 자리에서 덤불에 숨어, 신송장당 놈들이 술에 취해 잠들 때까지 가만히 숨어 있다가——."

 보초 한 사람만 남긴 채 일당이 잠들고, 그 보초도 꾸벅꾸벅 졸기 시작한 모습을 확인하고서야 겨우 덤불에서 빠져나왔다. 다만 도망치기 전에 일당이 쌓아 올려 두었던 짐의 내용물을 대강 조사해 보았다.

"돈이 될 만한 것은 몸에 소중히 지니고 있는지 눈에 띄지 않았답니다. 다만 화약 꾸러미와 총탄이 많았다고 했습니다."

영리한 여행자는 작은 화약 꾸러미를 하나 훔쳐, 이번에야말로 뒤도 보지 않고 도망쳤다.

"노지마군을 향해 가는 길은 관두고, 오른쪽으로 돌아 성하마을로 되돌아갔습니다. 그리고 도중에 마주친 가와카즈군의 다이칸쇼 관리에게 여차저차한 사정을 털어놓고 화약 꾸러미를 보여 주었지만."

거의 상대해 주지 않았다.

"아니요, 관리님도 신송장당이 이 땅을 어지럽히고 다니는 건 알고 있어요. 단순한 소문이 아니라는 것을."

그러나 본격적으로 일당을 퇴치할 생각은 없는 듯했다.

"이 땅에서 마을 몇 개가 습격을 받고 소중한 작물이 도난당한다 해도, 다이칸 님은 아프지도 않고 가렵지도 않으니까요."

——산적에게 연공미年貢米를 도난당하는 일이 있으면 너희들의 죄가 된다.

"연공미를 대신할 것을, 옷부터 이불까지 마을 사람들에게서 몽땅 가져가고 그래도 모자라면 내년 연공에 얹으면 됩니다."

"하지만 성하마을에서는 큰 상가가 습격을 받았잖아요. 그런 걸 보고도 못 본 척할 수 있을 리 없어요."

야이치가 강한 목소리로 말했다가 로쿠 할아버지에게 가볍게 이마를 쥐어박혔다.

"로쿠로베에 씨, 꾸짖지 마십시오. 야이치, 너는 모르는 것도 무리가 아니지만 가와카즈군의 다이칸쇼는 가와카즈군을 다스릴 뿐이지 성하마을의 일에는 상관하지 않는단다. 오히려 섣불리 관여하려고 하면 다이칸 님도 영주님께 꾸중을 듣고 말지."

촌장이 준비해 준 끓인 물을 마시거나 찐 고구마를 먹으며, 기요타케도 조금씩 기운을 되찾았다.

"성하마을 안에서는 훌륭한 관청의 무서운 관리님들이 다음번에 신송장당이 나타나면 일당을 한 사람도 남김없이 포박해 버리겠다며 기다리고 계실 거다. 하지만 그건 어디까지나 성하마을 안에서의 일이지. 가와카즈군의 마을이 산적의 습격을 받는다고 해서 그분들이 나서 주실 리는 없어."

하물며 신송장당은 처음에는 이웃 번의 영지 내에서 날뛰었고 지금도 번경을 넘나들고 있다. 더더욱 성하마을의 관리님에게는 와닿지 않는다.

"영주님은 우리 가와카즈군의 마을 사람들이 곤란에 처해도 도와주시지 않는다는 거예요?"

한층 더 강한 목소리로 야이치가 묻는다. 로쿠 할아버지가, 이번에는 이마를 쥐어박는 것이 아니라 머리 위에 가만히 손을 얹었다.

"가와카즈군의 우리가 의지해야 하는 건 다이칸쇼의 관리다."
"하지만 다이칸쇼의 관리는 의욕이 없잖아요?"

아니, 의욕이 없는 것은 양쪽 다다. 야이치처럼 흥분하지 않은 미기와는 냉정하게 어른들의 얘기를 이해하고 있었다.

성의 영주님을 모시는 관리도, 가와카즈군의 다이칸쇼에서 일하는 관리도, 상황을 지켜보다가 신송장당이 어딘가에서 저절로 사라져 주기를 기대하고 있다. 가장 좋은 방법은 이웃 번으로 돌아가 주는 것. 다음으로 좋은 방법은 습격을 되풀이하는 사이 일당이 다치거나 병에 걸리거나 동료 사이가 틀어져 자연스럽게 해체되는 것. 실제로 산적이란 아무리 요란하게 돌아다녀도 대체로 시원찮게 끝나는 법이다.

어쨌든 자신들이 붙잡거나 퇴치하는 건 성가시고 위험할 수도 있으니 굳이 나설 필요가 없다면 나서고 싶지 않다. 그것이 관리들의 본심이리라.

"옛날의 송장당처럼 일당이 공수병에 걸려 전멸해 준다면, 수고를 덜 수 있으니 고맙지."

촌장이 내뱉듯이 말했다. "관리들의 생각이란 고작 그 정도일 게다. 오히려 우리를 방해하지만 않아도 괜찮지. 관리의 힘 따위는 처음부터 기대하지 않았다. 우리에게는 산페이타 님이 있어."

그렇다. 신송장당을 맞아 싸울 준비는 착착 진행되고 있다.

기요타케가 고개를 갸웃거리며 말했다. "나흘 전에 여행자가 발견했을 때, 신송장당 일당은 화약과 총탄을 가지고 있었지만 총은 그 자리에 없었어요. 그러니 어젯밤에 제가 발견한 수레가 싣고 있던 나무 상자에 든 물건은 총이 아닐까 하고——."

거기까지 말했을 때 자신의 머릿속을 가득 채우고 있던 '말하고 싶은 정보'들의 틈새기에 가까스로 '산페이타'라는 단어가 걸린 모양이다.
"산, 페이타?"
기요타케가 놀란 눈으로 촌장과 로쿠 할아버지의 얼굴을 보다가 하이치와 야이치와 미기와에게로 차례차례 시선을 옮기며 물었다.
"혹시 마을을 지키기 위한 호위를 고용했나요?"
이 말을 듣고 아라무라 마을 사람들은 작게 웃었다. 누가 올바른 답을 가르쳐 줄까. 내가 말해도 되나?
"응. 호위는 호위인데, 터주님이에요."
그렇게 말하며 미기와는 촌장 집의 뒷마당을 둘러보았다. 늘 이용하는 물독은 뒷문 안에 있고, 마당에는 물이 담길 만한 큰 그릇이 눈에 띄지 않는다. 산페이타 님이 나타나 주신다면 설명이 필요 없을 텐데.
"미기와, 기요 씨한테는 터주님의 모습이 보이지 않아" 하고 하이치가 말했다.
아, 그렇지. 타지 사람의 눈에는 보이지 않는 거였지.
"구사일생으로 우리를 걱정해서 달려와 주었는데 미안하군. 하지만 이야기만이라면 할 수 있네."
로쿠 할아버지가 지금까지 있었던 산페이타 님과의 경위를 대강 정리하여 들려 주자, 기요타케의 눈이 점점 휘둥그레져 갔다. 산페이타 님의 눈과 똑같다.

"저, 저는, 구십구 개 거짓말의 기요타케이고."

아라무라 마을의 여자와 아이들을 허풍으로 웃겨 주면서 가끔 꾸중을 들어온 기요타케이고.

"여러분, 그런 저를 한 번 혼내 주려고 한껏 큰 허풍을 떨고 계시는 겁니까?"

"그렇게 생각한다면 목숨을 소중히 여기고 지금 당장 이 마을을 떠나는 게 좋을 걸세. 걱정해 주어서 고맙네."

촌장이 도와주고 하이치도 손을 보태어, 계속 주저앉아 있던 기요타케를 일으켜 세웠다. 아무래도 심한 타박상이나 골절은 없는 모양이다.

"자, 잠깐만요. 저도, 그냥 걱정만 하러 온 것은 아니고 여러분에게 도움이 될 만한 걸 가져왔습니다."

기요타케는 허둥지둥 기모노 앞섶을 벌리고 허리에 감았던 보자기를 풀어 보였다. 딱 미기와의 두 손에 들어올 정도 크기의, 눈이 촘촘한 하얀 종이 봉지에 든 꾸러미였다. 무게는 대단치 않다.

"이 안에 든 물건은 우리 가게에서는 '비지'라고 부르는데, 먹는 비지는 아닙니다. 아주 고운 종이 부스러기지요."

성하마을의 종이 도매상에서 일부러 돈을 주고 살 만큼 질 좋은 종이 부스러기라고 한다.

"생약의 재료로 고려 인삼처럼 값비싼 귀중품이나 부자附子(바곳)처럼 다루기 어려운 약, 새알 껍데기처럼 부서지기 쉬운 물건을 용기에 넣을 때, 이걸 채워 두면 습기를 빨아들여 주고 내용물을 지켜 주기 때문에 일석이조랍니다."

다만 주의해야 할 점이 있다. 불에 타기 쉽다는 것이다.

"화약과 비슷할 정도로 잘 탄다고 합니다. 게다가 한꺼번에 많이 태우면 화약처럼 폭발한다고 하고요."

아라무라 마을에는 흉포한 산적 일당에게 대항할 무기가 없다. 화약처럼 사용할 수 있는 비지가 뭔가 도움이 되지는 않을까 싶어 가져왔다──.

"가게에 비밀로 하고 훔쳐 온 거예요?"

미기와가 묻자 당황하며 고개를 붕붕 젓는다.

"아니, 종이 부스러기니까!"

"하지만 돈을 주고 살 만큼 좋은 종이 부스러기잖아요."

야이치의 말에 기요타케는 풀이 죽었다.

"기요 씨, 가게로는 돌아갈 수 없겠죠."

적어도 지금 당장 돌아가면 도둑질을 들킬 것이다.

"돌아가는 길에 또 신송장당 놈들과 마주치면 이번에는 무사하지 못할지도."

어느 쪽이든 기요타케는 마을에 남게 할 수밖에 없다.

"저도 그럴 생각으로 온 겁니다."

기요타케가 부르르 몸을 떨며 말했다.

"같은 행상인이고, 애송이인 제게 여러 가지를 가르쳐 주었던 가이신도 규베에 씨의 원수도 갚고 싶어요. 부탁드립니다, 마을

분들의 싸움에 끼워 주세요. 뭐든지 하고, 돕겠습니다."

미기와와 사람들의 등 뒤에서 쾌활한 목소리가 났다. "그럼 부탁드릴 수밖에 없겠네요."

돌아보니 마당 구석을 돌아 고키치가 다가온다. 사에의 소중한 남편이지만 미기와는 역시 만날 때마다 '원숭이다' 하고 생각한다. 몹시 영리하고 착한 원숭이.

"촌장님이 이쪽에 계신다고 듣고, 실례합니다, 멋대로 찾아왔어요."

말이 난 김에 말하자면 목소리도 좋은 원숭이.

"화약처럼 잘 타고 터지는 비지라. 감사하군요. 어려운 문제가 이걸로 해결되겠는데요."

기요타케가 엉뚱한 목소리를 냈다. "당신, 누굽니까?"

촌장이 간단히 소개를 해 주자 기요타케와 고키치는 곧 손을 잡았다. 아, 사에 씨의 남편이시군요. 이거 축하드립니다.

"나도 당신과 같은 타지 사람이라 산페이타 님이라는 터주님의 모습을 볼 수가 없다오. 다만 산페이타 님은 물을 다루고 불을 아주 싫어하신다는 건 배웠지요."

"터주님은 불을 싫어하십니까? 그렇다면 제가 가져온 비지는 전혀 쓸 데가 없겠네요!"

"당치도 않아요. 그 반대요."

100년 전 귀안 법사의 송장당은 옛 아라무라 마을을 습격했을 때 제일 먼저 불화살을 쏘았다.

"그걸 어떻게 막아야 할지 계속 고민했는데."

비지를 잘 사용하면 길이 열린다!

하룻밤, 이틀 밤이 정신없이 지나가고——,

사흘째 해 질 녘, 아라무라 마을에서 멀리 내다보이는 서쪽 하늘에 갈고리바늘로 긁은 듯한 자주색 빛이 남아 있을 무렵, 미기와와 야이치는 로쿠 할아버지의 호숫가 오두막으로 갔다.

바람은 없고 공기는 차갑다. 코끝이 싸늘해진다. 오늘 밤은 초하루다. 흩어져 있는 별빛은 아직 엷다.

물가에 서서 산페이타를 부르자 호수의 꽤 먼 곳에서 파문이 생겨나고, 산페이타의 머리가 떠오르더니 천천히 이쪽으로 다가왔다.

"북쪽 언덕 기슭에서 말발굽 소리가 몇 개나 겹쳐 들린다."

물가에 쪼그리고 앉아 미기와와 야이치에게는 등을 향한 채, 산페이타는 말했다.

"놈들은 노지마군 쪽에서 변경을 넘어 내려왔더구나."

야이치가 앞으로 나아가 산페이타의 조금 뒤에 쪼그려 앉는다. 사람의 기가 터주님께는 좋지 않다는 사실을 안 후로, 두 사람은 늘 산페이타에게 바싹 다가가지 않도록 조심하고 있다.

"……그렇다면 오늘 밤 안에는 이 마을까지 올 수 없을까요?"

야이치의 물음에 산페이타는 고개를 저으며, "지금은 날마다 밤이 길어지고 있다. 놈들은 아라무라 마을 사람들을 얕잡아보고, 습격하면 순식간에 해치워 버릴 수 있다고 여기고 있을 게다."

　오늘 밤 안에, 반드시 온다.

　"내는 아슬아슬한 때까지, 오이케에 들어가 있으마. 야이치 너는 우쓰기로 나랑 마을 남자들을 연결하는——."

　산페이타의 말이 끝나지도 않았는데, 무심코 그러는 것처럼 야이치가 한쪽 무릎을 꿇고 공손하게 머리를 숙였다.

　"예에, 목숨을 걸고 전령 역할을 맡겠습니다."

　야이치의 목에는 산페이타가 말한 '우쓰기'가 걸려 있다. 미기와도 목에 매달고 있다.

　우쓰기는 가와카즈군 남자들이 낚시나 사냥을 할 때 사용하는 도구인데, '우쓰'라는 관목의 가지를 적당한 길이로 베어 두 개를 한 쌍으로 해서 끈으로 연결한 물건이다. 어부나 사냥꾼은 이것을 목에 걸고 호수나 산에 가고, 무언가 위험한 일이 있을 때는 힘껏 부딪쳐 소리를 냄으로써 주위에 있는 동료들에게 위급한 상황을 알린다. '우쓰'의 가지는 몹시 단단하지만 내부가 비어 있어서 두들기면 좋은 소리가 나고 멀리까지 잘 울리기 때문이다.

　사용법이 간단해 곰이나 들개를 조심해야 하는 계절에는 짐승을 피하는 용도로 여자와 아이들도 가지고 다닌다. 간편한 명물 도구가 이 싸움에서는 전령을 위해 활약하리라.

　"당치도 않다, 야이치도, 미기와도, 아무도 목숨을 걸어선 안 돼."

　산페이타는 말하며 부리 끝에 주름을 지었다. 꽤 크고 명랑한 웃음이다.

"우선은 목숨을 소중히 여겨라. 전령인, 다른 아이들도."

"모두 무서운 걸 모르는 제 친구들이니까, 괜찮아요."

야이치와 사이가 좋은 사내아이들은 전령 역할의 신호를 계속 의논하고, 미리 복습도 해 왔다. 그들의 움직임이 제대로 되어 있는지, 잘못 전달되는 내용이 없는지, 미기와도 함께 보며 익혀 왔다.

"저도 있어요."

미기와가 소리치자 산페이타는 또 부리로 웃더니 일어서서 오른쪽 손바닥으로 머리 위의 접시를 쓱 쓰다듬었다. 접시 속의 물이 튀고 산페이타의 코끝에서 물방울이 빛난다.

"그럼, 내는 간다."

탁한 목소리의 말꼬리가 사라지기도 전에 산페이타는 호수 수면 아래로 녹아들 듯이 사라졌다.

야이치는 물가에서 되돌아와 로쿠 할아버지의 오두막 출입구 부근에서 무릎을 끌어안고 앉았다.

미기와는 로쿠 할아버지의 오두막 안으로 들어갔다. 봉당 위에 거적을 깔았을 뿐인 바닥에 무기가 늘어놓아져 있다. 던질 수도 있는 가늘고 가벼운 죽창, 모래를 채운 마대를 밧줄로 묶어 밧줄 부분을 쥐고 휘두르거나 던질 수 있는 것. 금방 마련할 수 있는 재료를 이용해 만들 수 있는 모든 무기를 만든 것이다.

아이나 노인과 그들을 지키는 여자들은 모두 촌장의 집에 숨었다. 어머니 무로도 동생들과 함께 촌장의 집에 숨어 있다. 처음에 무로는 미기와도 데려가고 싶어 했지만 미기와는 완고하게 거절했다. 그래도 무로가 포기하지 않고 마침내는 아버지 하이치뿐만 아니라 로쿠 할아버지까지 설득하려 나서자 미기와는 소리쳤다.

"나는 산페이타 님의 무녀야. 내가 도망쳐 숨을 수는 없어!"

나중에 로쿠 할아버지가, 그때의 미기와에게는 위엄이 있었다고 말했다. 야이치에게는 "제멋대로 지껄이지 마" 하고 혼났다.

하지만 미기와는 결코 입에서 나오는 대로 아무렇게나 지껄이지 않았다. 정말로 산페이타 님의 무녀가 되어 호수 밑바닥에서 산페이타 님을 모시며 계속 계속 살아도 좋다고 생각했다. 그러면 마을의 생활에서는 보이지 않는 것도 보이겠지. 물속에서 올려다보는 가와카즈군의 하늘은 얼마나 푸르를까.

사에에게 이 이야기를 했다면,

──미이짱은 산페이타 님을 동경하고 있구나.

하고 가르쳐 주었을 텐데. 아직 사랑에는 이르지 못하는 어린 감정이지만 순수한 마음이다.

봉당에 빈 자리를 발견하고 앉아서 몸을 작게 움츠리며, 미기와는 눈을 감았다.

우쓰기는 축제나 우란분음력 7월 보름에 조상의 명복을 비는 날. 음력 7월 13~16일 동안, 죽은 사람의 혼령을 사후의 괴로운 세계에서 구제하기 위한 불사가 열리며 성묘도 간다. 여러 종류의 곡물을 조상의 혼령 외에도 무연고자의 혼령, 아귀에게 공양하며 명복을 기원한다의 춤을 출 때도 사용된다. 풍년을 기원하는 춤을 출 때는 춤추는 사람이 2인 1조가 되어 각각 하나씩 우쓰기를 손에 들고, 춤을 추는 사이에 박자를 맞추면서 상대방의 손에 있는 우쓰기와 서로 부딪쳐 울리는 것이다.

미기와는 아직 아버지나 야이치하고 춘 적밖에 없다. 언젠가는 어울리는 젊은이와 출 거라고 생각해 왔지만, 지금은 바뀌었다. 출 거라면 산페이타 님이 좋다. 산페이타 님이 아니면 싫다.

땅, 땅. 우쓰기를 울리며 상대와 좌우를 바꾸어 서고, 땅 울리며 원래대로 돌아간다. 서로 위치를 바꿀 때, 몸집이 작은 여자는 몸집이 큰 상대방 남자의 소매 밑을 지나고 남자는 여자의 어깨를 안아 준다. 땅, 땅. 산페이타 님과 미기와는 춤춘다. 빙글빙글 돈다. 우쓰기를 울리며──.

땅.

미기와는 벌떡 일어났다. 캄캄해서 자신이 어디에 있는지 알 수가 없다. 아아, 로쿠 할아버지의 오두막이다.

딱, 따다닥, 땅! 바깥에서 우쓰기를 울리는 소리가 들려온다.

미기와는 오두막에서 뛰쳐나갔다. 오라비의 모습이 보이지 않는다. 땅, 딱, 따다닥, 땅! 아까와 똑같은 울림의 반복. 머리 위에서 난다. 올려다보니 야이치는 로쿠 할아버지의 오두막 지붕에 올라가 있었다. 두 팔을 한껏 벌리고 힘껏 힘을 주어 우쓰기를 치고 있다.

땅, 딱, 따다닥이 세 번, 그리고 땅! 이 암호는 신송장당 놈들이 북쪽에서 나타나 동쪽 출입구로 향하고 있음을 나타낸다. 급하게 정한 암호지만, 땅은 북쪽, 딱은 동쪽, 따다닥은 '적은 말을 타고 있다', 땅! 은 '준비하라'는 뜻이다.

로쿠 할아버지의 오두막 다음 전령이 있는 곳은 마을 가운데 자리한 화재 망루 위다. 귀를 기울이지 않아도 미기와에게는 들렸다. 야이치가 낸 것과 같은 소리의 반복. 조금 지나자 마을 남쪽에서도, 동쪽에서도 들려왔다. 알겠다, 전해졌다.

미기와는 호수 수면을 바라보았다. 어느새 밤은 깊어, 달빛이 없는 수면은 먹을 흘린 듯이 어두워졌다.

하지만 평평하지는 않다. 무언가——수면에 보풀이 일고 있다.

극히 작은, 바늘로 찌른 것 같은 파문. 물새조차 이렇게 작은 파도는 만들 수 없다.

발끝이 젖을 정도로 물가에 가까이 가자 극히 작은 파문들이 내는 사각사각 소리가 들려왔다. 그제야 깨달았다. 어디에도 빛이 없는데, 나는 어째서 이런 어두운 수면의 모습이 보이는 걸까?

땅, 딱, 딱. 오두막 위에서 야이치가 우쓰기를 두들겨 소리를 낸다. 일당이 북쪽에서 호수를 따라 동쪽으로 돌고 있다. 다가오고 있다.

——오라버니, 어떻게 그걸 아는 거야?

미기와는 눈을 깜박이며 더욱 자세히 보았다. 그제야 알았다. 똑똑히 보인 것이다.

보아야 하는 것은 작은 파문이 아니다.

둥근 방석만 한 크기의 일그러진 그림자. 그것이 하나, 둘, 셋

――다 셀 수도 없다. 열 개가 넘는다. 앞서거니 뒤서거니 하면서, 흔들리면서 수면 위를 움직여 간다.

　북북동에서 동쪽을 향해.

　이것은 신송장당 놈들의 움직임이다. 호수에 잠수한 산페이타 님이 물을 이용해 놈들이 있는 곳을 알고, 이동해 가는 모습을 수면에 비추어 전령인 야이치에게 알려 주는 것이다.

　불빛은 필요 없다. 호수의 물 자체가 희미한 빛을 내뿜으며 파도와 그림자를 떠올라 보이게 하고 있다.

　검은 원이 다가온다. 마을 동쪽 출입구로.

　"오라버니, 내가 상황을 보고 올게!"

　그런 말을 남기고 미기와는 달려갔다.


　무슨 일이 있어도 호숫가의 오두막에서 움직이지 말고 산페이타가 알려주는 신송장당의 움직임을 마을 남자들에게 전하는 것. 그리고 마을 동쪽이나 남쪽에서 일어나는 싸움 상황을 그 자리의 전령에게서 받아, 확실하게 산페이타에게 전하는 것. 그것이 야이치의 역할이다. 야이치가 제대로 해내지 못하면 일당을 맞아 싸우기 위해 준비한 장치나 무기가 헛것이 된다. 산페이타도 일당을 붙잡지 못하게 되고 만다.

　미기와가 달리는 사이에 마을 동쪽의 어둠 속, 숲을 빠져나오자마자 있는 곳 부근에 횃불의 행렬이 나타났다. 대강 세어 보니 열네 개의 횃불. 사람이 달리는 속도보다도 훨씬 빠르다. 말발굽 소리가 들린다. 말이다.

　다가온다. 한 줄에서 두 줄이 되고, 잠시 흩어졌다가 다시 모여 두 줄로 돌아와서 달려온다.

　미기와가 가려는 마을 출입구에는 흙부대나 돌멩이를 쌓아 올려 급조한 벽이 있다. 야이치라면 한달음에 올라가 버릴 수 있을 정도, 고작해야 처마 높이다. 이 정도로 산적 일당의 침입을 막을 수 있을 리도 없다.

　이 벽의 용도는 따로 있다.

　"효오오~, 우효오오~."

　"우오오오오, 오오오오오."

　어지러운 말발굽 소리. 기묘한 고함 소리. 놈들이다. 야비한 도적, 살인자 놈들의 환성이다. 지금부터 우마보다도 얌전하게 말을 듣게 될 아라무라 마을 놈들을 습격해, 머리에서부터 먹어 치워 주마~ 하는 뜻이리라.

　야이치 등 전령들이 내는 우쓰기 소리. 딱! 동쪽! 따다닥! 일당은 말을 탔고 수가 많다.

　미기와는 숨이 차서 걸음을 멈추었다. 아직 출입구까지는 멀다. 화재 망루에 올라가서 상황을 파악하자. 공포도 망설임도 없어졌다.

　"와! 미이짱이잖아."

　놀랍게도 화재 망루에 진을 치고 있는 전령은 야이치의 장난꾸러기 동료가 아니라 사에였다.

"사에 씨야말로 어째서?"

"우리 남편이 만든 장치가 작동하는 걸 내 눈으로 보고 싶어. 어떻게 해서라도, 꼭 보고 싶어. 그래서 이곳에 있던 아이한테 졸라서 바꿔 달라고 했지."

정말일까. 이곳을 맡은 전령이 겁을 먹고 도망쳐 버린 건지도 모른다. 뭐, 그런 건 아무래도 좋다.

딱, 따다닥! 호숫가에서 들려온다. 동쪽, 수가 많다. 하지만 곧 미친 듯한 '따따따따따따따' 하는 소리가 되었다.

"큰일이다!"

사에가 자신의 우쓰기를 두드린다. 미기와는 마을 동쪽을 바라보았다.

저――저 작은 불의 행렬은.

불화살이다! 놈들은 당장이라도 불화살을 쏘려 하고 있다. 100년 전의 습격 때도 제일 먼저 불화살을 쏘았다. 그래서 불에 약한 산페이타 님은 어떻게 할 수도 없게 되었다.

하지만 이번에는 그렇게 되도록 내버려두지는 않을 것이다.

"쏴라!"

벽 앞쪽에서 누군가가 손을 들어 신호했다. 촌장일까, 고키치일까. 그러자 벽 이쪽에 숨어 있던 마을의 투척 담당이 일제히 움직이기 시작했다.

이틀 남짓 만에, 고키치가 도면을 그리고 부품을 만들어 준 투척기를 대략 열 대 준비할 수 있었다. 남자 한 명이 들어 옮길 수 있고, 다룰 수도 있는 크기의 도구다. 용수철 장치로 비지를 뭉친 덩어리를 놈들이 있는 곳까지 날려 보낼 수 있다. 비지만으로는 가볍기 때문에 심지에는 돌멩이를 채워 두고, 실을 길게 묶어 투척기에 비끄러매 두었다.

포탄이 날아가고 실이 한계까지 당겨지면, 팡 하고 터지며 비지를 흩뿌린다.

목표인 신송장당 일당은 마을에 쏘려고 불화살을 들고 있다. 횃불도 쳐들고 있다. 그리고 아마 일당은 오늘 밤도──아니, 오늘 밤에야말로 100년 전의 송장당을 흉내 내어 마대에 해골을 그린 두건을 쓰고 있을 것이다.

거기에 화약처럼 타기 쉬운 비지가 가루눈처럼 내려온다.

밤의 어둠이 절호의 배경이 되어, 꽤 거리가 있는 화재 망루 위에서도 미기와는 똑똑히 알아볼 수 있었다.

허공에서 불타는 비지는 아름다웠다. 불꽃의 선이 그려지고, 그 선이 꿈틀거리며 일당의 두건에, 어깨 위에, 지저분한 바지의 허벅지에 달라붙는다. 요술이라도 보고 있는 것 같았다.

'비지'포의 첫 번째 한 발이 터졌을 때, 불꽃의 꽃이 피었다. 이어서 다음 꽃이 피었다. 세 번째가 피기 전에, 불꽃의 꽃은 뱀의 혀로 변해 신송장당 일당의 불화살에 날아들었다. 횃불에 옮겨 탔다.

퍼엉! 셀 수 없는 불꽃의 꽃이 일제히 흐드러지게 피고, 미기와는 그 소리를 들었다. 유감스럽게도 아주 찰나만. 왜냐하면 그 바로 뒤에 일당의 비명과 고함 소리가 이어졌기 때문이다.

"됐다!"

사에와 미기와는 손을 마주 잡았다. 동쪽의 전령으로부터 땅, 땅, 땅! 하는 소리가 들려온다. 사에도 우쓰기를 두드려 그것을 알린다. 호숫가의 야이치로부터도 땅, 땅, 땅! 을 알아들었다는 복창이 왔다.

신송장당 일당은 불꽃에 휩싸여 대열을 흐트러뜨리며 도망치기 시작했다. 대략 일고여덟 명이 몸과 장비에 붙은 불을 두들겨 끄고, 몇 사람인가는 연기가 나는 두건을 벗어 던진 채 말을 재촉해 남쪽 숲의 어둠 속을 향해 간다.

남은 사람 중 한 명은 온몸이 불에 휩싸여 말에서 굴러떨어졌다. 달아나는 말의 안장 끝에도 아직 불이 붙어 있었다. 또 두 사람이 말에 올라탄 채 불타며 가까스로 두건을 뜯어냈지만, 눈이 보이지 않는지 닥치는 대로 멀어져 가다가 꽤 떨어진 곳에서 낙마했다. 말은 무사하면 좋겠는데, 하고 화재 망루 위에서 미기와는 기도했다.

그리고 네 명, 불을 무서워하는 말에 휘둘려 떨어져 엉덩이며 허리를 부딪치고 당장은 일어나지 못한 채, 차례차례 떨어져 내려오는 비지의 불똥이 흩뿌려지자 그들은 땅바닥을 할퀴다시피 하며 간신히 일어서더니 부끄러움도 체면도 악당 나름의 긍지도 없이 두건을 내던지고 넘어지고 자빠지며 마을 북동쪽으로 퇴각해 간다.

즉시 북쪽의 전령이 우쓰기를 쳤다. 딱, 딱, 딱, 딱, 따땅~! 네 명, 퇴각!

마을 북동쪽에는 놈들이 말을 달려 온 들길의 중간에 호숫가로 부쩍 가까워지는 장소가 있다. 화상을 입은 놈들은 물을 찾아 그 쪽으로 달려가고 있는 것이다.

호수 속에서는 산페이타가 기다리고 있다.

미기와는 사에와 몸을 바싹 붙이고 화재 망루 위에서 호수 쪽을 내다보았다. 밤하늘도 산도 숲도 어둡고, 호수의 수면도 커다란 검은 물웅덩이처럼 고요했다.

그 검고 잔잔한 수면에 작은 삼각 파도가 일었다. 하나, 둘, 셋. 곧 수가 늘어나 미기와의 눈이 따라잡을 수 없게 되었다.

화상을 입은 네 명의 도적들이 북동쪽 호숫가에 모습을 나타냈다. 어둠 속에서 굴러나와, 네 발로 엎드려서 물가로 나아간다. 멀리 떨어져 있는 미기와의 귀에도 "물, 물, 물!" 하고 소리치는 놈들의 비명이 들려올 것 같다.

피싱! 삼각 파도의 꼭대기가 날카롭게 뾰족해졌다. 피싱, 피싱, 피싱! 연달아 하나, 둘, 셋. 차례차례 뾰족해지고,

──물에서 무언가가 튀어나오고 있다!

그 '무언가'가 달려들고 도적 중 한 명이 물가에서 데굴데굴 구른다. 대체 어찌 된 일인지, 신경질이 난 어린아이처럼 팔다리를 버둥거리며 물가의 진흙탕을 튀겨 댄다. 무언가 고함치고 있는 듯하지만 제대로 된 말은 아니었다.

미기와가 숨을 삼키며 지켜보는 동안 나머지 세 명도 똑같이 날뛰기 시작했다. 네 사람은 제각각 이해할 수 없는 흐트러진 모습을 보였다. 어떤 사람은 일단 일어서서 두 손으로 얼굴을 덮으며 빙글빙글 돌다가 기슭이 아니라 호수의 깊은 쪽으로 첨벙첨벙 나아가 모습을 감추었다. 어떤 사람은 물가의 진흙 속에서 몸부림치던 끝에 움직이지 않게 되었다. 어떤 사람은 물가를 떠나 호수에 등을 돌리더니, 거기에서 무릎을 꿇고 엎드렸다——아니, 아니다, 상반신이 사라졌을 뿐이다. 무릎으로 선 하반신은 그 자리에 남아 있다.

마지막 한 사람은 비지의 불에 타서 너덜너덜해진 데다 흙탕물까지 빨아들인 옷의 잔해를 몸에 늘어뜨린 채 손에 든 단도를 휘두르며 물가를 도망쳐 간다. 저 단도로 무엇을 베고 있는 것일까. 그자가 도망쳐 가는 곳마다 호수의 수면은 차례차례 새로운 삼각 파도를 만들어 내고 그 끝에서 무언가가 튀어나온다.

밤하늘을 막고 있는 두꺼운 구름이 걷히고, 희미한 별빛이 지상을 비추었다. 그 순간, 한층 더 커다란 삼각 파도가 일고, 그 끝에서 튀어나온 커다란 것이 마지막 도적의 얼굴을 향해 덤벼드는 광경을 미기와는 보았다. 사에도 보았다. 두 사람은 저도 모르게 비명을 질렀다.

삼각 파도 끝에서 튀어나오는 것은 산페이타의 손바닥이었다. 아니, 호수의 물이 일시적으로 산페이타의 손바닥 모양이 되어 손가락과 물갈퀴를 펼치고 마치 굶주린 개구리나 커다란 물거미처럼, 도망치는 도적에게 덤벼들고 있었다.

미기와는 규베에의 시체를 거두었을 때 산페이타가 했던 "이 상인도 원수를 갚게 해 주고 싶다"는 말을 떠올리며 생각했다.

──터주님의 물의 힘이다. 죽은 사람의 원한을 머금은 물의 힘이다.

제대로 얼굴을 공격당한 마지막 한 사람은 단도를 내던지고 격렬하게 양손을 휘두르며 산페이타의 손바닥을 떼어 내려고 했다. 하지만 떼어 낼 수 있을 리가 없다. 그냥 물이니까. 방석만 한 크기였지만, 놈의 얼굴에 부딪힌 순간 그냥 물로 돌아가 흩어졌다. 미기와의 눈에는 그 모습이 똑똑히 보였다. 흩어지는 물보라의 한 방울 한 방울의 반짝임까지 보였다. 그런데 도적 쪽은 아직도 무언가에 습격당해 물어뜯기고 있다고 느끼는 것인지, 자신의 양쪽 손가락으로 얼굴을 쥐어뜯고, 끝내는 앞으로 고꾸라져 쓰러지더니 움직이지 않게 되었다.

"괴, 굉장하다."

사에가 억누른 목소리로 말하고, 떨리는 손으로 우쓰기를 치기 시작했다. 북쪽으로 도망쳐 돌아가려던 네 사람은 퇴치했다. 이제 없다. 네 명, 해치웠다.

미기와는 화재 망루의 난간을 붙잡고 한껏 몸을 내밀어 호수를 둘러보고 있었다. 아직 별빛이 비치고 있다. 거대한 검은 물웅덩이 같던 호수는 지금 다시 불가사의한 빛을 띠고 커다란 하나의 생물인 것처럼 천천히, 천천히 꿈틀거리고 있었다. 삼각 파도 떼는 이제 없다.

"산페이타 님은 저렇게, 생각대로 물을 조종할 수 있는 거구나."

우쓰기를 손에 들고 부르르 떨며 사에가 말한다. 밤의 어둠 속에 서 있는 화재 망루 위에서, 사에의 반짝이는 눈동자 또한 별빛 같았다.

미기와는 여전히 호수에서 눈을 뗄 수 없었다. 네 도적의 시체가 구르고 있을 물가에, 아까 도망쳐 흩어진 말들 중 몇 마리인가가 제각각 다가와 꼬리를 흔들고 머리를 들었다 내렸다 하면서 주위를 살피고 있다.

말들이 물가로 다가가자 수면을 건너 고요한 파도가 밀려왔다. 물이 말발굽을 씻는다. 말들은 망설이는 기색도 없이 첨벙첨벙 발을 들이더니 물을 마시거나 몸에 뒤집어쓰기 시작했다.

"산페이타 님은, 말한테는 다정하네."

말들은 건강해 보인다. 어쩌면 화상이나 넘어졌을 때 입은 상처가 저 물의 힘으로 낫고 있는지도 모른다. 그 정도의 힘을, 산페이타 님은 갖고 있음이 분명하다.

땅, 쿵, 땅땅! 우쓰기 소리가 울려 퍼져, 미기와는 제정신으로 돌아왔다.

"남쪽의 전령이구나!"

비지의 불을 뚫고 빠져나가 마을 동쪽 출입구에서 달려 나간 나머지 일당은 일곱 명. 전원, 낙마도 하지 않았다. 태세를 정비해 마을 남쪽으로 돌아 들어오고 있는 모양이다.

　촌장과 로쿠 할아버지, 싸울 수 있는 마을의 남자들, 그리고 성하마을에서 일부러 와 준 기요타케도 섞여, 오늘 이때까지 막상 싸움이 시작되면 어떤 전개가 될지 생각할 수 있는 만큼 생각하고, 지혜를 짜낼 수 있는 만큼 짜내어 왔다. 그중에서 가장 낙관적이었던 관측은 마을 동쪽에서 비지 공격을 하면 신송장당은 겁을 먹고 퇴각할 거라는 설이었다.

　놈들이 평범한 산적 일당이라면 그럴 수도 있을 것이다. 예상 외의 반격을 받고 큰 손해를 내면서까지 아라무라 마을에 집착할 필요는 없다.

　하지만 신송장당은 다르다. 두목인 오니코베 법사는 100년쯤 전, 귀안 법사의 송장당이 '해치우지 못한 채 승부가 난' 아라무라 마을에 집착을 품고 있다. 귀안 법사의 송장당은 공수병에 씌어 있었지만, 오니코베 법사의 신송장당은 귀안 법사가 한때 꽃피운 악의 꽃에 대한 동경과 그 원한을 풀어 주겠다는 뜨거운 결심에 중독되어 버렸다.

　일당은 쉽게 아라무라 마을을 포기하지는 않을 것이다. 이쪽도 결심을 단단히 하고 맞서야 한다.

　동쪽에서 비지를 내보인 이상, 같은 방법은 두 번 통하지 않는다. 게다가 신송장당 놈들은 총도 갖고 있다. 놈들을 계획대로 옛 아라무라 마을이 있었던 곳으로 몰아넣을 때까지는 마을을 지키기 위해, 산페이타를 지키기 위해, 불화살과 총 양쪽에 대비해야만 한다.

마을 남쪽에는 말을 데리고 달리는 신송장당 놈들이 지나갈 만한 곳에 몇 개의 함정을 파 두었다. 놈들이 한 명이나 두 명이라도 떨어져 주면 고마운 일이지만, 제대로 떨어지지 않더라도 근처에 함정이 있음을 눈치채면 견제가 될 것이다.

다음 우쓰기가 울리고, 마을 남자들의 고함 소리가 고조되었다. 남쪽에서 투척기가 부웅부웅 으르렁대고 비지 꾸러미가 밤하늘에 호를 그리며 쏘아져 간다.

곧 화살이 날아와 비지 꾸러미를 쏘아 떨어뜨린다. 총을 쏘는 굉음이 나고, 비지 꾸러미가 허공에서 찢어진다.

좋아, 좋아, 저 일당, 양쪽 다 쓰기 시작했다.

"쏴라 쏴, 물러서지 마!"

저건 우리 아버지의 목소리다. 미기와의 가슴이 뛰었다. 아버지, 힘내세요!

비지 꾸러미는 차례차례로 밤하늘을 춤춘다. 일당은 어디에 숨어 있는지, 확실하게 비지를 쏘아 떨어뜨린다. 아니, 이제 기요타케가 가져와 준 비지는 아까 공격으로 다 떨어졌다. 지금부터 일당이 비지라고 믿고 쏘아 떨어뜨리는 것은,

"탁!" 하고 터져 등겨의 비를 내리는 꾸러미.

"푹!" 하고 터져 고약한 냄새를 흩뿌리는 비료 꾸러미.

"팽!" 하고 끈적한 소리를 내며 찢어져 흩어지는 기름 꾸러미.

그 뒤를 쫓듯이 마을 쪽에서 일제히 불화살이 쏘아진다. 고키

치 덕분에 이틀 사이에 많은 활을 만들어 갖출 수 있었다. 겉보기에는 조잡하지만 제법 멀리까지 불을 날릴 수 있다.

 마을 남쪽의 어둠 속에서 일당들의 고함 소리가 일었다. 말들도 소리 높여 운다. 놀라고 있다. 동요하고 있다. 흥, 산속의 농민도 가르쳐 주면 활을 만들 수 있고 쏠 수 있다고!

 고오오! 투척기가 으르렁댄다. 지금 쏘고 있는 것은 넝마를 뭉쳐 기름을 먹이고 불을 붙인 덩어리다. 불구슬이다. 받아라!

 등겨와 기름도 다 쏘고, 오로지 비료 꾸러미만이 날아간다. 화재 망루 위에 있어도 냄새가 날 정도다. 불화살 같은 위력은 없지만 일당의 움직임을 방해하는 정도는 할 수 있을 것이다.

 아라무라 마을도 산페이타도 불이 무섭다. 그렇다면 이쪽이 태워지기 전에 신송장당 놈들을 먼저 태워 버리면 된다. 선수를 쳐서 불을 이쪽 편으로 만드는 것이다.

 일당은 대열이 흐트러져 마을 남쪽으로 도망쳐 간다. 이쪽에서 쏜 불구슬, 기름과 섞여 불타는 등겨, 놈들이 막 쏘려던 불화살이나 놈들이 몸에 지니고 있던 총의 불씨가 놈들 쪽에서 불길로 번져 대혼란이 일어나고 있다.

 좋아. 미기와는 힘껏 주먹을 쥐었다.

 마을 남쪽에는 논밭이 펼쳐져 있다(그래서 그 근처에 함정이 있으면 불편했고, 실수로 누군가가 다치지 않을까 불안했다). 100년 전의 송장당 놈들도 지금의 신송장당 놈들도 그렇겠지만, 땀 흘려 논밭을 경작하지 않는 자들은 아무렇지도 않게 논밭을 짓밟는다. 말의 엉덩이를 때려 달리며 이랑을 뭉개고 작물을 짓밟는다. 물론 말에게는 죄가 없다. 불로 겁을 주어서 미안해.

　성실하게 논밭을 경작한 적이 없는 산적들아, 모를 테니까 가르쳐 주마. 논밭은 흙과 씨앗만 있으면 만들 수 있는 게 아니야.

　물이 필요하다고. 논밭이 있는 곳에는 반드시 물을 끌어오기 위한 장치가 있다. 아라무라 마을의 경우는 용수로다.

　물은 산페이타 님 그 자체다.

　나중에 마을 사람들과 이날 밤을 돌이켜보았을 때 겨우 깨달은 사실이지만, 이때 아라무라 마을 사람들은 한 사람 한 사람이 산페이타라는 터주의 힘을 받아 모두 천리안이 되어 있었던 듯하다. 어둠 속에서도 눈이 보였고 멀리서 나는 소리도 잘 들렸다. 뿐만 아니라 보일 리가 없는 장소까지 보였고 도저히 닿을 리 없는 소리도 들을 수 있었다.

　원래부터 멀리까지 잘 보이는 화재 망루 위에 있던 미기와사에에게는, 마치 둘이서 별이 되어 이 싸움을 내려다보는 것처럼 샅샅이 보였다.

　남쪽 잡목림 경계에 약간 찌그러진 사다리 모양의 밭이 있다. 여기가 남쪽 밭의 제일 끝이다. 가장 볕이 안 들고, 폭이 반 척도 안 되는 용수로도 여기가 막다른 곳. 막다른 곳에는 커다란 통이 묻혀 있고, 들일을 한 후 마을 사람들이 여기에서 흙투성이가 된 도구나 손발을 씻는다. 다 쓴 물은 통에서 넘치는 대로 잡목림 안쪽의 경사지로 흘러간다.

거기에서 은색의 커다란 뱀 머리가 느릿하게 솟아올랐다. 새빨간 혀가 얼핏 엿보인다.

느릿느릿. 남쪽 밭 안쪽에서 또 다른 커다란 뱀이 몸을 일으켰다. 그쪽의 머리는 더 커서, 도구 창고의 그늘에도 다 가려지지 않는다.

느릿느릿. 또 한 마리. 느릿느릿. 또 한 마리. 용수로의 수만큼, 그 용수로의 크기에 맞는 커다란 뱀이 나타난다. 처음 나온 반 척짜리 뱀은 큰 축에도 들지 않았다.

밭에서 생겨난 커다란 뱀들은 지상에 작은 보름달을 흩뿌린 것처럼 저마다 흰자위를 드러내고 있다. 그윽하게 빛나는 흰자위가 밭의 이랑을 비추어 간다. 커다란 뱀들은 찾고 있다. 아라무라 마을의 밭에 발을 들여놓은 괘씸한 놈들을.

그리고 발견했다. 신송장당 놈들을.

밭에서 꿈틀꿈틀 생겨난 커다란 뱀들의 흰자위에 뾰족해진 눈동자가 나타났다. 날카롭게 금색으로 빛난다. 소리를 내며 재빨리 드나드는 혀는 핏빛이다. 커다란 뱀들은 몸을 꿈틀거리며 엄청나게 굵은 채찍처럼 유연하게 산적 일당을 덮쳤다.

미기와는 비명을 들었다. 목숨을 구걸하는 소리를 들었다. 무서워야 할 광경인데 눈을 뗄 수가 없다. 얼굴을 돌릴 수도 없다.

차례차례로, 일당들이 커다란 뱀에 삼켜져 간다. 머리에서부터, 어깨에서부터, 말을 버리고 달려서 도망친 놈은 옆구리를 먹히며.

그 자리에는 말들만 남겨졌다. 말들은 놀라서 우두커니 서 있다. 하지만 전혀 두려워하지는 않는다. 물의 기적을 기뻐하고 있다.

그렇다, 용수로에서 일어선 커다란 뱀들의 정체는 물론 물이다. 커다란 뱀들에게 삼켜진 신송장당 놈들은 커다란 뱀의 몸통 모양을 한 물속에서 버둥거리고 있을 뿐이다. 각자가 쓰고 있던 마대가 벗겨진다. 입으로 콜록거리며 거품을 토한다. 도망치려고 팔다리를 버둥거리면 손끝이나 발끝이 커다란 뱀의 몸에서 밖으로 튀어나온다. 그냥 물이니까. 진짜 커다란 뱀의 배 속에 삼켜져 버린 것이 아니니까.

그래도 놈들은 도망치지 못한다. 커다란 뱀의 모양을 한 물 속에 빠진 채 어딘가로 끌려간다. 어디로? 옛 아라무라 마을이 있던 곳으로.

마을 남쪽을 지키는 남자들 앞을, 신송장당 일곱 명을 삼킨 커다란 뱀들이 가로질러 간다. 커다란 뱀 중 일곱 마리째, 삼켜진 놈들 중에서는 일곱 번째 놈이 끝에 갈고리를 단 밧줄을 던져 지나쳐 가던 나무줄기에 감았다. 거대한 몸을 꿈틀거리며 앞으로 나아가는 커다란 뱀의 몸통에서, 그 일곱 번째 남자는 첨벙 하고 튀어나왔다.

악운이 강한 놈이다. 이놈만은 아직 두건도 쓰고 있었다. 무엇으로 물들였는지 새까만 두건에 해골 그림 무늬가 떠올라 있다. 옷자락이 긴 새빨간 진바오리<sup>陣羽織</sup> 진중에서 갑옷이나 투구 위에 입는 소매 없는 겉옷. 무로마치 시대에 일본에 온 스페인, 포르투갈인의 옷을 본뜬 것이라고 한다. 손등에서 팔꿈치 아래까지 가죽끈을 감고 있다. 화려한 바둑판무늬 노바카마와, 역시 가죽으로 만든 각반. 등에는 활을 짊어지고, 낫 모양의 칼을 허리에 찬 그놈은 지금 커다란 뱀의 배에서 굴러나와 일어서더니 마침 가까이에 떨어져 있던 단창을 주워 들고, 다시 놈을 삼키려고 다가오는 커다란 뱀의 머리를 향해 던졌다.

단창은 똑바로 날아가 커다란 뱀의 벌린 입안으로 들어가더니 뱀의 머리를 뚫고 나갔다. 순간 커다란 뱀은 산산이 부서져서 수많은 물방울이 되어 비처럼 쏟아져 내렸다.

근처에 번지고 있던 불이 그 비의 일격으로 꺼진다. 슈욱슈욱 소리가 나며 김이 피어오른다.

"젠장, 젠장, 이 농사꾼 놈들!"

남자는 음정이 어긋난 높은 목소리를 내지르며 아라무라 마을 남자들을 욕했다.

"100년이나 되는 긴 원한을 사 놓고, 왜 두려워하지 않느냐! 이제 와서 왜 반항하지! 괘씸한 놈들, 나는 귀안 법사의 환생이다! 꿇어 엎드려라!"

아아, 이 붉은 진바오리가 오니코베 법사구나.

그때 밭 반대쪽 끝에서 새로운 커다란 뱀이 다가왔다. 그 몸통을 이루는 투명한 물은 당장이라도 터질 것처럼 빵빵하게 부풀어 있다. 말 두 마리를 그대로 삼킨 것이다.

커다란 뱀은 일순 겁을 먹고 움직임을 멈춘 오니코베 법사에게

다가가더니 구왁 하고 커다란 입을 벌린 채 온몸을 떨었다. 다음 순간에는 커다란 뱀이 통째로 물덩어리가 되어 폭포처럼 그 자리에 흘러 떨어졌다.

그 흐름을 타고 익사하거나 화상을 입거나 다친 데도 없는 두 마리의 말이 첨벙첨벙 나왔다. 일단은 땅바닥에 쓰러졌지만, 곧 몸을 버둥거려 일어선다. 두 번째 말이 일어서다가 뒷다리로 오니코베 법사의 등을 걷어찼다. 오니코베 법사는 땅에 철퍽 내동댕이쳐져 요란하게 흙탕물을 튀겼다.

방금 그 물로 약하게 남아 있던 불도 전부 꺼졌다. 마을 남자들이 환성을 지른다.

오니코베 법사는 네 발로 엎드려 있다가 일어서더니 남자들을 향해 울부짖는 듯한 소리를 질렀다. 그 눈은 번쩍번쩍 빛나고 입가에서는 침이 실을 끌며 떨어진다. 몸을 웅크리고 낮게 으르렁거리는가 싶더니 구왁 하고 입을 벌려 혀를 할짝할짝 내밀어 보인다. 바쁘게 전후좌우로 움직이는 게 마치 보이지 않는 무언가가 잡아당겨서인 것 같다.

머리에서부터 흙탕물을 뒤집어쓰고도 멀쩡하고 흙탕물 웅덩이 안을 오가는 것만 빼면 공수병에 걸린 개와 똑같았다. 미기와는 발치에서 공포가 파도처럼 치밀어 오르는 느낌이었다. 비유가 아니라 오니코베 법사는 공수병 같은 역병에 걸린 게 아닐까. 이 도적놈의 영혼은 역병에 침범되어 이제 돌이킬 수 없을 정도로 제정신이 아니어서 섣불리 건드렸다간 마을 사람들에게도 그 역병이 옮아 버리지 않을까.

사에도 똑같은 공포를 느끼고 있는지 몸을 굳히고 우쓰기를 움켜쥐더니,

"다들, 도망쳐요" 하고 외쳤다.

워—엉!

어딘가 멀리에서 개 짖는 소리가 들렸다. 오니코베 법사와 대치하고 있던 남자들이 술렁거린다. 저 자리에 있는 사람들도 개 짖는 소리가 어디에서 들려오는지 짐작이 가지 않는 것이다.

워—엉! 워—엉!

한 마리가 아니다. 몇 마리도 아니다. 셀 수 없을 정도로 많은 개가 짖고 있다. 짖으면서 이쪽으로 다가온다——.

오니코베 법사의 발치에서 첨벙! 하고 무언가가 튀어나왔다. 미기와는 화재 망루의 난간을 잡고, 아픔이 느껴질 정도로 세게 움켜쥐었다. 이것은 꿈이다. 꿈이 분명하다.

첨벙! 또 하나, 다른 곳으로 튀어나왔다.

그것은 방금 벤 듯한 머리——사람의 것이 아니라 개의 머리였다. 전체적으로 물색을 띠고 있지만 두 눈만은 붉게 타오른다. 드러난 이빨은 백은색으로 빛나고 있다.

두 마리의 머리가 짖으며 쫓아오자 오니코베 법사는 도망치기 시작했다. 활은 떨어뜨려 버렸는지 등에는 이제 아무것도 메고 있지 않다. 노바카마는 물을 머금어 무거운 듯 늘어져 있고, 허벅지 부분에 낫 같은 모양의 칼이 부딪혀 걷기 힘들어 보인다.

당황한 나머지 넘어질 뻔한 오니코베 법사를, 아까 나무에 감았던 갈고리 달린 밧줄이 팽팽하게 당겨지며 도로 잡아당겼다. 당사자는 밧줄에 대해 잊고 있었는지 허둥거리며 그저 정신없이 잡아당긴다. 그 사이에도 지면에서는 물로 이루어진 개의 머리가 튀어나온다. 겹쳐지는 개 짖는 소리가 귀를 멀게 할 듯하다.

붕! 하는 소리가 나며 갈고리가 떨어지고 오니코베 법사는 밧줄과 갈고리를 질질 끌며 달리기 시작했다.

좋았어, 마을 서쪽으로 도망쳐 간다. 커다란 뱀들이 오니코베 법사의 부하들을 끌고 간 곳으로. 이제 그 외에 갈 곳은 없다. 개의 머리들과 마을 남자들이 퇴로를 끊고, 밭에서 느릿느릿 일어선 커다란 뱀들이 눈을 빛내고 있다.

오니코베 법사가 구르다시피 도망치자 개의 머리들은 일제히 사라졌다. 그 자리에 작은 물웅덩이가 남는다. 이제 거기에 비치는 불의 색깔은 없다. 밤은 칠흑으로 칠해지고, 이 땅을 지배하는 것은 산페이타가 조종하는 물뿐이다.

땅, 따~앙, 따~앙. 사에가 우쓰기를 치자 여기저기에서 같은 소리가 돌아온다. 아라무라 마을 사람들, 적을 터주님의 손바닥 안으로 몰아넣었어요!

"가자, 미이짱." 사에가 미기와의 손을 잡았다. "우리, 모두 함께 지켜보아야 해. 산페이타 님이 큰일을 완성하시는 걸."

둘이서 화재 망루의 사다리를 내려가자 마을의 다른 곳을 지키고 있던 남자들이나 전령 역할을 하던 남자아이들이 이쪽으로 다

가왔다. 모두 오니코베 법사의 신송장당의 말로末路──일당을 내
몬 귀안 법사의 송장당의 기억이, 100년이나 전에 이 마을을 덮치
고 계속해서 얽혀들던 불쾌한 탈이 사라져 없어지는 순간을 지켜
보고 싶은 것이다.

워—엉! 우워—엉!

마을 남서쪽에 펼쳐져 있는 밭과 그 너머의 깊은 숲. 지금은 캄
캄한 어둠에 막혀 있는 그 안에서, 또 개 짖는 소리가 오가기 시
작했다.

오니코베 법사는 저 방향으로 도망칠 수 없다. 마을 서쪽으로
향할 수밖에 없다. 아라무라 마을 사람들은 단단히 하나로 뭉쳐
주위의 기척 변화에 주의하면서 마을 서쪽 출입구로 향했다. 미
기와와 사에가 처음으로 산페이타와 만난 우물은 이 싸움의 영향
도 받지 않고 무사했다. 지장당에도 달라진 기색은 없다. 미기와
는 지장보살님의 얼굴을 향해 합장했다. 지금 꼭 합장을 해 두고
싶다고 생각했다.

그러다가 놀라서 숨을 삼켰다. 지장보살님의 얼굴이 판판해져
있었기 때문이다.

"사에 씨." 사에의 손을 잡아당겨 함께 지장보살님의 얼굴을 확
인했다. 이번에는 둥근 돌 위에 새겨진 소박한 눈과 코와 입이 똑
똑히 보였다.

"왜 그러니?"

의아한 듯한 사에에게 미기와는 아무 말도 할 수 없었다. 분명

히 그냥 잘못 본 것이다. 평생에 한 번 있을까 말까 한 소동의 한가운데에 있다 보니 지나치게 흥분해서.

아라무라 마을 사람들이 옛 아라무라 마을이 있던 곳에 다다랐을 때, 밤하늘 위에 한층 더 짙은 구름이 끼어 주위를 칠흑 같은 어둠 밑바닥으로 가라앉혔다.

그곳은 평소부터 지금의 아라무라 마을 사람들에게는 '가까이 가지 않는 게 좋은 곳'이었다. 100년쯤 전의 송장당이 일으킨 참사에 대해서 무엇 하나 알지 못하는 아이들도 이 부근에는 발을 들여놓지 않았다. 아무런 용무도 없고, 장작 하나 주울 수 없고, 새 소리도 나지 않아 으스스하고, 왠지 쓸쓸하게 느껴져 견딜 수가 없기 때문이다.

주위에 펼쳐진 숲 속의 나무와 그 아래 덤불이 이곳만 사라지고 없고 민둥민둥한 풀밭이 드러나 있다. 옛 아라무라 마을이 있었을 무렵에는 훌륭하게 개척되어 있던 곳이지만, 마을이 생매장되어 버리자 다시 숲이며 덤불이 기세를 더하기 시작했다. 그런데 아무리 끈질긴 잡초도 이 민둥민둥한 풀밭을 덮지는 못한다. 이곳은 '죽음' 그 자체가 묻힌 곳이라 생명이 있는 존재는 다가가지 못하는 것이다.

그러나 지금은 풍경이 일변해 있었다.

찌그러진 풀밭이 있던 곳에 깨끗한 둥근 연못이 나타나 있다.

──산페이타 연못이다.

미기와는 금세 알 수 있었다. 옛 아라무라 마을과 똑같이 묻혀 버린 터주님의 연못.

―땅 밑바닥에서 돌아온 거야.

밤의 어둠 속이라 연못 물도 새까맣다. 그 검은 수면에 아까 커다란 뱀들이 삼켜서 끌고간 신송장당 놈들이 둥둥 떠 있었다. 기절해서 떠 있는 자도 있고, 멍하긴 하지만 눈을 뜨고 수면에서 어깨 위만 내놓고 선 채로 헤엄을 치는 자도 있다. 기절한 채 가라앉을 것 같은 놈을 동료가 붙잡아 주기도 한다.

놈들이 몸에 지니고 있던 무기들은 모두 사라지고 옷도 벗겨져 전원이 거의 속옷 한 장 차림이다. 상투는 흐트러지고 얼굴은 창백해서,

―마치 송장 같은 모습이다.

허세 부리는 웃기는 마대 따위 없어도 본인들이 산 채로 해골이 되어 버린 것 같았다. 실제로 눈을 뜨고 있는 자도 얼간이가 된 듯 목소리도 내지 않고 검은 물에서 나오려고도 하지 않는다.

새까만 연못 물가에 복닥거리며 서 있는 마을 사람들도 두려움과 놀람으로 창백한 얼굴을 하고 있었다.

"다들, 나무로 올라가게. 높은 곳으로 올라가."

척척 명령하는 목소리는 로쿠 할아버지다. "실수로라도 이 물에 닿아서는 안 되네. 조금이라도 높은 곳으로 올라가."

올라가게, 올라가! 질타당한 남자들이 정신을 차리고 앞다투어 나무로 올라간다. 누군가가 미기와를 등 뒤에서 안고 가까운 나뭇가지 위로 올렸다.

"사에 씨!"

사에와 떨어지고 싶지 않아서, 미기와는 가지 위에서 손을 뻗었다. 거기에 다른 목소리가 들려왔다. "사에, 무사하오?"

고키치다. 다른 남자들 사이를 뚫고 사에 옆으로 달려온다. 어둠 속이지만 얼굴이 검댕으로 새까맣게 되어 있는 모습을 알 수 있다. 흰자위와 이만 하얗게 떠올라 보인다.

"여보!"

사에는 고키치에게 손을 잡혀 조금 떨어진 나무로 올라갔다. 저러면 안심이다. 그럼, 음, 야이치는? 오라비는 어떻게 되었을까. 어디에 있지?

"로쿠 할아버지, 아버지, 오라버니는 어디 있어요?"

스스로 생각하기에는 힘껏 외친 것 같았는데 약한 목소리밖에 나오지 않는다. 누군가의 울음소리가 들려온다. 남자아이의 목소리다. 전령 역할 중 한 명일까.

우오오오오옹, 우오오오오옹.

숲의 나무들 안쪽에서 한 무리의 개가 짖는 소리가 다가왔다. 남쪽에서 달려온다.

"우오오오오오오!"

나무 꼭대기로 개의 머리가 튀어나왔다. 물 덩어리로 이루어져 있는 그 머리다. 입을 벌려 빛나는 이빨과 핏빛 혀를 과시하며 한층 높은 소리로 짖고는 실을 끄는 듯한 기세로 검은 연못을 향해 내려왔다.

그것을 신호 삼아 숲속에서 차례차례 개의 머리가 튀어나와 검은 연못 속으로 뛰어든다. 첨벙! 하고 물보라가 인다. 검은 연못의 물이 개의 머리를 흡수해 간다.

그제야 겨우 연못에 떠 있던 일당들이 정신을 차렸다. 허둥거리고 비명을 지르며 물을 헤치고 연못에서 올라오려고 한다. 기절한 채 수면에 떠 있는 동료 따위 아랑곳하지 않고 아무렇게나 밀치고 간다. 검은 물이 술렁거리며 파도친다. 떨어져 내리는 개의 머리가 도망치려는 일당의 등에 직격한다.

일당 중 누구도 연못에서 올라오지 못했다. 그제야 미기와는 겨우 깨달았다. 검은 물은 그냥 잔잔한 것이 아니라 천천히 움직이고 있었다. 연못 가장자리에서 중심을 향해 걸쭉하게 돌고 있다.

튀어오르는 물보라도 거품이 이는 모습도 지극히 평범한 연못물로 보인다. 하지만 그 정체는 무언가 다른 것이다. 더 걸쭉하고 끈적하고 무거운 것.

예를 들면 피처럼.

지징. 땅이 울린다. 지지징. 숲의 나무가 흔들린다. 나뭇가지가 희미하게 소리를 낸다. 마치 공포로 이가 딱딱거리는 것 같다. 지지징. 낙엽이 떨어진다. 여름의 흔적인 푸른 잎도 진다.

정신을 차려 보니 방금 전까지 하늘을 덮고 있던 커다란 검은 구름이 사라지고 없었다.

별빛.

그 희미하지만 맑은 빛을 가린 것은 구름이 아니었다. 개의 머리 떼가 튀어나온 남쪽 숲의 나무 위로 무언가가 불쑥 일어섰다.

올려다보던 미기와는 그것과 눈이 마주쳤다.

산페이타다.

커다란 뱀 모습으로 변해 있다.

밭에서 나타난 커다란 뱀들의 대장이다. 특출나게 크고 몸통도 굵다. 하지만 머리 위로는 산페이타의 얼굴이었다. 약간 튀어나온 듯한 커다란 눈. 굵은 부리. 처음 보았을 때 미기와의 (꼴사나운) 앞머리와 똑같다고 생각했던, 그 지느러미 같은 것. 그 위에 올려져 있는 접시.

산페이타는 굵은 부리 사이에 오니코베 법사를 물고 있었다. 신송장당의 두목은 상반신이 알몸이 되고 노바카마도 오른쪽 다리가 찢어져 없어진 데다 각반과 신도 벗겨져 있었다. 단창도 칼도 눈에 띄지 않지만, 그 갈고리가 달린 밧줄만이 본인의 허리에 둘둘 감겨 있다. 자신의 밧줄에 묶인 것 같았다.

커다란 뱀으로 변한 산페이타는 나무에 기어올라 주렁주렁 매달려 있는 아라무라 마을 사람들을 힐끗 보고는 눈가에 웃음을 지었다. 미기와에게는 분명히 그 웃음이 보였다.

산페이타는 턱을 한껏 젖히고는, 오니코베 법사를 문 채 머리에서부터 검은 연못 속으로 뛰어들었다. 커다란 뱀의 거대한 몸이 우아하게 허공을 스치고 밤하늘의 별이 그 순간만 투명한 물을 통해 보는 것처럼 흐릿해 보였다.

일순간이지만 그 모습은 아름다웠다. 밤하늘을 춤추는 용 같았다. 눈을 깜박이는 잠깐 동안 하늘에 깨끗한 폭포가 나타난 듯했다.

청신한 물 냄새가 튀고 검은 연못의 물이 첨벙! 하고 솟아오르며 크게 파도쳤다. 그 안에서 버둥거리고 있던 신송장당 일당은 아무도 연못에서 빠져나오지 못한 채 격렬한 물의 움직임에 희롱당하고 있다. 기절하여 완전히 물에 빠져 버린 자도 있는 듯, 얼굴이 물 아래로 가라앉고 흐트러진 머리카락만이 보인다.

미기와는 눈이 빙빙 도는 것 같았다. 보이는 광경이 너무 많고, 들리는 소리가 너무 많고, 치밀어오르는 감정도 너무 많다. 짧은 동안이나마 친밀하게 지냈던 산페이타와의 시간이 미기와의 직감이 되어 경고를 울렸다.

무언가 이상하다. 산페이타 님, 뭔가가 이상해.

물을 조종하는 그 힘. 싫어하는 불에 방해받는 일만 없으면 무서운 것은 없다. 봐, 지금의 이 싸우는 모습! 신송장당 놈들 따위, 산페이타 님 앞에서는 아기 같잖아.

아무것도 이상하지 않다. 아무것도 불안할 일은 없다.

"괘씸한 놈들."

신송장당 일당을 희롱하는 검은 물의 밑바닥에서 산페이타의 목소리가 울려 왔다. 아니, 연못물 그 자체가 산페이타의 목소리를 내고 있는 걸까.

"터주의 연못을 더럽히고, 터주가 다스리는 이 땅을 경작하는 자들을 못살게 굴고, 역병을 퍼뜨려 고통을 낳고, 그러고도 이 땅에 집착하는 어리석은 놈들."

괴로워해라. 산페이타의 목소리는 선고했다.

"내는 늬들을, 이대로 지옥으로 끌고 들어가 주마."

검은 연못에서 삼각 파도가 튀어나온다. 그 끝만은 왠지 뼈처럼 희다.

아니, 정말로 뼈가 숨어 있었다. 사람의 팔꿈치에서부터 손가락까지의 뼈. 다섯 개의 손가락도 전부 갖추어져 있다. 그 손을 펼쳐 신송장당 일당을 움켜쥔다.

그 기세에 잡아당겨져 팔에 연결되어 있는 해골도 나타난다.

또 하나, 둘, 세 개의 삼각 파도. 순식간에 셀 수 없을 정도로 많아진다. 모든 파도에서 뼈로 된 팔이 나타나고 그 팔에 몸이 딸려온다. 두개골까지 딸려온다. 공허한 안와에 어둠을 담고, 턱이 빠질 정도로 크게 입을 벌려 관절의 연결부를 딱딱 울리면서, 검은 물을 헤엄쳐 일당에게 덮쳐든다.

100년 전, 송장당의 습격과 공수병의 난을 당해, 무자비한 야마부교의 명령으로 마을째 파묻혀 버린 비운의 사람들이다. 몸은 썩어 없어졌어도 분노와 원한은 남아 있었다.

터주인 산페이타는 그 분노와 원한이 녹은 물을 조종한다. 가와카즈군을 흐르는 맑은 물 밑바닥에 오랫동안 숨겨져 온 죄를 파헤치고, 귀안이 한 짓을 되풀이하려는 오니코베의 숨통을 끊는 것이다. 이번에야말로 화근은 남기지 않으리라!

"자, 자비를!"

비통한 소리를 지르며 신송장당 일당은 검은 연못에 삼켜져 간다. 해골 떼가 붙들고 늘어져 놈들은 이제 얼굴도 거의 보이지 않는다.

지옥도 같은 광경인데도 피는 한 방울도 흐르지 않고, 불은 조금도 타오르지 않는다. 칼도 활도 창도 없다. 물은 조용하고 낭창낭창하게, 감싸는 모든 것을 깨끗이 하는 힘을 갖고 있다. 연못물이 잔잔해져 간다——.

"크학!"

마을 사람들이 나뭇가지에 주렁주렁 매달려 있는 쪽의 수면에, 갑자기 사람 머리가 하나 튀어나왔다. 머리카락이 흐트러져 얼굴에 달라붙고 왼팔이 움직이지 않는지 오른팔만으로 물을 헤치며 연못 가장자리로 다가온다.

"나, 나는, 귀안 법사의 힘을 물려받은 자다."

물을 헤치면서 흠뻑 젖은 남자는 고함쳤다.

"사람인지 개구리인지 모를 녀석 따위에게 질 것 같으냐. 으라아!"

위협하는 듯한 기합 소리와 함께 나무를 향해 무언가를 던졌다.

눈에는 보이지 않았다. 무엇인지 안 것은 사에가 비명을 질렀을 때다.

"꺅!"

물가에서 1간쯤 들어간 곳에 나 있는 고목. 굵은 가지가 옆으로 돋아 있다. 그 위에 앉아 있던 사에의 목에 갈고리 달린 밧줄이 재빨리 감겼다. 오니코베 법사는 끈질기게, 마지막의 마지막까지 저 밧줄만은 놓지 않고 있었던 것이다.

갈고리 밧줄은 사에의 목뿐만 아니라 사에가 목에 걸고 있던 우쓰기를 연결한 끈에도 얽혀 있었다. 그래서 바로 옆에 있던 고키치도 밧줄을 푸는 데 두 품은 더 걸리고 말았다.

그 두 품 사이에 오니코베 법사가 갈고리 밧줄을 세게 당겼다.

사에는 비명조차 지르지 못한 채 숨을 강하게 토하는 듯한 소리만 내고는 나뭇가지 위에서 끌려내려갔다. 어둠 속에서 갈고리 밧줄이 일순 팽팽하게 당겨졌다.

잔혹하고 사정없는 힘에, 가냘픈 사에는 몸째로 끌려갔다. 허리에서부터 지면에 떨어지고는 자세를 바로 세울 틈도 없이 산페이타가 만들어 낸 암흑의 연못 속으로 끌려들어간다.

"안 돼, 사에, 사에!"

고키치가 가지에서 검은 물로 뛰어들었다. 암흑의 물이 꿈틀거리고 새하얀 물보라가 튄다. 사에와 고키치의 움직임에 휘저어져, 가라앉아 있던 해골들이 떠올라 왔다. 그 뼈의 손발에 붙잡혀 있는 신송장당 일당도, 물에 빠져 기절한 채 핏기도 정기도 잃은 얼굴, 얼굴, 얼굴이 첨벙거리며 수면으로 튀어나왔다.

"빌어먹을, 길동무다."

저주의 목소리가 들린다. 오니코베 법사는 검은 물에 버둥거리면서도 갈고리 밧줄을 감아, 이미 사에의 뒷덜미를 움켜쥐고 있었다. 사에의 머리카락이 흐트러져 얼굴이 보이지 않는다. 축 늘어진 그 머리를 오니코베 법사가 물 아래로 밀어 넣으려고 한다. 유쾌한 듯이 소리 높여 웃으면서.

"그만둬, 이 금수만도 못한 놈아!"

물을 헤치며 오니코베 법사와 사에에게 다가가려고 하는 고키치에게 두 개의 해골이 매달려 온다. 고키치는 그 기세에 눌려 물 아래로 가라앉고 말았다.

"고키치 씨는 아라무라 마을 사람이야! 산적이 아니야! 방해하지 말고 도와줘."

미기와는 목소리를 한계까지 쥐어짜 외쳤다. 해골들을 향해 외쳤다. 옛 아라무라 마을 주민들의 원한을 삼킨 해골은 고키치를 신송장당 놈들이라고 착각하고 있는 것이다——.

아니, 이 검은 물, 검은 연못의 꿈틀거림 속에 떨어져 버리면 그런 구별은 없어져 버리는 걸까. 선악을 알 수 없게 되는 걸까.

그래서 로쿠 할아버지가 물에서 떨어지라고 말한 걸까.

아아, 어떡하지, 어떻게 하면 좋아?

한 번은 잔잔해졌던 검은 연못이 다시 소란스러워진다. 어둠과 구분이 가지 않을 정도로 어두운 물 밑바닥에서 하얗게 야위어 가늘어진 해골들이 떠올라 온다. 그 손발에 휘감겨, 갈비뼈가 드러난 몸통에 단단히 짓눌려, 사에와 고키치는 이미 모습이 보이지 않는다. 오니코베 법사도 겹겹이 겹친 해골들 틈새에서 갈고리 밧줄을 둘둘 감아 움켜쥔 주먹을 하나 내밀고 있을 뿐이다.

"산페이타 님, 그만둬 주세요!"

야이치의 목소리. 한 줄기의 화살이 어둠을 뚫고 날아간다.

"아주 잠깐, 지금만이라도 좋아요. 물을 조종하는 걸 멈춰 주세요!"

또 한 줄기의 목소리로 된 화살을 쏘더니 야이치는 머리부터 검은 연못으로 뛰어들었다. 마을 남자들 몇 명이 뒤를 따른다. 나무 위로 도망쳐 있는 마을 사람들도 나무줄기나 가지를 붙들고 띠를 풀어 남자들을 향해 던졌다.

"잡아요, 잡아."

"우리는 산적이 아닙니다, 조상님들, 도와주십시오."

검은 연못의 물은 더욱 격렬하게 소란을 피우고, 해골들은 산 사람에게 덮쳐 온다. 신송장당 놈들은 이미 숨이 끊어졌다. 오니코베 법사조차 가라앉아 버려 더 이상 보이지 않는다. 목숨이 붙어 있는 사람은 지금의 아라무라 마을 사람들뿐인데 어째서 해골들은 얌전해지지 않는 걸까?

야이치는 한 번 수면으로 떠오르더니 가슴 가득 숨을 들이마시고 다시 잠수했다. 미기와는 가지 위에 일어섰다.

미기와가 기어올라가 있던 나무는 주위의 나무들과 비교해서 한층 더 키가 크고 가지도 높은 곳에 있다. 눈이 어질어질해질 것 같다. 지금까지 이런 높이의 나무에 오른 적은 없다. 어지간히 무아지경이었던 모양이다. 정신이 들어 보니 미기와를 여기까지 올

라가게 해 준 마을 사람들의 모습은 없었다. 모두 더 낮은 곳으로
──물가나 물속에 내려가 있고, 미기와는 혼자였다.

　굵은 가지 위에서 나무줄기에 얽혀 있는 덩굴에 매달려 서 있
자니, 얼굴의 높이가 달라진 탓에 그때까지 보이지 않던 것이 눈
에 들어왔다.

　검은 연못의 밑바닥 쪽에 두 개의 둥근 빛이 나란히 있다. 그것
이 지금 한 번 깜박였다. 데구르르 움직여 수면 쪽을 보았다.

　──산페이타 님의 눈알이다.

　그렇다는 것은 이 검은 물에 수많은 해골들을 머금은 연못은,

　──산페이타 님의 머리에 있는 접시야!

　이 수라장이 시작되기 전에 산페이타가 모습을 나타냈을 때,
미기와는 무언가가 이상하다고 느꼈다. 평소의 산페이타와는 다
르다고.

　그것은 산페이타의 머리 접시에 맑은 물이 담겨 있지 않았기
때문이다. 접시는 텅 비었다. 아마 산페이타에게는 좋은 일이 아
닐 텐데.

　그리고 지금 산페이타는 커다란 머리 접시만 남은 모습이 되
어, 물 밑바닥에서 눈알만 뒤룩뒤룩 움직이며 머리 접시에 담긴
검은 물에 붙잡은 사람들을 선인이고 악인이고 구별 없이 삼켜
익사시키려 하고 있다.

　야이치의 목소리는 닿지 않는 걸까. 물 밑바닥 산페이타의 눈
알이 크게 깜박인다.

미기와의 발에, 덩굴에 매달려 있는 손에, 진동이 전해져 왔다.

검은 물 깊은 곳에서 산페이타의 눈알이 동그랗게 떠진다. 당장이라도 뛰어나올 것처럼.

즈즈즈즈즈즈. 둥근 암흑의 연못이 들어 올려지기 시작했다. 그렇게밖에 말할 수 없다. 연못과 땅바닥의 경계선이 들어 올려지고, 그 둥근 가장자리에 나무뿌리며 잡초들 같은 것이 매달려 있다.

산페이타의 머리 접시와 그 주위를 두르고 있는 지느러미 같은 것. 처음 만났을 때 미기와가 자신의 잘못 자른 앞머리와 착각할 뻔했던 것.

밤의 밑바닥에서 거대한 산페이타가 돋아 나온다. 머리 위가 완전히 지상으로 나오자, 산페이타는 머리를 흔들흔들 흔들었다. 접시인 검은 연못의 물이 넘치고 연못으로 뛰어들었던 마을 사람들이 흘러나왔다. 해골들도 한 덩어리가 되어 흘러나왔다.

"구해라!"

누구의 목소리일까. 촌장일까, 로쿠 할아버지일까.

"도와주시오!"

고키치다. 옆구리에 사에를 안고 몸을 일으키며 심하게 기침을 하더니 물을 토해 낸다. 정신을 잃은 사에의 팔다리가 힘없이 늘어져 있다. 나중에 뛰어든 마을 사람들도 차례차례 발견되어, 흠뻑 젖은 모습으로 다른 사람들의 도움을 받으며 일어났다.

지상에 토해 내어진 해골들은 곧 형태를 잃고 허무하게 물로 돌아갔다. 땅바닥에 빨려들어가 사라져 간다.

거대한 산페이타의 머리는 다시 흔들흔들 떨리기 시작했다. 눈알이 달아오르고, 눈꼬리 쪽에서 한 줄기, 두 줄기──눈물이 흐른다.

거대한 머리는 다시 땅바닥에 가라앉기 시작했다. 커다란 접시가 연못으로 돌아간다.

그러자 눈에 들어왔다. 검은 물을 잃고 텅 빈 연못의 밑바닥에 신송장당 일당의 시체가 일곱 개.

그 한가운데에 헝클어진 머리의 오니코베 법사가 웅크리고 있다. 이제 속옷 하나만 남은 차림이 된 몸에 두 팔과 두 다리를 두르고 야이치가 매달려 있다. 오니코베 법사의 등에서 굳게 깍지 끼워진 열 개의 손가락. 허리 부근에서 겹쳐진 좌우의 발목. 죽어도 놓지 않겠다는 일념이 전해져 온다.

"오라버니!"

미기와는 가지에서 내려가려다가 멈칫했다. 올라올 때는 누군가가 도와서 밀어 올려 주었기에 혼자서는 내려갈 수 없다.

"오라버니, 오라버니!"

"야이치!"

미기와의 외침에 하이치의 외침이 겹친다. 아버지가 신송장당 일당의 시체를 헤치고 짓밟으며 필사적으로 야이치에게 다가가려고 한다.

"아아, 아아, 이게 무슨 일이냐, 야이치!"

미기와에게도 보였다. 믿고 싶지 않은 광경이 보이고 말았다.

온몸으로 야이치에게 붙들린 오니코베 법사는 갈고리 밧줄로 야이치의 목을 조르고 있었다. 밧줄 양쪽 끝에 달려 있던 갈고리는 모두 사라지고 없다. 남아 있는 건 가늘지만 튼튼해 보이는 밧줄뿐인데, 그것이 한 바퀴, 두 바퀴, 야이치의 목에 감겨 있었다. 우쓰기를 걸었던 목에 불길한 밧줄이 파고들어 있다.

이미 목뼈가 부러진 모양이다. 그렇지 않다면 저렇게 머리가 기울지는 않는다.

"이 빌어먹을 놈, 야이치를 놓아라!"

하이치가 울부짖으며 오니코베 법사를 걷어차고 다른 남자들도 도와, 당장이라도 오니코베 법사의 팔다리를 산산 조각내 버릴 듯한 기세로 야이치를 떼어 냈다. 밧줄을 풀기 위해 움직이자 야이치의 머리가 흔들흔들했다.

미기와는 눈치챘다. 오라버니의 눈이 반쯤 뜨여 있다. 입가가 느슨하다.

──웃고 있는 것이다.

오니코베 법사의 손에서 사에를 구해 낼 수 있었으니까.

하이치가 울면서 야이치를 안아 들었고 신송장당 일당의 시체를 짓밟으며 연못이었던 곳의 커다란 원 밖으로 나왔다.

"자네들도 떨어지게. 도망치는 거야."

로쿠 할아버지가 명령하는 목소리의 꼬리를 물듯이 땅 밑에서 떨림이 전해져 왔다.

"미안하다, 야이치, 미안하다."

산페이타의 목소리다. 울고 있다.

어디에 있지? 그 몸은 지금 어디에 있을까?

"씨름을 하고 싶었는데, 말이야."

한탄하는 목소리가 신호가 된 것처럼 지진이 시작되었다. 나뭇가지까지 흔들흔들 흔들린다. 미기와는 가지 위에 서 있을 수 없게 되었다.

"미기와, 어째서 그런 곳에."

"뛰어내려!"

미기와가 각오를 다지고 뛰어내리기도 전에 발이 미끄러져 떨어지고 말았다. 다행히 누군가가 받아 내 준 덕분에 다치진 않았다.

지진은 더욱 심해져, 조금 전까지 검은 연못 가장자리였던 곳의 나무가 뿌리째 들어 올려지고 줄기가 부러지며 쓰러져 간다.

물을 잃은 저 연못의 밑바닥, 산페이타의 머리 접시 한가운데로.

우선 오니코베 법사와 일당의 시체가 빨려들어가 사라졌다. 그 뒤를 쫓듯이 흙이, 진흙이, 덤불이, 나무들이 빨려들어간다. 마치 엄청나게 커다란 개미귀신의 둥지를 보는 듯한 광경이다.

아라무라 마을 사람들은 도망쳤다. 산페이타가 한탄하는 목소리, 울음소리가 들리지 않게 되는 곳까지.

마지막으로 한 마디.

"미안하다. 내는, 실패해 버렸어."

산페이타가 작별을 고하는 말이다.

그러자 땅바닥의 움직임이 멈추었다. 나무도 덤불도, 더 이상은 빨려들어가지 않게 되었다.

아라무라 마을 사람들은 당장은 움직일 수가 없었다. 산페이타의 힘이 멈추자 밤하늘에는 희미한 별빛이 있을 뿐이라 주위는 진정한 어둠에 갇히고 말았다.

미기와는 후들거리는 다리를 딛고 어떻게든 하이치에게 다가갔다. 아버지는 숨이 끊어진 오라비를 안고 있다. 야이치의 머리는 아버지의 왼쪽 어깨에 기대어 있었다.

야이치의 눈은 완전히 감겼지만 여전히 웃는 모습이다. 미기와는 손가락을 뻗어 오라비의 입술 끝을 만졌다. 그 웃음을 느끼고 싶다고 생각했으니까.

그러자 야이치의 생각이 전해져 왔다.

——실패 같은 건 하지 않았어.

모두를 구했다. 사에를 길동무로 삼으려고 한 오니코베 법사의 마지막 악의에도 지지 않았다.

——모두 무사해.

오라비 외에는. 오라비 한 사람만은 목숨을 잃고 말았다.

"이보게, 저거…… 뭐지?"

마을 사람 중 하나가 산페이타의 접시 연못 쪽을 가리켰다. 야이치의 뺨에 손끝을 댄 채 미기와도 시선을 들어 그쪽을 보았다.

캄캄한 어둠 속에서 무언가가 빛나고 있다.

별의 반짝임 같은 하얀 빛이다. 작다. 아주 작다. 돌멩이만 한 크기──인가 싶었는데 점점 커져 간다. 빛의 반짝임도 더해 간다.

잠시 시간이 지나자 같은 장소에 우두커니 서 있는데도 다시 마을 사람들끼리 얼굴과 얼굴을 구분할 수 있게 되었다. 모두 목숨은 건졌지만 처참한 꼴이다.

"여보, 나를 저 빛이 있는 곳으로 데려가 주세요."

사에의 목소리다. 제정신으로 돌아온 듯 고키치에게 업혀 있다.

"무서울 건 하나도 없어요. 저건 틀림없이 산페이타 님의 빛이에요."

그 말에 고개를 끄덕이며 고키치가 발을 내디뎠다. 부부를 비추는 하얀 빛은 보름달에도 지지 않을 정도로 밝고 강해졌다.

"아버지, 가요. 우리도 오라버니를 데리고 가요."

미기와는 하이치를 재촉했다. 아버지는 머리에서부터 흙탕물을 뒤집어쓴 듯, 더러워지지 않은 곳이 하나도 없다. 다만 야이치를 잃고 흘린 눈물 자국만이 뺨 위에 줄을 그리고 있었다.

한 쌍의 부부와 한 쌍의 부자가 하얀 빛에 이끌려 거대한 산페이타의 머리 접시였던 곳으로, 검은 물이 가득 차 있던 곳으로, 수많은 해골을 토해 내던 곳으로, 신송장당 일당이 삼켜져 간 곳으로 다가간다.

하얀 빛의 정체는 등딱지였다.

미기와와 마을 사람들이 만나고, 대화를 나누고, 부리 부근에 주름을 지으며 웃고, 우물 가장자리나 물독에서 얼굴을 내밀어 사람을 놀라게 한, 산페이타가 등에 짊어지고 있던 등딱지였다.

등딱지만이 오도카니 거기에 있다. 몸은 없다. 머리도 손발도 없다.

미기와는 가까이 가서 무릎을 꿇고 등딱지를 만져 보았다. 그러자 하얀 빛이 사라졌다. 빛이 꺼졌다.

──잘 지내거라.

산페이타의 말이 미기와의 귓속에서 울렸다.

남겨진 등딱지도 상해서 너덜너덜해져 있었다. 조금만 세게 건드려도 표면이 벗겨져 떨어져 버린다. 섣불리 들어 올리면 한가운데에서부터 깨져 버릴지도 모른다.

산페이타는 이렇게 될 때까지 힘을 휘둘러 준 것이다. 힘을 다 써서 갓파의 모습을 유지할 수 없게 될 때까지, 아라무라 마을 사람들을 위해 싸워 준 것이다.

100년이나 이 마을에 달라붙어 온 나쁜 인연을 끊어 주었다. 옛 아라무라 마을 사람들의 원수를 갚아 주었다.

미기와는 그 자리에 엎드렸다.

"산페이타 님, 고맙습니다."

하이치가, 고키치가, 사에가 따라 했다. 마을 사람들도 다가와 모두가 똑같이 엎드렸다. 촌장은 심지어 울고 있었다.

로쿠 할아버지가 말했다. "이제부터는, 산페이타 님이 우리의 수호신이다."

산 끝에 새벽의 옅은 자주색 빛이 비쳤다. 하룻밤의 어둠 속에서 일어난 모든 기적이, 비극이, 나쁜 꿈처럼 여겨졌다.

남겨진 등딱지를 신중하게 옮기면서 사람들이 아라무라 마을로 돌아가자, 검은 연못이 있던 곳에 차가운 맑은 물이 솟기 시작했다. 아침의 빛 아래, 맑은 물로 채워져 새로운 산페이타 연못이 탄생한 것이었다.


"산페이타 님은 실패하지 않았다."

고요한 흑백의 방에서 쓰메키치가 말했다.

"로쿠로베에 씨도, 그 이야기를 들은 사환 다이키치──훗날의 큰나리도, 딱 잘라 그렇게 말씀하셨어요."

야이치가 죽고 말았다. 통한할 일이다. 그러나 야이치의 얼굴에는 의기양양한 미소가 있었다. 끝내 퇴치되기 직전에 사에를 지옥 길동무로 삼으려고 했던 오니코베 법사. 그 계획을 겨우 열한 살 아이가 쳐부순 것이다.

"응. 나도 그렇게 생각해."

도미지로는 고개를 끄덕이며 눈을 감았다. 땅 밑에서 빛나는 산페이타의 커다란 눈. 적과 같은 편을 구분하지 못하게 되어, 그저 검은 물의 힘이 사납게 날뛰고 말았다. 그것은 강대한 터주의 눈이고, 터주님의 입장에서 보자면 겨자씨 같은 마을 사람 한 명한 명의 얼굴을 비출 수 있는 눈이 아니었던 것이다.

하지만 죽고 만 야이치도, 미기와도 알고 있었다. 사에를 '괜찮은 여자다'라고 칭찬하는, 마음씨 착한 갓파 산페이타의 눈을.

도미지로는 생각한다. 야이치를 잃었을 때, 산페이타는 분명 울었음이 틀림없다. 그 지방의 터주님은 눈물을 흘리고 슬퍼하며, 사람보다도 훨씬 강대하고 사나운 존재에서 사람과 같은 키의 존재로 변한 것이다. 터주님에서, '내는'이라고 말하는 산페이타로 돌아온 것이다.

그래서 힘을 다 쓰고 등딱지 하나를 남긴 채 모습도 사라지고 말았다.

"아라무라 마을을 지키기 위해 아무것도 해 주지 않았던 다이칸쇼의 관리들은 일이 완전히 끝난 후에 몰려와서."

마을 서쪽에 생긴 새로운 산페이타 연못이나 마을 주위에서 싸움이 있었던 흔적을 확인하고 몹시 당황하는가 싶더니, 고자세로 화내기 시작했다.

"아라무라 마을 남자들이 무기를 들고 싸웠다는 것은 어떤 이유이든 다이칸 님을 거역한 셈이 되니까요."

부조리하지만 그것이 법도다.

"촌장이 이번 일은 모두 자신이 마을 사람들에게 시켰다, 사람들은 촌장의 명령을 따랐을 뿐이라 해명을 하고……."

그러나 촌장 한 사람의 머리만 바치면 되는 사정이 아니어서,

"로쿠로베에 씨와 소작인 우두머리인 하이치 씨도 다이칸쇼에

끌려가 버렸다고 합니다."

아라무라 마을 쪽에서도 그런 사태는 다 각오하고 있었기 때문에 사전에 여러 가지로 상의하고 생각을 정리해 두었다.

"마을의 미래를 맡기기 위해서도, 우선 고키치 씨를 지켜야 한다고요."

고키치의 지혜와 기술은 신송장당과의 싸움에 가장 유익했다. 그것은 단단히 숨겨 두고 마을의 장래를 위해 도움이 되도록 해야 한다.

"산페이타 님에 대해서는 무엇 하나 숨기지 않는다. 대신 고키치 씨의 지혜와 기술, 기요타케 씨가 가져다준 '비지'는 입에 굳게 빗장을 걸고 흘리지 않는다고요."

덕분에 소란이 일어나기 직전, 성하마을에서 아라무라 마을로 온 '타지 사람' 고키치는 전혀 추궁을 당하는 일 없이 끝났다.

"기요타케 씨는 촌장 등 세 사람이 붙잡히기도 전에 몰래 마을에서 도망보내, 성하마을의 가게로 돌아가 있었습니다."

싸움에 가담해 지칠 대로 지치고 찰과상이나 베인 상처투성이였던 기요타케는 가게로 돌아가자 '아라무라 마을에서 성하마을로 돌아오는 길에 들개 떼에게 쫓겼다'고 이야기를 지어냈다. 들개는 지어낸 허풍이지만 목숨을 건 하룻밤을 보낸 것은 사실이었기 때문에 그 이야기에는 박진감 넘치는 데가 있었고, 덕분에 기요타케는 무사히 원래의 가게 점원 생활로 돌아갈 수 있었다고 한다.

"기요타케 씨와의 관계를 유지할 수 있었던 것도 그 후의 아라무라 마을에는 크게 도움이 되었습니다."

청자로서도 가슴을 쓸어내리고 싶어지는 이야기였다.

다만 다이칸쇼에 갇혀 버린 촌장, 로쿠로베에, 하이치의 소식은 들을 수 없었다.

"끌려가 버린 후 반년 남짓이나 세 사람의 소식은 전혀 알 수 없었다고 합니다."

아라무라 마을은 세 사람이 없다는 불안과 공포를 숨기고 다이칸쇼 관리들의 감시를 받으며 조금씩 마을 안팎을 수선하고, 부서진 용수로와 논두렁길을 정비하고, 논밭을 경작했다.

"이듬해 봄, 산의 꽃들이 일제히 피었다 져 버릴 무렵——새로운 산페이타 연못의 수면에도 소귀나무나 살구꽃잎이 가득 뜰 무렵이 되자 로쿠로베에 씨와 하이치 씨 두 사람이 풀려나 마을로 돌려보내겼습니다."

그래서 겨우 저간의 사정을 알 수 있었다.

촌장은 붙잡히고 나서 열흘도 지나지 않아 심한 고문에 심신이 꺾여 숨지고 말았다. 남겨진 로쿠로베에와 하이치는 한 줄기의 햇빛조차 들지 않는 땅굴 감옥에 묶여 가혹한 조사를 견디는 나날이 이어졌다.

"로쿠로베에 씨도 하이치 씨도 아라무라 마을에서 무슨 일이 일어났는지, 마을 사람들이 어떻게 신송장당 일당을 해치웠는지, 하나부터 열까지 정말로 일어난 일을 말할 수밖에 없었습니다."

터주님인 산페이타에 관해 털어놓고 말았다.

그러나 다이칸쇼의 관리들은 갓파라고? 흥, 횡설수설이거나 지어낸 이야기로군, 하며 단정 짓고 로쿠로베에와 하이치를 괴롭혔다. 사실을 자백해라. 어디에서 무기를 조달했지? 아니면 무예자를 고용한 거냐? 그럼 숨겨 둔 돈을 어떻게 모았지?

"하지만 두 사람이 땅굴 감옥에 던져넣어지고 나서 석 달인가 넉 달——아니면 다섯 달 이상이나 지나 있었을지도 모르겠는데, 어쨌거나 두 사람은 지나가는 날짜를 헤아리는 것조차 할 수 없었으니까요."

그만큼 지나고 나서 처음으로 다이칸 본인이 튀어나와 번藩의 간평 관리와 함께 두 사람의 심문에 입회했다. 간평 관리라는 것은 영지 내의 농지 관리나 연공 징수를 주로 집행하는 관직이다. 널리 영지 내를 순검巡檢하고 영지민들의 생활을 감독하는 한편으로 다이칸이나 나누시, 지주들의 행동에도 감시의 눈을 빛내는 입장에 있다.

"성의 높은 관리님이 보기에는 신송장당의 잔학한 횡포도, 그놈들을 해치운 아라무라 마을의 필사적인 싸움도, 자신이 관할하는 곳에서 그런 소동이 일어나게 만든 다이칸의 얼간이 짓도, 번주에 대해 무엄하다는 점에서는 똑같으니까요."

"성에서 오메쓰케무사의 위법을 감찰하던 직명 관리가 벼락을 떨어뜨리며 쳐들어온 셈이로군. 그래서 겨우 다이칸 본인이 취조에 입회했다고."

정상이 아니다. 도미지로는 머리 한구석에서 얼핏 이전에 듣고 버렸던 나쁜 다이칸 이야기를 떠올렸다. 그것도 괴로운 이야기였지.

넓은 이 나라에는 물론 뛰어난 다이칸도 있을 것이다. 나쁜 놈, 무능한 놈만 있을 리 없다. 언젠가는 선정을 베풀며 백성들의 존경을 받는 다이칸의 이야기도 들어 보고 싶다.

"그 간평 관리님이라는 분이 벌써 몇 번째가 되는지 알 수 없는, 로쿠로베에 씨와 하이치 씨가 늘어놓는 산페이타 님의 이야기에 처음으로 귀를 기울여 주었다고 합니다."

간평 관리는 공으로 여기저기 순검을 다니는 것이 아니다. 적어도 영지 내에 대해서는 견문이 넓고, 지리에도 역사에도 정통하다.

──터주 산페이타에 대해서라면 나도 오래된 구전을 들은 적이 있다.

먼 옛날, 가와카즈군의 대부분이 습지이고 '오이케'라고 불리는 호수가 지금보다 훨씬 더 컸던 무렵,

──호수 서쪽에 있는 작은 연못에 터주인 갓파가 살고 있었다고 한다. 열 살쯤 되는 사내아이와 비슷한 체격이지만 머리 위에는 둥근 접시를 얹고 튼튼한 등딱지를 짊어지고 있고, 힘이 세고 씨름을 매우 좋아했다. 아무리 덩치 큰 남자라도 산페이타와 씨름을 하면 맥없이 던져져 날아가 버린다고 한다.

그리고 산페이타 연못은 산페이타가 사는 곳임과 동시에 산페

이타 그 자체이기도 했다.

──열 살의 사내아이 같은 산페이타는 사람 앞에 나타날 때의 가짜 모습이고, 터주로서의 진실한 모습은 훨씬 더 크다. 그 거대한 몸은 습지 안에 가라앉아 있고, 가와카즈군의 흙이나 수맥에서 천연의 힘을 빨아올린다. 그때 지상에 나타나 있는 머리 접시가 산페이타 연못이 된다. 그래서 연못의 수면에서 바닥 쪽을 자세히 들여다보면 지면의 밑바닥에서 빛나고 있는 산페이타의 두 눈을 확인할 수 있다고 한다.

"그건, 바로 아라무라 마을 사람들이 본 광경 그 자체잖아!"

도미지로는 저도 모르게 큰 소리로 말했고, 쓰메키치도 크게 고개를 끄덕였다.

"로쿠로베에 씨와 하이치 씨는 거짓말을 하고 있는 게 아니다. 지어낸 이야기를 하고 있는 것도 아니다. 진실을 말하고 있다. 가와카즈군의 터주 산페이타는 그 힘으로 아라무라 마을을 산적의 위협으로부터 지켰다. 소중한 작물과 농민들의 목숨을 지켜 냈다."

──영지 내를 어지럽히는 괘씸한 산적 일당을 진압한 터주는, 그 행위로 우리 영주께 충성을 보인 것이다. 충의의 터주를 공경하여 그 수호를 받을 수 있었던 아라무라 마을의 농민들은, 그렇게 함으로써 이 또한 우리 영주께 충성과 공순恭順을 보인 셈이 된다.

──두 사람을 풀어 주고 아라무라 마을로 돌려보내 주어라.

앞으로도 아라무라 마을 사람들은 지금까지보다 더 충실하게 일하는 데 힘쓰고 산페이타 연못을 지켜야 한다.

간평 관리의 권위 있는 한 마디로 로쿠로베에와 하이치는 땅굴 감옥에서 해방되었다.

"두 사람 다 아귀처럼 야위고 머리카락도 이도 빠져서."

로쿠로베에는 무엇이 어떻게 된 것인지 상상하고 싶지도 않지만, 왼손 약지와 소지를 잃은 상태였다. 남아 있는 손가락도 구부러져 버려 움직이지 않거나 손톱이 빠져 있었다.

"하이치 씨는 한쪽 눈이 뭉개져 있었습니다."

목도 망가져서 목소리가 나오지 않았다.

"남은 한쪽 눈에 눈물을 지으며, 쉰 목소리를 쥐어짜 가족의 이름을 부르고……. 아내와 아이들의 얼굴을 보고 안심해서 긴장이 풀려 버린 걸까요. 가엾게도 얼마 지나지 않아 돌아가셨다고 합니다."

혹독한 취조가 이어지고 음식도 물도 제대로 받지 못하는 나날을, 젊은 하이치는 고령의 로쿠로베에를 감싸고 위로하며 극복했다. 그만큼, 얄궂게도 로쿠로베에보다도 더 쇠약해져 있었던 것이다.

"로쿠로베에 씨는 그것을 몹시 마음에 두었다고 하는데."

──면목이 없다. 이렇게 가는 순서가 바뀌어서는 안 돼. 내가 살아남아서는 아무것도 안 된다.

"몸이 좋아지기도 전에, 오히려 그 구실로 역참마을의 지인에게 의지해 타지에서 요양하겠다──는 이유를 갖다 붙여 아라무라 마을을 나가 버렸습니다."

어. 로쿠로베에도 사라져 버린 건가. 미기와네 일가에 있어서는 괴로운 상실만 이어졌다. 장남 야이치. 아버지 하이치. 의지하고 있던 로쿠 할아버지.

"아라무라 마을의 촌장 자리에는, 마을 사람 모두의 추천을 받고 지주 도노 가家에도 인정을 받아 경사스럽게도 고키치 씨가 앉았습니다."

고키치와 사에는 촌장과 그 아내로서 아라무라 마을을 재건하려 노력했다.

"남편 하이치 씨를 잃은 아내 무로 씨는 미기와 씨와 어린 남매, 미즈호와 후이치를 데리고 여자 혼자 힘으로는 도저히 살아갈 수가 없었습니다."

새 소작인 우두머리가 된 사람은 젊은 나이에 소작인 우두머리가 된 하이치에게 앙심을 품고 있던 남자로, 무로네 가족에게 심술은 부릴지언정 친절하게 대해 주지는 않았다.

"걱정이 된 고키치가 여러 가지로 손을 쓰고 연줄을 이용해 지주 도노 가에 들어가 살면서 하녀 고용살이를 시작한다, 물론 아이들은 셋 다 데려간다, 미기와도 아이 돌보는 고용살이를 한다──는 자리를 마련해 주었지만, 그러면 무로 씨 가족은 아라무라 마을을 나가야 하잖아요."

도노 가는 더 탁 트인 커다란 마을에 저택을 두고 있다.

"무로 씨한테는 하이치 씨가 목숨을 걸고 지킨 자신들의 마을이고 미기와 씨한테는 오라비와 산페이타 님의 추억이 남아 있는 마을이니 떠나기가 어렵겠지요."

쓰메키치의 눈이 약간 젖어 있다.

"한데 고용살이 이야기가 지지부진한 사이에, 한편으로 말이지요, 왠지 도노 가의 막후 조종으로 산페이타 연못 기슭에 돌로 만들어진 산페이타 님의 상像이 모셔지게 되었습니다."

소박하다면 소박하고 조잡하다면 조잡한 만듦새의 석상으로, 크기는 어린아이의 키 정도. 등딱지는 그냥 매끈해서 진짜 산페이타가 짊어지고 있던 등딱지와는 매우 달랐다. 얼굴도 못생겨서,

"미기와 씨는 얼굴을 새빨갛게 붉히며 화를 냈다고 합니다."

결정적인 대목은 그 산페이타 상이 가슴에 (마치 지장보살님처럼) 붉은 턱받이를 걸고 있었던 것이다. 게다가 그 턱받이에는 도노 가의 문장紋章인 '석 장짜리 단풍잎'이 물들여져 있었다.

도미지로는 기가 막혔다. "아라무라 마을이 위급할 때, 다이칸쇼와 비슷하게 아무것도 해 주지 않았던 지주잖아? 그런데 약삭빠르게 산페이타 님의 목에 자기네 가문 문장을 걸다니."

뻔뻔스러운 데에도 정도가 있다.

"예, 그러게 말이에요."

말하면서 쓰메키치의 눈이 웃고 있다.

"정말 뻔뻔스럽지요. 그래서 산페이타 님도 화가 나셨어요."

그렇다, 확실하게 분노를 표시했다.

"이야기가 조금 앞으로 돌아가는데, 아까 신송장당의 싸움이 끝난 뒤에는 산페이타 님의 등딱지만이 남아 있었다, 고 말씀드렸지요."

하얗게 빛나고 있었다.

"그 등딱지는 우선 마을의 곡물창고에 실어 날라 두었는데."

창고에 넣고 나서 하룻밤, 이틀 밤이 지나는 동안 등딱지의 금이 깊어지고 곧 끝에서부터 부슬부슬 사라지게 되었다.

"가뭄으로 마른 논의 흙이 갈라지듯 금이 가고, 건드리면 건드린 데서부터 깨지고 부서져 고운 먼지가 되어 버려서……."

아아, 산페이타 님의 힘이 다해 간다.

"날마다 등딱지의 형태를 잃고 흙덩이처럼 되어 가는데 역시 그대로 두기에는 송구해서, 고키치 씨가 삼나무로 상자를 만들었어요. 거기에 넣어서 촌장 집 안방에 안치했습니다."

고키치와 사에가 촌장 부부로 살게 되고부터는 매일 사에가 안방을 청소하고, 아침저녁으로 상자 앞에 물을 바치며 합장을 했다. 산페이타 님께 참배하고 싶은 사람은 누구나 그곳에 와서 참배할 수 있지만 손과 얼굴을 씻고 예의바르게 행동해야 한다.

"그러는 사이에 연못가에 석 장짜리 단풍잎 턱받이를 한 산페이타 님의 상이 세워져 버렸는데."

저런 상은 가짜다. 가장 중요한 것을 빠뜨려도 분수가 있지. 아무리 지주가 대단하다 한들 알지도 못하는 산페이타 님을 저렇게 이용해도 좋을 리가 없다!

"그런 자초지종을 마을의 누군가가 상자 앞에서 손을 모으고 기도하는 김에 입을 삐죽거리며 말했더니."

갑자기 상자가 덜컹 움직였다. 안쪽에서 작은 소리가 났다.

"마침 그때, 가장 중요한 것을 빠뜨린 산페이타 님의 상 옆에 있던 다른 마을 사람이, 보았던 겁니다."

산페이타 연못의 잔잔한 수면에 갑자기 날카로운 삼각 파도가 하나 서고, 그 물보라가 석 장짜리 단풍의 턱받이를 날려 보내는 장면을.

"턱받이는 그냥 허공으로 날아올랐을 뿐만 아니라 둘로 찢어져 있었다고 합니다."

아라무라 마을 사람들은 술렁거렸다.

"이제 막 촌장이 된 고키치 씨는 모르는 척을 할 수 없으니까요. 도노 가에 심부름꾼을 보내 턱받이에 대해서 알렸습니다. 그랬더니 지주님은 질리지도 않고 새 턱받이를 만들어 보내면서 다시 걸라고."

두 장째의 턱받이도 걸었던 그날 날아가 찢어지고 말았다.

"그때도 상자가 움직였다고 하더군요."

두 장째가 못쓰게 되자 지주는 세 장째를 만들어 보냈다. 이번에는 거는 데까지도 가지 못했다.

"세 장째 턱받이를 걸려고 지주의 하인이 연못가로 다가간 순간, 수면이 첨벙거리며 소란스러워지고 커다란 파도가 석상이 있는 데까지 밀려와 순식간에 뒤집어 버렸다고 합니다."

 석상은 부서져 몇 개의 돌덩어리가 되었다. 쓰메키치는 통쾌한 듯이, 쾅, 데굴, 파바박! 하고 손짓을 해 가며 설명했다.

 "지주님은 어떨지 몰라도 그 하인은 터주님의 힘을 두려워하는 분이었겠지요. 허둥지둥 도망쳐 돌아갔다고 하고."

 그 후로 두 번 다시 석상 같은 것이 세워지는 일은 없었다. 도노 가 쪽이 그럴 때가 아니게 되어 버렸기 때문이다.

 "석상이 부서진 그날 밤중에 도노 가의 저택이 어디에선지도 모르게 습격해 온 홍수에 휩쓸려 버렸거든요."

 쓰메키치도 이번에는 대놓고 통쾌하기 짝이 없다! 는 얼굴을 하지는 않는다.

 "자세히 조사해 보니 저택 뒤뜰의 우물이 넘쳐서 왠지 일시적으로 대량의 물이 흘러나왔다는 것을 알 수 있었습니다."

 도노 가는 침수로 난리가 나고 가재도구도 못쓰게 되었지만 죽은 사람은 나오지 않았다.

 "그런 사정으로 무로 씨와 미기와 씨의 하녀 고용살이 이야기도 흐지부지되었습니다."

 아라무라 마을 주변이 그러저러한 일로 소란스러워졌을 때 다이칸쇼에서도 이변이 일어나고 있었다.

 "아무도 눈치채지 못한 사이에 다이칸쇼의 지하에 있는 땅굴 감옥——."

 촌장과 로쿠로베에와 하이치가 갇혀 있던 어둠의 밑바닥이다.

"구멍을 파서 기둥을 세우고 무너지기 쉬운 곳을 바위로 보강한 정도의 조잡한 만듦새였다고 하는데, 다이칸쇼 건물의 딱 한가운데쯤, 부지의 절반 이상을 차지할 정도로 넓었다고 합니다."

그 땅굴 감옥에 조금씩 물이 배어 나오고 있었다. "비 때문, 지하수 때문이라고 하기에는 이상한 속도로, 천천히 확실하게, 물이 고이고 있었던 거예요."

도미지로는 (신중하지 않은 태도일지도 모르지만) 기대로 두근두근했다. "그건, 언제쯤부터지?"

쓰메키치도 어린아이답지 않은 못된 얼굴을 하고 콧노래를 부르듯이 대답했다. "마침 로쿠로베에 씨와 하이치 씨가 아라무라 마을로 돌아갔을 무렵부터인 것 같아요."

진실을 알 수 없는 이유는, 다이칸쇼의 관리 중 누구도 땅굴 감옥 구석구석까지 꼼꼼하게 조사하거나 하지 않았기 때문이다.

"땅굴 감옥의 바닥이며 벽에서 물이 배어 나온다, 이상하다는 것도 안쪽의 한 모퉁이에 묶여 있던 죄인이 시끄럽게 소란을 피워서 간신히 눈치챘다고 하니까요."

"게다가 제대로 상대해 주지 않았던 거 아니야?"

도미지로가 더욱 두근두근해서 묻자 쓰메키치도 활짝 웃으며,

"예, 정말로 기대를 배신하지 않는 얼간이만 모여 있는 다이칸쇼지요~."

둘이서 아하하 하고 유쾌하게 웃었다.

"결과는 어떻게 되었지?"

"시기상으로는 산페이타 님 석상의 턱받이가 날아가는 소동을 전후해서."

"응, 응."

"땅굴 감옥에 고인 대량의 물 때문에 다이칸쇼의 건물이 가라앉고 말았습니다!"

사람으로 비유하자면 엉덩방아를 찧은 듯한 느낌으로 그럭저럭 튼튼해 보이던 요새 구조인 다이칸쇼가 "어이쿠" 하며 몸을 뒤로 젖히듯 기울었다고 한다.

"안에 있던 관리들은 허둥지둥 밖으로 뛰쳐나가고, 이건 안 되겠다는 걸 깨닫고 소중한 무기나 도구나 문서 등을 안에서 운반해 내기 시작했지만, 그러는 사이에도 건물은 계속 잠겨 요새의 1층과 2층, 그 위에 있는 망루 공간을 연결하는 계단이 삐걱삐걱 소리를 내며 부러져 가는 것이었어요."

기대를 배신하지 않는 얼간이들의 두목인 다이칸은 무슨 용무가 있었는지 바로 꼭대기의 망루 공간에 있었다.

"사다리가 차례차례 부러져 어떻게 해도 아래층으로 내려갈 수가 없었습니다."

거기에서 큰맘 먹고 땅으로 뛰어내릴 정도의 용기가 있는 무사라면 좋았겠지만,

"얄궂게도 그런 인물은 아니었는지."

갈팡질팡하는 사이에 지면 아래, 넓은 땅굴 감옥에 가득 찬 물속, 땅 밑바닥에 생겨난 갑작스러운 연못 속으로 가라앉아 가는

다이칸쇼에서 도망쳐 나오지 못한 채.

"반나절쯤 지나서 겨우 건물의 침하가 멎고 관리들이 다이칸을 찾아보니."

땅굴 감옥 한 모퉁이에서 진흙탕에 빠져 인사불성 상태가 되어 있었다고 한다.

"목숨은 붙어 있었지만 앓아누운 일을 마지막으로, 그 후에는 어떻게 되었는지 알 수 없습니다."

다이칸이 물에 빠져 있던 땅굴 감옥의 한쪽 모퉁이는 촌장과 로쿠로베에와 하이치가 묶여 있던 곳은 아니었을까. 그러면 이야기가 너무 잘 들어맞나?

더 이상 두근거렸다간 역시 나중에 거북해질 것 같아서 도미지로는 묵묵히 차를 새로 끓이기로 했다.

"다이칸쇼의 변사는 며칠 늦게 아라무라 마을 사람들 귀에도 들어왔습니다."

쓰메키치도 얌전한 표정으로 돌아와 말을 잇는다.

"일부러 입 밖에 낼 필요까지도 없이, 미기와 씨도 무로 씨도, 고키치 씨도 사에 씨도, 그게 산페이타 님의 분노 때문이라는 걸 알았습니다."

때문에 미기와는 걱정이 되었다.

——그렇게 한꺼번에 힘을 쓰면 남아 있는 등딱지가 더욱 상하고 만다.

네 사람은 상자를 열어 등딱지를 살펴보기로 했다. "아니나 다를까 등딱지 조각은 이미 근처에 떨어져 있는 돌멩이 정도로까지 작아져 버렸습니다."

이제 산페이타 님이 힘을 쓰시게 해서는 안 된다. 이 작은 등딱지는 아라무라 마을의 보물, 가와카즈군의 보물이다. 소중히 지켜야 한다.

"뭐, 얄미운 다이칸쇼에도, 도움 안 되는 지주에게도 꿀밤을 먹여 주었고 앞으로는 아라무라 마을의 부흥을 기다리기만 하면 되니까요."

그 후로 큰 이변 없이 마을 사람들은 다음 농사를 시작할 수 있었다.

"뒤에 남은 문제는 무로 씨와 미기와 씨와 남매의 생계였습니다."

그랬다. 도노 가에 들어가 살면서 하녀 고용살이를 한다는 이야기는 없어져 버렸고, 남편을 잃은 무로와 세 아이를 모두 먹여 살릴 만한 여력은, 아직 부흥 중인 아라무라 마을에는 없었으리라.

"무로 씨는, 고키치 씨와 사에 씨와 충분히 상의하여——."

우선 어린 미즈호와 후이치를 고키치와 사에에게 맡기기로 했다.

"촌장 부부의 양자로 키워 달라고 하는 편이 훨씬 행복해질 수 있을 거라면서."

고키치도 사에도 그럭저럭 나이가 많아져, 앞으로 아기가 생길지 어떨지 확실하지 않다. 미즈호와 후이치라면 키우는 보람도 있고 친하기도 하다.

"머리를 숙이며 부탁하는 무로에게, 이 둘은 하이치 씨가 남긴 아이, 야이치 씨의 소중한 동생들이니 반드시 훌륭하게 키우겠다고 약속했지요."

사에는 아무 말도 하지 못한 채 그저 무로와 미기와를 끌어안고 눈물을 지었다고 한다.

"그 이야기를 마무리했을 때, 계절은 가을 말. 매년 논밭 일을 마친 마을 사람들이 에도로 돈을 벌러 나가는 무렵이었기 때문에."

무로도 매년 겨울철과 똑같이 에도로 가기로 했다. 가정을 꾸리고 아이를 낳고 나서도 아이가 젖을 떼면 곧장 돈을 벌러 나갔던 부지런한 사람이다. 그런 경험이 달리 의지할 곳 없는 모녀의 기댈 곳이 되어 주었다.

도미지로는 말했다. "에도는 여자가 부족하고 남자만 남아도니, 근교에서 돈을 벌러 가면 여자가 훨씬 귀하게 여겨지고 큰돈을 벌 수 있다고, 나도 들은 적이 있어."

무로에게 가지바시고몬 옆의 기름·숯 도매상은 실로 고마운 고용살이 장소였다. 안주인도 무로를 마음에 들어했다.

"그러니 모녀 둘에서 또 돈을 벌러 나간다는 건 조금도 이상한 생각이 아닌 듯한데."

도미지로는 약간 마음에 걸리는 점이 있었다.

"무로 씨와 미기와 씨는 마을을 지키기 위해서 남편과 장남을 잃은 거잖니."

하이치와 야이치는 고귀한 희생자다.

"그래서 남겨진 가족이니 사실 아라무라 마을에서 그냥 먹여 살려 주어도 되는 거 아닌가?"

이것은 상가가 늘어선 거리에서 태어나 상가가 늘어선 거리에서 자란 도미지로의 생각이고, 논밭을 경작하여 연공을 바치고 자신들이 먹을 것은 스스로 만드는 농민의 실감과는 다를지도 모른다. 그래서 강하게 말할 수는 없지만 아무래도 조금 마음에 걸렸다.

그러자 쓰메키치는 의외로 뜻밖이라는 듯한 얼굴을 했다.

"아니, 미안하다. 내 말이 이상하지."

쓰메키치는 입을 시웃자로 휘며 고개를 힘껏 가로젓더니 말했다. "실은 저도 작은 나리와 똑같이 생각했어요."

어, 그래?

"로쿠로베에 씨가 아라무라 마을을 떠난 건 어디까지나 하이치 씨가 죽고 자신이 남아 버린 걸 무로 씨 가족한테 미안하게 생각했기 때문이고, 그건 뭐, 저도 이해가 갑니다."

응. 도미지로도 이해가 간다.

"하지만 무로 씨 가족은 아라무라 마을 사람들이 더 소중히 여겨도 되지 않을까? 고키치 씨가 촌장이 되었고, 사에 씨라는 아군도 있고, 굳이 밑의 아이 둘만 양자로 보내고 자신들은 타지에서 돈을 벌어 살아가다니, 그렇게 조심스러워할 필요는 없잖아."

그러나 아라무라 마을의 이치는 달랐다.

중얼거리는 쓰메키치는 정말로 분해 보였다.

"산페이타 님의 힘을 빌려 신송장당을 쫓아냈다, 그건 아라무라 마을의 큰 명예이기도 해요. 만만세입니다."

그러나 쌍수를 들고 기뻐할 수만은 없는 것이, 야이치라는 희생자를 내고 만 하이치와 무로 부부 일가다. 산페이타 또한 실은 싸움의 희생자, 전사자로 꼽을 수 있다.

"다이칸쇼에 죽임을 당한 촌장이나 하이치 씨와는 다른, 싸움 그 자체의 사망자지요."

야이치는 특별하다. 산페이타와 비슷할 정도로 특별하다.

"터주님의 힘에 가까이 갔다가, 그것 때문에 터주님을 죽게 하고 스스로도 함께 죽은 야이치 씨."

도미지로는 저도 모르게 눈을 부릅뜨고 말았다. 터주를 죽게 했다, 는 말을 쓰는 건가.

"오랜 터주님은 이미 충분히 화내고 날뛰다가 진정이 되어 사라졌다. 새로운 산페이타 연못이 생기고, 가와카즈군에는 새로운 터주님이 태어날 것이다. 모습은 보이지 않지만 어딘가에 계신다."

터주란 본래 그런 것이다. 사람과 관여하고 함께 싸우는 것은 있어서는 안 되는, 있을 수 없는 일이었다.

이제 잊는 게 좋다. 공경하고 멀리하고 싶다.

마을이 부흥하고 풍요로운 결실과 평온한 생활을 되찾아 가면 갈수록.

"물론 아라무라 마을 사람들이 이런 말을 똑똑히 입 밖에 내어 말한 건 아니었겠지요. 하지만 매일 함께 살고 있는 무로 씨와 미기와 씨한테는 전해졌어요. 느껴졌어요."

——모든 게 끝나고 평온이 돌아왔는데 우리는 나쁜 추억의 부스러기가 되어 버렸다.

——우리를 꺼리고 있다. 지금은 희미하지만 점차 강하게 따돌림을 당하게 될 게 틀림없다. 그렇게 되기 전에 어떻게든 해야 한다.

도미지로는 가슴 앞에서 팔짱을 끼며 신음했다.

무로가 죽었을 때 아라무라 마을의 찌르레기 중재 역할을 하는 사람의 차가운 대우에, 기름·숯 도매상의 안주인 오스미는 말했다고 한다.

——너희 모녀는 마을에서 따돌림이라도 당하고 있었던 모양이구나.

긴마키에서의 사건 후, 로쿠로베에도 이렇게 말했었다.

——아라무라 마을 사람들은 사정이 있어 미기와의 가족과는 교류를 끊었습니다.

도미지로로서는 이해할 수가 없었다. 싫은 사건에서 멀어지고 싶어 하는 마음은 이해가 간다. 새삼스럽게 터주의 죽음에 황송해하고 송구스러워하는 기분도 알겠다. 그렇다고 해서 쓸쓸히 남겨진 모녀를 꺼리다니.

그러나 마을 사람들의 부정적인 마음을 이해한 무로는 철없는 어린아이 둘을 믿을 수 있는 촌장(게다가 이 새로운 촌장은 출신이 타지인 사람이다)에게 맡긴 후에 다부진 장녀만을 데리고 고향을 떠나기로 결정했다.

──떠나도 잊지 않을 거예요. 아버지도, 오라버니도, 산페이타 님도.

그렇게 말하며 미기와도 어머니를 격려했다고 한다. 마을에 남아 짐이 되기보다 에도에서 야무지게 돈을 벌며 살아가자.

설녀처럼 피부가 희고 싸늘했다는 미기와의 마음은 얼마나 강인하고 따뜻한가.

과연 산페이타의 무녀다웠다.

"──이걸로 이야기가 한 바퀴 돌아서 기름·숯 도매상, 긴마키로 돌아오는 거로구나."

기름·숯 도매상에서 어머니 무로와 사별하고, 새로운 고용살이처인 긴마키에서 대참사에 휘말린 미기와. 그때 일어난 불가사의한 구원의 기적.

"모녀가 쓸쓸히 떠나던 날 아침, 고키치 씨와 사에 씨가 두 사람을 불러 넷이 함께 산페이타 님의 상자에 참배를 하러 갔다고 하는데."

참배를 마치자 고키치는 상자를 열었다. 언젠가 보았던 돌멩이만 한 크기의, 남은 등딱지. 그 후로는 줄어들지 않은 것 같아서 미기와는 안도했다.

그때 고키치가 그 돌멩이를 살며시 주워 들어, 놀라는 미기와와 무로 앞에서 사에가 꺼낸 회지에 그것을 싸고 작은 비단 주머니 안에 조심스러운 손놀림으로 떨어뜨렸다.

"어젯밤 제 꿈속에 산페이타 님이 나왔어요."

지난날의 모습을 한 산페이타가 길을 떠날 채비를 하고 마을 동쪽 출입구 부근에서 빨리 떠나자고 누군가를 재촉하듯이 폴짝폴짝 뛰고 있었다나.

"꿈에서 깨었을 때 저도 모르게 미소를 지어 버릴 정도로 즐거운 기분이 들었어요."

사에는 말하며 미기와의 손 안에 작은 주머니를 쥐어 주었다.

"산페이타 님은 에도 거리를, 미이짱이 사는 곳, 일하는 가게를 보고 싶으신 거겠지."

사에의 꿈속에서 산페이타는 등딱지 위에 둥근 삿갓을 달고 있었다.

"무로 씨랑 미이짱도 둥근 삿갓을 잊지 마세요" 하고 사에는 말했다.

"이렇게 해서 미기와 씨는 산페이타 님과 함께 에도로 나온 것입니다."

모녀는 정든 기름·숯 도매상에서 고용살이를 하다가 무로는 그곳에서 죽고, 미기와는 친절한 안주인 오스미의 주선으로 별감가게 긴마키로 옮겼다.

아이를 돌보는 고용살이를 하며 평온한 나날을 보냈지만, 장사와 관련해 다툼이 있던 잔게쓰 주인의 광란으로 목숨을 잃을 뻔하였다가, 산페이타의 등딱지에 남겨져 있던 불가사의한 힘으로 주인 일가와 자기 자신을 구하게 되었다──.

도미지로는 물었다. "미기와 씨 가족의 재난 소식을 듣고 긴마키를 찾아오셨으니, 아라무라 마을을 나온 로쿠로베에 씨도 그 후에는 에도에서 살았겠지?"

쓰메키치는 웃는 얼굴로 고개를 끄덕이고는, "네. 로쿠로베에 씨에 대해서는, 정말이지 버리는 신이 있으면 구해 주는 신도 있다는 속담대로."

로쿠로베에는 아라무라 마을은 물론이고 가와카즈군에서도 나갈 생각이었기 때문에, 당장의 비와 이슬을 피하며 푼돈을 벌기 위해 역참마을의 도이야바問屋場 에도 시대에 가도의 역참에서 사람이나 말을 바꾸어 주는 등의 사무를 하던 곳에서 허드렛일을 하고 있었다. 그것을 책방 가이신도의 대행수가 발견하고, "사정을 들은 가이신도 주인의 소개 덕분에 에도로 나오게 되었다고 하더군요."

아라무라 마을 사람들이 목숨을 걸고 신송장당을 해치운 사건은 가와카즈군 사람들뿐만 아니라 성하마을까지 널리 알려져 있었다. 가이신도는 살해된 규베에의 원수를 갚아 준 아라무라 마을에 깊이 은혜를 입었다고 생각해, 로쿠로베에에게도 바로 손을 내밀어 주었다.

"로쿠로베에 씨도 처음에는 사양했다고 하지만."

——자네가 객사라도 하면, 무로에게도 아이들에게도 무엇 하나 좋은 일이 없네. 빨리 몸을 치료하고 조금씩이라도 벌어서 돈을 보내 주는 편이 낫겠지.

가혹한 땅굴 감옥 생활로, 로쿠로베에는 손가락을 몇 개 잃고 몸도 약해져 있었다. 도이야바의 힘쓰는 일은 고되고, 겨울철에는 눈이 많이 쌓여 모든 것이 얼어붙는 산간에서의 생활은 더 고되다. 가이신도 주인의 설득으로 로쿠로베에는 마음을 돌렸다.

"에도에서는 가이신도의 먼 친척이 시주 대표를 맡고 있는 절에서 하인으로 일했다고 하는데."

얄궂게도 무로 일행에게 보내 줄 수 있을 정도의 벌이는 없었지만 어쨌거나 무사히 지내며, 가와카즈군에서 에도로 돈을 벌러 와 있는 다른 마을 사람들과도 관계를 유지할 수 있었다.

"로쿠로베에 씨는 결국, 긴마키의 소동이 있었던 이듬해에 그 절에서 돌아가셨다고 합니다."

혼자가 되어 버린 미기와는 종전과 똑같이 긴마키 주인 일가를 위해 열심히 일했다. 나이가 차자 피부가 희고 용모가 아름다운 미기와에게는 혼담도 들어왔다지만,

"자신은 어디로도 시집가지 않겠다, 목숨이 다할 때까지 이곳에서 고용살이를 시켜 달라고 했다더군요."

긴마키의 아이들, 사치후쿠 남매들을 보살피며 사치후쿠 남매들을 구하기 위해 마지막 힘을 써 준 산페이타의 추억을 모시기 위해서다. 미기와는 무녀였다.

"힘을 잃은 산페이타 님의 등딱지 조각도 계속 몸에 지니고 있다가, 어쩔 수 없을 때만 다이키치 씨한테 맡겼답니다."

다이키치는 아라무라 마을과 인연이 있는 사람은 아니지만, 산페이타의 불가사의한 힘이 구해 준 사람 중 하나다.

"게다가 다이키치 씨가 몸에 지니고 있으면 산페이타 님의 등딱지 조각 색깔이, 그냥 기분 탓이기는 하지만 좋아지는 것 같다는 생각이 들었다나요."

도미지로는 갑자기 가슴이 뜨끔했다. 당시의 다이키치는 야이치와 비슷한 정도의 나이였을 것이다. 산페이타가 무사히 구하지 못했던 야이치. 싸움 끝에 산페이타와 함께 죽어 준 야이치.

그리고 긴마키에는 행복한 세월이 흐른다.

"훌륭하게 자란 장남 후쿠이치로 씨가 후계자인 작은 나리가 되고, 아내를 맞아 첫 아기——사내아이가 태어났을 때는, 작은 마님의 산후조리와 아기를 미기와 씨 혼자서 맡아 돌보았다더군요."

부부 사이에는 그 후 여자아이도 하나 태어났다. 후쿠이치로 씨의 누이인 사치에는 좋은 인연을 얻어 시집을 갔고, 쌍둥이 중 한쪽인 후쿠지로는 관례를 치르자마자 후계자를 갖지 못한 본가에 양자로 들어갔다. 남은 후쿠사부로는 누구를 닮았는지 주산보다 검도를 좋아해서, 상인에게도 열려 있는 검술 도장에 부지런히 다니다가 결국 사범 대리까지 올라가고 사범의 딸과 부부가 되었다.

"긴마키 분들은 제각각 행복해지고 가게도 더욱더 번성했지만."

후쿠이치로의 장남이 열두 살 되던 해의 겨울, 후카가와에서 일어난 큰 화재에 휘말려 가게도 일가의 집도 불타고 말았다.

"유감스럽게도 후쿠이치로 씨와 아내와 막내딸은 그 화재로 목숨을 잃었습니다. 장남도 뜨거운 연기를 들이마시고 폐를 다쳐, 몇 년인가 요양을 했지만 부모 뒤를 따르게 되어서……."

너무나도 심한 결과에 도미지로는 말이 나오지 않았다. 물의 힘으로 화를 면한 긴마키 사람들은 불의 힘 앞에서는 너무 약했던 것이다.

"미기와 씨도 화상을 입고 상처가 곪아 버려 약해진 사이 고뿔에 심하게 걸려서."

"자, 잘못되고 말았니?"

"예. 화재가 있고 나서 며칠 사이의 일이었다고 합니다."

눈에 보이지 않는 흑백의 막흰 천과 검은 천을 한 폭 걸러 한 폭씩 세로로 이어 대고, 위쪽 가장자리에 검은 천을 가로로 댄 휘장. 흔히 장례식에 쓰인다이 둘러쳐진 것처럼, 흑백의 방을 고요한 정적이 감싼다.

그 고요함 속에서 문득 생각난 바가 있어, 도미지로는 무심코 "아" 하고 목소리를 냈다.

"화재 때문에 긴마키는 가게를 지금 있는 곳으로 옮긴 거로구나!"

잔게쓰의 주인이 일으킨 뜻밖의 변이 아니라 그 후의 행복한 세월이 지난 뒤, 꼬아 놓은 새끼처럼<sub>좋은 일과 나쁜 일은 꼬아 놓은 새끼처럼 번갈아 온다는 속담에서 온 말</sub> 덮쳐든 화난火難을 견디지 못해서.

별갑을 가져다주는 귀중한 거북에게는 물이 보물이고 불이 원수인 것처럼 별갑으로 재산을 쌓아 온 긴마키에도 물이 아군이고 불은 적인 셈이다.

"그렇게나 눈부셨던 긴마키의 사치후쿠 남매들은 막내인 오유키 씨만 남고 말았습니다."

언니와 쌍둥이 오라비들은 각자 다른 인생을 걷고 있다. 이제 와서 긴마키로 돌아오게 할 수는 없고, 설령 그렇게 할 수 있다 해도 시간이 걸린다.

"그래서 본가와 친척들이 상의하여, 그 무렵에는 대행수가 되어 있던 다이키치 씨를 오유키 씨의 남편으로 얻어 긴마키를 물려주기로 하였습니다."

사환 다이키치가 대행수가 되고 결국에는 데릴사위로 긴마키의 주인이 된 것이다.

"이때 누구보다도 강하게 그 혼인을 바란 사람은 오유키 씨였습니다."

오유키는 산페이타의 힘으로 위험한 순간에 구원을 받은 당시 아직 아기였기 때문에 아무것도 기억하지 못한다. 다만 나이를 먹어 가면서 부모님이나 남매들로부터 이야기를 듣고 미기와 산페이타의 불가사의한 힘, 그 자리에서 도망치지 않고 자신들을 지키려 했던 다이키치의 충의에 대해서는 잘 알게 되었다.

"물론, 고용살이 일꾼으로서도 몸을 아끼지 않는 부지런한 사람이고, 다이키치 이상의 남편은 없다고 말씀하셨답니다."

오유키의 사람 보는 눈은 틀림이 없어서, 다이키치는 긴마키라는 배를 능숙하게 조종하며 자신이 큰나리라고 불리게 될 무렵까지 지난날과 다름없는 장사를 하는 가게로 회복시켰다.

"다이키치 씨——큰나리가 미기와 씨의 임종을 지켰을 때, 미기와 씨는 산페이타 님의 등딱지 조각을 큰나리에게 맡겼습니다."

이미 힘을 잃고 텅 빈 조각이기는 하지만 다이키치에게도 생명의 은인, 구세주가 이 세상에 남긴 것이다.

"오유키 씨의 남편이 되고 긴마키의 주인이 되자 다이키치 씨는 곧장 이 조각을 가보로 모시기로 결정했습니다."

다이키치와 오유키는 여기저기 상의하여 가보를 담기에 어울리는 상자와 비단 방석, 화대花臺와 촛대도 갖추었으나, 아무리 정중하게 모셔도 미기와를 떠난 산페이타의 등딱지는 더욱더 건조해지고 물러져, 머잖아 한 줌의 모래가 되어 버릴 것 같은 상태였다.

"그런데 어느 날 놀러 온 친척 사내아이가 다이키치 씨한테서 산페이타 님의 이야기를 듣고 흥미를 가졌나 봅니다."

——씨름을 좋아하는 갓파 씨의 등딱지는 이 안에 들어 있어요?

"산페이타 님이 들어 있는 상자를 버릇없게 가리키며 물었을 때, 상자 안에서 달각달각 하고 대답하는 소리가 났습니다."

서둘러 상자를 열어 보니 끝 쪽에 극히 일부이기는 하지만 등딱지의 윤기가 돌아와 있었다.

"산페이타 님은 그만한 또래의 사내아이를 좋아하시는구나." 도미지로는 말했다. "야이치의 추억과 이어지기 때문이겠지."

거기 사내아이야, 씨름을 하자. 사내아이는 모두 씨름을 좋아하지. 내도 아주 좋아한다!

"그 후 가보인 오코라<sub>코라甲羅는 '거북의 등딱지'라는 뜻</sub> 님을 보살피는 역할은 열 살 정도의 사환으로 정해졌습니다. 단, 자라서 산페이타 님의 체격을 넘어 버리면 교대하지요."

그리고 보살피는 역할을 맡은 사환은 대대로 '쓰메키치'라는 이름을 쓴다. 이것도 다이키치, 긴마키의 큰나리가 정한 규칙이다.

"옛날에 미기와 씨가 별생각 없이 해 준 이야기 중에서 큰나리의 마음에 강하게 새겨진 말이 있었답니다."

──산페이타 님은 손톱이 아주 예뻤어.

"손발은 크고, 물갈퀴는 두툼하고, 손가락도 굵고 튼튼해서 싸움에 적합했지만, 손톱만은 정말 예쁜 꽃분홍색이었다고."

그 추억 이야기를 본떠서 '쓰메키치<sub>爪吉 '쓰메'는 일본어로 '손톱'이라는 뜻</sub>'로 정했다.

지금, 여기까지 이야기해 준 쓰메키치는 과연 몇 대째일까.

그리고 지금도 쓰메키치인 것일까.

"큰나리는 석 달이나 전에 돌아가셨지."

"예." 고개를 끄덕이는 쓰메키치의 눈가가 떨린다.

"오코라 님, 산페이타 님은 지금 어떻게 되었니?"

쓰메키치는 고개를 떨구며 손끝을 잠시 만지작거렸다. 그러고 나서 작은 목소리로 대답했다.

"큰나리는, 계속 계속, 오코라 님이 거기에 있다고 생각하고 보살펴 드리라고 분부하셨습니다."

상자 뚜껑을 열지 말고 내용물을 확인하지 말고 계속 소중히 여기라고.

"다만 돌아가시기 직전에 큰나리가 계시지 않게 된 후에는 주인나리의 분부를 따르도록. 주인나리가 이 상자는 이제 가보가 아니라고 말씀하신다면 그렇게 처리하라고요."

──네가 마음 쓰지 않아도 된다.

"그렇게 말씀하신다는 건, 지금의 주인나리는 큰나리의 아들이 아닌 건가?"

"큰나리와 오유키 님 사이에는 아이가 없었습니다. 주인나리는 후쿠지로 씨의 손자인데, 본가에서 양자로 와서 긴마키를 물려받으셨습니다."

그렇구나. 직계 자손이 빙 돌아서 돌아온 것이다.

"옛날에 산페이타 님의 힘이 구해 주었던 사치후쿠 남매들은 모두 큰나리만큼 오래 사시지 못하고 먼저 떠나셨습니다."

다이키치가 마지막 한 사람이었다.

"큰나리가 돌아가시면, 조만간 오코라 님도 잊히겠지요……."

그래서 다이키치는 쓰메키치에게 말해 두었다. 아라무라 마을의 산페이타 이야기를 다 들려줄 테니, 너는 미시마야의 별난 괴담 자리에서 그대로 이야기하고 와 달라고.

아라무라 마을과 산페이타의 추억을 성불시키는 것이다. 어렸던 다이키치의 눈에 들어온 불가사의와, 그 후에도 마음속에 계속 존재해 온 동경과 두려움도.

"쓰메키치 씨."

그렇게 부르며 도미지로는 앉은 자세를 바로 했다.

"좋은 이야기를 들려 주셔서 고맙습니다."

무릎에 손을 두고 머리를 숙인다. 쓰메키치도 자세를 바로 하고는 납작하게 엎드렸다.

"이야기의 마무리로 여기에서 씨름을 한 번 하면 즐겁겠지만, 그랬다간 나는 당지문을 걷어차 찢고 당장 의절당하고 말겠지."

쓰메키치는 "그건 안 됩니다"라며 웃었다.

──씨름을 하자!

터주와 사람을 갈라놓는 벽이 없는 천상에 올라가, 산페이타와 야이치는 마음껏 씨름을 하며 놀았으리라. 그 광경을 떠올리자 도미지로의 마음도 따뜻함으로 채워져 갔다.

어느새 해가 졌다. 저녁놀의 끝자락을 짊어지고 후카가와의 가게로 돌아가는 쓰메키치를 배웅 나간 오카쓰가 작은 꾸러미를 들려 주었다. 나중에 물어보니 큰나리를 위한 향이라고 한다. 참으로 눈치 빠른 사람이다.

도미지로는 스이도바시의 도로 선생으로부터, 별난 괴담 자리에서 들은 이야기를 듣고 버리기 위한 그림을 '간판'으로 만들라는 분부를 받았다. 이번이 두 번째 작품인데, 쓰메키치가 떠나자 곧 생각이 떠올랐다.

──그대로 긴마키의 가게 앞에 걸 수 있는 모양으로 하자.

즉, 토대는 별갑 가게의 간판으로 한다.

별난 괴담 자리에서 들은 이야기의 내용을 흘릴 수는 없으니 도로 선생은 도미지로가 어떤 이야기를 바탕으로 간판 그림을 그렸는지 알 리도 없지만, 그래도 재미나 설득력이 있으면 '좋다'는 평가를 받을 수 있다.

──보는 각도에 따라 다른 그림이 떠오르게 하고 싶구나.

정면에서 보면 거북의 등딱지 무늬. 오른쪽에서 보면 그 등딱지의 줄무늬 사이로 산페이타의 옆얼굴이 떠오른다. 왼쪽에서 보면 야이치나 미기와, 둘 중 한 사람의 옆얼굴. 그리고 마지막은 이 간판 그림을 거꾸로 해서 보았을 때다.

──해골 두건을 쓴 귀안 법사, 오니코베 법사의 얼굴이 보인다는 건, 어떨까.

이 발상에는 색깔 사용도 중요하다. 별갑의 재료가 되는 남쪽 바다의 거북 등껍질이나 발톱은 짙은 황토색이라고 하지만, 산페이타의 등딱지는 역시 호수의 물색, 깊은 푸른색이나 부드러운 물색일 것이다. 거기에 밝은 녹색과 이끼 같은 진녹색과 붉은색으로 등딱지의 갈라진 선을 그리고, 각도에 따라 어느 색이 짙게 눈에 띄는지를 세심하게 바꾸어 가면, 보이는 그림 무늬도 바뀔 것이다.

요즘 선생과 대면하고 연습을 할 때는 오로지 정원수나 꽃을 그려서 보여 드리고 있다. 눈으로 본 그대로를 그리는 '소묘' 후, 선생의 그림본을 도미지로 나름의 구도를 생각해 다시 그린다. 마음대로 마구 그리는 것이 아니라 '틀'을 배우는 것이다.

서둘러 흑백의 방을 나가자 복도 끝의 두 평 반쯤 되는 작은 방에 사람 그림자가 보였다. 당지문이 손가락 세 마디쯤 되는 폭으로 열려 있어서 띠와 버선을 신은 발끝이 보인다.

어라, 어머니다. 이런 곳에서 무엇을 하고 계실까.

어머니, 하고 곧장 말을 걸기가 망설여져서 고개를 뻗어 상황을 살펴보니, 오타미는 똑같이 정좌한 이이치로와 마주하고 있었다. 두 사람의 얼굴에는 그늘이 져서 표정이 보이지 않는다. 말을 나누고 있는 것 같기는 한데 목소리도 알아들을 수 없다.

그때, 오타미가 갑자기 이쪽을 향했다. 도미지로는 철렁했지만, 오타미는 재빨리 손을 뻗어 당지문을 꼭 닫았다. 그때까지 어중간하게 열려 있는 문을 눈치채지 못했던 모양이다. 당황한 것 같았다.

도미지로의 가슴에 안개가 끼기 시작했다. 오늘 쓰메키치를 맞이해 막 이야기를 시작하려 할 때 분위기를 꺾었던 불유쾌한 사건. 어머니와 형이 어두운 얼굴을 서로 마주하고 있는 까닭은 분명 그 일 때문이리라.

신경 쓰인다――하지만.

두 사람이 마주 앉아 이야기하고 있는 데는 이유가 있겠지. 지금은 방해해서는 안 된다. 가슴의 불온함을 깨지기 쉬운 달걀처럼 살며시 안은 채, 도미지로는 발소리를 죽여 그 자리를 떠났다.

백자루 부엌칼

아니나 다를까, 도미지로가 공을 들인 등딱지 간판 그림에 도로 선생이 내린 평가는 엄했다.

"머리로 만들고, 그린 사람 혼자 좋아하는 기색이 느껴지네요."

표정은 온화하고 말투도 상냥하지만 송곳으로 찌르는 듯한 평가를 내리더니 얼어붙어 있던 도미지로를 향해 이렇게 말을 이었다.

"나만이 아니라 이걸 보는 모든 사람에게 우선 '파는 물건이 무엇인지' 알기 쉬운 그림과 만듦새가 아니면 간판 그림에는 의미가 없습니다."

그러고는 저도 모르게 항변하려 입을 열던 도미지로를 손으로 제지한다.

"별갑이 상품이라면 지극히 당연한 흙색과 노란색, 별갑색을 사용해야 하지, 푸른색이나 녹색은 쓸모가 없을 테지요."

"아니, 그건 이야기 속에——."

"그 이야기는 나를 포함해서 간판 그림만 보는 사람들에게는 아무 의미가 없다니까요."

도미지로는 찍소리도 하지 못했다.

"그 말씀이 옳습니다……."

고개를 떨어뜨리며 중얼거리자 가벼웠던 마음이 물에 잠기듯이 어두운 곳으로 떨어져 간다.

——역시 별난 괴담 자리에서 듣고 버리면서 그림 공부도 한다는 건 무리일까.

가슴 밑바닥에서 그런 후회도 배어 나온다.

그때 왠지 즐거운 듯 소리 죽여 웃는 소리가 들렸다. 도로 선생이 웃고 있다.

"말할 필요까지는 없겠지만 말해 두겠습니다. 나는 지금 비웃는 게 아니에요."

"예에."

"당신이 화공 수업과 별난 괴담 자리의 청자를 병행하는 일을 벌써 후회하고 있다는 게 얼굴에 나타나서 위로하고 싶기도 하고 사랑스럽기도 하고 부럽기도 한 여러 가지 마음이 뒤섞여 웃음이 나고 말았네요."

도미지로는 아무 말도 하지 못하고 입매를 시옷자로 다물 뿐이다.

"따로 생업을 갖고 있으면서 화공을 목표로 그림을 배우는 사람은 드물지도 않습니다. 이곳에 와서 내 앞에 앉아 붓을 잡기 조금 전까지는 주판을 튕기고 있었거나, 팔 물건을 포장하고 손님과 잔돈을 주고받았거나, 높은 곳에 올라가 톱이나 망치를 쓰고 있었지요."

일을 하면서 도로 선생에게 배우러 다니다 보면 당연히 그렇게 된다.

"그림을 그리는 데 정신이 팔린다고 해서 생업을 내팽개쳐 버리면 나한테 수업료를 낼 수 없게 될 뿐만 아니라 먹고살 수가 없게 되니, 언젠가 화공으로 자리를 잡을 때까지는 계속 그렇게 일을 하면서 공부해야 합니다. 그게 힘들다는 둥 불평을 흘리고 있을 여유는 없지요."

도미지로의 가슴 깊은 곳에서 일렁이던 파도가 날카롭게 솟구쳤다. 시옷자였던 입도 삐죽거린다.

"저도 제가 복 받은 사람임을 잘 알고 있습니다. 매일 녹초가 될 때까지 일하지 않아도 의식주가 채워지고 선생님께 수업료를 낼 수도 있고 이렇게 공부에 전념할 수 있으니까요."

응, 그래서? 라고 말하기라도 하듯이 도로 선생은 싱글싱글 웃는 얼굴 그대로다.

"그, 그래도!"

도미지로는 자기 자신을 북돋우기 위해 목소리를 높였다.

"선생님이 제게 명령하신 간판 그림 과제는 세상 어디에나 평범하게 굴러다니는 게 아닙니다. 훨씬 더 진귀하고 어려운 과제가 아닙니까."

선생이 온화한 눈빛으로 되묻는다. "호오. 왜지요?"

"왜, 왜, 왜냐니, 괴담 자리의 괴담을, 간판 그림으로, 만드는 거잖아요. 그것도, 선생님께는 이야기의 내용을 숨긴 채."

선생은 천천히 고개를 가로저으며 말했다. "내가 이야기의 내용을 모르니까 당신은 들은 이야기 속에서 자신이 좋아하는 부분을 꺼내어 그릴 수 있어요. 꽤나 마음 편하지 않습니까?"

강말라서 턱이 뾰족하고 둥글둥글한 눈알이 눈에 띈다. 어릴 때부터 이 얼굴이라 사마귀라는 별명을 얻었던 것이 아호雅號의 유래라는 도로螳螂 선생. 결코 무서운 얼굴은 아니지만 속 깊은 본심을 읽어 내기 어려운 얼굴이기는 하다.

"도미지로 씨, 저명한 화공이 그린 것부터 무명의 초심자가 아무렇게나 그린 것까지 포함해서, 무릇 모든 그림이 보는 사람의 마음을 움직이는 건 왜일까요?"

쉽게는 대답할 수 없는 물음이다. 도미지로는 입을 다물고 마음속으로 신음했다.

"거기에, 아, 아름다움이 있기 때문이겠지요."

쉰 목소리로 대답하자 선생은 갑자기 웃음을 지우고 더욱 부드러워진 말투로 말했다.

"아니요. 그림 속에 천고불변이 있기 때문입니다."

천고불변. 오랜 세월 동안 변하지 않는 공통의 원칙.

"아름다움만은 아니지요. 추함이나 어리석음, 괴로움이나 슬픔도 있어요. 무릇 세상에 있고 사람의 마음이 있는 곳에 생겨나는 모든 것을 화공의 붓으로 그릴 수 있는 법입니다."

훌륭한 격언이지만 이야기가 빗나가는 기분이 든다──고 생각했더니,

"별난 괴담 자리에서 이야기꾼을 만나고 그 이야기를 들을 때마다 당신은 마음이 움직이겠지요."

질문의 방향이 바뀌었다. 도미지로는 당황하며 크게 몇 번이나 고개를 끄덕였다.

"미시마야 안채로 안내하고 얼굴을 마주하기 직전까지는 어디 사는 누구인지도 모르는 새빨간 남이었던 이야기꾼의 이야기를 당신은 몰두하여 열심히 듣고 마음을 빼앗기고 깊이 감동하지요. 그건 왜일까요?"

"왜냐고 물으셔도──."

"어디 사는 누구인지도 모르는 화공이 그린 그림에도 한눈에 매료될 때가 있지요. 잊을 수 없을 때도 있어요. 마찬가지가 아니겠습니까."

거기까지 듣고서야 도미지로는 겨우 이해하기 시작했다.

"제가 듣는 이야기꾼의 이야기──그건 많은 경우 본인이나 가까운 사람들의 기구한 신상 이야기인데."

확실히 불가사의하고 좀처럼 듣기 힘들며 곤란할 정도로 무섭다.

"하지만 그 안에 살아 있는 사람들의 마음과 감정은,"

주머니 가게의 둘째 도련님으로서 매일을 살고 있는 도미지로에게도 결코 남의 일이 아니었다.

천고불변이다.

별난 괴담 자리 안에도 아름다움과 추함과 어리석음과 괴로움과 슬픔이 있다.

"나는 오히려 도미지로 씨에게 쉬운 과제를 냈다고 생각합니다."

쉽다. 그리고 다정하다.

"화공이 추구하는 천고불변을 당신은 별난 괴담 자리를 통해서 종종 접하고 있어요. 나도 부러운 입장입니다."

선생님이 나를 부러워하다니.

"실제로 지난번에는 좋은 그림을 그려 왔으니까요. 뭐, 처음이라 욕심을 낼 정도의 여유가 없었던 게 다행이었겠지요."

묘시 참배 이야기다. 도미지로는 이야기 속에 나오는 여자들과 고양이들의 강한 유대를 나타내기 위해 이중의 종이끈을 궁리하여 그렸다.

"지난번 간판 그림은 무언가와 무언가를 연결하는 물건을 취급하고 있습니다, 하고 지극히 명료하게 나타내고 있었어요. 뭐, 종이끈이 어느 정도로 튼튼한지 확실하게 알 수 있었다면 더 좋았겠지만."

이마에도 얼굴에도 목덜미에도 식은땀이 배어 나와, 도미지로는 견디지 못하고 품에서 회지懷紙를 꺼냈다.

"나는 그럭저럭 칭찬했지요. 그랬더니 당신은 기분이 좋아졌는지, 이번에는 세련된 그림으로 더욱 칭찬을 받는 일에만 몰두해서 재미없는 간판 그림을 그려 왔어요."

아니, 그건 아닙니다. 도미지로는 부끄러웠다. 더 칭찬받고 싶다고 생각하지는 않았습니다. 오히려 이번에는 금방 묘안을 생각해 내어 뛰어난 구도를 만들 수 있었다, 칭찬받을 게 분명하다고 의기양양해졌을 뿐입니다──.

지금까지 중에서 가장 밝게 웃으며, 그러나 약간 튀어나온 듯한 눈을 날카롭게 빛내며 도로 선생은 도미지로에게 분부했다.

"다시 그리세요."

도미지로가 스이도바시에서 미시마야로 돌아오니 도안 노인의 직업소개소에서 하녀 한 명이 심부름을 와 있고, 부엌 귀틀에서 오카쓰와 이야기를 나누던 참이었다. 도안 노인의 가게는 고용살이 일꾼이 오래 붙어 있지 않는 것인지, 아니면 엄청나게 많이 고용되는지, 같은 얼굴이 심부름을 오는 일이 거의 없다. 이 하녀도 처음 보는 얼굴이다. 그러나 젊은 처자는 아니고 중년에 가까워 보인다. 피부가 약간 거무스레하고 키가 크고 말랐다.

"다녀오셨어요? 어떠셨나요?"

오카쓰의 물음에 도미지로는 솔직하게 고개를 저어 보였다.

"다시 그려야 해. 그러니까 아직 다음 이야기꾼을 초대할 수는 없어. 이보게, 모처럼 와 주었는데 미안하군. 도안 씨한테는 그렇게 전해 주시게."

그러자 하녀는 오카쓰와 눈을 마주치며 무언가 상의하는 듯한 눈치다.

"뭔가 다른 용건이 있는 겐가?"

있다면 들어 보자. 도미지로도 하녀와 나란히 귀틀에 걸터앉았다.

"예, 저어……."

하녀가 머뭇거린다. 얼굴도 야위고 목덜미에 주름이 많다. 나이는 마흔이 넘었으려나. 미안하지만 젊은 시절부터 '우엉'이라는 별명이 있지 않았을까.

"우리 집에 오는 건 처음이지? 도안 씨네는 고용살이 일꾼이 어지간히 많나 보군."

하녀는 눈을 끔벅거리고 나서 이를 보이지 않은 채 후후후 하고 웃었다.

"아니요, 저희 나리는 일할 곳을 소개해 달라고 부탁하는 사람을 손님에게 주선하기 전에, 보름쯤 가게에 고용하여 일하는 모습을 확인하는 경우가 자주 있습니다."

그래서 늘 새로운 얼굴이 온다. 이 하녀도 비슷한 처지로 고용살이 중이라고 한다. 이름은 오겐이라고 하고 나이는 서른다섯 살. 오카쓰보다도 젊다. 늙게 보아서 미안하다.

"그래서 오겐 씨. 무슨 일인가?"

도미지로의 허물없는 물음에 망설임을 끊어낸 모양이다. 오겐은 양손을 무릎 위에 가지런히 모으고 새삼 이쪽을 보았다.

"그럼 대단히 무례한 것을 여쭙겠습니다만, 일전에 미시마야에 사람을 찾고 있다는 명목으로 꽤 난폭한 사내들이 쳐들어오지 않았습니까?"

이번에는 도미지로 쪽이 오카쓰와 눈을 마주 보았다. 오카쓰가 작게 수긍한다.

"음, 분명 그런 일이 있었네."

흑백의 방 툇마루에 면해 있는 유키미 장지를 멋대로 열고 불쑥 얼굴을 내민 억센 남자. 도미지로에게도 이야기꾼에게도 정숙해야 할 흑백의 방에 흙발로 쳐들어온 것 같아 불쾌하기 짝이 없었다.

대관절 어떤 사정 때문이었을까. 아무래도 형 이이치로와 얽힌 말썽 같았지만 도미지로가 단편적으로 들을 수 있었던 '시즈카'라는 처자의 이름과 시집도 안 간 처자를 유괴한다는 둥 하는 뒤숭숭한 말에도 말할 수 없는 불안감과 불쾌감이 따라붙는다.

그날 오타미와 이이치로가 둘이서 이야기하는 모습을 엿보고 나서는 더욱 신경이 쓰였다. 견딜 수가 없어서 오타미에게 자세한 상황을 가르쳐 달라고 말하기 위해 기회를 살피던 도미지로가 바로 어제 저녁밥을 먹기 전에 슬쩍 떠보았더니,

——미안하구나. 하지만 걱정하지 마라. 일단락되면 네게도 꼭 제대로 설명할 테니 지금은 지켜보았으면 한다.

라는 대답이 돌아왔다. 늘 다부지고 구김 없는 어머니가 빌 듯

이 말하면 집요하게 캐물을 수가 없다.

"미시마야는 이제 간다의 유명한 가게이니, 그 일은 순식간에 소문이 나서 완전히 다 퍼졌습니다."

말하면서 오겐은 눈썹을 찌푸린다.

"우리 나리의 귀에도 일찌감치 들어왔는데 나리는 그런…… 다툼이라고 할까요 험한 일이라고 할까요, 그런 것은 직업 소개업 장사에도 연관이 있다 보니 더 자세히 알고 싶다며 여러 가지로 연줄을 더듬어서."

"상관도 없는 일을 신나게 떠들어 준 게로군, 두꺼비 선인은."

도미지로의 말에 오카쓰는 웃음을 터뜨리고 오겐은 허둥지둥한다.

"두, 두꺼비 선인."

"나이를 먹어 영력重力을 지닌 두꺼비 같은 얼굴을 하고 있잖아, 도안 씨는."

즐거운 듯이 계속 웃는 오카쓰와, 짜증스러운 듯 팔짱을 끼지만 역시 눈은 웃고 있는 도미지로를 번갈아 바라보며 오겐도 웃고 말았다.

"예, 정말로…… 나리는 두꺼비 요괴를 꼭 닮으신……."

"요괴는 안 돼. 선인이라고 말해 주게. 그게 배려라는 것일세."

이번에는 셋이 동시에 웃었다. 오카쓰는 일어서더니 차주전자와 손님용 찻잔을 꺼낸다.

"목이 마르군. 호지차가 좋겠어."

"예, 알겠습니다."

오겐은 손으로 얼굴을 문질렀다. "제가 이렇게 웃어 버리다니 정말 실례했습니다."

"괜찮네, 괜찮아. 그래서 호기심 많은 도안 씨는 우리 집의 다툼이나 그 무례한 남자들에 대해서 자세히 알아낸 게지?"

"예, 상당히, 그런 것 같습니다."

미시마야를 몹시 걱정해 주었다고 한다.

"다툼을 잘못 수습했다간 미시마야의 간판에 큰 흠이 간다며."

그렇게까지 큰일일까.

"우리 형, 이이치로가 휘말려 있는 다툼이지?"

오겐이 곤란한 듯 고개를 갸웃거린다. "저희 나리의 말씀으로는 휘말린 게 아니라 이이치로 씨가 원인이 되어 일으킨 다툼이라고……."

"설마."

그런 잠꼬대를 듣고 걱정하다니 어지간한 두꺼비 선인도 귀가 어두워진 게 아닐까?

"미시마야의 도미지로 작은 나리."

오겐이 번거로운 호칭으로 부른다.

"나는 하찮은 도련님이면 되네. 하고 싶은 말은 무엇인가?"

"지금 미시마야 안에 정말로 정말로 시즈카라는 젊은 처자를 숨기고 계시지는 않습니까?"

도미지로가 아연실색해 있는데 오카쓰가 호지차를 채운 찻잔을 가져다주었다.

"우리 집에, 젊은 처자를, 숨긴다고?"

유괴한다느니 숨긴다느니, 정말이지 무슨 소리람.

"우리는 보다시피 빙 둘러볼 수 있을 정도의 집이고, 지하 감옥이 있는 것도 아니고, 작업장은 있지만 거기에는 대략 스무 명의 직인이나 바느질하는 일꾼들이 드나들기도 하고 생활하기도 하는데,"

어떻게 사람 하나를 숨길 수 있단 말인가.

"그런 일은 할 수 없고 하지도 않을 거고 있을 수 없네."

도미지로가 머리를 벅벅 긁으며 말했다.

"아아, 이제 무례하든 쓸데없든 상관없으니 뭐가 어떻게 된 건지 모조리 이야기해 주게, 오겐!"

금번의 불온한 사건의 원인은 역시 이이치로의 사랑이었다. 모든 일은 거기에서 시작되었다.

이이치로는 열여섯 살 때 '장사 수행'으로 니혼바시 도리아부라초의 잡화가게 '히시야'에서 고용살이를 시작했다. 그 나이에 이미 이이치로는 누가 봐도 머리가 좋고 언변이 시원시원하며 눈치도 빠르고 부지런하여 히시야에서도 곧 중용되었다. 덧붙여 말하자면 도미지로도 열다섯 살에 다른 가게에 고용살이를 나갔고, 성실하게 일하는 모습은 높게 평가되었지만 형만큼 주위를 감탄시킨 적은 한 번도 없다고 가슴을 펴고 말할 수 있다.

미시마야의 이헤에와 오타미로서는 어디까지나 후계자인 장남을 다른 가게의 밥을 먹는 수업에 내보내려는 생각일 뿐이었지만, 세월이 지나면서 더욱더 이이치로에게 반한 히시야의 주인 부부로부터는 어떻게든 사위로 줄 수 없느냐는 부탁을 받는 일이 몇 번인가 있었다.

"히시야에는 이이치로 씨보다 두 살 많은 따님과, 나이 차이가 많이 나서 아직 열 살인 아드님밖에 없으니까요."

그 사이에 몇 명의 자식은 있었지만 병으로 죽었다.

상인이자, 상가의 주인과 안주인으로서, 이헤에와 오타미도 히시야의 마음은 이해가 간다. 하지만 그때마다 단호하게 거절했다. 이이치로 본인도 다른 가게에 들어갈 생각은 조금도 없다, 자신은 미시마야를 물려받기로 결심했다고 딱 잘라 말했기 때문에 결국 히시야의 주인 부부도 포기하지 않을 수 없게 되었다.

그럼에도 이이치로는 변함없이 충실하게 일했다. 대략 스무 명 정도 되는 점원을 두고 있고 오오쿠大奧 에도성의 중심부 중 쇼군의 부인인 미다이도코로와 측실들이 머물던 곳에 납품을 명받은 유명한 가게 히시야에서, 열아홉의 나이로 대행수가 되었다. 히시야 주인 부부가 눈물을 삼키며 사위로 들이기를 완전히 포기했을 때가 스물두 살로, 그 이듬해에는 고참 총대행수 다음으로 중책인 자리까지 올라갔다.

"히시야의 주인은 사위로 삼기를 포기했어도 이이치로 씨가 마음에 든 것은 변함이 없었기 때문에, 절이나 신사에 참배를 가거나 무언가를 배울 때에도 늘 함께 데리고 가셨다고 합니다."

오겐은 자신의 말을 일일이 곱씹는 듯한 말투로 말한다. 가끔

올라가는 어미는 태어난 지방의 사투리일지도 모른다.

"재작년……이면 이이치로 씨는 몇 살이셨을까요?"

지금 스물다섯 살이니, 2년 전에는 스물세 살이다.

"10월 중순쯤, 히시야에서 단골손님 몇 분을 모시고 시나가와로 단풍 구경을 나가셨는데."

거기에 이이치로도 함께 갔다.

"시나가와에는 가이안지海晏寺라는, 에도에서 제일가는 단풍 명소가 있습니다. 다들 그곳에서 단풍 구경을 하시고 근처 요릿집으로 옮겨 연회를 벌인다는 계획이었지요."

좋구나. 맛있는 음식을 좋아하는 도미지로는 저도 모르게 생각했다. 단풍은 눈의 진수성찬이고 호사스러운 요리는 배의 진수성찬이다.

"그때 만나 버린 거예요."

히시야의 소중한 단골손님 중 니혼바시 아오모노초에 있는 '시라이야'의 딸, 시즈카를.

이제야 시즈카라는 이름이 나왔다.

"시라이야는 고급 과일을 취급하는 중간 도매상으로 지금의 주인이 6대째인 유서 깊은 가게입니다."

거래처는 영주 저택이나 시중의 유명한 사찰, 대지주나 부유한 상인뿐이라고 한다. 가게의 규모는 작지만 장사의 규모는 크다. 재산도 많다.

"시라이야의 주인과 안주인 사이에는 딸이 둘 있습니다. 큰딸은 마사키 씨, 작은딸이 시즈카 씨. 나이는 2년 전 그때 스무 살과 열일곱 살이었지요."

마사키真咲와 시즈카静香. 상가의 딸이라기보다는 무가武家의 아가씨 같은 품격 있는 이름이다.

"갓 피어난 꽃의 향기 같은 미인 자매——일 게 분명하겠지. 그렇지 않다면 흥이 깨지는데."

형의 연정 이야기. 일전의 사건이 아직 해결되지 않아 불온한 분위기는 물론 있지만 약간 낯간지러운 듯한 기분이 든다. 얼버무리기 위해 도미지로는 일부러 가볍게 말해 보았다.

그러나 오겐은 왠지 목을 움츠린다. 오카쓰는 문득 눈을 크게 떴다.

"그렇다면 여러 가지로 복잡해지지 않고 끝났을 텐데요."

어, 아닌 건가?

"순서대로 말씀드리자면 우선 마사키 씨와 시즈카 씨는 배다른 자매입니다."

마사키의 어머니는 시라이야 주인의 전처로, 마사키를 낳고 얼마 안 되어 병으로 죽고 말았다. 시즈카의 어머니는 그 후에 들어온 후처다.

"시라이야는 사내아이를 얻지 못했기 때문에 언젠가는 자매에게 가게의 장래를 맡겨야 합니다. 그래서 주인과 안주인은 마사키 씨와 시즈카 씨를 아주 소중하게 키웠지요. 주위 사람들도 모두 그 점을 인정하고 있고요."

후처인 안주인이 시즈카만을 귀여워하고 마사키를 소홀히 대하는 일은 없었다. 자매는 똑같이 시라이야의 진주로 키워졌다고 한다.

"다만 한 가지."

마사키는 빈말로도 미인이라고는 말할 수 없었던 전처의 판박이였다. 한편 시즈카는 미모의 후처에게서 아주 약간 거만해 보인다는 결점은 없애고 대신 이슬 같은 부드러움을 더한 듯한 아름다운 소녀였다.

"당연하게도 시즈카 씨에게는 좋은 혼담이 쏟아져 들어옵니다."

좋은 혼담들은 시즈카 개인의 행복뿐만 아니라 시라이야의 이익으로도 이어진다. 그저 소중한 단골손님이 늘어난다는 의미만은 아니다. 유력한 영주, 막부 대신의 명문가, 부유한 상인, 지주, 인기 흥행주. 여러 입장에서 세간에 발언력과 영향력이 있는 집안과, 시즈카를 통해 단단히 인연을 맺을 수 있다.

다만 시라이야에는 자매밖에 없으니 어느 한쪽은 시집을 가지 않고 데릴사위를 들여 가게를 물려받아야 한다.

"시라이야의 주인은 순서를 중시하여 마사키 씨에게 데릴사위를 들이고 시즈카 씨는 바깥으로 시집을 보내자는 생각이었습니다."

그러나 후처인 안주인의 생각은 달랐다. 마사키를 시집보내고 시즈카에게 데릴사위를 들이게 하고 싶다. 아무리 눈이 돌아갈 만한 좋은 혼담이라도, 시즈카를 시집보내 버리면 시라이야는 며느리의 친정이라는 낮은 위치에 놓이고 만다. 그러면 이익도 줄어들어 버리니 재미없지 않은가.

"시즈카 씨를 아내로 원하는 많은 남자들에게 시즈카를 시집보내지는 않겠다, 시라이야에 데릴사위로 들어와 시라이야의 딸로서의 시즈카를 행복하게 해 줄 남자가 아니면 용무는 없다──고 딱 잘라 말하며 실컷 경쟁시켜서 승리한 가장 괜찮은 사내에게 시즈카 씨를 맡기면 된다."

가장 괜찮은 사내, 란 말이지.

도미지로는 힐끗 오카쓰의 표정을 살폈다. 오카쓰는 묘한 표정으로 반쯤 눈을 감고 있다가 도미지로의 눈빛을 알아채고는 말했다.

"꼭 '다케토리 이야기竹取物語 헤이안 초기에 지어진 작자미상의 소설. 대나무 안에서 나온 미인 가구야히메가 다섯 명의 귀공자로부터 구혼을 받지만, 애당초 결혼할 마음이 없었던 가구야히메는 난제를 내서 모든 구혼을 거절하고 달나라로 돌아간다는 내용이다' 같네요."

오카쓰답지 않은 경박한 말이다. 일부러 그러는지도 모른다. 실은 도미지로도 아까부터 오겐의 이야기를 들으면서 너무 무서운 얼굴을 하지 않으려 조심하고 있다. 이쪽이 심각하게 받아들일수록 이이치로가 휘말린 사건이 더욱 위태로워질 듯한 기분이 들어서다.

오겐은 말했다. "똑같은 말을 시라이야의 안주인도 하셨다고 합니다."

──시즈카는 다케토리 이야기의 공주님이에요. 다만 달로 돌아가 버리지 않고 이 세상에서 임금님 같은 멋진 남편을 얻을 거예요.

그리고 일족의 모든 사람들에게 부귀영화를 가져다 주리라고.

"──우리 형은 시나가와의 명소에 단풍 구경을 나갔다가 그런 공주님을 만나 버린 거로군."

도미지로의 말에 오겐이 야윈 턱을 당겨 깊이 고개를 끄덕인다. 오카쓰는 오겐의 손 가까이에 있던 찻잔을 집어 들고는 미지근한 백비탕을 채워 돌아왔다. 도미지로 몫도 놓아 준다.

두 사람은 잠시 동안 말없이 백비탕으로 목을 축였다.

"단풍놀이에는 시라이야 자매 두 분이 모두 오셨나요?"

오카쓰의 물음에 오겐은 왠지 따끔하게 꼬집힌 듯한 얼굴을 했다.

"아니요, 부모님과 시즈카 씨뿐이었다고 합니다. 마사키 씨는 동생과 함께 나가는 걸 싫어해서."

이야기하면서 더욱더 아픈 듯한 얼굴이 된다. 그러고는 참다못한 듯이 퉁명스럽게 말을 이었다.

"저도 이렇게 못생긴 여자라 마사키 씨의 마음은 잘 알아요. 미인인 동생과 바싹 붙어 걸으며 일부러 비교당하다니 딱 질색이에요."

그 말투에 압도되어 도미지로와 오카쓰는 저도 모르게 턱을 당겼다. 오겐은 고집스러운 말투가 되었다.

"남자도 여자도, 누군가를 호감으로 느끼는 건 우선 외모잖아요. 저처럼 우엉 같은 여자는 처음부터 고려 대상이 아니지요."

분한 게 아니라, 그런 세상에——남자들에게 환멸을 느끼며 지칠 대로 지쳤다. 완전히 실망해서 녹초가 되고 말았다. 도미지로에게는 그렇게 들렸다.

"마사키 씨도 분명, 몇 번이나 그런 기분을 맛보았겠지요. 게다가 혼자 있으면 하나로 끝날 비참함이 시즈카 씨가 옆에 있으면 열, 스물이 되니 견딜 수 없었을 거예요."

도미지로는 저도 모르게 말하고 말았다. "오겐, 우엉 같은 여자라고는……."

오겐은 날카롭게 도미지로를 노려보았다. "아무도 생각하지 않네, 라고 말씀하시지 마세요. 원망할 거예요."

도미지로는 입을 다물었다. 오겐에게 똑똑히 보이도록, 굳게 다물었다. 절대로 말하지 않을 테니 원망하지 말아 주세요.

"저도 이런 마맛자국이 있는 여자니까요."

오카쓰가 부드러운 말투로 말했다. 도미지로도 오겐도 오카쓰를 보았다. 오카쓰는 미소를 짓고 있다.

"젊은 시절에는 꽤 비참한 기분을 맛보았어요. 놀림을 받으면 괴롭지만, 괜히 다정하게 위로해 줘도 싫었지요."

자리가 조용해졌다. 불기 없는 부엌은 그냥 싸늘한 것만이 아니라 묘하게 쓸쓸하다.

"마사키 씨는 먹고살기 위해 돈을 벌 필요는 없는 아가씨이니,

가능한 한 사람들과 섞이는 자리를 피하고 혼자서 지내 왔겠네요."

그와는 반대로 아름다운 시즈카는 부모의 사랑을 받아 빛나고, 세상 사람들과 섞이며 칭찬과 선망의 눈빛을 계속해서 받는다.

질투나 시기를 사는 일도 있겠지만 젊음이 전부 튕겨 낸다.

"헤아려 보기만 해도 가슴이 아프네요. 여자는 슬프군요."

오카쓰의 말에 오겐의 (미안하지만 그야말로 우엉처럼 뻣뻣하던) 몸에서 갑자기 힘이 빠졌다.

"저도 참, 쓸데없는 말씀을 드렸네요. 용서해 주세요."

미안하다는 얼굴로 고개를 숙인다. 도미지로는 가볍게 헛기침을 했다. 어쨌거나 오겐에게는 다음 이야기를 듣고 싶다.

"형님과 시즈카 씨는 단풍놀이에서 만나자마자 사랑에 빠진 건가?"

이이치로도 잘생긴 데다 목소리도 좋고 행동거지 또한 산뜻하다. 아름다운 소녀 시즈카와 잘 어울린다.

"게다가 형님은 겉보기만 번지르르한 남자가 아니야. 머리도 좋고 상인으로서도 수완가지. 딸의 데릴사위로 시라이야에서 눈독을 들였다 해도 이상하지 않네."

약간 자랑하는 말투로 도미지로는 주장했다. 오카쓰의 뺨이 미소로 누그러진다.

"오겐 씨, 몰래 가르쳐 드리지요. 이이치로 씨를 이 세상에서 제일 좋아하는 사람은 여기 있는 도련님 도미지로 씨랍니다."

오겐은 눈을 깜박거리더니 어색하게나마 웃었다. 물론 오카쓰는 농담으로 말했지만 도미지로는 약간 식은땀을 흘렸다.

"이이치로 씨와 시즈카 씨의 모습은 마치 에조시絵双紙 에도 시대에 신문이나 통속 소설 등에 곁들여지던 삽화의 한 장면을 보는 듯 아름다워서 단풍놀이를 온 사람들의 눈길을 끈 것 같더군요" 하고 오겐은 말을 이었다. "다만……."

히시야에 있다 해도 조만간 미시마야로 돌아갈 몸이었던 이이치로는 히시야로부터 데릴사위가 되어 달라는 적극적인 제안을 받고 거절한 전적이 있다. 당연히 시라이야의 귀에도 들어갔으리라.

"시즈카 씨로 데릴사위를 들이고 싶은 후처에게는, 다른 조건이 아무리 좋아도 그것만으로 이이치로 씨는 고려 대상에서 빠지지요."

시라이야 쪽에서 이이치로와 시즈카의 혼담을 추진할 이유는 전혀 없다. 오히려 친해져 봐야 미래가 없으니 사귀어서는 안 된다고 막아야 할 상대다.

"그래서 두 분은 몰래 만나게 되었나 본데."

시즈카가 우선, 자신이 배우고 있던 춤 선생에게 부탁하여 장식품이나 잡화를 두고 싶다며 히시야를 부르도록 조처해 달라고 했다. 물론 "다른 대행수님은 눈치가 없어서 안 돼요, 이이치로 씨를 보내 주세요"라며.

이렇게 해서 사랑의 길이 열렸다. 첫 수를 둔 쪽은 시즈카지만,

곧 이이치로 쪽에서도 구실을 만들어 시즈카와 몰래 만날 시간을 마련했다.

"두 사람은 영리하게, 알리고 싶은 사람에게만 관계를 알렸습니다."

두 사람의 은밀한 사이를 알게 된 사람들은 이 사랑이 이루어지기를 바랐다. 미약하지만 지혜를 짜내어 주는 사람도 있었다.

"이때 히시야는 그냥 내버려두고 시라이야와 미시마야를 장사 관계로 묶어 버렸다면 시즈카 씨와 이이치로 씨의 혼담도 잘 진행되지 않았을지."

고급 과일을 취급하는 시라이야와, 주머니로는 에도에서 세 번째로 유명한 가게──즉 엄청나게 고급은 아닌 장사를 하고 있는 미시마야는 지금까지 전혀 관계가 없었다. 그러나 억지로 이유를 붙인다면, 양쪽 다 '아름다운 것'을 취급하는 장사다. 척하면 척 이해할 수 있는 부분도 있고, 고객을 합쳐 서로의 이익이 될 가능성도 있다.

"그래서 히시야의 단골손님 중에서 이이치로 씨를 마음에 들어하던 니혼바시의 어느 포목점 안주인이 끊임없이 시라이야에 미시마야를 선전했더니──."

시라이야의 주인이 점점 흥미를 보이기 시작해, 한 번 이헤에나 오타미를 만나 보고 싶다는 말을 꺼냈다. 그래서 작년 여름, 주머니나 잡화로 유명한 가게가 몇 군데 모인 피서 모임에서 이헤에는 시라이야의 주인과 처음으로 얼굴을 마주했다.

"우리 아버지는 그런 뒷사정이 있는 줄은 모르고 있었겠지."

"예. 미시마야의 장사에 시라이야의 주인이 감복하여 꼭 인사를 나누고 싶어 하신다고 말했으니까요."

그러고 보니 심하게 무더운 날에 이헤에가 하오리를 껴입고 나갔다가,

──오늘은 신기한 이야기를 들을 수 있었지만 배꼽 주위에 땀띠가 생겨 버렸다.

하고 투덜거린 적이 있었다.

작년 여름이라면 오치카의 경사를 알고 미시마야 사람들이 들떠 있었을 무렵이다. 평소 단순한 친목이라는 명목으로 다른 가게의 주인들과 모이는 일에 적극적이지 않은 이헤에가 그날 모임에는 나갔던 까닭도 기분이 들떠 있었기 때문이다.

"시라이야의 주인도 미시마야의 나리와 친근하게 이야기를 하다 보니 그 사람 됨됨이에 감복하셨는지."

진심으로 사람과 돈을 써서 용의주도하게 미시마야의 장사 상황이나 집안, 이헤에와 오타미의 부부 사이, 두 사람의 사람 됨됨이, 빈둥빈둥 무위도식 중인 둘째 아들, 미시마야에서 시집간 조카 오치카──등등을 단단히 조사했다. 특히 미시마야가 오랫동안 계속해 평판을 얻고 있는 별난 괴담 자리에 대해서는 흥미뿐만 아니라 경계심도 품었기 때문에,

"저희 나리께 끈질기게 문의해 와서 저희도 사정을 알게 되었지요."

도안 노인의 직업소개소에도 의외로 폐를 끼치고 있었던 모양이다. 뭐, 도미지로는 이 두꺼비 선인에게 따끔하니 심술궂은 말을 들어 온 몸이라 미안하다고는 조금도 생각하지 않지만.

"그래서…… 정말로 얄궂은 일인데요."

오겐이 말하기 어려운 듯 입 끝을 구부린다. 도미지로는 선수쳐 주기로 했다.

"미시마야가 완전히 마음에 드신 시라이야는 장녀 마사키 씨와 우리 형님을 맺어 주고 싶다——고 생각해 버린 것이로군."

수면 아래에서는 양쪽의 부모에게 알리지 않은 채 이이치로와 시즈카의 비밀 연애가 진행되는 중이었다. 연애를 도우려는 사람이 미시마야와 시라이야를 친하게 만들어 주려고 한 계획도 잘못된 방침은 아니었다. 주사위를 던졌지만 원하는 숫자가 나와 주지 않았을 뿐이다.

"시라이야가 중매인을 세워 정식으로 미시마야의 나리와 마님께 혼담을 넣은 때가 작년 가을쯤이었다고 합니다."

시치고산 대목을 준비하느라 미시마야가 분주한 시기라면 분위기도 차분하지 않을 테지만 그렇다고 해서 새해를 기다릴 정도로 느긋할 수는 없었으리라.

"그만큼 시라이야는 미시마야가 마음에 드셨고 이이치로 씨도 눈여겨보신 것이겠지요."

"꾸물거리다가 다른 집 처자에게 선수를 빼앗겨도 분할 테고. 그 마음은 나도 알겠네."

뭐, 뚜껑을 열어 보니 다른 집 처자는커녕 마사키의 동생인 시즈카가 이미 선수를 치고 있었지만.

"도련님은 1년쯤 전에 부모님이 이래저래 심란해하셨던 기억이 있으실까요?"

오겐의 물음에 도미지로는 잠깐 생각하는 척을 했다.

"전혀 기억이 없네."

오카쓰가 웃음을 터뜨리더니 고개를 끄덕끄덕한다.

"우리 부모님은 그런 걸 숨기는 데 능숙하시지."

막상 당사자인 이이치로도 작년 가을이라면 아직 히시야에 있었다. 히시야의 대행수 중 한 명이었다. 본가인 미시마야가 멋대로 혼담을 결정할 수는 없다. 그런 (도리를 지키려는) 생각도 있어서, 이헤에와 오타미는 이 혼담을 미시마야 사람들 귀에 들어가지 않도록 했던 것이리라.

"다만, 지금 생각하면── 싶은 기억은 있네."

일단 고용살이를 하러 나갔으면 10년은 집에 돌아와서는 안 된다고 입버릇처럼 말하곤 했던 이헤에가 아직 10년을 채우려면 2년 정도 모자라는 이이치로를,

──슬슬 미시마야로 다시 부를까 한다.

라는 말을 꺼낸 것이다.

"나도, 싸움을 말리다가 생각지 못한 부상을 입었다는 사정은 있었지만 10년을 채우지 못하고 돌아온 몸이니."

이이치로도 10년을 고집할 필요는 없다. 그때 도미지로도 형이

빨리 돌아온 김에 혼인하여 가정을 꾸리면 더 좋겠다고 생각한 기억이 있다.

"어, 도련님은 고용살이하던 곳에서 다쳐서 돌아오신 건가요?"

오겐이 깜짝 놀란다.

"음. 지금이야 웃으면서 말하지만 당시에는 좀처럼 잠에서 깨어나지 못했지. 죽을지도 모른다는 걱정을 끼쳐서 불효를 저질렀네."

오겐은 아직도 눈을 부릅뜨고 있었다. 그냥 놀란 반응 이상으로 무언가를 두려워하는 것처럼 보였다.

"왜 그러세요?" 하고 오카쓰가 부드럽게 묻는다.

오겐은 왠지 거북한 듯한 얼굴을 했다. "저희 나리께서……."

"두꺼비 선인이 뭐라고 하던가?"

"미시마야처럼 1대 만에 갑자기 커진 가게는 돈과 명성뿐만 아니라, 종종 재난도 끌어들이고 마는 법이라고."

빠른 말투로 그렇게 말하고 나서 제정신으로 돌아온 듯 굽신거리며 사과했다. "죄송합니다, 괜한 말씀을 드렸어요!"

"흠, 두꺼비 선인의 신탁이지? 그 망할 영감이 할 법한 말이야. 오겐 자네가 마음 쓸 필요는 없네."

실제로 도미지로는 아무렇지도 않았다.

"우리 집에는 오카쓰라는 강한 수호자가 있으니까."

당사자인 오카쓰는 태연한 얼굴로 나긋나긋하게 앉아 있다.

"어떤 재난도 오카쓰에게는 당해 내지 못해. 어쨌거나 포창신의 가호를 받고 있으니."

헤에…… 하며 오겐은 오카쓰를 위에서 아래까지 자세히 살펴본다.

"그것참 대단하군요."

"강도를 쫓아낸 적도 있다네."

벌써 3년쯤 전일까, 미시마야를 노린 강도 일당을 간다 일대를 담당하는 오캇피키, 붉은 한텐의 한키치 두목과, 오치카의 지인이며 검술 실력이 좋은 습자소의 젊은 선생, 그리고 덩치 큰 가짜 승려(지금은 진짜가 된 모양이지만) 교넨보가 맞서 싸워 호되게 혼내 주고 붙잡은 적이 있다. 도미지로는 그 무렵 미시마야에 없었던 것이 아까워 견딜 수가 없다.

"그건 제 공이 아니에요" 하고 오카쓰가 당황하며 끼어들었다.

"하지만 별난 괴담 자리가 계속되고 있었기 때문에 그 든든한 젊은 선생님들하고도 인연이 이어진 거잖아?"

"그렇지요. 하긴, 그날 밤 누가 가장 대담했느냐고 물으신다면 소동이 있었던 내내 푹 자고 있던 오시마 씨가 제일일 거예요."

분명 그렇다며, 둘이서 웃는다. 오겐의 입가에도 웃음이 돌아왔다.

"아니, 아니, 웃고만 있을 수도 없지. 어쨌거나 아버지가 갑자기 마음을 바꿔 히시야에서 형님을 불러들이자는 말을 꺼낸 이유를 알았어."

혼담까지 들어오게 된 이이치로가 여전히 히시야에 있으면 여러 가지로 불편하다. 히시야의 데릴사위 제안을 걷어찬 과거가 있는 터이니 지나치게 신중해져서 아깝게 좋은 인연을 붙잡지 못하면 소용없고.

"시라이야의 마사키 씨와의 혼담도 옆에서 보면 더 이상 좋을 수 없는 인연이지."

이헤에도 오타미도, 이번이 이이치로의 처음이자 마지막 혼담으로 매끄럽게 진행되면 좋겠다고 생각하지 않았을까.

그러나 실제로는 그렇게 되지 않았다.

"미시마야의 나리와 마님이 중매인과 만났는데 그때 마님이,"

——본인들은 아무것도 모르는 혼담을 부모끼리 결정하고 싶지 않아요. 송구스럽지만 저도 남편의 사람 됨됨이를 믿을 수 있기 때문에 망설임 없이 부부가 될 수 있었습니다. 여자에게는 중요한 일이에요.

"꼭 당사자들을 만나게 하여 각자의 마음을 물어보지 않고서는 가타부타 말할 수 없다고 하시면서."

역시 우리 어머니다. 나는 관객석에서 소리쳐 주어야지. 오, 미시마야!

"시라이야 쪽에서도 마사키 씨에게 이이치로 씨와의 혼담에 대해 운을 띄웠어요. 한데,"

몹시 불행한 오해가 생기고 말았다.

그 이야기를 엿들은 둘째 딸 시즈카가, 부모가 자신과 이이치로의 비밀 연애를 알고 정식 혼담이 오가도록 밥상을 차려 주었다──라고 다짜고짜 믿어 버린 것이다.

"기쁨에 겨운 시즈카 씨는 이이치로 씨와의 비밀 연애에 대해서 뺨을 붉히고 눈물을 글썽이며 털어놓았다고 합니다. 시라이야의 부모는 당황할 뿐이었고요."

후처인 어머니 쪽이 곧 정신을 차리고 시즈카보다도 흥분하여 사랑하는 딸을 꼭 껴안았다.

──그렇다면 이 혼담, 시즈카 것으로 하지요!

미시마야에는 둘째 아들도 있잖아요. 이이치로 씨는 데릴사위로 와 달라고 하면 돼요. 이쪽에서 무리한 요구를 하는 만큼 앞으로의 장사에 도움이 되도록 지참금도 듬뿍 씁시다. 네? 여보, 그러면 되겠지요?

그러자 배다른 언니 마사키는,

──매번 저 하나를 괴롭히기 위해 지나치게 공들여 일을 벌이시네요, 어머니.

하며 자리를 떠나 자기 방에 틀어박혀 버렸다고 한다.

"마사키 씨를 아기 때부터 돌본 유모 역할의 하녀가 상태를 살피러 가 보니, 자기 얼굴을 손톱으로 긁고 머리카락을 뽑으며 정신없이 울고 계셨다고 합니다……."

그 광란의 모습에는 약간 주눅이 든다. 멋진 혼담이 들어왔나 싶었는데 혼담 상대는 사이가 나쁜 동생이 좋아하는 사람이고, 자신은 방해꾼에 지나지 않는다는 사실을 깨달았다──그런 마사키의 심중을 생각하면 미친 듯이 날뛰었다 해도 이해하지 못할

바는 아니다.

"하지만 시라이야의 안주인이 의붓딸이자 장녀인 마사키 씨를 괴롭히기 위해서 일부러 혼담을 만들었다——고까지 주장하는 건 지나친 트집이로군."

아니면 마사키가 순간 그렇게 받아들여 버릴 정도로 시라이야의 후처와 마사키 사이에는 비뚤어지고 꼬인 악감정이 고여 있었을까.

돋보이지 않는 외모——에라 모르겠다, 그냥 분명하게 말하자면 못생긴 언니와 빛나는 미모의 애교 덩어리 동생. 아무리 신경을 써도 사소한 일로 작은 불꽃이 튀는 두 자매에게, 동생을 지나치게 사랑하는 친어머니가 바싹 붙어 있다.

설령 이슬만큼의 악의도 없었다 할지언정 싸우지 말라는 게 무리다.

어쨌거나 미시마야 쪽은 곤혹스러워졌다. 우선은 이이치로의 비밀 연애에. 다음에는 이 불행한 사태에.

도미지로는 점점 기억이 나기 시작했다.

"작년 가을 초에 형님이 오치카의 안부를 물으러 갔다가, 그 김에 나와 하고 싶은 이야기가 있다며 불러낸 적이 있었지."

그때는 이케노하타의 찻집에서 만났다. 이이치로는 쉽게 오치카를 만났다는 말에, 아직 찾아가기가 조심스러워 고민하고 있던 도미지로는 불평을 늘어놓았던 기억이 있다.

"나도 상대가 형님이니 긴장이 풀려서, 오치카의 행복이 진심으로 기쁘고 남편인 간이치도 좋은 놈이라는 건 알고 있지만, 역시 귀여운 사촌누이를 빼앗겨서 질투가 난다는 한심한 말을 했다네."

지금 돌이켜 보면 그저 부끄러울 뿐이다.

"그랬더니 형님은 질투를 해소하는 건 쉬운 일이다, 너도 색시를 얻으면 된다고 했지. 하지만."

──혼인을 한다면 형님이 먼저지요.

"내가 대꾸했더니 형님도 얼버무리는 기색 없이, 듣기에 따라서는 혼담이 이미 정해졌다고 해석할 수도 있는 말을 했어. 캐물어 보니 그렇게까지 확실한 의미는 아니었지만."

그때 이이치로의 가슴 깊은 곳에는 전해의 단풍놀이에서 만난 후로 1년 가까이 만남을 거듭해 온 시즈카가 있었던 것이 아닐까. 아내로 맞이한다면 시즈카밖에 없다고, 시라이야의 둘째 딸을 아내로 맞이하고 싶으니 부디 혼담을 넣어 달라고 이헤에와 오타미에게 상의할 때를 재고 있었을지도 모른다.

"그 정도로 형님은 진지하게 시즈카 씨를 좋아했던 거로군."

도미지로에게는 아직 이해가 가지 않는, 남자의 진심을 다한 사랑 이야기다.

"그렇다니까, 얄궂은 엇갈림으로 혼담 상대가 마사키 씨가 되어 버렸으니 갈아탑시다 하는 건 무리지."

같은 시라이야의 딸이니 괜찮겠지, 가 아니다. 같은 시라이야의 딸이기 때문에 더욱더 무리인 것이다.

"정말로…… 이이치로 씨도 시즈카 씨도 마사키 씨도 누구 하나 잘못이 없는데, 가엾은 일이죠."

오겐이 양쪽 눈썹을 늘어뜨리고 입가도 축 내리며 곤란한 듯한 얼굴이 되어 말한다. 마치 당시에 시라이야에서 자매 옆에 있었던 고용살이 일꾼들의 곤란한 모습을 재연하듯이.

"하지만 시라이야 주인의 생각에 따라서는 이야기가 정리될 수 있겠지요."

오카쓰 또한 당시 시라이야 부부를 위로하던 하녀 우두머리 같은 투로 말한다.

"큰딸 마사키 씨에게 데릴사위를 들이기로 하고, 둘째 딸 시즈카 씨를 본인이 바라는 대로 이이치로 씨에게 시집보낸다. 어려울 일은 하나도 없어요."

도미지로는 오겐의 얼굴을 보았다. 오카쓰도 다음 이야기를 재촉하는 듯한 눈을 한다.

"확실히, 나리가 그렇게 한 마디 하시면 이야기는 끝납니다."

오겐은 고개를 떨어뜨리며 낮게 대답했다.

"그러나——나리에게는 후처인 안주인과 달리 마사키 씨도 친딸이니까요. 마사키 씨가 머리카락을 잡아 뽑을 정도로 마음 상해 있는데, 동생 시즈카 씨만 행복하게 해 주어도 될까 망설였겠지요."

도미지로의 가슴속에 그 말은 묵직하게 떨어져 내렸다.

남자의 진실한 사랑은 아직 모르지만 형제자매 사이에 돌이킬 수 없는 깊은 골을 새기고 싶지 않다, 어느 쪽이나 평등하게 행복을 빌어 주고 싶은 부모의 마음이라면 도미지로도 안다. 자신의 부모가 그렇게 키워 주었기 때문이다.

아니, 도미지로도 바로 최근까지, 자신은 뛰어난 형님보다 덜 소중히 여겨진다고 생각했었다. 약간 비뚤어진 마음도 품고 있었다. 그러다가 그림 공부를 하고 싶다, 도로 선생의 제자가 되고 싶다고 머리 숙여 아버지 이헤에게 상의했을 때, 바다처럼 넓은 마음으로 인정해 주고, 격려해 주고, 앞으로 도미지로가 져야 할 인생의 책임에 대해서 설명해 주어, 비로소 깨달았다.

마사키는 어떨까. 아버지의 망설임을 보고 아버지의 애정을 믿을 수 있었을까.

슬프게도 아니었던 듯하다.

음울한 눈빛으로 오겐은 말을 이었다. "광란이 식자 마사키 씨는 이렇게 말했다고 합니다."

──알겠어요. 저는 그 혼담을 받아들일게요. 미시마야의 이이치로 씨에게 시집가겠어요.

어어어어.

도미지로는 오카쓰와 얼굴을 마주 보았다. 다만 오카쓰는 놀란 기색이 없다.

"자, 잠깐만 기다리게, 오겐."

콧등을 벅벅 긁으며 도미지로는 머릿속에 있는 기억을 꺼내 보았다.

"으으음…… 작년 말, 섣달 중순이었나. 형님은 예고도 없이 집으로 돌아왔지."

──다녀왔다.

"일시적인 휴가가 아니다, 이제 히시야의 고용살이는 마쳤다면서. 앞으로는 후계자로서 우리 집에 뿌리를 내리고 아버지 밑에서 주머니 가게 장사에 힘쓰겠다고."

그 말을 듣고 도미지로는 안도했다.

"당시에──나는 아무것도 몰랐지만 이미 시라이야 자매와의 문제로 어수선해지기 시작했을 무렵인 게지?"

오겐은 얼른 대답했다. "예, 때도 때이고, 참말로 어수선하기 짝이 없었을 무렵이었지요. 그래서 히시야가 휘말리지 않도록 이이치로 씨도 서둘러 고용살이를 그만둔 걸 거예요."

그렇구나. 형의 갑작스러웠던 '다녀왔다' 뒤에는 괴로운 사정이 있었구나.

"그 일이 있기 보름쯤 전이었나. 오카쓰, 기억나? 아버지 어머니한테는 비밀로, 내게 형님이 혼담과 비밀 연애 때문에 곤란에 처해 있다고 가르쳐 주었잖아."

도미지로도 상대의 이름이나 시라이야라는 가게 이름까지는 몰랐지만, 동생과 연애를 하던 중에 언니와의 혼담이 들어와 버렸다는 이이치로의 곤란한 사정에 대해서는 대충 알고 있었다.

"예. 제가 도련님께 말씀드렸지요."

"한데 그때는 언니 쪽이 형님과의 혼담을 싫어한다, 거절했다고 하지 않았나?"

"예. 당시에 저는 그렇게 들었으니까요."

오카쓰가 고개를 끄덕이며 오겐 쪽으로 시선을 던졌다. 오겐은 가느다란 눈을 더욱 가늘게 뜨며 음험한 표정을 지어 보였다.

"오카쓰 씨는 잘못 듣지 않았습니다. 하지만 제가 드린 말씀도 틀리지 않아요."

즉, 마사키의 말 하나만 보아도 이랬다 저랬다 했을 정도로 이 혼담과 연애 이야기는 몹시도 꼬여 버렸다.

"이이치로 씨라는 분은 젊지만 담력이 있고 정도 있고 성의도 있는 분이겠지요."

오겐의 솔직한 칭찬이 도미지로의 가슴에 스며들었다.

"맞네. 어수선한 상황에서 우리 형님은 그런 말을 들을 수 있을 만한 행동을 했나?"

"훌륭하셨다고 합니다. 제대로 사물을 판단할 수 있는 사람이라면 이 일로 이이치로 씨를 탓할 수는 없을 거예요."

반면 판단할 수 없는 사람들은 여러모로 탓했다는 뜻이리라.

"이이치로 씨는 우선 마사키 씨에게 정중히 사과하고, 동생인 시즈카 씨와 연인 사이가 된 자신이 언니인 마사키 씨와의 혼담에 응할 수는 없다, 그건 사람의 길을 벗어난 일이다──라고 말씀하셨다고 합니다."

올곧고 시원시원한, 옳은 말이다.

"하지만 마사키 씨는 오기가 생겼는지 물러서지 않았어요."

──우리 아버지는 나를 시집보내고 시즈카에게 데릴사위를 들여 시라이야를 물려받게 하겠다고, 훨씬 전부터 정해 놓았어요. 시즈카와 혼인하면 데릴사위로 와야 해요. 그러니 이이치로 씨, 미시마야의 후계자가 되고 싶다면 시즈카를 포기하고 나와의 혼담을 받아들이는 수밖에 없을 거예요.

"마사키 씨가 강경하게 우길 수 있었던 이유는 시라이야가 부탁한 중매인이 시라이야에서는 함부로 할 수 없는 은인이고."

둘 다 은발의 할아버지 할머니인 노부부라고 하는데 나이가 많은 만큼 완고했다.

"혼담은 무엇보다도 도리를 중시해야 하는 법이라며 마사키 씨 편을 들었기 때문입니다."

이이치로와 시즈카의 사랑은 어차피 야합이라고 잘라 버렸다.

"이이치로 씨는 마사키 씨를 아내로 맞아 미시마야의 후계자가 되고 아내의 친정인 시라이야도 중시해야 한다. 그것이야말로 도리에 맞는 삶이라며."

──혼담에서는 도리를 중시해야 한다. 그 외에는 먼지 같은 사소한 일에 지나지 않아.

시라이야와 깊은 관계가 있는 사람들을 모아 놓고 다짜고짜 설교를 늘어놓았다고 한다.

"우리 아버지와 어머니도 거기에 있었나?"

그럴 리는 없겠지. 그 상황에서 얌전히 앉아 설교를 듣고 있을 성미가 아니라고, 우리 오타미 씨는.

"아니요, 미시마야의 부부는 안 계셨습니다. 이이치로 씨가 아직은 자신의 재량에 맡기고 지켜봐 달라고 말했다나요."

도미지로는 또 오카쓰와 얼굴을 마주 보았다. 이번에는 서로 똑같은 표정을 지었다. 아아, 다행이다. 우리 오타미 씨가 격노로 날뛰는 모습은 세상 사람들에게 그다지 보여 주고 싶지 않거든.

"이이치로 씨와 시즈카 씨가 서로를 생각하는 마음이 야합인가요?"

오카쓰가 한숨과 함께 중얼거린다.

"먼지 같은 사소한 일이라고요? 이이치로 씨도 물론이지만 시즈카 씨는 얼마나 슬펐을까."

오겐도 신맛이 나는 음식을 씹는 듯한 말투가 되었다. "처음부터 눈물을 흘릴 듯하다가, 중매인이 시즈카 씨에게도 곧 좋은 혼담을 찾아 줄 테니 걱정하지 말라고 했을 때 참다못해 엎드려 울어 버렸대요."

그 자리에서는 이이치로도 시즈카 곁으로 다가가 위로해 줄 수 없다. 대신 시라이야의 후처가 격분하여 사랑하는 딸과 함께 울면서 말했다.

──시즈카가 계속 억울함과 고통을 견뎌야만 한다면, 좋아요, 여보, 나와 이혼해 주세요. 나는 시즈카를 데리고 친정으로 돌아가겠어요. 그리고 친정에서 다시 미시마야와 이이치로 씨에게 혼담을 넣어 달라고 하겠어요.

오오, 그런 방법이 있나. 도미지로는 마음속으로 무릎을 쳤다.

"후처라는 분의 친정도 상가인가?"

"시바 덴토쿠지天德寺의 문전마을에 있는 불구佛具 가게래요. 재산은 작지만 그 부근에서는 터줏대감이고, 지금은 후처의 오라비가 물려받아 운영한다더군요."

오카쓰가 눈을 크게 떴다. "그렇다면 후처와 시즈카 씨가 일단 친정으로 돌아가서 다시 미시마야와 혼담을 잇자——는 것도 허튼소리는 아니로군요."

그렇지? 좋잖아.

"이번에는 시라이야의 주인이 당황해서, 그렇게 쉽게 이혼이라는 말을 입에 담는 게 아니라고 후처를 꾸짖어 그 자리는 마무리되었습니다."

혼담은 교착에 빠지고 말았다.

1안. 원래 계획대로, 중매인 노부부의 말처럼 도리를 중시하여 마사키를 이이치로에게 시집보낸다. 시즈카에게는 데릴사위를 들이게 한다.

2안. 시즈카를 이이치로에게 시집보내고, 마사키에게 데릴사위를 들여 시라이야를 잇게 한다.

3안. 후처가 시즈카를 데리고 친정으로 돌아가, 친정에서 미시마야로 시즈카를 시집보낸다. 시라이야의 주인은 홀아비가 되니, 역시 장녀 마사키에게 빨리 데릴사위를 들이면 좋겠다.

2나 3이라면 시즈카와 이이치로는 행복해진다. 다만 2라면 은인인 중매인 부부를 적으로 돌리게 되고 평판도 꽤 나빠진다. 3도

평판이 나쁘기는 마찬가지. 시라이야뿐만 아니라 무리를 해서 사랑을 이룬 미시마야의 젊은 부부를 향한 세간의 시선도 따뜻하지만은 않으리라. 당연히 미시마야의 장사에도 그늘을 드리우게 된다.

 양가의 장사를 최우선에 두고 고려한다면 중매인 노부부의 설교를 받아들여 1안을 택하는 편이 타당하다. 본래 상가나 무가의 혼담은 본인들의 의향 따위와 상관없이 이루어지는 법이다. 먼저 본인의 마음을 물으려고 한 오타미의 행동은 매우 이례적이라 하겠다. 이헤에와 오타미도 (노부부의 말을 빌리자면) 야합으로 생겨난 부부였기 때문이겠지. 도미지로는 부모님을 자랑스럽게 여기지만 세상에는 정반대의 생각을 가진 사람들 또한 많으리라.

 "이러지도 저러지도 못하게 되었군."

 콧숨을 내쉬며 팔짱을 끼는 도미지로 옆에서 오카쓰가 힘없이 어깨를 떨군다.

 "어떤 안을 택하든 마사키 씨는 상처만 입는군요."

 도미지로는 역시 이이치로와 시즈카의 입장을 먼저 고려하다 보니 마사키에 대해서까지는 신경을 쓰지 못했다. 확실히 불쌍한 입장이라고는 생각하지만.

 "처음에는 혼담을 받아들이겠다고 우겼는데 언제부터, 어째서, 싫다, 거절하겠다는 말을 하기 시작한 게지?"

 도미지로의 물음에 오겐은 앉은 자세를 고쳤다. "저희 나리가 기막힌 귀로 들으신 바에 따르면, 미시마야의 나리와 마님이 다른 누구보다도──소중한 아들인 이이치로 씨보다도 마사키 씨의 마음을 훨씬 더 염려하여 여러 가지로 마음을 쓰신 영향일 거라고 합니다."

엇갈림이 일으킨 문제가 드러나자 이헤에는 우선 시라이야의 주인과 교섭하여, 결론을 서두르지 말아 달라고 부탁했다.

──젊은 사람들의 일생을 좌우하는 일이니 모두가 흥분한 채로 결론을 내면 좋지 않습니다. 조금 시간을 두면 자연스럽게 결론이 나는 경우도 있으니까요.

"이이치로 씨에게도 이때, 가능한 한 빨리 히시야를 그만두고 미시마야로 돌아오라고 분부하신 모양이에요."

덧붙여 말하자면 기막힌 귀를 가진 두꺼비 선인이 이 단계에서 혼담 소동의 단서를 들었다고 한다.

"시라이야의 하녀 우두머리인 오바 씨가, 몇 명을 거쳐서이긴 하지만 저희 가게의 고참 하녀와 아는 사이라나 해서."

──댁의 큰 단골인 미시마야가 후계자의 혼담 관련으로 말썽에 휘말렸어요.

"그래서 저희 나리도 귓구멍을 한층 더 뚫어 두고 있었다고 코 평수를 넓히며 으스대셨지요."

일을 잘하는지 확인차 임시로 하녀 고용살이를 하는 오젠이라, 직업소개소의 도안 노인에 대해서도 가차 없다. 도미지로로서는 통쾌하다.

이때 오카쓰가, "죄송합니다, 좀 끼어들게요" 하며 오젠에게 말을 걸고 나서 도미지로의 얼굴을 보았다. "그 무렵에 제가 얼핏 들은 이야기로는, 나리도 마님도 이이치로 씨가 싫어한다면 혼담을 백지로 돌려 버리면 된다고 말씀하셨어요."

그렇다, 도미지로도 들은 기억이 있다.

"당시에는 저도 거기까지는 헤아리지 못했지만, 어쨌거나 일단은 전부 없었던 일로 하고, 이이치로 씨와 시즈카 씨의 인연에 대해서는 적당한 시간을 두고 다시 생각하면 된다는 뜻이기도 했겠지요."

두 사람을 위한 미래의 일은 펄펄 끓고 있는 열이 전부 식고 나서 천천히 결정하면 된다고.

감탄한 듯 고개를 끄덕이며 오겐이 말했다.

"마님은 마사키 씨에게 사과하러 찾아갔다고 해요."

"우리 어머니가 왜 사과를."

이쪽은 휘말렸을 뿐이고 나쁜 짓이라곤 하지 않았는데.

"부모의 입장에서 이이치로 씨와 시즈카 씨의 비밀 연애에 대해서 조금이라도 눈치채고 있었다면, 이런 운 나쁜 엇갈림을 막을 수 있었기 때문이겠지요. 마사키 씨도 휘말린 쪽이니까요."

말썽이 일어난 당초에는, 마사키가 오타미를 만나 주지도 않았다고 한다. 그래도 오타미는 몇 번이나 찾아가, 마사키가 굳게 닫고 있는 방의 당지문 너머로 참을성 있게 설득했다.

"이 혼담은 정말로 불행한 우연이 겹친 것이지 누군가가 당신을 상처 입히려고 계획한 게 아니다. 시라이야의 안주인도, 시즈카 씨도 놀랐고, 특히 시즈카 씨는 당신과 비슷한 정도로 상처를 입어 어쩔 줄 몰라 하고 있다고요."

그 설득이 열매를 맺어서 마사키는 겨우 고집을 멈추고,

"시라이야의 나리와 중매인에게 머리를 숙이며 이 혼담을 거절해 달라고 부탁했답니다."

──저는 이 이야기에 마음이 가지 않아요. 미시마야로는 시집가고 싶지 않고요. 단단히 거절하고 싶으니 부디 없었던 일로 해 주세요.

시즈카가 미시마야의 후계자와 연인 사이인지 아닌지 마사키는 모른다. 아무것도 모른다. 다만 주머니 가게 같은 곳에 시집가고 싶지 않다. 절대로 싫으니 거절해 달라.

아아, 그런 경위로 나온 '싫다'였나. 이제야 겨우 도미지로도 마사키의 괴로움을 이해하게 되었다. 일부러 강한 말로 거부함으로써 마사키 나름대로 소동을 수습하려고 노력한 모양이다.

"시라이야의 나리가 중매인 노부부에게 머리를 숙이러 갈 때는, 미시마야의 나리도 함께 가서 나란히 손을 짚고 엎드렸대요."

그래도 중매인 노부부는 좀처럼 꺾이지 않았다. 이 또한 시간을 들일 수밖에 없을 것 같았지만 가장 중요한 마사키의 마음이 누그러져서 앞날에 광명이 보이기 시작했다고, 모두가 생각했다.

"이게 작년 섣달 중순이었다고 하니, 이이치로 씨도 미시마야로 돌아오셨겠지요."

"음." 도미지로는 고개를 끄덕이다가 갑자기 몸 둘 바를 모르겠

다는 표정을 지었다.

"왜 그렇게 꼼지락거리셔요?"

오카쓰가 재빨리 발견하고 묻는다.

"그때 나는 형님께 잘난 척 말했어."

물론 입에서 나오는 대로 지껄이진 않았다. 진심으로 한 말이었다.

──이어질 인연이라면 어떤 어려움도 뛰어넘어서 이어질 거예요.

"그러니 이어지지 않았던 건 인연이 없었던 거다. 아무도 잘못하지 않았다고."

도미지로 나름대로, 당시 알고 있던 사정을 숙고하여 이이치로를 위로할 생각으로 한 말이었다.

"그 무렵의 형님은 야위고 기운이 없었으니까, 만나던 사람과 헤어져 버린 탓이라고만 여기고 있었거든."

실제로는, 여전히 꼬여 있기는 했지만 혼담 소동은 얼마쯤 밝은 쪽으로 향하고 있었다. 도미지로의 설교 같은 말을 듣고 이이치로는 어떻게 생각했을까.

"도련님의 배려는 통했어요" 하며 오카쓰가 생긋 웃어 주었다.

그리고 수면 아래에서 끓거나 식거나 하는 사이에 해는 저물고 정월이 찾아왔다. 어느 상가나 세문안을 가거나 새해를 축하하러 온 손님을 대접하느라 새해 첫 사흘은 정신없이 바쁘다.

"시라이야에도 단골손님이나 친척들이 번갈아 찾아왔는데."

그중에 대체 어떤 착각을 한 것인지 마사키와 미시마야 장남의 혼담이 '정해졌다'고 오해하고 있는 사람들이 있었다. 게다가 적지 않은 수의 사람들이 '경사다, 경사야' 하며 축하 인사를 건넸다.

시라이야 쪽에서는 오해를 풀기 위해, 손님들 앞에서 울음을 터뜨리는 시즈카를 달래고 또 창백해져서 방에 틀어박혀 머리카락을 쥐어뜯는 마사키를 위로하기 위해, 새해 초부터 식은땀을 석 되는 흘리며 허둥거렸다.

"우와아." 도미지로는 저도 모르게 신음했다. "모처럼 좋은 방향으로 나아가려 하고 있었는데 어째서 또 그렇게 쓸데없이 지나간 일을 다시 꺼낸 걸까."

"시라이야 쪽에서 친척들에게 어중간한 이야기가 새어나갔다는 뜻일까요?"

근심스러운 얼굴의 오카쓰가 중얼거리자 오겐은 음울하게 고개를 저었다.

"물론 약간은 그런 일도 있었겠지요. 하지만 잘못된 소문의 출처는 곧 밝혀졌습니다."

어디일 것 같냐고 물어도, 도미지로로서는 전혀 짐작이 가지 않는다. 한편 오카쓰는 잠시 생각에 잠기더니

"제일 싫은 추측을 하자면 히시야가 아닐까요?" 하고 말했다.

어어어어어.

그저 당황할 뿐인 도미지로를 아랑곳하지 않고, 오겐은 거침없

이 오카쓰를 칭찬했다. "역시 대단하세요! 과연 미시마야의 하녀 우두머리쯤 되면 세상을 잘 아시는군요."

도미지로에게는 별난 괴담 자리의 수호 역할일 뿐인 오카쓰도, 밖에서 보면 미시마야 최고참 하녀 우두머리인 것이다.

"대단한 추측도 아니에요. 히시야는 여러 번 이이치로 씨에게 데릴사위로 들어오라는 제안을 거절당했고, 따지고 보면 이이치로 씨가 비밀 연애를 하고 있었다는 이유로 이번 난리에서는 크든 작든 피해를 입은 쪽이잖아요. 시라이야와의 혼담 이야기를 일부러 애매하게 다른 곳에 흘리는 정도의 앙갚음은 있어도 이상하지 않다고 생각했어요."

자세히 말하자면 소문의 근원은 이이치로에게 데릴사위를 거절당한 히시야의 딸이었다. 두 살 연상의 이 처자는 이이치로와의 혼담이 없었던 일이 되자 곧 데릴사위 들이기는 포기하고 아카사카 다메이케에 있는 잡화가게로 시집을 갔다. 시댁은 무가 저택에 단골을 많이 두고 있는 노포로 며느리의 훈육에도 엄했던 모양이다. 마침 이이치로와 마사키의 혼담이 시작된 무렵 히시야의 딸은 첫 아이를 가진 참이었는데 심한 입덧으로 고생하느라 우연히 친정에 돌아와 쉬고 있었다.

"하아아……. 형님네 소란을 맨 앞자리에서 구경할 수 있었군."

자신을 매정하게 냉대하고 은혜를 입었을 터인 히시야의 부모에게도 의리 없는 짓을 아무렇지도 않게 저지른 이이치로가, 밀통 같은 연애로 불찰을 일으켜 곤란에 처해 있다. 흥, 꼴 좋게 되었구나.

"모르는 사람이 없는 미모의 시즈카 씨가 아니라 못생긴 마사키 씨와 혼담이 정해졌다——는 소문을 꾸며낸 점에서 못된 심보가 보이지요."

오겐의 말에 도미지로는 금방 고개를 끄덕일 수가 없었다. 분명히 심술궂은 소문이지만 그 밑바닥에는 거의 문전박대처럼 데릴사위를 거절당한 히시야 딸의 원한, 마음의 상처가 있지 않은가.

이이치로는 아름다운 사내로, 눈치가 빠르고 머리가 좋은 데다 남의 비위를 거스르지 않고 언변도 좋다. 하지만 불평할 데 없는 인물이기 때문에 더더욱 남녀노소를 가리지 않고 자신의 마음이 인정한 상대가 아니면 함부로 대하고 마는 경우가 있다.

그러면 그런 취급을 당한 상대에게 분노나 원한이 좁쌀만 한 크기의 불씨로 남게 된다. 아주 작아서 금세 타오르지는 않는다. 이이치로가 불씨에 바람을 불어 넣지 않는 한은 얌전히 있다. 하지만 꺼지지도 않는다.

"도련님."

오카쓰가 부르면서 어깨를 부드럽게 건드려 도미지로는 제정신으로 돌아왔다.

"아아, 미안해. 정월 초에 형님이 혹시 머리를 끌어안고 가슴앓이를 했는지 떠올려 보았지만 그다지 짐작 가는 구석이 없는걸."

실제로 올해 정월. 이헤에, 오타미, 이이치로의 기색에 특별히 달라진 구석은 없었다. 이이치로의 턱은 여전히 뾰족했지만 얼굴의 야윈 기색은 온데간데없이 사라졌고 이헤에와 함께 세문안을 하러 나갔다가 돌아와서도 평소와 다름없이 행동했다. 도미지로가 부엌의 마루방에 화로를 두고 오카쓰나 사환 신타, 다른 하녀들과 떡을 굽는 모습을 보더니 "내 몫은 없니?" 하며 다가와 결국 구운 떡을 제일 많이 먹어 버리지 않았던가——.

"새해가 되고 드디어 오치카 아가씨의 출산이 가까워져 있었으니까요." 오카쓰가 부드럽게 말했다. "저희도 머릿속이 순산 기원으로 가득했어요. 기대되고 불안하고 기쁘고 걱정이기도 했지요."

아아, 지금 생각하면 그 말이 맞다. 도미지로의 머릿속도 '올해는 오치카의 아기가 태어나는 해다, 특별한 해의 시작이다'라는 생각으로 꽉 차 있었다. 부디 순산이기를. 건강한 아기가 태어나기를.

"아버지 어머니도, 형님도, 우리 눈을 속이려고 그다지 고생할 필요가 없었을지도 모르겠군."

그랬다면 다행이다. 나 같은 멍청이는 '네? 무슨 일이 있었나요?' 하며 전혀 눈치채지 못한 기색을 보여주는 것이 제일 큰 효도가 아니었을까.

"저도, 도련님과 오카쓰 씨 말이 맞다고 생각하지만."

침울해지고 만 도미지로와 오카쓰의 안색을 보면서 오겐이 또 입을 열었다.

"미시마야 쪽은 나리가 시라이야에 잠시 시간을 두자고 말씀하시고 나서는, 또 무슨 말썽이 일어나든 조용히 지켜보자는 태도를 유지하고 계셨던 모양이에요."

시라이야에는 호된 정월이었겠지만, 그렇다고 미시마야가 또 튀어나가 이야기를 나눈다거나 중재한다거나 변명한다거나, 그런 쓸데없는 짓은 일절 하지 않는다.

"이제는 시간을 들여 천천히, 이이치로 씨와 시즈카 씨 사이를 인정해 주실 수 있을지 없을지, 시라이야 쪽에서도 생각해 주시면 되지요."

시즈카를 며느리로 얻기 위해 미시마야 쪽, 이이치로 쪽에서 성의를 보일 필요가 있다면 제대로 응하자.

"그런 결심이 서 있었기 때문에 미시마야의 가게 사람들이 눈치챌 만큼 허둥거리는 일은 없었겠지요. 뭐, 이이치로 씨의 마음속은 짐작이 가지만요."

그렇겠지……. 도미지로는 더 깊이 팔짱을 끼며 생각하고 만다. 올해 초부터 봄, 여름, 가을, 그리고 섣달에 들어가려는 지금까지 가게 사람들, 가족들 앞에서 이이치로는 어떤 표정을 보여 왔을까.

──눈 내리는 추운 날에 목도리며 어깨 덮개를 하고 가게 앞을 누비고 다니는 인대(모델)를 해야 했지.

본인은 낭랑하고 좋은 목소리로 길 가는 사람들에게 물건에 대한 설명을 들려주었다. 단골손님들이 '돌아오셨군요' 하고 말을 걸자.

──고맙습니다. 돌아왔습니다. 미시마야의 이이치로입니다.

간다 미시마초에서 시라이야가 있는 니혼바시 아오모노초까지의 거리는 그리 멀지 않다.

달려가면 그리운 시즈카를 만나는 것은 일도 아니지만 그러면 또 상황이 꼬여 서로 괴로워질 뿐이다.

결론은 참을 인忍 한 글자뿐.

"역시 형님에게는 못 당하겠어."

도미지로가 말했다.

"만일 내가 그렇게나 힘든 사랑을 했다면 시간을 두고 가만히 참을 수는 없었을 거야."

이 말에 오카쓰도 오겐도 잠자코 있을 뿐이었다. 세 사람이 얼굴을 가까이 하고 얌전히 앉아 있는 부엌은 싸늘했다.

"──아아, 미안, 미안. 내 생각은 아무래도 상관없지."

도미지로는 두 하녀에게 웃음을 지어 보이며 말했다.

"오겐의 이야기는 아직 끝나지 않은 게지? 이제는 말허리를 끊지 않겠네."

그러자 오겐이 지금까지 중에서 가장 괴로워 보이는 얼굴을 했다. 흰자위가 많고 눈꼬리가 올라간, 음험해 보이기 쉬운 눈빛 속에 연민과 동정의 빛이 떠올랐다.

"이제 별로 많이 남지는 않았어요."

시라이야 쪽은 좀처럼 중매인 노부부의 화를 풀지 못하고, 친척이나 단골손님들을 들끓게 한 정월의 소문을 수습하기 위해 분주히 사과를 다니느라 지칠 대로 지쳤다. 주인과 후처인 안주인은 사이가 냉랭해지고, 마사키는 환자처럼 앓아눕고 말았으며, 시즈카는 풍성한 검은 머리카락에 약간 백발이 섞일 정도로 쇠약해져 역시 집에만 틀어박히게 되었다.

"그래도 매미가 시끄럽게 울어 대는 한여름이 되자 겨우 출구가 발견되었습니다."

일련의 소동으로 아마 가장 깊이 상처 입었을 마사키가 기특하게도 마음을 다잡았다.

"울고 울고 또 울면서도, 깊이 생각한 것이겠지요."

본인의 뜻으로 만만치 않은 중매인 노부부를 만나러 가서,

──돌아가신 어머니의 극락왕생에 걸고, 저는 시라이야의 후계를 물려받을 딸입니다. 그 본분을 잊고 다른 집에 시집을 가려 하다니 하마터면 길을 잘못 들 뻔했어요. 부디 저 마사키에게는 데릴사위로 들어오지 않을 미시마야의 이이치로 씨가 아니라, 시라이야의 후계자 자리에 어울리는 남편을 찾아 주세요. 이번에야말로 두 분이 골라 주시는 분과 기꺼이 혼인하겠습니다.

세 손가락을 바닥에 짚으며 엎드려 호소했다고 한다.

"중매인 노부부도 겨우 기분을 풀었고, 정식으로 미시마야의 이이치로 씨와 마사키 씨의 혼담은 없어졌습니다."

중매인 노부부가 일변하여 기분이 좋아졌다고 하니, 아이고 맙소사다.

"마사키 씨는 시라이야의 아버지에게도 자신의 남편이 되어 줄 사람이 정해지면 시즈카가 미시마야로 시집가는 것을 허락해 달라고 부탁하며,"

시즈카에게도 사과했다.

——너한테 그만 심술을 부리고 싶어져서 한 번은 이이치로 씨와의 혼담을 받아들이겠다고 우겨 버렸어. 내가 고집을 부리지 않았다면 이 소동은 벌써 끝났을 텐데, 미안해.

뭐야. 착한 처자잖아. 도미지로는 코끝을 거만하게 쳐들었다.

"그래서, 뭐, 으음."

겨우 좋은 이야기가 나왔는데 오겐은 왜 말을 더듬거릴까?

"중매인 노부부가 마사키 씨에게 좋은 인연을 찾아다 주면 만사가 좋게 끝나 경사로세, 경사로다 하는 데까지 오기는 했는데요……."

오겐의 눈빛이 또 음험한 느낌으로 어두워져 간다.

"아무리 어림잡아도, 으음, 올해 안에서 내년 초봄일까요."

"그렇겠지. 서둘러도 반년은 걸릴 걸세. 강아지를 주고받는 게 아니니까, 마사키 씨의 혼담도 가볍게 결정할 수는 없어. 시라이야의 재산을 짊어질 데릴사위를 고르는 일이니."

그것도 고작해야 반년이다. 도미지로의 말에 오카쓰도 고개를 끄덕인다. 오겐은 한층 더 음침한 표정을 짓는가 싶더니 갑자기 노래인지 무엇인지의 한 소절을 읊었다.

"……기다리는 이의 밤은, 달의 빛깔도 그대의 어깨 너머로 올려다보던 그 빛깔과 같아, 떨어지는 눈물을 덧칠하네…….”

미안하지만 너무 못한다. 도미지로는 약간 웃을 뻔했지만 오카쓰는 진지하기 그지없는 얼굴로 물었다. "그 시간을 기다리기가 괴로웠던 분이 있었군요."

오겐은 힘없이 머리를 떨어뜨리며 한숨을 쉬었다.

"시즈카 씨가."

도미지로는 가슴 밑바닥이 내려앉는 듯했다. 어. 설마. 그런 바보 같은. 휘~잉, 하고 몸이 바닥으로 추락하는 기분이다.

"도련님, 정신 차리세요."

오카쓰의 목소리에 흠칫했다.

"시라이야에는 성실한 태도가 높이 평가되어 다음 대 총괄대행수로서 가게를 튼튼하게 지탱해 주리라며 촉망을 받던 젠노스케라는 대행수가 있습니다."

네 명의 대행수 중에서는 가장 젊은 스물두 살이다. 키는 약간 자그마하지만,

"시라이야의 단골손님들 사이에서는 배우처럼 멋진 남자라는 평판이었다고 해요."

상심한 시즈카는 이이치로와 떨어져 있던 외로운 나날 속에서 젠노스케와 사랑에 빠지고 말았다.

소란이 시작된 작년 이맘때부터 지금까지 시즈카는 몹시 힘들고 외로웠으리라. 시끄러워지기 전까지는 몰래 하는 연애라도, 보고 싶으면 이이치로를 만날 방도를 짜낼 수 있었다. 그러나 두

사람 사이가 드러나고 나서는 '시간을 두자'는 미시마야 쪽의 강한 의향도 있으니 이이치로와 만나기가 어려워졌다.

본인에게 물어보지 않고서는 확실히 말할 수 없는 부분이지만, 이이치로의 성미로 보아 시라이야를 놀라게 하고, 마사키를 깊이 상처 입히고, 시라이야의 은인인 중매인 노부부가 화를 내는 소동 한가운데에서 시즈카와 몰래 만났을 리 없다. 그런 점에서 이이치로는 정이 아니라 도리를 지키는 사람이다.

사람을 통해 서찰을 주고받는 정도는 했겠지만 만날 수는 없다. 지금은 참자, 앞으로 두 사람의 행복을 위해서. 자신의 마음에도 시즈카에게도 그렇게 타이른다. 그야말로 이이치로답다.

그러나 어린 시즈카에게는 너무 힘들고 외로운 나날이었다.

"젠노스케와는 올해 벚꽃이 필 무렵 이어졌던 모양이에요."

즉, 마사키가 마음을 다잡고 시즈카와 이이치로의 인연이 맺어지도록 스스로 길을 열어 주기 두 달도 더 전의 일이다.

"시즈카 씨는 집에만 틀어박혀 있었으니 주위에는 가게 사람들밖에 없었지요. 반대로 생각하면 가게의 남자와는 얼마든지 만날 수 있었을 거예요."

마사키가 마음을 다잡기 전에, 이쪽의 새로운 사랑은 무르익고 말았던 것이다.

"여름이 되고 해결의 길이 열렸지만 시즈카 씨가 당장 이이치로 씨를 만날 수 있는 건 아니었어요. 두 사람이 반드시 혼인할 수 있다고 결정된 것도 아니고요."

외롭고 불안한 시즈카와 젠노스케의 연애는 계속되었다. 하지만 마사키가 확실하게 마음을 다잡음으로써 소동의 출구는 이제 보이기 시작했다. 마사키의 남편이 결정되면 시즈카는 다시 이이치로와 만날 수 있다. 더 이상 변하지 않는, 믿어도 되는 결정임을 알게 되자,

"시즈카 씨의 마음은 흔들리기 시작했어요. 하지만 구름 위의 존재였던 가게의 아가씨와, 한때의 꿈이라 해도 한 번은 정을 통하고 만 젠노스케 쪽은 쉽게 정리할 수 없었겠지요."

그리하여 일전의 소동으로 이어지고 말았다.

"시즈카 씨는 외로운 나머지 젠노스케에게 마음을 허락해 버리기는 했지만 가장 좋아하는 사람은 역시 이이치로 씨일 거예요. 마사키 씨의 결심이 서고, 자신이 드디어 미시마야로 시집가 이이치로 씨의 아내가 될 수 있다는 가능성이 생기니 마음은 크게 흐트러지기 시작했지요. 망설이면서 시간을 보내던 중에 젠노스케를 떠나려는 눈치를 보였거나, 마음이 왔다 갔다 하는 시즈카 씨를 단단히 붙들기 위해——."

젠노스케는 결국 시즈카를 데리고 시라이야에서 도망쳤다. 보름쯤 전의 일이었다.

"그렇다 해도, 시즈카 씨는 어째서 얌전히 젠노스케를 따라갔을까?"

도미지로로서는 납득이 가지 않는다.

"크게 소리라도 한 번 질렀다면 가게 사람들이 달려와 소중한

아가씨를 구하고 괘씸한 대행수를 꼼짝 못 하게 해 주었을 텐데. 가게 일꾼이 주인의 딸을 납치하다니 자칫하면 참수에 처해질 큰 죄일세."

의아해하는 도미지로 앞에서 오겐은 얼굴을 일그러뜨리고 있다. 오카쓰는 입을 한일자로 다물었다.

도미지로는 불안해졌다. "내가 무슨 이상한 말을 했나?"

"아니요, 도련님은 지극히 온당한 말씀을 하셨습니다."

하지만——하고 오겐은 음울하기 그지없는 눈빛으로 부엌 구석의 어둠을 바라보며 말했다.

"시즈카 씨의 배 속에 아기가 있다고 합니다."

도미지로는 입을 딱 벌렸다. 오카쓰는 '역시나'라는 얼굴로 깊이 한숨을 쉬었다.

"줄곧 만남이 없었던 이이치로 씨의 아이는 아니겠지요."

확인하는 듯한 말투에 씁쓸함이 밴다.

오겐은 자신의 수치인 양 몸을 움츠렸다. "예, 물론입니다."

시즈카와 젠노스케의——도미지로는 굳이 이 말을 쓰기로 한다——실수로 생긴 아기다.

"그래서 젠노스케는 시즈카 씨에게, 고용살이 일꾼과 정을 통해 아이를 배다니 주위에 알려지면 아가씨는 의절당할 테고 이번에야말로 이이치로 씨와의 혼담은 산산조각 나고 말 거다, 그러니 우선 제가 가게에서 데리고 나가 어딘가에 숨겨 드리겠다고 꼬드겼다는데……."

그 상세한 내용이 왜 시라이야 쪽(나아가서는 도안 노인의 직업소개소)에까지 알려졌느냐 하면,

"시즈카 씨가 마사키 씨한테만은 사정을 말해 두었기 때문이에요."

마사키로서는 도저히 숨겨 둘 수 없었기에 지금까지보다 더 큰 소동이 일어나고 말았다는 것이다.

"시라이야는 방금 도련님이 말씀하신 바로 그 이유로, 젠노스케와 시즈카 씨가 정을 통한 것, 함께 도망친 것, 하물며 아기가 생긴 것도 결코 인정할 수 없었지요."

도미지로는 또 입을 딱 벌릴 뿐이다. 머릿속에서는 딱딱, 종이 풍선을 두드리는 듯한 소리가 난다.

"내가 아까 그런 말을 했던가?"

대답하기 어려운 듯한 오겐 옆에서 오카쓰가 살며시 끼어들었다.

"젊은 대행수가 가게의 아가씨와 정을 통해 함께 도망쳤다. 그건 아가씨의 죄가 아니에요. 대행수의 죄지요."

"응. 그야 그렇겠지."

"그러니 대행수를 제대로 가르치지 못하여 분수를 망각한 막돼먹은 놈으로 키운 시라이야의 주인과 안주인이 막부로부터 엄한 처벌을 받을 처지가 되었지요."

비로소 도미지로는 앗 하고 소리를 질렀다. 정말이지, 나는 머리 회전이 느린 놈이다. 당연하지 않은가!

가게의 주인과 일꾼, 고용살이 일꾼들과의 관계는 불평할 수 없는 상하관계이고, 어떤 때에도 주인 쪽이 절대적으로 높다. 그러나 만일 가게 일꾼이나 고용살이 일꾼이 나쁜 짓에 손을 담갔을 경우——심지어 도둑질이나 방화, 살인, 주인의 명령에 대한 반역 등의 큰 죄를 저지른 경우에는 당사자인 본인뿐만 아니라 주인 쪽도 '훈육 불이행' 죄를 진다. 극단적인 예를 들자면, 가게 일꾼이 주인을 살해하더라도 이유 여하를 불문하고 살해당한 주인의 가게 역시 처벌을 받는 것이 지금의 법이다.

즉, 젠노스케가 '주인의 딸 유괴'라는 큰 죄를 저질렀다면 시라이야도 무사할 수 없다. 큰돈이 되면 부담이지만 과료過料(벌금)로 끝나면 가벼운 편이고, 에도에서 추방되거나 궐소闕所(전 재산 몰수)에 처해진다면 시라이야는 토대부터 무너지고 말 것이다.

"시라이야는 어떤 일이 있어도 시즈카 씨가 젠노스케와 함께 도망쳤다고 인정할 수 없다."

오카쓰가 주문이라도 거는 듯한 말투로 나지막하게 말했다.

"시즈카 씨는 미시마야의 이이치로 씨와 함께 도망쳤다고 믿도록 만들고 싶다. 무슨 일이 있어도 그래 주지 않으면 곤란하다. 그래서 세상 사람들을 향해 요란하게 떠들고 큰 소동을 일으켜 보인 것이로군요."

일전의 난폭한 행패는 말하자면 연극이었던 셈이다.

"시즈카를 내놓아라." "어디에 숨겼느냐." "어디 있는지 알고 있겠지"라고 고함치며 위협하던 남자들은, 전부 연극임을 잘 알면서 소란을 피웠으리라.

"그놈들은 시라이야에 고용된 건가? 아니면 성미가 거친 친척인가?"

도미지로의 물음에 오겐은 주위를 꺼리듯이 이리저리 둘러보고 나서 목소리를 낮추었다.

"시라이야는 우선 시즈카 씨를 찾아내어 일을 만회해야 하니, 니혼바시를 관리하고 있는 오캇피키에게 울며 매달렸습니다."

얄궂게도 도리아부라초의 히시야 근처에서 오캇피키의 아내가 연지며 분을 팔고 있어서, '화장품 가게의 오토마쓰'라고 불리는 두목이라나. 나이는 서른대여섯이라고 하니, 니혼바시처럼 넓고 유복한 동네를 관리하기에는 조금 젊다.

"소문이라 확실치 않지만 아무래도 고케닌이었다가 물러난 사람인 모양이에요. 젊은 시절에 방탕해서 문책을 받고 칼을 버렸다——는 사연이지요. 화장품 가게도, 원래 아내의 친정인가 봐요."

그런 꺼림칙한 과거가 있는 두목이니 미시마야에 쳐들어와 한바탕 연극을 하기 위한 무뢰한도 금세 조달할 수 있었다는 건가.

"오캇피키까지 동원했으면서 가장 중요한 시즈카 씨는 아직 찾지 못한 건가."

오겐은 험악한 얼굴로 고개를 젓는다. 그 옆에서 오카쓰도 지금까지 본 적이 없는 사나운 눈빛을 하고 있다.

"왜 그래, 오카쓰."

"시즈카 씨도 젠노스케도 이미 발견되었을지 몰라요. 아니, 발견되었을 거라고 저는 생각해요."

다만 두 사람을 해님 아래로 끌어내기 위해서는 젠노스케가 죄인이 되지 않도록, 나아가서는 시라이야도 죄를 뒤집어쓰지 않아도 되도록 지어낸 이야기를 다져 둘 필요가 있다.

"그래서 준비가 끝나지 않은 동안에는 시라이야의 계획으로 어딘가에 숨겨져 있겠지요."

오카쓰의 말을 듣고 도미지로는 고민했다. 머리를 끌어안고 웅크릴까. 아니면 하늘을 우러러 탄식할까.

"시라이야는 끝까지 시즈카 씨를 데리고 나간 사람도, 배 속 아이의 아버지도 우리 형님이라고 밀어붙여 일을 수습할 생각이로군."

가게의 존망이 걸려 있으니.

"우리로서는 지어낸 이야기를 받아들여 줄지 말지, 곰곰이 생각하고 있다는 건가?"

시라이야를 위해, 시즈카를 위해.

그것이 이이치로를 위한 일도 된다면, 싫다고 튕겨 낼 이헤에와 오타미는 아니다. 시라이야가 망하게 되면 이쪽도 꿈자리가 사나울 테고.

그러나 배 속 아이까지 이이치로의 아이로 인정하게 된다.

──한 번은 부부가 되기로 결심했을 정도로 사랑하고 사랑받았던 여자가 자신과 떨어져 있는 사이에 다른 남자와 정을 통하

여 아이를 배었다.

용서할 수 있을까. 받아들일 수 있을까.

"아버지도 어머니도 형님도, 요즘 계속 이 문제로 머리를 맞대고 있던 건가?"

밤낮을 가리지 않고 세 사람은 각자 돌담에 이마를 부딪치는 사람처럼 생각하고 또 생각했다.

"나는…… 그렇게까지 큰일이 났을 줄은, 콧물방울을 부풀리면서 꾸벅꾸벅 졸던 꿈에서조차 생각한 적이 없었어."

도대체가, 도미지로야. 너는 얼마나 마음 편한 놈이란 말이냐. 작년 가을부터 지금까지 미시마야라는 배가 위험한 암초밭에 접어들어 몇 번이나 파도에 흔들리고 역풍에 가로막혀 어려움을 겪었는데 눈치채지 못한 채 지냈다니.

물론 오치카의 출산을 염려하다가 무사히 고우메가 태어나니 마음이 들떠 있기는 했다. 한편으로 늘 도미지로의 머릿속을 차지하고 있었던 생각은 무엇이었을까.

별난 괴담 자리와, 거기에서 들은 이야기를 그림으로 그리는 일과, 화공이 되고 싶다는 꿈과, 앞길을 포기할까 말까 하는 번민. 그것뿐이었다. 올해 10월 초, 어느 이야기꾼의 이야기에 감명받아 마침내 마음을 정하고 이헤에게 머리를 숙인 끝에 드디어 도로 선생의 집에 배우러 다녀도 된다는 허락이 떨어진 뒤, 한층 더 그림에 대한 생각만으로, 선생이 가르치는 '틀'과 선생이 내 준 간판 그림 숙제로 마음도 머리도 가득했다.

자신, 자신, 자신에 대한 생각뿐.

한심하고 부끄러워서 눈물도 나지 않는다.

대신 작은 목소리로 이렇게 말했다. "오카쓰는, 이렇게까지 자세한 사정은 모르더라도 우리 가족도, 미시마야 가게도, 앞으로 상당한 어려움을 뛰어넘어야만 한다는 건 눈치채고 있었지?"

때문에 이이치로의 혼담이 틀어져 버린 일도 몰래 도미지로에게 가르쳐 준 것이다. 그때 오카쓰가 뭐라고 말했더라.

――이 사랑과 관련해서 만에 하나 작은 나리께 무언가 곤란한 일이 생겼을 때, 곧장 도련님이 힘이 되어 주셨으면 하는 생각으로 말씀드리는 거예요.

단둘뿐인 형제니까, 라며.

그렇습니다, 이이치로의 하나뿐인 동생 도미지로는 이렇게나 도움이 안 되는 놈이랍니다.

오겐이 쉰 목소리로 말했다. "저희 나리도 참으로 업이 깊다고 할까, 의심이 많은 분이셔서."

――이런 일은 조심하고 또 조심해야 하는 법이다.

정신이 들어 보니 오겐은 야윈 주먹을 움켜쥐며 살짝 눈물을 글썽이고 있다.

"너는 미시마야로 가서 정말로 시즈카라는 처자가 없는지 알아보고 오너라, 누구든 좋으니 붙잡고 물어보고 오너라. 그 집은 모두 사람 좋은 자들만 모여 있으니 네가 걱정스러운 얼굴을 해 보이면 말없이 쫓아내지는 못할 거라면서."

하나같이 사람 좋은 자들인지 어떤지는 모르겠지만 실제로 오겐의 울상에 도미지로는 미안한 마음이 들었다.

"저는 저희 나리께 일을 얼마나 잘하는지 시험받고 있는 중이라, 나리의 분부를 다하지 못하면 좋은 곳에 소개를 받을 수 없습니다. 그렇다고 해서 탐욕스럽게 캐묻거나 하면……."

오겐은 봉당으로 내려가더니 그 자리에서 손을 짚고 머리를 숙이려고 했다.

"아니 이보게, 그만두게."

도미지로는 당황하고, 오카쓰도 곧 오겐 곁으로 다가가 그 손을 들게 했다.

"여러 가지로 생각해 주셔서 이쪽은 큰 도움이 되었어요. 도안 씨께는, 시즈카 님의 부채 한 자루도 미시마야에 숨겨져 있지 않다고 딱 잘라 대답하시면 돼요."

다부진 말투도, 늘 그렇듯이 다정한 눈빛도, 곧게 편 등도, 별난 괴담 자리만이 아니라 미시마야 자체의 수호자가 된 듯한 오카쓰였다.

미시마야의 수면 아래에서 부글부글 끓고 있던 변사를 알고 도미지로의 눈에도 불이 켜진 탓일까. 오겐이 물러간 다음 날,

"도련님이 집에 틀어박혀 고민하셔도 아무것도 해결되지 않아요. 차라리 그림 공부에 힘써 주세요."

오카쓰에게 등을 떠밀려 스이도바시의 도로 선생을 찾아가려

고 뒷문을 나섰을 때, 교대하듯이 들어오는 붉은 한텐의 한키치 두목이 보였다. 도미지로를 배웅하려고 나무문 앞에 남아 있던 오카쓰와 인사를 나눈다.

도미지로는 잠깐 동안 선 채로 발길을 돌릴까 고민했다. 하지만 지금 단계에서 자신이 주제넘게 나서 봐야 부모와 형의 마음고생을 늘릴 뿐이겠지. 저쪽에서 전부 털어놓을 때까지는 지금까지처럼 모르는 척 종이풍선 노릇이나 하는 편이 나으리라──며 생각을 고쳐먹고 가던 길을 서둘렀다.

이쪽도 한키치 두목에게 나서 달라고 할 수 있다면 몹시 든든할 텐데. 니혼바시의 화장품 가게 두목이 멋대로 하게 둘까 보냐 하고 강경하게 나갈 수 있다.

──간다 일대를 관리하는 한키치 두목은 도리를 지키는 오캇피키니까.

오캇피키란 '오카보레岡惚れ 남의 애인을 짝사랑한다는 뜻의 일본어'의 '오카岡'와 마찬가지로 제삼자라든가 끄트머리라는 의미가 있고, 시중 관리가 탐색하는 동안 옆에서 안내하는 역할이기에 그렇게 불리게 되었다. 근원을 더듬어 가면 '뱀의 길은 뱀이 안다'고, 악인을 알려면 악인이 도움이 된다 하여 옛날의 오캇피키 중에는 유배를 갔다가 돌아온 죄인이거나, 중죄로 벌을 받은 증거로 팔에 문신을 가지고 있거나 하는 경우가 드물지 않았다고 한다.

한키치 두목은 선대 두목이 짓테+手 에도 시대에 포리가 범인을 잡는 데 쓰던 쇠막대. 길이 약 45센티미터의 철봉으로, 칼이나 창을 막기 위해 손잡이 가까이에 갈고리가 달려 있고, 자루에는 보라·빨강·검정 등의 술을 늘어뜨려 그 빛깔로 포리의 소관을 밝혔다를 맡길 때까지는 목욕탕의 가마지기였고, 지금도 가마 불을 때는 데는 일가견이 있는 분이라는 이야기를 오치카에게 들은 기억이 있다.

——두목의 고향은 사누키현재의 가가와 현을 가리키는 옛 지명의 고토비라구金刀比羅宮 가가와 현 나카타도군 고토히라야마산 중턱에 있는 신사. 매년 10월 10일에 성대한 대제大祭가 열린다 근처래요. 왜 에도에 와서 목욕탕에 들어가 살게 됐는지 여쭤본 적은 없지만 두목의 별명은 그 지방의 풍습에서 유래했다고 해요.

체포에 관여하는 자가 식물 염료로 염색한 붉은 한텐을 입고 다니다니, 서쪽에는 풍류 넘치는 지방도 다 있구나. 언젠가 그림으로 그려 보고 싶네, 하고 동경했던 것을 도미지로는 떠올렸다.

그러나 도로 선생의 집에서는, 제자들의 화실인 다섯 평짜리 방 구석에서 옻칠이 벗겨진 꽃병에 던져 넣은 하얀색 마른 국화를 그리라는 명을 받았다. 먼저 와 있던 제자 동료들도 같은 대상을 그리고 있었다.

"오늘은 선생님의 장모님 기일이니 국화가 어울리겠다는 말씀이셨습니다."

"하아. 그렇다고 해도 더 싱싱한 국화가 좋지 않았을까요."

도미지로의 중얼거림에 나이 열일고여덟의 제자 동료가 약간 으스대는 듯한 얼굴로 작게 말했다.

"선생님의 장모는 대단히 못된 할망구였기 때문에 마른 국화가 딱 좋다고 했어요."

못된 할망구라…….

도미지로는 어제부터 몇 번째인가로 입을 '떡' 벌렸지만 이번에는 웃음이 섞여 있었다.

"신참 제자의 몸이라 몰라서 그러는데 혹시 선생님은 데릴사위인가요?"

젊은 제자 동료에게 소곤소곤 물어보니 역시 소곤거리는 대답이 돌아왔다.

"양자 결연을 맺고 사위가 된 건 아니지만 선생님이 화공으로 독립할 수 있게 될 때까지 장모님이 꽤 돈을 내서 선생님을 지원해 주셨다는군요."

부럽네요, 하고 아직 어엿한 어른이 되지는 못한 어린 얼굴로 제자 동료는 중얼거렸다.

"저도 그런 장모님이 있었으면 좋겠습니다."

도미지로는 조금 웃었을 뿐, 그 말에 대답하지는 않았다. 돈을 내 주는 못된 할망구는 돈을 뜯어내는 못된 할망구보다는 낫지만, 그 나름대로 무섭다고.

그날 도로 선생은 찾아온 손님이 많아 바쁜 듯 허둥거리다가 연습 시간이 끝날 무렵에야 도미지로와 제자들이 그린 '국화' 솜씨를 봐 주었다.

"견고한 선을 그릴 수 있게 되었구나."

칭찬을 받은 제자 동료는 기쁜 듯이 도구를 안고 돌아갔다.

"저 아이가 일하는 가게는 붓과 종이와 안료를 취급하는 문구 가게랍니다. 돌아가신 아버지가 화공이었는데 살아 있는 동안에 다 치르지 못한 외상 대금 때문에 장남인 저 아이가 고용살이를 갔지요."

말하자면 빚의 담보로 팔린 처지인데 문구 가게 주인이 시험 삼아 그 아이에게 붓을 쥐여 보니 역시 소질이 있었다. 오히려 돌아가신 아버지보다도 큰 그릇이 아닐까 하는 기대를 받으며, 가게의 뒷배를 얻어 도로 선생의 집에 다니고 있다고 한다.

"선생님의 제자 한 분을 보아도 여러 처지가 있군요."

솔직한 태도에 약간 태연한 얼굴을 한 제자 동료도 무언가 짊어지고 있다. 옆에서 보기에는 알 수 없을 뿐이다.

도미지로의 마른 국화는 '시든 정도가 좀 지나치다'며 스승이 고쳐 주었다.

"화초가 마른 것과 시든 것은 다릅니다."

마른 것은 화초의 수명이 다해 가기 때문이고 돌이킬 수 없다. 그러나 시드는 것은 물이 부족하거나 강한 햇볕을 너무 많이 받은 탓이다. 때문에 젊은 화초라도 시들 때는 시들고, 적절하게 손을 써 주면 싱싱하게 되살아난다.

선생이 가느다란 붓으로 색과 선을 고쳐 주는 시범을 가까이에서 보고 있자니 확실히 차이를 알 수 있었다. 하지만 도미지로는 그냥은 이렇게 그릴 수 없다.

"……오늘의 도미지로 씨는 안색이 좋지 않군요."

자신이 움직이는 붓끝을 응시한 채 선생이 말했다.

"과제를 다시 그리는 작업이 어지간히 난항을 겪고 있나요?"

아라무라 마을의 수호신, 갓파 산페이타의 이야기를 간판 그림으로 그렸지만 아직 선생에게서 '합격'을 받지 못했다. 분명 난항을 겪고 있다. 그렇다, 오늘은 그 과제에 대해 선생과 상의하고 싶었는데 여러 가지 일이 있었기 때문인지 깜빡하고 말았다.

"예. 부끄럽지만 조금 더 생각해 봐도 될까요?"

"도미지로 씨가 다음 이야기꾼의 이야기를 듣는 데 방해가 되지 않는다면, 제 쪽은 얼마든지 시간을 들여도 상관없습니다."

말을 마침과 동시에 붓을 거둔 선생이 턱을 당기고 허리를 꼿꼿하게 펴며 고친 그림을 살펴보았다.

도미지로는 한숨을 쉬며 말했다. "확실히, 제대로 마른 국화로 보입니다. 제가 그린 건 시든 국화였어요."

그러자 도로 선생은 도미지로 쪽을 향해 엷게 미소 지었다.

"음, 역시 안색이 나빠요. 고뿔이라도 걸렸나요?"

아니, 아니, 지금의 도미지로는 고뿔이 아니라 터무니없는 자신에 대한 혐오증에 걸렸다. 물론 선생에게 표현할 수 있는 심정은 아니다.

"걱정을 끼쳐 드려 죄송합니다. 아침저녁으로는 추워졌으니 선생님도 고뿔에 걸리지 않게 조심하십시오."

정중하게 머리를 숙이자 선생은 지극히 아무렇지도 않게 말을 이었다.

"고뿔의 종류에 따라서는 곁방 화공 나부랭이인 나도 치료해 줄 수 있을지 모르니 사양 말고 말하세요."

'치료'라는 말이 의미심장하게 들려서 도미지로의 심장이 두근거렸다. 당황해서 얼굴을 들어 보았지만 선생은 야윈 어깨를 약간 으쓱이며 재빨리 다섯 평짜리 방을 나가는 참이었다. 눈과 눈이 마주치지 않도록 일부러 배려해 주었음을 감으로 알 수 있었다.

──선생님의 귀에도 미시마야와 시라이야의 어수선한 소문이 들어간 거다.

지금까지는 도미지로의 기색에 별다른 차이가 없어서(어쨌거나 저는 종이풍선입니다) 선생도 입을 다물어 주었으리라. 하지만 오늘은 도미지로의 안색이 좋지 않아 선생은 분명 직감적으로 안 것이다.

──나도 치료해 줄 수 있을지 모르니 많이 곤란하면 사양 말고 말하세요.

치료란 그런 뜻이 숨어 있는 말이다. 강요하지 않는 배려가 느껴진다.

곁방 화공은 도로 선생이 자기 자신을 낮출 때 쓰는 말장난 같은 것이다. 큰 절 본당의 천장 그림이나 부유한 상인의 저택 장지 그림 등을 맡는 화공처럼 큰 그릇은 못 된다, 본인이 그릴 수 있는 것은 부엌 곁방에 있는 미닫이문의 당지 그림 정도다, 라는 뜻이다.

스이도바시를 떠나 간다 미시마초로 돌아가는 길. 미토 님의 광대한 저택 쪽에서 불어오는 10월 말의 북풍은 혼이 움츠러들어 버릴 정도로 차가웠다. 그래도 도미지로의 마음속에는 작고 따뜻한 불이 가만히 밝혀져 있었다.

그 불빛 덕분에, 그리고 총괄대행수 야소스케와 사환 신타 셋이 둘러앉아 먹은 맛있는 저녁밥 덕분에 도미지로는 그날 밤 푹 잘 수 있었다. 하룻밤이 지나자 마음의 동요도 가라앉았다.

그 후로 사오일 동안, 겨울 목도리와 어깨 덮개를 팔고 팔고 또 파는 대목이었던 데다, 연말연시 인사방문용 선물을 포장할 특별 제작 보자기의 주문까지 이어져 미시마야는 몹시 바빴다. 그림 공부를 하는 틈틈이 가게 일을 돕겠다고 이헤에와 약속했던 도미지로는 몸이 두 개 있는 사람처럼 분주하게 움직였다. 바쁘면 쓸데없는 생각이 들지 않을 테니까.

잠깐 쉴 때도 부모님이나 이이치로와 마주할 만한 상황을 만들지 않도록 주의를 기울였다. 지금은 어쨌거나 어머니 오타미에게 받은 부탁을 가슴에 넣어두자. 일단락되면 제대로 설명할 테니 지켜봐 달라는 부탁 말이다. 그리고 여차할 때가 오면 차남으로서 모두에게 힘이 되어 줄 수 있도록 단단히 마음의 준비를 해 두자고 생각했다.

게다가 도미지로에게는 갓파 산페이타의 간판 그림이라는 난제도 있었다. 다행히 책상 앞에 앉아 끙끙거리지 않고 스이도바시의 선생 집을 오가는 길이나 오차노미즈 부근에서 강물의 짙은 쥐색을 바라보고 있노라니 문득 번득임이 찾아왔다.

장부에 사용되는 튼튼한 니시노우치 종이이바라기현 히타치오미야시常陸大宮市의 니시노우치에서 생산되는 종이. 질이 약간 거칠지만 그만큼 질기고 두터운 것이 특징이다를 고르고, 거기에 우선 옅은 물색을 칠했다. 그리고 솔직하게 갓파의 등딱지를 한가운데에 그렸다. 틀림없이 산페이타의 등딱지가 그랬을, 선명한 녹색과 옅은 비취색이 섞인 아름다운 등딱지를. 다음에는 그 주위에 무서운 산적들과 싸우던 운명의 밤, 마을의 용감한 아이 야이치가 목에 걸고 있던 '우쓰기'를 배치했다. 울려서 소리를 내는 한 쌍의 나무 부분을 위로(제대로 맞부딪치는 형태로), 목에 거는 끈 부분을 아래로, 등딱지를 둥글게 에워싸듯이.

자, 이 다음이 중요하다. 우선 좌우의 우쓰기와 끈의 매듭에 붉은색 점을 찍는다. 이 색은 아주 작아도 된다. 다음에 넣을 붉은색이 돋보이도록 하기 위한 마중물이니까.

크게 숨을 쉬며 용기를 담고 나서 아름답게 완성한 등딱지 위에 산페이타 님의 두 눈을 그려 넣는 작업을 시작했다. 짙은 초록색에 아주 조금 검은색을 섞고, 세필로 우선 오른쪽 눈. 다음으로 왼쪽 눈. 먼저 그린 등딱지의 색깔 때문에 흰자위 부분은 녹색으로 보인다. 눈동자는 그 위에 짙은 초록색을 덧칠하고, 그러나 한가운데에 딱 한 줄, 심홍색 선을 그리는 것이다. 산페이타 님의 분노를 나타내는 붉은색이자 아라무라 마을에 사는 사람들과 터주의 목숨이 불타는 색이다.

간판 그림은 보는 사람들에게 파는 물건이 무엇인지 전달하지 않으면 의미가 없다.

——이 간판의 근원에는 사람들을 지켜주는 신비의 힘이 있습니다.

유감스럽지만 파는 물건은 아니다. 하지만 여기에 있다. 있다는 사실을 알린다. 세상 사람들에게. 믿는 마음을 잃어버려서는 안 된다고.

다 그린 후에는 말려서 화판에 끼운 다음 스이도바시로 가져갔다. 도로 선생은 한 번 보더니 동그란 눈을 한층 더 부릅뜨고는,

"뭔가 좀처럼 없는 별갑을 파는 가게 같군요."

라고 말하더니 싱긋 웃었다.

"좋아요. 잘했습니다. 이 간판 그림을 받도록 하지요."

섣달 초하루. 신타와 함께 가게 주위를 쓸고 나서(함께 서릿발을 밟는 놀이에 신이 나서 쓸데없이 시간이 걸린 것은 비밀이다), 부엌 부뚜막 옆에 앉아 몸을 데우고 있던 도미지로를 오타미가 불렀다.

"잘 잤니? 도미지로, 네 아버지의 거실로 와 다오. 우리는 아침도 거기에서 먹을 테니 밥상을 부탁한다."

도미지로는 위장 위쪽이 꽉 조이는 듯한 기분이 들어,

"예, 곧 갈게요."

대답을 하는 목소리가 살짝 뒤집어졌다.

——드디어 할 이야기가 있는 거다.

문득 돌아보니 마침 부엌에 있던 하녀들도 신타도 왠지 모르게 얼굴이 굳어 있다. 평소와 다름없어 보이는 사람은 오카쓰뿐이다.

"그럼 얼른 준비합시다. 신타, 곱은 손가락은 다 풀렸니? 이른 아침부터 바깥에서 놀면 동상이 심해져요."

가볍게 꾸짖고 빠릿빠릿하게 움직이기 시작한다. 도미지로는 부뚜막 앞에 쪼그리고 앉아 대나무 대롱을 쥐고 있는 밥짓기 담당 행수의 어깨를 탁 쳐서 교대해 달라고 했다.

"내가 불면 최고의 누룽지가 생기거든. 불 조절을 잘 봐 둬."

사실은 두근거리는 심장을 가라앉히기 위해 폐 가득 숨을 불어 넣어 대나무 대롱을 불고 싶었을 뿐이다.

이헤에와 오타미의 안색에 평소와 다른 점은 없었다. 이이치로는 오랜만에 아침 해 속에서 얼굴을 보니 눈 밑에 살짝 그늘이 져 있다. 코 양쪽 옆에 새겨진 주름도 지금까지는 알아채지 못했다. 얼굴이 갑자기 야위면 이런 주름이 생긴다. 도미지로가 기절할 정도로 크게 다쳤을 때 자신의 얼굴을 손가락으로 만져 보고 실감한 사실이다.

"꽤 오랜만에 가족 넷이 아침상에 둘러앉았구나."

아침 해가 눈부신지 이헤에는 눈을 가늘게 뜨고 젓가락질을 한다. 오타미도 부드럽게 웃는 얼굴이고, 이이치로는 등을 곧게 펴고 묵묵히 식사를 계속했다. 일가 옆에서 급사 역할을 맡고 있는 오카쓰는 마치 밥통이나 국자의 동료가 된 것처럼 조용히 행동했지만, 딱 한 번, 밥을 더 퍼 줄 때 도미지로의 눈을 똑바로 보며 격려하듯이 미소를 지어 주었다.

신타가 밥상을 물리고 오카쓰는 미시마야 일가 네 사람을 위해 번차를 끓였다. 화로에 건 쇠주전자에서 피어오르는 김은 겨우 잠깐밖에 보이지 않고 곧 사라져 버린다. 오늘은 몹시 춥고 건조하다.

"고맙다, 오카쓰. 미안하지만 옆방에서 기다리고 있어 다오. 볼일이 생기면 부를 테니."

"예, 알겠습니다."

얌전히 물러간 오카쓰가 옆에 있는 한 평 반짜리 방에 들어가 당지문을 닫았다. 탕, 하고 소리가 났다.

"──밥, 탄내가 났지."

갑자기 이이치로가 말했다.

"오늘 아침 밥 짓는 당번은 누구였을까. 부모의 원수처럼 대나무 대롱을 힘껏 분 게 틀림없어."

자신들이 먹을 밥을 직접 지으면 고마움을 알 수 있다. 게다가 남자의 숨은 굵어서 불 조절에 강약이 생겨 밥이 맛있어진다. 그런 이유로 미시마야에서는 행수들이 아침밥을 짓도록 되어 있다.

"죄송해요. 제가 당번이었어요."

도미지로는 목을 움츠렸다.

"추워서 불을 너무 키워 버렸네요."

오타미가 쿡 하고 웃으며 말했다. "아침 댓바람부터 신타랑 서릿발 밟기 시합 같은 걸 하니까 추워진 거야."

"그러게요. 아니, 큰일이네요, 아하하하하."

사카야키月代 에도 시대에 남자가 이마에서 머리 한가운데에 걸쳐 머리털을 밀었던 일. 또는 그 부분를 손가락으로 긁적이며 도미지로는 억지웃음을 지었다. 무슨 짓을 저질러도 금세 들켜 버리는 것이 가족이다.

"아하, 아하, 하하하…… 하아."

호흡이 딸려서 도미지로의 웃음소리가 사그라들었다.

번차의 향긋한 향을 머금은 침묵이 이헤에의 거실을 감싼다.

지금처럼 가족 네 명이 한 자리에 앉아 얼굴을 마주한 게 얼마만인가. 이이치로와 도미지로가 집에 없었던 동안에는 오치카가 자리를 대신했지만 부모와 형제 네 사람이 함께 모인 것은 미시마야가 이곳에 간판을 내건 이후로 처음이 아닌가 싶다.

"아버지, 어머니."

갑자기 자세를 바로 하더니, 이이치로가 얼굴을 숙인 채 말을 꺼냈다.

"정말, 정말 죄송합니다. 도미지로, 너한테도 먼저 사과해야겠다."

엎드려 사과하는 형의 모습을 어떻게 받아들여야 할지 모르겠다. 도미지로는 얼어붙고 말았다.

하지만 별난 괴담 자리의 청자를 맡으면서 그럭저럭 키운 담력이 종이풍선 도미지로를 떠받치는 심지가 되어 주었다.

"사과할 사람은 나예요, 형님. 아버지에게도, 어머니에게도."

목소리는 뒤집어지지 않고 떨리지도 않았다.

"작년 가을부터 지금까지 어머니와 아버지, 형의 가슴앓이를 손톱만큼도 눈치채지 못했어요. 더 일찍 알아챘어야 했는데, 최근에야 알게 되었어요."

오타미는 놀라기는커녕 작게 고개를 끄덕였다. 이헤에는 솔직하게 놀랐고, 이이치로의 얼굴에는 아픔 비슷한 것이 재빨리 떠올랐다가 사라졌다.

"이렇게 저도 불러 주셨다는 건, 시라이야와의 다툼에 어떻게 결판을 낼지 입장이 정해졌다는 뜻일까요?"

도미지로는 일부러 형에게는 눈길을 주지 않고 똑바로 부모님의 얼굴을 보며 말했다.

"길이 정해졌다면 저는 아버지와 어머니 그리고 형님을 위해, 미시마야를 위해 전력을 다하겠습니다. 무엇이든 분부해 주세요."

"사정은 전부 알고 있니?"

되묻는 이이치로의 목소리에는 아픔을 견디는 듯한 압壓이 담겨 있었다.

"예. 그러니 형님, 내 앞에서 사과하지도, 부끄러워하지도 말아 주세요. 그보다 앞일을 생각하도록 해요."

시라이야의 시즈카는 지금 대행수 젠노스케와는 떨어져, 안주인의 언니네 시댁이 있는 시모메구로 마을 지주의 저택에 맡겨져 있다고 한다. 이 지주는 호농이라 재력이 있고 일손도 충분하다.

몸이 무거운 시즈카를 찬찬히 정양시키기에는 아주 좋은 장소라나.

젠노스케는 시즈카의 손을 잡고 도망치기 전에 당장 필요한 돈과 몸을 숨길 장소를 마련해 두었다. 그러나 젠노스케가 고용살이를 하며 모은 급료인 두 냥 남짓과, 그의 소꿉친구가 들어가 살면서 고용살이를 하고 있는 후카가와의 싸구려 여인숙이라는, 미덥지 못한 준비였다.

아니나 다를까, 소곤거리며 상담을 받아 주는 동안에는 반쯤 재미로 가담했던 소꿉친구도 막상 젠노스케가 시즈카를 데리고 굴러들어오자 머리카락이 곤두설 정도로 겁을 먹고 말았다. 이틀 동안은 어떻게든 두 사람을 숨겨 주었지만, 고용주인 여인숙 주인이 수상하게 여기기 시작하자 더 이상 참지 못하고 숨을 헐떡이며 시라이야로 뛰어들어가 두 사람이 있는 곳을 아뢰기에 이르렀다——는 신통찮은 전말이다.

시즈카는 시라이야가 장만한 야카타부네<sub>지붕이 있는 놀잇배</sub>로 올라타 수로를 통해 몸을 숨기기 위한 시모메구로 마을로 향했다. 젠노스케도 싸구려 여인숙에서 끌려나와 후카가와 십만 평이라고 칭송받는 광대한 논 너머, 작은 마을의 염불사<sub>念佛寺</sub>에 신병이 맡겨졌다. 이 절의 스님은 시라이야와는 아무런 관계도 없다. 니혼바시의 오캇피키, 화장품 가게 오토마쓰 두목의 지인으로, 종종 귀찮은 일을 대신 처리해 주곤 하는 모양이다. 즉 스님도 평범한 염불종 승려는 아닌 셈이다. 절 역시 요괴가 살아도 이상하지 않을 남루한 절이라고 한다.

도미지로는 왠지 눈이 어질어질해졌다.

"시라이야가 시즈카 씨를 놓치고 있었던 기간은 겨우 이틀 밤이었군요."

일전에 미시마야에 불한당들을 보내 왔을 때는 이미 한참 전에 시즈카를 되찾고 젠노스케도 붙잡은 상태였던 것이다.

"용케도 모르는 척하는 얼굴로 우리를 끌어들였네요."

저도 모르게 날카로운 말투가 되어서 당황한 도미지로가 표정을 누그러뜨리고 익살을 부렸다.

"아니, 형님, 나는요, 겨우 며칠 전에 일련의 사정을 듣자마자 시즈카 씨와 도피 상대의 미래는 방금 나왔던 얘기처럼 뻔할 거라고 짐작했어요."

시라이야가 미시마야에——이이치로에게 사랑의 도피라는 누명을 씌우려 한 이유는 첫째도 둘째도 체면 때문이라고도.

"뭐, 체면을 지키고 가게를 지키는 게 나아가서는 시즈카 씨나 마사키 씨를 지키는 일이니 시라이야의 마음도 모르진 않아요."

도미지로가 고용살이를 나갔던 곳에서 부상을 입고 돌아왔을 때, 오타미가 얼마나 걱정해 주었는지 잊을 수가 없다. 그게 부모의 마음이다.

"어쨌든 시즈카 씨가 무사해서 다행이에요. 배 속 아이에게도 지장은 없는 거지요?"

도미지로의 물음에 이혜에는 미간에 약간 주름을 지으며 침묵하고 있다. 오타미는 무언가 말하려다가 망설이며 이이치로의 얼굴을 보았다. 형은 입을 굳게 다물고 무엇을 곱씹고 있는 것일까.

도미지로의 가슴에 어두운 의심이 솟아났다.

"아기도 무사한 거지요?"

다시 한번 묻자 이이치로는 결심한 듯이 얼굴을 들었다. 그러나 이쪽의 눈은 보지 않고 물었다.

"그 아이의 아비에 대해서 알고 있겠지? 무사했으면 좋겠다고 생각하니?"

도미지로는 뚫어져라 형의 단정한 얼굴을 바라보았다. 눈알이 마를 정도로 바라보았다. 그러고 나서 말했다.

"아기는 세상의 보물이에요. 어떤 사정을 짊어지고 있든 무사히 태어나지 않아서 좋을 아이가 어디 있어요?"

그런 생각을 했다간 우린보 님한테 벌을 받아 노파 얼굴로 불을 뿜는 커다란 지네 요괴에게 머리에서부터 잡아먹힐 거라고요──라고 외치고 싶지만, 이것은 도미지로가 이미 듣고 버린 이야기니까 두 번 다시 입에 올려서는 안 된다.

그래서 다른 말을 하자고 생각하는데, 목구멍이 따끔따끔해서 목소리가 나오지 않는다.

그러자 이이치로가 겨우 도미지로와 눈을 맞춰 주었다.

형의 갸름한 눈꼬리에 눈물이 맺혀 있어서 도미지로의 가슴은 파도쳤다. 빠지는 데가 없는 보름달 같은 멋진 남자 이이치로의 눈물이라.

"······고맙다. 진심으로 고마워."

이이치로는 다시 한번 도미지로 앞에 엎드렸다. 눈물 한 방울이 방바닥 위에 떨어졌다.

"나는 시즈카를 아내로 삼아 배 속 아이의 아비가 되고 싶다. 내내 고민했지만 아무래도 그게 최선인 듯싶구나."

도미지로는 몸 안쪽에서부터 시작된 떨림을 참기 위해 양손을 굳게 움켜쥐었다.

형의 결심을 진심으로 기뻐해 주고 싶다. 하지만 망설임도 있다. 본인이 아무리 숙고했다 한들 쉽게 관철시킬 수 없는 얕은 생각이다. 어떻게 지금의 시즈카를 아내로 삼아 형님이 행복해질 수 있겠나. 미시마야의 미래도 어두워질 게 분명하다. 그럼 전력을 다해 형의 소매에 매달려 마음을 돌려 달라고 재촉해야 할까. 어느 쪽 생각도 말할 수 없어서, 도미지로는 얼어붙어 버렸다.

"······도미지로, 그래서 이이치로는 미시마야를 물려받을 수 없다, 후계자 자리는 네게 양보하겠다고 하는구나."

아버지 이헤에의 목소리가 귀에 들어왔지만 당장은 이해할 수 없었다. 뭐? 아버지, 무슨 말씀을 하시는 거예요?

"미안하다, 도미지로." 이이치로가 또 사과한다. "네가 화공에 뜻을 두고 있는 건 안다. 하지만 그림은 몇 살이 되어도 배울 수 있어. 나를 대신해서, 우선은 미시마야의 2대째 주인이 되어 가게를 짊어져 주지 않겠니?"

그림은 몇 살이 되어도 배울 수 있다.

확실히 그렇다. 범재凡才라면, 서른 살에 화공이 되든 환갑에 화공이 되든 세상에 아무런 영향도 가져오지 않는다. 오히려 당사자에게는 제대로 된 생업이 따로 있는 편이 행복할지도 모른다.

문제는 도미지로가 자신이 범재인지 뛰어난 재능을 가지고 있는지에 상관없이 그림을 그리고 싶어 한다는 것이다. 겨우 배울 수 있게 되었는데 또 포기하고, 주머니 가게의 장사만 생각하며 살아가야 할까,

──그럴 수 없다.

얕은 생각이라고 오히려 힐책을 당할지도 모르지만, 그렇게 생각했다.

이이치로가 낮게 떨어뜨린 목소리로 말을 잇는다. "시즈카의 배 속 아기에게는 내 피가 흐르지 않아. 유감스럽지만 확실한 사실이다."

오타미는 이야기하는 이이치로의 옆얼굴을 바라보고 있지만 이헤에는 괴로운 듯이 얼굴을 돌렸다.

"나는 시즈카를 소중히 여겼기 때문에 시라이야에 혼담을 넣고 허락을 받을 때까지는 관계를 맺지 않겠노라고 결심해서──."

"배 속 아이의 아비는 시라이야의 젠노스케라는 젊은 대행수라지요."

도미지로가 상대의 이름까지 알고 있어서 이이치로는 놀란 눈치다. 말투는 침착하지만 하얀 가면 같은 얼굴에 아주 약간 핏기가 떠올랐다.

"그래. 알고 있다면 얘기가 빠르겠구나." 이이치로의 목소리가 갈라진다. "내가 더 일찍 시즈카의 불안과 외로움을 알아차려 주고 손을 썼다면 달라졌을 텐데."

자신 때문이다, 시즈카는 잘못이 없다고 이이치로는 말했다.

"그래요? 그래서 형님은 배 속 아이까지 포함해 시즈카 씨를 아내로 삼겠다. 그렇다면 아이의 아비는 형님이에요. 형님의 피가 흐르지 않는다는 걸 신경 쓰는 건 이상하고, 젠노스케라는 놈은 생각할 필요도 없어요."

왠지 도미지로는 화가 나기 시작했다. 갑자기 붓을 버리라는 말을 들어서일까? 이이치로가 느끼는 괴로움에 비하면 아버지나 어머니, 도미지로의 괴로움은 상대도 되지 않는다는 기분이 들어서일까?

"그렇게 결심할 수 없다면 시즈카 씨를 데려와서는 안 돼요. 적어도 배 속 아이와 함께 데려오는 건 무리예요. 오히려 불행해질 뿐이잖아요."

어중간하게 착한 사람인 척하지 마.

도미지로의 마음속에서 또렷한 말이 떠오르기 시작했다. 마치 분노의 불꽃에 그을려진 것처럼.

"형님은 정식 혼담이 결정되기 전에 시즈카 씨와 사귀어 버렸고 아이도 생겼어요. 그걸 시라이야가 용서해 주지 않아서 사랑의 도피까지 저질렀고요. 덕분에 시라이야도 미시마야도 큰 피해를 입었어요. 니혼바시의 오캇피키도, 한키치 두목도 못 견딜 노릇이라고요."

 별난 괴담 자리의 청자를 계속하면서 이야기를 잘 듣게 된 도미지로지만 원래 말솜씨가 좋은 편은 아니다. 더듬거리지는 않는 정도의, 말하자면 평범한 말재주다. 그런데 지금은 스스로 생각해도 청산유수다.

 "큰 소동 끝에 겨우 시라야의 노여움이 풀렸고 우리 아버지와 어머니는 형님에게 무르니, 간신히 시즈카 씨와 배 속 아이와 함께 새로운 가정을 꾸리자는 단계가 된 거잖아요. 그런데 어째서 형님이 미시마야를 버린단 말입니까? 가족에게 폐를 끼쳐서 미안하다면 앞으로 열심히 일해서 미시마야의 재산을 두 배, 세 배로 불려 주세요. 내가 꼬부랑 할아버지가 될 때까지 잘 그리지도 못하는 그림 공부에 열을 올려도 먹고살기 곤란하지 않을 만큼 벌어 보시라고요."

 표면적으로도 내부적으로도, 그렇게 하면 되지 않는가.

 태어날 아이는 아직 사내아이인지 여자아이인지 모른다. 소중히 여기지 않으면 건강하게 태어나 줄지 알 수 없다. 아니, 소중히 여겨도 뜻대로 되지 않는 경우가 있다. 그런 슬픔이 세상에는 엄연히 존재하기 때문에 청과 부동명왕님은 밭 속에서 나타나 주신 거다──.

 아아, 이제 무슨 말을 하고 싶은 건지 스스로도 잘 모르겠다. 콧물이 난다, 꼴사납다.

 "무, 무사히 태어나 준다면 나는 그 아이를 안고 뺨을 비벼 줄 거예요. 아기에게는 죄가 없어요. 세상의 보물이니까. 형님도 이제 남자답게 정면에 서서 모든 걸 다 뒤집어쓰고, 누구에게 무슨 말을 듣든 행복해지고 미시마야를 부유하게 만들면 되는 거라고 한 번쯤 크게 웃어 보시면 어때요!"

말을 마치고 나니 숨이 차고 콧물이 주우욱 실을 끌었다.

푸풋 하고 누군가가 웃음을 터뜨렸다.

오타미인가? 오타미는 고개를 숙이고 손가락으로 입가를 누르고 있다. 이헤에는? 입매를 일그러뜨리고 있는 게 웃음을 참는 모양이다.

오타미보다 한 호흡 빠르게, 오타미가 웃음을 터뜨릴 수 있도록 길을 열어 준 조심스러운 웃음소리는 당지문 맞은편에 대기하고 있던 오카쓰가 흘렸다. 미시마야의 수호자이며 수호신이다.

"후후, 아하하하." 오타미는 대놓고 웃기 시작했다. "고맙다, 도미지로. 정말 네 말이 옳아."

이헤에도 참지 못하고 활짝 웃으며 두툼한 손바닥으로 이이치로의 어깨를 소리 내어 내려쳤다.

"그렇구나. 시라이야가 시즈카 씨를 며느리로 주시겠다고 겨우 허락해 준 게야. 지금까지의 경위는 물에 흘려보내고, 너는 당당하게 네 생각을 밀고 나가면 된다."

이걸로 만사가 원만하게 수습되었다. 시라이야는 고용살이 일꾼을 잘못 훈육한 죄를 벗어났고, 시즈카는 고용살이 일꾼과 밀통했다는 불명예에서 벗어났다. 미시마야라는 배는 여기에 와서 생각지도 못한 세간의 호기심에 떠밀려 어둑어둑한 소문의 삼각 파도에 시달려 왔지만, 이제야 겨우 원래대로 건전한 흐름으로 돌아올 수 있게 된 것이다.

그날 밤, 마지막 목욕 시간을 놓칠새라 근처 목욕탕에 달려갔다가 골목길 입구에 오도카니 켜진 불빛과 맛있는 육수 냄새에 이끌려 노점의 메밀국수를 물색하고 있자니, 도미지로의 코끝에 눈이 춤추기 시작했다.

"이제 섣달이네요."

노점상 아저씨가 하얀 김을 토하며 중얼거린다. 도미지로는 눈 구경 메밀소바라며 한껏 멋을 내기로 했다.

"아저씨는 내일 밤에도 이 근처에 나오세요?"

"주문을 해 주신다면 근처까지 가지요."

"그럼 부탁드릴게요. 우리 집은 이 앞에 있는 주머니가게 미시마야예요. 내일은 젊은 사람들을 몇 데려올게요."

적어도 지난 반년 정도, 미시마야에서 일하는 사람들은 크든 작든 세간의 눈총에 쿡쿡 찔려 가며 거북한 기분을 맛보았으리라. 사정은 거의 모르는 채로, 그저 호기심이나 의심, 때로는 분노와 혐오의 눈빛을 받을 때도 있지 않았을까.

——모두에게 미안했어.

한꺼번에 모두를 대접해 줄 수는 없지만, 우선은 대행수와 행수들을 순서대로 데리고 나와 맛있는 메밀국수로 치하해 주자.

"김가루 얹어서 한 그릇 더 주세요."

"예에."

메밀국수를 삶는 아저씨와 대화를 나누고 있자니 문득 등 뒤에 기척이 느껴졌다. 도미지로가 앉은 긴 의자 뒤에는 눈이 팔랑팔랑 내리는 밤의 골목길이 있다. 상가商家의 담과 담 사이에 끼어 있는 길은 5간쯤 앞에서 끊어지는 막다른 골목이다. 구운 삼나무 판자를 세워 두른 판자담이 서 있고 빗물통이 있다.

메밀국수를 파는 노점의 등롱 불빛으로 골목길의 절반 정도까지는 잘 보인다. 게다가 골목길 안쪽에 뻗은 오른쪽 상가의 뒷문에 작은 초롱불이 걸려 있어서 빗물통까지 약한 불빛이 닿는다.

긴 의자 위에서 고개를 틀어 돌아본 도미지로는 빗물통 앞에 사람 그림자가 비쳤을 때 뒷문에서 누군가 나온 모양이라고 생각하며 내리는 눈과 하늘을 확인했다. 혹시 자신과 마찬가지로 육수 냄새에 끌려서 온 건가 하고.

그 그림자는 밤눈으로 보기에도 말쑥한 옷차림을 하고 있었다. 반들반들한 은회색 비단 하오리와 기모노. 띠의 천 바탕이 따뜻한 불빛을 반사하며 얼음 알갱이처럼 빛난다.

사카야키를 깎아 올리고 귓머리도 다듬었다. 초닌마게町人髷에도 시대 남자의 머리 모양 중 하나. 이마에서부터 정수리까지의 머리를 깎고(사카야키) 나머지 머리카락을 묶어 올린 것지만 상투가 자그마하고 우아하며, 젊은이는 아니다. 얼굴은 그늘이 져서 자세히 보아도 보이지 않지만——.

알았다. 누군지 알았다.

그 인물은 버선도 셋타도 신지 않았다. 겨울 늦은 밤에, 그냥 맨발이었다.

(도미지로 씨, 오랜만입니다.)

이쪽을 부른다. 도미지로에게만 들리는 목소리. 메밀국수가게 아저씨에게는 들리지 않는다.

(가까운 시일 내에 당신은 제게 볼일이 생길 겁니다. 거래의 용건이지요. 당신은 잊으셨을지도 모르지만 저는 상인이니까요.)

그런 이야기를 들은 적이 있었던가. 오치카는 이자의 정체를 알고 있었을까.

도미지로의 목덜미 털이 곤두서고 싸늘한 밤공기 속에서 더욱 두 팔에 소름이 돋았다.

(하지만 강매는 아니에요. 그러니 도미지로 씨, 저를 부르고 싶어지면 이 시각에 당신이 좋아하는 흑백의 방 툇마루에서 북동쪽 방향을 향해 한 손 합장으로 어둠을 배례해 주십시오.)

정중한 듯하나 무례하고 붙임성 있는 목소리. 도미지로의 귓속에서 가볍게 속삭이고 순식간에 사라졌다.

(그럼, 다시 뵐 수 있기를.)

뒤에 남은 것은 밤과 눈뿐이다.

\*

여러 가지 일이 겹쳐 버린 올해 말, 모두 조금씩 지쳐 있다. 별난 괴담 자리의 다음 이야기꾼은 해가 바뀌고 새해 기분이 가시면 초대하기로 하자.

도미지로가 오카쓰와 그렇게 이야기를 나누고 있는데, 또 도안 노인이 오겐을 보내 왔다. 우엉 같은 검은 피부의 야윈 얼굴도, 푹 꺼진 눈가도 일전보다 훨씬 밝아져 있어서 이쪽에서 여차저차 설명할 필요가 없음을 곧 알았다.

"축하드립니다. 가장 행복한 대단원이네요."

세상에는 해가 바뀌고 나서 정식으로 알리기로 되어 있는 이이치로와 시라이야의 딸 시즈카의 결혼이지만, 당연하다는 듯 여기저기에서 이야기가 새어 나갔다. 지난밤의 눈처럼 가볍게 춤추는 소문부터 나막신 바닥에 들러붙은 진흙 같은 지저분한 험담까지, 뜻을 굳힌 미시마야로서는 어느 쪽이든 흘려 넘길 뿐이다.

도미지로는 오겐에게 물었다. "그런데 고용살이할 곳은 정해졌나?"

오겐은 도안 노인 밑에서 '시험' 하녀 일을 하는 중이라고 했었다.

"예. 덕분에 저희 주인나리의 눈에 들었답니다."

오카쓰가 활짝 웃음꽃을 피운다. "어머나, 그럼 도안 씨의 직업소개소에서 일하는 거군요. 앞으로도 여러모로 인연이 있을 것 같네요."

잘 부탁한다며 생글생글 웃는 오카쓰에게, 오겐은 입을 오므린다.

"뭔가 마음에 걸리나?"

"나리는 저를 간자처럼 쓰실 생각이세요."

일전에 바로 미시마야에서 했던 것처럼, 다툼이 일어나는 곳에 오겐을 보내 내부의 상황을 알아보게 하거나 이야기를 듣고 오게 하겠다며.

"거참 신임을 받았군. 여자 닌자네."

도미지로가 놀리자 오겐은 턱을 바싹 당기며 말했다.

"그만하세요, 도련님. 이렇게 피부가 검고 요염함도 아양도 없는 여자 닌자가 있을 리 없어요."

"꼭 미인계만이 여자 닌자의 기술은 아닐 텐데. 하지만 뭐, 우리 집에 올 때는 평범한 하녀여도 괜찮으니 마음 편히 오게."

"그렇다면 감사한 마음으로 편하게 말씀드리지요. 나리께서 분부하셔서 왔습니다."

대체 다음 이야기꾼을 어떻게 할 것인가.

──식충이 도미지로 씨는 벌써부터 빈둥거리며 새해를 보낼 기분인지도 모르겠지만 세상은 아직 한창 바쁜 섣달이오.

"마침 전부터 순번을 기다리고 있는 사람에게서 문의가 있었다며, 슬슬 주선하지 않으면 우리도 체면이 말이 아니라고 나리께서."

어떻게 할지, 도미지로는 가볍게 대답할 수 없었다. 벌써부터 빈둥거리는 식충이라는 욕도, 별로 타격이 없다.

오겐은 도미지로가 아니라 오카쓰의 얼굴을 살폈다. 오카쓰가

고개를 갸웃거리다가,

"도안 씨는 모르시겠지만 도련님도 세밑에는 바쁘세요. 다음으로 미루어 달라고 할까요?"

하며 자신을 감싸는 말을 해주니 남자로서 면목이 서지 않는다는 기분도 든다.

"최근에는 두 명이 연달아 괴담 자리에 와서, 자신이 겪은 사연이 아니라 할아버지 할머니 대의 먼 옛날 이야기를 들려 주었지."

양쪽 다 흥미롭고 듣고 있는 동안에는 재미있었다. 다만 두 번 있는 일은 세 번도 있다고 하고, 세 번째도 먼 옛날 이야기면 조금 재미가 없지 않을까——하는 생각이 떠오르자마자 흠칫 놀랐다.

지금까지 이런 적이 없었는데. 느긋한 도련님이지만 마음의 피로가 커진 탓도 있겠지.

무엇보다 지난번에 상인이 던진 불온한 말의 영향이 가장 크다.

북동쪽 방향을 향해 한 손 합장으로 어둠을 배례하라니. 그런 불길한 짓을 해야만 하는 어떤 변사가 미시마야에——도미지로의 신변에 일어난다는 뜻인가.

불길하다. 화가 난다. 하지만 그 이상으로 마음이 불안하고 으슬으슬하다. 이런 기분으로 비참한 운명이나 슬픈 이별 이야기를 듣는다면 잘 듣고 버릴 수 없을지도 모른다.

약한 마음이라는 벌레가 도미지로의 가슴을 물고 있다.

"지금의 나에게 활력을 주는 이야기꾼이라면 두말없이 초대하고 싶지만 만나기 전까지는 알 수 없으니……."

그러자 오겐은 재듯이 눈을 가늘게 떴다.

"먼저 만날 수 있으면 될까요? 마침 이 가게 앞에서 물건을 사고 계시는 중인데요."

어?

"그분, 미시마야에 계시나요?"

오카쓰의 물음에 오겐은 고개를 끄덕인다.

"애초에 오늘은 저희 직업소개소에도 미시마야에 가는 김에 들른 거라고 말씀하셨어요. 별난 괴담 자리 쪽은 어떻게 되었느냐, 아직도 한참 기다려야 하냐면서."

그래서 오겐은 미시마야 가게 앞까지 이야기를 희망하는 손님과 함께 왔다고 한다.

"이전부터 우리 단골이셨던 분인가?"

"그런 모양이에요. 가게도 사시는 곳도 기라즈바시 옆이라고 하고요."

미시마초에서 똑바로 남쪽으로 내려가다가, 니혼바시에는 못 미쳐서 있는 곳이다.

"가깝잖아. 그런 건 제일 먼저 말해 주지 않으면 곤란하네."

도미지로는 기모노 자락을 털 뿐만 아니라 옷자락을 들어 올려 허리춤에 끼울 정도의 기세로 일어서서 가게 앞으로 발길을 향했다.

"도련님, 그분은 서른이 조금 안 된 자그마한 여성으로, 머리카락을 기레텐진布天神으로 하고 계십니다!"

기레텐진이란 이초가에시銀杏返し 여자 머리 트는 모양의 일종. 정수리에서 모은 머리를 좌우로 갈라 반원형으로 틀어맨 것의 틀어맨 머리카락 한가운데에 천을 세로로 걸친 머리 모양을 말한다. 이초가에시 자체는 소녀에서부터 스무 살 정도까지의 젊은 여자가 하는 머리 모양이지만, 기레텐진으로 하면 요염해지기 때문에 화류계의 여자라면 서른 정도까지는 보통 하고 다닌다.

고맙게도, 미시마야의 가게 앞은 밀치락달치락하는 손님들로 붐비고 있었다. 일전에 눈이 조금 내린 탓인지 목을 보온하는 목도리나 어깨 덮개를 찾는 손님이 여럿 보인다. 총괄대행수 야소스케가 지켜보는 가운데, 젊은 대행수나 행수들이 여러 가지 상품을 펼쳐 놓고 응대하고 있다. 이이치로의 모습이 보이지 않는다 했더니, 안쪽의 칸막이 그늘에서 품위 있는 노파와 젊은이 일행을 마주하며 정월용 예장품을 펼쳐 놓고 있었다.

"어서 오십시오, 오늘도 감사합니다. 연말이 다가왔네요. 마음에 드시는 물건이 있으면 모쪼록 편하게 찾아 주십시오."

웃는 얼굴로 인사를 던지면서 도미지로는 가게 앞을 둘러보았다. 색깔이 바랜 솜옷을 입고 자그마한 이초가에시에 감빛 천을 걸친 몸집이 작은 여자가, 구석에 설치한 작은 진열대 부근에 팔다 남아서 해를 넘긴 목도리를 몇 개나 펼쳐 놓고 살펴보는 모습이 눈에 들어왔다.

값이 나가는 어깨 덮개로는 그런 대담한 짓은 하지 않지만, 목도리나 두건은 그해의 간지干支를 수놓은 물건을 팔 때가 있다. 간지에 맞는 해가 아니면 의미가 없어지므로 다음 간지가 되면 포기하고 반값에 진열한다. 그러면 대개의 경우는 자신이 태어난 해의 간지가 수놓인 물건을 사려는 손님이 기뻐하며 사 간다.

기레텐진 여자도 그런 생각을 하고 있는 모양이다. 여러 목도리를 손에 들고 펼쳐 보기도 하고, 묶어 보거나 살짝 목에 둘러 본다.

목도리는 소재 단계부터 천을 짜거나 염색하는 고급은 물론, 달리 쓸 데가 없는 자투리 천을 이어 붙여 만드는 싸구려까지 폭넓게 있다. 게다가 이 작은 진열대에 진열한 상품은 할인하는 품목이다. 그래도 하나하나 목도리를 자세히 뜯어보고 감촉이나 목에 두른 느낌을 확인하는 기레텐진 여자의 옆얼굴은 그냥 즐거워 보이는 이상으로,

──행복해 보인다.

도미지로는 자연히 미소를 지었다.

다른 대행수나 행수들은 너무 바빠서 기레텐진 여자는 혼자다. 그렇다면 도미지로가 도울까 싶어 앞으로 나서려 했을 때, 다른 손님이 물러가서 뒷정리를 마친 사환 신타가 기레텐진 여자를 알아차렸다.

"어서 오십시오. 마음에 드신 목도리가 있으실까요?"

신타가 말을 걸자 기레텐진 여자는 눈을 가늘게 뜨더니 "어머

나, 실례할게요" 하며 생긋 웃었다. 뺨이 봉긋하게 둥글어진다.

"우리 어머니와 아이들에게 새 목도리를 사 주고 싶은데 전부 좋아 보여서 결정할 수가 없네요."

시원시원하고 따뜻한 목소리다. 남녀 불문하고 처음 보았을 때부터 느낌이 좋은 사람은 있는 법이고, 기레텐진 여자는 도미지로에게 그런 사람인 듯하다.

"그러십니까. 이거 고맙습니다."

신타는 정중하게 인사하고는 재빨리 움직여 우선 걸상을 찾아 진열대 옆에 기레텐진 여자를 앉혔다. 진열대에 있는 목도리를 얼른 살펴보더니 가까운 상품 선반에서 다른 목도리를 늘어놓은 판도 꺼내 왔다.

"여기 있는 목도리는 작년과 재작년의 간지가 자수되어 있어서 저렴한 가격으로 내놓고 있습니다. 지금 보여 드린 물건은 모양이 조금 특이하거나 색깔의 조합이 화려해서 꽤나 개성이 강한 물건이니, 맘에 드는 분이 골라 주시면 좋겠다 싶어 가격을 싸게 매겼지요."

후자의 물품에 대해서는, 도미지로도 몰랐다. 주머니를 꿰매는 작업장의 장長이기도 한 오타미는 가끔 대담하게 참신한 모양을 주문할 때가 있다. 그렇게 완성된 물건은 팔 만한 상품이 되지 않는 경우도 있다고 이이치로가 남몰래 투덜거리곤 했던 기억이 났다.

"자녀분들에게 주실 거라면 두건과 목도리가 한 쌍으로 되어 있는 물건도 있답니다."

신타가 차례차례 물건을 펼쳐 보이자 기레텐진 여자의 표정은 더욱더 밝아졌다.

"우리 아이들은 일곱 살과 여섯 살 연년생이에요. 위로 사내아이, 아래로 여자아이. 습자소에 다니는데 아침에는 추우니까, 목도리가 있으면 좋으려나 싶은데요."

"요즘 부쩍 추워졌으니까요. 여자아이에게는 여기 있는 물떼새 무늬가 어떠실까요? 파도에 물떼새 하면 여름 무늬지만, 이건 눈바탕 위에 물떼새를 곁들였습니다. 안쪽은 벤케이 격자두 가지 색깔의 실을 사용해 같은 굵기의 줄무늬를 바둑판 모양으로 교차시킨 것 명주로 지어서, 어느 쪽을 위로 해도 귀엽답니다. 사내아이에게는 여기 있는 이로하 문양히라가나 '이い', '로ろ', '하は' 글씨를 넣은 문양 같은 게 어떠실지요?"

매끄럽게 물건을 파는 신타는 '부쩍 추워진' 이른 아침에 도미지로와 서릿발 밟기 시합을 하며 놀았던 어린아이였는데 어느새,

──어엿한 어른이 되었네.

"어머님께 드릴 목도리도 필요하실까요?"

"네. 어머니라고 해도 시어머니지만요. 환갑이 가깝지만 아직 건강하시고 매일 아침 물건을 사들일 때는 어머니가 가야 한다며, 아들한테만 맡겨 둘 수 없다고 하세요."

우리 남편도 어머니한테는 꼼짝 못해요, 하며 여자는 웃는다.

"그렇다면 두 분이서 아직 깜깜할 때부터 나가시겠군요. 특별히 따뜻한 소재를 사용한 목도리가 좋을 것 같네요."

"네. 수건으로 머리에서 턱까지 감싸도 귀가 차가운가 봐요."

"그럼 두건도 같이 써 주시면 따뜻할 겁니다. 손님도 같이 일찍 일어나시지요? 같은 것으로 맞추시면 어떨까요?"

신타가 목도리며 두건을 더 펼치자,

"와아, 이런 것도 있네요."

기레텐진 여자의 웃는 얼굴이 빛난다. 그러다가 목 언저리에서 가볍게 양손을 모으고 허리를 굽히며,

"미안해요. 우리 집은 작은 백반집이라 원래 같으면 미시마야에서 파는 물건은 살 수도 없답니다. 하지만 1년에 몇 번 이렇게 값을 내려 주시니 그럴 때만 가게를 들여다보러 오지요."

비굴하지 않고 묘한 겸손도 없는 말투였다. 소박하기는 하지만 깔끔한 옷차림과 건강한 안색. 부지런한 시어머니를 모시며 백반집이라는 작은 장사에 어울리는 생활을 하는 부부와 아이들의 모습이 도미지로의 눈앞에 떠올랐다.

신타는 정좌한 채로 폴짝폴짝 뛰어오를 기세다. "1년에 몇 번이나 와 주시다니 단골이시군요. 고맙습니다!"

기레텐진 여자는 신타와 열심히 상의하다가 시어머니를 위해 두건을, 남편을 위해 폭이 넓은 목도리를, 두 아이를 위해 목도리를 골랐다. (결국 자신을 위해서는 아무것도 사지 않는 부분이 눈물이 났다.) 신타는 가지고 있던 주판을 튕기더니 계산대의 야소스케에게 간다. 신타의 이야기를 들은 야소스케가 주판의 알을 한두 번 움직여 값을 정하자 신타는 주판을 받들다시피 하며 여

자 곁으로 돌아갔다.

"어. 이 값이면 되나요? 사환님, 나중에 혼나지 않겠어요?"

여자가 몹시 걱정된다는 표정을 짓자 이번에야말로 하는 생각에 도미지로는 진열대 옆으로 다가갔다. 그러고는 슬쩍 신타 옆에 나란히 앉아, 한껏 좋은 목소리를 내어 인사했다.

"손님, 사 주셔서 고맙습니다. 이쪽은 저희 사환 신타라고 하는데, 혼자서 손님을 상대하여 이만큼 팔 수 있었던 건 처음이랍니다. 응, 그렇지?"

신타는 인형극의 인형처럼 고개를 끄덕였다.

"손님 덕분에 사환이 제 몫을 했으니 값은 이걸로 충분합니다. 바로 물건을 포장하겠습니다. 잠시만 기다려 주십시오."

신타는 두건과 목도리를 소중하게 들고 안쪽으로 들어갔다.

"아아, 기쁘네요. 오늘은 길일이에요."

웃는 얼굴도 역시 건강해 보인다. 어릴 때 볕에 많이 그을렸는지 눈 아래와 코 언저리에 겨자씨를 흩어 놓은 듯한 주근깨도 애교스러웠다.

"작년 초봄에 어머니와 가게를 들여다보러 왔을 때는 값비싼 물건밖에 없어서 엄두도 나지 않았어요. 하지만 어머니가 예쁜 주머니를 본 것만으로도 수명이 늘겠다며 좋아하셔서 기뻤지요."

도미지로는 마주 웃었다. 그러고 나서 약간 목소리를 낮추어 말을 이었다.

"만일 제 착각이라면 용서해 주십시오. 손님은 미시마야의 별난 괴담 자리 순번을 기다리는, 도안 씨의 손님이기도 하시지요?"

"아, 어떻게······."

몹시 솔직하게 놀란다.

"저는 도미지로라고 합니다. 미시마야의 둘째 아들로 별난 괴담 자리의 청자를 맡고 있지요. 손님, 부디 내일이든 모레든 좋으실 때에 와 주십시오."

지금의 자신에게는 이 사람의 이야기가 필요하다. 분명 편해지리라. 직감 이상의 강한 확신을 가지고 도미지로는 딱 잘라 말했다.

기레텐진 손님은 그로부터 이틀 뒤 오후에 이야기꾼으로서 미시마야를 찾아왔다.

이날은 머리를 자그마한 시마다마게로 묶은 채 기레텐진은 하지 않았다. 이유는 흑백의 방에서 차분하게 마주하자마자 알 수 있었다.

"무례하다고 여기실 수도 있지만 지금부터 말씀드릴 이야기와도 상관이 있어서요."

그렇게 말하고 대뜸 도미지로를 향하여 무릎걸음으로 다가오더니,

"평소 가게에 나가 있을 때는 머리에 수건을 쓰고, 길거리를 다닐 때는 그저께처럼 천을 걸쳐서······."

머리를 숙여 틀어 맨 머리카락의 한가운데 부분을 도미지로에게 보여 주었다.

"이게 보이지 않도록 하고 있어요."

묶은 머리카락 속에 또렷한 백발 가닥과, 익은 꽈리 열매 같은 붉은색 가닥과, 마치 까마귀의 젖은 날개 색 같은, 방금 갈아 놓은 극상의 먹처럼 윤기 도는 검은색 가닥이 지나간다.

언젠가 미인화를 연습하게 된다면 좀 더 맨살을 드러낸 인대미녀를 가까이에서 볼 일이 생길지도 모르지만, 아직 그런 경험이 없는 도미지로는 여자의 머리카락을 가까이서 관찰하기만 해도 두근거리고 만다.

"이, 이것은, 무, 물들여."

"이 색으로 물들인 건 아니에요."

얼굴을 들고 생긋 웃더니 여자가 말했다.

"앞으로 20년만 지나면 그대로 백발이 되어 버리겠지만, 지금 제 머리카락에 똑똑히 보이는 백발은 여덟 살 때 생겼어요. 다음에 붉은색 가닥이 생기고, 세 번째로 먹색 가닥이 생기고, 네 번째로는 금색 가닥이 생겼는데, 저랑 어머니가 산속 저택을 떠날 때 금색 머리카락만 깨끗이 사라져 버렸지요."

산속 저택. 그리고 모녀의 이야기인가 보다.

도미지로의 가슴은 기대로 부풀고, 요즘 항상 마음 한쪽을 차지하고 있던 응어리진 불안이 스윽 사라지는 듯했다.

"알겠습니다. 부디 이야기하기 쉬운 데서부터 시작해 주십시오."

 오늘의 이야기꾼을 위해서는 향기 좋은 호지차와 하얀 비단처럼 식감이 매끄러운 만주를 준비해 두었다. 덧붙여 말하자면 이 만주는 '눈토끼'라는 이름으로 팔리고 있는 우에노 이케노하타의 명과로, 하얀 만주에 토끼의 눈을 본뜬 빨간 점이 두 개 찍혀 있다. 노부부 둘이서 경영하는 작은 과자가게의 간판 상품으로 하루에 삼백 개밖에 만들지 않는다. 그리고 백 개째마다 빨간 점을 금색 점으로 바꾸는데 당첨된 손님은 복을 얻는다는 소문이 있다. 만주는 한 개씩 얇은 종이에 싸여 있어 막상 열어서 먹을 때까지는 점의 색깔을 알 수 없다는 점도 흥취가 있었다.

 여자에게 다과를 권하면서 도미지로는 별난 괴담 자리의 규칙을 설명했다. 이름이나 가게 이름, 지명 등은 가명이어도 상관없고, 덮어 두고 싶은 내용은 덮어 두어도 된다는 것. 이야기하다가 마음이 바뀌어 그만두고 싶어지면 언제든 중단해도 된다는 것.

 "저는 여기에서 들은 이야기를 결코 다른 곳에 흘리지 않습니다. 흑백의 방의 별난 괴담 자리는 듣고 버리고, 이야기하고 버리는 것이 특징이지요."

 완전히 익숙해진 소개말을 늘어놓는 도미지로를 강아지처럼 동그란 눈으로 지켜보던 이야기꾼 여자가 어깨 높이로 가볍게 손을 들었다.

 "여쭤보아도 될까요?"

 "예, 말씀하시지요."

"여기에서 하는 이야기는 그만큼 엄중하게 봉해진다는 말인데……. 그렇다면 다른 곳에서 말한 적이 있는 이야기는 안 되는 걸까요?"

다른 곳에서 이미 말해 버린 이야기?

"다른 괴담 자리에서, 라는 뜻일까요?"

여자는 당치도 않다는 듯이 손을 팔랑팔랑 흔들었다.

"아니요, 아니요, 그런 요란스러운 장소는 아니에요. 우리 남편이나 어머니…… 시어머니인데, 그리고 아이들이에요. 아이한테는 슬쩍 요점만 이야기했지만요."

하아아. 도미지로는 입을 반쯤 벌린 채 얼어붙었다.

지금까지 흑백의 방에 앉은 이야기꾼들은 대부분의 경우, 그 이야기를 은밀하게 가슴속에 봉인한 사람들이었다. 무서운 이야기, 불길한 이야기가 아니더라도 가볍게 다른 사람한테 들려줄 수는 없는, 가족이라면 더욱 말하기 힘든, 그런 이야기를 짊어지고 있던 사람들이 이곳에서 짐을 내려놓고 갔다.

——가족에게 먼저 이야기해 버렸다니.

"으~음, 그러면."

막연한 몸짓이 아니라 도미지로는 진심으로 팔짱을 끼며 심각한 얼굴이 되었다.

"반대로 여쭙겠습니다. 가족에게 들려줄 수 있을 만한 이야기라면, 굳이 저희 별난 괴담 자리를 고르실 필요는 없지 않습니까. 꽤 오래 순번을 기다리셨다고 들었는데요."

그러자 여자의 눈이 데구르르 움직이고 장난스러운 웃음을 띠었다.

"남편이나 시어머니만 상대하면 재미없잖아요."

"재미없다……."

"저희 손님 중에 노래며 샤미센이며 춤이며, 이것저것 배우는 사람들은 입을 모아 말한답니다. 집 안에서만 보여 주면 연습에 힘쓰는 보람이 없다. 가끔은 발표회나 피로회를 해서 모르는 사람에게도 보여 주어야 의욕이 난다고요."

도미지로는 다물고 있던 입을 딱 벌렸다. 이번에는 완전히 벌어져서 턱이 툭 내려간 느낌이다.

──발표회란 말이지.

"미시마야는 지금까지 많은 이야기를 들어 와서 귀가 높아지셨겠지요. 그런 분이 제 이야기를 얼마나 재미있어해 주실지, 시험해 보고 싶다는 기분도 있어요."

그렇게 말하며 여자는 어떠냐고 묻는 표정이 되었다.

"……그러면, 안 될까요?"

완전히 벌어진 입을 억지로 다물어 원래대로 돌린 김에, 도미지로는 웃음을 터뜨리고 말았다. 이런 이야기꾼은 처음이다. 쾌활하고 좋지 않은가. 마음고생이 이어지던 올해 연말의 응어리를 풀어 줄 것 같다.

역시 초대하길 잘했다.

"아니요, 조금도 안 될 것 없습니다."

싱글벙글 웃으며 말하고, 도미지로는 자신의 귓불을 잡아당겨 보였다.

"지금까지 단련한 이 귀로 손님의 발표회 구경꾼을 맡도록 하지요. 감동하게 되면 관객석에서 소리를 지르겠습니다."

도미지로의 말에 여자는 깔깔 웃었다.

"그럼 삼가 말씀드리도록 하겠습니다." 무릎 위에 손을 가지런히 놓고 한 번 절을 한다.

"저는 시골 사람이고 지금은 백반집의 안주인이라, 그날 벌어 그날 먹고살 궁리를 해야 하는 몸입니다. 미시마야의 귀에는 더럽게 느껴지는 말이나 쩨쩨한 이야기가 나올지도 몰라요. 양해해 주세요."

도미지로도 마주 인사했다. "제 이름은 도미지로, 이 집의 둘째 아들입니다. 후계자 작은 나리가 아니라 보잘것없는 도련님이지만, 부디 잘 부탁드립니다."

늘 하는 인사말이지만 여자는 즐거운 듯이 한두 번 고개를 끄덕이고는 말했다.

"그저께, 그 사환도 말하더군요. 매일 아침 함께 바깥 비질 청소를 하고 계신다고요. 그래서 도련님은 그날의 추위와 더위를 누구보다 먼저 알고, 가장 눈에 띄는 가게 앞에 진열할 상품을 고를 수 있다고."

신타 녀석, 손님을 상대로 그런 자랑을 하고 있었나.

"인사가 늦었는데 저는 하쓰요라고 합니다. 나이는 정월이면 스물여덟이 되지요."

지금부터 할 이야기는 딱 20년 전에 있었던 일이다.

"제 어머니——친어머니의 이름은 마쓰에라고 해요. 이 이야기 속에서는 벌써 삼십대고, 아이가 다섯 있었어요. 모두 제 위의 언니 오라비들이고 저는 막내랍니다."

이야기하면서 가슴에 손을 댄다.

"아버지의 이름은 요시조라고 해요. 어머니 마쓰에와는 동갑이고 딸인 제가 말씀드리려니 조금 그렇지만 실력이 좋은 목공 세공 직인이었습니다."

거기에서 하쓰요의 눈이 약간 허공을 헤맸다.

"우리가 살던 마을은…… 그러니까."

"장소는 대략적으로만 말씀하셔도 됩니다."

도미지로의 조언에 하쓰요가 가볍게 고개를 끄덕인다.

"마부치무라馬淵村라는 이름이었습니다. 고슈 북쪽의, 산속 깊은 곳이었어요. 노인에서부터 젊은 사람까지 직인이 일고여덟 명 있고, 각자 가족이나 제자가 있어서 꽤 큰 집락이었지요."

귀로 듣기만 해서는 다 파악할 수 없어서 한자를 가르쳐 달라고 하여 머릿속에서 써 본다.

"그렇군요. 주로 어떤 물품을 만들고 있었나요?"

"공기나 주발 같은 그릇, 절굿공이라든가 밀방망이 같은 도구까지, 생활 속에서 사용하는 도구라면 무엇이든 대강 만들 수 있는 직인들이었어요."

다만 이 직인들에게 가장 소중하고 큰 벌이가 되는 세공물이라면,

"누에 님의 침상이 되는 나무틀이었습니다."

고슈 지방은 양잠이 활발하다. 비단실을 토해 주는 누에를 '누에 님'이라고 존경을 담아 부르며 소중하게 기른다.

"누에 님이 충분히 자라면 사방 세 치 정도 크기의 나무틀에 한 마리씩 넣어요. 그러면 그 안에서 고치를 만들고 쉬시거든요."

마부치무라 마을 목공 직인들의 특기는 이 작은 나무틀을 조합하여 다다미 반 장 정도의 중틀로 만들고, 다시 몇 개나 세로로 늘어놓아 넣을 수 있는 대틀을 만드는 것이었다.

"대략 스물에서 서른 개 정도의 중틀을 세워 둘 수 있는 대틀인데요. 아래에 굴림대가 달려 있어서 볕과 바람이 잘 들고 따뜻한 곳으로 마음대로 굴려 움직일 수 있어요. 아주 조용히 굴러가기 때문에 소리도 나지 않고, 물론 누에 님의 고치가 상하는 일도 없지요."

다다미 반 장 정도의 중틀에는 각각 손잡이가 달려 있어서, 잡아당겨 꺼내면 고치의 상태를 볼 수도 있다.

"호오…… 그런 대틀 이야기는 처음 들었습니다."

도미지로가 각 지방의 평판기나 풍토기에서 읽은 바에 따르면 고슈의 양잠은 종종 큰 집의 지붕 아래에서 이루어진다고 한다. 그 편이 따뜻한 온도를 유지하기 쉽기 때문이다.

"마부치무라 마을이 있던 고슈 북쪽 지방은 어쨌거나 산이 많

앉기 때문에, 억새지붕을 인 커다란 집을 짓기 어려운 경우에는 사람의 집과는 별도로 누에 님을 위한 작은 집을 짓고, 그 안에 대틀을 두어 보살피는 형태가 많았어요."

과연, 들어 보지 않으면 모르는 일도 있는 법이다.

"하쓰요 씨의 이름도 그렇지만, 아버지도 어머니도 훌륭한 이름을 가지고 계시네요. 오라버니나 언니들도 그렇습니까?"

"훌륭한지 어떤지는 모르겠지만 모두 한자 이름으로, 이쿠마쓰, 데라이치, 미요시, 사사나기라고 해요."

예상했던 것 이상으로 품격 있는, 그리고 조금 특이한 이름이다.

"누에 님의 침상을 만드는 직인이 그 지역에서는 훌륭한 일에 종사한다는 의미가 담긴 존경을 받고 있었기 때문이겠지요?"

도미지로의 물음에 하쓰요는 놀란 표정을 지었다.

"도련님은 아시는 게 많군요."

확실히, 마부치무라 마을 직인들은 아기가 태어나면 산신을 모시는 신사의 샘물에서 첫 목욕물을 얻고, 신관을 통해 신탁을 받아 아기의 이름을 붙이는 풍습이 있었다고 한다.

"신관님은 산주山主…… 다른 지방에서는 지주나 나누시에 해당하려나. 그 지방에서는 영주님보다도 오래된 가문의 당주가 맡고 있는데 학식도 풍부하고 권위도 대단했다고 해요."

크게 납득하며 도미지로는 감탄했다.

"우선 누에 님이 산신께서 주신 선물이고, 산신의 사자使者이기도 하니까요. 누에 님의 집을 만드는 직인은 태어났을 때부터 산신의 가호를 받고, 그 곁에서 모신다는 뜻이겠지요."

에도라는 도시에서 태어나고 자라 상가 생활밖에 모르는 도미지로의 입장에서 보면 아마도 평생 만날 일은 없겠지만 부러운 기분도 들고 한편으로 측은하게 느껴지기도 한다.

"그래도 일상생활 속에서는 아무도 잘난 척을 하지 않았어요. 다른 도구를 만드는 일거리도 있었고, 누에 님의 침상인 대틀은 고치에서 실을 뽑고 나면 쓸모가 없어지니까요."

새 누에 님을 위해서는 또 새로운 대틀을 만든다.

"낡은 틀은 분해하고 조합하여 큰 틀로는 책상이나 재봉 상자, 작은 틀로는 서찰함이나 문고文庫(자잘한 물건이나 책을 넣는 상자)를 만들었어요. 우리가 가까운 역참마을까지 짊어지고 가서 팔거나 고물상에게 넘겼지요."

하쓰요의 아버지는 다리가 튼튼하여 산길을 오가는 데 다른 남자들의 절반밖에 안 걸렸기 때문에, 종종 역참마을에 장사를 하러 갔다. 벌이가 생기면 선물로 경단이나 만주를 사다 주어서 기다리는 즐거움이 있었다.

"어머니 마쓰에는 마부치무라 마을 남쪽으로 산 두 개만큼 떨어진 곳에서 태어났는데."

친정도 양잠이 생업이었지만 마부치무라 마을보다는 훨씬 가난한 한촌이었기 때문에,

"시집을 오니 통통하게 살이 쪄서, 아이는 다섯 모두 쑥쑥 순산

했대요. 저희 할머니, 그러니까 어머니한테는 시어머니에 해당하는 할머니가 자주 우스갯소리로 이야기하곤 했어요."

──이렇게 뻔뻔스러운 며느리도 별로 없지.

"어머니와 시어머니는 사이가 좋았어요. 시어머니는 시아버지와 일찍 사별하고 여자 몸으로 두려움 없이 산을 돌아다니며 아버지를 필두로 세 아들을 키워 낸 여장부였지요."

당사자인 시어머니 또한 토실토실했다고 한다.

"산간 마을 사람들이 모두 풍족하게 먹으며 지냈다는 건 꽤나 드문 이야기네요."

"역시 그런가요? 지금 이렇게 하루하루 벌어먹는 장사로 먹고 살다 보면, 정말로 고향은 풍요로웠다는 생각이 들어요."

하쓰요는 그렇게 말하며 자신의 뺨에 손을 댔다.

"마을에서는 쌀은 나지 않았지만, 나무들을 판 돈으로 누에 님을 키우는 다른 마을에서 살 수는 있었어요. 거래를 하기 위해 석 달에 한 번 정도는 시루시반텐옷깃이나 등에 옥호, 가문 등을 표시한 한텐을 입은 남자들이 짐수레에 싣고 가져다주러 왔답니다. 좁은 산길이니 몹시 힘들었을 거예요."

마을의 밭에서 잡곡 정도는 수확했고 숲에는 나무 열매가 풍부했다.

"새나 너구리, 사슴 고기도 자주 먹었어요. 닭이나 오리는 놓아 기르며 알도 얻었고요. 그걸 돌보는 건 아이들의 일이었는데."

하쓰요는 아련한 눈이 되어 옛날을 그리워하고 있다. 도미지로도 가끔의 울음소리와 목공 직인들이 휘두르는 나무망치나 톱 소리가 시끌벅적한 산간 마을의 정경을 잠시 떠올렸다.

"마을의 풍요로움도 산신과 연관이 있었어요."

산속 마을이라고는 생각하기 어려운 풍요로운 생활은 산속이기 때문에 받을 수 있는 가호 덕분이었으리라.

"우리 가족 여덟 명은 고뿔이나 배앓이, 소소하게 베인 상처나 타박상 정도의 부상은 있었지만 대체로 건강하게 살았거든요. 마부치무라 마을 직인들이 만드는 나무틀의 평판도 좋았고 돌림병도 없어서 정말 평온하고 즐거운 매일이었지요."

물론 깊은 산속이니까 위험한 일이 전혀 없을 순 없었다. 곰이나 들개가 마을을 위협한 적도 있고, 지진으로 산길이 막혀 몇 달이나 다른 마을과 왕래하지 못하는 일도 있었다.

"저는 세 살 무렵이어서 거의 기억이 나지 않지만 쌀과 기름이 떨어질까 봐 모두 식은땀을 흘렸대요."

얼마 전에 쌀 정도가 아니라 마을을 습격하는 산적 이야기를 들었던 도미지로가 물었다.

"마부치무라 마을이 풍요롭다는 사실을 알고 도적들이 노렸을 법도 한데요."

그러자 하쓰요의 눈빛이 약간 흔들렸다. 질문이 거북했다기보다 당혹스러운 모양이다.

"도적……은 아니었지만요."

생각하며 말을 고르고 있다.

"소중한 것을 도둑맞은…… 맞았을지도 몰라요."

하쓰요의 당혹이 커져 간다. 도미지로는 곧 사과했다.

"죄송합니다. 말허리를 끊어 버린 것 같네요."

"아니요, 괜찮아요, 괜찮아요."

하쓰요도 당황하며 도미지로의 사죄를 물리친다.

"대단한 일은 아니에요. 다만 꼴사납다고 할까 부끄럽다고 할까."

실제로 하쓰요의 얼굴에는 씁쓸한 웃음이 떠올랐다. 한 번 숨을 쉬어 씁쓸함을 토해 내고는 말을 이었다.

"마을에서 제일 실력 좋은 직인──직인 우두머리라고 할까요, 그 사람에게는 아들이 둘 있었어요. 형 쪽은 아버지를 닮아 손재주가 좋고 세공물에 재능도 있었지요."

동생 쪽은 몸집이 작고 말랐던 형보다 체격이 좋아서 힘 쓰는 일도 척척 해냈다.

"형은 미남이었어요. 콧날이 반듯하고 눈썹이 모양 좋게 나 있고 눈꼬리가 위로 올라가 있고요. 동생 쪽은, 뭐랄까……."

곰 같았다고 한다.

"털이 많고 뼈대가 굵고."

도미지로는 진지하게 생각했다. "도시에서라면 물론 형 쪽이 여자들에게 인기가 많겠지요. 하지만 산간마을에서는 미덥지 못하다고 싫어하는 경우도 있었겠네요."

하쓰요의 눈이 확 커졌다. "맞아요! 그때까지는 아무도 형 쪽만 칭찬하거나, 형제를 비교하면서 동생을 깎아내리거나 하지는 않았어요. 마을 여자아이들은 물론이고 아무도 그런 생각을 한 적 없었지요."

'그때'란.

"마을의 세공물을 가장 많이 사들여 주던, 성에도 납품하는 세공물 거간꾼이 있었는데요. 으음……."

하쓰요가 말을 망설인다.

"가명이 필요하신지요?"

"아니요." 단호하게 고개를 가로저으며 말했다. "이모토야 그대로가 좋겠어요."

그대로라는 말은 가게의 본래 이름이라는 뜻이다.

"지금도 가게는 제대로 있다고 하지만 이 이야기는 먼 조상 때 일이니 신경 쓰지 않으셔도 되겠지요."

음. 도미지로는 약간 신경이 쓰였다.

하쓰요는 정월이면 스물여덟 살이 되고, 지금 들려주는 사연은 20년 전, 일곱 살이나 여덟 살 정도일 때 일어난 일이라고 한다. 그렇다면 이모토야라는 거간꾼뿐만 아니라 이야기에 등장하는 사람들을 '먼 조상'이라고 하기에는 무리가 있다.

하지만 지금 되물으면 또 하쓰요가 천천히 노를 젓기 시작한 흐름이 흐트러지겠지. 잠자코 귀를 기울이자.

"그 이모토야에 미인으로 유명한 딸이 있었어요. 이름도 아름다워서 가초花蝶 씨였지요."

도미지로는 저도 모르게 웃었다. "기생 이름 같네요."

"그렇지요." 하쓰요도 밝게 웃는다. "다만 정말로 옛날이야기에 나오는 천녀天女 같은 미녀였어요. 어쨌거나 성에 들어가 오쿠니사마お国様가 될 참이었으니까요."

번주藩主의 측실을 말한다. 영주 가의 정실은 에도를 떠나는 일이 없다. 지방의 영지에 살며 번주의 두 번째(또는 세 번째이거나 그 이상) 아내의 역할을 하는 여인을 '오쿠니사마'라고 부른다. 그 호칭이 존칭이 될지, 공포와 증오가 담긴 멸칭이 될지는, 오쿠니사마의 마음가짐과 행동에 달려 있다.

"이모토야도 미인인 딸을 매우 자랑스럽게 여겨서, 잔뜩 꾸며 가게 앞에 내보내거나 에조시를 몇 장이건 찍어 광고지 대신 뿌리곤 했지요. 그게 영주님의 눈에 들어 가초 씨는 성에서 봄에 열리는 노래 대회인지 춤 대회인지에 불려 나갔고."

첫눈에 반한 번주는 가초를 우선 번의 오래된 가문이기도 한 조다이가로城代家老 에도 시대에 성을 가진 영주가 두었던 가신. 영주가 부재중일 때 성을 지키며 일체의 정무를 맡아 하였다에 양녀로 들여 적당한 신분을 주고, 무가의 예법을 대강 몸에 익히면 성 안으로 맞아들이려고 했다.

"그때 가초 씨는 몇 살이었나요?"

"아마 열다섯인가 열여섯이었을 거예요. 영주님은 서른 중반 정도였을까요."

영주 가의 주인쯤 되면 마음대로 굴 수 있구나 하고, 도미지로는 쓸데없는 생각을 얼핏 했다.

"하지만 양녀로 간 지 반년도 지나지 않아서 가초 씨는 이모토야로 돌려보내지고 말았어요."

"뭔가 문제가 있었을까요?"

"네. 조다이 님의 마님과 성의 안채를 관리하는 고참 하녀――주름투성이 할머니였다고 하는데, 두 사람이 엄청나게 반대해서 가초 씨가 성으로 들어가는 일이 취소되었대요."

특히 성의 오쓰보네お局 대궐 내의 칸막이가 있는 방. 또는 그런 방을 가지고 있을 정도로 중요한 위치에 있는 여성에 대한 경칭가 반대할 경우 거스르기 어려운 모양이다.

――이 여자는 이미 순진한 처녀가 아니다. 성미가 영간佞奸하고 탐람貪婪하여 엄히 멀리해야 하는 마성魔性의 존재다.

"……라고 말했다더군요. 한자는 어려워서 저는 지금도 뜻을 잘 모르겠지만요."

다시 한번 천천히 말해 달라고 하고 나서 도미지로도 천천히 해설했다.

"영간이란 교활하고 속마음이 사악하다는 뜻입니다. 탐람이란 만사에 탐욕스럽고 욕심이 많다는 뜻이지요."

열대여섯 살밖에 안 된 상가의 규중 처자에게 너무 심한 악담이 아닌가. 특히 '이미 순진한 처녀가 아니다'라는 대목에서는 흠칫했다.

"그렇다고 해도 오쓰보네 님이 내뱉은 그런 엄한 평가를 당신은 용케 아셨군요."

하쓰요는 주근깨가 흩어진 코 언저리에 주름을 지었다.

"본인이 자랑스럽게 입에 담았으니 금세 소문이 나서 우리 귀에도 들어왔거든요."

"본인이라면……."

"가초 씨. 마부치무라 마을로 시집오고 나서 말이에요."

성의 안채로 들어가는 일이 취소된 후, 소문을 꺼린 이모토야의 조치로 가초는 잠시 동안 영지 내의 비구니 절에 몸을 숨기고 있었다.

"그 절도 비구니 스님들이 누에 님을 키우기 때문에 마부치무라 마을의 나무틀을 사용하고 있었거든요."

비구니 절에서 사는 동안 양잠을 돕게 된 가초는, 자신의 본가에서 장사로 취급하고 있던 나무틀을 오히려 그때 처음 접하게 되었다고 한다.

"게다가 그 절은 성하마을에 있는 이모토야보다도 산속에 있는 마부치무라 마을 쪽이 훨씬 가까워서."

이모토야를 통하지 않고 마부치무라 마을의 누군가가 직접 나무틀을 싣고 가 거래를 하곤 했다.

"그래서 만나 버린 거지요."

직인 우두머리의 아들들, 형제가.

그러면 안 되지만 도미지로는 조금 두근거렸다. "여기서부터는 형을 다로, 동생을 지로라고 부를까요?"

"네. 진짜 이름하고도 비슷하고, 외우기 쉬워서 좋네요."

하쓰요가 웃었다. 하지만 눈동자 안쪽에, 바늘 머리보다도 작지만 지금까지는 보이지 않았던 딱딱한 빛이 있다.
"실은 처음이 지로 씨고 다로 씨는 두 번째였다는 소문도 있었지만, 어느 쪽이 먼저든 마찬가지예요."
마부치무라 마을의 형제는 똑같이 매료되고 말았다. 이미 순진한 처녀가 아니고, 속마음이 사악하고 욕심이 많고, 천녀처럼 아름다운 젊은 여자에게.
"안 그래도 도시에서 자란 여자는 산속 마을 사람 눈에는 모두 천녀처럼 보였는걸요."
거기다 수수한 비구니들 사이에 섞여 있으니 가초의 미모가 더욱 돋보였는지도 모른다.
"보통 같으면 다로 씨와 지로 씨가 아무리 가초 씨에게 열을 올려도 도저히 맺어질 만한 혼담이 아니지요. 하지만 가초 씨는 한번 최고의 인연을 붙잡으려다 실패했으니까요."
"성미가 영간하다는 비난까지 받고 말이지요."
"맞아요, 맞아요. 금란단자金襴緞子로 치장하기는커녕, 탐람하다는 꾸짖음을 듣고."
"멋진 말장난이네요."
"이것도 가초 씨 본인이 말했대요. 술을 마시면서, 재미있다는 듯이 웃으면서."
가초를 사랑하고 자랑스럽게 여겼던 만큼 호된 실패 후에 사랑하는 딸을 어떻게 다루어야 할지 모르게 된 이모토야는, 마부치무라 마을의 직인 우두머리 아들들이 가초를 아내로 원한다는 말에 덩실거리며 기뻐했다.

"두말없이 허락하고 혼담이 결정되자마자 지참금도 듬뿍 주었다고 했어요."

집안의 서열을 중시하는 직인 우두머리는 가초의 혼담 상대로 장남 다로를 골랐다. 물론 지로는 화를 냈지만 이내 가초 본인이 다로에게 시집가기를 바라고 있다는 사실을 알고는 입술을 깨물며 물러날 수밖에 없었다.

"가초 씨는 미남을 골랐군요."

"뭐, 순번으로는요."

하쓰요의 말투에 작은 가시가 섞이고 눈동자 속 딱딱한 빛이 강해졌다.

가초의 혼인이 결정되자 마부치무라 마을은 갑자기 소란스러워졌다.

"직인 우두머리의 집에서 며느리를 맞이하기 위해 이런저런 준비를 하는 건 이해가 가지만, 그 정도가 아니었어요."

험한 산길을 넘어 마을에는 끊임없이 여러 직인들이 찾아왔다. 목수, 미장이, 우물 파는 이, 실 잣는 이나 베틀을 만드는 직인.

"다로 씨와 가초 씨를 위해 새 집을 짓거나, 새 우물을 파거나, 가초 씨가 베 짜는 집이 필요하니 땅을 개간한다면서."

이참에 경작지를 늘리고 새 밭에서 고구마나 뿌리채소를 키울 수 있도록 모종 상인까지 데려와 주기도 했다.

"전부 이모토야의 조치였나요?"

"네. 역시 가초 씨가 소중했겠지요. 마부치무라 마을에서 딸이 소중히 여겨지도록, 미움받지 않도록 우리 마을 사람들에게 뇌물을 듬뿍 준 것이나 마찬가지예요."

직인들이 편히 다닐 수 있게 근처의 커다란 역참마을과 마부치무라 마을을 잇는 산길을 손질하고 무너지기 쉬운 곳은 흙을 다지고 돌을 깔아 포장한 덕택에 말이나 짐수레가 훨씬 다니기 쉬워지고 대개의 비나 눈에는 견디게 된 부분은 수수하지만 고마운 일이었다.

"아, 맞다, 짐수레의 수도 늘었고 말도 세 마리 데려와 주었지요. 추위와 산길에 강한 말이라는데 털이 터부룩했어요. 정식으로 마구간도 지어 주었고요."

모든 준비가 끝나고 때는 5월 중순, 산속 녹음이 짙고 꽃이 화려하고 맑은 물이 떨어지고 청정한 바람이 숲을 지나갈 무렵, 가초는 마부치무라 마을로 시집을 왔다.

"전혀 차려입지 않아서 깜짝 놀랐어요. 짚신을 신고 각반도 하고 제대로 자기 발로 걸어서 마을로 들어왔지요."

하지만 도시에서 온 아름다운 처자 뒤에는 혼수용품을 실은 짐수레나 고리짝과 나무상자를 짊어진 인부들, 마을에서 가초를 모실 하녀나 하인들이 줄지어 있었다.

"가초 씨는 자기 일용품도 가져왔지만 나무상자에 든 물건은 거의 우리 마을 사람들에게 줄 선물이었어요."

땅바닥을 기어다니며 일하는 마부치무라 마을 여자들에게 천녀가 옷이나 머리 장식, 화장에 사용하는 분과 연지 등을 내려 주었다.

"비구니 절에 살면서 세간의 관심을 식히는 동안, 가초 씨는 열여덟 살이 되어 있었어요. 저희 큰오라버니가 열여섯이고요. 막내인 저는 일곱 살이었지만 가까이에서 가초 씨의 모습을 보고 나서 족히 사흘 정도는 넋이 나가 있던 오라버니가 똑똑히 기억나요."

가초는 우선 손님으로서, 이모토야가 딸을 위해 지은 새 집에 자리를 잡았다.

"마을에서 딱 한 채, 불을 땔 수 있는 목욕통이 딸린 집이었어요. 촌장님은 물론이고 산주님의 저택에도 그런 건 없었는데."

하녀와 하인들이 보살펴 주는 가운데 새 집 생활을 시작하며 가초는 여행의 피로를 풀었다. 그동안에 산 하나와 큰 강 하나를 넘어 혼례의 입회인이 될 산주가 마부치무라 마을을 찾아왔다.

"벌써 연세가 많으셨으니 오는 길만으로도 힘드셨을 거예요."

"이모토야의 주인과 안주인은 사랑하는 딸을 따라오지 않았습니까?"

하쓰요는 고개를 끄덕였다. "오지 않아도 되도록 산주에게 맡긴 거예요. 돈도 두둑이 주었을 거고요. 이모토야의 입장에서 귀여운 딸이라고 해도 세간에서 보자면 성에 들어가지 못했을 뿐만 아니라 영주님의 엄청난 노여움을 산 불효막심한 딸이니까요."

산속 깊은 곳에 있는 마부치무라 마을에 가두고, 조용히 살기를 바라는 한편으로 모쪼록 행복하게, 가능한 한 편하게 살아 주었으면 해서 돈을 쓰고 일손을 들여 딸을 위해 도움이 될 만한 것은 전부 만들었다. 더 이상 손을 댈 수는 없을 정도로.

"산주가 오고 나서 드디어 다로 씨와 혼례를 올리게 되었는데."

이 또한 큰 소동이었다며 하쓰요는 웃었다.

"마을 전체의 잔치였는데, 아니 세상에, 그때 먹은 음식이 얼마나 맛있던지! 지금 떠올려도 침이 나올 것 같아요."

하쓰요는 손가락으로 입가를 눌러 보였다.

"가초 씨의 시중을 드는 사람 중에는 요리사도 있었어요. 어린 저는 요리를 먹고만 있었지만, 언니나 어머니는 성하마을 요리사의 칼 솜씨를 구경하러 가서 꽤 즐긴 것 같더라고요."

평소라면 맛있는 음식 이야기에 끌렸을 테지만 오늘은 조금 상황이 다르다. 도미지로는 묻지 않을 수 없었다.

"가초 씨의 신부 차림은 참으로 아름다웠겠지요."

음식 맛을 떠올리며 빛났던 하쓰요의 얼굴에 문득 그림자가 드리웠다.

"이 세상 사람이라고는 생각되지 않을 정도로."

마성의 존재가 지닌 아름다움이었다——.

"할머니 하녀의 눈이 올바르게 꿰뚫어 보았던 거예요. 보는 눈이 없었기 때문에 우리 마을은 호된 꼴을 당하게 되었지만요."

사실 가초가 마부치무라 마을에서 산 기간은 고작해야 1년 하고 일곱 달에 지나지 않았다.

"너무 여러 가지 일이 있었기 때문에 길게 느껴졌지만 겨우 그 정도였어요."

하쓰요가 살짝 아랫입술을 깨문다. 그 열아홉 달 사이에 무언가 할 수 없었을까——하고 생각하는 것이리라. 도미지로는 이야기꾼들의 이런 표정을 벌써 몇 번이나 보아 왔다. 포기할 수 없는 후회를 곱씹는 얼굴을.

"막상 다로 씨의 아내가 되자."

가초는 아무것도 하지 않았다고 한다.

"말 그대로, 정말로 아무것도."

굳이 말하자면 매일 '편안하게 지낼' 뿐이었다.

"집안일도, 남편의 시중을 드는 일도?"

"친정에서 데려온 하녀들에게만 맡겼어요."

"베를 짜는 일은 어떻게 되었습니까? 일부러 베 짜는 집까지 지어 주었는데."

하쓰요는 가볍게 어깨를 으쓱이며 말했다. "베 짜는 집 근처에 가는 일조차 없었어요. 하지만 안에는 훌륭한 베틀과 얼레가 두 대씩 있고 당장이라도 사용할 수 있는 상태였기 때문에."

마을 여자들이 아깝다며 어깨너머로 배워서 베틀을 움직여 보았다.

"마을에는 대<sub>筬</sub> 같은 것은 달려 있지 않은 조잡한 베틀밖에 없었던 터라 모두 당황했지요."

이윽고 촌장의 아내가 연줄을 더듬어 제대로 된 베 짜기를 가르칠 만한 사람을 초대했다.

"우리 둘째 언니 같은 젊은 여자들이 모여 반년쯤 배웠으려나요. 가르치는 사람이 실력이 좋았는지, 우리 언니는 비교적 금방 솜씨가 좋아져서 1년쯤 지나니 견직물까지 짤 수 있게 되었어요."

실은 나무틀을 사 주는 양잠집이나 비단실, 무명실을 취급하는 거간꾼에게서 사들였다. 처음에는 염색한 실만 샀지만 베 짜는 실력이 좋아지자 좋아하는 색깔의 실을 직접 만들고 싶다는 욕심도 생겨서,

"이번에는 초목 염색을 시작했어요. 처음에는 선생님을 불러서 배웠지요."

도미지로는 감탄했다. 새 베틀과 얼레라는 '도구'에 이끌려 새로운 기술을 익혀 나간다. 마부치무라 마을 사람들은 얼마나 건전하고 부지런한가.

"그런 와중에도 가초 씨는."

마을 남쪽의 볕이 잘 드는 곳에 이모토야가 딸 부부를 위해 지은 새로운 집——통칭 '이모토야 저택' 안채에 틀어박혀 편안하게 지낼 뿐이었다.

"옷을 입은 채 아무 데나 쓰러져 자고, 침상에 술이며 호사스러운 안주를 들여서 대낮부터 마시고, 또 자고 깨고."

새빨간 속옷이나 벚꽃 꽃잎을 물들인 연한 붉은색의 속치마 같은, 단정치 못한 차림새로 세월을 보내고 있었다.

"어떻게 알았느냐 하면, 가초 씨는 그 모습으로 아무렇지도 않게 툇마루나 우물가까지 나오는 사람이었으니까요."

엄청나게 흐트러진 옷차림을 한 천녀다.

"거기에 질리면 가끔은 금을 타거나, 시집올 때 실어들인 많은 옷이며 띠를 펼쳐 놓고 차례차례 옷을 갈아입으며 애교를 부리거나……."

"누구한테 말입니까?"

도미지로가 묻자 하쓰요는 데구르르 눈을 움직인다.

"처음에는 다로 씨가 상대였어요."

낮술도 미식도 변덕스러운 치장도 금을 튕기는 것도.

"다로 씨도 완전히 흐물흐물해져서 차마 눈 뜨고 못 볼 만큼 가초 씨라면 사족을 못 쓰고 일 따위는 내팽개친 것 같았어요."

뭐, 첫눈에 반한 천녀 같은 아내를 얻은 직후이고, 아내는 마부치무라 마을을 1년쯤은 넉넉하게 먹여 살리고도 남을 지참금을 주었으니 보름 정도는 관대하게 봐주자. 아버지이자 시아버지인 직인 우두머리도 처음에는 그렇게 생각했다.

"하지만 보름은 고사하고 한 달이 지나도 다로 씨는 여전히 흐물흐물했어요."

젊은 부부이니 침소에 틀어박혀 쿨쿨 잠만 자지 않는다. 당연히 규방의 일을 한다.

"도가 지나쳤겠지요. 다로 씨는 야위기 시작하더니 점점 죽은 사람 같은 안색이 되어 갔어요."

지금까지 느긋하게 듣던 도미지로도 가슴에 불쾌한 안개가 끼었다.

"그렇군요, 가초 씨는 상당히 다정했나 보네요."

하쓰요는 '다정'이라는 말이 걸렸는지 그렇게 말해도 되나 고민하는 듯한 눈으로 잠시 생각에 잠겼다.

"우리 어머니는, 그쪽으로는 천녀가 아니라 요괴라고 했어요."

──다로 씨가 엄청난 아내를 얻어 버렸어.

"그 부분은 훨씬 일찍, 훨씬 절실하게 직인 우두머리 부부도 느끼고 있어서."

이 정도로 야위었다면 폐병일지도 모른다고 주장하며 다로를 가초와 떼어 놓았다. 가초는 달라붙는 기색도 없이 남편과 떨어졌지만 혼자 잘 생각 따위는 없었다.

"으음, 순번으로 말이지요."

동생인 지로 차례였다. 여기에서 '순번'이라는 말이 중요하다.

"가초 씨만 잘못이 아니라, 지로 씨 쪽도 줄곧 형수를 노리고 있었던 거예요──불쾌한 이야기라 죄송합니다."

사과하는 하쓰요를 손으로 가볍게 제지하고 도미지로는 호지차를 뜨겁게 새로 끓였다. 하쓰요가 조심스러워하며 손을 대지 않는 것 같아 앞장서서 '눈토끼'를 집어 들고 포장을 벗겼다.

도미지로가 하얀 만주에 붙어 있는 붉은색과 금색 점에 대해서 설명하자 하쓰요도 가까이 있는 접시에 만주를 놓고 포장을 열었다.

"어머나, 금색!"

오오, 하며 도미지로는 환성을 올렸다. '눈토끼'에 그동안 용돈을 쏟아부었지만 금색 점을 직접 보기는 처음이다.

"하쓰요 씨는 역시 뭔가 밝은 빛 같은 걸 짊어지고 있는 분이로군요. 그게 행운을 끌어들이는 거예요."

도미지로의 말에 하쓰요가 눈을 동그랗게 뜬다. "그런 말은 들은 적이 없지만……."

"하쓰요 씨 옆에 있는 분들은 익숙해져서 눈치채지 못할 뿐이겠지요. 저는 하쓰요 씨가 저희 가게에 오셨을 때부터, 이분 주위는 밝고 따뜻하다고 느끼고 있었습니다."

어라? 이 말투, 자칫 잘못하면 구애하는 것처럼 들려서 무례하려나?

"아, 아니, 그게."

그러자 하쓰요는 기운차게 소리 내어 웃었다. 아하하하하!

"도련님은 재미있는 분이네요. 도련님이야말로 주위에 힘을 주는 분이세요. 스스로는 모르시는 것 같지만."

도미지로는 머리를 숙였다. "고맙습니다. 서로 칭찬하면서 한숨 돌리고, 차를 드시지요."

다시 앉은 자세를 바로 하며 이야기로 돌아간다.

"지로 씨와 가초 씨가 관계를 맺어 버리자, 그런 걸 숨기지 않는 성향 때문에 곧 다로 씨에게도, 직인 우두머리 부부에게도 알려지게 되었어요."

실력 좋은 아버지 밑에서 절차탁마하는, 외모도 성격도 대조적이지만 좋은 형제——였던 다로와 지로의 관계는 일변했다.

"두 사람이 노골적인 질투로 싸우게 되니 마을의 분위기 자체가 탁해지기 시작했어요."

다로 편을 드는 사람도 있고 지로 편을 드는 사람도 있다. 그냥 놀리며 부추기는 사람도 있다. 여자들은 형제 모두 어리석고 망측하다며 얼굴을 찌푸리는 사람이 많고, 직인 우두머리 부부에게 동정적이었다. 남자들은 연극이라도 보는 양 재미있어하는 사람과, 자기 일처럼 화내거나 고민하는 사람이 섞여 있었다.

가초는 어땠을까.

"본인은 태연했어요. 변함없이 매일 난잡한 차림새를 한 채, 날씨가 좋아지면 마을 주위의 숲이나 풀밭을 어슬렁거리기도 하고."

꽃을 따고, 노래를 부르고, 풀밭 안에서 하녀가 가져온 술과 안주를 즐긴다. 혼자서만 검소한 마을 생활과 동떨어진 경박한 나날을 보내고 있었다.

미모는 더욱더 아름다워져 갔다.

"여자들은 가초 씨를 싫어하게 되었지만 남자들은 그런 분위기가 강해지면 강해질수록 가초 씨를 감쌌어요."

때문에 마부치무라 마을의 남자들과 여자들 사이도 서서히 험악해졌다.

"어린 저도 알 수 있을 만큼 그 무렵 마을 사람들은 이상했어

요."

 머리로 안 것이 아니다. 여름 소나기가 내리기 전에 갑자기 바람이 싸늘해지듯이, 가을벌레 소리가 밤낮으로 수를 늘려 가듯이, 눈구름이 가까워지면 겨울 아침에 내쉬는 숨이 하얘지듯이, 봄꽃의 기척을 두른 온 산의 태동을 느끼듯이, 손끝으로, 눈꺼풀 끝으로, 뺨에 닿는 바람으로, 들이마시는 냄새로 알 수 있었다.

 마을 사람들을 연결해 온 유대가 느슨해지고 상하기 시작했다. 상한 데서 썩은 냄새가 풍겨 나온다.

 "다로 씨와 지로 씨가 서로 싸우는 데만 정신이 팔리자 가초 씨는 심심해져서."

 마을의 다른 남자들을 이모토야 저택으로 불러들이게 되기까지는 그리 오래 걸리지 않았다.

 "아까 제가 소중한 것을 도둑맞았다고 했지요?"

 하쓰요의 물음에 도미지로는 말없이 고개를 끄덕였다.

 "우리 아버지였어요."

 말뜻을 몰라서가 아니라 알고 싶지 않았기 때문에 도미지로는 아무 말도 할 수 없었다.

 "가초 씨가 있는 방에 언제 불려갔는지는 모르겠어요. 몇 번이나 다니다가 질려서 버려진 건지도 모르겠지만."

 가족이 알아챘을 때는 하쓰요의 아버지 또한 다로나 지로와 마찬가지로 흐물흐물해져 있었다.

 ──그분은 천녀다. 나쁜 짓은 아무것도 하지 않았어. 너희들

같은 흙내 나는 여자가 뭘 안다고.

"울며 나무라는 어머니에게 취한 사람처럼 얼굴을 붉히며 대꾸했어요."

하쓰요네 형제자매는 어머니 편을 들며 언동이 이상해진 아버지로부터 지키려고 노력했지만, 이윽고 그 결속도 덜걱거리기 시작했다.

"오라버니들이, 말이지요."

큰오라비는 아버지를 도로 데려오려고 이모토야 저택에 들어갔다가 그대로 삼켜졌다. 둘째 오라비는 큰오라비를 나무라며 심한 싸움을 되풀이하다가 큰오라비에게 큰 부상을 당해, 다리를 못 쓰게 되고 말았다.

"어머니도 언니들도 저도, 아버지와 큰오라버니가 달라져 가는데 막을 수가 없었고, 둘째 오라버니가 지저분한 이불을 뒤집어쓰고 며칠이나 울다가 점점 해골처럼 되어도 어떻게 해 줄 수 없었어요."

이 무섭고 슬픈 사태는 하쓰요의 집 안에만 그치지 않았다. 마을 여기저기에서 지금까지 정답게 살고 있던 부부나 형제, 가족 사이에서 같은 일이 일어나고 있었다.

가초라는 아름다운 독이 마을 남자들의 몸속에 스며들어 간다. 그 독은 남자들이 제정신을 잃고, 여자와 아이들에게 받던 정과 신뢰를 배신하고, 마부치무라 마을을 토대에서부터 썩게 만든다. 사정없이 부식이 진행되는 소리가 바람 소리보다도 또렷하게 들린다.

"결국 더 이상은 버틸 수 없는 데까지 다다라 그날 밤 일이 일어난 것이지요."

하쓰요가 여덟 살 되던 해의 겨울, 섣달 초하룻날 깊은 밤의 일이었다.

"그해에는 장마도 짧았고 여름은 가물었어요. 가을이 되고 한꺼번에 긴 비가 내렸지만 평소보다도 빨리 추위가 다가오는가 싶더니, 첫눈이 한 조각 내린 후에는 몸을 에일 듯한 북풍이 불고 구름 하나 없는 맑은 날씨가 이어졌지요."

에도 시중의 겨울도 그런 느낌이다. 건조하고 하늘이 푸르고 비가 적다. 조슈나 야슈에서는 거기에 더해 강한 바람이 분다고 한다. 고슈도 비슷한 기후이리라.

"마부치무라 마을 부근은 본래 눈이 많이 내리지 않지만 뼛속까지 추워요. 그런 겨울에 익숙해져 있었는데도 그해의 건조한 겨울은 마을의 노인들도 경험이 없다고 했을 정도였어요."

부엌의 불쏘시개도, 마을 주위 여기저기에 있는 덤불도, 숲의 잡초도, 나무뿌리 사이에 쌓인 낙엽도, 마을 사람들이 몸에 걸치고 있는 작업복이나 머리카락을 감싸는 수건조차도 바싹 말랐다. 이럴 때는 무엇보다도 불을 조심히 다뤄야 한다.

"우리 같은 어린아이들에게도 엄하게 이르곤 했어요. 얼어붙을 만큼 추워도 화덕이나 화로에 불을 피운 채로 잠들어 버리는 경솔한 짓은 하면 안 되지요."

그러나 가초는 마을 규범을 역시 신경도 쓰지 않았다.

"마을은 일찍 자고 일찍 일어나는 생활이라, 별빛이 보일 정도 시간이 되면 이미 누가 코를 꼬집어도 모를 정도로 캄캄하거든요."

어둠 속에서 가초가 사는 이모토야 저택만은 환하게 불이 켜져 있었다.

"불을 피워 난방을 하고 촛불이나 등롱을 가득 켜서 밝히고 있었어요. 성하마을에서 자란 가초 씨는 산속 마을을 완전히 덮는 어둠이 싫었던 모양이에요. 매달 초나 기름에 큰돈을 썼던 것 같아요."

이 무렵 가초가 마음에 들어한 자는 마을 남자들 중 누군가가 아니라 바로 등불용 채종유를 팔러 오는 행상인이었다. 나이는 스무 살 정도로 나긋나긋한 가부키 배우 같은 얼굴이다. 가초는 인형을 안듯 이 젊은이를 안았다.

"다로 씨와 지로 씨는 여전히 서로 질투하며 노려보고 있었지만, 양쪽 다 가초 씨에게는 미움받고 싶지 않았겠지요. 그래서 가초 씨가 아무리 난잡한 짓을 해도 나무라지 않고 오히려 비위를 맞춰 주며 싸움은 형제 사이에서만 했어요."

같은 남자로서 도미지로는 견딜 수가 없었다. 여자한테 흐물흐물해지면 그렇게까지 한심해지고, 어엿한 사람으로서의 긍지도 분별도 잃어버리는 걸까.

"가초 씨가 마을의 다른 남자들에게 손을 대면 다로 씨도 지로 씨도 물론 기분이 좋지 않지요. 하지만 마을에서 제일가는 직인 우두머리의 아들로서 나무틀 만드는 실력에 긍지를 갖고 있던 형제였기 때문에."

──우리가 마부치무라 마을을 먹여 살리고 있다.

"그 정도로 생각하고 있는 두 사람이 자신보다 아래인 남자들에게 질투를 드러내다니, 체면이 있으니까 그럴 수는 없어요. 결국 형제 사이에서 증오와 질투를 소화하고 있었는데."

상대가 바깥에서 온 행상인이라면 이야기는 완전히 달라진다.

"당당히 혼내 주어도 상관없거든요. 그러니 이때만은 오랜만에 형제가 호흡을 맞추어 나긋나긋한 행상인을 멍석말이해 주려고 꿍꿍이를 꾸몄지요."

마을이 좁다지만, 깊은 밤 이모토야 저택에 다로와 지로 형제가 쳐들어갔을 때 여덟 살의 하쓰요는 어머니와 한 이불에 들어가 자고 있었기 때문에 자세한 사정은 모른다.

"잠에서 깨어 초라한 오두막인 우리 집에서 뛰쳐나갈 필요도 없이 큰일이 일어난 걸 알았어요. 장지문이나 판자문 틈으로 대낮 같은 불빛이 비쳐들고 있었거든요."

이모토야 저택이 불타고 있었다.

화재와 싸움이 에도의 꽃이라며 명물 취급하는 에도 토박이지만, 도미지로는 다행히 불난 집에서 구사일생으로 도망친 경험이 없다. 뿜어져 나오는 검은 연기와 불꽃이 보이는 정도의 화재를 몇 번인가 만난 정도였다. 그때의 일에 비추어 보아도 밤중에 깨어 보니 타오르는 불꽃 색으로 장지가 새빨갛게 빛나는 상황은 소름이 돋을 만큼 무서운 일이었으리라.

"우리 오두막도 마을 남쪽에 있어서, 방풍림이랑 공동 우물이랑 빨래터나 빨래 너는 곳을 사이에 두고 이모토야 저택까지는 엎어지면 코가 닿을 거리였거든요."

어렸던 하쓰요의 눈에 저택을 감싸며 타오르는 불꽃 기둥은 거대한 붉은 구렁이처럼 보였다고 한다.

"대대로 전해 내려오는 옛날이야기가 있었어요. 비늘 한 장 한 장이 둥근 거울 같고 적동색으로 빛나는 구렁이가 마을 변두리의 못 밑바닥에 살면서 그 기슭을 지나가는 여행자나 우마牛馬를 통째로 삼키곤 했는데,"

어느 날 여행 중이던 수행승이 구렁이의 습격을 받은 망아지와 말을 구해주고, 손에 들고 있던 떡갈나무 지팡이로 유일하게 비늘에 덮여 있지 않은 눈을 찔러 퇴치했다. 그러자 탁한 물을 담고 있던 못은 하룻밤 사이에 바싹 마르고, 그 밑바닥에는 수많은 말의 뼈가 가라앉아 있었다고 한다.

도미지로는 무릎을 쳤다. "아아, 그래서 마부치무라馬淵村 마을이군요."

"네. 아주 무서운 옛날이야기예요."

그러나 한밤중의 화재에 목숨을 위협당하고 있는 건 말뿐만이 아니었다. 강한 바람과 건조한 공기를 먹이로 삼아서 불꽃은 활활 살이 찌고 힘을 늘리며 마부치무라 마을을 휩쓸었다. 사람들은 뿔뿔이 도망치며 우왕좌왕했다.

"우리 아버지와 오라버니들은 눈에 띄는 중요한 물건을 밖으로 실어내거나, 마을 사람들에게 저쪽으로 도망쳐라, 이쪽으로는 가지 말라고 크게 소리치고 있었어요."

바깥에서 비쳐드는 불꽃의 반사광 외에는 캄캄한 어둠이었다.

"초하루였거든요. 구름이 많고 별빛도 드문 밤이었지요."

얼어붙을 듯이 춥기는 했지만 하쓰요가 잠든 시간에는 조용한 밤이었다. 그런데 화재가 났다며 두들겨 깨워 일어나 보니 마치 태풍 같은 바람이 불었다.

"큰 화재는 큰바람을 부른다고 하지요." 도미지로는 말했다.

하쓰요는 갑자기 입가를 긴장시키더니 한두 번 고개를 끄덕였다. "회오리처럼 강한 바람이 빙글빙글 소용돌이치고 있었어요. 불똥이나 재를 휘감은 시커먼 바람이었는데, 저는 지금도 가끔 그때의 무서웠던 광경이 꿈에 나와요."

공포로 주춤대던 하쓰요와 어머니를 도우러 아버지와 큰오라비가 와 주었다. 일가의 간소한 집은 이제 큰바람에 흔들리며 삐걱삐걱 소리를 내기 시작했다.

"큰오라버니가 저를 업어 주고 어머니의 손을 끌면서."

──서쪽 산으로 도망치자. 다들 먼저 도망쳤어. 바위밭으로 들어가면 괜찮을 거다.

"마부치무라 마을은 산과 숲에 둘러싸여 있었지만, 서쪽 산에는 커다란 바위가 굴러다니는 경사면이 있었어요. 그곳을 넘어가면 또 숲이 있고 계곡이 있고요."

강한 바람도 거기까지는 닿지 않는다. 하쓰요와 가족들은 공포를 견디며 숨을 죽인 채 마을 서쪽으로 달려갔다.

"앞쪽에서 이웃집 아주머니가 계속 손을 흔드는 모습이 보였어요. 불길은 우리 바로 뒤까지 바싹 다가왔고, 이쪽을 보는 아주머니의 얼굴도 저녁놀처럼 새빨갛게 비추어지고 있었지요."

——위, 위험해!

"아주머니가 외쳤을 때, 그 목소리를 덮듯이 뒤에서 여자의 비명이 들려왔어요."

하쓰요는 지금부터 이야기하려는 내용에 대비하듯이 어깨에 힘을 주고 숨을 가다듬었다.

"여기에서는 '비명'이라는 말을 쓰지만 그날 밤의 저는 아무것도 모르는 여덟 살 아이였고 마을에 살면서 여자의 비명소리 같은 건 들을 기회도 없었어요."

그래서 그 여자의 '잘 알 수 없는 목소리'도,

"처음에는 요란한 웃음소리로 들렸어요. 속박에서 풀려난 것처럼 깔깔 웃는. 설마 지금 그럴 리는 없는데. 아아, 소리를 지르는 건가. 대체 어째서 저런 목소리로——."

길게 꼬리를 끌며, 큰불에 의한 회오리바람에도 지워지지 않고, 도망쳐 다니는 마부치무라 마을 사람들의 귓속을 떨리게 하고 혼을 얼어붙게 만드는 듯한 목소리.

"어린아이인 저뿐만 아니라 오라버니도 어머니도 아버지도 흠칫하며 멈추어 섰어요. 함께 돌아보니, 눈에 들어오는 모든 곳을 가득 메우며 이모토야 저택이 불 속에서 무너져 가는 참이었어요."

두두두두—— 쿠웅. 붕괴하는 힘이 주위에 서 있는 불기둥을 짓뭉개고, 하쓰요의 어린 두 눈에 비치는 붉은색이 사라졌다. 암흑이 돌아왔다.

"하지만 숨을 한 번 쉬는 사이에 불은 다시 되살아났어요. 땅바닥을 핥는 것처럼, 수많은 작은 뱀 떼가 달리는 것처럼."

그리고 그 무리를 이끌듯이 사람 그림자가 서 있었다.

"천천히 움직이고 있었어요."

불꽃을 등지고 새까만 그림자가 되었다. 그러나 사람 그림자가 손발을 움직이자 하얀 피부에 불꽃이 빨갛게 비쳐 보였다.

"가초 씨였어요."

속치마 한 장만 입은 반라에, 맨발이었다. 등의 중간까지 오는 길고 풍성한 검은 머리카락이 바람에 흐트러지고 때로는 소용돌이치며 곤두선다.

"웃고 있었어요."

눈을 가늘게 뜨고, 입 한쪽을 끌어올리고, 희고 긴 손끝을 입술에 대고, 오른손은 우아하게 허공에 띄우고 있다. 춤추는 듯. 팔을 움직여 바람을 부르는 듯.

"우리가 얼어붙어 있는 곳으로 가초 씨는 천천히 다가왔어요.

눈동자는 또렷하고 검게 빛나 보였지만 어디를 보고 있는 건지 알 수 없었지요. 하지만 발걸음만은 확실하게 우리 쪽을 향하고 있었어요."

또 새된 소리를 질렀다. 비명 같기도 하고, 웃음소리 같기도 한 그 목소리.

"가초 씨가 이쪽으로 한 발짝 내디딜 때마다 불꽃의 빛에 비쳐서 발바닥이 보이는 거예요. 이상할 정도로 또렷하게, 확실하게 보이는데."

발바닥은 불에 타 짓무르고 화상 물집이 수없이 생겨 있었다.

"평범하게 발바닥을 땅바닥에 딛고 걸을 수 있는 상태가 아니었어요. 그런데도 웃으면서, 벗은 상반신을 꿈틀거리고, 물속을 헤엄치는 것처럼 팔로 뜨거운 밤공기를 휘저으면서, 우리한테 다가오는 거예요."

가초가 크게 팔을 휘두르면 하얀 가슴이 흔들린다. 거기에 불꽃의 색이 비치고 불티를 머금은 바람이 스쳐 가며 타닥타닥 튄다.

"우리는 모두 돌이 되어 버린 것처럼 우두커니 서 있었어요."

그때.

"무너지고도 여전히 타오르는 이모토야 저택의 잔해를 넘어—— 아니, 어쩌면 잔해를 튕겨 내고 그 밑에서 나온 건지도 모르겠어요. 어쨌든 순식간의 일이라, 정신 차려 보니 거기에 있었지요."

머리 꼭대기에서 발끝까지 새까맣게 타고 그을린 한 명의 덩치 큰 남자가 나타났다.

"오른손에 마을 남자들이 산을 다닐 때 허리에 차는 산도山刀를 움켜쥐고 있었어요."

마부치무라 마을의 남자들이 사용하는 산도는 양날의 직도直刀지만 형태는 비수와 비슷하다. 다만 비수보다 도신刀身이 약간 길다. 소유자 각자가 사용하기 편하도록 수제 밑날을 달거나 짐승의 가죽을 무두질하여 만든 끈을 자루에 감기 때문에 친한 사람이 사용하는 산도라면 보기만 해도 주인을 알 수 있다고 한다.

"그때 저도 새까맣게 불에 타고 그을린 사람이 아니라 산도의 길이를 보고 누군지 알았어요."

직인 우두머리의 둘째 아들, 지로라는 사실을.

"지로 씨는 몸집이 크고 팔도 길고 힘도 셌거든요. 산도도 1척 정도 되고 날이 넓었어요. 멧돼지나 곰을 단숨에 베어 죽일 수도 있을 것 같은 무서운 칼이었지요."

불에 타고 그을려 이목구비도 알아보기 힘든 지로가 산도를 오른손에 들고 가초의 등 뒤로 다가가고 있다.

"아까 그 아주머니와 똑같이, 위험해! 라는 말이 제 목구멍까지 치밀어 올라왔어요."

하지만 위험한 건 누구일까. 지로와 가초 중 어느 쪽이 위험할까.

"아주 긴 시간으로 느껴졌지만 그럴 리는 없겠지요. 눈 깜박할 사이의 일이었을 거예요."

새까맣게 불에 그을린 지로의 얼굴에 형형한 눈이 뜨여 있었다. 새하얀 흰자위, 커다란 검은자위.

──아아, 정말 지로 씨다.

"다음 순간, 지로 씨가 뭐라고 짧게 으르렁거리듯이 외치며 산도를 휘둘렀어요."

하얀 날이 번득여 가초의 목을 베었다. 오른쪽에서 왼쪽으로 멋지게 한 번.

"머리는 공처럼 부~웅 날아가고, 가초 씨의 다리가 멈추었어요. 그랬더니 지로 씨가 등 뒤에서 가초 씨의 몸을 꼼짝 못 하게 끌어안고."

지로의 몸에서 열이 옮겨 갔는지 곧 가초의 몸도 불타기 시작했다. 하얀 피부가 불타 간다.

"지로 씨의 손에서 산도가 떨어졌어요. 그래도 두 사람은 선 채로 불타고 있었어요."

하쓰요와 다른 사람들은 아직도 저주에 걸린 듯이 움직일 수가 없었다. 그러나 무언가 이상하다.

가초의 머리는 어디로 갔을까?

"갑자기 우리들 머리 바로 위에서 또 아까 같은 요란한 웃음소리가 내려왔어요."

웃음소리이자 비명이자 울음소리이기도 하다. 이번에는 훨씬 더 가까이에서 들렸다.

"올려다보니 우리 머리 위로 튀어나온 나뭇가지 사이에 가초 씨의 머리가 걸린 채 이쪽을 내려다보고 있었어요."

흑백의 방 상석에서 하쓰요는 오른손 손끝을 이마에 대었다.

"머리만 남아서, 여전히 눈을 뜨고 웃고 있었어요."

도미지로의 등에 차가운 기운이 올라와 목덜미 부근에서 웅크린다.

"저랑, 어머니랑 이웃집 아주머니. 그 자리에 있던 세 여자는 그때까지 가초 씨 얼굴을 그렇게 가까이에서 뚫어져라 본 적이 없었거든요."

같은 마을 안에 살고 있어도 가초는 신분이 다른 여인이었기에.

"그래서 머리와 눈이 마주쳐도 아무렇지 않았어요. 저는 오라버니에게 업혀 있어서 정말로 숨이 닿을 것 같은 위치에 가초 씨의 머리가 있었지만 현혹되지는 않았지요."

그러나 단 한 번이든 몇 번이든 가초의 변덕에 취하고 색향에 헤맨 적이 있던 남자들은 달랐다.

"아버지도 오라버니도 순식간에 혼이 빠진 듯이 그 자리에 주저앉고 말았어요."

오라비의 팔에서 힘이 빠지자 하쓰요는 땅바닥으로 주르륵 미끄러졌다. 업혀 있다가 떨어지는 순간, 오라비의 등 안쪽에서 죽어 가는 뱀이 꿈틀거리는 듯한 움직임이 느껴졌다. 기분이 오싹했다.

"오라버니의 얼굴을 보니 칠칠치 못하게 웃고 있었어요."

꾸물거리고 있을 수는 없는데, 큰불이 닥쳐오고 있는데. 도망치지 않으면 지로와 마찬가지로 새까맣게 불에 그을리고 마는데.

——애야, 애야!

——오라버니, 일어나, 빨리, 도망쳐야 해! 뭐 하는 거야!

열심히 부르고, 팔을 붙들고 잡아당겨도, 때려도 흔들어도, 아버지와 오라비는 움직이지 않는다. 꿈을 꾸고 있는 듯한 엷게 웃는 얼굴로 가초의 머리와 마주 볼 뿐이었다.

"더는 어떻게 할 수도 없게 되어서."

이야기하는 하쓰요의 목소리가 떨린다.

"이웃집 아주머니가 우선 도망쳤어요. 더는 안 되겠다, 먼저 가마! 하고. 저와 어머니는——."

하쓰요의 말이 끊겼다.

"미안해, 미안해, 하면서."

조용히 고개를 끄덕이는 도미지로에게 격려받은 것처럼, 또는 용서받은 것처럼 하쓰요가 말을 잇는다.

"어머니가 제 손을 붙들고, 아플 정도로 세게 움켜쥐고."

——도망쳐!

"어두운 숲을 향해 둘이서 달리기 시작했어요."

하쓰요는 무릎 위에서 좌우의 손가락을 얽어 움켜쥐고 있다. 그날 밤 어머니의 손을 꼭 잡았을 때와 똑같이.

"달리기 시작하니 주위에는 불똥이 가득했어요."

숨을 들이쉬면 콧구멍뿐만 아니라 목구멍 속까지 탈 것 같다.

하쓰요는 어머니와 둘이서 가능한 한 몸을 낮추고 앞으로 나아갔다. 불이 없는 쪽으로. 밤공기가 차가운 쪽으로.

"머리를 들어 주위를 볼 수 없으니 어디를 달리고 있는지도 알 수가 없었어요."

마을에서 벗어났을까. 지금 어느 쪽으로 향하고 있을까. 이대로 달려서 서쪽 바위밭에 다다를 수 있을까. 생각할 여유가 없었다.

"올라가고 있는지 내려가고 있는지도 알 수 없어져서, 어쨌든 도망치다 보면 마을 사람 중 누군가를 만날 수 있을 거다. 분명 누군가가 발견해 줄 거다, 그렇게 생각하며 필사적이었어요."

하쓰요가 넘어지면 어머니가 안아 일으켜 주었다. 어머니의 다리가 느려지면 하쓰요가 불타고 그을린 잠옷을 잡아당겨 재촉했다.

"무아지경으로 나아가다 보니 어느 순간 갑자기 숨 쉬기가 편해졌어요. 불똥 때문에 얼굴이 따끔거리지도 않게 되고……."

모녀는 깊은 숲속에 있었다. 발밑을 봐도 길다운 길은 없었다. 두 사람은 시들고 뭉개진 덤불 속을 기다시피 나아가야 했다.

"저도 모르게 뒤로 비틀거리고 말 정도로 경사진 곳이었어요."

대체 어디에서 어떻게 올라와 버렸을까. 애초에 어느 산인 걸까.

"어머니와 둘이서 헉헉거리며 숨을 쉬다가, 숨이 진정되고 나니 몸이 떨리기 시작하고 추워서 견딜 수 없게 되었어요."

경사면에 버티고 서서 주위를 둘러보았다. 이제 화재의 기척은 보이지도 않고 냄새가 느껴지지도 않는다. 한밤중의 숲은 어둡고, 아주 조금 끈적거리고, 고요했다.

——어쨌든 좀 더 올라가 보자.

높은 곳으로 가자.

"또 아무 생각 없이 열심히 올라갔어요. 어느새 날이 밝기 시작하더군요. 얇은 견직물 조각천 같은 미덥지 못한 빛이었지만."

그 빛이 어두운 숲 안쪽, 모녀가 향하고 있는 쪽에 무언가를 비추었다.

숲을 빠져나가는 길은 왼쪽으로 크게 구부러져 있고, 오른쪽으로는 나무들이 사라져 낮은 덤불만 나 있다. 그도 그럴 것이 오른쪽은 나아갈수록 가파른 경사면이어서 끝에는 깊은 계곡이 기다리고 있었다.

새벽의 희미한 빛이 없었다면 눈치채지 못한 채 무턱대고 걸음을 옮기다가 경사면에 발이 미끄러져 계곡 밑바닥으로 굴러떨어졌을지도 모른다. 목덜미의 털이 곤두설 만큼 아찔한 순간이었다.

같은 생각을 하는지 마쓰에도 걸음을 멈추고 숨을 헐떡이면서 눈 아래의 풍경을 둘러보고 있다. 그러다가 문득 어떤 곳을 자세히 살피더니 손을 들어 가리켰다.

"하쓰요, 저기에 뭔가…… 있는 게 보이니?"

하쓰요는 어머니의 손가락이 가리키는 곳으로 시선을 던졌다.

얇은 종이가 한 장씩 벗겨져 가는 밤의 어둠. 교대로 한 장씩 더 해져 가는 새벽빛. 그 아래에서 경사면을 덮고 있는 약간의 초록색 잎 속에 숨듯이, 무언가 희끄무레한 것이 누워 있다.

그렇다, 누워 있다. 머리를 오른쪽으로, 발끝을 왼쪽으로 하고 거의 엎드려서.

사람의 몸――아니, 뼈일까. 흐릿한 아침 햇빛에 하얗게 떠올라 보인다. 계곡으로 내려가는 도중에 비틀거리다 그대로 쓰러져 목숨이 다해 버린 듯 해골이 되어 있다.

오른쪽에 보이는 둥그런 게 두개골――이겠지만 이상한 점이 있었다. 뿔이 돋아 있다. 이마 위 머리카락이 자라기 시작하는 부근에 보기 싫게 거꾸로 난 이빨 같은 외뿔. 엎어져 있는 어깨 부근의 뼈 모양도 사람의 뼈치고는 지나치게 튀어나와 있다. 초록색 잎 사이로 아주 약간 튀어나와 있는 한쪽 발끝도 모양이 사람과는 다르다. 손가락이 너무 길고 손톱이 고양이처럼 구부러져 있다.

기괴함에 눈을 빼앗기고 있던 하쓰요는 마쓰에가 건드리자 깜짝 놀랐다. 마쓰에는 하쓰요를 끌어안으면서 오른손으로 눈을 가리려고 한다.

"미안해, 아무것도 안 보이지. 내가 잘못 봤다."

그렇지는 않다. 저것은 이상한――그렇다, 요괴처럼 이상한 뼈라고 말하려다가 하쓰요는 입을 다물었다. 마쓰에가 떨고 있었기 때문이다. 어머니는 무서워하고 있다. 나까지 무섭게 만들어서는 안 된다.

모녀는 발밑을 조심하며 경사면 쪽에 가까이 가지 않도록 주의해 다시 숲속을 빠져나갔다. 정신없이 계속 걷다 보니 위험한 절벽이나 계곡, 기분 나쁜 뼈 같은 것과는 전혀 다른 풍경이 나타나기 시작했다.

"축제 때 가구라神樂 신사의 제례 의식에서 연주하는 가무를 추는 무녀님의 손가락처럼 예쁘게 휘어진 기와지붕 끝이 말이에요. 숲의 나무들 사이에서 새벽하늘에 비쳐 보였어요."

──절이다.

"어머니와 얼굴을 마주 보고 저도 모르게 웃었어요. 그런 커다란 절이 있는 산은 마부치무라 마을 근처에는 없거든요. 우리는 구사일생으로 몇 개나 산을 넘어와 버렸구나 싶어서."

그래도 절이라면 도움을 받을 수 있겠다. 다른 마을 사람도 먼저 도착해 있을지 모른다. 그렇게 생각하면서 시든 덤불을 올라가는데 이번에는 모녀 뒤에서 누군가가 굵은 목소리로 불렀다.

"이봐, 거기 여자들."

하쓰요도 어머니 마쓰에도 일순 그 자리에서 얼어붙었다. 얼른 무릎을 굽혀 자세를 낮추고 이마가 땅바닥에 닿을 정도로 머리를 숙였다.

굵고 위압감이 있는 남자의 목소리. 관리다. 마부치무라 마을 부근에서 마주치는 관리는 연공을 걷으러 오는 간평 관리와 그 부하, 목재를 베어 내고 숲에 나무를 심는 일을 담당하는 야마부교 수하의 번사&번士다. 어느 쪽이나 몹시 으스대며 다니고 마을 사람들에게는 거북한 관리들이지만, 마을 생활 속에서 이들 무사들과 얼굴을 마주하더라도 이쪽에는 별로 꺼림칙한 구석이 없기 때문에 무서워할 필요는 없다.

하지만 지금은 경우가 다르다. 하쓰요와 마쓰에는 화재에 쫓겨 생각지도 못한 먼 곳까지 도망쳐 와 버린 듯하다. 어쩌면 모르는 사이에 넘어서는 안 되는 경계를 넘었을지도 모른다. 방금 전 새벽의 엷은 빛 속에서 올려다본 훌륭한 기와지붕으로 미루어보아도 충분히 있을 법한 일이다.

등 뒤에서 들리는 목소리의 주인이 지붕을 이고 있는 저런 건물을 경비하는 번사라면 일거수일투족에 목숨이 좌우된다. 섣불리 무례한 행동을 했다간 변명할 기회조차 없이 곤란한 일을 당할 수 있다.

순간 머리를 굴려서 마쓰에는 땅바닥에 납작 엎드렸다. 하쓰요도 어머니를 따라 했다. 아직 가냘프고 작은 몸은 불안하게 비틀거린다. 경사면이고 며칠 전에 내린 눈이 남아 여기저기에서 얼음덩어리가 되어 있다. 필사적으로 도망치는 동안에는 몰랐지만 딱딱한데 미끄러지기 쉬워서 똑바로 서 있기도 어려운 곳이었다.

머리를 조아린 모녀의 시선 끝에 전혀 의외의 모습이 얼핏 비쳤다.

짐승의—— 다리다.

늘씬하고 길다. 땅바닥에 버티고 있는 발끝 부분은 어른의 주먹만큼 크다. 지금 발톱이 나와 있는지 어떤지까지는 알 수 없지만, 달려들어 세게 후려친다면 무사할 수는 없을 것 같은 발끝이다.

그렇다, 사람이 아니었다. 거기에 있는 것은 한 필의 들개였다. '마리'가 아니라 '필'. 그렇게 세는 편이 어울릴 정도로 덩치가 컸다. 만일 하쓰요가 이 들개의 등에 올라탄다면 두 다리가 대롱대롱 매달릴 것이다.

몸을 덮고 있는 모피는 냄비 바닥의 검댕 같은 검은색 바탕에 떡의 눋은 자국 같은 갈색 줄이 몇 개나 구불구불하게 나 있다. 윤기는 없다. 이 거리에서 보아도 뻣뻣하고 튼튼해 보이는 털결이다. 콧날은 곧고 입은 가늘고 눈도 날카롭게 치켜 올라가 있고 눈동자가 거의 보이지 않는다. 수수한 색 배합 속에서 삼각으로 팽팽하게 선 귀의 안쪽만은 봄에 피는 꽃 같은 연한 붉은색이다.

반쯤 벌린 들개의 입에서 희미하게 하얀 숨이 새어 나오고 있었다. 혀끝이 살짝 엿보이지만 칠칠치 못하게 밖으로 삐져나와 있지는 않다.

"이봐, 여자들. 어디에서 왔나?"

하쓰요는 몸을 굳힌 채 눈만 움직여 마쓰에의 얼굴을 훔쳐보았다. 마쓰에는 눈알이 튀어나와 버릴 것 같다. 입도 동그랗게 벌어져 있어서 이런 상황만 아니었다면 일부러 익살을 부린다고 여겨질 법한 얼굴이다.

"그 모습을 보니 불에 쫓겼군. 마을에 화재가 났나? 아니면 산불이나, 분화인가?"

 들개의 말은 유창하고, 놀람이 가시고 나자 굵고 강한 목소리가 든든한 느낌도 들었다.

 ──우리를 걱정해 주고 있어.

 하쓰요는 자신의 두 손을 내려다보았다. 피가 배어 있고, 검댕으로 지저분하다. 잠옷도 검댕투성이가 되어 여기저기가 너덜너덜하게 그을려 있고, 하쓰요는 반쯤 알몸이나 마찬가지였다.

 들개는 대답을 하지 않는 모녀에게 초조해진 듯, 강해 보이는 다리를 옆으로 바꿔 디디며 고개를 숙여 하쓰요의 얼굴을 들여다보았다.

 "엠나, 나이는 몇 살이지?"

 엠나란 뭘까. 들은 적이 없는 말이다──라고 생각하는데 마쓰에가 들개에게 눈을 못 박은 채 입을 열었다.

 "오래된 말로 작은 여자아이라는 뜻이야. 이 들개 님은 네 나이를 묻고 계셔."

 떨리는 목소리로 그렇게 말해 놓고 하쓰요보다 먼저 "다음 정월이면 아홉 살이 됩니다"라고 대답했다. "이름은 하쓰요라고 합니다. 저는 이 아이의 어미고 나이는 서른셋, 마쓰에라고 하고요."

 들개는 고개를 세우며 흠흠 하고 코를 울렸다. 아까보다도 짙은 하얀 숨. 살아 있는 개일 뿐 요괴 종류는 아니다. 또 땅바닥을 가볍게 차 모녀와의 거리를 좁혀 왔다. 탓. 소리가 난다.

커서 무섭다. 분명 날카로운 이빨을 갖고 있으리라. 하지만 움직임은 잘 길들여진 사냥개 같다. 사람에게 익숙한 개만이 가지고 있는 분별과 신중한 구석이 엿보인다.

"말씀대로 이 아이와 둘이서 화재로부터 도망쳐 왔습니다. 간자와에서 가까운, 마부치무라 마을이라는 곳입니다."

마쓰에는 촌장이나 이모토야의 사람과 말할 때처럼 정중한 어조로 말을 이었다.

"큰 화재라, 마을의 건물은 전부 불타 버렸을지도 모르겠습니다. 이미 불기운이 약해졌을지, 아니면 산불로까지 퍼졌는지 어떤지는……."

마쓰에가 지칠 대로 지친 표정을 지으며 느릿느릿 고개를 저었다.

"들개 님은 모르십니까? 이 부근에서도 불과 연기가 보일 정도로 큰 화재였는데요."

들개 '님'. 마쓰에의 바보스러울 정도로 정중한 부름에 들개는 콧등을 찡 하고 움츠리며 코로 숨을 내쉬었다. 사람이 짧게 웃는 느낌과 비슷하다.

"이 부근을 어디 부근이라고 생각하는 것이냐, 마쓰에."

자연스럽게 이름을 부르더니 또 찡 하고 콧김을 내뿜는다.

"이 부근은 너희들이 살던 산의 어느 부근도 아니다. 너희들이 있던 곳에서 큰 화재가 일어났어도, 여기에서는 아무것도 볼 수 없어."

들개의 목소리에서 느껴지는 친절함에 이끌려 하쓰요는 물었다.

"그렇다면 어떻게 우리가 불에 쫓겨 왔다는 걸 아셨어요?"

들개는 콧등을 위아래로 움직여 하쓰요의 몸을 머리에서 발끝까지 가리켜 보였다.

"너희들 둘 다 검댕투성이, 화상투성이, 발바닥에까지 물집이 생겨 있다."

마쓰에는 그제야 생각난 듯이 양손으로 자신의 몸을 더듬고, 발바닥까지 살펴보았다.

발바닥. 하쓰요의 눈 속에는 타오르는 불꽃을 등지고 천천히 이쪽으로 다가오는 가초의 모습이 떠올랐다. 그 여자의 우아하고 아름다운 발바닥에도 화상 물집이 빼곡하게 나 있었다.

한순간의 기억으로 온몸에 소름이 돋았다. 하쓰요가 떨기 시작하자 들개는 가볍게 땅바닥을 밟으며 바로 옆으로 다가왔다.

"어지간히 무서운 일을 당했나 보군."

그리고 나서 생각에 잠기듯이 눈을 반쯤 감았다. 본래 가늘게 찢어진 눈이고 눈꺼풀이 얇은데도, 능숙하게 눈을 반쯤 감을 수 있는 게 신기하다.

"실제로 묘한 기척도 나······."

혼잣말처럼 중얼거리다가, 목소리에 겁먹으면서도 넋을 놓고 보는 하쓰요와 마쓰에를 알아차린 들개가 고개를 다시 반짝 쳐들었다.

"좋아, 꾸물거리지 말고 관館으로 가자. 따라오너라. 너희들은 상처를 치료하고 밥을 먹고 하룻밤 정도 쉬지 않으면 힘이 나지 않을 게다."

과, 관?

"저기 저택 말이다."

들개는 우아하게 고개를 흔들어 새벽하늘을 잘라 내고 있는 기와지붕 한 모퉁이를 가리켰다.

"이 부근이 어느 부근이냐 하면, 가장 옳은 표현은 '관의 뒤뜰'이다."

들개는 앞장서서 걷기 시작한다. 마쓰에와 하쓰요는 저도 모르게 서로의 손을 마주 잡고 뒤를 따랐다.

"어, 어느 분의 저택인지요?"

"주인이 누구냐는 뜻인가?"

"예. 저와 이 아이는 어떤 높으신 분의 영지에 흙발로 들어와 버린 것일지요?"

마쓰에의 물음에는 심각한 공포가 담겨 있었다. 발바닥에 닿는 서릿발의 서벅서벅한 감촉만큼이나 또렷하게 느낄 수 있다. 어떤 높으신 분. 하쓰요네 산속 마을 사람들은 떠올리기도 꺼려질 만큼 높은 곳에 사시는 분.

"뭐, 그건 차차 알게 될 거다."

들개는 발을 딱 버티고 서서 하쓰요를 돌아보았다.

"하쓰요, 내 등에 타라. 마쓰에는 내 목을 붙들어. 끌고 가 주마."

 모녀가 올라타기 쉽도록 조금 몸을 낮추어 준다.

 "내 이름은 야마모모山桃다. 어울리지 않는 이름이라고 웃지는 말고. 자, 빨리 등에 타라."

 하쓰요의 손가락이 닿은 검정색과 갈색 모피는 생각 외로 폭신폭신하고 부드러운 감촉이었다. 모피 밑으로 들개――야마모모의 확실한 체온을 느낄 수도 있었다. 등에 올라타자 이대로 산을 한두 개 더 넘어갈 수 있겠다 싶을 정도로 강한 온기가 느껴졌다.

 가까이 가 보니 관은 어린 하쓰요의 눈으로도 알 수 있을 만큼 당당한 저택이었다. 하지만 절은 아니다. 종 치는 당堂도 경장經藏도 없고, 단층 가옥으로 기와지붕 밑에 격자창이 늘어서 있다. 이쪽은 뒤쪽이기 때문인지 장작 창고와 빨래 너는 곳, 그리고 지붕을 갖춘 우물이 있었다. 물을 길어 올리기 위한 도르래의 손잡이가 아침 해를 받아 희미하게 빛나고 있다.

 "이 앞에는 마구간도 있다."

 옆에서 걷고 있는 마쓰에게 야마모모는 말했다.

 "지금은 아무것도 없지만 조만간 말이나 소가 묶일 때가 오면 돌보아 주어야 한다."

 야마모모의 등에서 하쓰요는 눈만 크게 뜨고 있었다. 산주나 촌장은 물론이고 군다이郡代 에도 막부의 관직명 중 하나. 막부 직할지를 관리하고 세금 수납 및 민정을 담당하던 사람 님의 저택도 이렇게 훌륭하지는 않다. 건물을 지탱하는 기둥은 굵어서 성인 남자의 팔로도 끌어안을 수 없을 정도다. 토대 부분은 성의 토대와 비슷한 돌담으로 다져져 있고, 그 위에 서 있는 판자벽은 먹을 물들여 넣은 듯한 짙은 회색이다. 이 판자 한 장 한 장도 폭이 넓다.

"이건 불을 막는 매판煤板이로군요."

마쓰에가 관을 둘러보며 말했다.

"그렇다. 잘 알고 있군." 야마모모가 대답하고는, 등에 태우고 있던 하쓰요에게 "검댕을 잘 발라 붙인 판자벽은 불에 강하지. 독충이나 독사 같은 것도 다가오지 못하게 한단다."

하고 친절하게 가르쳐 주었지만 하쓰요는 잘 이해할 수 없었다. 그저 이런 색깔의 저택은 처음 본다고 생각할 뿐이었다.

창은 열십자를 여럿 조합한 것 같은 격자창으로, 격자로 만들어진 작은 사각형이 군데군데 검은 널조각으로 막혀 있는 경우도 있다. 안쪽에는 장지 종이나, 더 두꺼운 당지라도 붙였는지 자세히 봐도 전혀 엿볼 수 없었다.

"앞쪽으로 돌아가면 훌륭한 문과 현관이 있지만 나중에 봐도 된다. 이쪽으로 올라가거라."

우물가를 지나자 판자벽의 한쪽, 얕은 차양 아래에 미닫이 판자문이 있는 것이 보였다. 이 판자문은 벽보다 훨씬 검어서 먹색이다. 격자창을 막고 있는 널조각의 색깔과 똑같다. "마쓰에, 열어 보아라."

마쓰에가 손잡이에 손을 대자 미닫이문은 소리도 없이 열렸다.

문지방에 기름을 발라 둔 것 같다. 하쓰요는 눈을 계속 크게 뜨고 있었던 탓에 눈물이 나오고 말았다.

"아, 덧문이네."

검은 판자문 안쪽에는 허리 높이까지 판자를 댄 미닫이문이 있었다. 눈처럼 새하얀 장지 종이가 눈부시다.

"뭐, 위험할 때도 있으니까 뒷문에도 덧문이 달려 있지. 그 외에도 몇 개 문을 잠글 수 있는 창이나 출입구가 있지만 그건 차차 가르쳐 주마——하쓰요, 무엇이 슬픈 게냐."

하쓰요의 두 눈에서 눈물이 넘쳐 뺨까지 젖어 있었다. 야마모모의 물음에 하쓰요는 허둥지둥 손으로 닦았다.

"슬프지 않아요. 눈알이 말라 버려서 그래요."

그러자 야마모모는 유쾌한 듯이 "시, 시시시" 하고 웃었다. 물론 들개의 웃음소리 같은 건 모르지만 길게 찢어진 눈을 한층 더 가늘게 뜨고 부드러운 목소리를 냈으니 분명 웃음이라고 생각했다.

"이런 저택은 본 적이 없어요. 훌륭하지만 신기하네요. 그렇지요, 어머니?"

그렇구나…… 라고 대답하는 마쓰에도 눈을 크게 뜨고 있다. 마쓰에가 떨리는 손을 뻗자 허리 높이까지 판자를 댄 미닫이문도 스르륵 옆으로 열렸다.

야마모모가 하쓰요를 등에 태우고 안으로 향한다. 문지방을 밟지 않고 제대로 예의를 지켜 들어갔다. 마쓰에가 그 뒤를 따르면서 저도 모르게 몸을 떨었다.

모녀 둘 다, 경계하는 마음은 전혀 없었다. 장지문 안쪽이 따뜻해서 싸늘하게 식어 있던 몸이 온기로 떨렸을 뿐이다.

어린아이인 하쓰요는 크게 재채기를 했다. "엣취!"

한 번으로 그치지 않는다. 두 번, 세 번, 네 번. 콧물과 침까지 성대하게 튀었다.

"다, 당치도 않은 짓을."

마쓰에가 허둥지둥 하쓰요의 코와 입을 누른다. 하쓰요가 "엣취!" 할 때마다 일일이 귀를 접으며 목을 움츠리던 야마모모가,

"이런, 이런, 안 되겠군——."

하고 한탄했지만, 이번에는 모녀가 함께 놀라서 낸 목소리가 끼어들었다.

"우와아……."

여기는 뭘까. 대체 어디일까.

모녀는 어이없을 정도로 드넓은 봉당에 서 있었다. 발밑에는 흙이 깨끗하고 고르게 깔려 있어, 화상 물집투성이인 발바닥에 싸늘하고 부드러운 감촉이 전해져 온다.

안쪽 벽은 굵은 기둥이며 대들보가 나와 있는 곳 이외에는 회칠이 되어 있었다. 모녀의 오른쪽에는 천장에 가까운 곳을 가로지르는 대들보에 등롱이 늘어서 있을 뿐이지만, 등 쪽에는 무거워 보이는 붙박이 선반이 있고 거기에 크고 작은 여러 가지 모양의 나무 상자나 바구니, 뚜껑이 달린 소쿠리와 부엌 세간 등이 정

연하게 들어 있었다. 가장 아래 단에는 작은 맷돌이나 약연 등, 무거워 보이는 물건들을 채워 놓았다.

널찍한 봉당의 중앙 부분에 훌륭한 부엌이 보인다. 식자재를 놓아두거나, 정리하거나, 만들어진 음식을 그릇에 담거나 하기 위한 대가 있고, 하부에는 물건을 넣기 위한 여닫이문이 달려 있다. 앞쪽의 대 위에는 대중소의 두꺼운 도마 세 개가 옆으로 나란히 세워져 있었다.

안쪽의 벽 가에는 화구가 세 개 있는 커다란 화덕. 상부는 천장까지 뚫렸고, 연기를 빼는 구멍도 세 개다. 그 옆에는 하쓰요가 쏙 들어가 버릴 것 같은 크기의 물독이 두 개 놓여 있고, 또 그 옆에는 어딘가 바깥에서 물을 끌어와 돌로 만들어진 간소한 물받이 통에 물을 담거나 흘려보내 설거지를 하게 되어 있었다. 나중에 배워서 알았지만 이것은 '수도'라는 설비였다.

"다리가 아프지 않으면 조금 걸어 보겠느냐."

야마모모가 하쓰요를 내려 주었다.

모녀는 손을 마주 잡고 머뭇머뭇 걸음을 옮겨 부엌에 배치되어 있는 세간이나 비품, 도구 등을 둘러보았다. 모두 새것이라 소쿠리나 바구니에는 먼지 하나 없고 쇠로 된 물건은 깨끗하게 빛이 난다.

부엌이 있는 봉당에서 올라가는 곳은 처음에 들어온 뒷문의 반대쪽으로, 발을 딛도록 작은 평상이 놓여 있다. 그리로 올라가면 마루방인데 정면과 왼쪽에 또 미닫이문이 서 있었다.

판자문은 어느 것이나 위쪽 절반이 가느다란 격자로 되어 있다. 그래도 맞은편은 캄캄하다. 보일 것 같은데 보이지 않는다. 그 모습에 하쓰요는 오히려 겁이 났다. 정말로 여기는 어디일까. 안심하고 발을 들여도 될까.

가볍게 어머니의 손을 잡아당겨 보았더니, 마쓰에는 이쪽을 내려다보며 격려하듯이 미소를 지었다. 밝은 곳에서 보니 어머니의 얼굴은 흙빛이고 머리카락이 불에 그을려 있다. 목덜미에도 뺨에도 화상 물집이 보인다. 하쓰요는 마주 웃으려고 했지만 잘 웃을 수가 없어서 울상을 짓고 말았다.

"여기에는 지금 아무도 없다."

하쓰요의 두려움을 눈치챈 듯 야마모모가 말을 걸었다. 돌아보니 커다란 들개는 뒷문 바로 옆에 앉아 있었다. 둥글게 만 꼬리 끝이 등에 닿아 있다. 꼬리털은 검정과 갈색 줄무늬에 끝만 하얗다.

"너희 마을의 누구도 이곳에는 다다르지 못했어. 마쓰에와 하쓰요 둘뿐이다."

야마모모의 잘 울리는 목소리로는 모녀를 위로하려는 것인지, 둘밖에 없으니 똑바로 하라고 야단치는 것인지 잘 알 수 없어 답답하다.

"안쪽으로 들어가면 쉴 수 있는 곳이 있다. 배를 채우려면 그쪽 곳간에 쌀도 떡도 토란도 있으니까 불을 피워서 마음껏 해 먹도록 해라."

야마모모가 코끝으로 가리켜 보인 곳은 화덕이 있는 곳의 안쪽이다. 되돌아가 들여다보니, 분명히 봉당에서 곧게 이어지는 곳간의 문이 있었다. 음식 곳간 같다. 촌장의 집에도 이 정도로 훌륭하진 않지만 비슷한 문이 있었다. 여차할 때 마부치무라 마을 사람들이 굶지 않도록 평소에 곡식이나 토란을 저장하고 있다고 촌장 아내가 이야기한 적이 있다.

"들어가 봐도 될까요?"

"사양할 필요 없다. 앞으로 너희들이 사용해야 할 곳이니까."

야마모모의 말뜻을 또 알 수 없었지만, 모녀는 손을 마주 잡고 음식 곳간으로 향했다. 무거운 문을 마쓰에가 체중을 실어 힘껏 당겨 열었다. 안으로 발을 내딛은 두 사람은 입이 떡 벌어졌다.

넓이가 두 평 반 정도 되는 곳에 튼튼해 보이는 선반이 세 개였는데, 모든 선반 위에 먹을 것이 빼곡하다. 마대에 들어 있는 것은 쌀, 보리, 피와 조, 밤과 도토리, 호두, 메밀. 커다란 소쿠리에는 산마, 참마, 큼직한 토란. 파는 희고 굵은 것과 파랗고 가느다란 것. 크기가 제각각인 무, 순무, 빨간 순무, 푸성귀가 몇 종류나. 생강, 양하, 고추, 산초에 유자, 파랗고 작은 귤. 작은 것, 큰 것, 평평한 것, 둥근 것, 검은 것, 흰 것, 갈색인 것이 팔랑거리는 갖가지 버섯.

그 옆 선반에는 나무 뚜껑이 달린 작은 항아리가 몇 개나 늘어서 있다. 앞에서부터 하나씩 뚜껑을 들어 올려 살펴보니 소금만 해도 몇 종류 되었다. 거친 소금, 해초소금, 연한 붉은색의 벚꽃

소금. 간장도 맑은 것에서부터 걸쭉한 것까지, 각각 향이 다르다. 된장은 더욱 굉장해서 대략 열 종류는 될 것 같았다. 그리고 기름. 등불용이 아니라 입에 들어가는 요리용 기름이 몇 종류. 마쓰에는 홀린 듯이 몇 번이나 나무 뚜껑을 여닫았다.

하쓰요 쪽은 뒤의 선반을 확인해 보고 다리가 풀릴 지경이었다. 딱 하쓰요의 눈높이에 크기도 모양도 제각각인 소쿠리가 늘어서 있다. 평평한 소쿠리의 바닥에 삼나무 잎을 깔고 그 위에 하쓰요는 이름도 종류도 다 분별할 수 없는 많은 청어. 둥근 소쿠리에 눕혀져 있는 커다란 흰살생선은 바다 생선일까. 그 안쪽에는 육고기. 무슨 동물인지 모르겠지만 피 냄새가 확 풍긴다. 닭이나 오리는 달려 있는 발을 보고 알 수 있었다.

선반 위에 정신을 팔다가, 막다른 곳에서 무언가에 걸려 넘어질 뻔했다. 보니 한아름이나 될 것 같은 화로에 물이 가득 담겼고 굵은 장어와 미꾸라지가 유유히 헤엄치는 중이다. 그 옆에는 크고 작은 조개와 수많은 소라나 고둥. 민물게와 작은 새우가 얕은 물 속에서 움직이고 있다.

"살아 있어……."

정신없이 둘러보며 마쓰에가 감탄의 한숨을 흘렸다.

"전부 싱싱한데, 오늘 아침에 잡아 왔을까요?"

"이야기하자면 길어진다. 우선 지금은 너희 배를 채우는 걸 생각해라."

야마모모가 태연하게 말해서, 마쓰에와 하쓰요는 얼굴을 마주 보았다.

"무엇이 먹고 싶으냐?"

"주, 죽."

하쓰요는 지칠 대로 지쳐 있었다. 어머니도 마찬가지일 것이다. 냄비에 끓여서 곧장 입에 넣을 수 있는 음식이 좋다.

"그럼 토란죽으로 할까?"

마쓰에가 선반의 마대 앞에 서서 물었다. "야마모모 씨, 쌀도 먹어도 될까요?"

야마모모는 찡 하고 코를 울렸다. "좋아하는 것을 먹어라. 죽에 찹쌀을 넣어 끓이면 배가 든든해지고 따뜻해지지."

들개가 어째서 그런 걸 알고 있을까. 하쓰요는 저도 모르게 웃고 말았다. 그러자 야마모모는 귀를 움찔하며 말했다.

"아니, 나는 모른다. 먼저 온 손님이 했던 말을 그대로 하는 거지."

찹쌀죽을 좋아하는 손님이 왔던 걸까. 어떤 사람이었을까. 행상인일까, 나무꾼일까. 이런 저택에 오는 분이니 아주 높은 사람일까? 무사님에, 공주님.

"으음, 그릇이……."

당혹스러워하는 마쓰에게 야마모모가 콧날로 가리켰다.

"작은 소쿠리와 손잡이 달린 냄비 종류는 선반 맨 위에 놓여 있다. 찻잔이나 밥그릇, 젓가락이나 국자나 숟가락은 봉당에서 올라가서 이쪽 방에 있고."

필요한 식료품을 끌어안고, 모녀는 봉당에서 올라가 왼쪽에 있는 미닫이문을 열었다. 그곳은 한 평 정도밖에 안 되는 좁은 방이지만 벽에 찬장이나 물건 넣는 곳이 붙박이로 만들어져 있고, 야마모모가 말한 대로 모든 그릇이 갖추어져 있었다. 가장 아래 단에는 다리의 모양이나 전체적인 모양도 제각각인 상이 쌓여 있다. 끝에 딱 두 개, 꾸밈없는 소박한 모양새지만 새것인 찬합이 있었다.

"그 찬합이 너희들 거다. 마음대로 써라."

야마모모는 음식 곳간 쪽에서 그릇방 쪽으로 폴짝 뛰어올라와서 말했다.

"이쪽 판자문 너머에 화로가 파인 마루방이 있다. 숯도 장작도 갖추어져 있고 냄비도 있으니 빨리 죽을 끓여 주도록 해라. 내 눈에는 하쓰요가 당장이라도 굶어 죽을 것 같아 보이는구나."

그러더니 살짝 비딱한 눈빛이 되었다.

"사실을 말하자면 나도 찹쌀죽은 좋아한다. 내 몫도 만들어 준다면 고맙게 생각하겠다."

그 말에 마쓰에는 얼굴 가득 활짝 웃었다. 어젯밤부터 지금까지—— 아니, 소중한 남편이자 아이들의 아비이며 일가의 기둥이었던 요시조가 가초의 유혹에 이성을 잃었고, 더구나 한두 번 빠진 게 아니라는 사실을 알게 된 이후로 마쓰에가 이런 얼굴로 웃는 일은 없었다.

흑백의 방에서 하쓰요가 그리운 듯이 눈을 가늘게 뜨며 이야기를 계속한다.

"부엌 옆의 화로는 작은 화로였는데 새 방석이 두 장 놓여 있었어요."

마쓰에는 곧 불을 지피고, 쌀도 토란도 찹쌀도 푹 끓여서 된장맛 죽을 만들어 주었다.

"마을에 살 때는 이웃 할머니가 만든 된장이 굉장히 맛있어서 늘 받아다 먹었어요. 어머니는 그 할머니의 된장과 비슷하게 붉은 된장이랑 흰 된장을 합한 것 같은 된장을 골라서 만들었다는데, 세상에, 어찌나 제대로 걸러져 있는지 된장 찌꺼기가 한 조각도 없더라고요. 비단 같은 목넘김이었어요."

듣고 있는 이쪽도 침이 나올 것 같다. 도미지로는 이런 이야기를 아주 좋아한다.

"야마모모도 함께 먹었나요?"

하쓰요도 웃는 얼굴이 된다. "네. 야마모모의 밥그릇이 따로 있어서 후우후우 식혀서 드렸어요. 맛있다, 맛있어, 하면서 으르렁거리시더군요."

이 역시 흐뭇한 광경이다.

"가까운 곳에 작은 골방이 있고 얇은 요와 침구, 솜을 넣은 잠옷 같은 것부터 한텐이나 앞치마, 수건들과 무명천, 홑옷에 속옷까지 깨끗하게 개어져 쌓여 있었어요. 나중에 깨달았는데 전부 방석과 마찬가지로 2인분이었지요. 훌륭한 약상자도 있어서 어머니와 저는 서로 상처를 닦아 주고 찰과상이나 타박상에 연고를 바른 후, 둘이서 이불 한 장을 같이 덮고 화롯가에 누웠어요."

화로의 불을 끄고 싶지 않았다고 한다.

"역시 마음이 불안해서 따뜻한 불이 옆에 있으면 좋겠다는 생각이 들었거든요."

도저히 잠들지 못할 줄 알았는데 눈을 감고 바로 옆에서 웅크리고 있는 야마모모의 콧숨을 한 번, 두 번, 세다가 곯아떨어지고 말았다나.

"다음 날 아침——아니, 눈을 떠 보니 해님은 이미 머리 위까지 올라와 있었지만, 어쨌든 하룻밤 쉰 덕분인지 다친 손발도 제법 회복된 상태였어요."

내내 보이지 않던 야마모모는 마쓰에가 또 죽을 끓이기 시작하자 어디에선가 나타났다.

——뭐, 앞으로 이삼일은 이렇게 먹고 자면서 쉬고 있거라.

"마쓰에는 왼쪽 갈빗대에 금이 갔다. 하쓰요는 연기를 마신 탓인지 어젯밤에는 자면서 심하게 기침을 하더군."

하쓰요도 마쓰에도 자기 일인데 전혀 알아채지 못했다. 마쓰에는 왼쪽 갈비뼈를 눌러 보고 펄쩍 뛰어오를 정도로 아파서 깜짝 놀랐다.

"저와 어머니가 충분히 쉴 수 있도록 배려해 준 일은 정말 고마웠어요. 하지만 무사히 목숨을 건졌으니 언제까지나 그곳에 머물러 있을 수는 없다고 생각했지요."

가초의 잘린 머리에 겁을 먹고 뿔뿔이 흩어져 도망친 후, 아버지와 언니 오라비들은 어떻게 되었을까. 무사할까? 심하게 다쳤다면 돌보아 주고 싶다. 마을 사람 대부분이 화재를 피해 도망쳤을 텐데. 어쩌면 조정의 벌을 받아야 될지도 모른다.

"우리는 야마모모에게 사정을 전부 털어놓았어요. 어머니도 저도 산속 마을 사람이라 말씨도 거칠고 설명도 서툴렀지만 필사적으로 머리를 숙이면서 하룻밤 도와주신 은혜는 잊지 않겠다, 우리는 이제 마부치무라 마을로 돌아가고 싶다, 돌아가야 한다고 열심히 호소했지요."

그러자 야마모모는 콧김의 찡이 아니라 분명히 "하아~"로 들리는 한숨을 입으로 내쉬었다. 굵직하고 울림이 좋은 목소리로 유창하게 하는 말보다 한숨 한 번이 훨씬 더 인간 같았다.

"매번 이때가 제일 마음이 무겁단 말이야, 나는."

이 또한 한탄한다기보다 투덜거리는 느낌이 드는 불평이었다. 그리고 불평하는 말투로 계속 말했다.

"이봐, 너희 모녀는 자력으로 이 관에 다다른 게 아니라 저택의 부름을 받은 거다. 저택은 지금 새로운 요리사를 필요로 하고 있거든."

요리사. 요리를 하는 사람을 말한다. 요리란 산간의 마부치무라 마을에서 마을 사람이 지어 먹는 국이나 밥이 아니고, 역참마을의 밥집에서 제공하는 국에 만 밥도 아니다. 영주님이나 영주님의 마님과 따님이 젓가락을 대는 음식, 여러 개의 상에 아름다운 그릇들을 올려 담아내는 음식을 말한다.

"마쓰에는 지금껏 부지런히 일했지. 하쓰요도 아버지나 언니 오라비들의 말을 잘 듣는 착한 아이였고. 그래서 관의 부름을 받고 여기까지 올 수 있었지만 와 버린 이상 너희들 마음대로 떠날 수는 없어. 관의 허락이 있고 고용살이 기한이 끝날 때까지 두 사람 다 여기에서 일해야 한다."

무슨 말인지 하쓰요는 전혀 알아들을 수 없었다. 마쓰에는 이해한 모양인지 부드러웠던 뺨이 떨렸다.

"여기에서…… 일한다."

"그래. 마쓰에는 요리사가 된다. 하쓰요는 옆에서 돕는 하녀가 된다. 이 관에는 해야 할 일이 산더미처럼 많아. 너희들은 그걸 맡아야 한다. 관에서 이제 되었다고 인정하고 허락해 주실 때까지는."

야마모모가 어제보다도 더 굵직한 목소리로 딱 잘라 말하니까 무섭다. 하지만 자세히 보니 꼬리 끝의 하얀 부분이 끊임없이 파닥거리고 있다.

역시 들개다. 멍멍이다. 갑자기 궁금해진 하쓰요가 저도 모르게 묻고 말았다.

"그럼 야마모모도 여기에서 일하는 거예요? 들개의 일은 어떤 거예요? 야마모모에게도 고용살이 기한이 있어요?"

야마모모가 포효하듯 입을 크게 벌린다. 입안에 줄줄이 늘어선 날카로운 이빨과, 눈에 띄는 송곳니. 지나치게 익은 석류 같은 검

붉은 혀.

순간 하쓰요는 눈을 감고 몸을 움츠렸다. 야마모모가 짖을(혼낼) 거라고 생각해서였다. 하지만 야마모모는 색이 진한 혀로 허공을 할짝 핥더니, 약간 고개를 떨어뜨리며 또 "하아" 한숨을 쉬었다.

"이래서 아이가 있으면 상태가 이상해져."

어른의 한탄이다. 하쓰요는 연장자들에게 둘러싸여 자란 여자아이라 이런 분위기는 조숙하게 느낄 수 있다.

"미안해요" 하고 순순히 사과했다.

웃음을 터뜨린 마쓰에가 이내 당황한 얼굴로 화롯가에서 몸을 움츠리고 머리를 숙인다. "무례를 저질렀습니다. 용서해 주세요, 야마모모 님."

야마모모는 찡, 찡, 하고 두 번 코를 울리고 꼬리를 치켜들었다가 다시 말더니 약간 자세를 편하게 하고 엎드렸다.

"너희는 '길을 잃으면 가는 집'이나 '산속 저택'이라는 옛날이야기를 아느냐?"

하쓰요는 모른다. 들은 적이 없다.

마쓰에가 대답했다. "제가 태어나고 자란 곳은 마부치무라 마을보다 더 산속 깊은 곳에 있는 가난한 마을이었습니다. 인연이 있어 마부치무라 마을에 시집가기로 결정되었을 때는 꽤나 부러움을 샀는데."

그때 고향 마을의 노인으로부터 들은 이야기가 있다고 한다.

──마부치무라 마을의 목공 세공은 이 부근에서도 월등히 뛰어나지. 어째서냐면, 마을의 어떤 남자가 어릴 때 산에서 길을 잃고 '산속 저택'에 다다라, 그곳에서 돌아올 때 찬합을 하나 가지고 돌아왔기 때문이다. 찬합의 훌륭한 만듦새, 정교한 세공을 본보기로 삼아 그자는 뛰어난 직인이 되고 다른 직인에게도 가르쳐주어서, 이윽고 마부치무라 마을 전체의 기술로 자리잡은 게지.

　"할아버지의 이야기로는 '산속 저택'이라는 건 산신께서 사시는 곳으로, 길을 잃은 사람에게 하룻밤 머물 곳을 빌려주며 도와주신다고."

　저택 안에는 아무도 없지만 연회실에는 산해진미가 차려져 있고 푹신한 이불도, 깨끗한 옷도, 따뜻한 온천탕도 있다. 금은보화가 쌓여 있는 곳간이나 커다란 금고도 있다.

　"욕심 많은 사람이 금은보화나 금고를 어지럽히면 돌아가는 길에 다시 길을 잃기에 무엇 하나 가지고 돌아올 수 없는 데다가 목숨까지 잃고 말지요. 하지만 마음이 올바른 사람이 저택에게 진심으로 감사 인사를 하고 떠나면 무사히 마을까지 돌아갈 수 있다고요."

　자세히 알고 있군──하며 야마모모는 감탄한 듯했다.

　"이 관도 그런 저택 중 하나다." 산신의 힘으로 만들어 낸 길을 잃거나 도망쳐 오는 사람들을 돕고 편안함을 주는 곳.

　"저와 하쓰요도 덕분에 살았습니다."

　마쓰에는 단정하게 정좌하고 다시 야마모모에게 머리를 숙였다. "은혜는 잊지 않겠습니다. 하지만 마부치무라 마을, 뿔뿔이 흩어진 남편이나 다른 아이들이 마음에 걸려서."

그 마음은 물론 하쓰요도 마찬가지다.

"게다가 이곳에서 무언가 가지고 돌아가기까지 하다니, 그런 황공한 짓은 하지 않겠습니다. 그냥 마을로 돌려보내 주세요. 부탁드립니다."

모녀 둘이 꾸벅꾸벅 머리를 숙이자 야마모모는 빙글 돌아 일어서서 곤란한 듯이 꼬리를 흔들다가 다시 철푸덕 앉았다.

후우…… 하고 한숨 같은 콧김을 내뿜는다.

"어느 '산속 저택'이나 마찬가지겠지만 이 저택은 마부치무라 마을 근처에 있는 장소가 아니다."

이 말을 듣고 모녀는 얼굴을 마주 보았다.

"역시 도망치다 보니 산을 통째로 하나 넘어 버린 걸까요?"

"아니, 그런 뜻이 아니야."

"설마, 산을 두 개——."

"산의 수가 아니라는 말이다."

초조해졌는지, 야마모모는 귀를 좌우로 뻗고 뾰족하게 세웠다. 갑자기 늑대와 비슷해 보였다.

"관은 마부치무라 마을이 있는 이 세상에는 없다, 고 말하면 이해가 되겠나? 아니, 그렇다고 해서 저세상은 아니다. 너희는 죽지 않았어. 틀림없이 목숨이 붙어 있다."

다만 산속 저택은 이 세상에 있는 장소가 아니다. 산신의 힘이 머무시는 특별한 곳이다.

"그러니 설령 너희가 멋대로 도망친다 해도, 아무리 달려도, 멀리까지 가도, 마부치무라 마을로 돌아갈 수 없다. 산신의 부름을 받고 목숨을 구한 너희는 주어진 기한의 고용살이를 다하는 것 말고는 다른 길이 없어."

하쓰요에게는 마스에의 눈가가 파들파들 경련하는 모습이 보였다. 어머니가 이렇게 되는 것은 화났을 때가 아니다. 싸울 때든 상의할 때든 상대의 말과 자신의 말이 어떻게 해도 타협이 되지 않아 곤란해져 버렸을 때다.

참을 수 없어진 하쓰요는 입에서 나오는 대로 내뱉었다.

"산속 저택에 하룻밤 묵은 사람들이 그대로 고용살이를 하다니 무슨 소리예요? 요리사랑 하녀라는 건 뭔데요? 어머니랑 내가 왜 그런 일을 당하는 건데요!"

야마모모는 귀의 각도를 원래대로 돌리더니 콧구멍을 벌름거리며 하쓰요 쪽으로 목을 뻗어 왔다.

"그러니까, 내가, 그 이유를, 순서대로, 말해 주려고 하는데, 너희들이, 꾸벅꾸벅, 꽤액꽤액, 방해하고, 있지 않느냐."

낮은 목소리로, 말을 조금씩 끊으면서, 으르렁대듯 말했다.

"죄, 죄송해요."

모녀는 서로 몸을 바싹 기대고 앉은 자세를 바로 했다. 야마모모가 머리를 세우더니 코를 찡 하고 울린다.

"마쓰에의 말대로, 길을 잃고 '산속 저택'에 들어온 사람은 나쁜 마음을 일으키지 않는 한 무사히 나갈 수 있다. 이 관에서도 마찬가지야. 다만 요리사 교대 시기에 해당할 때는 사정이 달라진다."

산속 저택에서는 모든 게 산신의 힘으로 유지되지만, 길을 잃고 들어온 사람의 고픈 배를 채워 주며 기운을 되찾게 할 음식만은 사람의 손으로 만들어야 한다.

"요리라는 것은 사람의 재주니까. 산해진미의 재료까지는 신력으로 어떻게든 모을 수 있지만, 이를 조리하여 음식으로 내놓기 위해서는 사람의 힘이 필요하지."

관에서 요리할 요리사의 고용 기한은,

"관의 부엌에서 사용하는 부엌칼이 백 자루가 될 때까지, 로 정해져 있지."

마쓰에와 하쓰요는 나란히 입을 딱 벌렸다. 그러고 나서 이번에는 목소리를 모아,

"부엌칼을 백 자루나 써야 합니까?"

"아까워요. 갈면 되는데."

서로 다른 말을 한다.

"그래, 백 자루다. 물론 갈아 쓰면서, 백 자루를 다 쓸 때까지라는 뜻이다."

부엌칼이 망가진다는 말은 아무리 갈아도 날이 서지 않아서 쓸 수 없게 되었다는 뜻이다. 그 과정을 백 자루나?

정신이 아득해질 정도의 세월이 아닌가. 하쓰요는 머리가 어질어질했다. 마쓰에가 무릎 위에 모으고 있던 손을 살며시 뻗어 와

하쓰요의 손을 잡았다. 모녀는 불안을 서로 나누며 손을 꼭 맞잡았다.

"걱정 마라" 하며 야마모모는 코를 움찔거렸다. 웃음이다. "관의 요리사는 매번 산더미 같은 음식을 만든다. 한 자루의 부엌칼은 열흘도 못 가서 망가지지. 뭐, 마쓰에가 어떻게 사용하느냐에 따라서도 다르겠지만."

이미 결정됐다는 말투다. 아니, 정말 결정된 걸까.

"관의 지난번 요리사는 너희가 불려 오기 이틀 전에 백 자루의 고용 기한을 마치고 나간 참이다. 좋아하는 물건 하나를 선물로 가지고 말이지."

그 부분만은 '산속 저택'의 도움을 받은 평범한 착한 이들과 다르지 않다.

"관의 요리사 자리가 비어 있던 참에 너희가 불려 왔다."

우연히 요리사 교대 시기에 들어맞고 말았을 뿐인데, 대단한 불운이다. 마쓰에와 하쓰요도 하룻밤 묵고 선물을 하나 받아 돌아가는 평범한 손님이 되고 싶었다.

불만을 읽어 냈는지 야마모모는 또 작게 코끝으로 웃고 나서 말했다.

"말해 두겠는데 공짜로 일하라는 건 아니다. 고용살이에 대한 상이 확실하게 있어."

관에서 일하는 동안에는 마쓰에도 하쓰요도 나이를 먹지 않으며 이제까지 몸에 어떤 문제가 있었다 해도, 지병이든 부상이든 흉터든 전부 깨끗이 나아 건강해진다. 즉, 수명이 늘어난다.

"게다가 너희가 고용살이를 하는 동안에는 고향 마부치무라 마을이 모든 재난으로부터 보호받고, 모든 작물의 풍작과 풍부한 사냥감이 약속된다."

큰비도 큰바람도 가뭄도 없다. 화재도 당하지 않고 지진도 일어나지 않는다. 어떤 돌림병도 가까이 오지 못하고, 해충도 생기지 않으며, 짐승으로 인한 피해도 없다. 누에 님은 질 좋은 실을 토하고 점점 늘어난다.

"단 하나 예외는 전쟁이다. 이것만은 지상의 어리석은 사람들이 초래하는 것이라 산신의 힘으로는 어떻게 할 수도 없어."

전쟁이라니, 하쓰요는 물론이고 마쓰에 세대에서도 옛날이야기다. 마쓰에의 증조할아버지가 전국 시대 무렵에는 낙오된 무사들을 사냥하며 이름을 날렸다는 이야기를 듣긴 했지만 진위가 의심스럽다.

"산신은 그만큼 위대한 힘을 가지고 계시는데 요리는 못 하시는군요……."

아직도 멍하니 허공을 바라보며 마쓰에가 중얼거렸다. 아, 그러게. 어머니, 날카로우시네요.

하쓰요가 감탄하고 있자니 마쓰에는 문득 몸을 떨며 야마모모에게 호소했다.

"야마모모 님, 저도 요리는 못해요. 사람의 재주라고 하시지만, 저희 같은 산골 마을 사람에게 요리라는 건 저희와는 상관없는 사치스러운 일이지요. 전혀 인연이 없어요."

맞아요. 하쓰요도 기세를 더했다.

"야마모모, 우리가 평소에 어떤 걸 먹는지 몰라요? 쌀이랑 찹쌀로 끓인 죽, 맛있었어요. 그게 우리한테는 맛있는 음식이에요. 물론 산에서 캔 들풀이나 버섯 같은 건 먹어요. 꿩이나 토끼나 멧돼지 같은 게 입에 들어올 때도 있지만……."

그것도 마부치무라 마을이 다른 곳보다는 풍요롭기 때문에 가능한 사치다.

"산해진미를 요리할 수 있는 사람을 찾으신다면 성의 요리 담당자나, 큰 역참마을 요정에서 일하는 진짜 요리사를 부르시면 되잖아요. 우리 같은 가난한 마을 사람은 어떻게 할 수도 없어요."

"맞아요, 맞아요. 산신의 힘으로, 그 정도는 할 수 있잖아요?"

어떠냐, 받아쳤다. 자, 선물 같은 건 필요 없으니까(아니, 조금은 갖고 싶지만), 우리를 돌려보내 줘. 그런 마음으로 거친 콧김을 내뿜으며 하쓰요는 야마모모를 노려보았다. 그러나,

"오오, 그거라면 걱정 마라."

야마모모는 태연하게 대꾸했다.

"미안하다, 아까는 내가 말을 잘못했군. 요리는 사람의 재주다──가 아니라, 요리는 사람의 손을 통하지 않으면 할 수 없다, 고 말해야 했어."

마찬가지 아닌가?

"마쓰에도 하쓰요도, 말 그대로 손만 빌려주면 된다. 너희가 아무것도 하지 않아도 관의 힘으로 요리는 자연스럽게 할 수 있게 돼."

즉 마쓰에와 하쓰요의 손은 요리하는 힘을 작동하게 하기 위한 '도구'라고 한다.

"관에는 요리하는 힘이 있어요?"

"있고말고. 관을 관리하기 위해서 구석구석까지 가득 차 있는 힘이다. 지금 이 자리에서도, 부르면 대답해 줄 게야."

야마모모가 콧등을 천장의 대들보가 가로질러 있는 쪽으로 향하더니,

"웡, 웡~."

하고 짖는 듯한 소리를 질렀다. 그러고 나서 사람의 말로 이렇게 불렀다.

"미다이 경, 들으셨지요. 여기 있는 두 사람은 마쓰에와 하쓰요라는, 마부치무라 마을의 여자들입니다. 앞으로 미다이 님의 손으로서 역할을 하게 될 것입니다. 확실하게 가르쳐 주시기 바랍니다."

그러자 대들보 위에서 가느다란 검댕이 떨어졌다. 화로에서 올라간 연기의 검댕이다. 기둥이 삐걱 하고 울리고, 회칠이 되어 있는 벽에서 하얀 파편이 사락사락 떨어지고, 판자를 깐 마루가 가볍게 삐걱거렸다. 전부 일제히 일어났다. 마치 지금 야마모모의 부름에 답해 건물 전체가 몸을 꼼짝거린 것 같았다.

"말귀를 못 알아듣는 여자들이야."

목소리가 들려왔다. 늠름하고 잘 울리는 목소리다. 하지만 젊은 여자의 목소리는 아니다. 마스에보다 훨씬 나이가 많은 할머니의 목소리다.

"둘 다, 물고기처럼 눈을 계속 뜨고 있군. 귓구멍이나 뚫고 잘 듣도록 해라."

으스대는 말투인데 말하는 게 이상하지 않나?

"내가 미다이다. 이 관을 관리하는 오쓰보네지. 아니, 입까지 벌리니 더욱더 물고기 같구나. 볼썽사납게!"

\*

미다이御台 님이란 높으신 분의 아내를 말한다. 부엌부엌은 일본어로 '다이도코로台所'라고 한다을 다스리는, 즉 가정을 관리하는, 그 집 안에서 가장 지위가 높은 여인이기 때문에 미다이도코로御台所 님을 줄여서 미다이 님이다.

같은 산신의 가신으로서 대등한 관계인 야마모모는 '경'이라고 부르면 되겠지만, 마쓰에와 하쓰요는 그럴 수 없다. 목소리만 할머니인 그를 미다이 님이라고 부르게 되었다.

목소리는 나지만 모습은 보이지 않는――이라고 할까, 정해진 모습이 없는 듯한 미다이 님은 요괴 같은 존재지만 전혀 무섭지 않았다. 입만 열면 잘난 척을 (뭐, 입이 있는지 어떤지는 확실하지 않다) 하지만, 여러모로 친절하고 말이 많고 참견하기를 좋아했다. 그 점도 마부치무라 마을의 할머니들과 닮았다.

야마모모는 며칠 동안은 푹 쉬라고 말해 주었지만, 관의 화롯가에서 세 번 죽을 먹고 나니 마쓰에도 하쓰요도 완전히 기운을 차렸다. 아팠던 곳, 멍이며 상처가 모두 낫고 몸이 가벼워졌다.

"그렇겠지, 그렇겠지."

미다이 님은 자랑스러운 듯이 말하며 우후후 하고 웃었다. 미다이 님은 여러 장소에서 잘 웃어서, 웃음소리를 들을 때마다 하쓰요는 입가에 손등을 (애초에 손이 있는지 어떤지도 확실하지 않지만) 대고 몸을 젖히며 웃는 뚱뚱한 할머니의 모습을 떠올리게 되었다.

"관의 음식이 가진 힘이다. 굶주리고 목이 말라 목숨이 다하기 직전인 사람이라도 관 안의 음식을 한 조각만 입에 넣으면 순식간에 생기를 되찾지."

"그렇다면 길을 잃고 들어오는 사람들을 위해 일부러 많은 음식을 만들 필요 없이 냄비 가득 감자된장국이나 찹쌀죽을 끓여 주면 되지 않아요?"

"그건 그대들 하인의 식사다. 길 잃은 사람들에게는 요리를 가득 늘어놓은 맛있는 음식을 제공해서 관의 신력을 보여 주어야지."

요리를 늘어놓기 위한 연회실은 하쓰요와 마쓰에가 생활하는 화로가 있는 마루방에서부터 더듬어 가면 도착하기도 전에 녹초가 될 것 같은 긴 복도 끝에 있었다. 복도 좌우에도 방이 줄지어 있고 호사스러운 채색화나 커다란 무늬의 묵화가 그려진 당지로 구분지어져 있다. 가끔 당지가 열려 있기도 해서 지나가다가 들여다보면 새 다다미 냄새가 확 풍겼다.

방에 따라 한아름이나 될 것 같은 커다란 접시가 장식되어 있기도 하고, 화기花器에 계절을 벗어난 산벚나무 꽃이나 커다란 모란이 꽂혀 있기도 하고, 훌륭한 책상에 벼루와 먹과 붓이 놓여 있기도 하는 등 취향은 제각각이었지만, 그중 어디에도 하쓰요와 마쓰에는 발을 들여놓을 수 없었다. 닫혀 있는 당지나 장지를 열 수도, 발이나 휘장을 말아올릴 수도 없었다.

부엌과 잠을 자는 마루방을 제외하면 마쓰에와 하쓰요가 들어갈 수 있는 곳은 연회실뿐이었다.

연회실은 다다미 수를 세어 보니 서른 장이었다. 아름다운 장식이 있는 다른 곳들과 달리, 하얗게 회칠한 벽과 옻칠한 기둥, 쪽매 세공색깔과 결이 다른 나무 토막을 여러 모양으로 짜맞추어 표면에 박아 넣어서 여러 가지 모양 또는 무늬를 만드는 세공이 되어 있는 천장 판자 외에는 이렇다 할 특징이 없는 깔끔한 방이다. 도코노마조차 없다. 그저 곳곳에 무늬 없는 하얀 등롱이 놓여 있고, 기둥 위쪽에 촛대가 달려 있고 굵은 초가 세워져 있을 뿐이다.

미다이 님은 말했다. "쓸데없는 물건들이 없어야 요리가 돋보이니까."

"이렇게 등불이 많으면 기름도 많이 쓰겠네요." 마쓰에가 사치스러움에 한숨을 쉬며 말했다. "기름을 보충하거나 초를 가는 것도 저희가 할 일이겠어요."

"아니, 그건 관의 신력으로 된다. 즉 내가 관리한다는 뜻이지. 너희는 그냥 요리를 만들고 상을 늘어놓기만 하면 돼."

"그건, 으음, 누군가가 길을 잃고 들어오고 나서 시작하면 되나요?"

"그러면 늦어. 너희가 일을 할 마음이 있다면, 관은 당장이라도 요리를 시작할 것이다."

"하지만 아무도 없을 때부터 준비해 봐야 음식은 썩어 버릴 거예요. 아까운데요."

하쓰요가 대꾸하자 미다이 님은 야마모모처럼 '찡' 하며 콧김을 울렸다.

"완고하고 말귀가 어두운 걸 보니 네 머리는 바위로구나. 내 말이 빗물처럼 표면을 줄줄 흐를 뿐이고 스며들지를 못해."

"용서해 주세요, 미다이 님." 마쓰에가 하쓰요의 머리를 눌러 고개를 꾸벅 숙이게 했다. "무엇이든 말씀하시는 대로 하겠습니다."

"흠. 알겠느냐, 하쓰요. 어미를 보고 배워, 내 말대로 해야 한다."

이렇게 해서 사흘째 아침부터 마쓰에와 하쓰요는 관의 부엌에 섰다. 우선은 준비를 한다. 머리카락이 떨어지지 않도록 수건을 쓰고 붉은 어깨띠로 소매를 묶고 수도의 물로 꼼꼼하게 손을 씻고 입을 헹군다. 긴장도 되지만 축제나 정월 때처럼 두근거렸다.

준비를 마친 모녀를 앞에 두고 야마모모가 입을 열었다. "길을 잃고 들어온 손님을 위한 음식은 다섯 번째 상까지 만든다."

상을 다섯 개 늘어놓고, 하나하나에 정성을 다한 음식을 올린다. 손님이 한 명이면 이것을 두 조. 두 명이면 네 조. 세 명이면 여섯 조 준비한다.

"뭐, 한 번에 두 명이 길을 잃고 들어오는 일도 좀처럼 없어."

마쓰에와 하쓰요는 좀처럼 없는 모녀였던 모양이다.

"대개는 한 명의 손님에게 두 조의 음식이면 될 테지."

"어째서 두 조를 만드는 건가요?"

"손님이 한 그릇 더 먹고 싶어졌을 때를 위해서다."

"그러면 세 번째로 더 드리는 일은 없다는 뜻이군요."

"한 번 더 드리면 배가 충분히 부르도록 음식을 만든다."

하쓰요는 어머니의 얼굴을 올려다보았다. 이 대화의 의미를 마쓰에는 눈치채지 못한 것일까.

하쓰요는 손을 들고 물었다. "야마모모, 그럼 우리는 손님을 위해서 밥이나 국을 퍼 드리지 않아도 되는 거예요?"

야마모모는 한쪽 귀를 가볍게 움직이고는 대답했다.

"하쓰요, 그건 '급사給仕 식사 시중를 한다'고 하는 거다. 그래, 급사는 하지 않아도 돼. 그런 것은 나중에 자세히 이야기해 주마. 자."

일단 모녀에게 부엌 옆의 작은 방에서 상을 열 개 골라 가지고 나와야 한다고 했다.

"으음…… 요리는 안 하고요?"

"만든 요리를 담을 상과 그릇을 결정하고 나서, 무엇을 만들지 정한다."

요리란 그런 건가. 복잡하네. 태어나서 지금까지 훌륭하고 고상한 요리와는 전혀 인연이 없었던 하쓰요는 이해하지 못했다. 마쓰에는 진지한 얼굴을 하고 야마모모의 말을 듣고 있다.

야마모모가 시원스럽게 말을 이었다. "관 안에서는 계절이 신경 쓰이지 않는다."

계절이 없는 것은 아니지만 느낄 수 없기 때문에 잊어버린다고 한다.

"다만 길을 잃고 들어오는 자들은 자신이 있던 곳의 춘하추동을 짊어지고 온다. 너희 모녀도 그랬지."

마쓰에와 하쓰요는 얼어붙을 듯한 한기와 건조한 바람이 불어닥치는 마부치무라 마을에서 왔다.

"그러니 너희의 첫 번째 요리는 겨울의 풍물이 그려진 상에 담기로 하자."

작은 방에 빼곡하게 수납되어 있는 여러 가지 도구와 집기는 적당히 고색(古色)이 더해진 것도 있지만 방금 완성된 듯 보이는 칠기도 있었다. 다만 어디에도 먼지 하나, 실오라기 한 조각도 붙어 있지 않다.

하쓰요가 마부치무라 마을에서 본 적 있는 유일한 상에는 고양이의 발 같은 다리가 붙어 있었다(가초가 다로에게 시집오고 얼마 안 되어, 이모토야의 주선으로 마을 서낭신의 가구라 무대에서 젊은 부부의 피로연회를 열었을 때다). 도구방에도 같은 모양의 상이 열 개 갖추어져 있었지만, 더 굵고 복잡한 모양의 다리가 달려 있는 다른 종류도 있었다.

"이 모양은 나비발<sub>밥상 다리 모양의 하나로, 나비가 날개를 펼친 듯한 형태</sub> 상이라고 한다."

하쓰요가 쪼그려 앉아 상을 바라보고 있자니 미다이 님의 목소리가 가르쳐 주었다.

"크고 무거운 접시나 주발을 올려놓을 때 고양이발 상보다 안정적이지."

목소리는 바로 머리 위에서 들렸다. 미다이 님은 어디에서 보고 있는 걸까.

"저희는 어느 쪽을 쓰면 될까요?"

작은 방에 정좌한 마쓰에가 왠지 모르게 선반 위쪽을 올려다보며 물었다.

"마음에 드는 쪽을 골라도 되지만, 어느 쪽이든 한쪽으로 통일하는 게 아름답다. 섞여 있으면 보기에 좋지 않으니까."

"예에……. 삼가 받들겠습니다."

어머니는 저렇게 정중한 말씨를 알고 있구나. 나도 흉내 내면 안 될까?

"사, 삼, 삼가, 어라?"

야마모모가 귀를 삼각으로 팽팽하게 세우고는 재채기 같은 콧소리를 냈다.

"하쓰요는 삼가 받들지 않아도 된다. 마쓰에, 어느 쪽 상으로 할 테냐?"

마쓰에는 나비발 상을 골랐다. "저도 하쓰요도 산골 출신입니다. 안정감 있는 상 쪽이 여러모로 안심이 되겠지요."

"좋은 마음가짐이로구나." 미다이 님이 말했다. "옻칠이 된 것은 금은박이나 나전세공으로 장식하고 안료로 그림이 그려져 있다. 칠하지 않은 나무를 그대로 문질러 윤기를 낸 상은 가장자리나 다리 부분에 조각이 되어 있지. 모두, 다룰 때 아주 조심해야 한다."

마쓰에의 눈가에 날카롭게 긴장이 스쳤다. "만일 실수를 저질러 망가뜨리면 벌을 받게 되나요?"

이쪽은 진지하게 물었는데,

"도구 한두 개, 아니, 백 개든 이백 개든, 신력으로 눈 깜짝할 사이에 만들어 낼 수 있다. 망가뜨린다 해도 이렇다 할 일은 없지만, 아름다운 상을 망가뜨리면 너희가 아깝겠지."

미다이 님의 목소리에는 웃음이 머금어져 있었다.

"이번에는 하쓰요가 골라 주련. 옻칠한 상과 조각된 상, 어느 쪽이 좋으냐."

좋고 싫고 할 것도 없이, 이렇게 훌륭한 상을 가까이에서 보는 건 처음이다. 하쓰요는 머뭇거리며 마쓰에의 얼굴을 보았다. 어머니는 고개를 한 번 끄덕였다. 하쓰요는 숨을 죽이며 말했다.

"오, 오, 오오오옻칠."

금은색의 반짝이는 그림을 보고 싶다는 마음을 토해 냈더니 말이 씹히고 말았다.

"그렇다면 오, 오, 오오옻칠 상을 골라 내오너라."

하쓰요의 말을 흉내 내며 미다이 님은 웃고 있다.

심술궂은 웃음이 아니다. 즐거운 모양이다.

어머니는 벌벌 떨며 검게 옻칠한 나비발 상을 들고 부엌 봉당을 올라가 마루방까지 옮긴 후 신중하게 늘어놓았다.

"와아, 예쁘다……."

어두운 작은 방에서 아침 해가 비쳐드는 마루방으로 나오니 상의 아름다움이 세밀한 부분까지 보여서 하쓰요는 그만 큰 소리를 내고 말았다.

하쓰요가 겹쳐서 날라 온 두 개의 상은 하나에는 수선화가, 또 하나에는 커다란 광귤이 그려져 있었다. 꽃과 열매뿐만 아니라 잎이며 줄기까지 아름답다. 광귤은 정월의 장식물인지, 작은 금줄에 홍백紅白의 끈이 나비매듭으로 묶여 곁들여져 있다. 수선화 그림은 꽃만 있는 줄 알았더니, 곧은 줄기가 꽃받침과 만나는 그늘에서 작은 생물이 얼굴을 내밀고 있었다. 정말로 작아서 하쓰요의 엄지 손톱만 한 크기다.

"이거, 석룡자?"

하쓰요가 손가락을 살며시 대며 묻자,

"도마뱀이냐고 묻는 건가. 그건 아니다. 도마뱀붙이지. 수선화가 피는 추운 계절에 어슬렁거리는 생물은 아니지만, 길한 짐승이라 그림 무늬가 되었다."

"도마뱀붙이는 길한가요?"

야마모모는 하쓰요 옆으로 옮겨 와, 나란히 그 상의 그림 무늬를 바라보았다.

"도마뱀붙이는 한자로 '가수家守'라고 쓰거든."

하쓰요는 물론이고 마쓰에도 한자는 배운 적이 없으니 이야기를 종잡을 수 없다.

"하나도 모르겠어요."

"그래? 너희는 글을 배우지 않아 읽고 쓰기를 못 하는 게로군."

야마모모는 별생각 없이 말한 듯했지만 마쓰에가 갑자기 몸을 움츠렸다.

"훌륭한 한자 이름을 받았는데, 부끄러울 따름입니——."

마쓰에의 말을 가로막으며 미다이 님이 말했다. "부끄러워할 게 무에냐. 너희가 살던 마을에서는 아기가 태어나면 산의 주인으로부터 이름을 받을 테지. 감사하고 경사스러운 일이다. 게다가 너희가 매일 생업에 힘쓰느라 한자를 배울 시간이 없었다면 산의 주인을 모시는 산의 백성으로서 참으로 올바른 행동이지, 부끄러워할 만한 일이 아니다. 가슴을 펴거라!"

도도한 설교였다. 마쓰에는 감동한 듯 가슴 앞에서 손을 모으며,

"예에, 미다이 님의 말씀대로 가슴을 펴겠습니다" 하고 말했다.

눈가가 살짝 붉어졌다. 하쓰요는 왠지 쑥스럽기도 기쁘기도 엉덩이가 간질거리기도 한 느낌이었다. 그러나 머리 한쪽 구석에서는 딴생각이 떠올랐다.

──미다이 님이 말하는 '산의 주인'이라는 건 산신을 말하는 거겠지. 그럼 미다이 님은 산신의 아내일까.

"산신께 받은 이름을 몸에 지녔고, 산속 저택에서 가지고 돌아온 찬합 이야기가 너희가 온 마부치무라에 전해진다니, 너희는 이중, 삼중으로 관과 인연이 깊다."

왜인지 야마모모는 의기양양하게 귀를 젖히며 말했다. "분명, 지금까지 중에서도 최상의 요리사가 되겠지. 자, 얼른 상을 고르자꾸나."

마쓰에가 겹쳐 들고 온 세 개의 상은 '물마루 위에 걸려 있는 초승달' '소설小說 속에 늘어선 횃불 행렬' '반쯤 얼어붙은 수면 바로 아래에 있는 커다란 잉어'라는 그림이었다. 수면을 향해 작고 붉은 열매가 달린 가지 하나가 뻗어 있다.

"이건 죽절초로군." 야마모모가 가르쳐 준다. "눈 속에 늘어서 있는 횃불은 도깨비불의 행렬이다. 하쓰요는 도깨비불을 본 적이 있느냐?"

해 질 녘이나 밤이 깊고 나서, 산야나 묘지에 켜지는 희푸른 불을 말한다. 아름답지만 으스스한 불이라고 한다. 하쓰요는 알고는 있지만 본 적은 없다.

"여우가 입에서 토하는 불이라고, 인간들은 말하지."

"사실이 아닌가요?"

"놈들은 불 같은 걸 토할 수 없다. 불빛이 필요할 때는 횃불을 입에 물거나 앞발로 들고 걷지. 그래도 불을 무서워하지 않고 잘 이용하는 걸 보면 족제비나 너구리들보다 훨씬 영리해."

"야마모모는 아는 게 많네요. 여우보다도 영리한 거겠지요."

"흥, 비교가 안 될 정도로 내가 더 영리하다. 애초에 나는 눈이 좋아서 달도 별도 없는 캄캄한 어둠 속에서도 횃불은커녕 촛불도 필요 없어."

좀 잘난 척을 좋아하는 건 아니려나?

야마모모와 하쓰요가 쓸데없는 이야기를 하는 사이에 마쓰에는 미다이 님과 상의하면서 상을 정한 모양이다.

"예쁜 꽃 그림이 있는 상 네 개와, 여기 남천 그림이 있는 상."

마쓰에는 앞에 한 개씩 늘어놓으면서 꽃의 이름을 꼽아 나갔다. "매화, 수선화, 동백, 그리고 이 노란 꽃은 납매臘梅라는 꽃이래."

수선화는 아까 보았지만 매화나 동백, 가지에 작은 노란 꽃이 나란히 피어 있는 '납매'라는 꽃의 그림 무늬는 처음 본다. 방금 하쓰요가 한눈을 파는 사이에 나타난 듯이. 그리고 광귤과 작은 금줄 그림이 사라졌다. 어라? 하고 둘러보고 있자니 방금 전까지 하쓰요와 야마모모의 눈앞에 있던 '눈과 도깨비불' 그림도 사라지고, 활짝 핀 홍매와 백매, 그 꽃 그늘에 숨어 있는 동박새 그림으로 바뀌어 있었다. 놀랄 노 자다.

"미다이 님은 옛날이야기 속 신선 같은 술법을 쓸 수 있어요?"

하쓰요가 약간 뒤집어진 목소리로 묻자 미다이 님은 명랑하게 웃었다. 손등을 입가에 대는 조심성마저 잊은 채 기쁜 듯이 웃는 느낌이 들었다.

"마쓰에가 고른 네 종류의 꽃은 바다 저편의 대국인 당나라에서 예로부터 '설중사대화雪中四大花'라고 불리며 존중받았다."

혹독한 겨울의 추위 속에서도 눈에 얼어붙지 않고 아름답게 피는 꽃이니까.

"거기에 더한 남천은, 시드는 일이 없는 초록색 잎과, 약효도 있고 귀여운 붉은 열매와, '어려움을 바꾸어 복으로 만든다'는 이름까지 경사스러운 그림이지. 요리사로서 마쓰에의 시작을 장식하기에 어울리는구나."

매화, 수선화, 동백, 납매, 남천. 각 그림마다 나비발 상이 두 개씩. 어느새 정확하게 갖추어져 있다. 역시 신선의 술법이다.

"그럼 상차림을 정하자. 우선은 첫 번째 상이다. 여기에는 흰쌀밥과 국이 반드시 들어가지."

국은 된장국이고, 건더기는 순무와 무 등 뿌리채소와 잎새버섯과 송이버섯 같은 버섯. 장식으로 싸락눈 어묵을 곁들인다.

"싸락눈 어묵?"

"어묵은 먹어 본 적 있느냐? 생선을 사용한 묵이지. 모양은 여러 가지가 있지만, 이 관의 된장국에는 싸락눈 같은 작은 알갱이로 만든 어묵을 사용한다."

제대로 홍백紅白으로 색을 냈다나. 길을 잃고 관에 들어온 손님은 목숨을 건진 셈이니 축하하기 위해서다.

"그 외에는 생선회 초무침과 조림이 한 그릇. 여기에 채소절임을 곁들인다."

생선회 초무침이란 식초에 가볍게 절인 흰살생선이라고 한다. 그릇에 참깨로 풍미를 더한 식초를 깔고, 그 위에 한 입 크기로 자른 생선회를 배치하고, 오이와 생강을 바늘처럼 가늘게 썰어 곁들인다.

"조림 재료는 튀긴 두부와 목이버섯, 우엉과 당근으로 정해져 있지."

"튀긴 두부라니……."

"두부를 채종유나 참기름에 튀겨서 만든다."

맛있지, 라고 말하고 나서 야마모모는 귀를 흠칫 떨었다. "모르느냐."

"두부가 뭐죠?"

곤란한 얼굴의 마쓰에와 하쓰요 앞에서, 야마모모는 찡 하고 코를 울렸다. "이거 미안하다. 그럼 미다이 경, 두부부터 가르쳐야겠군요."

"너희는 튀긴 두부도 모르느냐?" 하고 미다이 님이 물으신다.

마쓰에가 또 몸을 움츠리며 황공해서 하쓰요도 흉내를 냈다. 마부치무라 마을은 뛰어난 목공 세공 기술 덕분에 가난하지는 않았지만, 마을 사람들이 일상생활 속에서 다양한 식재료를 맛볼 정도로 풍요롭지도 않았다.

다만 가초가 시집오고 나서 다로 등 직인 우두머리의 집에서만은 사치스러운 음식을 먹곤 했던 모양이다. 가초는 친정인 이모토야에서 요리를 잘하는 하녀를 데려왔고, 그래도 질린다며 남편에게 졸라서는 비싼 식재료를 조달하거나 요리사를 고용하게 시켰다.

하쓰요네 가족은 이모토야 저택 바로 옆에 살았기 때문에 부엌 굴뚝에서 풍겨 나오는 맛있는 냄새에 종종 놀라곤 했다. 달콤짭짤한 냄새, 향긋한 냄새, 누룩 풍미가 강한 된장 냄새, 튀김 기름 냄새. 냄새의 근원인 요리에 대해 전혀 몰라서 짐작도 하지 못한 점이 오히려 다행이었다. 조금이라도 지식이 있었다면 부럽다고 생각하기보다 괴로워졌으리라.

"채소절임은——순무쌀겨절임으로 하자. 음식 곳간에 있으니까. 염장다시마도 곁들이고."

마쓰에는 입 속으로 미다이 님의 말을 되풀이하며 외우는 중이다.

"그럼 첫 번째 상에 올릴 그릇을 정하자꾸나. 두 사람 다, 다시 도구방으로 오너라."

첫 번째 상은 모든 그릇을 칠기로 갖추는 규칙이 있다고 한다. 전부 붉은색으로 할까, 붉은색에 금색으로 가장자리를 칠한 그릇이나 검은 칠기에 은으로 가장자리를 칠한 그릇도 있다.

"다시 하쓰요에게 묻겠다. 어떤 것을 좋아하느냐."

하쓰요는 망설이지 않고, 가장자리를 칠하지 않은 붉은색 그릇을 골랐다. "가장자리에 금은이 묻어 있으면 쇳물 맛이 날 것 같아서요."

솔직하게 생각나는 대로 말했을 뿐인데 미다이 님은 몹시 감탄해 주었다.

"그런 걱정은 하지 않아도 되지만 배려하는 마음가짐은 좋다."

이렇게 두 번째 상, 세 번째 상——의 상차림과 그릇을 정해 나갔다. 태어나서 처음으로 배우는 내용에 마쓰에의 눈빛은 진지하기 그지없다. 하쓰요는 금세 즐거워졌다.

다섯 번째 상까지 요리를 정했으니 이번에는 식재료를 골라야 한다. 마쓰에는 크고 작은 소쿠리며 접시를 들고 미다이 님과 상의했다. 하쓰요는 어머니를 곁눈질하며, 야마모모가 지켜보는 가운데 된장이나 간장, 양념 등을 골라 부엌으로 날랐다.

"하쓰요, 두부를 잊었구나."

엇, 아까 들은 모르는 음식이다. "어디에 있지요?"

"오른쪽 끝에 있는 작은 물독의 나무 뚜껑을 열고 안을 들여다보아라."

시킨 대로 해 보니 물 속에 희고 네모난 것이 가라앉아 있다.

"부서지기 쉬우니 아주 조심해서 소쿠리에 올려야 한다."

시킨 대로 하려고 했지만 두부라는 것은 물속에서 자꾸 도망쳐서, 당황하여 손가락에 힘을 주었더니 뭉개져 버렸다.

야마모모는 하쓰요를 꾸짖지 않았다.

"뭉개진 것도 나중에 쓸 데가 있다. 자루가 달린 작은 소쿠리를 써서 그릇에 떠 두어라."

그랬다가는 다른 두부도 못 쓰게 되지 않을까. 하쓰요는 땀을 뻘뻘 흘렸지만, 큰맘 먹고 작은 소쿠리를 물에 넣었더니 두부 조각을 예쁘게 떠낼 수 있었다.

"두부란 신기한 식재료지."

미다이 님이 즐거운 듯이 말을 걸었다.

"먹으면 어디서도 맛볼 수 없는 맛이 난다. 기대되는군."

지금은 거기까지 생각할 수도 없고, 애초에 자신들이 먹기 위한 요리가 아니다. 하쓰요는 땀을 닦고 어깨띠를 다시 맸다. "좋아, 이제 식재료는 갖추어졌다."

미다이 님의 목소리가 울린다.

"마쓰에, 하쓰요. 거기에 나란히 서서 눈을 감고 머리를 숙이고 있어라."

모녀가 명령에 따르자 미다이 님은 한층 더 힘찬 목소리를 냈다.

"관의 부엌에 선 마부치무라 마을의 여자, 마쓰에. 그 딸인 하쓰요. 그대들에게 부엌칼을 내리겠다."

순간 야마모모가 찡 하고 코를 울렸다.

"고개를 들어도 된다. 눈을 떠 보렴."

모녀는 얼굴을 들었다. 각자의 눈앞에 길이도 날의 폭도 다른 부엌칼이 한 자루씩 놓여 있다.

눈을 감을 때까지는 없었는데 지금은 부엌칼이 보인다.

"이건······."

마쓰에가 손끝으로 부엌칼의 자루를 만졌다.

"제 이름이 들어가 있어요."

하쓰요도 자신의 부엌칼에 얼굴을 가까이 했다. 정말이다. 생나무의 색깔을 그대로 살린 자루 옆면에 '하쓰요'라고 글자가 새겨져 있다. 조심스럽게 뒤집어 보니 반대쪽에는 한자로 '初代'라고 되어 있다.

"하쓰요, 우리 이름을 한자로 쓰면 이렇게 되나 보다."

마쓰에의 눈동자가 빛난다. 어머니의 부엌칼은 자루도 날도 긴 만큼, '마쓰에' '松江'이라는 조각도 하쓰요의 것보다 훨씬 크다.

"앞으로는 이 부엌칼이 두 사람 몸의 일부가 될 게다."

미다이 님이 노래하듯이 가락을 붙여 말한다.

"그럼 첫 번째 상부터 시작하자."

마쓰에는 우선 쌀을 씻고, 조림이나 국을 위한 육수를 낸다. 하쓰요가 건져 올린 두부는 '물빼기'라고 해서, 천으로 싼 다음 도마에 올려놓고 커다란 접시를 덮어 눌러 두었다.

하쓰요는 상차림에 필요한 채소를 물에 씻어 소쿠리에 담고, 수도에서 깨끗한 물을 떠다가 여기저기 금방 쓸 수 있게 준비해 두는 일만으로도 분주했다. 준비가 일단락되자 미다이 님이 물었다.

"하쓰요, 밥을 지어 본 적은 있느냐."

"이렇게 새하얀 쌀만 갖고 지은 적은 한 번도 없어요."

야마모모가 참견한다. "없습니다, 다."

"예에, 없습니다."

"누구에게나, 무슨 일에나 처음은 있다. 그리고 처음 하는 일은 경사스러운 것이지. 하쓰요, 축하한다. 불 피우는 대롱을 가져오너라."

하쓰요가 화덕 앞에 쪼그리고 앉아 밥 짓기에 전념하는 사이에, 마쓰에는 된장국을 만들고 두부를 튀기기 시작했다.

"마쓰에, 하쓰요가 떠 둔 부서진 두부도 물기를 잘 빼 두어라."

"삼가 받들겠습니다, 미다이 님."

밥을 잘 지으려면 첫째도 둘째도 불 조절이 중요하다. 처음에는 약하게 하다가, 쌀이 익기 시작하면 중간 정도의 세기를 유지한다. 마부치무라 마을에서 잡곡밥을 짓는다고 할까 끓일 때는 늘 뚜껑을 열어 상태를 보곤 했지만,

"내가, 됐다고 할 때까지, 절대로, 뚜껑을, 열지 마라" 하고 야마모모가 무섭게 말해서, 하쓰요는 불 피우는 대롱을 꽉 움켜쥔 채로 참고 있었다.

밥이 지어지는 냄새가 나기 시작했다. 집에서 나무 그릇에 퍼서 급하게 먹어치우던 어떤 죽이나 잡곡밥과도 다른, 녹을 듯한 달콤한 냄새다.

마쓰에가 조림을 만드느라 바빠서, 밥이 다 지어진 뒤 하쓰요는 순무쌀겨절임을 잘라 그릇에 담는 일을 하게 되었다.

"생선회 초무침에 곁들일 오이도 하쓰요가 썰어 다오."

어, 어, 어? 내가 부엌칼을 쓰는 건가?

"당연하지. 그걸 위해서 네 부엌칼도 거기에 있지 않느냐."

"하지만 나, 이런 거 못 써요."

마부치무라 마을에서는 무엇을 하든 작은 칼이면 충분했고, 음식의 모양새를 신경 써서 예쁘게 자르는 법은 배운 적도 없거니와 생각해 본 적도 없었다.

"뭐, 해 보면 할 수 있을 게다." 야마모모가 느긋한 소리를 한다.

소금을 넣은 쌀겨에서 순무를 한 포기 꺼내 수도의 물로 꼼꼼하게 씻고 물을 빼서 소쿠리에 받친다. 부엌칼에 맞는 작은 도마에 순무를 올려놓고,

"먼저, 잎과 열매를 잘라 내는 걸까요?"

"먹기 쉽게, 입에 들어가기 쉽게 하려면 어떻게 해야 할지 생각하면서 잘라 보아라."

가슴이 두근거리고 손이 떨린다. 잘못 잘라서 못 쓰는 부분이 생기면 아깝다. 힘 조절을 잘못하면 칼날이 옆으로 미끄러져 손가락에 닿고 만다. 무섭다.

──하지만 분명 잘하고 있다.

하쓰요는 부엌칼을 잘 쓸 수 있었다. 손은 저절로 척척 움직이고, 필요 없는 일은 하지 않는다. 하지 않고 있다는 사실을 스스로 알 수 있었다. 어떻게 알 수 있는 걸까.

"하아, 좋은 냄새."

나란히 있는 대에서는 조림을 다 만든 마쓰에가 당근, 우엉, 목이, 튀긴 두부를 칠기에 담으면서 한숨을 쉬고 있다.

"어머니, 그거 어머니가 튀긴 거지요?"

하쓰요의 손바닥만 한 크기로 잘라 나눈 두부에 튀김옷을 입혀 튀긴 것. 태어나서 처음으로 만든──것만이 아니라 들은 적도 본 적도 없는 음식인데 깜짝 놀랄 만큼 잘 만들어졌다.

"맞아. 나도 믿을 수가 없구나."

마쓰에는 다시 한번 한숨을 쉬고는 부엌 천장의 가까운 곳을 향해 말을 걸었다.

"미다이 님, 이게 미다이 님의 힘이로군요."

대답은 금방 들려오지 않았다. 하쓰요 옆에 있던 야마모모가 머리를 반짝 쳐들고 귀를 삼각으로 세운다. 아무래도 놀란 모양이다.

"벌써 그걸 눈치채다니."

미다이 님의 목소리는 상냥하고, 웃음을 머금고 있었다.

"……마쓰에는 영리한 여자로구나. 마부치무라 마을 사람들이 괜히 산신께 이름을 받은 게 아니었어. 아니, 감탄했다, 감탄했어."

무슨 이야기일까. 하쓰요는 이해할 수가 없다. 마쓰에를 보니 다시 몹시 진지한 표정이 되어 있었다. 하쓰요가 보아 온 바로는, 마을 생활을 할 때는 어머니가 이렇게까지 강하고 맑은 눈빛으로 진지한 얼굴을 한 적이 없었는데.

"하쓰요도 갑자기 부엌칼을 잘 쓰게 되었어요. 하얀 쌀밥도 태우지 않고 지을 수 있었고요. 이건 우리의 재주가 아니에요."

마쓰에는 서두르지 않고, 당황하지 않고, 말을 고르고 찾으면서 확인하듯이 말했다.

"이건 미다이 님이 저나 하쓰요의 몸을 조종해서 요리를 하신 거예요. 그렇지요, 미다이 님?"

어. 우리는 미다이 님을 모시고 있는 거잖아. 그게 아니라 사용되고 있는 거였어?

마쓰에는 자신의 양손을 가슴 높이로 들어 보고 있다. 손바닥, 손등, 손가락 끝. 찬찬히 살핀다. 하쓰요도 흉내 내어 본다. 겉으로 보기에는 아무것도 달라진 점이 없다. 작은 화상도 상처도 없다. 손가락과 손가락 사이에 물기가 남아 있을 뿐이다.

마쓰에가 천천히 말을 잇는다. "그렇지 않다면 저나 하쓰요가 이토록 능숙하게 이것저것 해낼 수 있을 리가 없지요. 관에서 손님을 대접하는 요리를 만들려면 사람의 손을 통해야 한다고 야마모모 님은 말씀하셨는데, 정말로 미다이 님은 저희 손만이 필요하신 거네요."

관의 부엌은 쥐 죽은 듯 조용했다. 마쓰에와 하쓰요가 이곳에 당도하기까지 올라온 '뒤뜰'은 가파른 경사면으로, 깊은 숲에 덮여 있었다. 하지만 지금은 그곳을 불어 지나가는 바람 소리도 들리지 않는다. 나무들이 흔들리고 가지와 가지를 마주 스치며 잎을 흩날릴 때의 작은 기척조차도 느껴지지 않았다.

――관은, 우리가 그냥 발로 걸어서 올 수 있을 만한 곳에 있는 것이 아니다.

어머니에게 영리한 구석을 물려받은 하쓰요의 뇌리에, 야마모모의 말이 떠올랐다. 관은 저세상은 아니지만 이 세상에는 없는 곳. 이렇게 훌륭한 건물 안에 있는데, 마치 무無 속에 서 있는 것처럼 고요하다.

"마쓰에. 대충 네 추측대로이기는 하다만."

미다이 님의 목소리도 진지하지만, 자애로운 미소를 머금고 있었다. 그 상냥함이 마음에 와닿는다.

무無와 같은 고요함은 순식간에 멀어지고 하쓰요의 귀에는 자신의 심장이 두근두근 울리는 소리, 야마모모의 꼬리가 봉당을 때리는 소리, 마쓰에의 숨소리도 들려왔다.

"그렇지만 '손'을 빌릴 수 있는 사람이면 아무나 괜찮다는 식은 아니다. 그대도 하쓰요도 마음이 올바르고 부지런하며, 산신을 두텁게 공경하는 마부치무라 마을 사람이기 때문에 나의 좋은 '손'이 될 수 있음을 가슴에 새기고 자랑스럽게 여겨 다오."

"예. 가슴에 새기고 잊지 않겠습니다."

마쓰에가 깊이 머리를 숙인다. 하쓰요도 허둥지둥 몸을 숙였다. 그때 곁눈으로 힐끗, 야마모모가 끊어질 듯이 꼬리를 흔들고 있는 모습이 보여 웃겼다.

"그럼 계속하자."

첫 번째 상을 완성하자 야마모모의 선도로 마쓰에와 하쓰요는 각각 하나씩 상을 들고 긴 복도를 따라 연회실로 운반해 갔다.

"상은 안쪽에서부터 놓아 나간다. 서로 마주 보도록. ……하쓰요, 네 쪽 상이 약간 비스듬해졌다. 그래, 그래, 그러면 된다."

갓 지은 밥, 아직 뜨거운 된장국과 조림. 맛있어 보이는 김이 피어오르고 있다.

"이제 돌아가서 두 번째 상을 시작한다."

그러나 하쓰요는 마음에 걸려 참을 수가 없었다. "저기, 야마모모."

"왜. 어째서 발을 동동 구르고 있지?"

"아깝잖아요. 모처럼 갓 나온 요리인데 여기에 팽개쳐 두는 거예요?"

"너희들이 여기에 눌러앉아 있으면 다음 상을 만들 수가 없다."

"하지만!"

야마모모가 가느다란 눈을 반쯤 감으며 하쓰요를 노려본다.

"너는 정말, 말귀를 못 알아듣는 바위 같은 머리를 가졌구나."

그 말, 미다이 님한테도 듣지 않았나? 마쓰에도 곤란한 듯 쓴웃음을 지었다.

"이리 오렴, 하쓰요. 지금은 미다이 님과 야마모모 님의 말씀대로 해야 해."

필요한 것은 '손'뿐이니까. 불평은 필요 없으니까. 흥, 이다.

두 번째 상은 꿩고기 된장구이와, 고사리와 실곤약 두부무침,

흰살생선을 사용한 맑은 장국 세 가지를 올린다고 한다.

"두부무침에, 아까 하쓰요가 부숴 버린 두부를 사용한다."

으깬 두부에 하얀 된장으로 간을 하고, 거기에 재료를 넣으면 두부무침이라는 요리가 된다. "굉장히 수고가 드네요."

그렇게 말하면서도 하쓰요는 솜씨 좋게 두부무침을 만들고, 맑은 장국의 밑준비를 했다. 정말로 망설이는 일도, 실수하는 일도, 손을 멈추고 생각하는 일도 없이 척척 요리를 만들 수 있다. 자신이 하고 있는 일인데 자신의 솜씨라고는 생각할 수 없다.

"하지만 첫 번째 두부는 부숴 버렸어요."

"그래서 두부 다루는 법을 배웠지 않니. 너희들도 그냥 미다이 경의 힘에 몸을 맡기고 있지만 말고 재주나 지식을 몸에 익혀 나가도록 해라."

두 번째 상도 완성되자마자 연회실로 가져갔다. 그리고 하쓰요는 딸꾹질이 나올 정도로 깜짝 놀랐다. 왜냐하면 첫 번째 상의 밥과 된장국과 조림 그릇에서 아직도 김이 피어오르고 있었기 때문이다.

"시, 식지 않는 거예요?"

미다이 님이 우후후 하고 웃었다. "말귀를 못 알아듣는 바위 머리 아이야, 세 번째 상을 만들겠다."

세 번째 상에는 커다란 접시에 회를 몇 종류 담는다. 학꽁치, 참치, 데친 새우. 넙치를 아주 얇게 저미고 달걀 노른자만 볶아서 뿌린 '황매화 넙치'로 만든다. 마쓰에가 그쪽을 맡았다. 하쓰요는 밑에 깔 해초와 무채를 만들고, 고추냉이를 갈고, 얇게 저민 넙치에 곁들일 매실장아찌를 다졌다.

네 번째 상에는 구이와 무침을 가로로 긴 사각 접시에 예쁘게 담는다. 이 사각 접시를 통칭 '벼루 뚜껑'이라고 하기 때문에, 여러 가지를 예쁘게 담는 요리 이름도 똑같이 벼루 뚜껑이라고 한다.

마쓰에는 붕장어구이와 새우 산초구이를 만드느라 바빴기 때문에, 하쓰요는 참마 매실초 무침과 이색달걀二色卵을 만들었다. 삶은 달걀을 흰자와 노른자로 나누고 각각 잘게 다져서 소금과 설탕으로 살짝 간을 한 후, 네모난 모양으로 위아래 2단으로 깔아 잠시 눌러 놓았다가, 굳으면 끝에서부터 먹기 쉬운 두께로 썰어 나간다──마부치무라 마을에서였다면 꿈에도 나오지 않을, 어째서 달걀에 그런 수고와 시간을 들이는지 알 수 없다며 웃어버릴 만큼 의미 없는 요리다. 그러나 만들어 보니 넋을 잃고 보게 될 정도로 예쁜 요리였다.

마지막 다섯 번째 상은 '주발 안주'라고도 하는, 머리와 꼬리가 붙어 있는 생선구이다.

"오늘은 마쓰에의 첫 요리다. 도미소금구이로 하자. 하쓰요는 백합 구근으로 곁들임을 만들어라."

마쓰에가 득득 소리를 내며 근사한 도미의 비늘을 벗기고 있을 때, 하쓰요는 옆에서 백합 구근을 소금물에 데쳐 하나씩 동백꽃 모양으로 잘랐다. 도미가 다 구워질 때까지 이것을 설탕물에 담가 둔다.

도미소금구이에서는 침이 나올 정도로 좋은 냄새가 났다. 마부치무라 마을에서 살 때도 이것과 비교하면 우스울 정도로 작은 생선이긴 하지만 통구이를 딱 한 번 가족끼리 맛본 적이 있다. 하쓰요는 떠올렸다.

——가초 씨가 다로 씨에게 시집왔을 때 주었던 선물이었어.

마을의 각 세대에 하나씩, 호사스러운 나무 도시락 상자를 나누어 주었다. 그 안에 머리와 꼬리까지 다 붙어 있는 도미가 들어 있었다. 마쓰에가 그것으로 육수를 내어 화로에 건 커다란 냄비로 죽을 만들어 주었다. 도미의 몸통은 잘게 부수어 밤이나 피 사이에 섞였지만, 오라비와 언니들과 함께 감사히 먹었다.

다섯 번째 상까지 완성하여 연회실에 다섯 개의 상을 두 줄로 늘어놓고 나자, 마쓰에도 하쓰요도 지칠 대로 지쳤다. 바싹 붙어 서로를 부축한다. 그때 미다이 님의 목소리가 날아왔다.

"두 사람 다 머리의 수건을 벗고 어깨띠를 벗고 옷차림을 단정히 하고 거기에 앉아라."

뭔가 남아 있는 걸까—— 하고 생각했더니,

"수고했다. 그럼, 먹어라."

모녀는 둘 다 멍해졌다.

"에" 하고 대답이어도 물음이어도 무례하기 그지없는 목소리를 낸 사람은 하쓰요였다.

"미다이 님, 지금 뭐라고 하셨어요?"

마쓰에가 당황하여 하쓰요의 머리를 눌렀다.

"용서하십시오, 미다이 님. 하쓰요에게는 제가 말버릇을 가르쳐——."

그때, 그 목소리를 누를 만큼 커다란 소리로 마쓰에의 배가 꼬르륵거렸다. 뒤따라 하쓰요의 배도 (약간 조심스러운 소리로) 꼬르륵거린다.

순간 미다이 님이 크게 웃었다. 보니 야마모모도 이빨 사이로 "시, 시, 시시시" 하고 이상한 소리를 흘리다가 설교하듯이 말했다. "얘들아, 미다이 경의 이런 웃음을 가가대소呵呵大笑라고 한단다."

"예에."

"뱃속 깊은 곳에서부터, 한 점의 그늘도 없이 시원스럽게 웃는 모습을 말하지. 다행이구나."

자, 진수성찬을 먹어라. 야마모모가 기쁜 듯이 모녀를 재촉한다.

"먹어 보지 않으면 맛있는 음식의 진짜 고마움은 알 수 없다. 알지 못하고서는 손님을 위해 마음을 담아 만들 수도 없지."

"그래서 관의 요리사가 된 자가 처음으로 만든 요리는 당사자가 먹는 것이다."

먹어라, 먹어. 미다이 님의 말에 떠밀려 마쓰에와 하쓰요는 각자의 상에 앉았다.

"잘 먹겠습니다" 하고 모녀는 목소리를 모아 말했다.

하쓰요는 손이 떨려서 예쁜 붉은색 젓가락을 몇 번이나 떨어뜨리고 말았다. 마쓰에는 하쓰요가 제대로 젓가락을 들 수 있을 때까지 기다려 주었다. "우선 쌀밥을 한 입 먹으렴."

역시 전혀 식지 않았다. 갓 지은 밥 그대로 따뜻한 김을 피워 올리고 있다. 달콤한 냄새를 풍긴다.

입에 넣으니 침이 왈칵 나왔다.

"맛있어!"

머릿속의 모든 생각이 날아가 사라진다. 하쓰요는 먹느라 정신이 없어졌다.

먹는다, 먹는다. 입과 젓가락을 움직인다. 네 번째 상의 붕장어 구이까지 먹었을 때, 물 밑바닥에 가라앉아 있던 사람이 얼굴을 내밀고 호흡하듯이 제정신으로 돌아왔다. 붕장어를 한 조각 입에 넣은 채 눈을 들어 보니 마쓰에도 네 번째 상까지 와 있었다. 하쓰요가 만든 이색달걀을 젓가락으로 집는 중이다.

"예쁜 달걀부침이네" 하고 이쪽을 보며 말했다. 뺨을 붉히고, 눈에는 눈물이 고여 있다.

하쓰요의 가슴에도 따뜻한 파도가 밀려왔다. 하쓰요는 얼굴 가득 웃으며 말했다.

"부친 게 아니에요. 삶은 거예요. 다음에는 어머니한테 만드는 법을 가르쳐 드릴게요."

모녀가 맛있는 음식을 즐기는 동안, 미다이 님은 부드러운 기척을 풍기고 있을 뿐 아무 말씀도 하지 않으셨다. 하지만 야마모모는 점점 참을성이 다했는지 슬쩍 말했다.

"너희는, 내게도 맛을 보여 주어야겠다는 친절한 마음은 들지 않느냐?"

"물론, 맛보아 주셔야지요. 무엇이 좋으십니까?"

"새우와 도미, 넙치와 참치. 쌀밥에 된장국을 부어 다오. 빈 그릇도 상관없다. 설거지를 한 것처럼 깨끗하게 먹어 주마."

꿈 같은 진수성찬을 완전히 비우고 나자 마쓰에도 하쓰요도 몸 구석구석까지 피가 돌고 머릿속이 맑아졌다. 하쓰요가 보기에 마쓰에는 심지어 조금 젊어진 듯 보였다. 산신, '산의 주인'의 기氣가 모녀의 지치고 다친 몸을 다시 태어나게 해 주신 것이다.

상을 물린 후 그릇을 씻고 물기가 남지 않도록 꼼꼼하게 닦아 도구방의 원래 자리에 정리하고 나자 미다이 님이 또 불렀다.

"자, 오늘의 마무리다. 옷차림을 단정히 하고 연회실로 오너라."

모녀가 연회실로 돌아가 보니 들어가자마자 왼쪽, 지금까지 회칠을 한 하얀 벽밖에 없었던 곳에 둥근 손잡이가 달린 미닫이문이 나타나 있었다.

"여기가 부엌칼의 방이다."

야마모모가 어느새 모녀의 바로 옆에 붙어서 말했다. "미다이 경에게 부엌칼을 받고 첫 번째 요리를 만들어 먹었으니 너희도 이곳에 들어갈 자격이 있다. 안을 살펴보아라."

마쓰에와 하쓰요는 손을 잡고 미닫이문의 문지방을 넘었다.

부엌칼의 방은 마루방으로, 폭은 1간 반 정도다. 그러나 입구에서 안쪽까지의 거리는 몹시 길어서 한없이 한없이 멀리 뻗어 있었다. 방이라기보다는 오히려 복도 같다.

왼쪽은 연회실과 같은 하얀 회칠을 한 벽인데, 1간마다 기둥이 서 있고 그 위쪽에 촛대가 달려 있다. 가늘고 우아한 초가 안쪽으로 줄지어 켜져 있다. 하쓰요는 수를 세어 보다가 금세 포기했다. 손가락의 수가 말도 안 되게 부족하다.

오른쪽은 벽이 아니라 붙박이 선반으로 되어 있었다. 선반은 딱 한 단, 마침 하쓰요의 머리 높이에 있고, 그 위에는 부엌칼꽂이가 정연하게 늘어서 있다.

"이건……."

가장 앞쪽, 출입구인 미닫이문에 가까운 곳의 부엌칼꽂이는 큰 것과 작은 것 한 쌍으로 되어 있다. 지금은 텅 비었다. 하지만 그 너머부터는 전부 부엌칼로 메워져 있었다. 날을 아래로, 자루를 앞으로 향하고 정연하게 들어 있다.

바로 직전에 있는 부엌칼 자루에 새겨진 이름이 촛불에 비쳐 보였다. '우이치로'. 남자 이름이다.

"지금은 비어 있는 크고 작은 두 개의 부엌칼꽂이가 마쓰에와 하쓰요의 자리다." 야마모모가 말한다.

"고용살이 기한을 마치고 관을 떠날 때, 여기에 그대들이 사용한 부엌칼을 넣어 두는 것이지."

미다이 님의 목소리에 조금 쓸쓸한 듯한 그늘이 섞여 있다.

"지금까지 왔다가 떠나간 요리사를, 나는 한 사람도 남김없이 기억하고 있다. 모두 열심히 일해 주었지——하쓰요, 위험하다."

하쓰요는 움찔하며, '우이치로'의 부엌칼을 만지려던 손가락을 움츠렸다.

"고용살이 기한을 마친 요리사의 부엌칼은 상해 있다. 함부로 만지작거리면 다치게 된다." 야마모모가 덧붙인다.

"알았어…… 가 아니라, 알겠습니다. 함부로 건드리지 않을게요."

마쓰에는 약간 허리를 굽혀 '우이치로'의 부엌칼을 찬찬히 바라보다가 그 안쪽, 또 안쪽, 꽂혀 있는 칼을 천천히 옆걸음질 치며 살폈다.

"전부 날이 녹슬어 있네요."

"알아보겠느냐."

"손질을 위해 제가 갈아 볼까요?"

"아니, 그렇게 마음 쓸 필요 없다. 우이치로의 부엌칼은 몰라도 그 이전의 칼은, 전부 갈면 날이 부러져 버릴 테지."

"자루도 갈라지거나 깨지거나 썩기 시작했지?"

마쓰에와 미다이 님과 야마모모의 대화를 들으면서, 하쓰요는 다시 멀리까지 이어지는 촛불의 불빛을 헤아려 보았다. 좌우의 손가락을 꼽아 열까지, 다음은 반대로 손가락을 펴 가며 스물까지——거기에서 끝났다. 발가락은 이렇게 꼽을 수 없다.

찡, 찡 하고 소리가 났다. 야마모모가 콧등에 주름을 지으며 웃고 있다.

"하쓰요, 요리를 할 일이 없을 때는 내가 읽고 쓰기와 수를 가르쳐 주마. 어떠냐, 배워 볼 테냐?"

"배우면, 나도 내 이름을 쓸 수 있게 되나요?"

"되고 말고. 촛불의 개수도 쉽게 셀 수 있지."

일동은 연회실로 돌아갔다. "첫 번째 일은 이걸로 끝이다. 두 사람 모두 오늘 밤부터는 화롯가가 아니라 작은 방에 제대로 이불을 깔고 자도록 해라."

"네, 안녕히 주무십시오, 미다이 님."

요리에 열중하느라 격자창 바깥이 완전히 어두워졌는데도 깨닫지 못했다. 겨우 걷는 데 익숙해진 복도에도, 그 좌우에 있는 (당지나 장지가 열려 있기도 닫혀 있기도 한) 몇 개나 되는 방에도, 각각 불이 켜져 있다.

야마모모가 모녀를 안내해 준 작은 방은 좁았지만 툇마루가 딸려 있었다. 바깥은 깜깜한 밤의 숲이다. 발치에 놓인 와등에 의지해 툇마루를 더듬어 가니, 오른쪽 안쪽에는 측간과 손 씻는 물을 떠 놓는 대야가, 왼쪽 안쪽에는 놀랍게도 바위 사이의 움푹 팬 곳에 마련된 아담한 온천이 있었다. 가느다란 대나무를 늘어놓아 짠 높은 키의 울타리 안쪽에서 온천 냄새와 함께 짙은 김이 피어오른다.

"와아, 온천이다!"

"뛰면 미끄러워서 넘어진다."

아니나 다를까, 하쓰요는 발이 미끄러져 엉덩방아를 찧고 그대로 고소데를 입은 채 바위 온천 속에 빠지고 말았다.

"하쓰요도 참."

마쓰에가 웃고, 야마모모가 목을 뻗어 부축해 주었다. 온천은 적당히 뜨거워서 몸뿐만 아니라 마음도 따뜻하게 데워 주었다.

이상하네, 엉덩이부터 뛰어들었는데 더운물이 얼굴에도 튄 걸까. 뺨 위로 따뜻한 물이 흘러 떨어진다.

"관의 요리사 생활은 결코 나쁘지 않을 게다."

콧등을 김으로 빛내며 야마모모가 말했다.

"두고 온 가족이 그리워지고 걱정이 될 때도 있겠지. 하나 너희들에게 거듭 말해 두마. 고용살이 기한이 끝나기 전에 멋대로 이곳을 떠나서는 안 된다. 숲으로 도망쳐도 안 돼. 무엇 하나 좋은 일은 없을 테니까."

그날 밤 하쓰요는 푹 잤다.

\*

청자의 자리에서 도미지로는 초조해하고 있었다. 깊이 숨을 쉬고 배 밑바닥에 힘을 주지 않으면 큰 소리로 꼬르륵 꾸루룩 소리가 나고 말 것 같다.

섣불리 말을 할 수 없어서 묵묵히 느긋한 척 고개를 끄덕이면서 새로 차를 끓인다. 동작에 집중하면 배에서 나는 소리를 조절하기 쉬워지니까.

"지금도 그날 밤 맛본 진수성찬과 기분 좋았던 바위 온천이 꿈에 나와요."

흑백의 방에 앉아 있는 하쓰요는 도미지로가 처음 보았을 때와 마찬가지로 밝고 건강한 분위기를 몸에 두르고 있다. 마부치무라 마을을 덮친 공포의 하룻밤을 이야기할 때는 조금 딱딱했던 표정도 지금은 풀렸다.

"거참, 부럽습니다."

차주전자에 뚜껑을 덮으며 도미지로는 신중하게 목소리를 냈다. "저는 꿈속에서조차 그런 진수성찬과는 인연이——."

꾸룩꾸룩, 꼬르륵.

배에서 숨길 수 없는 소리가 났다. 위장이 불평을 하고 있다. 귀로 들려주지만 말고 먹게 해 다오~ 하고.

새 차로 채워진 차주전자를 어중간하게 든 채 도미지로는 돌처럼 굳었다.

아주 잠깐, 하쓰요도 도미지로와 함께 돌처럼 굳었다가,

"아하하하! 아아, 다행이에요."

하고 말하더니 한 손을 가슴에 대고 커다란 안도의 한숨을 쉬어 보였다.

"다, 다행이란 말씀이신가요."

돌에서 사람으로 돌아온 도미지로는 창피해서 얼굴이 뜨거워졌다.

"네. 지금까지 제가 이 이야기를 누군가에게 들려주면——어머니도 우리 바깥양반도 아이들도, 진수성찬 대목에서 모두 꼬르륵 소리가 나 버렸거든요. 아이들은 침까지 흘렸고요."

그러나 도미지로는 방금 전까지 아무렇지도 않은 얼굴을 하고 있었다.

"혹시 도미지로 씨한테는 이 이야기가 재미없는 걸까 하고 걱정했어요."

그런 말을 들으니 청자로서 매우 송구하다. "당치도 않습니다. 저도 배에서 소리가 나고 침이 흐를 것 같았지만 너무 꼴사납다는 생각에 어떻게든 얼버무리려고 했습니다."

흑백의 방에서 두 사람은 함께 웃으며 뜨거운 차와 '눈토끼'를 맛보았다.

"그러고 보니 미다이 님은, 과자는 거의 만들지 않으셨어요."

마쓰에와 하쓰요의 손을 빌려 만들게 하는 일은 없었다고 한다.

"네 번째 상이나 다섯 번째 상에 함께 담는 단맛 나는 음식, 노시우메매실의 과육을 갈아 으깨고 설탕에 갈분이나 한천을 섞어 살짝 불에 익힌 후, 건조시켜 얇게 저민 과자라든가, 곶감을 두드려 펴서 밤앙금을 넣어 만 것이라든가."

"그건 충분히 정성을 들인 과자 같은데요."

"하지만 구이나 무침에 곁들여 함께 담으면 과자라는 모양새가 아니게 되지요. 먹으면 달지만 어디까지나 요리 중 하나로 보이거든요."

부드럽게 눈을 뜨며 하쓰요가 말한다.

"요리는 입과 혀만이 아니라 눈으로도 먹는 거잖아요. 그래서 곁들임은 정말로 중요했어요. 맛의 조합, 색의 조합, 모양의 조합. 미다이 님은 그런 부분을 어머니와 저에게 아주 잘 가르쳐 주셨지요."

도미지로도 따라서 미소 지었다. "지금 하는 장사에도 그 가르침이 도움이 됩니까?"

그러자 하쓰요의 눈이 동그래졌다.

"설마요! 우리는 백반집이에요. 손님들은 겉모양이 어떻다 저떻다 하는 것보다 같은 값에 양이 많은 걸 더 좋아하세요."

그야 그렇겠지만 하쓰요와 남편이 운영하는 가게는 에도 시중의 다른 백반집에는 없는 '화려함'이 있지 않을까, 도미지로는 그야말로 몽상하지 않을 수 없다.

"진수성찬을 만들어 어머니와 둘이서 먹은 건 처음 그때뿐이었어요. 이후에는 손님이 있든 없든 작은 화로의 불로 우리 몫의 밥을 만들었지요."

필요한 도구들은 두 사람을 위한 찬합 속에 들어 있었다.

"훌륭한 부엌칼은 없고, 자른다기보다는 때려서 끊어 내기 적합한, 부엌칼과 손도끼가 합쳐진 것처럼 날이 얇고 넓은 칼이었어요. 마을에서는 그런 걸 많이 썼었으니까요."

자신들의 식사를 만들 때는 미다이 님의 힘을 빌리지 않았다.

그래서 마을에 있었을 때와 똑같은 상차림——이라는 말도 주제넘은, 쇠냄비 하나로 끓일 수 있는 국에 생선을 꼬치에 꿰어 화로에서 굽는 정도로 간소한 밥을 만들었다.

"그건 그것대로 맛있었어요. 한 번 진수성찬을 먹어 버렸더니 이제 변변치 않은 음식은 못 먹겠다는 일은 생기지 않았지요."

분수에 넘치는 호화로운 식재료를 마음껏 먹어 치우자는 생각도 하지 않았다.

"뭐, 쌀과 찹쌀은 실컷 쓸 수 있었고 생선도 마음껏 고를 수 있었으니까, 그 점에서는 사치스러울 정도였어요."

작은 화로에서 딱 하나 만든 단것이 팥국이었다고 한다.

"다른 곳에서는 단팥죽이라고 하지요. 마부치무라 마을에서는 팥국으로 통했어요. 설탕으로 달게 하고, 조미료로 소금을 약간. 건더기로는 새알심을 넣지요. 단팥죽처럼 매끄럽게 하지는 않고, 그렇다고 팥알이 전부 남도록 하지도 않고, 절반 정도 형태가 남도록 끓이는 게 우리 마을의 방식이었어요."

미다이 님의 힘이 없어도 마쓰에의 손으로 팥국은 맛있게 만들 수 있었다.

"야마모모가 아주 좋아했지요. 어머니가 팥을 씻고 있으면 그 소리를 듣고 찾아와서, 지금부터 끓이는 거냐며 기쁜 듯이 귀를 파닥거리곤 했어요."

달콤하고 따뜻한 하쓰요의 추억 속으로 다시 돌아가도록 하자.

"어머니와 제가 요리사와 보조가 되고 사흘 후의 일이었어요."

관에 길을 잃은 손님이 찾아왔다.

그날 아침, 마쓰에와 하쓰요는 관에 몸을 의탁하고 나서 처음으로 빗소리를 들었다. 속삭이듯이 다정하고 부드러운 소리였다. 처마에서 똑똑 떨어지는 굵은 빗방울은 구슬처럼 아름다웠다.

관에 드는 햇빛으로 밤낮은 뚜렷했지만 처음에 야마모모가 가르쳐 준 대로 계절은 거의 느껴지지 않았다. 그만큼 편안했다. 게다가 관 안에는 달력이 없어서(있다 해도 보통의 달력과는 달랐을 테고), 일상의 잡다한 일을 하며 관 안(모녀의 출입이 허락되어 있는 곳)에 이상이 없는지 둘러볼 뿐인 온화하고 단조로운 하루를 보내고 있자면 오늘이 며칠인지, 자신들은 얼마나 이곳에 있었는지 알 수 없게 되는 기분이 들어 조금 무서웠다.

그래서 모녀는 화로가 있는 방의 기둥 중 하나에 매일 아침 숯으로 표식을 그렸다. 빗소리가 들린 시간은 그 표식이 여섯 개가 된 날 아침이었다.

"어이, 일어났느냐."

야마모모가 바삐 화롯가로 다가왔다.

"오늘은 손님이 올 거다. 얼른 아침 식사를 끝내고 대접할 요리를 시작해야 해."

마쓰에와 하쓰요는 허둥지둥 죽을 입에 그러넣은 후에 손과 얼굴을 씻고 몸단장을 마쳤다. 부엌칼을 받고 나서는 모녀 모두 관의 시키세를 입었다. 속옷이나 수건 등은 바위 온천의 물로 빨아 툇마루 구석에 밧줄을 쳐서 말리고 있지만, 시키세와 잠옷은 벗어서 개어 두면 다음 날에는 새것으로 바뀌어 있어서 소매를 꿰기만 하면 된다. 역시 미다이 님의 힘일 것이다.

마쓰에는 얼른 미다이 님과 상의하여 상차림을 정했다. 하쓰요는 쌀을 씻으면서 물었다.

"손님이 온다는 거, 야마모모는 어떻게 알아요?"

"어떻게라니, 관을 둘러싸고 있는 산과 숲은 내 영역이기 때문이다. 자, 하쓰요. 그런 손놀림으로는 안 돼. 쌀을 잘 비벼서 씻어야지."

곧 상차림이 정해져 재료를 갖추고 그릇도 가져왔다. 하쓰요는 채소를 씻기 시작했다. 다섯 번째 상까지는 모녀가 처음으로 만든 요리의 내용과 큰 차이 없는 구성이었지만, 주발 안주의 도미가 자그마했기 때문에 겨자를 뿌려 구운 꿩고기를 곁들이기로 했다.

음식 곳간에서 마쓰에가 두릅을 발견했다.

"요전에는 보지 못한 것 같은데……."

"제철음식을 미리 받은 것이다."

두릅은 봄에 먹는다.

"마을에서는 떫은맛을 빼고 데쳐서 된장에 무쳐 먹곤 했습니다."

"여기에서는 조금 더 진수성찬다운 것을 만들어 볼까? 두릅소면이라고 한다."

"소면?"

"실처럼 가느다란 우동이지. 목넘김이 매끄러워서 국물에 잘 맞는다."

두릅을 잘 씻어서 떫은맛을 빼고 씹는 느낌이 남을 정도로 데쳐서 가늘게 자른다. 옅게 낸 가다랭이 육수에 매실절임으로 짠맛과 향을 더하고 거기에 데친 두릅을 넣는다. 가다랭이 육수를 낼 때는 검붉은 색의 고기 부분이 없는, 하얀 살 부분으로만 만든 가다랭이포를 쓰는 것이 중요하다. 그래야 비린내가 나지 않는다.

"이건 두 번째 상의 맑은 장국으로 내자. 이번에는 벼루 뚜껑에 구이가 아니라 흰살생선 튀김을 넣을 것이니 하쓰요는 지금 이색 달걀을 만들어 두렴."

넓은 부엌에서 요리사와 보조로 일하기는 이제 겨우 두 번째. 하지만 처음보다 만사가 더욱 몸에 배어 군더더기 없이 움직이며 부엌칼이나 구이용 꼬치나 긴 요리용 젓가락을 다룰 수 있었다. 미다이 님의 분부도, 야마모모의 조언도, 귀로 들어와서 손으로 빠져나간다는 느낌이라 막힘이 없다.

바쁘게 일하면서 하쓰요는 가끔 자신의 손놀림에 넋을 잃고 말았다. 지금 이러고 있는 하쓰요는 몸뿐이고, 자신의 몸은 미다이 님의 힘이 조종하고 있어서, 산골 출신 여자아이인 하쓰요의 혼은 부엌의 허공에 둥실둥실 떠서 그 모습을 구경하고 있다는 기분이 들었다.

시작한 지 1각(약 두 시간) 정도 만에 다섯 번째 상까지의 요리가 전부 완성되고 연회실에 두 조의 상이 나란히 놓였다. 오전이지만 비가 내리는 탓에 어둑어둑해서 관 안에는 수많은 등불이 켜져 있다. 촛대의 초, 크고 작은 등롱, 여기저기에서 손가와 발밑을 비추는 작은 와등.

이렇게 바라보면 완전히 다 비출 수 없는 어둠이 생겨난 만큼, 밝은 햇빛으로 가득 차 있을 때보다도 관은 넓고 깊게 느껴졌다. 물 밑바닥에 가라앉아 있는 듯한 고요함과 졸음을 부르는 아득한 빗소리.

"손님이 관의 문에 도착했다."

야마모모가 귀를 쫑긋 세우며 모녀에게 말했다.

"여기서부터 너희는 나서지 않아도 된다."

"수고했구나" 하고 미다이 님도 치하해 주신다.

"화롯가로 물러가서 밥을 먹고 느긋하게 쉬어라. 겨자구이를 만들 때 남은 꿩고기와 버섯과 파로 된장전골을 만들면 어떻겠느냐?"

야마모모 자신이 먹고 싶은 것이리라. 혀를 할짝거리고 있다. 마쓰에는 웃었다.

"예, 그렇게 하지요. 하쓰요도 배가 고프지?"

하지만 하쓰요는 순순히 이 자리를 떠날 마음이 들지 않았다. "정말로 손님의 시중을 들지 않아도 돼요?"

"그럴 필요는 없다" 하고 야마모모는 말했다. "무엇보다 하쓰요는 시중을 들어 드릴 수도 없어."

"왜요?"

"손님에게는 너희 모습이 보이지 않는다. 나도 보이지 않고. 우리는 관의 힘 속에 녹아들어 있으니 바깥에서 길을 잃고 찾아온 손님과 관계를 가질 수 없다."

하쓰요는 눈을 동그랗게 떴다. 순간 자신의 두 손을 펼쳐 보고 몸도 둘러본다. 자신은 분명히 여기에 있다. 숨도 쉴 수 있고 뺨을 잡아당겨 보면 분명 아프다.

"그래서 야마모모 님이 저희가 손님의 시중을 드는 일은 없을 거라고 말씀하셨던 거로군요."

마쓰에는 매끄럽게 이해한 듯하다. 하쓰요의 손을 잡고는,

"우리도 밥을 먹자. 하쓰요 너는 꿩고기는 처음 먹지? 맛있단다."

화로에서 마쓰에가 재빨리 만들어 준 된장전골은 정말로 맛있었다. 야마모모는 마무리로 푹 끓인 떡을 세 개나 먹다가 혀에 화상을 입었다.

냄비는 텅 비었다. 화로의 불은 빨갛고 빗소리는 다정하다. 마쓰에는 앉은 채로 꾸벅꾸벅 졸기 시작하고 야마모모도 몸을 웅크린 채 자고 있다.

배가 잔뜩 불러, 하쓰요도 졸리다. 하지만 이대로 누워 버리기는 아까워서 억지로 눈을 비비고 손바닥으로 뺨을 가볍게 찰싹찰싹 때리며 살며시 일어섰다.

바깥에서 길을 잃고 찾아온 손님은 어떤 사람일까.

어린아이다운 불안이 있었다. 손님이 무서운 놈이나 나쁜 놈이면 곤란하지 않은가. 동시에 어린아이다운 호기심도 있었다. 정말로 손님의 눈에는 내가 안 보일까? 바로 옆까지 다가가도?

하쓰요는 화롯가를 빠져나가 연회실로 통하는 복도 끝까지 가 보았다. 휑뎅그렁하고 끝없이 긴 복도는 어슴푸레한 어둠으로 가득 차 있고, 마을 축제 날의 밤처럼 수많은 등불이 켜져 있다.

사람 그림자는 보이지 않는다. 소리도 나지 않는다.

복도를 따라 나란히 있는 수많은 방은 지금껏 마쓰에와 하쓰요가 연회실을 오갈 때는 출입구의 당지며 장지가 닫혀 있기도 하고 열려 있기도 하는 등 변덕스러웠다. 그런데 지금은 전부 꼭 닫혀 있다.

조용하다.

하쓰요는 아무것도 신지 않은 맨발을 한 발짝 내디뎠다. 자세를 낮추고 발소리를 죽여 살금살금 복도를 나아간다. 방 하나만큼 나아갔을 때,

"엣취!"

왼쪽 멀리에서 재채기가 터졌다. 하쓰요가 그 자리에 얼어붙어 있자니 연달아 두 번, 세 번. 듣기 힘들 정도로 조심성이 없고 예의 없는 재채기다.

"우우우, 추워."

낮은 중얼거림이 들리는가 싶더니 3간쯤 앞에 있는 당지문이 열리고 사람이 나왔다.

──정말 있었어!

 몸을 앞으로 숙여서 작아 보이지만 다 큰 어른이다. 어른 남자가 쪽으로 염색한 보자기에 싼 커다란 짐을 짊어지고, 우의를 껴입고, 손등싸개와 각반을 하고 있다. 짚신은 벗었는데 흙투성이 맨발이라 남자 뒤로 발자국이 남는다. 진흙탕에 젖은 짚신도 어딘가에 벗어던지지 않고 삿갓과 함께 일부러 손에 들고 있어서, 거기에서도 빗물과 흙탕물이 떨어지고 있다.

──행상을 다니는 사람인가?

 등에 멘 짐이 팔 물건인 모양이다. 무엇이 들어 있을까. 하쓰요는 천천히 발을 앞으로 내디뎠다.

 남자가 복도에서 걸음을 멈추더니 좌우를 둘러본다. 조심하고 또 조심하면서 목을 움츠린 채 잔뜩 경계하고 있다.

 분명히 눈을 깜박이고 있고 눈동자도 맑다.

──그런데 나는 안 보이나 봐.

 남자의 눈빛은 하쓰요를 지나쳐 갈 뿐이다.

 등에 멘 짐을 싼 보자기에도 봇짐 끈에도 비가 스며 있다. 어깨에 파고든 모양을 보면 무거워 보인다.

 남자는 콧물을 훌쩍이고는 고개를 돌려 입가에 손을 대고 불렀다.

 "실례합니다, 누구, 안 계십니까아."

 떨리는 목소리를 듣고 하쓰요는 깨달았다. 이 사람, 조심하고 있을 뿐만 아니라 굉장히 무서워하고 있다.

"죄송합니다, 멋대로 들어와서, 참으로 황공합니다만."

남자는 지칠 대로 지친 모습이다. 안색은 죽은 사람처럼 하얗고 열심히 지르는 목소리도 쉬어 있다. 그래도 성실하게,

"산에서 길을 잃고 비를 맞다가 이 저택의 지붕과 문을 발견하고 간신히 기다시피 올라왔습니다. 여기서 잠시 쉬어 가게 해 주실 수 있을까요. 누구 안 계십니까, 실례합니다, 아무도 안 계십니까~."

남자가 반쯤 울 것 같아서 하쓰요는 가엾어졌다.

"그렇게 큰 소리로 말하지 않아도 돼요. 여기는 산속 저택이니까 무서워하지 않아도 돼요. 푹 쉬어도 된다고요."

저도 모르게 소리 내어 대답을 해 보았지만 상대의 귀에는 전혀 들리지 않는 모양이었다. 남자는 우의 자락에서 빗방울을 떨어뜨리며 복도를 따라 안쪽으로 나아가기 시작했다. 가끔 목을 빼고 좌우의 방 안을 살핀다.

하쓰요는 뒤를 따라갔다. 방금 남자가 나타난 곳도 그랬지만, 하쓰요와 어머니에게는 열리지 않았던 당지나 장지도 남자는 열 수 있나 보다. 게다가 지금까지는 계속 닫혀 있던 곳이 몇 군데 열려 있다. 그렇다면 이 방들은 손님을 위한 장소인가.

"아아, 이게 뭐야."

어딘가에서 남자가 소리를 지르며 뒤로 비틀거려서, 하쓰요는 허둥지둥 거리를 좁혔다. 이 당지도 평소에는 굳게 닫혀 있는 곳이다.

슬쩍 들여다보기만 했는데도 하쓰요는 눈알이 튀어나올 뻔했다. 굉장해! 금화 상자가 산더미처럼 쌓여 있고, 몇 개는 옆으로 쓰러져 뚜껑이 열려서 큰 금화와 작은 금화가 흘러넘친다.

——영주님보다 부자야!

자세히 보니 금화 상자 뒤쪽에는 갖가지 색깔의 보옥과 붉은 산호, 진주와 금은 세공물이 가득 담긴 보물 상자까지 줄지어 있었다.

하쓰요는 제정신을 잃고 남자 손님이 짊어진 커다란 짐에 너무 가까이 가는 바람에 머리를 쿵 부딪치고 말았다. 하쓰요 쪽에서는 느낌이 났는데 남자는 전혀 모르는 기색이다.

"이건…… 혹시."

몸을 움츠리고 우두커니 선 채 남자는 덜덜 떨기 시작했다.

"나는, 산신의 저택에 들어오고 만 것인지도 몰라."

핏기 없는 입술로 그렇게 중얼거린다. 하쓰요는 남자 앞으로 가서 얼굴을 들여다보았다.

"맞아요. 아저씨, 그러니까 우선 젖은 옷을 벗고 몸을 따뜻하게 한 다음 맛있는 걸 듬뿍 먹어요. 이 앞에 있는 연회실로 가면 진수성찬이 기다리고 있으니까."

남자는 여전히 하쓰요의 말에 반응하지 않는다. 정말 답답하기 짝이 없다.

"아저씨, 이제 살았다니까요. 그뿐만이 아니에요, 굉장히 운이 좋은 거예요. 나쁜 짓을 하지 않으면 선물까지 가지고 무사히 돌아갈 수 있어요."

 아무리 말해도 남자에게는 들리지 않고 하쓰요의 기척을 느끼지도 못한다. 그때 남자가 갑자기 제정신이 든 것처럼 허둥지둥 일단 짐을 내리고 젖은 우의를 벗기 시작했다.

 "흙발로 들어와서 저택을 더럽혀 버렸습니다. 용서해 주십시오. 어쨌거나 심한 비로 산을 넘어오는 길이 무너져 버려 마음에 짚이는 우회로를 지나려 했는데 어느새 길을 잃고 말았습니다."

 벌써 이틀이나 숲을 헤매고 있었다고, 남자는 변명하듯이 혼잣말했다. 아아, 정말! 하쓰요는 답답하고 초조해져서 남자의 엉덩이를 걷어차 버렸다. 알았으니까 빨리 연회실로 가라고요!

 발은 허공을 가르고, 하쓰요는 기세를 이기지 못해 벌렁 나자빠졌다. 남자 손님은 앞으로 구부린 몸을 움츠린 채 복도를 먼저 나아가 버렸다.

 "아야."

 하쓰요가 엉덩이를 문지르고 있자니 누군가가 시키세의 뒷덜미를 꽉 움켜쥐었다.

 정확하게는 물었다. 야마모모다.

 "쓸데없는 데다가, 예의 없는 짓 하지 마라."

 "미, 미안해요."

 "손님 대접은 미다이 경에게 맡겨 두면 된다. 네가 나설 필요는 없어."

 "그건 알고 있지만, 어떤 사람인가 싶어서."

백 자루 부엌칼 • 655

야마모모가 코끝으로 '찡' 하고 웃었다.

"상인이로군. 저 냄새로 보아 짐상자 속에 든 건 염료겠지."

그런가. 야마모모는 손님을 냄새로 구분할 수 있다.

"쪽으로 염색한 보자기에 가게 이름이 물들여져 있을지도 모르지. 멀리 있는 손님 댁에 가는 길에 비를 만난 건가."

산길이 막혀 버릴 정도로 큰비라니, 계속 관에 있었던 하쓰요로서는 믿을 수가 없다.

"바깥 날씨가 그렇게 나빠졌군요. 조용한 비라고 생각했는데."

야마모모가 뭔가 말하려고 혀를 얼핏 내보였을 때 연회실 쪽에서 남자 손님의 놀란 목소리가 들려왔다.

"요리를 발견한 모양이다."

"응. 배가 고플 테니까, 많이 먹어 주면 좋겠네요."

"당장은 달려들지 못할 거다. 연회실에서 열 개의 상을 발견한 손님 열 명 가운데 여덟 명은 먼저 다리가 풀리거든."

하쓰요는 야마모모와 함께 웃었다. 그러고 나서 야마모모는,

"전에도 가르쳐 주었지만 잊어버린 것 같으니 다시 한번 말해 두마. 관은 이 세상 어디와도 다른 곳에 있으니, 손님이 폭풍우나 벼락을 피해 도망쳐 왔다 해도 관과는 아무런 관련이 없다. 오늘의 비는 우연이야."

그럴까? 하쓰요에게는 아직 실감이 나지 않는다.

"모르겠느냐."

그때 야마모모가 갑자기 고개를 돌렸다.

"그렇다면, 그렇군…… 좋은 것을 보여 주마. 따라오너라."

뒤뜰에서 야마모모를 만나 뒷문으로 관 안에 들어온 하쓰요와 어머니는 그 후로 관의 정면이 어떻게 생겼는지 알 기회가 없었다. 다만 왠지 관 안에서 모녀가 돌아다닐 수 있는 장소는 관 전체의 넓이에 비하면 꽤 한정되어 있으리라 느끼고 있었다.

느낌은 틀리지 않았다. 야마모모의 뒤를 따라가자 부엌 앞에서 지금까지 전혀 몰랐던 복도가 뻗어 있고, 그 막다른 곳을 돌자 막다른 곳에 있는 마루방이 나왔다.

두 평 반 정도의 넓이로 벽은 판자벽. 왼쪽은 격자창으로 되어 있어 바깥에서 빛이 들어온다. 정면의 벽은 온통 계단장으로 되어 있고, 계단을 올라가면 떼었다 끼웠다 할 수 있는 널빤지가 설치되어 있다.

"여기에서 다락으로 올라갈 수 있다" 하고 야마모모가 말했다. "다락에는 살창이 있지만 불빛은 없다. 오늘처럼 햇빛이 없으면 어둑어둑할지도 몰라. 그래도 올라가 보겠느냐."

솔직히 말하면 으스스했다. "그럼 날씨가 좋은 날 다시 한번 와봐도 돼요?"

야마모모는 삼각형 모양의 귀를 한쪽만 접으며 말했다.

"글쎄. 나는 개라 기억력이 나쁘다. 다음 기회로 미룬다면 이곳에 대해서는 잊어버리겠지."

그렇게 심술궂은 말을. 하지만 야마모모가 잊어 버리지 않더라도 다시 하쓰요를 데려와 주겠다는 생각은 하지 않을지도 모르고, 이런 (요리와는 상관없는) 장소에는 야마모모와 함께 오지 않으면 들어갈 수 없다는 규칙이 있을지도 모른다고 하쓰요는 생각했다.

——여기까지 걸어온 복도도 그랬어. 지금까지 내가 알아채지 못한 게 아니라, 야마모모나 미다이 님이 나나 어머니한테 보여줘도 된다고 생각하지 않으면 나타나지 않는 장소가 아닐까?

손톱을 만지작거리면서 생각에 잠겨 있자 야마모모는 양쪽 귀를 다시 쫑긋 세우더니

"역시 너는 영리하구나" 하고 말했다.

"네?"

"지금 네가 생각하고 있는 대로다. 관은 네 눈과 머리로는 다 파악할 수 없을 정도로 넓다. 미다이 경과 내가 허락하지 않으면, 마쓰에와 네 힘만으로는 발을 들여놓기는커녕 거기에 있는지조차 알 수 없는 장소가 더 많을 정도지."

그 목소리에 불쾌함이나 질책의 느낌은 없었다. 하쓰요는 말없이 손가락을 넣고는 머리를 숙였다.

"그럼 부탁드릴게요. 나, 다락에 올라가 보고 싶어요."

"좋다. 그럼 가자."

야마모모는 탕, 탕 하고 튀는 듯한 발소리를 내며 계단장을 오르더니, 천장의 널빤지 뚜껑을 콧등으로 쉽게 밀어버리고는 폴짝 뛰어올라가 버렸다. 하쓰요는 허둥지둥 쫓아가다가 가파른 계단의 경사에 놀랐다. 기어서 올라가지 않으면 무서울 정도다. 이거,

내려갈 때는 더 무섭겠다. 엉덩이로 미끄러져 내려가야지.

널빤지 뚜껑에서 얼굴을 내밀어 보니 의외로 바로 아래의 마루방보다도 훨씬 밝다. 이유는 간단했다. 하나로 이어져 있는 가늘고 긴 다락방 좌우에는 장지 종이를 바른 미닫이 살창이 몇 쌍이나 가로로 이어져 있었다. 살은 어른의 주먹 정도 크기로 사이가 벌어져 있고 격자도 가늘다. 그래서 비가 온다고는 해도 낮이면 바깥에서 빛이 충분히 비쳐든다. 장지 종이의 하얀색이 눈부실 정도였다.

찡찡, 찡 하고 야마모모가 웃고 있다.

"무섭지는 않느냐."

"응!"

하쓰요는 널빤지 뚜껑에서 몸을 끄집어내고 다락방 바닥에 섰다. 세로로 긴 방인데, 넓이는——연회실의 가로폭을 약간 좁힌 정도의 느낌이다. 천장은 방의 중심이 가장 높고, 거기에서 좌우로 낮아진다. 가장 높은 곳은 하쓰요의 키라면 조금 여유가 있다. 다만 하쓰요가 야마모모의 등에 올라타면 목을 움츠려도 머리가 부딪히고 말 것이다.

완전히 텅 비어 있었다. 가구도 도구도 없다. 솜먼지조차 눈에 띄지 않는다.

"무얼 하는 곳이에요?"

빙글 둘러보면서 물었다.

야마모모는 머리를 숙이고 창가로 다가갔다. 천장이 가장 낮아지는 곳이라, 덩치가 큰 야마모모는 엎드리다시피 해야 한다.

"여기에서는 관을 둘러싸고 있는 산과 숲을 감시할 수 있다. 이 창문에서는 너희가 길을 잃었던 뒤뜰을. 맞은편 창에서는 관의 문과 현관으로 이어지는 부근을."

야마모모의 영역을 전부 감시할 수 있는 곳이라고 한다.

"창을 열고요?"

"그래. 열어 보아라."

"괜찮아요? 비가 들이치면 바닥이 젖어 버릴 텐데."

"그럴 걱정은 없다. 이쪽으로 와서 눈을 가까이 하고 자세히 보아라."

하쓰요는 두 손과 두 무릎을 바닥에 짚고 슬슬 기어갔다.

가까이에서 보니 살창에 붙어 있는 새하얀 장지 종이는 무지無地가 아니었다. 수많은 한자와 표식, 부호가 떠올라 보인다.

"이거, 종이를 뜰 때부터 있었던 거예요?"

야마모모는 하쓰요의 얼굴에 얼굴을 나란히 댔다. "너는 종이 뜨기를 알고 있느냐."

"우리 마을에서는 하지 않아요. 좋은 닥나무를 구할 수 없으니까. 하지만 역참마을에서는 우리 마을의 나무틀이나 세공물과 비슷할 정도로 종이가 비싸게 팔리거든요. 깨끗하게 뜬 종이도 더러워지거나 구겨져 버리면 싼값에 살 수 있으니까. 아버지가 선물로 사다 준 적이 있었어요."

종이는 생활에 보탬이 되지 않는다며 아버지가 어머니에게 혼났지만.

"오라버니들은 우리 마을에서 목공 세공을 하지만, 언니나 사촌언니들은 다른 곳으로 시집을 가요. 목공 세공이 아니더라도 돈이 되는 기술을 알고 있으면 손해 볼 것은 없다고, 아버지는 말했었어요."

그렇다, '말했었다'. 딱 잘라 말해 버려도 되는 걸까. 포기해 버려도 되는 걸까. 그날 큰불 속에서 헤어진 아버지와는 이제 만날 수 없다고.

그 생각에 사로잡혀, 잠시 동안 하쓰요의 마음은 겁화劫火의 밤에 하늘을 덮던 불꽃 떼로, 그리고 반라의 가초가 이쪽을 향해 헤엄치듯이 천천히 걸어오는 기억으로 되돌아가고 말았다. 아버지, 오라버니와 언니들. 비명을 지르며 달아나는 마부치무라 마을 사람들. 가초의 목을 벤 순간, 지로의 번들번들 빛나던 두 눈. 그리고 허공을 춤추는 가초의 머리. 새빨간 피의 선을 그리면서도, 그 얼굴에는 음란한 웃음이——,

"꺅!"

하쓰요는 펄쩍 뛰어오르며 제정신으로 돌아왔다. 야마모모가 차가운 콧등으로 하쓰요의 뺨을 누른 것이다.

"왜 그래요, 콧물 묻어요."

"무례한 말 하지 마라. 제대로 얼굴을 들고 창을 잘 보란 말이다."

불가사의한 한자와 표식과 부호가 장지 종이 위에 춤추며 흩어져 있다.

"이건 미다이 경의 파수와 수호의 주문이다."

파수와, 수호의, 주문.

"이게 있는 한, 관에는 사악한 것이 들어올 수 없다. 가까이 오더라도 일찌감치 들켜서 이 주문에 튕겨 나가 버리니까."

"창을 열어도 괜찮아요?"

"해 보아라."

살창의 살 끝은 오목하게 파여 있어서 손가락을 걸 수 있다. 하쓰요의 작은 손가락도 삐져나가 버릴 것 같은 가느다란 홈이지만, 손가락을 대고 가볍게 옆으로 당겼을 뿐인데 창은 소리도 없이 열렸다. 딱 하쓰요가 얼굴을 내밀 수 있을 정도의 폭이다.

생각한 것보다 바깥은 밝다. 창으로 갑자기 머리를 내밀자니 무서워서 눈치를 살피듯이 올려다보자, 하늘을 막고 있는 비구름은 의외로 희고 얇아 보였다. 마부치무라 마을에서의 경험이 여기에도 들어맞는다면, 이제 곧 비는 그칠 것이다.

빗방울도 미세한 안개처럼 변해 있었다. 하쓰요의 머리와 뺨에 살랑살랑 내린다. 차갑지만 기분이 좋다.

관에 들어온 후로 이렇게 바깥바람을 쐰 적은 없다. 필요한 물품은 무엇이든 건물 안에 갖추어져 있다──심지어 수도까지 있어서 강이나 우물에 물을 길으러 갈 필요도 없고, 장작도 봉당 안쪽에 산더미처럼 쌓여 있어서 써도 써도 줄지 않는다. 그래서 밖에 나갈 일이 없었다. 바위 온천과 측간이 있는 작은 툇마루도 키 큰 대울타리에 둘러싸여 있는 데다, 밝은 대낮에 보니 대울타리 맞은편에는 관의 다른 건물인 듯한 기와지붕이 이어져 있었다. 즉 안뜰의 일부인 것이다.

"이쪽은 뒤뜰 쪽이라고 했지요?"

"그래, 맞다."

비칠 듯한 안개비의 장막 너머로 곧게 뻗은 삼나무들이 늘어서 있다. 나와 어머니는 저런 곳을 필사적으로 올라온 걸까. 삼나무 숲이 있었나? 그런 생각을 하면서 눈을 깜박이고 다시 바라보니 숲은 줄기도 굵은 가지도 울퉁불퉁한 커다란 모밀잣밤나무와, 키도 잎도 제각각인 여러 나무들이 뒤섞인 잡목림으로 변해 있다. 깜짝 놀라 눈을 깜박이면 그때마다 숲은 종류와 모습을 바꾸고, 오직 나무를 흔드는 바람 소리만이 변하지 않는다.

"진정해라. 네 마음이 고요해지면 숲도 고요해진다."

야마모모의 충고에 하쓰요는 눈을 감고 크게 심호흡을 했다. 그러고 나서 눈을 떠 보니 숲은 돌아와 있었다. 그리운 마부치무라 마을을 둘러싸고 있는 숲의 풍경으로.

"정말이다. 예쁜 숲이네요. 하지만 그 손님은 현관 쪽에서 온 것 같았어요."

"뒤뜰에서 뒷문을 통해 관으로 들어오는 건 요리사가 될 사람뿐이거든."

뭐야, 그런 건가. 하쓰요가 웃자 숨이 하얘졌다.

"얼굴이 차가워요. 이제 닫아도 돼요?"

그때였다. 하쓰요의 시야 구석――자세히 말하자면 왼쪽 눈 아래쪽을 무언가가 스쳤다. 덤불이 소리를 내고 빗방울이 팟 튀어 흩어지는 모습도 보였다.

한 손을 창살에 걸친 채 잠시 얼어붙었다가, 다음 순간 하쓰요는 저도 모르게 머리를 밖으로 내밀었다. 아까는 무섭다고 생각했는데 지금은 분별도 조심성도 날아가 버렸다.

왜냐하면――지금 눈 아래를 스치고 간 '무언가'는.

머리를 내밀고 목을 더 길게 뻗으며 둘러보아도 비와 숲과 덤불과 잡초밖에 보이지 않는다.

아니, 하지만 왼쪽 안쪽에서 또 물보라가 일었다. 첨벙첨벙! 소리도 난다.

"하쓰요, 머리를 집어넣어라."

말하자마자, 하쓰요가 반응하기도 전에 야마모모가 시키세의 뒷덜미를 물고 잡아당겼다. 하쓰요는 창살에 머리를 부딪쳐 옆으로 쓰러질 뻔했다.

하지만 그 직전에 보았다. 분명히 보았다.

"하, 하, 하."

입이 벌벌 떨려서 말을 잘 할 수가 없다. 웃는 것이 아니다.

"할머니가 엎드려 있었어요!"

백발을 흐트러뜨리고, 너덜너덜한 옷을 몸에 걸친다기보다 옷의 잔해를 몸에 매단 채 네 발로 엎드려 달리고 있었다.

야마모모는 앞발로 능숙하게 창을 닫고 하쓰요에게 다가오더니 한숨을 쉬었다.

"노파가 아니다. 그건…… 야만바다."

야만바!

"아, 알아요. 깊은 산에 살고 있는 요괴인데 사람을 잡아먹어요. 생피를 마시고 사람의 머리카락을 엮은 찬찬코<sub>소매가 없는 하오리. 대개 솜을 안에 넣어 방한용으로 입는다</sub>를 입고 다니고요!"

"그래? 너희 마부치무라 마을에서는 그런 옛날이야기로 전해 내려오는 게로구나."

야마모모는 침착했지만 하쓰요는 몸이 떨렸다. 관에 와서 처음으로 공포를 느꼈다.

"관을 둘러싸고 있는 숲에는 야만바가 있는 거네요? 언제부터 있었어요? 계속 있는 거예요? 나랑 어머니도, 야만바를 만났을지도 모르겠네요? 아, 그래서 야마모모는 우리를 데리러 와 준 거예요? 야마모모는 야만바보다 세지요? 네? 네? 세지요?"

야마모모는 하쓰요 앞에서 입을 떡 벌렸다. 그러더니 긴 혀를 할짝거린다. 이상한 얼굴이다.

"왜 그런 얼굴을 해요?"

그러자 또 한숨. "이제야 입을 다물었느냐. 자, 얌전히 들어라. 저건 분명히 야만바지만 너희가 관 안에 있는 한 걱정할 필요가 없다."

야만바는 미다이 님의 수호의 주문에 튕겨 나가, 관에 발을 들여놓을 수 없으니까. 절대로 절대로 없으니까.

"밖으로 나가지 않는 한은 괜찮은 거네요."

"그래. 무서워하지 않아도 된다."

야마모모의 대답을 듣고 안심한 순간, 퍼뜩 떠오르는 생각이 있었다. "있잖아요, 오늘 오신 손님이 처음에 굉장히 무서워하고 있었던 이유는 도중에 야만바에게 쫓겼기 때문이 아닐까요?"

야마모모는 곧 고개를 저었다.

"그런 일이 있으면 내가 알아챌 수 있다. 오늘의 손님은 큰비가 내리고 땅이 무너진 탓에 길을 잃었고, 지칠 대로 지친 상태에서 추위로 얼어붙었을 뿐이야."

그러나 앞으로 관에 도착하게 될 길 잃은 손님들 중에는 야만바와 마주치는 바람에 도망쳐 오는 사람도 있을 것이다.

"야만바는 늘 산과 숲속을 어슬렁거리고 있으니까."

아아, 싫다. 하쓰요는 부르르 떨었다.

"가끔은 습격을 받아 상처를 입는 손님도 나타날지 모르지. 하지만 관으로 들어와 버리면 더는 두려워할 필요가 없고, 상처도 공포도 모두 회복하게 된다."

하쓰요도 직접 몸으로 겪어 알고 있다.

"그러니까── 말해 두마."

무엇을?

"너는 영리하고, 어린아이인 주제에 묘하게 기가 센 구석이 있지. 게다가 호기심이 많고 경솔하다."

말이 심하네.

"나와 미다이 경의 눈이 닿지 않는 곳에서 네가 생각지도 못한 대담한 짓을 저질러 위험에 빠지기라도 하면 화가 날 테니. 먼저 잘 설명해 둘까 싶어서 여기 데려온 거다."

야마모모의 목소리가 왠지 조금 슬픈 듯 흐려졌다.

"하쓰요, 저런 추하고 무서운 모습을 하고 있는 야만바지만, 미워해서는 안 된다. 싫어해서도 안 돼. 하물며 너희 손으로 쫓아내자거나 혼내 주자는 생각을 해서는 절대 안 된다."

마치 되받아치듯이 하쓰요의 입에서 "왜요?"라는 반문이 튀어나왔다. "왜 안 돼요? 야만바는 사람을 잡아먹는 요괴예요! 관 입장에서는 적이잖아요?"

침을 튀길 듯한 기세로 주먹까지 쥐며 흥분한 하쓰요 앞에서 야마모모는 두 귀를 납작하게 접었다.

"발소리가 멀어져 간다. 지금이라면 괜찮겠지. 다시 한번 창을 열어 보아라. 야만바가 보일 게다."

하쓰요는 창살에 달려들었다. 그래도 신중하게 한쪽 눈 만큼만 창을 열었다. 보고 싶지만 무섭기 때문이다.

야만바는 이쪽에 반쯤 등을 돌리고 삼나무 숲속으로 멀어져 가는 중이었다. 경사면에 발을 딛고 있는지 한 손으로 나무를 움켜쥐었다가는 놓고 움켜쥐었다가는 놓으며 비틀비틀 나아가고 있다.

흉하게 웅크린 등. 허리를 깊이 굽히고, 팔다리는 뼈가 불거져 있는데 알통이 생기는 부분만 굵어져 튀어나왔다. 흐트러진 백발

머리는 비에 젖어 낡은 옷과 마찬가지로 늘어뜨려져 있었다.

하쓰요는 저도 모르는 사이에 한껏 얼굴을 찌푸렸다. 야마모모는 옆으로 와서 애처롭고 추한 모습의 야만바가 사라져 가는 뒷모습을 지켜보다가, 아까보다 더 슬프게 들리는 목소리로 말했다.

"저 야만바도 한때는 관의 요리사였다."

고향 생각이 나거나 단조로운 생활에 싫증이 나거나 해서 고용살이 기한이 끝나기 전에 멋대로 관을 나가 도망치려고 하면 반드시 주위의 숲에서 길을 잃는다. 사흘 밤낮을 헤매다가 굶주림과 추위에 이성을 잃고,

"출분한 자가 남자인 경우에는 고다마가 되어 버린다. 여자인 경우에는 야만바가 되어 버리지."

야마모모의 무거운 말에는 하쓰요가 얼핏 듣고 퍼뜩 이해할 수 없는 어려운 단어들이 있었다.

"어…… 이성을 잃는다는 건, 정신이 이상해져 버린다는 거지요? 출분은, 도망치는 거?"

"그렇다. 기억해 두어라."

"고다마는, 산속에서 큰 목소리를 내면 목소리가 돌아오는 그 거'고다마'는 일본어로 '메아리'라는 뜻이다?"

"그렇긴 한데 네가 알고 있는 고다마와 지금 내가 말한 고다마는 글씨가 다르다."

야마모모는 꼬리 끝을 붓처럼 사용해 다락방 바닥에 글씨를 써

서 보여 주었다.

"네가 말하는 고다마는 '목령木靈'이라고 쓴다. 나무의 혼이라는 뜻이지. 하지만 내가 말하는, 출분한 남자가 변한 요괴 고다마는 '하狎'라고 쓴다."

골짜기 곡谷에 어금니 아牙. 야마모모가 꼼꼼하게 가르쳐 주었지만, 안타깝게도 하쓰요는 한자를 모른다.

"……미안. 모르겠어요."

야마모모는 한숨을 쉬지 않았다. 찡, 찡 하고 웃지도 않았다.

"그래? 미안하구나. 뭐, 골짜기 밑바닥을 기어다니는 뿔과 이빨이 돋은 요괴라고 생각해 다오."

그 설명으로 충분하다. 우와아, 무서워!

"하지만 똑같이 도망쳤는데 어째서 남자와 여자가 다른 요괴가 되어 버리는 거예요?"

하쓰요의 물음에 야마모모는 귀를 쫑긋 하고 삼각형으로 세웠다. "너는 역시 재미있는 부분을 알아채는구나. 분명 이상한 일이지만 지금까지는 그런 질문을 받은 적이 없었는데."

흐음. 호기심이 많아서일까.

"사람 남자는 본래 짐승의 기를 많이 갖고 있는 생물이니, 짐승의 요괴가 되는 것이다."

야마모모는 인정사정없는 말을 지극히 가벼운 투로 설명했다. "사람 여자는 요괴가 되어도 아직 여자의 기가 남아 있으니, 여자의 모습인 야만바가 되지."

"그럼 고다마와 야만바 중에 누가 세요?"

야마모모가 이번에는 찡찡찡 하고 웃었다. 꽤 큰 웃음이다.

"내가 보기에는 비슷비슷하다. 하지만 도구를 다룰 지혜가 남아 있는 만큼 야만바 쪽이 세겠지."

"아, 그런가? 옛날이야기 속에서도 야만바는 화로에서 전골을 끓이거나 커다란 부엌칼을 갈거나 머리카락을 엮은 찬찬코를 입으니까요."

한편 고다마는 짐승의 요괴라지만 곰이나 들개보다 훨씬 약하기 때문에 골짜기 밑바닥을 기어다녀도 오래는 살지 못한다. 다만 산신의 분노를 사서 더럽혀진 몸이기 때문에 다른 짐승이 고다마의 살을 먹으면 병이 들고 만다. 짐승들도 알고 있어서 고다마의 시체는 그 자리에 버려져 이윽고 산의 흙으로 돌아간다.

꽤 가엾지 않은가. 하쓰요는 입을 삐죽거렸다.

그러다가 문득 어떤 사실을 떠올리고는 눈을 크게 떴다.

"왜 그러느냐, 재미있는 표정을 지어서 나를 웃기려는 거냐?"

놀리는 야마모모에게 하쓰요는 고개를 붕붕 저었다.

"아니에요! 고, 고다마! 나도 어머니도, 본 적이 있어요!"

아침 하늘에 떠오르는 관의 지붕을 발견하고 야마모모와 만나기 전, 아직 숲을 헤매며 골짜기 밑바닥으로 이어지는 가파른 경사면에 겁을 먹고 있었을 때, 가느다란 초록색 잎들 사이로 엎어져 있던, 사람의 뼈치고는 기묘한 해골을 발견했다. 그 이야기를 야마모모에게 들려주자 커다란 들개는 말했다.

"그래, 보았느냐. 그게 고다마다. 골짜기 밑바닥으로 향하다가 도착하기 전에 숨이 끊어져 버린 건지, 아니면 골짜기 밑바닥에 떨어졌다가 숲으로 기어오르려고 했던 건지."

어쨌든 살아남을 방법은 없다. 고다마는 그만큼 약한 요괴라고 한다.

"관 안에 있으면 아무것도 부족할 게 없는데 일부러 도망쳐서 벌을 받고 그런 한심한 요괴가 되어 버리다니……."

"사람은 어리석은 짓을 하는 법이지. 너는 따라 하면 안 된다."

"예, 알겠어요." 하쓰요는 순순히 대답했다. "야만바 얘기를 어머니한테 해도 돼요?"

"숨길 이유는 없지. 어쨌거나 관 바깥에서 일어나는 일은 고용살이 기한이 끝날 때까지 너무 생각하지 마라."

그런가? 알았어요. 하쓰요는 살창을 꼭 닫았다. 빗소리가 사라졌다.

아랫쪽 어딘가에서 마쓰에가 하쓰요를 부르는 목소리가 들려왔다.

"너무 오래 있었군. 내려가자."

야마모모는 가볍게, 하쓰요는 엉덩이로 미끄러져 한 단씩 가파른 계단장을 내려가자 마침 마쓰에가 복도 모퉁이에서 얼굴을 내밀었다.

"이런 곳에 있었니? 야마모모 님, 하쓰요가 장난이라도 쳤나요?"

"내가 다락에 올라가 보겠느냐고 권했다. 하쓰요는 야단맞을 짓은 하나도 하시 않았어. 마쓰에, 손님이 지금 어떤 상태인지는 아느냐."

마쓰에는 고개를 끄덕이더니 입가에 손가락을 대며 살며시 웃었다. "목욕을 하고 있는 것 같아요. 콧노래를 부르면서, 꽤 오래 나오지 않네요."

"어, 우리 바위 온천에서?"

하쓰요가 펄쩍 뛰어오르자(싫단 말야) 마쓰에와 야마모모, 그리고 한 박자 늦게 미다이 님까지 웃기 시작했다. 가까이에 있었다면 더 빨리 목소리를 내서 가르쳐 주셔야지요. 깜짝 놀랐잖아요.

한바탕 웃고 나서 미다이 님은 말했다. "손님용 목욕탕은 또 따로 만들어져 있다. 내가 만든 편백탕이니 목욕을 하면 용궁성에 있는 기분이겠지."

용궁성? 그게 어디일까.

"그보다 하쓰요, 부엌으로 가자. 손님이 잠들어 버리면 바로 다음 상을 차릴 수 있도록 채비를 시작해 두어야지."

마쓰에가 하쓰요의 손을 잡았다. 다섯 번째 상까지 있는 요리를 한 조 만드는 데는 상당한 시간과 수고가 필요하다. 손님이 있으면 바쁘구나.

"저 손님은 말랐으니 영양가 있는 음식을 해 주고 싶다. 주발 안주로 멧돼지고기 생강된장구이를 넣을까?"

"주발 안주는 생선이 아니어도 되는 거예요?"

"한자로 쓰면 '발효鱻肴'라는 글씨를 쓴다. 커다란 접시에 담은 일품요리를 이르지. 안주라고 하지만 생선이 아니어도 상관없다 <sub>안주는 일본어로 '사카나肴'라고 하며, 생선을 말하는 사카나魚와 발음이 같다.</sub>"

"미다이 경, 하쓰요는 한자를 모르니 그렇게 말씀하셔도 동박새처럼 갸웃갸웃할 뿐이오."

야마모모의 말에 마쓰에가 박수를 짝 쳤다. "맞아요, 야마모모님께 부탁드리려고 했습니다. 하쓰요뿐만 아니라 저에게도 읽고 쓰는 법을 가르쳐 주세요."

대화를 하면서 부엌 쪽으로 물러간다. 그 시끌벅적함과 즐거움이 하쓰요의 마음을 따뜻하게 해 주었다. 여기에 있으면 안심이다. 도망쳐 나가다니, 제정신이라면 그럴 이유가 있을까.

이렇게 마쓰에와 하쓰요가 처음으로 대접한 손님은 관에 하룻밤을 묵었다. 이튿째는 아침부터 기운을 되찾고 관 안을 여기저기 둘러보고 다녔는데, 몇 번이나 목소리를 돋우어,

"실례합니다, 실례가 많습니다. 이곳의 주인이나, 누구 안 계십니까~" 하고 불러서 가엾을 정도였다.

"야마모모, 나가서 가르쳐 줘요. 저 사람, 이제 목이 쉬겠어요."

"내 모습을 보면 오히려 놀라고 말 테지. 괜찮다, 상관하지 말고 두어라."

사흘째 아침, 연회실에서 아침밥을 먹고 나자 손님은 매무새를

단정히 하고 관의 현관 쪽으로 향했다. 쪽으로 염색한 보자기로 싼 짐은 그대로 다시 싫어지고, 삿갓은 짐 끝에 비끄러매고, 깨끗하게 마른 우의는 손에 들고 있었다.

마쓰에와 하쓰요는 (그럴 필요가 없다는 걸 알면서도) 자연히 발소리를 죽이고 손님의 뒤를 따라갔다. 널찍한 현관은 쥐 죽은 듯 조용했고, 허공에 춤추는 먼지 한 조각도 없이 매끈매끈하게 닦인 현관 마루에 아침해가 반사되고 있었다.

손님은 짐을 짊어진 채 현관 마루에서 바닥으로 내려가 정좌했다. 손을 바닥에 짚고, 이마가 닿을 듯 깊이 머리를 숙이더니 또 큰 소리로 관 전체를 향해 말했다.

"신세 많이 졌습니다. 덕분에 목숨을 건졌습니다. 저는 가쓰키 성 아래의 장식물가게 마에바라야에서 대행수를 맡고 있는 헤이지로라고 합니다. 하나야마무라 마을에 새로 지어진 가구라덴神樂殿 신사 경내에 설치한 춤과 음악을 하기 위한 건물의 장식물을 가져다드리기 위해 촌장을 찾아가던 중, 산에서 길을 잃었습니다."

복도와 현관방의 경계에서 마침 거기에 있던 다다미 한 장 정도 크기의 칸막이 뒤에 숨어 손님을 지켜보던 모녀는 얼굴을 마주 보았다. 가쓰키성 아래라니, 그게 어디지? 하나야마무라 마을은 어디일까.

"땅이 무너져 지날 수 없게 된 길을 피해 모르는 길로 혼자 발을 들여놓았다가 결국 길을 잃고 만 것은 제 불찰이었습니다만, 이 저택에 다다른 덕에 목숨을 건졌습니다."

저택의 주인은 어떤 분일까. 분명 부귀하고 마음씨 착한 분이 틀림없다. 산속 귀인의 집에 발을 들인 자신은 좀처럼 없는 복 받은 사람이다──하고 무대 인사처럼 늘어놓는다.

"끝내 뵙지 못한 채 떠나는 무례를 용서하십시오. 편안한 침상과 따뜻한 목욕, 눈이 어지러울 정도의 진수성찬에는 아무리 감사 말씀을 올려도 부족합니다. 감사했습니다."

그리고 품에서 작고 하얀 꾸러미를 꺼내더니 현관 마루 위에 조심스러운 손놀림으로 놓았다.

"이것은 마에바라야에서 새 가구라덴에 바치려고 했던 천장 가장자리 장식입니다. 보잘것없는 것이기는 하지만 이 저택의 어딘가에── 훌륭한 진수성찬이 놓여 있던 그 안쪽 방 구석에라도 걸어 주시기를 바라며 여기에 두고 가겠습니다."

그럼 이만 물러가겠습니다, 하고 다시 한번 절을 한 뒤에 손님은 현관을 나갔다. 무거운 쌍바라지문이 아니라 옆에 있는 쪽문을 통해서. 그 문이 여닫히는 사이에만, 눈부신 아침 해가 하쓰요의 눈을 찔렀다.

타박, 타박, 타박. 발소리가 멀어지고 곧 들리지 않게 되었다.

"저 사람, 새 짚신을 신고 있었지요?"

하쓰요의 속삭임에 마쓰에가 아니라 미다이 님이 대답해 주었다. "그건 내가 마련해 준 것이 아니다. 본인이 짐에 넣어 온 새 신이겠지."

"이번에는 길을 잃지 않고 갈 수 있으려나."

"걱정 마라. 야마모모가 마을 사람들이 오가는 산길로 나가는 데까지 길을 다져 두었다. 비도 바람도 그치고 안개도 개고 오늘 아침의 산들은 부처님처럼 자비로운 얼굴을 하고 있다."

야마모모가 갑자기 뒤에서 말을 걸었다. "손님이 준 선물인지 뭔지를 살펴보자."

마쓰에가 앞으로 나가 손님이 현관 마루에 두고 간 하얀 꾸러미를 주워 들고 펼쳐 보았다.

"와아, 예쁘다."

매화꽃을 본뜬, 하나하나는 하쓰요의 새끼손톱만 한 크기의 금세공을 비단실로 이어 대략 2간 정도의 길이로 만든 물건이 나왔다.

"가구라덴의 천장 가장자리 장식이라고 했지."

"이거, 하나야마무라 마을이라는 곳에 가져다줄 물건이었던 거지요? 멋대로 두고 가 버려서 가게의 높은 사람한테 혼나지 않을까?"

걱정하지 말라고 야마모모가 말했다. "저 손님——마에바라야의 헤이지로는 가게에서도 하나야마무라 마을에서도, 이 관에서 목숨을 구한 이야기를 하겠지."

모습을 보이지 않는, 산속 귀인의 호사스러운 저택에 대해서.

"그 불가사의함과 영험함에 감동해 아무도 헤이지로를 탓하거나 하지 않을 게다. 오히려 사례품을 두지 않고 돌아갔다면, 그편이 더 호되게 야단맞을 일이야."

그런가?

"저 사람, 관 안에 있는 물건을 가져가지 않았네요" 하고 마쓰에가 말했다. 고개를 갸웃거리고 있다.

"욕심이 없는 분이에요."

그러자 미다이 님이 부드러운 웃음소리를 냈다. "가쓰키성이라는 곳에서는 앞으로 산속 저택이라는 불가사의한 이야기가 사실이라고, 사람들의 입에서 입으로 퍼져 나가겠지. 헤이지로는 그런 평판을 가지고 간 것이다."

관은 현세의 어디에도 없다. 관은 관밖에 없는 장소에 있다. 길을 잃고 그곳에 들어가는 사람들은 제각각 멀리에서 온다. 하쓰요는 또다시 그 사실을 가슴에 새겼다.

두 번째 손님은 사흘 후에 찾아왔다. 희끗희끗 센 머리카락을 뒤로 빗어넘겨 늘어뜨렸고, 긴 속눈썹과 턱수염은 거의 새하얗다. 얼굴만 보면 동화 속의 신선 같았다.

유감스럽게도 품위 있는 복장은 아니다. 아랫단을 오므린 하카마 위에 가죽 하카마를 입고, 소매 없는 솜옷을 껴입고, 가죽 손등싸개를 하고 있다. 상인이나 농부, 산골 마을 사람은 아니겠지만, 두 자루의 칼이 없으니 무사도 아니다.

"마을에 사는 풍류인이나 화공이나, 시인인가?" 하고 야마모모가 말했다. "할아버지지만 허리와 다리는 튼튼하다. 야만바를 뿌리치고 여기까지 올라왔으니 말이야."

이번에는 야만바를 마주치고 말아서 가까스로 도망쳐 온 손님이라고 한다. 그 말을 듣고 하쓰요도 우당탕거리며 달려 현관까지 마중을 나갔지만, 당연히 손님에게는 이쪽의 모습이 보이지 않고 아무것도 들리지 않는다. 하쓰요는 가까이에 쪼그리고 앉아 뚫어져라 관찰했다.

이 할아버지는 '조심하고 또 조심하면서' 들어오던 마에바라야의 헤이지로와는 달리 심하게 숨을 헐떡이고, 현관의 쪽문을 통해 관 안으로 급히 굴러들어온 모양인지 현관 바닥 위에 엎드려 있다. 가죽 하카마 덕분에 눈에 띄는 찰과상은 없지만 짚신과 각반, 양손이 더러워진 상태를 보니 몇 번이나 넘어졌다가 일어난 듯했다.

"어이구, 살았다."

그는 떨리는 숨을 내쉬면서 가슴을 누르고 낮게 신음하듯이 말했다. 이마에 땀을 흠뻑 흘리고 있다. 안색은 창백하고 입술은 흙빛이다. 목숨을 위협받으면 사람은 이렇게 된다.

"한숨 돌리시고 천천히 일어나서 안에 들어가 쉬면 돼요."

소용없음을 알면서도 하쓰요는 할아버지 손님에게 말을 걸지 않을 수 없었다. 할아버지 손님은 당장이라도 쪽문을 걷어차고 (또는 물어찢고) 야만바가 쫓아오지 않을까 눈을 부릅뜬 채 경계하는 중이다.

"이제 괜찮아요. 야만바는 관에는 들어올 수 없으니까."

혼자서 달려가 버린 하쓰요를 걱정했는지 마쓰에도 쫓아와 어린 딸의 어깨에 손을 올리며 타일렀다. "너무 가까이 가면 안 돼. 손님에 대한 일은 미다이 님께 맡겨 두어야지."

연회실의 요리는 준비가 끝나서 다음 요리를 시작할 때까지는 모녀도 각자의 일을 볼 수 있다.

"화롯가에 가서 야마모 님이 만들어 주신 글씨본을 보며 공부를 하자."

아직 시작한 지 얼마 되지 않았지만, 하쓰요보다 마쓰에 쪽이 훨씬 열심히 공부하는 제자다. 미다이 님도 감탄하셔서, 우선은 히라가나를 완전히 읽고 쓸 수 있게 되면 미다이 님이 두 사람에게 질 좋은 지권필紙卷筆 심을 세워 종이를 감고, 그 주위에 털을 심어 만든 붓과 작은 주판을 주시겠다고 했다.

"알았어요. 나, 측간에 들르고 싶어요. 어머니 먼저 가 있어요."

긴 복도를 돌아서 혼자가 된 하쓰요는 슬슬 살금살금 걸어 갑자기 다락방으로 향했다. 할아버지 손님을 쫓아온 야만바는 아직 관의 앞뜰이나 뒤뜰을 어슬렁거리고 있을지도 모른다. 다시 한번 그 모습을 보고 싶었다.

왜 그런 마음이 들었는지는 스스로도 알 수 없었다. 어린아이니까 그냥 무서운 것을 보고 싶은 호기심이 강한지도 모른다. 야만바의 비참한 모습을 똑똑히 눈에 새겨 교훈으로 삼고 싶은지도 모른다. 뭐, 현재 하쓰요에게 관은 극락이나 마찬가지로 편안하니 도망치려는 생각은 털끝만큼도 없지만…….

어쩌면 야만바에게 가슴이 메슥거릴 듯한 불쌍함을 느끼고, 그 기분을 혼자서는 잘 다스릴 수 없어서 다시 한번 보고 싶은 걸 수도 있다.

──부르면 이쪽을 알아차릴까?

하지만 뭐라고 부르지? 어이~, 야만바?

지난번처럼 계단장을 기다시피 하여 다락에 오르자, 오늘은 날씨가 좋아서인지 하얀 살창이 눈부시게 빛나고 있다. 하쓰요는 주의 깊게 천천히, 관의 바깥쪽을 둘러볼 수 있는 쪽 창을 열어 보았다.

새 소리가 들렸다. 다양한 종류의 새들이 섞여 울거나 지저귄다. 숲에는 아직 쓸쓸한 겨울 풍경이 남아 있지만, 전체적으로 담녹색, 벚꽃색으로 물들어 가고 있기도 하다.

봄이 다가오고 있다. 모녀의 계산으로는 아직 보름도 지나지 않았는데, 관 바깥에서는 계절이 변하는 중이다. 코끝에 닿는 바람은 차갑지만 꽃봉오리 향기를 머금고 있다. 하쓰요는 창으로 얼굴을 내밀며 눈을 감고 가슴 가득 호흡을 했다.

그때.

휭! 하는 기척과 함께 비린내가 나는 날카로운 돌풍이 뺨을 스쳤다. 눈을 떠 보니 하쓰요와 눈을 맞추고 콧등을 맞댈 듯 가까운 거리에 여자의 하얀 얼굴이 있었다.

가초의 잘린 머리였다.

바람이 없는 조용한 날씨일 텐데, 가초의 길고 풍성한 머리카락은 소용돌이치고 있다. 그곳만 다른 생물, 새까만 뱀 떼처럼 꿈틀거린다.

가초의 잘린 머리와 눈이 마주치자, 하쓰요의 마음은 순식간에 마부치무라 마을에 큰불이 일어났던 날 밤으로 끌려 돌아갔다. 속옷 한 장에 가슴도 다 드러낸 차림으로, 화상 물집이 생긴 발바닥을 보이며 한 발짝 또 한 발짝 물을 헤치고 나아가듯이 하쓰요에게 다가오던 가초. 그 뒤에서 산처럼 쌓인 건물 잔해를 튕겨 내며 온몸이 시커멓게 그을린 지로가 귀신처럼 나타나더니 산도山刀를 휘둘러 가초의 머리를 옆으로 베어 날리자, 잘린 머리는 공처럼 밤하늘을 스치고 날아가 나뭇가지 사이에 걸렸다.

──걸린 채로 우리를 바라보고 있었어.

그때, 가초의 눈은 웃고 있었다. 입술도 웃고 있었다. 흰자위가 거의 없어서 눈알 자체가 새까맣게 되어 있었다.

하지만 지금 눈을 마주치고 있는 이 잘린 머리는 정반대다. 두 눈동자는 점처럼 쪼그라들어 있고, 흰자위만이 삶은 달걀의 흰자처럼 반들거리며 빛난다. 흰자위뿐인 눈알을 크게 부릅뜨고 있다. 자그마한 콧방울이 벌어지고, 입술도 반쯤 벌리고 있다.

──깜짝 놀랐구나.

믿기 어려운 일이지만 하쓰요는 잘린 머리의 감정을 알 수 있었다. 아마 가초의 얼굴에 하쓰요 자신의 표정이 그대로 비치고 있기 때문일 것이다.

어째서 가초가 여기에 있는 거지?

가초의 잘린 머리가 재빨리 눈을 깜박이며 말했다. 반쯤 벌어진 입 안쪽에서 하얀 이가 빛난다.

"아아, 찾았다."

마부치무라 마을에서 닿을 수 없는 구름 위의 사람이었을 때 가초가 누군가와 평범하게 대화하는 목소리를 하쓰요는 들은 적이 없다. 방풍림을 빠져나가서, 공동 우물과 빨래터를 넘어서, 이모토야 저택에서 새어 나오는 소리는 교성이나 웃음소리뿐이었다. 높고 달콤하게 울리는 아름다운 목소리이기는 했지만, 하쓰요에게는 정체를 알 수 없는 새 소리처럼 들렸는데.

지금은 제대로 이야기하고 있다. 달콤하고 아름다운 목소리로.

"이런 곳에 있었구나, 요시조의 딸아."

하쓰요의 아버지 이름을 부르며, 가초의 잘린 머리는 입술을 좌우로 주욱 잡아당기듯 웃었다. 입술 틈새로 보이는 붉은 혀끝이 뱀의 혀처럼 날름거린다.

"나오렴. 함께, 더 좋은 곳으로 가자꾸나. 내가 데려가 줄게."

하쓰요는 목소리가 나오지 않았다. 목구멍이 꽉 막혀 숨을 들이쉴 수도 내쉴 수도 없었다.

그때 바로 뒤에서 야마모모가 짖었다. 이제껏 들은 적이 없는, 분노와 적의를 드러낸 무서운 포효였다.

"꺼져라, 요물아. 관의 요리사에게 접근하는 것은 이 산의 수호자가 허락하지 않는다!"

야마모모는 펄쩍 뛰어 하쓰요를 창 앞에서 밀쳐내더니 머리를 낮추며 경계하는 자세를 취했다. 온몸의 털이 곤두서 있다. 검은 색과 갈색이 섞인 털이 슬렁거리며 넘실거린다.

하쓰요가 넘어져 있는 사이에 가초의 잘린 머리는 도망친 모양이었다. 야마모모가 콧등으로 살창의 가장자리를 눌러 꼭 닫았다. 야마모모는 몸의 긴장을 풀었지만 털의 슬렁거림은 아직 남아 있었다.

"고, 고마워요."

하쓰요는 몸을 일으켜 야마모모의 목덜미를 살짝 쓰다듬었다. 야마모모는 귀 끝과 꼬리 끝을 뾰족하게 세우고 있었지만, 하쓰요가 등을 쓰다듬는 사이에 원래대로 돌아왔다. 털의 움직임도 고요해졌다.

"저 잘린 머리는……."

몸이 떨리고 아직도 목이 꽉 막힌 것 같아서 말을 제대로 할 수가 없었다. 야마모모는 하쓰요에게 바싹 붙어 있어 주었다. 하쓰요는 온기를 느끼며 차츰 안정을 찾아갔다.

"저게, 바깥에서 마부치무라 마을로 시집온 역병신疫病神 여자의 말로로군."

역병신이라기보다 오히려 사신邪神이라고 해야 하나, 하고 야마모모가 화난 듯이 내뱉는다.

"저 여자의 목을 벤 사람은 시동생인데, 저 여자는 남편과 시동생 양쪽 모두와 사이가 좋았어요."

지금까지 미다이 님과 야마모모에게 자신들의 신변에 일어난 일은 대충 털어놓았다. 하지만 잘린 머리가 막상 눈앞에 나타나니 어떻게 해서 가초가 저런 발칙한 모습으로 변했는지를 이해시키기 위해서는 여지껏 털어놓은 이야기로는 부족하겠다 싶어서 답답했다.

야마모모는 이제 완전히 차분해져 있었다.

"어쨌거나 아래층으로 내려가자. 저 잘린 머리에 대해서는 마쓰에게도 알려 두어야겠지."

야마모모와 함께 화롯가로 돌아가 방금 있었던 일을 이야기하자(어머니, 진정하세요), 마쓰에는 새파래졌다.

"겁먹는 것도 무리는 아니지만 관 안에 있으면 어떤 요괴든 너희를 해칠 수 없다. 그러니 안심해도 된다."

"내 수호의 주문이 관을 감싸고 있으니 말이야."

미다이 님도 위로해 주신다. 모녀는 서로 몸을 바싹 붙이고 화롯불을 쬐었다.

"사실 관에 왔을 때 너희에게는 수상한 기척이 붙어 있었다."

야마모모의 말에 하쓰요는 관의 뒤뜰에서 야마모모가 말을 걸었을 때의 일을 떠올려 보았다. 그런 식의 말을 했던가?

"야만바와는 다른 기척 같아서 나도 의아하게 여기고 있었는데, 그게 대체 무엇인지 당시에는 확실치 않았지."

가초의 잘린 머리가 나뭇가지에 걸려 하쓰요네 일행을 내려다보며 웃었다──는 무서운 이야기를 듣고 겨우 납득이 갔다.

"한데 어째서 우리를 쫓아온 걸까요."

마쓰에의 중얼거림에 야마모모가 대답했다.

"가초라는 여자는, 목이 잘려 목숨이 끊어지기 직전에 무구한 여자아이의 얼굴을 보았다. 그 여자아이를 지키려는 어머니의 모습도 보았지."

나무 아래로 도망쳐 들어가 있던 하쓰요와 마쓰에다.

"사람으로서의 생의 마지막에 두 사람의 모습을 눈에 새기고, 가초는 죽어서 요괴가 되었다. 가초 안에 엉겨 있던 현세의 욕망이 그 혼을 완전히 중독시켜 요괴로 바꾸어 버린 것이다."

더 살아서 맛있는 것을 먹고 싶다. 예쁜 것을 몸에 걸치고 싶다. 많은 남자들을 끌어들여 육욕이 가는 대로 빠져들고 싶다. 그런 욕망이 가초의 혼을 좀먹었다.

"요괴란, 이건 가초의 잘린 머리뿐만 아니라 야만바나 고다마도 모두 마찬가지지만."

몹시 굶주려 있다──고 야마모모는 말했다.

"굶주림과 목마름을 채우고자 하지." 미다이 님도 말을 보탰다. "자신이 요괴로 변해서 잃어버린 것──다정함, 깨끗함, 정직함, 따뜻함, 주위 사람들에 대한 배려, 무언가를 나누는 기쁨, 힘들어도 옳은 일을 하는 용기."

크기도 강함도 제각각이지만 사람이라면 누구나 가지고 있는 '선善'의 빛.

"가초의 잘린 머리도 거기에 굶주려 있다. 그리고 우연히 죽기 전에 눈이 마주친 하쓰요와 그 어미 마쓰에에게 집착하게 되어 버렸겠지."

모녀에게는 재난일 뿐이다. 하쓰요는 어머니의 손을 세게 움켜쥐었다. 마쓰에는 여전히 파랗게 질린 얼굴로 입술을 굳게 다문 채 고개를 숙이고 있다.

"우리 아버지도, 오라버니도, 가초 씨의 꼬임에 넘어가 버렸어요."

하쓰요가 작은 목소리로 말하자 마쓰에는 몸을 굳혔다.

"미안해요, 어머니. 부끄러운 일이지만 제대로 말해야 해요. 가초 씨가 우리를 쫓는 데는 그런 이유가 있을지도 몰라요."

그러자 야마모모가 코를 울렸다. 찡이 아니다. 거북할 때 사람이 헛기침을 하는 듯한 느낌이었다.

"가초가 남자들에게 집착하고 있다면 그쪽을 쫓아가겠지. 그러니 네 아비도 오라비도 이 일과는 상관없다. 요괴가 된 가초는 자신이 사람으로서의 목숨과 함께 버렸던, 깨끗하고 옳은 것을 원하고 있을 뿐이야."

그것은 야만바나 고다마와 똑같다, 고 했다.

"야만바는 사람의 몸을 가진 여자였을 때를 그리워하고, 요리사의 임무를 내던지고 도망친 일을 후회한 나머지 다시 관에 받아들여지고 싶어서 비참한 모습으로 계속 떠돈다."

스스로 내던진 것을 원한다.

"고다마는 사람 남자로서의 분별을 버리고 눈앞의 욕망에 쫓겨 요리사의 임무에서 도망친 결과, 먹을 것과 교미할 상대를 찾아

기어다니는 비참한 짐승 요괴가 되어 버린다."

그때 마쓰에가 얼굴을 들었다. 무언가 생각난 듯 가슴에 손을 댄다.

"하쓰요도 저도, 어째서 관에서 도망치는 사람이 있는 걸까 이상하게 생각하고 있었어요. 하지만."

"음" 하고 야마모모가 무겁게 대답했다. "다시 말해 남자 요리사 중에는 혼자 잠드는 쓸쓸함을 견디지 못하는 자가 있다는 뜻이다."

"여자 요리사도 집으로 돌아가서 남편이나 사이좋은 남자를 만나고 싶다는 경우가 있지만……."

미다이 님의 목소리가 전에 없이 가라앉아 있었다.

"두고 온 아이를 만나고 싶다, 어떻게 해서라도 얼굴을 보고 싶다는 바람에 쫓겨 도망치는 경우가 많다."

그 말을 듣자 마쓰에는 손으로 얼굴을 덮었다. 그러고 나서 하쓰요의 몸에 팔을 두르고 껴안았다.

"저도, 이 아이와 헤어졌다면 분명 견딜 수 없었을 거예요."

마쓰에의 목소리가 울고 있었다.

"다른 아이들도 걱정되고 보고 싶지만 저는 외톨이가 아니니까 그나마 견딜 수 있어요."

그것은 하쓰요도 마찬가지다. 어머니와 함께니까 언제 끝날지 알 수 없는 '고용살이 기한'을 견딜 수 있다. 적어도 지금은 힘들지 않다. 하지만 혼자서 길을 잃고 관에 다다라, 모든 일을 전부

혼자서 배우고, 해내고, 요리사로서 살아가라고 강요당한다면,

――나도, 도망쳐 버릴지 몰라.

그렇게 생각해 본 적은 없었다. 나처럼 어린 여자아이가 나와 다른 처지에 떨어진다면 어떻게 될까. 다른 입장을 고려하기에는 내가 자란 마부치무라 마을의 생활이 너무 좁았다. 여자의 삶도 지극히 좁은 곳에 갇혀 있어서, 아무도 거기에서 빠져나가려는 생각은 하지 못했다.

유일하게 터무니없는 방식으로 거기에서 빠져나갔다고 할까, 부순 사람은 이모토야에서 시집온 가초였다. 얄궂고 무참한 일이다. 그렇게 생각하니 이해하지 못한 채 가슴에 얹혀 있던 무언가가 내려가는 느낌이 들었다. 연속된 재난으로 이 세상과는 다른 관에 옴으로써, 하쓰요는 더 넓은 곳을 보는 눈을 얻었다.

"너희는 걱정 없지만 저 잘린 머리를 내버려둘 수는 없다."

관에 다다르기 전 산이나 숲에서 길을 잃는 손님들을 놀라게 할 뿐이라면 그나마 괜찮지만, 위협하게 될지도 모른다. 어쨌거나 흐트러진 머리카락을 풀어헤치고 날아다니는 여자의 잘린 머리니까.

"어떻게 하면 퇴치할 수 있는지, 아니면 쫓아낼 수 있는지, 상황을 살피면서 나도 생각해 보기로 하마."

야마모모의 옆얼굴, 뾰족한 귀와 연한 붉은색의 귀 안쪽, 곧은 콧날, 굵은 목, 탄탄한 다리를 주욱 살피던 하쓰요가 살짝 미소 지었다.

"왜 그러느냐, 뭐가 우습지?"

"야마모모는 아까 가초 씨의 잘린 머리에게 자기 자신을 '이 산의 수호자'라고 소개했지요."

이 산의 수호자. 산야마, 수호자마모리.

"말하기 쉽게 줄여서 '야마모모'라는 이름이 된 거예요?"

마쓰에도 야마모모의 얼굴을 들여다본다. 미다이 님은 아무 말씀도 하지 않으신다. 당사자인 야마모모는 갑자기 뒷다리를 들어 귀 뒤를 벅벅 긁기 시작했다.

"와아, 가느다란 털이 춤춰요!"

"내 솜털은 행운의 상징이다. 부적도 되지."

그렇게 말하는 야마모모의 눈빛은 수줍어 보였다.

"옛날, 이제 얼마나 오래 전이었는지 잊어버렸을 정도로 옛날 일이지만 마쓰에보다도 젊은 어머니가 하쓰요보다도 훨씬 어린 사내아이를 업고 관에 다다른 적이 있었다."

때마침 관은 요리사 교대 시기였다. 젊은 어머니는 안성맞춤이었지만 어린 사내아이는 문제였다.

"기저귀를 차고 손가락을 빨며 아장아장 걸어다니고 있었거든."

마쓰에의 얼굴이 누그러졌다. "어머나, 귀여워라."

"어린 아기가 오는 일은 관의 유구한 역사 속에서도 많은 예가 아니다만. 그때는……."

미다이 님의 목소리에 약간 씁쓸함이 섞인다.

"너희 현세의 사람들이 전쟁만 하고 있을 무렵이었다. 때문에 손가락을 빠는 어린아이를 안은 젊은 어머니가 몸뚱어리 하나로 산에 올라 숲을 헤치고 도망치는 일도 많았던 거겠지."

전쟁 또한 사람의 욕망과 욕망이 서로 부딪혀 생겨나는 악이다. 사람의 세상에서 생겨나고, 같은 세상을 사는 사람들의 목숨을 해치는 어둠이다.

야마모모가 말했다. "어머니가 요리사로서 바쁘게 요리하는 동안, 어쩔 수 없이 나는 어린아이를 돌보았다."

산의 수호자가 아장아장 걷는 아이를 지키는 역할이 되었다.

"기운이 넘치는 아이였지. 아무리 다양하게 상대해 주어도 질려서 떼를 쓰기 시작한 이후에는 그냥 등에 태우고 뛰어다니지 않는 한 절대 기분이 나아지지 않았다. 정말이지, 사람의 아기는 요괴보다도 상대하기 버거운 존재야."

마쓰에와 하쓰요, 미다이 님까지 함께 웃었다. 야마모모도 부끄러움을 감추려는 웃음을 지은 듯, 코끝에 주름을 짓고 있다.

"그 아이가, 몇 번을 가르쳐도 나를 '야마모모'라고 불렀다. 혀가 잘 돌아가지 않아서 '야마노마모리'라고 말할 수가 없었던 게지."

모두 웃고 나니 마음이 편해진다. 가초의 으스스한 흰자위와 점 같은 검은 눈이 하쓰요의 뇌리에서 엷어져 간다.

"그 모자는 무사히 고용살이 기한이 끝날 때까지 일했나요?"

야마모모는 똑바로 마쓰에를 바라보며 상냥한 목소리로 대답했다. "해냈지. 훌륭하게 일을 마치고, 산의 주인과 미다이 경에게서 상으로 보물을 받아 다시 사내아이를 업고 고향으로 돌아갔다."

다행이다! 야만바나 고다마의 이야기뿐만 아니라 이런 이야기도 해 주었어야지. 그러다가 하쓰요는 문득 깨달았다.

"그 사내아이도 이곳에 있는 동안 자라지 않았나요?"

화롯가가 조용해졌다. 장작이 터져 벌어지는 소리만 난다.

"그래. 아이만이 아니다. 아무도 자라지 않고, 아무도 나이를 먹는 일이 없지."

산신의 자비다.

"하나 고용살이 기한은 반드시 끝난다. 길을 잃고 들어온 손님이 관에서 무언가를 가지고 돌아가면 부귀를 얻는 것처럼, 너희 고용살이 일꾼도 관을 떠날 때는 많은 복과 부를 약속받는다고 생각하면 된다."

도망치면 요괴가 되어 버린다는 무서운 벌만 있는 게 아니다. 큰 행복도 기다리고 있다.

"그 모자가 떠나고 나서 나는 스스로 '야마모모山桃'라는 이름을 쓰기로 했다."

그건 내가 받은 행복이라고, 야마모모는 말했다.

"사이좋은 모자였어. 손이 많이 가지만 귀여운 사내아이였다. 너희 두 사람과도 그런 추억을 남길 수 있으면 좋겠구나."

야마모모가 다정한 말을 하네. 이런 걸 멋지다고 하는 걸까.

아직 하쓰요의 어깨를 껴안고 있던 마쓰에가 단정하게 바로 앉았다. 하쓰요도 손과 무릎을 가지런히 모은다.

"저희는 손님을 대접하기 위한 요리에 힘쓰겠습니다. 미다이 님과 야마모모 님의 마음에 들도록 열심히 일하겠습니다."

짧은 시간 동안 어머니는 말씨도 좋아졌다. 지위 높은 하녀 같다고 하쓰요는 남몰래 생각했다. 나도 흉내 내야지.

찡, 하고 큰 소리로 코를 울리며 야마모모가 말한다. "나는 배가 고프다. 찹쌀죽이 먹고 싶구나."

마쓰에가 일어선다. "곧 준비하겠습니다."

"저기요, 야마모모. 손님이 뒷전이 됐어요. 찹쌀죽이 끓을 때까지 잠깐만 상황을 보러 가지 않을래요?"

그 무렵 머리를 뒤로 넘겨 늘어뜨린 할아버지 손님은 이미 연회실의 진수성찬을 발견하고 와구와구 먹는 중이었으니 걱정할 필요는 없었다.

"그 손님은 어느 커다란 성하마을에서 많은 병자를 보는 마을 의원 선생님이었어요."

흑백의 방 이야기꾼 자리에서 하쓰요가 말을 잇는다.

"그때는 막 은퇴하셨을 때였는데, 전부터 가고 싶다고 염원하던 산속 온천장에 가려다가 길을 잃어버린 것 같았어요."

이번에도 마부치무라 마을과는 전혀 다른, 어딘가 다른 곳에서 온 사람이었다.

"하지만 사투리에 조금 비슷한 데가 있었으니 크게 묶으면 같은 영지에서 온 분이었겠지요."

좋은 선생님이었어요, 하며 하쓰요는 미소를 지었다.

"관에서 약상자를 발견하고는 다른 걸 볼 때와는 달리 강하게 눈을 빛내며 꼼꼼하게 내용물을 살펴보셨지요."

그러더니 갖추어져 있는 약을 보며 감탄하고, 쥐 죽은 듯 조용한 관의 당당한 풍취에 놀라면서도 벌써 납득한 얼굴을 하며 이렇게 말했다.

──과연. 이것이 소문으로 듣던 산속 저택인가.

"오오! 이 선생님도 관이 어떤 장소인지 알고 계셨군요."

"네, 옛날이야기를 알고 계셨어요. 관 안의 구조나 가구에 일일이 감탄하고는, 큰 소리로 혼잣말을 하셨지요."

──오래 살고 볼 일이다, 감사한 일이다, 감사한 일이야.

그 모습이 재미있어서 선생이 머무는 동안 하쓰요는 틈만 나면 동태를 보러 가게 되었다.

"어쩌면 이분께는 내 모습이 보이지 않을까, 기척 정도는 느끼지 않을까 생각할 때가 있었어요. 분명히 이쪽을 보며 말을 걸거나 하셔서."

우연이었을지도 모르고 의원에게는 의원만의 특별한 안력眼力이 있었는지도 모른다.

"야만바에게 쫓겨 도망쳐 왔는데 할아버지에게 상처는 없었습니까?"

"가볍게 발목을 삔 정도로 끝났지만 꽤 무서웠던 모양이에요."

목숨을 위협당한 만큼 손님은 야만바에 흥미를 품은 것 같았다.

"관 안을 살피면서 여러 가지로 궁리하고 있었어요."

손님은 부엌칼의 방에 들어갈 수 없다. 애초에 존재를 눈치채지 못한다. 요리사의 모습은 물론이고 작은 방이나 화로, 바위 온천이나 툇마루를 볼 수도 없다.

"그러니 아무런 단서도 없을 텐데."

——산신님의 저택이 있는 곳에 일부러 야만바가 어슬렁거리는 건 뭔가 의미가 있지 않을까.

——어쩌면 산신님이 야만바를 퇴치하지 않고 저렇게 내버려두시는 데에도 이유가 있는 걸까.

"까다로운 얼굴을 하고 중얼거리곤 했어요."

일부러라는 부분을 깨닫다니 날카롭군. "머리가 좋은 선생님이군요."

하쓰요는 고개를 끄덕이다가 문득 생각난 듯이 웃었다. "그리고 나이를 감안하면 많이 먹는 분이었어요. 맛있다는 듯이 일일이 감탄의 소리를 내면서."

요리하는 마쓰에도 하쓰요도 보람이 있었다고 한다. 텅 빈 밥통이나, 야마모모도 무색해질 만큼 설거지한 듯이 깨끗하게 먹은 조림 그릇을 보면 진심으로 즐거워졌다.

발목의 아픔이 가시고 편하게 걸을 수 있게 될 때까지, 뭣하면 또 야만바에게 쫓겨도 달릴 수 있겠다는 자신이 생길 때까지, 손님은 나흘 밤을 묵고 갔다. 떠나는 날 아침에,

"여기가 산신님의 저택이라면 여기에서 가지고 돌아가는 물건에는 큰 복이 있을 테니, 하시면서."

같은 약상자 안에서 지혈제와 진통제, 물을 잘못 마셔서 난 설사에 듣는 약을 하나씩 뽑아 들어 소중하게 품에 넣었다.

"대신 접은 문서를 약상자에 넣더군요."

──외람되지만 산신님의 약상자에는 열을 내리는 돈복약과 가려움에 듣는 약이 부족한 듯 보여, 그 조합을 적어 두었습니다. 도움이 되기를 바라옵니다.

정말 훌륭한 의원의 행동이다.

"선생님이 떠날 때도 야마모모가 미리 길을 다져 두었지만, 저는 걱정이 되어 다락에서 바깥을 지켜보았어요."

살창을 열면 또 가초의 머리가 다가오지 않을까. 심장이 입으로 튀어나올 정도로 두근거렸다. 하지만 아무래도 마음에 걸려서 손님의 뒷모습이 숲속 깊은 곳으로 사라져 갈 때까지 지켜보지 않을 수 없었다.

"그랬더니 조금 떨어진 곳에서 야마모모가, 사람의 뒤를 쫓는 늑대처럼 따라가는 모습이 보여서 안심하고 눈을 떼었는데."

그때 시야 한구석에 무언가가 걸렸다.

"야만바였어요."

관을 둘러싼 숲속, 시들어 떨어져 있던 잡초도 덤불도 조금씩

초록색 싹을 머금고 부풀기 시작했다. 야만바는 그 안쪽에 쪼그리고 앉아 몸을 숨기고 있었는데,

"어깨 위는 다 드러나 있고, 흐트러진 머리카락이 덤불에 얽힌 시든 덩굴처럼 보였어요."

야만바는 손님과 그 등을 지키는 야마모모를 바라보고 있었다. 둘이 멀어져 가자 점점 목을 뻗어 덤불 속에서 엉덩이를 들면서 눈으로 쫓아간다.

"이상하게도 쫓아가서 습격하려 한다거나 잡아먹으려는 기색은 보이지 않았어요."

지금은 야마모모가 붙어 있으니 손님을 잡아먹고 싶어도 무서워서 시도하지 못하는 것이리라. 포기할 줄 모르는 요괴다. 정말 사람을 잡아먹고 싶을까. 그렇게 굶주려 있나.

──스스로 요리사 역할을 내던지고 관에서 도망쳐 나갔으면서.

한심하고 꼴사납다.

입술을 삐죽거리다가 가시 돋친 말을 혓바닥으로 뭉개며 흥 하고 콧방귀를 뀌던 하쓰요의 눈에 묘한 장면이 보였다.

"야만바가 손으로 얼굴을 문지르고 있었어요."

어색한 그 움직임에 흐트러진 머리카락이, 너덜너덜한 옷이 덤불에 걸려 함께 흔들린다.

"울고 있었던 거예요. 손으로 눈물을 닦고 있었어요."

닦아도 닦아도 눈물은 마르지 않고, 한동안 야만바는 덤불 속

에서 일어나지 않았다.

세 번째 손님을 내보냈을 때 마쓰에와 하쓰요의 첫 번째 부엌칼이 못 쓰게 되었다.

"백 자루 중 첫 번째 한 자루. 아직 갈 길은 멀다고 생각했지만."

모녀가 요리에 익숙해지고 미다이 님의 '손'으로서 경험을 쌓으며, 관으로 뛰어들어와 휴식을 취하고 떠나가는 손님들을 한 사람 또 한 사람 내보내는 사이에,

"부엌칼이 망가지는 간격이 점점 짧아져 갔어요."

닷새 동안 세 명의 손님이 서로 옷자락을 스치듯 왔다 가자 두 자루나 못 쓰게 되고 말았다.

"야마모모는 다 안다는 표정으로."

──뭐, 그런 거지. 너희 모녀가 좋은 요리사라는 증거이기도 하다.

정신이 들어 보니 창밖은 여름을 맞이하고, 다음에 정신이 들어 보니 산이란 산은 온통 단풍이 들어 있었다.

손님은 남녀노소, 직업도 입장도 다 제각각인 사람들이었다. 관에 대한 지식을 갖고 있는지 없는지, 어떻게 행동하는지도 다 달랐다.

"아아, 살았다."

"이곳은 분명, 옛날이야기에 나오는 산속 저택이로군요. 이미

돌아가신 제 어머니가, 자기 전에 이야기를 들려 준 적이 있습니다."

"이 진수성찬을 제가 먹어도 될까요?"

"이거 큰일이다! 어떡하지, 무엇을 가져가면 마을 사람들에게 복을 나누어 줄 수 있을까."

모두들 다른 말을 내뱉으며 몰래 상황을 보고 있는 하쓰요에게 기분 좋은 웃음을 선사했다.

손님들 중 세 명에 한 명 정도는 야만바를 보거나 야만바에게 쫓겨 관으로 도망쳐 들어왔다. 그런 손님의 경우는 기색으로 금방 알 수 있었다. 하쓰요는 다락으로 뛰어 올라가 야만바의 모습을 찾았다. 대개는 손님을 놓치고 분한 듯이 웅크리고 있거나, 관 주위를 어슬렁거리고 있었다.

하지만 울고 있었던 것은 그때 한 번뿐이었다. 그 장면이 거스러미처럼 하쓰요의 마음을 콕콕 찔렀다. 마찬가지로 하쓰요의 마음을 소란스럽게 하는 가초의 잘린 머리도 역시 갑자기 나타났던 그때뿐, 두 번째 출현은 없는 채로 시간이 흘러갔다.

모녀가 사용하는 부엌칼이 열 자루를 넘고, 더욱 기세를 더해 스물다섯 자루를 헤아리고, 관의 창밖에 소설小雪이 흩날릴 무렵, 사소하지만 이전과는 다른 일이 하나 일어났다.

그날 관에 뛰어들어온 손님은 무사였다. 삿갓을 쓰고, 얇게 솜을 넣은 진바오리를 입고, 노바카마를 입고 있었다. 손등싸개와 각반은 두껍고, 짚신은 정강이까지 짜 올리는 형태였다.

여태껏 살아오면서 열 손가락으로 전부 헤아릴 수 있을 만큼 '무사님'을 만난 적이 드문 하쓰요로서는, 무사의 나이를 짐작하기가 어려웠다. 다만 마부치무라 마을 여름 축제 때 아이들이 끌고 다니는 (단 한 대밖에 없었던 소중한) 장식 수레에, 밤이 되면 불을 켜는 부분에 있던 무사 그림의 얼굴과 매우 닮았다. 무사 그림은 눈매가 시원스러운 젊은이였으니 그럼 이 손님도 젊은 무사이리라 짐작했다.

젊은 무사는 겨드랑이에 낀 두 자루의 칼 외에, 허리에 말을 부리는 채찍도 차고 있었다. 말은, 타고 오다가 어디에선가 놓친 모양이다.

무사는 숨을 헐떡이고 눈이 치켜올라가 있었다. 틀림없이 야만바에게 쫓겨 온 것이다.

——무사님이라도 야만바는 무서운가?

그것은 그것대로 놀랍다고 생각하면서 평소처럼 칸막이 그늘에서 얼굴을 내밀어 엿보고 있자니, 젊은 무사는 현관 마루 있는 곳에 쪼그리고 앉아 진바오리 품에서 무언가를 꺼냈다. 아니, 진바오리 앞을 열자 무언가가 나왔다.

폴짝. 귀가 길고, 연한 갈색 털이 복슬복슬한, 두 개의 동그란 눈을 두리번거리는 생물. 오른쪽 앞발을 다쳤는지 털이 피로 물들어 있다.

산토끼다. 다친 탓인지 웅크린 채 움직이지 않는다.

"자, 이제 안심해라."

젊은 무사는 산토끼의 머리를 손끝으로 가볍게 쓰다듬고는, 곧 몸을 일으켜 방금 열고 들어온 쪽문 쪽을 돌아보았다. 그러는가 싶더니 바람처럼 재빠르게 다시 관의 현관 밖으로 나가 버렸다.

어?

하쓰요는 당황했다. 너무 놀라서 그간 익혔던 분별력이 사라져 칸막이 그늘에서 뛰쳐나가 앞뒤를 잊고 쪽문을 열었다. 거기에서 상반신을 내밀고 바깥을 둘러보았다.

무사는 생각지도 못하게 가까운 곳에 있었다. 칼을 뽑아 눈앞에 든 모습으로 허리를 낮추고, 발끝은 자갈이 많은 지면을 단단히 딛고 있다. 소설小雪은 아직 조금씩 흩날리는 중이라 쌓일 정도는 아니지만, 젊은 무사가 쓴 삿갓과 진바오리의 어깨 위에는 하얀 알갱이가 흩어져 있었다.

젊은 무사는 무언가를 베려는 참이다.

날카로운 눈빛 너머로 야만바가 보인다.

하쓰요의 눈에 비친 야만바는 한층 더 지저분해지고 야위어 있었다. 옷은 더욱 너덜너덜해지고, 옷자락 부근은 전부 사라져 무릎이 훤히 들여다보인다. 상처투성이 멍투성이에 정강이뼈가 또렷하게 튀어나온, 고목 같은 무릎과 다리였다.

두 손을 들고 어깨를 웅크린 채 우뚝 서 있던 야만바는 느릿느릿 주저앉더니 자갈 위에 두 손을 짚었다. 지저분하고 흐트러지고 헝클어진 긴 머리카락에 내리는 눈이 차례차례 떨어져 달라붙어 간다.

"요, 용서해, 주십시오."

야만바의 목소리다. 잠기기는 했지만 노파의 목소리는 아니다. 여자의 목소리였다.

"배, 가, 고픕, 니다. 용서해, 주십시오."

야만바의 말에, 그제야 하쓰요는 앞뒤 사정을 알았다. 산속에서 길을 잃은 채 헤매던 무사가 관을 발견하고 이쪽으로 향하는데 근처 어딘가에서 산토끼를 잡아먹으려는 야만바와 마주친 모양이다.

무사는 산토끼를 구해 품에 넣고 야만바를 쫓아냈다. 하지만 야만바가 끈질기게 쫓아오고 산토끼는 피를 흘리는 상황이니 우선 관으로 뛰어들어와 산토끼를 두고 다시 밖으로 나간 것이다.

야만바를 베어 퇴치하기 위해서.

지금까지 하쓰요는 생각한 적이 없다.

미다이 님도 야마모모, 하려면 할 수 있었겠지만 하지 않았다.

왜냐하면 야만바는 관에서 도망친 여자 요리사의 말로니까. 내버려두어도 된다. 저렇게 굶주려 산을 헤매는 게 벌인데.

——어떡하지.

하쓰요는 목이 바싹 말랐다. 끼어들어 말려야 하나. 야만바를 베지 말라고 부탁해 볼까.

——하지만 무사님한테는 내 모습이 안 보여.

아니, 밖으로 나가면 다르지 않을까? 쪽문을 통해 밖으로 뛰쳐

나가면, 미다이 님의 수호의 주문도 미치지 않으니 하쓰요의 모습을 젊은 무사가 볼 수 있지 않을까?

쪽문에 매달려 머리 위만 바깥으로 내민 채 하쓰요는 떨기 시작했다. 안 된다, 무섭다.

"……해 주시지 않겠습니까."

야만바가 젊은 무사에게 뭐라고 말하고 있다. 머리뿐만 아니라 상반신을 굽실거리며 무언가 호소하는 중이다.

아직 경계를 풀지 않은 젊은 무사의 옆얼굴에 의아해하는 듯한 기색이 얼핏 스친다.

"부디, 부탁, 드립니다."

야만바는 땅에 엎드렸다. 눈이 흩날려 떨어져, 야윈 등을 덮고 있는 너덜너덜한 옷에 하얀 무늬를 그린다.

야만바의 몸에서 새어 나오는 신음하는 듯한 목소리. 그 단편이 겨우 하쓰요의 귀에도 걸렸다.

"저를, 관에, 이 저택에, 들여 주십시오. 단 한 발짝이라도, 상관없습니다."

부탁입니다, 부탁드립니다.

야만바는 관으로 돌아오고 싶은 것이다. 하쓰요는 추위 때문이 아니라, 야만바의 말이 의미하는 바에 몸을 떨었다.

관館이라는 호칭을 모를 젊은 무사를 위해 일부러 '이 저택'이라고 바꾸어 말하다니, 야만바에게는 사람의 지혜가 남아 있다. 완전히 요괴가 된 것은 아니었다.

──무사님, 어떻게 하시겠어요?

떨면서 지켜보는 하쓰요 앞에서 젊은 무사는 칼을 내렸다. 날카로운 눈빛으로 야만바를 응시한 채 위협하듯이 말했다.

"떠나라."

야만바는 엎드린 채 움직이지 않는다.

"산속에 홀연히 나타난 이곳은 아마 산의 주인이 기거하는 거처일 테지. 너 같은 더러운 요괴가 발을 들여도 되는 장소가 아니다. 목숨은 살려 주마. 대신 두 번 다시 이곳에는 가까이 오지 마라."

떠나라. 눈처럼 차가운 목소리였다.

젊은 무사는 칼을 허리의 검집에 넣었다. 고요함 속에서, 하쓰요는 딸깍, 하는 소리를 들었다.

"내 이름은 이부키 겐노스케. 아게노번의 조다이가로 사에키 우에몬노스케 님을 모시는 기마무사다. 이 자리에서 네 목을 베지 않는 온정과, 네 소원을 들어주지 않고 여기에서 쫓아내는 비정을 저울에 올려 보고, 비정을 더 원망한다면 언제든 응해 주마."

전혀 모르는 이름의 번이다. 매번 있는 일이라서 하쓰요도 이제 놀라지 않는다. 좋은 목소리네, 라고 생각했다.

막힘없는 말의 여운이 사라지기도 전에, 야만바는 일어서더니 소리도 없이 소설_小率_의 장막 너머로 도망쳐 버렸다.

야만바가 사라진 후에도 젊은 무사는 잠시 동안 그곳에 서 있었다. 그때 관의 앞뜰 숲속에서 야마모모가 짖는 소리가 들렸다.

큰일났다! 야마모모한테 내가 여기에 있다는 걸 들켰어. 하쓰요가 허둥지둥 머리를 집어넣으려는데 이번에는 말발굽 소리가 났다. 점점 이쪽으로 다가온다.

"오오, 이즈루기! 한참 찾았다."

젊은 무사는 소리치며 달려갔다. 소설 속에 하얀 콧김이 보이고 숲을 빠져나오는 흰 바탕에 검정색 털이 섞인 말의 모습이 나타났다.

마구간 준비를 해야겠다. 하쓰요는 쪽문 안쪽으로 들어갔다. 현관 마루로 폴짝 뛰어올라 그 기세 그대로 복도를 달려가려고 했을 때,

"이, 말 안 듣는 바위 머리 녀석 같으니."

어디에서인지도 모르게 미다이 님의 꾸짖음이 날아왔다. 전부 다 들켰다. 그야 그렇겠지. 네, 알고 있었어요, 알고 있었지만요! 하쓰요의 가슴속에 큰 소동이 일어났다.

이부키 겐노스케가 품에 넣어 구한 산토끼는 다행히 큰 부상은 아니었는지, 모두가 야만바에게 정신이 팔려 있는 사이에 어딘가로 도망쳐 버린 모양이다. 모습이 보이지 않는다.

"토끼 한 마리 정도는, 어디에서 놀고 있어도 하나의 재미지."

미다이 님이 점잖게 말씀하셔서 그대로 두게 되었다. 한편, 흰 바탕에 검정색 털이 섞인 이부키 겐노스케의 말은 자세히 보니 목에 상처가 있었다. 아무래도 야만바가 물어뜯은 자국 같다.

사람보다도 큰 말의 목을 갑자기 물어뜯다니, 야만바는 제정신이 아니다. 말의 목덜미에 남아 있는 무시무시한 이빨 자국을 본 하쓰요의 마음은 더욱 흐트러져 좀처럼 가라앉지 않았다.

한자로는 '출검出劍'이라고 쓰는 이즈루기의 이마에는 하얀 별이 있었다. 마구간에서 이즈루기와 만난 하쓰요는 그 늠름하고 탄탄한 자태에 감탄했다. 게다가 참으로 영리한 말이었다. 이즈루기에게는 하쓰요의 모습이 보이는지, 여물을 주거나 물을 갈아 주거나 마구간 청소를 하기 위해 드나들면 곧 눈치채고는, 눈으로 쫓아와 코를 울리며 발을 굴렀다. 머뭇머뭇 시험해 보니 하쓰요의 손으로 이즈루기의 콧등이나 등을 쓰다듬어 줄 수도 있었다. 의외의 기쁨이었다.

마쓰에와 하쓰요가 오고 나서 관의 마구간은 처음 사용해 보았지만, 우마의 보살핌에 필요한 물품은 전부 갖추어져 있었다. 기수의 마구馬具나 말편자를 수선하는 도구 일체, 우마를 위한 상처약이나 벌레 물린 데 바르는 약. 덕분에 이즈루기의 상처는 곪는 일도 없이 깨끗이 아물었다. 겐노스케 쪽도 연회실의 요리와 뜨거운 목욕으로 피로를 풀고 영기英氣를 보충했다.

겐노스케는 저번 마을 의원 선생처럼 옛날이야기에 나오는 산속 저택에 대해 알지는 못했지만, 야만바를 향해 했던 말처럼 관이 신성한 장소임은 눈치채고 시종일관 예의바르게 행동했다. 연회실의 진수성찬에 손을 댈 때도 이쪽이 황송할 정도로 깊이 머리를 숙이며 공손하게 요리를 맛보았다.

"사람의 몸으로 신찬神饌을 나누어 받는 기회를 얻게 되리라고는 꿈에도 생각하지 않았다."

관의 주인에게는 감사하다, 그건 그렇고 어쩌면 이렇게 맛이 좋은가, 본가의 어머니에게 한 입이라도 좋으니 나누어 드리고 싶다——며 감탄했으니, 아게노번이라는 곳의 성하마을에서 홀몸으로 어머니와 살고 있는 모양이다. 하쓰요는 젊은 무사가 관에 다다를 수 있어서 다행이라고 생각했다. 이분의 몸에 무슨 일이 생긴다면 어머님도 살아갈 수 없을 테니까.

겐노스케와 이즈루기가 사흘 동안 머물다가 나갈 때도 기뻐해야 마땅했지만 실제로는 엉엉 울고 말았다. 겨우 사흘 밤 사이에 이즈루기와 사이가 좋아졌기 때문이다.

"뭐, 말은 또 올 거다" 하고 야마모모가 위로해 주었다. "아무래도 외롭다면 내 등에 타면 되지. 근처를 뛰어다녀 주마."

"고마워요. 나, 야마모모도 진짜 좋아해요. 하지만 야마모모는 말이 아니잖아요."

"불평이 많은 녀석이로군."

미안해요, 야마모모. 하지만 하쓰요는 마음의 한가운데쯤에 구멍이 숭숭 뚫린 기분이 들고 말았다. 그만큼 이즈루기가 사람의 마음을 사로잡는 명마였다는 뜻이다.

그런데 마구간에서 이즈루기의 상처가 회복되는 사이에, 이부키 겐노스케는 몇 번인가 혼자서 현관 옆의 쪽문을 통해 밖으로 나가려고 했다. 물론 나갈 수 없었고 실패할 때마다 이유를 모르겠다며 의아하게 여겼다.

"이 산의 재앙이며 더러움이기도 한 요괴를 내 손으로 퇴치하려는 일이 저택 주인의 뜻에 맞지 않는 걸까."

무사가 말하는 요괴란 당연히 야만바다.

"내가 요괴의 소원에 얽매여 저택 안으로 불러들이는 일이 있어서는 안 되기 때문일까. 아니면 모처럼 구해 준 이 애송이 무사가 요괴의 가련한 감언이설에 속아서 멍청하게 가까이 갔다가, 숨통을 물어뜯기는 꼴이 되면 불쌍해서일까."

혼잣말로 의아하게 여기는 겐노스케와 비슷하게, 하쓰요도 그 부분이 마음에 걸려 견딜 수가 없었다. 그래서 몇 번째인가 겐노스케의 혼잣말을 들은 후,

"있잖아요, 미다이 님" 하고 물어보았다. "어째서 이부키 님을 가둬 두는 거예요? 저분은 야만바를 퇴치하려고 열심인 것 같은데."

미다이 님의 대답은 이해하기 쉬웠다. "겐노스케가 밖에 나가 봐야 야만바는 만날 수 없다. 야만바는 지금 굉장히 부끄러워하고 있으니, 겐노스케가 관에 있는 동안에는 더 이상 가까이 오지 않을 게다."

늘 그렇단다, 하고 말했다.

"굶주림과 목마름으로 괴로워하던 야만바는 생피나 살냄새에 제정신을 잃은 채 물어뜯으려고 달려들다가도, 자신을 제압할 수 있을 법한 상대라고 생각하면 얌전히 머리를 숙이며 관에 들여보

내 달라고 부탁한다. 하지만 잘된 예는 없지. 야만바는 추하고 무섭고, 이번처럼 부탁하는 상대의 일행이나 우마를 덮치기도 하니 신용을 받지 못하거든."

매정하게 쫓겨나면 아주 찰나 동안이나마 사람의 지혜와 말을 되찾은 자신이 부끄러워 어딘가로 모습을 감추어 버린다고 한다.

"밖에 나가도록 허락하면 겐노스케는 야만바를 찾아다닐 테지. 몸이 튼튼하고 영리한 사내인 듯하니, 끈질기게 계속 찾아다니다가 발견할 수도 있다. 그리되면 곤란해."

"왜 곤란하지요?"

하쓰요가 되묻자 미다이 님은 잠시 침묵하다가 곧 한숨을 섞어 말했다.

"하쓰요 너는, 이부키 겐노스케가 강한 무사라고 생각하느냐."

물론이다!

"검술에 대해서는 모르지만 그래도 이부키 님의 움직임은 옛날이야기 속에 나오는 검호劍豪 같다고 생각했어요."

"하나 정면에서 맞선다면 굶주림에 미친 야만바에게는 당해 낼 수 없다."

미다이 님의 말투는 냉혹하기까지 했다.

"칼을 가지고 있든, 큰 활을 들고 있든, 두 손으로 도끼를 휘두르든, 야만바의 날카로운 이빨과 커다란 곰 같은 괴력 앞에서는 잠시도 버티지 못해."

이부키 님도 눈 깜짝할 사이에 야만바에게 패해 잡아먹히고 만다는 뜻일까.

"그러면 야만바에게 쓸데없이 죄를 더할 뿐이다."

미다이 님의 말에 하쓰요는 가슴이 뜨끔했다. 정말로 누군가의 손끝이 심장 위를 세게 누른 듯한 느낌이었다.

쓸데없이, 사람을 죽이고 먹었다는 죄를 더할 뿐.

"너희도 마찬가지다. 마쓰에도 하쓰요도 야만바의 죄업을 늘리지 않도록 얌전히 관 안에 있어 다오."

그렇게 말하더니 이번에는 깊이 한숨을 쉰다. "이 얘기는 그만하자. 하쓰요 너도 괘념치 마라. 아아, 이건 신경 쓰지 말라는 뜻이다."

미다이 님의 분부이니 하쓰요는 순순히 따르고 싶었지만, 잘 되지 않았다. 계속 신경이 쓰인다.

무엇보다, 괘념치 말라면서도 미다이 님은 아무것도 숨기시지 않으니까. 물으면 가르쳐 주고 '상관하지 마라' '네가 알 필요는 없다'며 밀쳐 내는 일도 없으니까. 알면 알수록 신경이 쓰일 수밖에 없다.

야마모모도 마찬가지다. 하쓰요의 호기심에 제대로 대답해 주고, 야만바를 경멸하지 말아 달라고 분명히 말했었다──.

이부키 겐노스케와 이즈루기를 전송하고 바쁜 부엌일도 한숨 돌리게 되자, 쓸쓸한 바람이 불어 하쓰요의 마음속 구멍에 야만바에 대한 생각이 더욱더 쌓여 갔다. 아무래도 생각이 나면 가슴이 답답해진다.

하쓰요는 혼자서 몰래 다락방에 올라가 살창을 살짝 열어 보았다. 창 너머에 펼쳐져 있는 산과 숲은 이제 새하얀 풀솜 쓰개를 쓰고 있다. 상쾌할 정도로 얼어붙은 풍경. 새 소리도 들리지 않는다. 흐린 하늘에서 소설小雪이 춤추며 흩어지던 날씨는 겨우 나흘 정도 만에 한겨울이 되어 버렸다.

주위는 온통 새하얗고, 사람의 발자국도, 짐승의 발자국도 눈에 띄지 않는다.

문득, 하쓰요는 앗 하고 생각했다. 정말로 "앗" 하는 목소리가 나왔다.

"산토끼!"

지금 관 안에 갇혀 있을까. 그렇다면 한기는 막을 수 있더라도 먹이는 어떻게 하고 있지. 아니면 어딘가를 통해 밖으로 빠져나갔다가 갑자기 한겨울이 되어 버린 숲속에서 얼어붙지 않았을까.

서둘러 아래층으로 내려가, 미다이 님, 미다이 님 하고 불렀다.

"이부키 님이 구해 주신 산토끼는 지금 어디에 있어요? 미다이 님은 알지요?"

그러자 미다이 님은 웃음을 터뜨렸다.

"네 마음은 이마에 별이 있는 말의 추억에 물들어서 가까이에 있는 토끼는 보이지도 않고 들리지도 않는 모양이로구나."

마쓰에에게 물어보라는 대답에 하쓰요는 허둥지둥 어머니를 찾았다. 어머니, 어머니, 하고 부르자 부엌 도구방에서 목소리가 들렸다.

"하쓰요, 왜 그러니."

놀랍게도 마쓰에는 그곳에 산토끼와 함께 있었다. 나무 상자 안에 짚을 깔아 급조한 산토끼의 집도 마련돼 있다.

"어머니, 언제 이 아이를 찾은 거예요?"

"오늘 아침에. 부엌 구석에서 웅크리고 떨고 있더라. 말했잖니. 못 들었어?"

이즈루기에 대해, 야만바에 대해, 이것저것 생각하느라 어머니의 말이 귀에 들어오지 않았다.

"바깥이 봄이 될 때까지 이 아이를 키워도 된다고 미다이 님이 허락해 주셨단다. 시든 잎사귀를 주면 잘 먹으니까 먹이는 얼마든지 있지."

"분명히 다쳤었지요?"

"지금은 괜찮아 보이는구나. 짐승들은 작은 상처라면 핥아서 낫게 하니까."

마쓰에는 상냥한 눈으로 산토끼에게 무청을 먹이고 있다. 하쓰요는 코끝이 찡해졌다. 나도 이즈루기와 함께 있을 때는 이런 느낌이었지. 생물의 온기에 마음이 포근해지고 따뜻한 기운이 느껴져서 기뻤다.

"이 애, 뭐라고 부를까?"

마쓰에가 눈을 가늘게 뜨며 말한다. 산토끼의 이름이라. 말이나 개와는 다른 쪽이 좋으려나.

"산에 있을 때는 그냥 짐승이니 이름 따위는 필요 없지. 하지만 잠깐이라도 같이 살 거라면 이름이 있어야——."

 그때 어머니의 말에 덧씌우듯이 하쓰요는 또 "앗" 하고 목소리를 내고 말았다. 아까 다락방의 "앗"보다도 컸다.

 "왜, 왜 그러니?"

 마쓰에가 눈을 동그랗게 떴다. 하쓰요는 입을 열려다가 갑자기 생각을 바꾸어 목소리를 삼켰다.

 "아, 아무것도 아니에요. 재채기가 나온 거예요. 잠깐 물 마시고 올게요."

 뒷걸음질 쳐서 도구방을 나온 하쓰요는 수도와 물독에는 눈길도 주지 않은 채 연회실 쪽으로 향했다.

 "미다이 님, 미다이 님."

 작은 목소리로 부르니 코 앞의 방에서 야마모모가 느릿느릿 모습을 나타냈다. 분명, 족자와 장식물이 많이 있는 방이다.

 "무슨 일이냐. 너, 너무 거리낌이 없구나. 귀찮게 미다이 경을 부르면 못 쓴다."

 "야마모모!"

 하쓰요가 땀을 뻘뻘 흘린다.

 "있잖아요, 야만바의 이름, 알아요?"

 쥐 죽은 듯 조용한 관 안, 긴 복도의 중간에서 거구의 들개와 완전히 부엌 하녀의 차림새가 몸에 밴 여덟 살 소녀가 마주하고 있다.

 "나 지금까지 전혀 생각도 해 보지 않았는데 야만바한테도 이름이 있을 거잖아요. 지금은 그냥 야만바지만, 이곳의 요리사였을 무렵에는 제대로 된 이름으로 불렸겠지요?"

잠시 침묵.

"……왜, 그런 것을 신경 쓰는 게냐."

야마모모가 낮은 목소리로 묻는다. 하쓰요는 조금 당황하고 말았다.

"왜냐니, 그냥 알고 싶어요."

말하는 동안 머리가 돌아가고 어떤 생각이 번득였다.

"그렇지, 부엌칼의 방을 조사해 보면 되나? 야만바가 사용했던 부엌칼이 남아 있겠지요?"

그러자 야마모모는 비릿한 어성초 잎이라도 씹은 듯한 얼굴을 했다.

"어, 아니에요? 도망친 요리사의 부엌칼은 여기에는 없나요? 버려지나요?"

야마모모는 입을 반쯤 벌리고 혀를 내밀더니,

"……따라오너라."

앞장서서 부엌칼의 방으로 들어갔다.

처음으로 발을 들인 그날 이래, 왠지 모르게 황송하기도 하고 무섭기도 해서 하쓰요는 이곳에 가까이 오지 않았다. 고용살이 기한이 끝나 부엌칼을 넣을 수 있게 될 때까지는 함부로 들여다보지 말자고 마쓰에와도 이야기했었다.

"실례하겠습니다."

저도 모르게 살금살금 걷게 되고 만다. 하쓰요가 따라오든 말든 아랑곳하지 않은 채 야마모모는 점점 부엌칼의 방 안쪽으로 나아간다.

길쭉하고 좁은 방이다. 끝이 보이지 않는다. 관과 관을 둘러싼 산은 전부 그렇지만 정도를 한참 벗어났다. 바깥의 잣대가 통용되지 않는다.

"야마모모, 나를 두고 가지 말아요!"

불안해진 하쓰요가 큰 소리로 말했다. 굉장히 멀리 떨어져 버린 느낌이다.

벽 쪽에 늘어선 수많은 부엌칼꽂이를 희미한 빛이 비추고 있다. 성스러워 보이기도 하고 싸늘해 보이기도 한다. 칼이 머금고 있는 쇠기운의 싸늘한 딱딱함과, 날카로운 날의 무서움이 왠지 하쓰요의 입안에 피맛이 되어 퍼져 가는 기분이 든다.

야마모모는 장난감처럼 보일 만큼 멀리 떨어져서야 겨우 멈추어 서서 이쪽을 돌아보았다. 하쓰요는 거품을 물고 잔걸음으로 달려가다가,

"거기다!"

갑자기 야마모모가 짖는 바람에 깜짝 놀라 앞으로 고꾸라지며 넘어지고 말았다.

"뭐, 뭐 하는 거예요!"

"네가 지나친 거기에, 최근에 고다마가 되어 버린 남자 요리사가 사용하던 부엌칼이 있다."

어, 거짓말. 진짜? 어디에? 부딪힌 무릎이 아파서 문지르던 하쓰요가 벌떡 일어나 부엌칼꽂이가 늘어서 있는 선반에 얼굴을 들이밀었다.

"어떤 거요? 어떤 칼? 아아, 아야."

경솔한 녀석, 하며 야마모모가 멀리서 웃는다.

"눈으로 보아서 알 수 없다면 코를 가까이 대 보아라."

냄새를 맡아 보라는 건가? 부엌칼을? 반신반의하면서 목을 뻗어 킁킁 해 보니 냄새가 난다. 생선 내장이 썩은 듯한 냄새다.

2간쯤 되는 폭에 부엌칼꽂이가 다섯 개 있었다. 부엌칼도 다섯 개. 마쓰에가 사용하는 부엌칼과 비슷한 칼이 두 개고, 폭이 넓은 채소 써는 칼이 하나, 가늘고 양날인 신기한 모양의 칼이 하나, 등이 두껍고 땅딸막한 모양의 칼이 하나.

냄새가 나는 칼은 땅딸막한 칼이었다.

자세히 들여다보니 땅딸막한 부엌칼의 날 부분은 붉은 녹에 덮여 너덜너덜해지고, 자루는 썩어 있었다. 새겨져 있어야 할 이름도 히라가나는 거의 보이지 않고 한자가 겨우 문자의 형태로 남아 있다.

"야마모모, 이 글자 읽을 수 있어요?"

"그 남자는 노름꾼이었다."

"노름꾼?"

"도박을 하는 사람 말이다. 마부치무라 마을에는 그런 몹쓸 사람이 없었느냐?"

말하자면 착실하게 일하는 사람이 아니었다고 무뚝뚝하게 말한다.

"통행증 없이 관문을 몰래 빠져나가느라 짐승들이 다니는 길로 들어갔다가 그만 길을 잃었다고 투덜거렸었다. 사흘도 버티지 못하고 관에서 도망쳐 나가 고다마가 되고, 또 사흘도 버티지 못하고 골짜기 밑으로 가기도 전에 겨울잠을 준비하는 곰에게 잡아먹혀 생을 마쳤지."

무섭고도 비참한 최후다.

"고다마나 야만바로 떨어진 요리사의 부엌칼은 그렇게 썩어 간다."

이 또한 벌이라고 야마모모는 말했다.

"훌륭하게 임무를 다한 요리사들 사이에 섞여서 먼지가 될 때까지 계속 부끄러움을 당한다는 말이야."

정신이 아득해질 정도로 긴 세월 동안 좁고 긴 방에 놓인 수많은 부엌칼 사이에서 고약한 냄새를 풍기며.

"그 야만바의 이름을 알고 싶다면 네 힘으로 찾아내라. 귀찮아서 못 하겠다면 관두고."

마음대로 하라고 말하며 야마모모는 찡 하고 웃었다.

"그날부터 저는 부엌칼의 방을 조사하기 시작했어요."

흑백의 방에서 이야기하는 하쓰요의 눈동자에는 은밀한 탐색에 나섰을 때도 분명 그랬을, 별 같은 빛이 깃들어 있었다.

"물론 손님이 와 있을 때는 시간이 없으니까요. 어머니와 둘이 있을 때, 몰래."

야만바나 고다마를 거론하여 괜히 마쓰에를 불안하게 만들고 싶지 않았고, 하물며 자신이 그런 존재에 흥미를 가지고 얼마쯤 동정하기도 한다는 사실을 비밀로 해 두고 싶었기 때문이다.

"읽고 쓰기와 주산도 게을리하지 않고 열심히 배우느라 탐색에 쓸 수 있는 시간이 한정되어 있었어요."

밤에 마쓰에가 잠들어 버리고 나면 몰래 침상을 빠져나와 부엌칼의 방으로 가는 방법이 제일 쉬웠다고 한다.

"결국은 들켜 버렸지만요."

하쓰요는 간지러운 듯이 웃으며 틀어올린 머리 한가운데 부분을 손가락으로 가리켰다. 처음에 보여 준, 백발과 붉은색과 까마귀의 젖은 날개 색깔 세 가닥이 있는 부분을.

"이 백발이 생기는 통에 숨길 수가 없었어요."

관에 들어왔을 때는 여덟 살이었던 여자아이의 머리카락에 이렇게 또렷한 백발 가닥이 생기다니 확실히 이상하다.

"처음에는 한두 개였지만 부엌칼의 방에 드나들 때마다 수가 늘어서요. 어머니가 캐묻더라고요."

──대체 어떻게 된 거니? 언제부터 이랬어?

"저는 시치미를 뗐지만."

마쓰에가 미다이 님과 야마모모에게 심각하게 물었다.

"하쓰요는 혹시 병에 걸린 게 아닐까요, 어쩌면 좋을까요, 하고."

 눈물까지 흘릴 기세라 양심에 거리껴 어쩔 수 없이 자백하고 말았다나.

 "그랬더니 야마모모도 함께 사과해 주었어요."

 야마모모는 자신이 기억하는 한으로는, 관에서 고용살이를 하며 야만바에게 마음을 쓰는 사람은 하쓰요가 처음이라고 말했다.

 ──부엌칼의 방에 대해서도, 지금까지의 요리사들은 함께 데려온 자식도 포함하여 모두 두려워할 뿐이라,

 "야마모모도 부엌칼의 방에 자주 드나들면 백발이 생긴다는 건 몰랐고 생각지도 못한 일이었대요."

 "미다이 님은 뭐라고 하셨습니까?"

 자식을 걱정하는 마쓰에의 마음은 이해가 가지만 두려워할 필요가 없다며 쓴웃음을 지으셨다고 한다.

 "부엌칼의 방에는 오랜 세월이 봉인되어 있다. 10년, 20년이 아니야. 100년, 200년을 한 묶음으로 칠 정도의 세월이다."

 야마모모조차도 모두 파악하지는 못한다. '기억하는 한'이라고 전제를 둘 만큼 영겁의 시간이다.

 "아직 다 자라지 않은 하쓰요의 몸이 그곳에 닿았을 때 무언가 '흔적'이 남는다면 이상하게 여길 게 아니라,"

 ──오히려 하쓰요가 누구보다도 깊게 관의 품 속에 들어온 증거(병이나 상처와는 다르다)라고 받아들여야 한다.

 결국 하쓰요는 (마쓰에의 걱정스러운 얼굴을 바라보면서도) 더

열심히 부엌칼의 방을 조사하게 되었다.

"처음에 고다마로 전락해 버린 도박꾼의 부엌칼은 야마모모가 가르쳐주었기 때문에 발견할 수 있었지만."

두 번째 '썩은 부엌칼'은 좀처럼 찾을 수 없었다.

"썩은 부엌칼이라, 과연 그렇군요."

도미지로는 추임새를 넣었다. 이해하기 쉽다.

"냄새로 금방 알 수 있을 것 같은데 의외로 어려웠나 보네요."

"네. 계속 킁킁거리고 있으면 영문을 모르게 되어 버리거든요."

듣고 보니 과연 그렇다. 코는 금세 익숙해진다. 옷이 바뀌는 시기에만 파는 미시마야의 향기 나는 주머니도, 안에 넣는 훈향薰香의 재료 안배가 어려운 까닭은 그 때문이다.

"당시의 저는 키가 작아서 일일이 쪼그리거나 하지 않아도 딱 머리 높이에 있던 부엌칼의 선반을 살펴보기 쉬웠지만,"

냄새로 썩은 부엌칼을 찾는 일은 너무나도 어려웠다. 냄새를 맡으면서 정신없이 안으로 안으로 들어가 버렸다가 녹초가 되는 바람에, 돌아오는 길이 너무 멀어서 주저앉은 적도 있었다.

"부엌칼의 방 출입구까지 거리가 멀어서요?"

하쓰요가 고개를 끄덕인다. "긴 세월만큼의 거리였겠지요. 그 무렵의 저는 이치를 잘 알 수 없었지만요."

배가 고프고 목이 말라 죽을 것 같아서 (아니, 웃을 일이 아니라) 쓰러져 울고 있으면 야마모모가 데리러 와 준 적도 여러 번이었다.

―― 왜 그러느냐. 벌써 지친 거냐?

"야마모모와 저는 코의 능력이 달라요. 들개와 사람은 비교할 수가 없지요. 새삼스럽게 그 사실을 깨닫고."

울상을 지으며, "야마모모 못됐어요! 그냥 가르쳐주면 좋을 텐데.""도와주세요" 하고 부탁해 보았지만 매정하게 거절당했다고 한다.

―― 네가 하기로 결심한 일이다. 너 혼자서 하도록 해라. 처음 하나를 도와준 건 나의 온정이야.

"저도 고집스러운 아이였기 때문에, 그럼 이제 부탁 안 할래요! 대꾸하곤 혼자서 부엌칼의 방에 들어갔다가 또 쓰러지고."

하쓰요가 즐거운 듯이 웃어서 도미지로도 함께 아하하 소리 내어 웃었지만, 아니, 정말로 웃을 일이 아니었으리라.

"그 무렵에 백발은 이미 제 손가락 두 개분 정도의 폭으로까지 늘어 있었으니까, 이대로는 열 살이 되기 전에 머리가 새하얘져버릴 거라면서 난리가 났어요. 어머니한테는 진짜로 야단을 맞았지요."

그런 유쾌한 소란이 벌어지는 동안에도 손님은 한 명 또 한 명, 때로는 두 명이 한꺼번에 길을 잃고 관에 들어왔다가, 마쓰에가 만들고 하쓰요가 거든 요리를 배불리 먹은 덕분에 기운을 되찾아 떠나갔다.

"이즈루기 같은 말은 유감스럽지만 다시 오지 않았어요. 그리고 어머니가 구해 준 산토끼는 그 후 무사히 산으로 돌려보냈는데…… 이름은 그냥 토깽이로 해 버렸어요."

관에 도착하는 손님들의 내력은 제각각이었다. 야만바를 만난 사람도 있고 그냥 길을 잃었을 뿐인 사람도 있었다. 관이라는 장소를 몹시 두려워하는 경우도 있었고 재미있어하는 경우도 있었다.

"손님이 어떤 사람인지에 상관없이 어머니의 부엌칼은 무탈하게 개수를 더해 갔어요."

마쓰에와 하쓰요가 대접한 손님의 수가 늘어남에 따라, 부엌칼이 망가지는 속도도 빨라지는 것 같았다고 한다.

"한 명의 손님에게 저녁밥과 아침밥을 한 번씩 만들고 나니 칼이 망가져 버린 적도 있었어요."

마쓰에 자신도 세고 있었지만 정확한 수는 늘 미다이 님이 가르쳐주었다. 마쓰에, 다음 부엌칼을 주마. 지금 망가진 게 서른한 자루째다.

──열심히 일하고 있구나. 너는 좋은 요리사다. 나는 자랑스러워.

갑자기 하쓰요의 눈이 약간 가늘어졌다.

"서른두 자루째 부엌칼을 사용할 무렵 야만바의 습격을 받아 죽은 시체를 야마모모가 발견한 적이 있었어요."

그 자리에 묻어 버렸다고 해서 마쓰에와 하쓰요는 시체를 보지 못했고, 어디에 묻었는지도 모른다. 다만 야마모모가 한 말은 똑똑히 기억하고 있다.

──이제 한동안 야만바는 얌전해질 거다. 시체의 주인은 뼈의 굵기로 보아 분명 살집이 좋은 젊은이였을 게야. 그걸 통째로 잡아먹었으니 몇 달 동안은 모습을 보이지 않겠지.

"대체 그 시체는 어떤 상태였을까요. 살집이 좋은, 틀림없이 힘도 셌을 젊은이를 습격해 잡아먹어 버리다니, 야만바는 정말 무섭지요. 그날 밤에는 너무 무서워서 어머니와 같은 이불에서 잤어요."

이제 야만바를 향한 집착은 그만둘까 하고 마음이 약해진 유일한 때라고 한다.

"이즈루기의 목에 난 이빨 자국을 보았을 때도 물론 충분히 무서웠지요. 하지만 사람 하나를 잡아먹어 버렸다는 건──무서움의 질이 달랐어요."

그러나 야마모모가 말한 대로 관 주위에 야만바가 나타나지 않게 되고 시간이 지나면서 하쓰요의 공포도 열기가 식자,

"부엌칼의 방에 가고 싶어서 견딜 수 없게 되었어요. 마치 무언가가 부르고 있는 것처럼."

어린 여자아이의 머리카락에 백발을 새길 정도인 '영겁의 시간'의 힘이 하쓰요를 부르고 있었을까. 한 번 마음을 기울이고 손을 댄 자를 어중간하게 놓아주지 않는 힘의 유혹이구나.

도미지로는 그런 생각을 하다가 눈앞에 있는 하쓰요의 명랑한 얼굴로 다시 주의를 돌렸다.

"결국 저는 몰래 부엌칼의 방에 다니게 되었어요. 어머니는 아

무엇도 눈치채지 못한 채 요리와 공부에 힘쓰고 손님들을 대접하고 전송하고——."

마흔 자루째의 부엌칼이 망가져 버린 날.

"고용살이 기한의 절반까지 이제 얼마 안 남았구나, 생각했던 것보다 빠르네! 하고 어머니와 손을 마주치며 기뻐했지요."

안에 있는 모녀가 느끼지 못하는 사이에 몇 번이나 절기가 바뀌어 가을이 오고, 관 바깥의 산과 숲은 선명한 비단을 뒤집어쓴 듯 알록달록해졌다.

"그날 밤, 두 자루째의 썩은 부엌칼을 발견할 수 있었어요."

\*

썩었다기보다 탔다고 해야 할까. 얼굴을 가까이 대면 썩은 내가 아니라 불에 그을린 냄새가 났다. 가늘고 작은 부엌칼로 날의 등 부분이 두꺼웠다.

다행스럽게도 첫 번째 부엌칼보다 이름은 또렷하게 남아 있었다. 히라가나로 '하마'. 여자 이름이겠지. 한자로는 '빈浜'이다.

——오하마 씨.

하쓰요는 참을성 있고 성실했지만, 역시 어린아이인지라 그때는 적을 수 있는 도구를 가져온다는 생각은 하지 못했다. 별수 없이 '빈浜'이라는 글씨의 모양을 머리에 집어넣고, 소리 내어 노래하듯이 "오하마 씨, 가느다란 부엌칼, 오하마 씨, 가느다란 부엌칼" 하고 중얼거리면서 화로가 있는 방으로 돌아갔다.

돌아가자마자 화로의 재와 부지깽이를 사용해 '빈殯'이라고 썼다. 적어도 그렇게 썼다고 생각했지만 잠시 후 찾아온 야마모에게 보여 주자 엄청나게 웃었다.

"개도 배를 안고 웃을 수 있네요."

"아니, 화내지 마라. 미안하지만, 재미있어서 웃음이 멈추지 않는구나."

라는 대화가 되어 버렸으니 아마 요상한 글자였던 모양이다.

"용케 찾아냈구나."

"응!"

하쓰요는 스스로가 자랑스러웠고, 또 하나, 마음이 설레는 이유가 있었다.

"오하마 씨의 부엌칼은 어떻게 봐도 썩은 게 아니라 타 있었어요."

화재나 화난火難과 관련이 있어서가 아닐까.

"그렇다면 나나 어머니랑 똑같아요. 그래서 나는 그 야만바 씨한테 마음이 끌리는 게 아닐까요? 똑같이 무서운 일을 당했으니까."

관 바깥의 계절은 빠른 걸음으로 옮겨 가지만 하쓰요의 겉모습은 이곳에 왔을 때인 여덟 살 여자아이 그대로다. 그러나 속은 스스로도 깨달을 만큼 성장해 있었다. 자기가 생각해도 이 발상은 굉장하다고 생각했다. 마을에 있었을 때의 나와는 조금 달라.

"그렇지요? 야마모모는 오하마 씨를 기억하지요? 가르쳐주세요, 내 생각이 맞나요? 혹시 오하마 씨도 정말로 산불에 쫓겨 관으로 도망쳐 온 사람이었나요."

야마모모는 '찡, 찡' 하고 웃는 게 아니라, 비유를 하자면 '찌~잉' 하는 태연한 얼굴로 말했다.

"연습장을 다오. 하마라는 글자의 글씨본을 써 주마."

먹물을 묻힌 붓을 입에 문 야마모모가 훌륭한 '浜' 자를 써 주었다. 하쓰요는 글씨본을 제대로 쓸 수 있을 때까지 연습했다.

"하마라는 건 바닷가를 말한다. 파도가 밀려오고, 한없이 많은 모래가 펼쳐져 있지. 이걸 모래톱이라고 한다."

하쓰요는 바다를 모른다. 이야기로 들은 적도 거의 없다. 마부치무라 마을 근처에 있는 것은 호수와 늪뿐이었다.

"내가 모르는 바다 옆에 있는 먼 곳에서 와서 야만바가 되어 버린 오하마 씨."

요리사의 임무를 내팽개치고 관에서 도망쳐 버린 이유는 바다가 그리워졌기 때문일까. 가족이 보고 싶었기 때문일까. 아니면 혼자가 외로워서 참을 수 없게 되었기 때문일까.

마스에와 하쓰요는 모녀가 함께 이곳에 왔다. 정말로 운이 좋았다. 불안한 일이 생겨도 둘이서 함께 대화하며 격려할 수 있었다. 하지만 혼자 요리사가 된 사람에게는 모습이 보이지 않는 미다이 님과, 사람보다도 강하고 영리하지만 모습은 들개인 야마모모뿐이다. 요리사의 불안을 나눌 '사람'이 없었다.

찾아오는 손님의 눈에도 모습이 보이지 않고 말을 걸어도 알아주지 않는다. 기운을 되찾은 손님이 관에서 떠나가는 모습을 지켜볼 때는 마치 망자가 산 자 뒤에 남겨지는 듯한 쓸쓸함을 느끼지 않았을까.

견디기 어려워져서 그만 밖으로 나가고 만다. 숲을 헤치고 산을 내려가면 자신이 살던 곳으로 돌아갈 수 있으리라. 틀림없이 돌아갈 수 있다. 보고 싶은 사람들을 만나고 싶다.

가자. 저 손님과 똑같이, 그냥 나가면 된다. 이 몸은 살아 있다. 망자가 아니다. 달리자, 달리자. 돌아보아도 관에서는 아무런 소동도 일어나지 않는다. 미다이 님도 야마모모도, 도로 데려가려고 쫓아오는 일은 없다.

집으로 돌아가자. 탈주는 이렇게 쉬운 일이었다. 좀 더 일찍 할걸 그랬다. 기뻐하면서 길을 서두르고 숨을 헐떡이는 사이에, 머리카락은 흐트러지고 피부는 타고 몸의 관절은 비틀려 사람의 형태에서 멀어지고, 어느새 요괴가 되어——.

하쓰요는 눈을 깜박여, 눈에 고여 있는 눈물을 떨쳐냈다.

"나, 야만바를 사람이었을 때의 이름으로 불러 주고 싶어요."

원래는 산토끼에게 이름이 필요하다는 마쓰에의 말을 듣고 떠오른 생각이었다.

"산에 있는 동안에는 그냥 산토끼지만, 우리랑 같이 살려면 이름이 필요하다. 그건 다른 것과 바꿀 수 없는 하나의 목숨이라는 증거잖아요? 하쓰요라는 내 이름도, 마쓰에라는 어머니의 이름도, 나랑 어머니가 나랑 어머니라는 증거예요."

토지신과 인연이 깊은 마부치무라 마을 사람들은 아기가 태어나면 신께 이름을 받는다. 마을의 아이가 신의 아이라는 증거이기도 하다.

"모두 하나밖에 없는 목숨이에요. 신께 받은 거예요. 야만바도 오하마 씨였을 때는 분명히 그랬을 거예요."

오하마의 이름은 누가 지은 걸까. 바다의 신일까, 촌장 같은 높은 사람일까, 아니면 부모일까, 하쓰요는 모른다. 하지만 단 하나의 목숨에 지어진 소중한 이름임은 자신과 마찬가지다.

"사람이었을 때의 이름으로 불러 주면, 야만바도 사람이었을 때의 일을 떠올릴지 몰라요. 그러면 원래의 사람으로 돌아갈 수 있을지도 몰라요."

야마모모는 하쓰요의 말을 묵묵히 듣다가 온화한 목소리로 말했다.

"전에 먹이를 잡아먹고 부풀었던 야만바의 배도 이제 꺼질 때가 되었지. 그놈이 모습을 보이면 곧장 알려 주마. 네 생각을 시험해 보렴."

야마모모가 전혀 반대하지 않아서 조금 꺼림칙했지만, 하쓰요는 힘있게 고개를 끄덕였다. 좋아, 해 보자.

그로부터 사흘 후 아침, 마침 찾아와 있던 손님(산속 깊은 곳에 있는 탕치 온천으로 가려던 노부부였다)을 전송하고 연회실 정리를 한 후 설거지를 마쳤을 때, 야마모모가 뒤에서 하쓰요의 종아리를 꼬리로 쳤다.

야만바가 나타난 것이다. 하쓰요는 앞치마로 손을 닦았다.

"어머니, 미안해요, 측간에 다녀올게요."

그날 아침, 마쓰에는 왠지 멍했고 하쓰요의 부름에도 대답하지 않았다. 졸린 걸까. 뭐, 좋다. 하쓰요는 다락방으로 달려갔다.

야마모모가 가리키는 살창을 손바닥 폭만큼 열어 보니 관 바깥에는 눈이 녹은 풍경이 펼쳐져 있었다. 부엌칼이 못 쓰게 되는 속도와 비슷하게, 계절이 바뀌는 속도도 빨라지는 기분이 든다.

눈이 녹은 곳에는 풀이 조금씩 돋아 지면이 얼룩져 있다. 관의 뒤쪽을 지키듯이 이어져 있는 깊은 숲은 1년 내내 잎이 지지 않는 나무들과, 겨울 동안에는 가지만 남아 알몸뚱이가 되어 버리는 나무들이 섞여 있어서, 환절기에는 초록색과 갈색과 노란색이 뒤섞인 얼룩진 경관을 만들어낸다.

눈에 들어오는 얼룩 사이에, 오도카니 있는 작은 그림자가 보였다. 바위 그늘에 쪼그리고 있다.

야만바다. 하쓰요는 눈에 힘을 주었다.

야마모모가 뜯어먹힌 시체를 발견하고 나서, 마쓰에와 하쓰요의 계산으로는 대략 두 달하고 스무날이 지나 있었다. 바빠서 표시를 잊어버린 날도 있지만, 틀렸다고 해도 고작해야 사오일이다.

즉 하쓰요네 달력으로 석 달쯤 전에는 야만바의 배가 든든히 불러 있었을 테고, 다 소화되었기 때문에 다시 모습을 나타냈으리라. 야마모모가 예견했던 그대로다.

 그런데도 야만바는 볼품없을 정도로 야위어 있었다.

 본래 넝마를 질질 끌며 진흙과 흙에 범벅이 된 비참한 모습이기는 했지만, 지금은 거기다 뼈와 가죽만 남은 듯 바싹 야위고 머리카락이 대부분 빠져 있었다. 드러나 있는 머리는 가죽이 붉게 쓸려 벗겨진 모습이 먼눈으로 보아도 아프거나 가려워 보여 이쪽의 머릿속까지 근질근질해진다.

 야만바는 병에 걸린 걸까? 아니면——.

 다락에 올라온 야마모모가 하쓰요 옆에 나란히 섰다. 두툼한 모피가 하쓰요의 팔에 부드럽게 닿는다.

 "어쩌면 야만바는 사람을 죽이거나 잡아먹을 때마다 점점 추해져 가는 걸까요?"

 하쓰요가 물어도 야마모모는 입을 다물고 있다.

 한 사람과 한 마리가 지켜보는 아래쪽에서, 야만바는 기다시피 하여 바위 그늘을 나오더니 비틀거리며 일어섰다. 목이 가늘어진 탓인지 두개골 위에 가죽이 한 장 입혀져 있을 뿐인 머리도 제대로 받칠 수 없는 양, 몸이 비틀거릴 때마다 머리도 어색하게 무참히 흔들린다.

 야마모모는 말했다. "산의 짐승이나 사람의 살을 먹으면, 배는 불러도 몸은 야위어 간다. 고다마보다 훨씬 강하고 민첩한 야만바도 언젠가는 죽어서 흙으로 돌아가는 건 그런 속박이 있기 때문이다."

야만바는 무언가를 먹어서 굶주림을 채울 수는 있어도 몸에 붙는 영양분을 얻을 수는 없다는 뜻이다.

그런 건 속박이 아니다. 저주가 아닌가.

"이름을 불러서 시험해 볼 거라면 서두르는 편이 좋을 거다. 저 야만바는 이제 슬슬 움직일 수 없게 될 테니."

마지막 힘을 쥐어짜서, 관에 대한 집착에 끌려 뒤뜰까지 왔다. 목숨이 다해 간다고 느꼈다면, 짐승이나 벌레에게 순식간에 시체를 뜯어먹히지 않도록 숲속 어딘가로 들어가 몸을 숨기리라. 요괴라 해도 목숨이 있는 존재의 분별력이다.

"여기에서 부르면 들릴까요?"

부엌 뒷문에서 부르는 편이 좋지 않을까? 아래층으로 내려가자. 하쓰요는 손에 땀을 쥐면서 야마모모에게 말했다. 사실은 변명이었다. 겁이 났다.

"무섭다면 그만두면 된다." 야마모모는 말했다. "아무도 너에게 강요하지는 않아. 야만바는 내버려두어라. 잊어버려."

하쓰요는 입을 시옷자로 삐죽이며, 어색하게 움직이는 야만바를 응시했다. 야만바는 관의 외벽에서 2간쯤 되는 곳에 서 있고, 지붕을 올려다보려는 것인지 이쪽을 돌아본다.

망가진 장난감처럼 안정감이 없는 머리. 그저 이쪽을 올려다볼 뿐인 동작인데, 엄청나게 느리고 시간이 걸린다.

하쓰요의 목구멍까지 말이 치밀어 올라왔다.

바다 옆에서 태어나고 자란 오하마 씨. 화재를 당했을지도 모르는 오하마 씨. 어머니랑 나 같은 요리사였던 오하마 씨.

"즈, 즈그여~."

정신이 들어 보니 콧소리가 나오고 있었다. "저기요~"가 아닌 것은 이를 악물고 있었기 때문이다.

"즈, 즈, 즈, 즈그여~어!"

야만바에게도 그 콧소리가 닿았다. 오른쪽으로 기울어 있던 머리가 왼쪽으로 흔들리고, 어깨도 흔들렸다.

야만바의 눈빛이 하쓰요와 야마모모가 있는 살창의 높이까지 올라왔다.

하쓰요는 야만바의 눈을 붙잡았다. 아니, 붙잡혀 버렸다.

이제 뒤로 물러날 수는 없다.

"야, 야만바 씨!"

창 가장자리를 손으로 움켜쥐고, 약간만 머리를 앞으로 내밀며 하쓰요는 말을 걸었다.

"우리는, 지금 관의 요리사예요!"

야만바가 하쓰요를 보고 있다. 노려보고 있다. 하쓰요는 비어 있는 쪽 손을 흔들어 보였다.

"당신도 옛날에 요리사였지요? 나, 당신 이름을 알아요. 오하마 씨 맞지요?"

오, 하, 마, 씨! 한 음씩, 또렷하고 큰 소리로 말했다. 한껏 힘을 담았기 때문에 고함치는 것 같다.

"고향은, 바다 옆 마을이었나요? 오, 하, 마, 씨!"

그때.

하쓰요를 노려보는 야만바의 눈이 순식간에 피로 물들었다. 흰자위가 새빨개지고, 원래 작았던 검은자위가 사라졌다.

야만바는 고함쳤다. 짐승 같은 목소리는 고통을 나타내는 비명이다. 머리를 안고, 야위고 시든 몸을 웅크리고, 그 자리에서 굴러다녔다.

하쓰요는 아주 잠깐 동안만 그 모습을 볼 수 있었다. 왜냐하면 갑자기 머리가 뜨거워지고, 지직지직 타는 냄새까지 나기 시작했기 때문이다.

"뜨거워!"

하쓰요는 손으로 머리카락을 잡아당기고 손바닥으로 머리를 때렸다. 정말로 불타고 있다고 생각해서 끄려던 것이다. 무아지경으로 잡아당기는 바람에 머리카락을 묶어 동그랗게 감싸고 있던 천이 뜯어졌다. 그러자 하쓰요의 머리에 나 있는 모든 머리카락이 그 자리에서 도망치려는 듯 일제히 곤두섰다.

"꺄아아아아아!"

비명을 지르면서, 하쓰요도 그 자리에서 몸을 웅크렸다. 폐 속의 숨을 전부 다 토해 내 버릴 정도로 소리를 지르자 머리의 뜨거움은 사라지고, 머리카락도 아무 일 없었다는 듯 어깨 위로 내려왔다.

얼굴에 늘어진 머리카락을 떨리는 손으로 걷으며 하쓰요는 야마모모를 보았다. 관을 지키는 커다란 개는 눈꺼풀이 무거운 듯 눈을 반쯤 뜨고, 귀를 접고——

아니, 갑자기 귀를 삼각형으로 세우더니 거대한 몸을 채찍처럼 휘며 다시 창 쪽을 향했다. 완전히 공격할 태세로, 귀도 코끝도 뾰족하다.

설마 야만바가 창가까지 올라왔나? 하쓰요도 몸을 일으키려고 버둥거렸다. 그리고 보았다.

분명히 창 너머 바로 저기에, 손을 뻗으면 닿는 곳에 야마모모가 이빨을 드러내야 할 존재가 있었다. 야만바가 아니다. 가초다.

잘린 머리가, 흐트러진 머리카락을 눈 녹은 봄바람에 나부끼면서, 물 속에 떠 있는 양 우아하고 아름답게, 오히려 즐거운 듯한 미소를 띠며 거기에 떠 있었다.

하쓰요가 아까 지른 비명을 듣고 또 다가온 것이다. 공포와 분노로 또 머리카락이 곤두설 뻔했다. 끈질긴, 귀찮은, 성가신, 기분 나쁜 머리 같으니라고.

입을 벌리고 '저쪽으로 가, 이 괴물' 하고 고함치려 했을 때, 야마모모가 몸을 부딪쳐 다락 반대쪽 창 옆까지 날아갔다.

어, 어, 어. 어째서 왜, 나를 떠밀치는 거예요, 야마모모. 등과 엉덩이를 호되게 부딪쳐 울 것 같은 기분으로 머리를 들어 보니, 야마모모는 꼬리로 살창을 닫고 있었다. 탁! 정신이 들어 보니 꼬리가 평소의 두 배 정도로 부풀어 있다. 야마모모도 신경이 곤두선 것이다.

"어디 다쳤느냐?"

야마모모가 고개를 틀며 하쓰요에게 물었다. 하쓰요는 말없이 머리를 저었다.

"급해서 그랬다, 미안하구나."

그리고 하쓰요 옆으로 와서 앉더니 콧등으로 머리를 쿡 쥐어박았다.

"가초라는 여자의 머리에는 말을 걸면 안 된다. 욕을 하거나 나무라는 말이어도, 일단 말을 걸면 저 잘린 머리를 인정하고 관에 불러들인 거나 마찬가지다."

관 안에 있는 사람이 바깥의 것을 불러들여 버렸을 경우에는, 미다이 님의 수호의 주문도 효험이 미치지 않는다.

"그러니 너는 아무리 기분이 나빠도 저 잘린 머리를 상대하지 마라. 야만바만 상대해 둬."

하쓰요는 손으로 눈을 덮었다. 눈물이 났다.

"이제 아무것도 안 할 거야. 야만바한테도 말을 걸지 않을 거예요."

하쓰요는 몸을 일으켜 자세를 바로 하고 앉았다. 자연스럽게 정좌한 이유는 실수를 깨달았기 때문이다.

"나, 야만바를 화나게 해 버렸어요."

그렇구나, 하고 야마모모는 말했다.

"이름이 틀렸던 걸까요? 아니면 원래의 이름으로 불리는 건 야만바한테 좋은 일이 아닌 걸까요? 눈에서 피가 넘친 것처럼 새빨개졌는데, 아팠을까요? 미안한 짓을 해 버렸어요."

울면서 야마모모에게 치대고 있는데 다락 입구에서 마쓰에가 얼굴을 내밀었다.

"하쓰요, 이런 곳에서 뭘 하고 있니? 무슨 일이야, 그렇게 울다니."

가까이 다가와서 눈을 크게 떴다.

"다쳤니? 피가 났어? 백발 있는 데가 절반 정도 새빨개졌네."

자신의 눈으로 확인할 수는 없지만, 하쓰요는 깨달았다. 그건 야만바의 분노의 색이라는 것을.

고맙게도 다음 날은 아침 일찍부터 손님이 와서 바빠졌기 때문에 언제까지나 실수를 곱씹지 않아도 되었다. 이 손님은 옷차림, 행동거지, 왼쪽 뺨에 남아 있는 칼자국으로 미루어보아 소위 말하는 '불량배' 같았다.

마쓰에는 흠칫거렸지만 하쓰요는 (이제 무언가를 무서워하기도 지쳤는지) 비교적 태연한 얼굴로, 겉모습이 무서운 손님이 진수성찬에 놀라는 모습을 구경했다. 묘하게 느낌이 좋았다. 손님용 온천에서 낮게 부르는 콧노래가 들렸을 때는 저도 모르게 멈추어서 귀 기울이기도 했다.

불량배 손님은 확실히 세상을 꺼리는 사람인지, 관에 오래 머무르지 않았다. 떠날 때 무언가를 가지고 나가지도 않았다. 관의 현관에서 갑자기 두 손을 모으고 머리를 숙인 후에 쪽문으로 나갔다.

줄무늬 우의를 펄럭이며 얼룩진 땅을 밟고 얼룩진 숲을 지나 점점 멀어져 간다. 지금의 야위고 쇠약해진 야만바가 저 사람을 습격할 걱정은 없으리라. 하쓰요는 곧 지켜보기를 그만두었다.

연회실을 정리하고 부엌을 청소한다. 마쓰에가 봄에 어울리는 상차림을 미다이 님과 상의하기 시작해서 하쓰요는 화로가 있는 방으로 돌아가 한숨 돌렸다. 연습장을 꺼내 넘겨 본다.

잠시 기다려도 마쓰에가 돌아오지 않자 화로의 숯을 파묻고 나서 부엌을 들여다보았다. 아무도 없다.

"어머니?"

불러도 대답은 돌아오지 않았다. 손님이 떠나간 후에는 늘 그렇지만, 관 안의 고요함이 온몸을 싸늘하게 감싸는 기분이 든다.

──또 다락에 올라간 걸까?

하쓰요가 야만바의 기억을 되살려 주려다가 그만 가초의 머리를 불러들이고 말았던 실수를 저지른 이후로, 마쓰에는 종종 혼자서 다락에 올라가 멍하니 바깥을 바라보게 되었다. 이번에는 나 대신 어머니가 야만바를 신경 쓰게 되었냐고 물어보니, 전혀 아니었다.

──마을이나 우리 집이 나도 모르게 생각나 버리네. 미안하구나.

왜 이제 와서? 부엌칼 쉰 자루라는 큰 고비가 다가오는데. 이상하네, 하고 생각하다가 문득 깨달았다.

노부부가 손님으로 왔다가 돌아간 것도 그날이었다. 탕치 온

천으로 향하던 중 산에서 길을 잃어버렸다는, 몹시 사이좋은 할아버지와 할머니였다. 서로 의지하고, 작은 일도 상의하고, 연회실의 진수성찬에 둘이서 기뻐하고, 관 안의 호사스러운 꾸밈새에 감탄했다.

그들의 모습을 보고 어머니는 아버지를 떠올리지 않았을까. 가족들도 생각나서 괴로워졌을지 모른다.

이것만은 하쓰요가 어떻게 할 수 없다. 마쓰에가 마음을 다잡을 때까지 가만히 내버려두자. 우리 어머니는 집이 그립다는 이유로 관에서 도망칠 만큼 생각 없는 사람이 아니니까.

그래도 걱정이 되었다. 약간 불안하기도 했다. 빨리 마쓰에의 얼굴을 보고 싶다.

"어머니, 어디에 있어요?"

복도 끝에서 주위를 둘러보는데,

탕. 소리가 났다. 하쓰요는 귀를 곤두세웠다. 이번에는, 덜컹.

──역시 다락이다.

달려가서 계단장 아래에 다다랐을 때, 위에서 마쓰에의 목소리가 들려왔다. 떨리고 뒤집어진 목소리다.

"······초 씨?"

하쓰요는 우뚝 멈추어 섰다.

"당신, 가초 씨, 지요?"

묻고 있다. 어머니가 묻고 있다.

자신의 몸에서 피가 빠져나가는 소리가 들리는 듯하다.

하쓰요는 정신을 차리고 계단장을 올라갔다. 몸을 앞으로 숙이고, 이로 계단을 물어뜯을 듯이, 가능한 한 **빠르게, 죽을 만큼 빠르게!**

마쓰에는 방 한가운데에 다리가 풀려 주저앉아 있었다. 그 자세 그대로 어떻게든 도망치려고 하지만, 두 손바닥도 아무것도 신지 않은 맨발도 마루 위를 미끄러질 뿐이다. 얼굴은 앞을 향한 채 두 눈을 크게 뜨고 입도 크게 벌리고.

그런 마쓰에의 눈앞에서 뒤뜰 쪽의 살창이 한 장, 또 한 장 활짝 열려 간다. 마쓰에가 여는 것도, 바람 탓도 아니다.

다음 한 장이 열리자 탕! 하고 소리가 울린다. 장지문이 서로 부딪히는 소리가 아니다. 미다이 님의 주문이 장지 종이에서 내팽개쳐져, 허공을 날아 튕겨 사라져 가는 소리다.

"싫어, 싫어, 오지 마."

숨을 헐떡이고, 고개를 젓고, 필사적으로 뒤로 물러나려고 버둥거리면서 마쓰에가 열려 가는 살창 맞은편을 향해 목소리를 던진다.

"가초 씨, 당신, 이미 죽었잖아요. 왜 우리를 따라다니는 거예요?"

어머니. 안 돼, 불러 버렸다.

관 바깥을 향해 열린 창으로 새까만 뱀이 수없이 꿈틀거리듯 여자의 길고 검은 머리카락이 침입해 왔다. 다락방 허공에 춤추며 차례차례 장지 종이에 구멍을 뚫고 살창의 틀에 감긴다.

가초의 옆얼굴이 보이기 시작했다. 하얀 피부. 이마에서 콧날에 걸친 아름다운 선. 새빨간 입술.

그 입술이 벌어지고 하얀 이가 보인다. 젖은 혀끝이 얼핏 빛난다.

"마아, 쓰, 에에에."

가초가 마쓰에의 이름을 불렀다. 달콤하고 혀 짧은 소리. 술에 취한 것 같다.

마쓰에는 안색이 창백해져 눈물을 흘리면서도 가초의 얼굴에서 눈을 떼지 못한다.

"내 남편을 꾀어내고, 소중한 아들도 빼앗고, 그러고도 부족한 거냐!"

마쓰에가 한껏 분노를 담아 외쳤다.

안 돼요, 어머니. 이 요괴한테는 소용없어요.

"어머니, 도망쳐요!"

하쓰요가 마쓰에를 향해 몸을 내던졌지만.

이미 늦었다. 가초의 검은 머리카락이 꿈틀거리며 마쓰에에게 덮쳐들고 질긴 채찍처럼 차례차례 마쓰에의 몸 여기저기에 감기더니, 눈 깜짝할 사이에 마쓰에를 살창 바깥으로 끌고 나가 버렸다. 방금 전 힘없이 마루를 미끄러지던 마쓰에의 발끝이 일순 퍼덕이고는 창밖으로 사라졌다.

그때 마쓰에를 붙잡지 못한 검은 머리카락 한 가닥이 바깥으로 물러가면서 하쓰요의 코끝을 가로질렀다. 앞뒤를 잊고 공포도 잊은 하쓰요가 오른손으로 그것을 움켜쥐었다. 탁! 하고 잡아당겼지만 오히려 끌려간다. 창밖으로 끌려 나간다.

야마모모의 포효가 들렸다. "하쓰요, 손을 놓아라!"

미안, 나는 놓지 않을 거예요. 하쓰요는 허공에 내던져지면서, 왼손으로도 가초의 머리카락을 움켜쥐려고 했다. 닿지 않는다. 반동으로 오른손도 놓치고 말았다.

하쓰요는 그대로 떨어지기 시작했다.

마쓰에는 거미줄에 걸린 날벌레처럼 머리카락에 둘둘 감기고 말았다. 잘린 머리 바로 아래에 안겨 있다. 이제 얼굴이 보이지 않는다. 머리 꼭대기와 발끝밖에 보이지 않는다. 어머니, 어머니, 어머니!

땅에 부딪히기 직전에, 하쓰요의 몸 아래로 무언가 커다란 것이 사납게 미끄러져 들어왔다. 정신이 들어 보니 야마모모의 목에 매달려 등에 올라타고 있다.

"꽉 잡고 있어라. 쫓는다!"

날아가는 가초의 머리를, 야마모모는 질풍처럼 쫓았다.

가초의 잘린 머리가 먹이를 붙잡은 괴조怪鳥처럼 남은 머리카락들을 퍼덕이며 날아간다. 마쓰에를 옮기면서는 높이 올라갈 수 없는지 관의 처마 정도 높이에서, 보이지 않는 급류의 흐름을 타는 양 가끔 방향을 바꾸고 위아래로 흔들리며 도망쳐 간다.

야마모모의 다리 힘은 대단했다. 이쪽도 달린다기보다 허공을 가르며 나아간다. 방해가 되는 덤불이나 바위는 한달음에 뛰어넘고 숲의 나무들 사이를 지나, 달아나는 가초의 머리를 최단 거리로 쫓았다.

날아오른 야마모모의 앞발 발톱이 마쓰에를 감싸고 있던 가초의 검은 머리카락에 걸렸다. 천을 찢는 듯한 소리가 나고, 짧게 잘린 검은 머리카락이 허공에 흩어진다. 야마모모는 뒷다리로 지면에 착지해, 기세를 죽이지 않은 채 자세를 바로잡고는 곧 다시 달리기 시작했다. 등에 탄 하쓰요의 눈이 빙글빙글 돈다.

다시 또 한 번 크게 도약했다! 야마모모의 앞발이 아까보다도 깊게, 마쓰에를 얽어매고 있는 검은 머리카락에 파고들었다. 야마모모와 하쓰요의 무게에 가초의 머리가 쑤욱 내려온다. 불쾌한 소리가 나면서 이번에는 한 움큼 정도의 머리카락이 뿌리째 뽑혔다.

야마모모와 하쓰요는 빠진 머리카락 다발을 끌며 함께 덤불 속으로 떨어졌다. 날개처럼 펼쳐져 있던 가초의 검은 머리카락이 다시 퍼덕이려고 버둥거리면서 나뭇가지를 때려 날카로운 소리를 낸다.

"어머니!"

야마모모의 목에 매달린 하쓰요가 외쳤다. 이번 일격은 가초에게도 타격이 컸는지 마쓰에를 둘둘 감고 있는 머리카락이 느슨해져 얼굴의 일부가 보였다. 오른쪽 뺨 아래쪽, 입술이 절반만.

하쓰요의 뱃속은 분노로 타올랐다. 가초의 머리카락이 너무 세게 조인 탓에 마쓰에의 얼굴에 몇 가닥이나 되는 실 같은 상처가 생기고 피가 배어나오고 있었다.

하쓰요는 배 밑바닥에서부터 몸을 떨며 가초를 향해 욕지거리를 던졌다.

"이이이이이, 나쁜 녀어어어어언!"

하쓰요의 노성에 지지 않고 야마모모가 우렁차게 짖는다. 가초의 머리는 이제 회복해 추격자의 무시무시한 분노 따위는 신경도 쓰지 않는 듯, 엄청나게 커다란 갑충처럼 나무들 사이를 빠져나가려 한다.

야마모모가 쫓아가 덤벼들자 가초는 아슬아슬하게 공격을 피하며 크게 비틀거렸다. 마쓰에를 움켜쥔 머리카락이 더욱 느슨해지고 출렁거린다. 거의 수평이던 마쓰에의 몸이 기울어지고, 머리 쪽이 크게 내려간 데다가 가초의 잘린 머리가 흔들리면서 머리카락이 풀린 덕에 마쓰에의 목 위쪽이 완전히 자유로워졌다.

"어머니!"

마쓰에의 얼굴은 상처투성이다. 방금 물에서 올라온 사람처럼 헐떡이듯이 숨을 들이쉬고, 곧 격렬하게 기침을 하기 시작했다. 가초가 마쓰에의 얼굴 쪽으로 눈길을 돌린다. 머리카락을 움직여 다시 묶으려고 하지만 지금은 날아 가느라 바쁘다.

마쓰에의 얼굴이 또렷하게 보여 기세가 붙었는지, 야마모모가 한층 더 높이 뛰어올랐다. 가초의 잘린 머리 오른쪽에 펼쳐져 있는 머리카락 날개를 쳐서 떨어뜨리려고 굵은 앞발을 쳐든다.

하쓰요도 온몸을 용수철로 삼아 야마모모의 등에서 도약하고 싶었다. 몸이 부서지는 한이 있어도 가초의 머리를 붙잡고 싶었다.

힘껏 손을 뻗는다. 머리카락을 움켜쥐어 주마!

그 손이 허공을 가르며 야마모모의 목을 붙잡고 있던 손도 미끄러졌다. 하쓰요는 허공에 내동댕이쳐졌다. 눈에 비치는 숲과 덤불과 하늘이 뒤집어지고 또 뒤집어지는가 싶더니 등에서 떨어졌다. 아파서 숨을 쉴 수가 없다.

일어나야 해. 정신 똑바로 차려!

자신을 질타하며 눈물과 피와 침으로 범벅이 된 얼굴을 들자 눈앞에 다리가 보였다.

사람의 다리다. 바싹 야위었고 찰과상투성이다. 피부는 너덜너덜하고 무릎이 무참하게 튀어나와 있다.

──누구.

다른 누구일 리도 없다.

눈치를 살피듯이 올려다본 하쓰요의 눈에 야만바가 들어왔다.

바로 옆에 버티고 서 있다. 하쓰요를 내려다본다. 코가 비뚤어질 듯한 냄새가 난다.

가까이에서 보는 야만바의 발가락은 열 개 모두 비틀려 있고, 길게 자란 발톱이 이빨처럼 뾰족했다. 하쓰요의 머리 위쪽에서 나는 딱, 딱, 소리는 야만바가 손톱을 울리고 있기 때문일까. 분명 발톱과 비슷하게 날카롭겠지.

뒤쪽 어디에선가 야마모모가 짖는다. 가초의 잘린 머리가 요란하게 웃는 소리도 들린다.

　아아, 큰일이다. 잘린 머리와 야만바. 최악이다.

　하쓰요의 목덜미에 아픔이 스쳤다. 야만바가 목덜미를 잡아 들어올리려는 모양이다. 목덜미에 파고드는 손가락이, 뾰족한 손톱이 느껴진다.

　젠장, 젠장, 젠장. 버둥거리려고 했지만 하쓰요는 가볍게 내던져졌다. 울퉁불퉁한 고목古木에 정면으로 부딪혔다. 인정사정이라곤 없다. 하쓰요는 곧장 아래로 떨어지지 않고 한두 호흡 동안 그대로 고목 줄기에 달라붙어 있었다. 감은 눈 안쪽이 새빨개진다.

　주르륵 떨어져 가는 하쓰요는 반쯤 정신을 잃은 상태였다. 또 목덜미를 잡혀 들어올려진다. 고목 줄기에 얼굴을 부딪친다──.

　하쓰요는 정신없이 두 손을 휘둘러 저항했다. 그 움직임이 야만바의 허를 찔렀는지 목덜미를 움켜쥔 손이 떨어졌다.

　"싫어어어어!"

　눈을 뜨고 있어도 주위가 새빨갛다. 제대로 보이지 않는다. 하쓰요는 소리를 지르며 정신없이 도망쳤다. 한 발짝이든 두 발짝이든 좋다. 야만바에게서 떨어져야 한다.

　그러나 야위고 비틀린 뼈와 가죽만 남았어도, 야만바는 숲의 짐승들과 마찬가지로 재빠르고 강인했다. 더듬더듬 도망치는 하쓰요 따위는 한달음에 따라잡혔다.

　하쓰요의 가느다란 왼쪽 어깨에 야만바의 왼손 다섯 손가락이 파고든다. 오른손은 머리를 정수리에서부터 움켜쥔다. 하쓰요는 몸을 비틀어 손을 뿌리치려다가 넘어지고 말았다. 땅바닥에 엎어져 더는 일어서지 못했다.

샤아아아아아! 야만바가 목을 울린다. 당장이라도 물어뜯을 기세다. 어떡하지, 어떡하지. 어머니를 구할 수 없다. 야마모모도 어머니와 나를 동시에 구할 수는 없을 텐데.

그때.

마쓰에의 목소리가 들렸다. "하쓰요!"

어딘가 멀리 떨어져 있는, 높은 곳에서 소리친다. 어머니는 어디 있지. 어머니는 아직 살아 있다. 어디에 있는 걸까.

"하쓰요, 일어서, 도망쳐!"

가초의 웃음소리. 야마모모가 으르렁거리는 소리. 거기에 지지 않고 울리는 마쓰에의 외침.

"도망쳐. 하쓰요, 포기하면 안 돼, 빨리 일어서 빨,"

흐트러지고 뒤집힌 고함 소리가 끊겼다. 비명도 없이, 마쓰에의 목소리가 사라졌다.

어머니, 잡아먹혀 버린 거야. 하쓰요의 몸속 깊은 곳에서 시커먼 절망이 퍼져 온다. 이제 일어설 수가 없다.

야만바가 다가온다. 물어뜯긴다―.

야만바의 손이 하쓰요의 왼쪽 어깨를 움켜쥐었다. 이번에는 손톱이 파고들어 오지 않는다.

털썩. 바닥에 쓰러진 하쓰요의 눈에 햇살이 비껴 들어왔다. 숲의 나무들이 하쓰요를 걱정하듯이 내려다본다. 아직 시들어 있는 나무들과 잎을 단 채 겨울을 넘긴 나무들 사이로 푸른 하늘이 보인다.

거기에 야만바의 얼굴이 나타났다. 날카로운 이빨과 삐뚤빼뚤한 이. 누렇고 탁한 흰자위. 거친 피부. 한때는 여자였던 이형異形의 요괴.

거의 보이지 않을 정도로 얇고 핏기가 통하지 않는 듯한 야만바의 입술이 지금은 떨리고 있다.

나는 어떻게 되어 버린 걸까? 이제 죽는 걸까? 죽기 전 꿈을 꾸고 있는 걸까? 옛날에 할머니가 그랬다. 게으름을 피우지 않고 열심히 일하다가 수명을 다하는 사람은 모두 좋은 꿈을 꾸면서 잠들듯 죽는다고.

하, 하, 하. 야만바의 목이 울린다.

뭔가 말하려고 애쓰는 듯하다. 하지만 쉰 목소리밖에 나오지 않는다. 몹시 떨고 있다. 초조해하고 있다. 대체 왜?

"하, 하쓰, 핫, 핫."

야만바는 몹시 고통스러워하며 "하쓰요"라고 말했다.

분명히 그렇게 들렸다. 하쓰요는 눈을 깜박였다. 오른쪽 눈에는 피가 들어가서 잘 보이지 않는다.

"하, 쓰요."

다시 한번, 확인하듯이.

하쓰요는 야만바를 보았다. 야만바도 하쓰요를 본다. 눈빛이 서로 부딪힌다.

"내 이름이에요" 하고 하쓰요는 말했다. 입을 움직이자 피 맛이 퍼졌다.

"내 이름은 하쓰요라고 해요."

야만바는 눈을 깜박였다. 검은자위가 작고, 흰자위는 탁하고, 가장자리는 짓물러 붉어져 있다.

콧방울이 부풀고 숨이 새어 나온다. 입이 반쯤 벌어지고 이가 울리기 시작한다. 딱딱딱.

야만바는 이형이 된 두 손을 들어 올려 얼굴을 덮었다. 호흡이 격렬해진다. 이를 갈기 시작한다. "우, 우, 우."

다시 뭔가 말하려 하고 있다. 하쓰요는 공포를 잊은 채 야만바의 말을 알아들으려고 숨을 죽였다.

"우, 리. 애."

우리애. 우리 애.

"우, 리, 아이."

하쓰요의 마음에 빛이 비쳐 들었다. 야마모모에게 글자를 배워서 어려운 한자를 처음으로 읽을 수 있었을 때. 자신의 이름을 제대로 쓸 수 있게 되었을 때. 마음이 빛으로 밝아졌다. 글자가 하쓰요에게 그냥 무늬가 아니라 이 세상의 수수께끼를 풀 수 있는 열쇠가 되었기 때문이다.

지금, 그때와 같은 일이 일어나고 있다. 야만바의 수수께끼가 풀렸다.

"당신의 아이도, 이름이 하쓰요군요."

망설임은 없었다. 공포도 구름이 걷히듯이 사라졌다. 하쓰요는 야만바에게 물었다.

"당신, 하쓰요가 보고 싶어서, 관에서 도망쳐 버린 거지요?"

대답이 없다. 야만바는 그저 쪼그려 앉아 두 손으로 얼굴을 덮고 그 자리에 웅크린 모습이다.

소리 높은 교성이 들렸다. 하쓰요는 제정신으로 돌아왔다. 가초다. 어머니는?

순간 몸을 일으키자 믿기 힘든 광경이 눈에 들어왔다. 가초의 잘린 머리는 생각지 못한 가까운 곳까지 돌아와 있었다. 대치하는 야마모의 한쪽 눈이 뭉개지고, 흘러나온 피로 더럽혀진 앞발까지 알아볼 수 있을 정도로.

그러나 허투루 입은 상처가 아니었다. 몸의 절반 이상이 불길한 머리카락에 감긴 채이기는 하지만, 마쓰에는 야마모 바로 뒤에 누워 있다. 반대쪽을 향하고 있는지 얼굴은 보이지 않는다. 야마모가 버티고 서서 마쓰에를 감싸며 머리를 낮게 숙이고 가초의 공격을 막고 있다.

슉! 머리카락이 날카로운 소리를 내며 뻗어간다. 자세히 보니 가초의 머리카락도 양이 절반 정도로 줄어들었다. 그래도 남은 머리카락이 더욱 격렬하게 꿈틀거리며, 뱀처럼 채찍처럼 야마모에게 덮쳐든다. 야마모는 마쓰에를 지키면서 물러서지 않은 채 공격을 피한다. 야마모 혼자라면 더 자유롭게 움직일 수 있을 텐데, 지금은 방어만 하고 있다.

도와야지. 움직이려던 하쓰요의 등에서 옆구리에 걸쳐 격통이 스쳤다. 숨도 쉴 수 없다.

"어, 어머니. 어머니."

목소리가 띄엄띄엄 끊긴다. 손과 발로 땅바닥을 문지르다시피 하며 일어나려고, 일어서려고 했다. 안 된다. 너무 아파서 움직일 수가 없다. 눈앞이 새하얘진다. 그저 눈물만이 흘러나와 뺨을 태운다.

"어머니이이이이."

그때 하쓰요 바로 옆에서 야만바의 냄새가 나는 바람이 일었다.

쪼그리고 있던 야만바가 보이지 않는다. 이내 덤불을 뛰어넘어 땅바닥을 차고 나뭇가지에 팔을 얽어 탄력을 주면서 쏜살같이 가초의 잘린 머리를 향해 가는 야만바의 모습이 눈에 들어왔다.

너덜너덜한 옷자락을 펄럭이고 바람처럼 달리며 야만바는 괴성을 질렀다. 짐승의 포효와 여자의 고함이 섞여 숲의 모든 나뭇가지가 떨린다.

가초의 잘린 머리가 야만바를 보았다. 요괴와 요괴. 한쪽은 피와 살에 굶주리고, 한쪽은 혼의 굶주림을 품은 채 관의 숲을 방황해 왔다. 서로를 이해할 필요도 없고, 서로를 인정하는 일도 없었다.

하지만 지금은 아니다. 야만바는 눈을 떴다.

"하지 마아아아아아!"

힘찬 어머니의 목소리를 되찾고 야만바는 울부짖었다.
"하쓰요를, 울리지, 마아아아!"
한층 더 크게 날아올라, 야만바는 가초의 잘린 머리를 움켜쥐었다. 길고 뾰족하고 휘어진 다섯 개의 손톱이 가초의 머리 정수리에 파고든다. 꽉 움켜쥐더니 착지하는 기세 그대로 가초의 잘린 머리를 땅바닥에 내동댕이쳤다.

가초는 비명을 질렀다. 아프고 놀란 기색이 역력하다. 곧 머리카락을 이용해 거미처럼 튕겨 오르더니 붉은 입을 벌린다. 번들번들하게 빛나는 혀가 창끝처럼 튀어나왔다.

야만바는 혀를 피하며 두 손으로 머리카락 떼를 움켜쥐었다. 도망치는 머리카락을 잡아당겨 손목에 둘둘 감는다. 야만바의 피부가 찢어져 피가 튀었다. 야만바의 피는 틀림없이 붉다.

곧 야마모모가 달려와 가초의 머리를 물어뜯었다. 우득, 하는 소리. 야마모모는 즉시 머리를 세차게 흔들어 가초의 잘린 머리를 내던졌다. 그러고는 물어뜯긴 가초의 얼굴 피부와 머리카락 다발, 한쪽 귀를 피와 함께 뱉어 냈다. 야만바가 피투성이가 된 두 손으로 가초의 남은 머리카락을 모조리 움켜쥐고 있다.

가초의 잘린 머리는 흰자위를 드러내며 고함쳤다. 야만바의 고함처럼, 숲의 나무들이 떨리지는 않는다. 야마모모가 무정하게 우뚝 선 채 이 처참한 광경을 지켜보고 있다.

가초는 따지고 보면 정이 많은 젊은 여자다. 아무런 특기도 없고 원한이나 분노조차 지니지 않았다. 다만 치정이 얽히고 꼬인 끝에 목이 잘리고, 체념하지 못한 원통함이 엉겨 요괴가 되었을 뿐인 존재다.

"우와아아아아!"

야만바는 노성을 지르며 쥐어뜯은 머리카락을 내던지더니 이번에는 가초의 머리를 정면에서 움켜쥐었다. 손톱을 세우고 힘을 준다. 움켜쥐어 으깨려는 것 같다.

"이, 이, 이놈!"

도망치려고 버둥거리는 잘린 머리를 누르며 집요하고 재빠르게 공격해 오는 혀를 피한다. 거기에 야마모모도 가세했다. 등 뒤에서 공격해 가초의 머리에 얼마 남지 않은 머리카락을 잡아당겨 뜯어낸다. 대머리가 된 가초의 잘린 머리는 요란한 비명을 지르며 날뛰었다.

야만바가 끝내 양손으로 가초를 단단히 붙잡았다. 자기 얼굴 정면으로 잘린 머리의 요괴를 마주하듯이 들어 올린다.

야만바의 손은 엄청난 힘으로 가초의 머리를 짓누르고 있다. 아직 일어서지 못하고 머리를 겨우 들어 지켜볼 뿐인 하쓰요의 귀에조차 뻐걱, 뻐걱, 하고 두개골이 삐걱대는 소리가 들려올 것 같았다.

"하쓰요를, 울리지 마."

야만바는 가초에게 말했다. 위협하는 것 같기도 하고 타이르는 것 같기도 한 목소리다.

"꺼져라."

엄하게 말한 야만바가 사정없이 좌우의 손을 모았다.

머리카락을 잃은 가초의 잘린 머리는 익을 대로 익은 커다란 수박처럼 뭉개지고, 야만바의 손 사이에서 퍼벅 하고 피가 흘러넘친다. 이 사이에서 삐져나온 긴 혀도 커다란 거머리처럼 몸부림치며 사라졌다.

야만바는 잠시 가초의 피로 범벅이 된 두 손을 합장한 채 그 자리에 우뚝 서 있었다.

야마모모가 천천히 다가간다.

"나를 기억하느냐, 오하마."

부드러운 목소리였지만 야만바는 움직이지 않고, 야마모모 쪽을 보려고도 하지 않았다.

하쓰요는 팔꿈치와 무릎으로 기어 야마모모와 야만바와 마쓰에 쪽으로 나아가기 시작했다. 마쓰에를 감고 있던 머리카락도 사라진다. 다행이다, 숨을 쉬고 있다.

야마모모에게 대답하지 않은 채, 야만바는 발길을 돌려 하쓰요 쪽으로 다가왔다. 하쓰요는 움직임을 멈추고 야만바를 올려다보았다.

야만바는 쪼그려 앉더니 하쓰요의 눈을 빤히 들여다보며 손을 뻗어——,

머리를 쓰다듬어 주었다.

얇은 입술에 웃음이 떠올랐다. 웃고 있던 야만바는 곧 회색 돌로 바뀌기 시작했다. 허무하게 무너지며 가느다란 모래가 되어 바람에 쓸려 간다.

하쓰요가 아무 소리도 없이 지켜보는 가운데 야만바는──오하마라는 요리사이자, '하쓰요'라는 여자아이의 어머니였던 여자는 사라지고 말았다.

흑백의 방의 청자 자리에서 도미지로 또한 수수께끼가 풀린 감명에 가슴이 떨리고 있었다.

오하마라는 여자가 야만바가 되어 버린 이유도, 사람의 마음을 되찾은 계기도, 사랑하는 딸이었다.

"그 아이의 이름이 '하쓰요'. 저와 달리 한자 이름은 아니었대요. 관에 돌아가서 진정이 되고 나서 야마모모가 말해 주었어요."

오하마는 작은 어촌에서 외동딸 하쓰요와 살고 있었다. 남편은 하쓰요가 두 살 때 물고기를 잡으러 나갔다가 폭풍우를 만나 돌아오지 않았다.

"거친 남자들이 많은 어촌에서 젊은 과부와 어린 여자아이가 단둘이 살아가기는 몹시 힘들었겠지요."

오하마는 후릿그물을 끌고 조개를 줍고 건어물을 만들어 이고 지고 팔러 나갔다. 어촌은 둥근 만 끝에 있고 등 뒤로 둘러쌓인 야트막한 산을 넘으면 가도가 지나는 역참마을이 있었기 때문이다.

일하고 또 일해도 하루 벌어 하루를 사는 생활이었고, 먹고살기만으로도 힘겨웠다. 게다가 젊고 용모도 아름다웠던 오하마는 마을 남자들에게 무서운 일을 당할 뻔한 적도 있다.

"차라리 누군가와 재혼해 버리면 편했겠지만, 오하마 씨는 남편이 살아 있을지도 모른다며 희망을 버리지 않았대요. 어딘가 멀리 떠내려갔고, 언젠가 돌아올 거라고."

시체가 나오지 않으면 그런 바람에 사로잡히고 마는 일도 있다.

"그러다가…… 하쓰요가 다섯 살 되던 해 겨울 초에."

오하마가 역참마을에서 말린 생선이며 소금에 절인 생선을 팔고 집으로 돌아가는데, 어딘가에서 연기가 흘러왔다. 얼어붙을 듯한 북풍에서도 탄 내가 났다. 깜짝 놀란 오하마는 걸음을 서둘렀다. 곧 어촌의 망대에서 반종이 울리기 시작했다.

"마을에서 화재가 일어난 거예요."

아아, 역시. 도미지로가 무릎을 치며 말했다.

"당신의 생각이 맞았군요."

부엌칼의 방에 놓여 있던 오하마의 부엌칼은 불에 그을려 있었다. 그래서 마쓰에와 하쓰요처럼, 오하마도 불에 쫓겨 관에 다다르지 않았을까 하고 하쓰요는 추측했었다. '하쓰요'라는 이름과 화난火難. 전혀 모르는 고장의, 처음 보는 두 사람을 이어 주는 인연이었다.

"오하마 씨는 다급히 산을 내려갔지만."

이미 마을의 집들이 활활 타오르고 있었다. 배를 타고 바다로, 달려서 산으로 도망치는 사람들의 기세에 밀려 쉽게 나아갈 수도 없었다.

—하쓰요는? 누가 우리 아이를 구해 주셨나요?

소리를 지르며 물어도 아무도 대답해 주지 않는다. 겨울의 바닷바람을 맞아 타오르는 불꽃 앞에서 마을 사람들은 허둥대고 있었다. 와중에 이웃 아주머니가 손을 붙잡더니 다급히 말했다.

—아이들이라면 모두 벌써 도망쳤어. 당신도 이리 와!

"끌려가다시피 다시 산길로 갔어요. 초목이 말라 있으니 산에서도 불의 기세는 전혀 수그러들지 않았지요."

오하마는 무아지경으로 오르막길을 올랐다. 연기로 정신이 아득해질 뻔한 자기 자신을 질타하고 필사적으로 하쓰요의 이름을 부르면서 불길에서 도망쳤다——.

"그리고 정신이 들어 보니 관의 뒤뜰에 있었던 거군요."

도미지로의 말에 하쓰요는 고개를 끄덕였다. 두 번 끄덕이더니, 그대로 눈을 내리깔며 말했다.

"아이와 그렇게 헤어져 버렸다면 저도 가만히 있을 수 없었겠지요. 야마모모에게 이야기를 들었던 당시에는 여덟 살 아이의 머리로 생각했을 뿐이지만, 어른이 되어 제 아이를 낳았을 때는 새삼 오하마 씨의 마음을 이해할 수 있게 되어서 가슴이 찢어질 것 같았어요."

화난 속에서 생이별한 사랑하는 아이의 소식을 확인하지 못한 채, 백 자루 부엌칼을 채우는 고용살이를 해낸다. 오직 혼자서 몇 년, 아니, 십여 년일지 수십 년일지 모른 채 바뀌어 가는 풍경을 바라보며, 묵묵히.

무리다. 남자이고 아직 자식이 없는 도미지로도 무리라고 생각한다. 하룻밤이라도 좋으니, 한 번만 집으로 돌려보내 주세요. 그걸 위해서라면 무엇이든 바치겠습니다. 고용살이를 마쳤을 때 받을 수 있다는 복도 필요 없습니다. 그러니 부탁이에요, 돌려보내 주세요.

흑백의 방에 기도하는 듯한 침묵이 흘렀다. 지금은 오하마도 그 자식인 하쓰요의 혼도, 함께 행복하게 살고 있기를, 하고.

"아, 그리고." 하쓰요가 미소를 짓더니 자신의 틀어올린 머리에 손을 댔다. 머리카락이 흰색과 붉은색과 까마귀의 젖은 날개 색으로 줄무늬가 되어 있는 부분이다.

"우선은 부엌칼의 방을 너무 돌아다녀서 백발의 줄무늬가 생기고, 다음에는 야만바를 화나게 만들어 버렸을 때 붉은색 줄무늬가 생기고."

야만바가 오하마로 돌아가는 모습을 지켜본 후,

"붉은색 옆에, 이 매끈매끈한 검은 머리카락 줄기가 생겼어요."

가초의 머리카락도 풍성하고 검었지만 설마 가초의 색은 아니리라. 이것은 오하마의 머리카락 색이다.

"오하마 씨는 분명, 바닷바람이나 강한 햇빛에도 지지 않는 아름다운 머리카락을 갖고 있었을 거예요."

그 색을 하쓰요의 머리카락에 남기고 갔다.

"당시 저는 머리카락을 묶어 동그랗게 말기만 했으니까요, 이

세 가지 색이 더 눈에 띄었어요. 마을로 돌아간 후에도 어머니와 둘이서 우리한테 일어난 일을 이야기하면 사람들은 좀처럼 믿어주지 않았는데, 세 가지 줄무늬가 증거가 되었지요."

관에서 영겁의 시간에 노출된 흔적과 야만바가 두고 간 선물.

"오하마 씨의 야만바가 사라지면서 관을 둘러싼 산과 숲에는 야만바도 고다마도 사라진 셈이라."

그 후에는 조용한 생활이 이어졌다고 한다.

"길을 잃고 관에 들어오는 손님도 그냥 산에서 헤매다가 곰이나 노상 강도를 피해 도망쳐 오거나 한 사람들이었지요. 가장 별난 사연으로는 늪에서 낚시를 하다가 물에 빠졌는데 다시 숨을 쉬고 보니 관의 숲에 쓰러져 있었다는 분이 있었어요."

강 낚시, 늪 낚시를 즐기는 무가의 노인이었다.

"그건 또 운이 좋았달까, 어지간히 복이 있는 분이었겠군요."

"은퇴한 어르신이었는데 원래 살던 곳에서는 높은 분이었는지 훌륭한 인롱印籠을 갖고 있었어요."

어르신은 관의 보물 중에서 낚시찌를 발견하여 가져가고, 대신 인롱을 두고 갔다고 한다.

──내 집으로 돌아가면 이 노구의 수명이 다할 때까지 산속 저택의 장엄함과 산신님의 자비로움을 마을 사람들에게 들려주겠노라고 약속드립니다.

어느 지방일까. 산속 저택에 갔다 온 낚시를 좋아하는 노인의 이야기가 전해진 곳은.

상상을 해 보는 도미지로 앞에서 하쓰요는 말을 이었다. "어머니와 제가 사용하는 부엌칼은 점점 망가지며 개수를 더해 갔어요."

쉰 자루에 도달할 때까지는 여러 가지로 소란스럽고 목숨의 위협까지 느꼈는데 그 이후로는 별다른 소동 없이 그냥 손님이 오면 요리를 하느라 바빠질 뿐이었다.

반대로 관 바깥의 계절 변화는 느릿해졌다. 부엌칼이 열 자루나 망가지도록 산벚꽃과 살구꽃이 만개한 적도 있었다.

"어머니도 저도 봄을 좋아했으니까, 취향에 맞춰 주는 것 같았어요."

나머지 쉰 자루를 다 마치고 나면 마쓰에도 하쓰요도 관을 떠나 두 번 다시 돌아오지 않을 테니까. 추억 속에 아름다웠던 풍경을 새겨 둘 수 있도록 하라고.

"백 자루째의 부엌칼이 망가진 날은 어딘가 모르는 동네에서 사랑의 도피를 한 남녀가 손님으로 왔을 때였어요."

가게의 남자 점원과 유곽 여자의 조합이었다. 관문을 피하다가 길을 잃었으리라.

"어머니는 처음에는 싫은 얼굴을 했지만,"

——마쓰에. 그 부엌칼로 끝이다.

"마지막 부엌칼이라는 미다이 님의 말씀에 얼굴 표정이 달라졌어요. 저 역시 무엇을 해도 심장이 두근거려서 진정이 되지 않았지요."

사랑의 도피를 감행한 남녀는 관에서 하룻밤을 묵은 후에 다음 날 아침 식사도 일찌감치 마치고 나갔다. 아무것도 가져가지 않고 도망치듯이 숲속으로 사라졌다.

"두 사람이 떠나자마자 연회실의 상을 치우고 설거지를 마친 다음 부엌칼을 행주로 닦으려는데."

마쓰에의 부엌칼 자루가 쩍 갈라졌다. 놀라는 사이에 날이 빠져 물 빼는 채반에 떨어지고 말았다.

"저도 제 부엌칼을 집어 들었어요. 똑같이 자루 부분이 갈라져 둘이 되고 드러난 날 뿌리가 녹슬어 있었지요."

백 자루째의 부엌칼이 망가졌다. 고용살이는 끝이다.

"야마모모가 곁으로 와서 터부룩한 꼬리로 제 등을 탁 두드려 주었어요."

──오늘 아침에도 맛있는 찹쌀죽을 얻어먹었다.

고맙다. 자, 준비해라.

오히려 박정할 정도로 시원시원하게 미다이 님과 야마모모는 모녀를 재촉했다.

"해님이 숲 꼭대기에 오기 전에 관을 나가는 게 좋다면서."

모녀의 여장은 미다이 님이 꾸려 주었다. 쪽으로 염색한 아름다운 고소데에 능직으로 짠 띠였다. 마쓰에와 하쓰요는 서로의 머리를 빗겨 주고 단정하게 묶은 후 예쁜 천을 달았다. 하쓰요의 머리카락 세 가닥 줄무늬는 색깔이 선명한 새 옷에 잘 어울렸다.

준비를 마치고 모녀가 정면 현관의 마루 밑에 나란히 서자 미다이 님의 목소리가 귀에 들렸다.

──그대들은 뛰어난 요리사, 나의 좋은 '손'이었다. 산의 주인께서도 좋게 기억하시겠지.

"칭찬하실 거다, 라는 말 뒤에, 머리 정수리를 누가 가볍게 쓰다듬은 것 같은 느낌이 들었어요."

──자, 고향으로 돌아가거라. 잘 가렴.

마쓰에와 하쓰요는 깊이 머리를 숙였다. 한 방울, 두 방울, 마쓰에는 눈물을 흘렸다.

쪽문을 통해 밖으로 나가니 초여름의 숲에 초록이 싹트고 새들이 지저귀는 소리가 시끄러울 정도였다. 햇빛이 눈부셔서 눈을 가늘게 뜨고 새 소리에 정신이 팔려 있는 사이에 쪽문이 닫혔다.

"야마모모도 참, 너무 차갑다고 생각했어요."

마쓰에와 손을 잡고 숲을 빠져나가는 길을 걸으면서 하쓰요는 울상을 지었다. 하지만 모녀가 돌아보아도 관의 문은 다시 열리지 않았다. 그러다가 숲 맞은편에 있는 관의 지붕이 보이지 않을 정도로 멀리까지 떨어져 버렸을 무렵,

"멀리서 짖는 소리가 들려왔어요."

하쓰요는 야마모모의 말을 알아들을 수 있었다. 훌륭하게 일했구나, 마쓰에. 고집 센 하쓰요, 앞으로는 좀 더 얌전히 살아야 한다.

──뭐, 너한테는 무리이려나. 건강하렴.

"야마모모의 찡, 찡 하는 웃음소리까지 들리는 것 같아서 저는

큰 소리로 울어 버렸어요."

울고 또 울고 아무것도 나오지 않을 때까지 눈물과 콧물을 성대하게 흘리다가 울음을 그치자, 마쓰에가 하쓰요의 머리를 쓰다듬으며 말했다.

──금색 줄무늬가 생겼어.

"당황해서 살펴보니 이번에는 저뿐만 아니라 어머니의 머리에도 생겨 있었어요."

아름다운 금색의 표식. 칭찬의 복이다.

"우리가 알아차린 순간 머리카락에 빨려들어가듯이 금색 줄무늬는 사라져 가고."

그때 머리카락 끝, 손끝, 콧등, 귓불, 몸 구석구석까지 금색의 따뜻한 파도로 안에서부터 씻기는 느낌이 들었다고 한다.

"이별의 슬픔도 사라지고 마음에 따뜻한 추억만이 남고 기운이 솟았어요."

모녀는 걸어서 숲을 빠져나와, 어느새 내리막 산길을 밟고 있었다. 이윽고 평평한 길이 나왔다.

"조금씩 감각이 돌아왔어요."

익숙한 땅의 감각. 태어났을 때부터 맡아 온 공기, 밟았던 흙과 바라봤던 나무들.

"마부치무라 마을 서쪽, 지장보살님과 마두관음보살님의 작은 사당이 있는 곳. 마을까지 반리 정도 떨어진 곳에 도착했어요."

눈에 익은 느티나무 거목과 벚나무 고목. 완만한 경사면을 덮고 있는 얼룩조릿대와 멀리에서 사락사락 소리를 내는 대나무 숲. 이곳은 언니들과 죽순을 캐러 온 대나무 숲이다. 얼룩조릿대도 따러 왔었다.

"하지만 사당은 없었어요. 여덟 살인 제 키 높이 정도였던 지장보살님과 마두관음보살님도."

도미지로는 온화하게 물었다. "당신은 여덟 살 그대로였나요?"

맞아요! 하쓰요는 힘차게 고개를 끄덕였다.

"조금도 달라지지 않았어요. 우리는 완전히 익숙해져 버려서 관에 있는 동안에는 신경 쓰지 않았지만, 밖으로 나와서야 겨우 이상한 점을 깨달았어요."

모녀가 관에 있는 동안 마부치무라 마을에서는 시간이 흐르고 있었을 것이다. 얼마나 흘렀을까?

"그때 마을 쪽에서 걸어오는 사람이 보였어요. 저는 큰맘 먹고 손을 흔들었어요. 폴짝 뛰면서, 저기요~, 저기요~!"

그 사람은 작업복에 삿갓을 쓰고 낫을 짊어지고 있었다. 체격은 탄탄했지만 머리카락이 꽤 하얘서 젊은이로 보이진 않았다.

"어디 사는 아저씨일까, 할아버지일까. 열심히 떠올리려고 했어요. 상대가 터벅터벅 다가오니 그 얼굴이 낯익은 기분이 들어서."

마쓰에도 똑같이 눈을 크게 뜨고 쳐다보았다.

"그랬더니 우리보다 먼저 아저씨 쪽이 걸음을 멈추더니 큰 소리를 냈어요. 이쪽을 가리키면서."

──설마, 그런 일이 있을 리가.

남자가 눈을 비비며 물었다.

──정말로 어머니세요? 너는 하쓰요니?

도미지로도 놀라서 숨을 삼켰다. 하쓰요는 말했다.

"제 둘째 오라버니였어요."

마부치무라 마을은 30년이나 되는 시간이 지나 있었다.

"우리는 이모토야 저택의 큰 화재가 있었던 날 밤에 행방불명된 걸로 처리되었더군요."

큰 화재 속에서 마쓰에의 남편 요시조와 장남이 죽었다. 검게 탄 시체가 발견되어 '가초의 화난' 뒤처리를 위해 새로 만들어진 마을 묘지에 묻혔다. 거기에는 공양묘도 있었다.

"가초 씨의 머리 아랫부분을 묻었다고 해요. 오라버니는 그 묘를 무서워했지만 저는 아무렇지도 않았어요. 뭣하면 다시 한번, 이 나쁜 년! 하고 욕해 줘야겠다고 생각할 정도였지요."

하쓰요의 건강한 웃음에 도미지로도 웃었다.

"살아남은 오라버니와 언니들은 각자 가정을 꾸려 벌써 손자도 몇 명이나 있어서 놀랐어요."

무엇보다 마쓰에와 하쓰요는 마부치무라의 번영에 가장 크게 놀랐다.

"불길한 화재가 일어나고 사람이 많이 죽었으니 마을은 사라졌어도 이상하지 않았는데, 완전히 반대였어요."

물론 큰불의 원인이 된 직인 우두머리의 집은 야마부교의 벌을 받아 마부치무라에서 사라졌다.

"남은 마을 사람들이 고생에 고생을 거듭해 다시 나무를 만드는 일을 시작하자——."

이전부터 거래가 있었던 큰 양잠가나 비단실 도매상에서 차례차례 도와주었다.

"가까운 곳에서는 새 샘물이 발견되었고, 그 주위에 훌륭한 뽕나무가 자라고 있었대요. 그 뽕잎으로 누에 님을 키우면 극상의 비단실을 얻을 수 있다는 사실을 알고, 마을 전체가 뽕밭을 일구어 양잠에 힘쓰게 되었다는 거예요."

마쓰에와 하쓰요가 30년 만에 돌아온 곳은 꿈처럼 풍요로운 마부치무라 마을이었다.

"지장보살님과 마두관음보살님은 마을 안에 지어진 훌륭한 사당에 살고 계셨어요."

하쓰요의 웃음이 흑백의 방을 비춘다.

"30년 동안 마부치무라 마을은 큰비도 큰바람도 지진도 만나지 않고 가뭄도 충해蟲害도 없었대요."

그 수호에 감사의 마음을 표하기 위해 서낭신님에서부터 석불石佛 지장보살님까지 새로 정중하게 모시게 되었다나.

도미지로는 말했다. "좋은 마음가짐이지만, 마부치무라 마을에 찾아온 행복들은 반드시 신불 덕분은 아닐 겁니다."

샘물의 은총도, 마부치무라 마을을 비껴간 재해도, 마쓰에와 하쓰요가 관에서 고용살이를 하고 있었기 때문이다. 즉, 그것이 두 사람의 급료였으리라.

하쓰요가 살짝 고개를 갸웃거린다. "그렇다면 기쁘겠지만, 상은 따로 받았어요."

머리카락의 금색 줄무늬를.

"그거, 돈이 들어오는 운수였거든요."

이후로 돈이 없어서 곤란할 일이 없었으니까.

"어머니는 '산신님을 모신' 덕분에 좋은 집안의 남자와 재혼할 수 있었어요. 저도 양아버지 덕을 보았지요. 비단 도매상을 경영해서 유복했거든요."

양아버지가 에도에 분점을 내었을 때, '마을에서 언제까지나 호기심의 눈길을 받는' 것이 큰 짐이었던 하쓰요를 에도로 보내 주었다.

"그래서 저는 지금의 남편을 만날 수 있었어요. 처음 만났을 때는 야오젠八百善 에도 시대에 가이세키 요리를 확립했다고 하는 요정의 이름이나 히라세이平淸 후카가와에 있던 유명한 요릿집에도 지지 않는 요정에서 요리를 배우고 있었지요."

하쓰요가 밝게 웃더니 가슴을 편다. 행복의 빛에 감싸여서 눈을 가늘게 뜨며 도미지로는 말했다.

"그렇다면 지금의 백반집도 언젠가는 그만큼 큰 요릿집이 되겠네요."

이 이야기꾼의 용기와 배려로 꾸며진 관의 이야기에 지쳐 있던 마음도 양분을 얻었다. 도미지로는 생각했다. 초대하길 잘했다

고. 아울러,

　――청자를 맡기 잘했다.

　별난 괴담 자리 덕분에 얻는 더할 나위 없는 행복이었다.

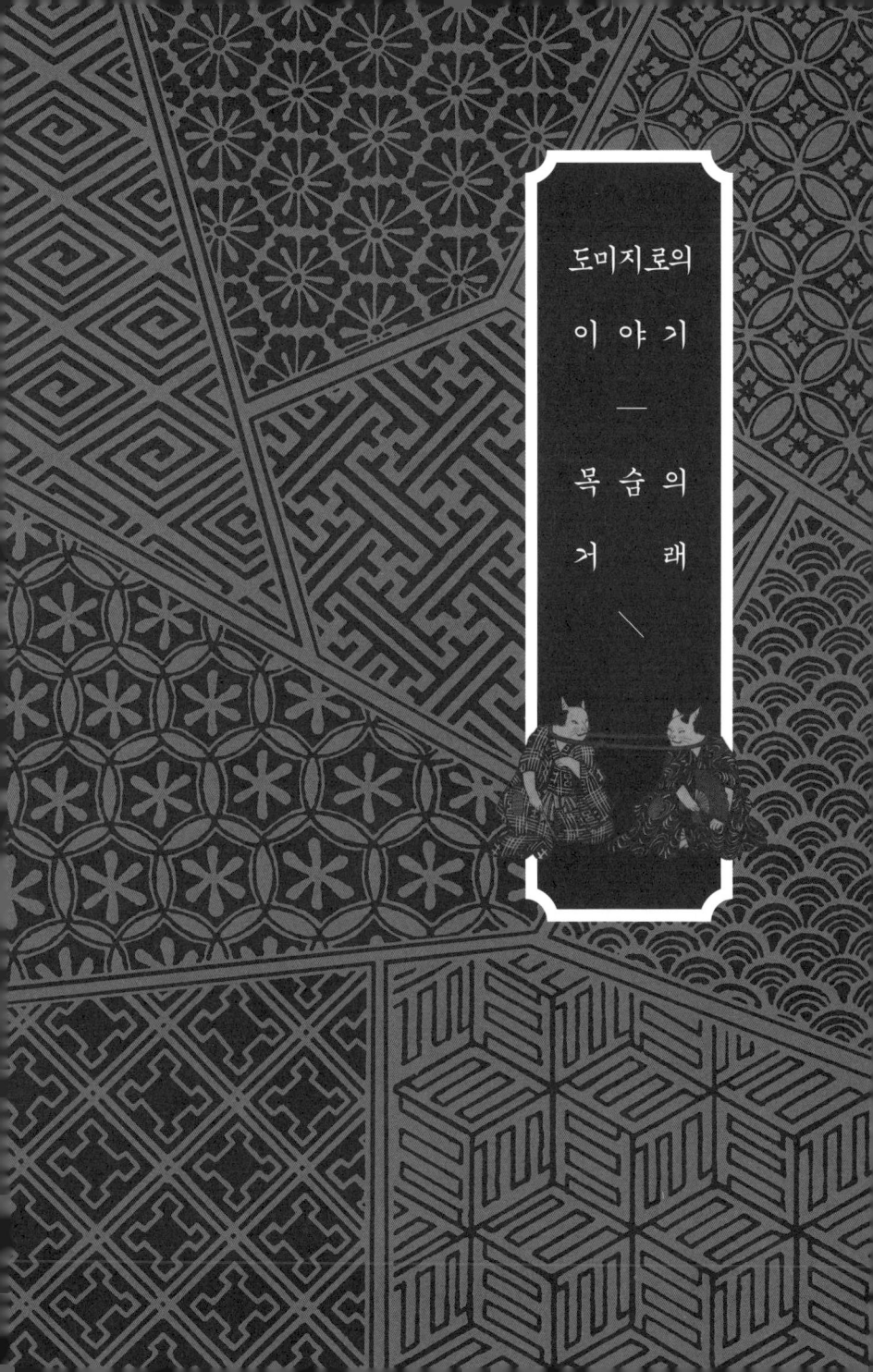

도미지로의
이야기
—
목숨의
거래

에도 시중의 다른 상가들과 마찬가지로, 미시마야는 섣달 그믐날에 가게를 열어 열심히 장사를 하다가 설날은 쉬고 2일부터 새해 첫 장사를 시작한다. 손님은 많고, 섣달 그믐날 파는 물건과 새해 첫날 파는 물건은 품목이 다르기 때문에 양쪽 다 주도면밀하게 갖추어 두어야 해서, 어쨌거나 섣달 그믐날까지는 바쁘다. 도미지로도 26일에 도로 선생을 찾아가 그해의 마지막 수업을 받고 인사를 마친 후에는, 장사와 집안일을 돕느라 분주히 보냈다.
 오치카와 간이치 사이에 고우메가 태어나 경사로 시작된 올 한 해. 도미지로는 화공 수련을 허락받아 도로 선생의 제자가 되었다. 작년부터 내내 꼬여 있던 형 이이치로의 혼담에 간신히 밝은 출구가 보이게 된 지금 해가 끝나려 하고 있다. 이헤에와 오타미의 마음고생을 생각하면 아들 중 한 사람으로서 불효했다는 생각에 몸이 움츠러들지만, 그래도 끝이 좋으면 다 좋은 법이다. 도미지로의 마음은 평온하고 잔잔했다.

그리고 섣달 그믐날 오후의 일이다.

부엌의 봉당에서 올라선 마루방, 도미지로가 부엌칼을 들고 신타가 거들어 가게와 작업장 사람들 모두에게 먹일 설날 떡국용 찰떡을 자르고 있자니, 뒷문 판자문을 누군가 거칠게 쿵쿵 두드렸다.

"이보시오, 실례합니다! 미시마야 씨, 계십니까!"

부엌에는 명절 음식용 찬합에 담을 조림 냄새와 달걀부침 냄새가 떠돌고 있다. 그러나 가까이 있던 하녀가 뒷문을 열고 '실례합니다'를 외치던 남자가 구르다시피 뛰어들어 온 순간, 진수성찬의 냄새는 한순간에 날아가 사라지고 대신 생생한 피 냄새가 퍼졌다.

남자는 얼핏 보기에 나이가 젊은 가게 점원으로, 옷깃에 가게 옥호를 물들인 갈색 시루시반텐을 입고 있었다. '과일가게 시라이야'다. 가슴 부근, 양쪽 소매, 한텐 아래 줄무늬 기모노의 가슴 부분, 그리고 짚신을 꿰어 신은 맨발의 발등이며 발가락 끝까지, 선명한 피로 물들어 있다.

"죄송합니다, 저는 시라이야 사람입니다. 급히 알리러 왔습니다. 이이치로 씨가, 이이치로 씨가."

칼에 베여, 크게 다치셨습니다——.

라는 말이 귀에 들어오고 나서는 누가 무슨 말을 하고 일이 어떻게 되었는지, 꽤 나중이 되어서도 도미지로는 잘 생각이 나지 않았다. 그저 피 냄새와, 시라이야 고용살이 일꾼의 시루시반텐에 튄 피보라 모양이 마치 팥알을 뿌려 놓은 것 같았다는 점만이 잊히지 않았다.

 섣달 그믐날의 그 무렵, 이이치로는 시즈카의 안부를 묻기 위해 혼자서 시라이야를 찾아갔다. 요란스러운 방문으로 보이지 않으려고 아무도 데려가지 않았을 뿐, 이이치로가 시즈카를 만나러 가는 것은 이헤에도 오타미도 알고 있었다. 물론 시라이야 쪽에서도 미리 알고 있어, 이이치로를 기다렸다.
 시즈카는 입덧이 심해서 섣달에 들어섰을 때부터 자리에 자주 눕게 되었고 식사도 하지 못해 꽤 야위었다. 시라이야는 고급 과일을 취급하는 가게라 목넘김이 좋을 것 같은 과일을 골라 먹이며 시즈카를 보살피고 있었다. 이이치로서는 그저 시즈카와 얼굴을 바라보며, 과거의 어려움을 잊고 앞으로의 행복을 맞이하자고 격려할 요량으로 찾은 것이었다.
 섣달 그믐날은 상가에 있어서는 대목임과 동시에 외상을 털고 돈을 정산하는 마감날이기도 하다. 길면 반년 치가 쌓인 장부의 숫자를 정리하기 위해 주인이나 안주인이 직접 손님 댁에 찾아갈 때도 있지만, 큰 가게인 시라이야에서는 외상값 수금을 대행수들에게 맡기고 주인 부부도 시즈카 옆에 붙어 앉아 이이치로와 웃는 얼굴로 대화를 나누었다.
 시즈카의 정양이 우선이니 긴 대화는 아니었다. 이이치로는 곧

장인 장모가 될 시라야의 주인에게 정중히 인사하고 물러나려던 차에 갑자기 찾아와 준 시즈카의 배다른 언니 마사키와도 몇 마디 나누고는 밖으로 나갔다. 큰길로 나가실 때까지는 배웅하겠다며 이이치로를 따라온 사람이, 미시마야로 뛰어들어 온 젊은 행수였다.

두 사람은 앞서거니 뒤서거니 하며 섣달 그믐날의 바쁘게 북적거리는 니혼바시 거리로 나왔다. 그냥 걷고 있어도 스쳐 지나는 사람들과 어깨가 닿을 만큼 혼잡했다. 이이치로는 젊은 행수에게 한창 바쁜 때를 골라 찾아온 자신의 무례함을 사과하고,

"그냥 가게로 돌아가십시오. 저도 곧장 미시마야로 돌아가 장사에 전념할 것입니다."

라고 말하며 미소를 지었다. 젊은 행수는 시라야의 보물인 시즈카를 아내로 맞이해 줄──친자식이 아닌 배 속 아기까지 몽땅 받아들여 줄 미시마야 작은 주인의 성정과 용모에 감탄하며 깊이 머리를 숙였다.

그때 행수의 시야 구석에 이상한 것이 스쳤다. 인파 속에서 나타난──

비수가.

아침부터 바람은 차갑지만 날씨는 맑았다. 드러난 칼날에 햇빛이 반짝 하고 튕긴다. 비수 자루를 움켜쥔 사람의 하얘진 손가락 관절까지 젊은 행수의 눈에는 또렷하게 보였다.

지저분한 모모히키와 기운 자국투성이인 기모노에 머리는 수

건으로 완전히 감싸고, 정체불명의 습격자는 원숭이처럼 재빠르게 이이치로의 옆구리를 향해 비수를 내밀었다. 달려드는 움직임에 수건이 펄럭이고 감추어져 있던 얼굴이 드러났다.

"제, 젠노스케에!"

시라이야의 행수는 절규했다.

섣달 거리의 인파가 흐트러지고 차례차례 비명이 일어난다. 이이치로와 젠노스케를 둘러싸고 찌그러진 원이 생기더니, 곧 흐트러졌다가 다시 밀치락달치락이 되었다.

"하지 마, 그만둬!"

"아아, 큰일이다. 이보게, 젊은이, 정신 차리게!"

"무엇이든 좋으니 천을 가져와! 이 사람의 상처를 누를 테니."

"그놈을 붙잡는 게 먼저다, 어이, 도와줘!"

선의를 가진 남녀의 목소리가 오가는 가운데, 시라이야의 행수는 땅바닥에 주저앉아 유령처럼 새하얀 얼굴을 하고 몇 명이나 되는 사람들에게 붙잡혀 짓눌린 젠노스케를 보았다. 무기인 비수는 누군가에게 빼앗겼는지 눈에 띄지 않는다. 한데 이 피는 뭐란 말인가. 사방이 피투성이, 피, 피, 피보라. 땅바닥에 피가 고여 거품이 떠 있는 곳도 있다.

옆으로 쓰러진 이이치로는 꼼짝도 하지 않은 채 지금도 피를 흘리고 있다. 간호하는 사람들이 필사적으로 말을 걸어 이이치로를 격려한다. 행수는 땅바닥을 할퀴다시피 하며 일어서서 누군가 시라이야에 급보를 전해 달라는 부탁을 남기고 자신은 간다 미시마초를 향해 달리기 시작했다. 미시마야에는 직접 전해야 한다는 일념으로.

흉보를 들은 미시마야가 움직이기 시작하고 이번에는 자신이 간호를 받는 쪽이 되고서야 비로소, 시라이야의 젊은 행수는 자기가 이이치로의 피를 뒤집어쓰고 있으며, 오른손 검지와 중지에 상처를 입었다는 사실을 깨달았다. 순간적으로 젠노스케의 칼날로부터 이이치로를 감싸려 했을 때 베였는지, 손가락을 칼날에 스치고 말았는지. 혼란스러운 와중에 정신을 잃었다.

거리가 더 가까웠기 때문에 깊은 상처를 입은 이이치로는 시라이야로 실려 가 치료를 받게 되었다. 시라이야의 주인이 큰돈을 주고 금창(칼에 베인 상처) 치료를 특기로 하는 마을 의원을 불러 주었다.

미시마야에서는 이헤에와 오타미와 오카쓰가 시라이야로 달려갔다. 치료가 한바탕 끝났을 때 이미 섣달 그믐날의 해는 져 있었다.

"오늘 밤부터 이삼일이 목숨의 경계, 고비가 될 걸세."

아오야마에 호사스러운 저택이 있다는 무사 출신의 마을 의원은 실력만큼은 확실해 보였지만 태도가 거만했다.

"정월 사흗날까지 살아남을 수 있다면 이레는 버티겠지. 숨을 쉬며 이레를 맞이할 수 있다면 열하루까지 버틸 테고. 거기까지 넘긴다면 목숨을 건질 수 있을 걸세."

이이치로는 옆구리와 가슴을 깊이 찔리고, 다른 곳도 몇 군데

나 베였다. 젠노스케는 자신도 (가게 점원치고는) 미남이었지만 용모로는 이이치로를 당해 낼 수 없다. 그래서 미웠으리라. 목숨을 노리는 깊은 상처 외에 집요하게 얼굴을 베었다. 그중 가장 깊은 상처가 왼쪽 눈 아래를 제대로 가로질러 안구까지 베여 있었다.

"목숨은 건져도 이 눈은 이제 구할 수 없네. 각오해 두게."

거만한 의원의 말을 듣고 나서 이혜에는 미시마야로 돌아왔다. 이미 변사는 소문이 되어 거리에 퍼져 나가고 있다. 세간을 소란스럽게 한 미시마야는 바깥문을 닫고 몸가짐을 삼가고 있어야 한다. 정월 장식도 전부 떼고, 얌전히.

언제까지? 이이치로가 살아날 때까지. 아니면 미시마야가 이이치로를 잃고 말 때까지.

시라이야에는 오타미와 오카쓰가 남았다. 오타미는 어머니로서, 오카쓰는 목숨의 낭떠러지에 선 이이치로에게 저승의 어둠이 가까이 오지 못하도록 액막이로서 지키기 위해서다.

그리고 도미지로는 무엇을 어쩌지도 못하고 흑백의 방에 틀어박혀 있었다.

시라이야에서 용태를 알리는 소식만은 온다. 소식을 기다리면서 도미지로는 캄캄한 어둠 속에 있었다. 형을 잃을지도 모른다는 공포의 어둠. 형이 없는 미시마야에 자신만 남겨질지도 모른다는 고독의 어둠.

섣달 그믐날 밤을 이이치로는 넘겼다.

설날 아침, 니혼바시 도리초의 파수막에 묶여 있던 젠노스케가 파수꾼의 빈틈을 보아 혀를 물고 자결했다는 소식이 날아들었다.

이이치로가 시즈카와 배 속의 아이를 받아들이기로 결심했을 때 젠노스케는 시라이야에서 쫓겨나 있었다. 주인의 소중한 딸과 통정했으니 널리 알려지면 옥살이를 하거나 참수를 당하게 된다. 목숨을 건진 것만으로도 고맙게 생각해야 하는 입장이지만, 시즈카에 대한 미칠 듯한 연모에 몸부림치며 이이치로에 대한 증오로 타오르던 젠노스케는 이성을 잃고 말았으리라. 몰래 시라이야 부근을 어슬렁거리며, 일단락을 짓기 좋은 섣달 그믐날이나 설날에 반드시 찾아올 이이치로를 한 번 찔러 주려고 기다리고 있었던 것이다.

사악한 계획은 이루어졌다. 혀를 물어 끊고 자신의 피로 목구멍이 막혀 죽어 갈 때도 젠노스케의 얼굴은 웃고 있었다고 한다.

그러나 설날 밤도 이이치로는 넘겼다. 젠노스케의 길동무는 되지 않았다.

초이틀 밤도 넘겼다. 소식에 따르면 몸은 불처럼 뜨겁고 칼에 베인 상처는 뱀이 꿈틀거리듯이 부풀어 올랐다고 한다.

그래도 이이치로는 지지 않았다.

미시마야를 더욱 큰 가게로 만들겠다는 꿈이 있다. 효도하겠다는 꿈이 있다. 사랑하는 여자를 아내로 맞이하고 아이를 가져 함께 행복해지겠다는 꿈이 있다.

게다가 언제까지나 어슬렁거리며 마음 편하게만 지내는 태평스러운 동생의 앞날을 확인하지 않고서는, 죽어도 눈을 감을 수 없다――며.

그러다 사흘날 해 질 녘, 한 번은 호흡이 멎었다. 마침 진찰하러 와 있던 아오야마 의원의 처치로 다시 숨을 쉬었지만, 그날 밤이 깊고 아침이 오고, 의원이 "어떻게든 넘긴 것 같네"라고 말해줄 때까지 오타미와 오카쓰는 눈도 깜박일 수 없는 기분이었다.

그 소식을 들었을 때도 도미지로는 흑백의 방에 있었다. 너무나도 혼란스럽고 가슴이 아파 앞뒤의 기억도 확실하지 않은 상태에서, 겨우 조금 회복되어 있었다.

그리고 머리가 돌아가기 시작했다. 떠올리고 생각할 수 있게 되었다.

소설小雪이 뺨에 차갑게 닿는 깊은 밤에, 메밀국수 노점 옆에서 만난 상인풍의 맨발의 남자가 한 말을.

별난 괴담 자리를 통해 오치카와도, 도미지로와도 기이한 인연으로 묶여 있는 정체불명의 남자. 그 인연은 악연일지도 모르고, 언젠가는 복이 될지도 모른다. 지금은 그저 대치할 수밖에 없다.

도미지로는 설날 입으려고 했던 검은 하오리를 꺼내어 옷차림을 가다듬었다. 속옷도 전부 새것으로 갈아입었다. 든든한 오카쓰가 없으니 혼자서 제대로 해야 한다.

정체불명의 남자는 밤의 어둠 속에서 배례하라고 말했다.

지금, 한 올의 실 같은 남자의 말에 매달리며 도미지로는 고요한 밤의 정원에 면해 있는 유키미 장지를 열어젖히고 흑백의 방 툇마루에 혼자 앉았다. 초봄의 소란스러움을 판자담 밖으로 쫓아내고, 쥐 죽은 듯 조용해진 미시마야의 식구들을 등에 짊어지고, 단정하게 앉았다.

불은 하나도 켜지 않았다. 도미지로의 눈에는 어두운 밤의 농담濃淡과, 그것을 나누는 어렴풋한 선밖에 보이지 않는다.

깊이 숨을 내쉬고 북동쪽 방향을 향해 한 손으로 배례한 뒤에, 그것만으로는 부족한 기분이 들어 손가락을 짚고 엎드렸다.

"저세상과 이 세상 사이를 오간다는, 언젠가의 그분. 당신이 말한 대로 되었습니다. 저는 당신께 거래를 청하고 싶습니다. 이곳으로 와 주십시오."

부복하고 있자니, 초봄의 경사도 섣달 사흗날의 소란도 뿌리치고 몸가짐을 삼가며 이이치로의 무사를 기원할 수밖에 없는 미시마야의 무게가 등에 뼈저리게 전해져 왔다.

섣달 사흗날의 들뜬 소란에 지쳐, 오늘 밤에는 에도 거리도 조용히 잠들어 있다. 모든 에도 거리의 잠 위를 불어 지나가는 밤바람에서도 설날의 냄새는 가셨다.

도미지로는 머리를 숙인 채 움직이지 않는다.

희미하게 향 냄새가 느껴졌다.

"안녕하십니까."

사람의 목소리는 아니다. 정이나, 구리로 만든 커다란 주발을 두드려 울렸을 때의 소리.

그러나 사람의 말이다.

도미지로는 얼굴을 들었다.

툇마루에 상인풍의 남자가 걸터앉아 있었다. 가볍게 왼쪽으로 몸을 틀어, 팔짱을 끼고 등을 웅크린 채.

남자도 검은 하오리를 입고 있었다. 문장도 가게 이름도 없는 온통 차분하고 검은 비단 하오리다. 그 밑에는 가타비라 같은 하얀 비단 기모노에, 특이한 무늬를 짜 넣은 칠흑의 띠.

하오리의 끈이 '무스비키리結び切り 선물 포장용 끈 등을 팽이 줄 감는 방식으로 감은 것'의 풀 먹인 종이끈을 거꾸로 한 형태로 묶여 있다.

"구름의 상태를 보니, 곧 소설小雪이 내리기 시작하겠습니다."

그렇게 말하며 남자는 느긋하게 다리를 꼬았다. 들어 올린 오른쪽 발에 버선도 신도 없다. 평소처럼 맨발이다.

"일전의 밤과 같군요."

남자는 팔짱을 풀고는 띠에 끼우고 있던 부채를 뽑아 들었다. 이 또한 온통 검은 바탕에, 자세히 보니 끈과 같은 무늬가 떠올라 있다. 무엇일까, 구름 무늬인가?

"그렇습니다. 이것도 당신의 생각대로일까요."

남자의 옆얼굴을 바라본다. 콧날이 반듯한 줄 알았는데, 이렇게 보니 약간 매부리코다. 지금 코끝에 문득 닿은 손가락은 가늘고 손톱이 뾰족하다.

한밤중에 불빛도 없이, 이런 세세한 데까지 알아볼 수 있다. 역시 이 남자는 이 세상의 존재가 아니다.

얇은 입술이 움직여 이렇게 말했다.

"도미지로 씨, 저와 거래를 바라신다고요."

예, 하고 도미지로는 대답했다. 곧 후회했다. 더 배에 힘을 주고 큰 목소리를 내야 했는데.

"그건 이이치로 씨의 목숨을 구하기 위해서지요. 맞습니까."

도미지로에게 망설임은 없었다. 공포도 없다. 이 세상의 존재가 아닌 이자와 오치카는 싸워 왔다. 나도 질 수 없다.

"그렇습니다. 형의 목숨을 구해 주셨으면 합니다. 당신은 할 수 있지요? 물론 대가는 치르겠습니다."

남자의 입가가 씨익 올라가고 웃음이 떠올랐다. 눈동자도 웃고 있다. 재미있어하거나 냉소하는 기색은 아니다.

──칭찬하고 있다?

도미지로는 눈을 크게 떴다. 그러자 남자는 더욱 즐거운 듯했다.

"남자다운 동생이군요."

남자의 손가락이 콧날을 쓰다듬는다. 한 번, 두 번.

"자, 값으로 무엇을 받을까요. 당신은 무엇을 내놓을 수 있습니까?"

친절한 말투인데도 한순간 도미지로는 등이 차가워졌다. 거래가 시작된다.

"제가 고를 수 있습니까?"

그렇다면 목숨에는 목숨이다. 가장 알기 쉽고 공명정대하다.

그것밖에 없다.

  도미지로는 생각했다. 지금까지 듣고 버려 온 많은 이야기꾼의 이야기를 떠올리며 생각하고 또 생각했다. 가족이 없는 아이들을 돕기 위해 호우와 불똥 아래 몸을 내던진 인형들. 어디에 있는지도 확실하지 않은 마을 사람들을 요괴로부터 구하기 위해 몸을 던져 싸운 남자들. 이 세상이 아닌 저택 안에서 사로잡힌 젊은 남녀가 도망치도록 목숨을 건 무사.

  "제 목숨을 드리겠습니다. 그러면 될까요?"

  놀랍게도, 부드럽게 눈매를 이완시킨 채 상인풍의 남자는 말했다. "아니요, 그걸로는 안 됩니다."

  도미지로는 멍해졌다.

  "느긋한 도련님, 부모에게 받은 목숨을 함부로 하면 벌을 받습니다."

  무슨 말을 하는 거냐, 이놈은.

  "함부로 할 리가요. 형을 구하기 위해, 제가 그 대신이 되겠다는 겁니다."

  "아니, 아니, 그 거래는 성립하지 않습니다."

  "왜요!"

  "왜냐하면 이이치로 씨는 아직 본인의 목숨이 남아 있으니까요."

  불씨 정도로 작아져 버렸지만 꺼지지는 않았다. 지금부터 다시 커다란 불을 일으켜 갈 희망은 있다.

"당신의 목숨을 통째로 받아 버리면, 이쪽이 너무 많이 받게 되는 셈이 됩니다."

당장은 대꾸하지 못하고, 남자의 말을 이해하지도 못하고, 도미지로는 시선을 돌렸다. 그러자 남자의 띠와 부채의 특이한 무늬가 무슨 그림인지 갑자기 알아볼 수 있었다.

──불꽃이다.

화염 무늬다. 아니, 지옥의 겁화일까.

"이런 거래는 정확하게 반반으로 하는 게 중요하거든요."

도미지로에게서 목숨을 받을 수는 없다. 하지만 목숨과 같지는 않아도 거의 비슷할 정도로 소중한 것이라면,

"이이치로 씨의 목숨을 타오르게 하기 위한 대가로 받아도 좋습니다."

무언가 생각나는 건 없을까요? 하며, 남자가 도미지로의 얼굴을 살피듯이 바라본다.

목숨과 같지는 않아도 거의 비슷할 정도로 소중한 것.

"예를 들어, 당신의 눈."

그 말에 도미지로는 흠칫하며 몸을 굳혔다. 남자는 이번에야말로 분명하게 야유의 빛을 얼굴에 띠고 이쪽을 보고 있다.

"한쪽으로는 부족합니다. 양쪽이어야지."

남자가 검지와 중지를 벌려 뾰족한 손톱 끝으로 자신의 두 눈을 가리켜 보인다.

도미지로는 아무 말도 하지 못했다. 아까는 한기가 스쳤던 등

에 차가운 땀이 흘러 떨어진다. 정신이 들어 보니 이마에도 땀방울이 배어 있다.

"이런, 당신은 화공이 되고 싶으니 그건 무리겠네요."

남자는 유감스러운 듯 고개를 젓는다. 손을 내리고 부채를 탁 접어 띠에 꽂더니 다시 팔짱을 끼었다.

"곤란하군요. 그 외에 뭔가 있을까요?"

목숨과 같지는 않아도 거의 비슷할 정도로 소중한 것을 대가로 내놓는다. 이 얼마나 심술궂은 제안인지 도미지로는 깨달았다.

대가로 목숨은 필요 없다. 삶의 보람을 내놓아라.

남자는 악의를 숨기려고도 하지 않고, 시치미를 떼며 이렇게 말을 이었다. "만약을 위해 말씀드리는데, 눈이 보이지 않아도 뛰어난 그림을 그리는 화공이 되는 길은 있습니다. 사람의 마음의 힘이란 무섭도록 강인하니까요."

떨리는 손을 멈추기 위해 도미지로는 주먹을 쥐었다. 머리는 돌아가지 않는다.

이쪽에서 무엇을 내놓으면 될까. 목숨이라고만 생각하고 있었지 다른 것은 생각하지 않았다. 이런 바보 같은 거래가 성립하리라고는 꿈에서도 짐작할 수 없었기 때문이다.

남자는 매부리코의 끝을 약간 쳐들며 말했다. "목숨과 거의 비슷한 것이라면, 제일 먼저 생각나는 건 수명인데요."

잘 울리는 목소리가 듣기 좋을 정도다. 홀리고 있다. 속이고 있다. 현혹하고 있다.

"……수명?"

"예. 당신이 몇 살까지 살지는 하늘에 의해 정해져 있습니다."

그저 당사자가 모를 뿐 정해져 있다. 사람의 생이란 그렇다. 천하의 쇼군도, 몸을 파는 매춘부도 마찬가지.

"그걸…… 그렇지, 이이치로 씨의 목숨을 잇기 위해서는 10년치는 받아야겠는데요."

도미지로의 정해진 수명에서 10년을 내놓는다. 즉 도미지로는 그대로 두었으면 살 수 있는 나이보다 10년 일찍 세상을 떠나게 된다.

"당신의 수명은 마흔으로 정해져 있을지도 모릅니다. 미수米壽 88세까지일지도 모르지요. 그건 공교롭게도, 저조차 모릅니다."

그래도 통 크게 여기에서 10년을 내놓으면 이이치로는 살 수 있다.

"정말로?"

"이런, 의심하시는 겁니까."

남자는 의외라는 듯이 눈을 가늘게 떴다.

"삼도천을 맨발로 오가는 제가, 염라대왕의 코앞에서 거짓말을 하겠습니까."

화내지는 않는다. 재미있어하고 있다.

이런 상대와는 아무도 승부하지 못한다.

"제 수명의 10년."

드리겠습니다, 하고 도미지로는 말했다. 다시 한번 정중하게 손가락을 바닥에 짚으며 엎드린다.

"그걸로 거래를 부탁드립니다."

도미지로는 얼굴을 숙일 뿐 아니라 눈을 감고 있었다. 눈꺼풀 속의 어둠에 남자의 띠와 부채에 떠오른 지옥의 불꽃이 춤추었다.

"⋯⋯그 10년 동안, 당신이 화공으로서 세상에 이름을 날리는 명작을 그릴 운명일지도 모르는데요."

이 물음에도 심술궂은 웃음이 머금어져 있었다.

"수명의 10년을 바친다는 건 당신의 마음이 이루어질 기회를 바친다는 것이기도 합니다. 아아, 아까운데요. 정말 괜찮으시겠습니까?"

도미지로는 굳게 눈을 감았다. 눈꺼풀 속에 눈물이 고이기 시작한다. 흘려서는 안 된다. 이 남자가 눈치채서는 안 된다.

──나는 울지 않아.

운명이라면 스스로 개척하겠다.

"상관없습니다. 거래해 주십시오."

흑백의 방 툇마루에 고요함이 떨어져 내렸다. 바람 소리조차 나지 않는다. 도미지로 한 사람만 남기고, 미시마야의 사람들뿐만 아니라 에도 시중의 사람들이 모두 죽어 버린 듯한 침묵. 밤의 밑바닥은 한없이 평평하고 어둠은 한없이 비어 있다.

"이런, 눈이 내리기 시작했네요."

남자의 말에 도미지로는 눈을 들었다. 밤의 어둠을 잘라 내며 떠오르는 남자의 이마와 코끝에 작은 눈송이가 떨어져 내린다.

남자는 오른손을 뻗어 손바닥을 펼치며,

"자, 거래 완료."

그렇게 말하고, 반짝반짝 빛나는 소설小雪을 손 안에 감싸듯이 움켜쥐었다.

"지금 당신의 10년을 받았습니다."

겨우 그것만으로 거래는 끝이었다. 도미지로는 아픔도 한기도 아무것도 느끼지 않았다.

다만, 깨달았다. 남자의 손 안에 움켜쥐어진 빛의 알갱이는 눈이 아니었음을.

목숨의 조각. 수명을 잣는 빛.

제정신으로 돌아와 보니 혼자서 흑백의 방에 앉아 있었다. 툇마루 끝에는 작은 얼음 알갱이를 뿌리듯이, 틀림없는 진짜 소설이 내리고 있었다.

섣달 열하룻날을 지나, 초봄의 스무날 아침, 시라이야 안채의 침상 위에서 이이치로는 눈을 떴다.

처음 한 마디는,

"……어머니."

하룻밤도 떨어지지 않고 옆에 붙어 있던 오타미의 야윈 얼굴. 움푹 꺼진 눈에 눈을 맞추며, 갈라지고 작은 목소리이기는 했지만 이렇게 말했다.

"불효를, 용서하십시오."

어린아이 같은 혀짧은 소리. 그리고 눈꼬리에서 눈물 한 줄기.

오타미는 그 뺨에 손을 대고 소리 죽여 울었다.

이렇게 해서 미시마야에는 진짜 새해가 찾아왔다.

편집자 후기

언젠가 〈센과 치히로의 행방불명〉을 본 일본 관객의 감상을 읽은 적이 있습니다. 어린 시절 〈센과 치히로의 행방불명〉을 볼 때는 유바바가 "지독하게 나쁜 마녀"라고 생각했는데, 직장인이 된 지금 다시 보니 "일할 의욕만 있으면 누구에게든 일자리를 주고 신입도 공을 세우면 확실히 칭찬해 줄 뿐만 아니라 진상 고객이 나타나면 상사로서 직접 나서서 물리치는, 경영자적 측면에서 대단히 훌륭한 마녀구나, 생각하게 되었다(끄덕끄덕)"고 적혀 있더군요. 이제 막 취업을 하고 직장에 다니는 듯한 일본 관객의 이 센스 있는 감상은 『고양이의 참배』에 등장하는 '미다이 님'에게도 그대로 적용할 수 있을 듯합니다. 이번 작품은 싸우는 소녀와, 선악으로 환원할 수 없는 요괴가 여럿 등장한다는 점에서 얼핏 지브리 애니메이션을 떠올리게 하는 구석이 있는데 이 부분은 차차 설명하도록 하겠습니다.

미시마야 시리즈 대망의 열 번째 권에는 세 개의 이야기가 실려 있지요. 표제작인 「고양이의 참배」는 중편 혹은 긴 단편 분량이지만, 「멋쟁이 등딱지」와 「백 자루 부엌칼」은 둘 다 300페이지에 육박하여 각각 한 권의 책으로 묶어도 손색이 없을 정도입니다. 전체가 800페이지니까 미시마야 시리즈 가운데 최장이에요. 한데 어째서 이렇게 분량이 길어졌느냐. 이는 요괴와 관련이 있습니다. 지금까지 출간된 미시마야 시리즈의 에피소드 중 가장 인상적인 이야기를 고르라고 하면, 저는 항상 첫손가락으로 「안주」를, 두 번째 손가락으로 「식객 히다루가미」를 꼽습니다. 「안주」에 등장하는 구로스케나 「식객 히다루가미」에 등장하는 히다루가미는 모두 미야베 미유키 작가의 오리지널 창작 요괴입니다. "요괴 캐릭터를 만들 때 참고로 삼는 자료가 있나?"라는 질문에 작가는 이렇게 얘기한 바 있지요. "미즈키 시게루의 요괴 도감도 가지고 있고 그런 책을 보고 촉발되는 경우도 물론 있지만 그대로 쓰는 일은 없다. 기본적으로는 전부 상상이다."

한데 이번 작품의 요괴들은 전부 모티브가 있습니다. 「고양이의 참배」에 등장하는 요괴 고양이, 「멋쟁이 등딱지」에 등장하는 갓파, 「백 자루 부엌칼」에 등장하는 야만바의 경우 한국 독자에게는 낯설겠지만 일본 독자에게는 상당히 익숙한 존재들이에요. 가령 갓파는 텐구와 함께 일본의 국민 요괴라 해도 무방할 정도지요. 현재 넷플릭스에서 서비스하고 있는 애니메이션 〈갓파 쿠와 여름방학을〉을 보면 그 모습과 특징을 상세히 알 수 있습니다. 짧은 부리 모양의 입, 손발에 달린 물갈퀴, 등에는 거북이 같은 등딱지가 있으며 정수리 접시에 담긴 물이 마르면 죽어버린다고 하죠. 글로 묘사해 놓으니 다소 징그러울 것 같은데 이 작품을 보고 나면 갓파에 대한 인식이 완전히 달라집니다. 약간 딴 얘기지만 〈갓파 쿠와 여름방학을〉은 어린이 명작만화 같은 제목과 달리 무척 재미있으니까 꼭 한번 봐주셨으면 좋겠습니다.

아, 작품의 분량이 왜 길어졌는지 얘기하고 있었지요. 작가의 설명에 따르면, "이번 작품에서는 미시마야에 큰 사건이 일어난다. 불길한 예감에서 시작된 사건이 점점 확대되어 가는 와중에 괴담 자리 이야기를 원활하게 읽도록 만들려면 유래부터 설명해야 하는 오리지널 창작 요괴보다 모두에게 친숙한 요괴가 더 적합하지 않을까, 집필 전에는 그렇게 생각했었다. 한데 막상 쓰기 시작하니, 어떤 요괴든 내 소설에서 다시 이야기하려면 이 시리즈에서의 존재 의의와, 수많은 전승 중 어느 계보에 속하는지까지 언급해야 했다. 그러다 보니 결과적으로 분량도 늘어나고 말았다"고 하네요. 그만큼 요괴 캐릭터를 묘사하는 데 공을 들였다는 뜻이겠지요. 작가의 착안점은 요괴에 대한 새로운 시점을 가져다주는데, 과연 각각의 이야기에서는 어떻게 묘사되어 있는지 살펴보도록 하지요.

오분은, 시댁에서 시어머니에게 구박당하고 시아버지에게 하녀 취급을 받고 남편은 바람을 피우느라 집에 오지도 않고 임신한 아이도 잃는 비참한 상황에 처해 있습니다. 하지만 누구도 오분의 비통한 호소에 귀를 기울이지 않지요. 도망갈 곳도 없이 궁지에 몰린 그녀를 위해 힘을 보태는 것은 오분이 한때 귀여워했던 고양이였습니다. "에도 시대에 여성은 '업이 깊다', '질투심이 많다', '피의 더러움을 짊어지고 있다'고 여겨져 경멸당하는 한편, 아름다우면 사랑받고 아이를 낳는 존재라는 점에 유래해 수호신으로 여겨지는 면이 있었습니다." 역사적으로 볼 때 고양이도 귀엽지만 쉽게 복종하지 않는 독립적인 존재로 여겨졌고 이러한 이중적 이미지가 요괴화의 바탕이 되곤 했지요.

「고양이의 참배」에서 미야베 미유키는 서로 공명하는 존재로서의 '여성=고양이'를 등장시켜 그들이 겪는 괴로움이나 슬픔을 묘사하고 있습니다. 오분이 거대한 '강아지풀(일본에서는 고양이 앞에서 흔들면 재롱을 부린다는 뜻의 '네코자라시'라고 부릅니다)'에 숨겨진 고양이 신의 궁으로 참배하러 가는 장면은 전편을 통틀어 가장 큰 볼거리입니다. 참배가 끝나자 요괴 고양이는 오분을 위해 행동에 나서는 동시에 그 업을 짊어지게 되는데, 작가는 "저 역시 고양이를 키우는 사람으로서 이 대목을 쓰면서 눈물을 흘렸다"고 하네요. 참고로 미야베 미유키는 현재 여덟 살 고양이 마르코와 함께 살고 있습니다.

「멋쟁이 등딱지」에는 스스로를 귀안 법사라 칭하며 예지력과 치유능력이 있다고 자신하는 남자가 등장합니다. 미남에 목소리도 좋고 뻔한 사술로 사람들을 속이는 데 천부적인 재주를 보인 귀안 법사가 노름꾼이나 깡패들과 어울리다가 만든 도적 무리의 이름은 〈송장당〉이지요. 처음에는 사기나 좀도둑질로 일관하던 〈송장당〉은 점차 수법이 거칠어져 살인과 방화를 일삼고 여자를 납치하는 등 마을을 쑥대밭으로 만들기에 이릅니다. 한데 이 마을의 연못에 '갓파'라는 전설 속 요괴가 살고 있었다는 걸 〈송장당〉은 미처 알지 못했습니다. 갓파는 사람들 앞에 모습을 드러내지 않는다는 불문율을 깨고 등장하여, 마치 전쟁을 지휘하는 군사軍師처럼 마을 사람들과 함께 〈송장당〉의 도적 무리를 소탕하겠다는 계획을 세웁니다.

"오래전부터 구로사와 아키라 감독이 만든 『7인의 사무라이』처럼 마을 사람들이 모두 산적에 맞서고 그 리더가 갓파라는 이야기를 써보고 싶었다. 그리고 갓파의 체격이 어린아이 같다는 점에 착안하여 『원피스』의 루피 같은 '영원한 소년'으로 설정해야겠다고 생각했다. 작중에서 갓파 산페이타의 팔이 쭈욱 늘어나 우물에 빠진 상대방을 쉽게 꺼내는 장면이 있는데 바로 루피의 이미지를 떠올려 주시면 좋겠다(웃음). 이 작품은 SNS상에서 '쉽게 돈 벌 수 있다'며 모르는 사람들끼리 간단히 뭉쳐서 나쁜 일을 저지르는 걸 염두에 두고 (최근 일본은 인터넷에서 고액의 아르바이트라는 명목으로 젊은 사람들을 모집해 절도, 강도, 사기 등 범죄에 가담시키는 '어둠의 아르바이트'가 사회적 문제가 되고 있다) 구상해 왔다. 에도 시대에도 그렇게 슬쩍 말을 걸어오는 사람과 함께 나쁜 일을 벌이는 자들이 존재했을 거라고 생각한다. 지금은 나도 당할 수 있는, 내 생활과도 가까워 무섭다고 생각한 범죄이기 때문에 '기타기타 시리즈'의 『귀신 저택』에 이어서 다시 한번 이 소재로 썼다"는 「멋쟁이 등딱지」는 갓파를 리더로 삼아 총칼을 들고 무참한 범죄를 저지르는 도적 떼와 마을의 운명을 걸고 승부를 벌이는 평범한 사람들의 이야기입니다.

「백 자루 부엌칼」에서는 희대의 악녀를 피해 도망친 모녀가 산중에서 인간의 언어를 구사할 줄 아는 들개의 도움으로 이상한 저택에 피신하게 된다는 전개가 이어집니다. 흡사 유바바 같은 분위기의 저택 관리자 '미다이 님'은 모녀에게 뜻밖의 미션을 부여하지요. 백 자루의 부엌칼이 망가질 때까지 이상한 저택에서 요리사로 일해야 하며 그 전에는 저택에서 나갈 수 없다는 것입니다. 단, 저택에서 요리사로 일하는 기간이 아무리 길어져도 당사자들은 나이를 먹지 않아요. 미야베 미유키는 "'마요이가迷い家' 이야기를 읽으면 꼭 진수성찬이 나오기 때문에 과연 이 요리는 누가 만들까, 하는 점이 계속 궁금했다. 그러던 어느 날 영화 〈남극의 쉐프〉를 보면서, 남극에 요리사가 있다면 마요이가에도 요리사가 있겠구나, 라는 생각을 하게 되었고 거기서부터 이야기를 발전시켜 나갔다"라고 밝힌 바 있지요.

여기서 '마요이가'란 일본의 민담에 등장하는 '산속의 저택'을 뜻합니다. 산속에서 길을 잃은 나무꾼이 아무도 살지 않는 저택을 발견해 들어가보니 진수성찬이 차려져 있더라, 정신없이 음식을 먹고 기력을 회복한 나무꾼은 그곳의 그릇을 가지고 산을 내려왔는데 이후로 운이 트여 부자가 되었다는 것이 민담의 줄거리입니다. 즉 길을 잃고('마요이'는 '길을 잃고 헤매다'라는 뜻의 일본어) 찾은 저택을 '마요이가'라고 부르는 것이지요. 한데 마요이가를 발견한 누군가가 저택에 반하는 행동을 한다면 어떻게 될까요. 요괴가 됩니다. 「백 자루 부엌칼」에서는 저택이 부여한 미션을 수행하지 않고 도망치는 바람에 '야만바(깊은 산 중에 사는 노파의 모습으로 사람을 잡아먹는 요괴)'가 된 여성이 등장합니다. 야만바는 사람을 해치는 무서운 존재이면서 동시에 신비한 힘을 가진 자애로운 산신이기도 한데, 이러한 양면성을 맨 처음 발견한 것이 고작 아홉 살이었던 하쓰요라는 점이 흥미롭지요.

「고양이의 참배」의 오분, 「멋쟁이 등딱지」의 미기와, 「백 자루 부엌칼」의 하쓰요는 각 서사의 중심이며 모두 어린 나이로 설정되어 있습니다. "왜냐면 아이들은 '요괴=두려워해야 하는 존재'라는 선입견이 없기 때문이다. 예컨대 어린 미기와는 갓파인 산페이타가 마을을 수호하고 물을 다스리는 터주님으로서 신성시해야 하는 존재라는 걸 알면서도 물을 자유자재로 변형시키며 물이 있는 곳이라면 (연못이든 작은 물통이든) 손쉽게 이동할 수 있다는 점을 재미있어한다. 반면 같은 마을의 처자인 어른 사에의 경우는 그렇지 못하고 갓파 산페이타를 어려워한다. 큰 화재를 피해 산속의 관(저택)으로 피신해 온 마쓰에와 하쓰요 모녀는 수호신이자 산개(들개)인 야마모모와 함께 생활하는데, 야마모모를 경외하는 엄마 마쓰에와 달리 딸 하쓰요는 말과 행동에 거리낌이 없다. (이계와 현실을 잇는 무녀의 역할을 맡은) 아이가 상대해 주었을 때 비로소 드러나는 요괴의 진실한 모습이 있기 때문이다."

그렇다면 이번 작품은, 우연히 맞닥뜨린 이계에서 양면성을 가진 요괴와 공명한 소녀가 요괴의 도움을 받아 '고통스러운 세계를 살아가는 여자의 복수'를 완성하는 이야기, 라고 해석할 수 있을 듯합니다. 자식을 애도하지 않는 남편과 시어머니를 원망하는 며느리, 비열한 악당에게 습격당하는 마을 처자, 희대의 악녀에게 모든 것을 빼앗긴 모녀의 복수극. 저는 그렇게 읽었는데 어떨지. 아울러 2대 화자인 도미지로에게도 여러 가지 변화가 생기지요. 그는 형 이이치로를 위해 어둠의 상인이 제시한 거래에 응함으로써 인생의 큰 전환점을 맞게 됩니다. 과연 그에게 어떤 운명이 기다리고 있으며 청자의 역할을 계속 짊어지고 갈 수 있을지. 궁금하지만 당분간은 또 기다리는 수밖에 없겠네요. 이 글을 마주하고 계실 형제자매님들도 느긋하게 기다리면서, 미시마야 시리즈가 100번째(아니 99번째) 이야기까지 이어질 수 있도록 응원은 계속해 주시길 부탁드리겠습니다.

삼송 김 사장 드림.

고양이의 참배
초판 1쇄 발행 2025년 11월 28일

**지은이** 미야베 미유키
**옮긴이** 김소연

**발행편집인** 김홍민 · 최내현
**책임편집** 조미희
**편집** 김하나
**마케터** 마리
**표지디자인** 이혜경디자인
**용지** 한승
**출력** 블루엔
**인쇄 · 제본** 대원

**펴낸곳** 도서출판 북스피어
**출판등록** 2005년 6월 18일 제105-90-91700호
**주소** (10595) 경기도 고양시 덕양구 동송로 23-28 305동 2201호
**전화** 02) 518-0427
**팩스** 02) 701-0428
**홈페이지** https://blog.naver.com/hongminkkk
**전자우편** editor@booksfear.com

ISBN 979-11-92313-81-8 (04830)
ISBN 978-89-91931-29-9 (SET)

책값은 뒤표지에 있습니다.
파본은 구입하신 곳에서 교환해 드립니다.